ハヤカワ・ミステリ文庫
〈HM㉞-1〉

インモラル

ブライアン・フリーマン
長野きよみ訳

早川書房
6041

IMMORAL

by

Brian Freeman

Translated by

Kiyomi Nagano

First published 2007 in Japan by

HAYAKAWA PUBLISHING, INC.

This book is published in Japan by

arrangement with

CURTIS BROWN GROUP LTD.

through TUTTLE-MORI AGENCY, INC., TOKYO.

マーシャに

死者が去っていった距離は
はじめは見えなくて
もどってくるかもしれないと
長いあいだ胸を焦がすもの。

エミリー・ディキンスン

インモラル

登 場 人 物

レイチェル……………………………失踪した少女
ジョナサン・ストライド……………ダルース警察の警官
マギー…………………………………ストライドの相棒
ケヴィン………………………………レイチェルの同級生
サリー…………………………………ケヴィンの恋人
ケリー…………………………………過去に失踪した少女
グレイム・ストーナー………………レイチェルの義父
エミリー………………………………レイチェルの母
デイトン………………………………牧師
アンドレア……………………………教師
アーチボルド・ゲール………………弁護士
ダニエル・エリクソン………………郡検事
ジャーキー・ボブ……………………トレーラーに住んでいる男
セリーナ・ダイアル…………………ラスベガス警察の警官
コーディ………………………………セリーナの相棒

プロローグ

　暗闇は、北の森と都会とでは別物だ。彼はそれを忘れていた。

　彼女の姿は見えなかった――真夜中の空のもとでは、幽霊とそう変わりない――が、そこに、すぐそばにいるのは、わかっていた。彼は、彼女の暖かい手首をつかんだ。彼女の息遣いは穏やかで、安定していた。彼女は落ち着いているのだ。いつも馴染んできた彼女の匂いが、彼の鼻孔を満たした。なかなか消えない春の花々の珍しい香り。ライラックだ、と彼は思った。それにヒヤシンスも。その香りに、その匂いを嗅いだだけで興奮したことを思い出した。そして彼女の匂いと身体が恋しかったことを。いまここにふたりでいる――ふたたびいっしょに。

　恐怖が彼のはらわたをわしづかみにした。自己嫌悪が波のように押し寄せてきた。次に来るものを迎える勇気が自分にあるかどうか、彼にはわからなかった。彼はずっと待っていた。計画を立て、今夜のことを夢に描いて、待ちつづけた。彼女がすっかり自分の心の一部になってしまっていたので、鏡を見ると、彼女が背後に——まるで肩にとまる不吉なカラスのように——いるのが、実際に見えたものだ。しかし、これだけあれこれ考えてきたのに、彼はここぞというところでためらっていた。

これは最後のちょっとしたゲームだ、と彼は思った。

「さっさとやろうよ」彼女が押し殺した声でいった。その声には、隠しきれない苛立ちともどかしさが表われていた。彼女の声に少しでも非難がましさがあるのを聞くのはいやだった。しかし彼女のいうとおりだ。彼女はいつも一歩先を行っている。ふたりとも寒さの厳しい外に長くいすぎた。納屋にはとくに恋人たちがやってくる。隠れ場所にいるふたりを誰かが邪魔して、何もかもぶちこわしにするかもしれない。

彼は残忍な目が自分に注がれていると感じた。ふたりだけでいるのに、それでも、闖入《ちんにゅう》者《しゃ》が、葉が落ちて骸骨のようなカンバの木々の陰に隠れていて、忍び寄ってくるかのようだ。彼は深く息を吸い、恐怖を抑えようとした。これ以上は待てない。

左手をコートのポケットに突っ込み、指でナイフを撫でた。

ゲーム開始。

彼は、彼女が来るのがわかっている通りの、どこよりも暗いところで彼女を待っていた。みぞれの冷たい粒が横殴りの風に吹かれて車に降り注ぎ、フロントガラスに雪のように集まった。彼は震えて、薄手のコートをかき寄せ、いらいらしながらバックミラーを見つめていた。

早く来すぎたかもしれない。賢明ではなかった。とはいえ、この界隈はすでに静かだった。彼の腕時計は十時をさしている。もうすぐだ、と彼は思った。

しかし時間が過ぎるのはおそろしいほどのろかった。腹に力が入らず、落ち着かない。彼女は来ないのではないか。おそろしい疑いが頭をよぎる。ずっと待っていたのに、すべてを犠牲にしてきたのに、それが無駄になるのか。車の中は寒かったが、汗が出はじめた。上唇を嚙んだ。頭の中で、一秒、二秒と数えながらすわっている時間が長くなるにつれて、恐怖がつのってくる。彼女は来るだろうか？

やがて、彼女は現われた。どこからともなく。街灯の青白い光の中で、この世のものではないように見えた。あまりの美しさに、思わず息をのんだ。鼓動が激しくなり、腋の下と首筋に、さらにじっとりと汗がたまった。口が乾きすぎて、唾がのみこめない。彼女が滑るように近づいてくると、彼はその姿に見とれた。赤い唇と、肩の下まで垂れさがる濡れた黒い髪。寒さで頰にいくらか赤みがさしているが、雪のように白い肌を染めるほどではない。左の耳たぶにはキラキラ光るシンプルな一重のリングが下がり、右手首には金のゆるいブレスレットが揺れている。背が高い彼女は、大股で急いで歩いてきた。腰までおおう長い白いタートルネックのシャツが湿って身体にまといつき、黒いジーンズがぴったりと脚の線をなぞっている。

これほど力に満ちて自信があるのは、どんな感じがするものだろうか。彼女の白い皮膚の中に入り込んだかのように、彼女の感覚を痛いほど感じた。唇に触れる雨の味を、耳に吹き込む風の歌うような音と痛いほどの冷たさと、その股間の奔放でしなやかな動きを。彼女の目が彼に向けられた。車の中の彼が見えないのはわかっていたが、彼のほうは彼女の凝視を感じることができた。その目を、溺れてしまいたくなる泡立つ海と同じ色をした緑色のまっすぐな目を、彼は知っていた。彼女はまっすぐに近づいてくる。

何をするべきかはわかっていた——車から出ずに、じっと待っていて、彼女にここへ来させるのだ。しかしあまりにも胸が痛み、通りの左右にさっと目を走らせ、自分たちが安全かどうかを確かめた。それから車のドアを開け、彼女に声をかけた。ささやくような小声で。

「レイチェル」

いま、あの通りから遠く離れたところを、彼女は走っていた。逃げようとして。彼は手を伸ばして、タートルネックのシャツをつかんだ。そしてその生地を引っ張ったが、彼女はその手を叩き払った。足を滑らせながらも、ふたたび彼女の手首をつかもうとさらに勢いよく踏み出したが、手袋をはめた手は、ブレスレットをぐいと引っ張った。彼女はふりほどこうともがき、ブレスレットははずれて地面に落ちた。彼女は高い木立の中へ走り込んだ。

彼はほんの二歩後ろを追っていった。しかしレイチェルはガゼルのように駿足で優雅だった。彼は、大きすぎる靴をはき、ぬかるみと茂みに足をとられる自分を、ぶざまに感じた。ふたりの間隔は広がった。彼は彼女の名前を叫び、止まってくれと懇願した。その声がきっと彼女に聞こえたのだ。あるいは轍のついた地面でよろめいたのかもしれない。やみくもに手を伸ばすと、彼女の柔らかい肩の肉に触れた。彼は力をこめてつかみ、彼女の身体を自分のほうにくるりと向けた。ふたりの身体がぶつかった。彼女がつかまれたままもがくので、彼が強く抱きしめると、彼女の胸が波打っていた。彼女の息が甘く匂った。

彼女はまったく無言だった。

彼は右脚を彼女の脚にからめて、その場に留め、ふたりの腰を合わせ、彼女のシャツを引っ張った。片手でそのシャツの生地をぐいとつかみ、ナイフを握ったもう片方の手を振り上げた。その刃先だけで、バターでも切るようにシャツを切ると、生地が裂けてはためく音が聞こえた。もう一度、シャツを切った。そして、もう一度。ずたずたになるまで切った。そして指を彼女の肌に這わせ、乳房のふくらみを感じた。乳房をなぞる指はジェットコースターのように上がっては下がり、また上がっては下がった。

彼は刃先を胸に突きつけた。奥のほうに心臓がある部分に。もし彼女にほんとうに心臓があるとすればだが。彼女は彼に調子を合わせ、もがいていた。死のゲームだ。彼女がそうしてもらいたいと思っているのは、わかっていた。そう、これは彼の望みではない。すべてはレイチェルの望んだことだ。

彼は押した。ついに彼女の唇から喘ぎが漏れた。ぬるりとしたものがナイフの刃に流れた。それだけでよかった。それでふたりは自由になった。

第一部

1

ジョナサン・ストライドは橋を照らす白色のスポットライトをあびて、自分が幽霊になったような気がした。

足元の橋の下では、泥色のうねりがあふれんばかりに運河に押し寄せ、コンクリートの栈橋に波をかぶせては、そのしぶきを二メートル半ほどの波くぼにのみこんでいく。波は荒れる湖から次々と重なるようにやってきて、穏やかな港の奥に押し入っていく。二つの栈橋の突端には対をなす灯台が、それぞれ回転する緑と赤の光を閃かせている。そのあいだの狭い水路を、船舶が針の穴をとおる糸のように巧みに航行する。

橋はまるで生き物のようだ。車が橋を疾走するたびに、スズメバチの羽音にも似た音があたりに満ちる。彼の足の下で、ハチの巣のように穴のあいた金属の床板《しょうばん》が共振して震えた。ストライドは、レイチェルもそうしたであろうと想像して、視線を上に向けた。鋼鉄の柱がハサミを開いたように交差して頭上にそびえている。ほとんど感じない程度のかすかな揺れに、胃がむかつき、めまいがした。

彼はいつもと同じことをしていた――被害者の心境になって、被害者の視点でまわりを見るのだ。レイチェルは金曜日の夜、ここに、この橋に、ひとりでいた。そのあと何があったのか、誰も知らない。

ストライドは、そばにいる男女二人のティーンエイジャーに注意を向けた。彼らはせわしなく足踏みして、寒さをこらえている。「きみたちが初めに見たとき、彼女はどこに立っていた?」

男のほう、ケヴィンは、ぼってりした大きな手をポケットから引き抜いた。薬指に特大のオニキスのついた高校のスクールリングをこれ見よがしにはめている。彼は幅八センチくらいの濡れたスチールの手すりを軽く叩いた。「ちょうどここです、刑事さん。手すりの上に立ってバランスをとってたんです。両腕を広げて。十字架のキリストみたいに」そして両目を閉じ、顎を突き上げ、手のひらを上に向けて両腕を広げてみせた。「こんなふうに」

ストライドは眉を寄せた。金曜の夜は、風が激しく、寒々とした十月の夜空からみぞれが弾丸のように降っていた。あの夜に、この手すりの上に立って落ちずにいるところは、想像しがたい。

ケヴィンは彼の考えを読み取ったようだ。「彼女はほんとに優雅でした。ダンサーみたいに」

ストライドは手すりの向こうをじっと見た。この運河は、幅は狭いが、鉄鉱石の積み荷で喫水の深くなった巨大な貨物船がとおれるほど深い。たちの悪い引き波に吸い込まれれば、死体は浮かびあがらないこともある。

「彼女はいったい何をしてたんだ？」ストライドは訊いた。

もうひとりのティーンエイジャー、サリーが、初めて口をきいた。不機嫌な声だ。「目立ちたがり屋の芸当よ、彼女のすることは何でもそうだけど。注意を引きたかったのよ」

ケヴィンは反論しようと口を開いたが、また閉じた。これはおそらくいつもの喧嘩の種なのだろう。ケヴィンの腕をとっていたサリーが、話しながら彼を引き寄せるようにしたことにも、ストライドは気づいた。

「それで、きみはどうしたんだ？」ストライドは訊いた。

「ここまで駆けてきて」ケヴィンはいった。「橋から下りるのに手を貸しました」

ケヴィンが手助けのようすを説明しはじめると、サリーが不機嫌に唇を突き出したのを、ストライドは目にした。

「レイチェルのことを、話してもらおうか」ストライドはケヴィンにいった。

「おれたちは幼なじみなんです。すぐ隣同士でした。あとになって、彼女のお母さんがストーナーさんと結婚して、彼女たちは高級な住宅地へ引っ越しましたが」

「外見はどんな感じ？」

「あのう、ええと、きれいでした」ケヴィンはばつが悪そうに、すばやくサリーを盗み見た。

　サリーは目をぐるりと動かした。「彼女は美人だったわ、これでいい？　長く黒い髪。細くて、背が高くて。どこからどこまで魅力的だった。それでいて、それ以下はないってほど最低な尻軽女」

「サリー！」ケヴィンが抗議した。

「だって、ほんとじゃない。あなただって、わかってるくせに。金曜日にあんなことがあったんだもの？　あなただって、わかってるはずよ」

　サリーはケヴィンから顔をそむけたが、彼の腕は放さなかった。娘の顎が怒りでこわばり、唇が固く結ばれるのを、ストライドは見ていた。サリーは丸顔で、栗色の縮れた髪は乱れて肩に垂れ下がり、赤らんだ頬にもかかっている。ぴっちりしたブルージーンズをはき、赤いパーカーを着ている彼女は、かわいらしい娘だ。しかし美しいと形容する者はいないだろう。目を見張る対象ではない。レイチェルとは違う。

「金曜日に何があったんだ？」ストライドが訊いた。警察長のカイル・キニックから二時間前に、レイチェルは金曜日から家にもどっていないと告げられていた。行方不明だ。消えてしまった。ケリーとまったく同じように。

「ええと、彼女がおれにモーションをかけてきて」ケヴィンはしぶしぶいった。

「このあたしの目の前でよ！」サリーが鋭く叫んだ。「どうしようもない淫乱」

　ケヴィンが金髪の眉をひそめた。彼の眉毛は丸くなった黄色の毛虫のように見えた。

「よせよ、彼女のことをそんなふうにいうなよ」

ストライドは片手をあげて、口論をやめさせた。そして色褪せた革ジャケットの内側に手を入れ、フラノ地のシャツのポケットに押し込んだタバコを取り出した。そのパッケージをうんざりした嫌悪の目で見てからタバコに火をつけ、ゆっくりと吸い込んだ。煙が輪になって口から出てきて、彼の顔の前で雲のようにたなびいた。肺が縮まるのを感じ、まだタバコの入っている箱を運河に放り投げた。血の滴のような赤色の箱は、くるくるまわると、やがて橋の下に押し流されていった。

「口論はやめろ。ケヴィン、すべてを話してくれ、手短に要領よく、いいね？」

ケヴィンが頭をこすると、ブロンドの髪が冬の裸木のように突っ立った。彼は幅広くてたくましい肩をいからせた。彼はフットボールの選手なのだ。

「金曜日の夜に、レイチェルがおれの携帯にかけてきて、おれたちにカナル公園まで来てくれといったんです」ケヴィンはいった。「八時半ごろです。寒くて、ひどい天気の夜で、公園にはほとんど人がいませんでした。おれたちがレイチェルを見つけたとき、彼女は手すりの上でふざけていました。それで、おれたちは橋へ駆けていって、彼女を下ろしたんです」

「で、それから？」ストライドは訊いた。

ケヴィンは橋の反対側にある半島を指さした。それは細い指のように突き出ていて、片側にスペリオル湖、反対側にダルース港がある。ストライドは、メサビ鉄山の鉄鉱石を積んだ鉱石船が次から次へと海へ向かうのを眺めながら、これまでの人生の大半をそこで過ごしてきた。

「三人でぶらぶらと浜へ下りていきました。そして学校のことなんかを話しました」

「あの女、おべっか使いなのよ」サリーが不意に口をはさんだ。「心理学をとれば、うまくいっていない家族がどうのって、先生の講義の受け売りをするし、英語をとれば、先生の詩はすごくすばらしいなんていってさ、数学をとれば、放課後に採点を手伝う」

ストライドは厳しい目でにらんで娘を黙らせた。サリーはふくれつらをして、反抗的に顎をつんと上げた。ストライドはケヴィンにうなずいて、つづけるように促した。

「やがて船の汽笛が聞こえて、するとレイチェルは、橋が上がるから乗りたい、といったんです」

「それは無理だろう」ストライドはいった。

「ええ、でも、レイチェルは橋の係員と知り合いで。彼女の親父さんといっしょに、その係員とよく遊んでたみたいです」

「彼女の親父さん？グレイム・ストーナーのことか？」

ケヴィンは首を振った。「いや、実の父親のトミーのほうです」

ストライドはうなずいた。「つづけてくれ」

「それで、おれたちはまた、橋の上にもどったけど、サリーはいやだっていって、町のほうへどんどん歩いていってしまった。でもおれはレイチェルをひとりで橋に上がらせたくなくて、それで、残ったんです。そのとき——ええと、彼女はおれにくっついてきたんです」

「からかわれたのよ、ゲームだったのよ」サリーは鋭くいった。

ケヴィンは肩をすくめた。そして彼が太い首のまわりの襟をぐいと引っ張るのを、ストライドは観察し、次にケヴィンの目がちらりと動いたのに気づいた。ケヴィンは橋の上で何があったのかをはっきりといおうとしなかったが、そのことに当惑しながらも、思い出して性的に興奮しているのは明らかだった。

「橋は、そんなに長いこと、上がってはなくて」ケヴィンはいった。「たぶん十分ぐらい。おれたちが下りてきたとき、サリーは——いなくて……」

「引き揚げたのよ」サリーはいった。「家に帰ったの」

ケヴィンは口ごもった。「ほんとにごめんよ、サリー」彼は髪を撫でようと手を伸ばしたが、彼女は身をくねらせて離れた。

ストライドがまたも勃発したいさかいを止める間もなく、彼の携帯が鳴りだした。アラン・ジャクソンの《チャタフーチー》だ。ポケットから携帯を取り出して、画面を見ると、マギー・ベイの番号が表示されている。それでカチリと携帯の蓋を開けた。

「マグズか？」

「悪い知らせよ、ボス。マスコミが事件を嗅ぎつけたわ。うようよ嗅ぎまわりだしてる」

ストライドは顔をしかめた。「くそ！」彼が数歩離れるやいなや、サリーがとげのある口調でケヴィンを非難しはじめたのがわかった。「バードのやつも、ほかのハイエナどもといっしょに出てきたか?」

「ええ、もちろん。探求団の先頭に立ってるわ」

「やはりな、やれやれ、やっと話すなよ。いかなるレポーターも、ストーナー夫妻に近づけるな」

「大丈夫、黄色テープで仕切って入らせないから」

「ほかにも良いニュースがあるのかな?」ストライドが皮肉めいて訊いた。

「マスコミはこれを二番めの事件として騒いでいるの」マギーは彼に伝えた。「一番めはケリー、こんどはレイチェル」

「やはり、そうか。まあな、おれもデジャヴはいやだ。とにかく、二十分でそっちへ行くよ、いいな?」

ストライドは携帯をカチリと閉じた。彼は苛立っていた。すでに事態は好ましくない方向へ動き出している。レイチェルの失踪がマスコミに派手に扱われたために、捜査のやり方が変わってしまった。一般市民にレイチェルの顔を見せるためにテレビと新聞を使う必要があったが、マスコミの情報に自分が反応するのではなく、自分がコントロールしてマスコミへ情報を流すようにしたかった。しかし、バード・フィンチが訊きまわっていては、それは無理な相談だ。

「話をつづけてくれ」ストライドはケヴィンを促した。

「あとはあまり」ケヴィンはいった。「レイチェルが疲れたから家に帰りたいといったので、彼女を血まみれのムシ《ブラッド・バグ》まで送っていきました」

「何だって？」ストライドは訊いた。

「ああ、すみません。レイチェルの車です。フォルクスワーゲンのカブトムシ《ビートル》、わかりますよね？ 彼女はそれをブラッド・バグって、呼んでたんです」

「どうして？」

ケヴィンは呆れたようにポカンと口を開けた。「車が赤いからだと思うけど」

「なるほど。で、彼女が運転していくのを、きみは実際に見たんだね？」

「ええ」

「ひとりで？」

「もちろん」

「そして彼女は家に帰ると、はっきりいったんだね？」

「そういいました」

「彼女が嘘をついていた可能性は？ 他にデートの約束があったとか？」

サリーは残酷な笑い声をあげた。「そうよ、そうだったのかも。きっとね」

ストライドは、またもダークブラウンの目をサリーに向けた。彼女は目を伏せて、自分の足元を見た。縮れた髪が額に垂れた。「何か知っているのかい、サリー？」ストライドが訊いた。「もしかすると、レイチェルに会いにいって、ケヴィンにかまうのをやめろといったとか？」

「いいえ！」

「それならレイチェルは誰に会いにいったと思う？」

「相手なんていくらでもいるわ」サリーはいった。「だって、尻軽女だもの」

「やめろよ！」ケヴィンは強くいった。

「ふたりともやめろ」ストライドはぴしゃりといった。「あの晩、レイチェルは何を着ていた？」

「ぴっちりした黒いジーンズ、ナイフで切らないと脱げないようなやつよ」サリーが答えた。「それに白のタートルネック」

「ケヴィン、車の中に何か見たか？　旅行用カバンとか？　バックパックとか？」

「いいえ、そういうものは何も」

「きみは、彼女とデートの約束がある、とストーナー氏に話した」

ケヴィンは唇を嚙んだ。「彼女が、土曜日の晩に何かしたいかと訊いてきて。ぼくが七時に迎えに行けば、いっしょに出かけてもいいって。でも彼女はいなくなってた」

「彼女にとってはゲームだったのよ」サリーはまた同じことをいった。「土曜日にわたしに電話をかけて嘘をつくようにそそのかしたのも、あの女でしょ？　あなたはそのとおりにしたわよね」

今夜は、このふたりからこれ以上何も聞き出せないだろう、とストライドは判断した。

「よく聞いてくれ、ふたりとも。これは誰が誰にキスしたとかいう話ではないんだ。若い女性がひとり行方不明になっているんだ。きみたちの友人が。わたしは、これから彼女の両親に話をしにいかなくてはならない。ご両親が娘にふたたび会えるかどうかを案じているのは、わかるだろう？　だから、よく考えてくれ。金曜日の夜のことで、ほかに何か思い出せることはないか？　レイチェルがいったこととか、したこととか？　彼女がここからどこへ行ったか、誰と会ったか、そういったことのヒントになりそうなことをおぼえてないか？」

ケヴィンは、ほんとうに思い出そうとするように、目を閉じた。「いいえ、刑事さん。何もないです」

サリーはふくれつらをしている。何かを隠しているのだろうか？　だが、そうだとしても彼女は話そうとしなかった。「何があったのか、見当もつかないわ」サリーはもごもごいった。

ストライドはうなずいた。「わかった、また連絡するよ」

彼は狭い運河の向こうの湖のぼうっとなった暗がりに、もう一度視線を向けた。何も見えない。いまの彼の世界と同じように、まったく空っぽだ。ティーンエイジャーふたりを横に押しのけ、駐車場へ向かいながら、彼はふたたび、あの感覚に襲われた。デジャヴ。それは不快な記憶だった。

2

ケリー・マグラスが消えた八月の雨の夜から、十四カ月が過ぎていた。ストライドは彼女の最後の夜を頭の中でくり返し再現してきたので、いまでは、それを映画のように見られるほどになっていた。目を閉じると、彼女の姿が――唇の横にあるそばかすや、左の耳たぶにつけた三つの細い金のイヤリングまで――見えた。笑い声も聞こえる。数え切れないほど何回も見た彼女の誕生日の日のビデオで笑っていたのと同じように。生き生きした彼女の姿を見つづけてきたので、彼女がいまでも生きているように感じる。

しかし彼女が死んでいるのは、わかっていた。彼には実際に存在しているとしか思えない活気に満ちた娘は、どこか地面の下に、警察がまだ捜索していない人けのない荒れ地で、肉が腐り、おそろしい姿になっているのだ。彼はただ、誰が、なぜ、そのようなことをしたのかを知りたかった。

そしていま、別のティーンエイジャーが。またも行方不明になった。

停止信号で止まったとき、ストライドが車の窓を見ると、自分の暗い茶色い目がそこに映っていた。海賊のような目、シンディはよくそういってからかったものだ。こげ茶色で、すきがなくて、いつも燃えていて。しかしそれは昔のことだ。彼はケリーを怪物に奪われ、それと同時に、別種の怪物にシンディの命を奪われた。その悲劇が彼の目の奥の炎を消し、彼は老いた。風雨にさらされた不細工な顔に、老いが見えた。額には内面をあらわにするしわが寄っている。短く刈った黒い髪は白髪がまじり、櫛を入れてないせいで方々に逆立っている。四十一歳だったが、五十歳のように感じていた。

ストライドは泥でよごれたブロンコ（フォードのSUV。大型車）のハンドルを切り、でこぼこ道をとおって、大学の近くの、裕福な旧家が建ち並ぶ高級住宅地へ向かった。そこにストーナー夫妻、グレイムとエミリーの家があるのだ。ストライドは何が待ち構えているかわかっていた。いまは午後十一時。ふつうの日曜日なら、通りが死んだように静かになっている時刻だ。しかし今夜は違う。パトロールカーの明滅する光と、テレビ取材班の白熱電灯《クリーグ》が通りを明るく照らしていた。近所の住人たちは芝生の庭に数人ずつ集まってたたずみ、ようすを探り、噂をしている。警察の無線連絡の不協和音が重なりあい、白色雑音のようにガヤガヤ響くのが聞こえた。

制服警官がストーナー家のまわりに立ち入り禁止テープを塀のように張りめぐらし、レポーターや野次馬を近づけないようにしていた。ストライドはブロンコをパトカーの横に二重駐車した。レポーターたちが彼のまわりに群がり、車のドアを開ける余地すらないほどだ。ストライドは首を振り、片手をひさしのように額にあて、目を細くしてカメラの光を見た。

「おい、よしてくれ、いいかげんにしてくれ」

マスコミ連中の群れを押し分けて進んでいくと、ひとりの男がストライドの前に立ちはだかり、自分のカメラマンにぱっと合図をした。

「連続殺人犯が野放しになっているということですか、ストライド?」バード・フィンチは霧笛のように滑らかで深みのある声を低く響かせていった。本名はジェイ・フィンチだが、ミネソタ州ではバードの呼び名で知られている。かつてはミネソタ大学のバスケットボールチーム〝ゴーファー〟の花形選手で、いまはミネアポリスでショックTVのトーク番組の司会をしている。

ストライド自身、身長が百八十センチ以上あるが、それでもバードのにらみつける顔を見るのに、首を伸ばさなければならなかった。この男は巨漢だ。少なくとも百九十八センチはある。紺色のダブルのスーツを非のうちどころなく着こなし、袖口から一センチほどのぞく白いカフスにカフスリンクをきらめかせている。マイクを握る大きなごつい手の人差し指にはめた大学のスクールリングに、ストライドは目をとめた。

「いいスーツじゃないか、バード。オペラ鑑賞から、直行かい?」ストライドはいった。

レポーターが何人か忍び笑いを漏らしたのが、彼に聞こえた。バードは漆黒の目でストライドをにらみつけた。彼の黒い禿頭が投光照明をはね返していた。

「この町には、通りから少女たちを連れ去る病的な変質者がいるんですよ、警部補。昨年、あなたはこの町の人たちに正義を約束した。われわれはいまもまだ、それを待っているのです。この町の多くの家族がそれを待っています」

「選挙演説をするつもりなら、ほかのときにやってくれ」ストライドはジーンズから自分のバッジをはずし、それをバードの顔の前にかかげ、もう一方の手をカメラの前に突き出した。「さあ、とおしてくれ」

バードは仕方なしに少しずつ後ろにさがった。とおりすぎながら、ストライドはこのレポーターにどすんと肩をぶつけ、バードが怒鳴り声をあげた。レポーターの群れはストライドのすぐ後ろから歩道を追いかけてきて、警察がめぐらせた黄色の立ち入り禁止テープの際までついてきた。ストライドはかがんでテープの下をくぐり、身体を起こした。そして一番近くにいる警官に合図した。赤毛を五分刈りにした二十二歳の痩せ形の警官はまじめな面持ちで急いでストライドのそばへやって来た。

「はい、何でしょうか？」

ストライドは彼の耳に顔を寄せて、小声でいった。「こいつらをできるだけ遠ざけておいてくれ」

警官はにやりと笑った。「了解しました」

ストライドはグレイム・ストーナーのよく手入れされた芝生の真ん中へ歩いていった。そしてマギー・ベイに手を振って合図した。マギーは、彼が統括する刑事部の巡査部長で、制服警官の一団に、歯切れのよい口調でそれぞれの役割を命令していた。彼女はヒールが五センチの黒いブーツをはいていても、背丈は百五十センチしかない。ほかの警官たちに囲まれると、なおさら小さく見える。それでも彼女がその警官たちのほうに指をぐいと突きつけると、彼らはさっと気をつけの姿勢をとり、彼女に注目した。

ストーナー邸は狭い通りの突き当たりにあり、オークの木々の陰になっているが、その木々の葉の大半は、最近、散り落ちて、地面に積もっていた。家屋は三階建てで、一九二〇年代の遺物だが、ミネソタの冬にそなえて、レンガと松材をつかった堅牢な造りだ。カーブのある小道が通りから巨大な正面玄関に通じている。樹木の茂る峡谷を見下ろす家の東側には、二台分のガレージがあって、私道は裏の通りまでつづいている。ストライドは鮮やかな赤のフォルクスワーゲンがその私道に駐まっているのに気づいた。そのせいで片側のガレージの車の出入りに支障をきたすほど、私道の幅は狭くない。

レイチェルの車。ブラッド・バグだ。

「パーティへようこそ、ボス」

ストライドは、すぐそばに立っているマギーをちらりと見た。

漆黒の髪は鉢型にカットされ、まっすぐな前髪が眉毛まで垂れている。小柄で、中国の人形のようだ。美しい顔は表情が豊かで、アーモンド形の目はきらきらと輝き、肌は柔らかな黄金色をおびている。白いＧａｐのシャツに赤ワイン色の革のジャケットをはおり、ティーンエイジャーの売り場で見つけた黒いジーンズをはいている。いかにもマギーらしく、小粋で、いまどきだ。ストライド自身、衣服にはあまり金をかけない。刑事部に入ったのはずっと前のことだが、そのときに制服を脱いで以来、同じカウボーイブーツを底革を何度も張り替えて、ずっとはいている。ジーンズは、九回もの冬を越えて、擦り切れており、いまではポケットにコインを入れると、裂け目から落ちて地面に撒き散らされてしまう。同じく風雨にさらされて痛んだ革ジャケットの袖には、弾の穴があいたままで、その穴はストライドの筋骨たくましい上腕の傷痕と一致する。

ストライドがストーナー家の正面の窓に視線を向けると、家の中で男性が奥の部屋へ飲み物を運んでいくのが見えた。そのクリスタルグラスがシャンデリアの光をうけて、メッセージを伝える鏡のようにきらきらと光った。

「それで、ここでは何がわかったんだ、マグズ？」ストライドが訊いた。

「ボスが知らないことは、ひとつもないわ」彼女はいった。「レイチェル・ディーズ、十七歳、ダルース高校三年生。脳まで筋肉のスポーツバカのケヴィンは、金曜日の十時ごろ、彼女がカナル公園から車で出ていくのを見た、といってるわ。それ以降は、何もなし。彼女の車は私道に駐まってるけど、いままでのところ、彼女が金曜日に帰宅したところも、ここから徒歩で出ていったのも、誰かといっしょだったのも、見た人はいない。それが二日前のことよ」

ストライドはうなずいた。彼は、警官たちが囲んで念入りに調べているレイチェルのフォルクスワーゲンをよく見た。派手な赤で、かわいらしくて、まだ新しい。十代の娘がよろこんで残していくような車ではない。

「カナル公園からこの家までの途中にある銀行のATMを調べてくれ」ストライドが提案した。「もしかすると、運よく、金曜日の夜の監視ビデオに何か映ってるかもしれない。彼女がケヴィンのいうように、本当に家に向かっていたかどうか、見てみよう」

「それはもうやったわ」マギーは彼に知らせた。そして、「あたしがバカだと思ってるの？」とでもいうように眉を上げた。

ストライドは微笑んだ。マギーはいままでに組んで仕事をした警官の中で最高に頭のよい相棒だ。「ストーナーは彼女の義理の父親なんだな？　実の父親はどうなんだ？　名前はトミーだと思うが」

「いい線ね。あたしもそれについて考えたけど、もう亡くなってたわ」

「ほかにいなくなっている人間は？　ボーイフレンドとか？」

「報告は来てないわ。家出だとすると、ひとりでしたか、町の外の人間といっしょにしたかね」

「家出をするには交通手段が必要だ」ストライドはいった。

「ここととスペリオルの空港とバス停留所を調べてるわ」

「近所の連中は何か見てないのか？」

マギーは首を振った。「いままでのところ、関係のありそうなことは何も。まだ聞き込みをつづけてるわ」

「何かこの娘に関わるクレームは？」ストライドは訊いた。「ストーカー行為、レイプ、何かそんなたぐいのことは？」

「ガッポがデータベースを調べたけれど」マギーがいった。「レイチェルが関わるものはなし。数年前にさかのぼると、エミリーと最初の夫――レイチェルの父親――が何度かトラブルを起こしていたのがわかったわ」

「たとえばどんな？」

「父親はたびたび酔っぱらって、始末に負えなくなったみたい。家庭内暴力の通報が一件あるけど、告訴はされなかった。彼は妻を殴ったけど、娘を殴ってはいない」

ストライドは眉をひそめた。「レイチェルとケリーが知り合いだったかどうか、わかっているか？」

「昨年は、レイチェルの名前は一度も出てこなかったけど」マギーはいった。「でも聞きまわるわ」

ストライドはぼんやりとうなずいた。彼はもう一度、レイチェルの身になって、昨夜の彼女を再現し、途中で何が起きたか、何が起きなかったかをたどってみた。金曜日に彼女が家に帰ったと仮定する。彼女は車に乗って走り去り、いま彼女の車は家にある。そのあとどうした？　彼女は家の中に入ったか？　誰かが彼女を待っていたか？　彼女はふたたび出かけたか？　みぞれが降っていて、寒かった——彼女は車を使ったはずだ。誰かが迎えにきたのでないかぎり。

「そろそろストーナー夫妻と話をしよう」ストライドはいった。それから彼は間をおいた。彼はマギーの直感に頼るのに慣れていた。

「きみの直感はなんといってる？　家出か、何かもっと悪いことか？」

マギーはためらわずにいった。「家の前に彼女の車が駐まったままよね？　もっと悪いことみたい。ケリーのときのように」

ストライドはため息をついた。「そうだな」

3

ストライドは玄関のベルを押した。曇りガラス越しに人影が見え、コツコツという足音が聞こえた。彫りのあるオーク材のドアが、さっと内側に開いた。ストライドと同じぐらいの身長で、ボタンダウンの白いワイシャツにVネックのカシミアセーター、きっちり折り目のついた黄褐色のズボンの男が、片手を差し出した。もう一方の手で、氷の入った酒のグラスをまわしている。

「ストライド警部補だね？」男は彼に挨拶した。力強い握手をして、カントリークラブのカクテルパーティに行きつけている男の気楽な笑みを浮かべた。「カイルから、きみが間もなく見える、と聞いていた。グレイム・ストーナーだ」

ストライドはうなずいて暗黙の了解を示した。言外の意味を理解したのだ。カイルとはカイル・キニック、ダルース警察の警察長で、ストライドの上司だ。ストーナーは、自分が市の官僚機構に影響力があるのを、ストライドに間違いなく理解させたかったようだ。

ストライドは、ストーナーの額と口元にかすかにしわが寄りはじめているのに気づき、この男は自分と同じくらいの年齢だろうと思った。チョコレート色の髪は上級管理職らしく、短かめにカットしてきちんと整えてあり、銀縁の小さな丸いめがねをかけている。幅の広い柔和な顔つきで、頬骨は目立たず、顎はとがっていない。夜も遅いのに、髭は伸びていない。それを見て、ストライドは思わず自分のざらつく無精髭を撫でた。

ストーナーはストライドの肩に片手をかけた。「奥にどうぞ。居間だと、外の人々の目にさらされているようで落ち着かない」

ストライドはストーナーについてまず居間へ入っていった。そこにそなえられた優雅なソファとアンティーク家具は、すべてつややかに磨かれたクルミ材でできている。ストーナーはクリスタル食器を収納してある背面に鏡をはった戸棚を示した。「何か飲み物は？　酒でなくても」

「いや、ご心配なく、結構です」

ストーナーは部屋の真ん中で立ち止まり、一瞬、気まずそうな顔をした。「もっと早くに連絡しなくて、すまなかった、警部補さん。土曜日の夜にケヴィンが訪ねてきたときには、レイチェルが家にもどっていないことをまったく心配しなかったもので。ケヴィンはレイチェルのこととなると、興奮しやすいから、過剰に反応していると思ったのだ」

「しかし、いまはそう思っていない」ストライドはいった。

「丸二日だからね。それに家内に、当然のことだが、行方不明になったもうひとりの少女のことを思い出させられた」

ストーナーは先になってメインダイニングルームをとおり、フレンチドアを抜けて広々とした奥のポーチに案内した。そこは東側の壁にあるグレーの大理石の暖炉で暖められていた。白い絨毯は豪華で、しみひとつない。北側の壁には天井から床までの窓がはめられているが、一箇所だけ、ステンドグラスの両開きの扉があり、そこから暗い裏庭に出られるようになっている。ほかの壁面のところどころに真鍮のランタンがとりつけられ、室内を淡い光で照らしていた。

庭側の壁の右手、暖炉の両側に、同じリクライニングチェアが一つずつ置かれていた。その大きな椅子の一つに埋もれるようにすわり、ベル型のブランディグラスを手にした女がいた。

その女は椅子から立ち上がりもせずに、ストライドにうなずいた。「エミリー・ストーナー、レイチェルの母親です」彼女は静かな声でいった。

エミリーはストーナーよりも二、三歳は若いが、評判になるほど若く魅力的な妻ではなかった。かつてはきれいだったのだろうが、優雅に年を重ねてきていない。青い目は疲れ、濃い化粧の下に隈が見える。黒い髪は短く、まっすぐで、洗っていない。地味な紺色のセーターにブルージーンズをはいていた。

炉端のエミリーのそばには男がすわっていて、彼女の左手を握っていた。四十代終わりの男で、薄くなりかけた生え際を隠すために白いもののまじる髪を撫でつけてある。その男が立ち上がり、ストライドと握手した。ストライドは、手に残ったじっとりした感触を、さりげなくこすり落とさずにいられなかった。「どうも、警部補さん。デイトン・テンビーです。エミリーが所属する教会の牧師をしてます。エミリーに、今夜はここにいっしょにいてほしいと頼まれたもので」

グレイム・ストーナーは、庭に面した窓のそばの椅子にすわった。「きっとわたしたちに訊きたいことがたくさんあるだろうね。知ってることは、すべて話すが、あまりたくさんはない。いやなことは、先に片づけてしまおう。家内とわたしは、レイチェルの失踪にはまったく関わってないが、このたぐいの情況では、警察がまず家族への疑いを晴らさねばならないのは、わかっている。当然、できることは何でも協力するし、必要ならば、嘘発見器にかけてもらってもかまわない」

ストライドは驚いた。ふつうなら、ここが厄介な部分なのだ——家族に彼らも容疑者であるとわからせるのが。「率直なところ、ご家族に嘘発見器のテストをぜひ受けていただきたい」

エミリーは不安そうにストーナーを見た。「どういうこと？」

「お決まりの手順なんだよ」ストーナーはいった。「警部補、とにかく、あなたの質問をアーチボルド・ゲールに送ってくれないか。この件に関しては、彼がわたしたちの代理人だ。よかったら、明日にも受けるよ」

ストライドは眉を寄せた。協力とはそんな程度か。アーチボルド・ゲールはミネソタ北部ではもっとも恐れられている刑事弁護士で、ストライドはこの人当たりのよい古狸と証言台から何度もやりあったことがある。

「弁護士が必要だと思ってるんですか？」ストライドは声をさらに冷ややかにして訊いた。

「誤解しないでもらいたい」ストーナーは相変わらず冷静に誠意をこめて答えた。「わたしたちには何も隠すことはない。それでも、いまどきはなんであれ、弁護士を雇わないのは無謀なことだからね」

「ゲール氏が同席していなくても、いま、話してくれる気はありますか？」

ストーナーは微笑んだ。「アーチーは飛行機でシカゴからこちらにもどってくる途中なのだよ。彼は、自分が同席せずにわたしたちが事実を検討するのを、しぶしぶ認めた」

しぶしぶね。ストライドはゲールを知っているから、それは控え目な表現だと思った。しかしこのチャンスを逃すわけにはいかない——弁護士に一語一語をふるいにかけられることなく家族から話を聞けるチャンスは今しかないだろう。

ストライドはズボンの尻ポケットから手帳を抜き取り、ペンのキャップをはずした。彼のすぐ左に、ロールトップデスクがあった。彼はそのデスクの向こうから回転椅子を引っぱり出して、腰をおろした。

「最後にレイチェルを見たのはいつですか？」ストライドは訊いた。

「金曜日の朝、彼女が学校へ行く前だった」ストーナーはいった。

「そのとき、彼女は自分の車で行きましたか？」

「そう。わたしが金曜日の夜に帰宅したとき、車はなかった」

「しかし、夜のうちに彼女がもどってきた音は、聞こえなかったのですね？」

「そうだ。十時にはもう寝てたからね。熟睡するタイプなんだ。まったく何も物音は聞こえなかった」

「土曜日には何をしていましたか？」

「大半はオフィスにいた。いつものことだ」

「奥さん、奥さんはその間ずっと家にいましたか？」

それまでずっと暖炉の火を見つめていたエミリーは、はっとしたように顔を上げた。彼女はブランディを一口、ゆっくりと飲んだ。ストライドは、彼女が飲まずにいられなかったアルコールの量を思った。「いいえ。わたしはきょうの午後早くに帰ってきたので」

「どこにいたのですか？」

彼女は自分を取り戻す時間をとってから答えた。「セントルイスから車でもどる途中だったの。数年前に、妹がそちらへ引っ越したのよ。土曜日の朝に、妹の家を出たんだけど、夕方にはもうすっかり疲れてしまい、とても家までは運転をつづけられそうもなくて。それで、その夜はミネアポリスに泊まり、お昼ごろ家に着いたの」

「出かけているあいだに、レイチェルと話しましたか？」

エミリーは首を振った。

「一度も家に電話をしなかったのですか？」

彼女はためらった。「ええ」

「心配になってきたのは、いつですか？」

「エミリーが家にもどってからだ」ストーナーが答えた。「レイチェルから何も連絡がなかったので、娘の友人たちに電話をかけはじめた。誰も娘を見ていなかった」

「誰に電話をかけましたか？」

ストーナーが次々と何人かの名前をあげて、ストライドはそれを手帳に走り書きした。

「学校の生徒たちにも電話をかけた」ストーナーはつけ加えた。「さらに、友人たちから聞いたクラブとレストランの数軒にもかけてみた。誰も娘を見ていなかった」

「ボーイフレンドはいますか？」ストライドは訊いた。

エミリーは顔に垂れた髪を押し上げた。そしてうんざりした声でいった。「レイチェルは大勢のボーイフレンドと付き合ってきたわ。でも、つづかないの」

「性経験は？」

「少なくとも十三歳のときから」エミリーはいった。「ボーイフレンドといるところに出くわしてしまったことが、一度あったわ」

「しかし特別な相手はひとりもいない？」

エミリーはうなずいた。

「親戚には問い合わせましたか？　彼女が行きそうな親戚に？」

「この町には親戚はひとりもいないのよ。わたしの両親は亡くなっているし、グレイムはよその町の出身なの。わたしたち以外に誰もいないわ」

ストライドは書いた。この夫婦が付き合うようになったきっかけは?

「奥さん、娘さんとはどんな関係でしたか?」

エミリーはためらった。「うまくいってなかった。あの子は、小さいころ、父親っ子で。わたしは意地悪な鬼婆的存在だったの」

デイトン・テンビーは眉をひそめた。「それは正しくないよ、エミリー」

「でも、そんな感じだったわ」エミリーはぴしゃりといった。そのときブランディが少しこぼれ、彼女は指でセーターを軽く押さえた。「父親が亡くなったとき、レイチェルの心はさらに離れてしまって。グレイムと結婚したとき、ふたたび家族になれることを期待したけど、あの子が成長するにつれ、関係は悪化していくばかりだった」

「あなたはどうです、ストーナーさん?」ストライドは訊いた。「あなたとレイチェルの関係はどんなですか?」

ストーナーは肩をすくめた。「エミリーと結婚した直後は、レイチェルと比較的仲が良かったんだ。エミリーがいったように、次第に離れていった」

「わたしたちは、あの子に近づこうとしたのよ」エミリーはいった。「グレイムは、昨年、レイチェルに車を買ってやったわ。でも、わたしたちが愛情をお金で買おうとしているように、あの子には思えたのね。実際、そうだったのかもしれない。結局うまくいかなかった」

「彼女は家出をしたいとかいったことはありましたか?」

「ここ久しくなかったわ」エミリーはいった。「異常に聞こえるかもしれないけど、娘は家に居すわり、わたしたちに辛く当たるほうが、わたしたちを困らせられると感じてたみたい。それがあの子に残忍な満足感をあたえたのね」

「娘さんが自殺の衝動にかられたことは？」ストライドは訊いた。

「一度もないわ。レイチェルが自殺するはずない」

「なぜそんなに確信があるのです？」ストライドが訊いた。

「レイチェルは自分が大好きだもの。いつも自惚れていて、自信たっぷり。わたしたちを見下してたの。というか、わたしを」エミリーは首を振った。

「ストーナーさん、奥さんが留守のあいだに、何かありましたか？　口論とか、喧嘩とか、何かそのようなことが？」

「いいえ、何も。あの子はわたしを無視した。いつものことだが」

「彼女は誰かと新しく知り合ったようなことはいいませんでしたか？」

「いや、でももしそういうことがあったとしても、わたしにはいわなかっただろうと思う」

「お宅の私道か通りに、見慣れない車があるのに気づきませんでしたか？　あるいは彼女があなたの知らない人といっしょにいるのを見たとか？」

ストーナーは首を振った。

「あなたの個人的な情況についてですが、ストーナーさん？　あなたはレンジ銀行に勤めている、そのとおりですか？」

ストーナーはうなずいた。「わたしは、ミネソタ州、ウィスコンシン州、アイオワ州、南北両ダコタ州の店舗の副頭取をしている」

「自宅で、あるいは職場で、脅迫されたことはありますか？　奇妙な電話がかかってくるとか？」

「いや、おぼえているかぎりでは、ないな」

「危険を感じたことは一度もないのですね？」

「ないね」

「あなたの銀行での収入は広く知られていますか？」

ストーナーは眉をひそめた。「まあ、秘密とはいえないからね。役員として証券取引委員会《SEC》に報告しなければならないから、それは公文書になる。でもそれは新聞に載るとか、そういうことではない」

「そして、レイチェルが誘拐されたと思わせるような接触は何も受けていない」

「ああ、まったく」ストーナーは彼に告げた。

ストライドは手帳をぱたんと閉じた。「いまのところ、おたずねしたいことはこれくらいです。捜査が進むにつれて、もちろん、ご両親ともっと話す必要が出てくると思いますが。その場合、代理人のゲール氏に連絡します」

エミリーは口を開いたが、閉じてしまった。明らかに何かいおうとしていた。

「いえ——実は、わたしたちがこれほど心配している理由があるのよ。カイルに電話してくれと、わたしがグレイムに強くいった理由なの」

「ケリー・マグラス」デイトンがつぶやいた。

「彼女はすぐ近くに住んでたの」エミリーは声を大きくした。「しかも娘と同じ学校へ通ってたのよ」

ストライドはエミリーが自分を見るまで待ち、彼女の視線をとらえると、精一杯の同情を目に浮かべた。「嘘をつくつもりはありません。われわれはこれから、ケリーの失踪との関連を探るつもりでいます。当然のことですが。しかし表面的に類似しているからといって、レイチェルの失踪がケリーと関係あるとはかぎりません」

エミリーは大きく音をたてて鼻をすすった。そしてうなずいたものの、目には涙が光っていた。

「何か？」ストライドが訊いた。

「何かわたしに答えられる質問があったら、どうぞ電話をください」ストライドはコートから名刺を取り出し、ロールトップデスクの上に置いた。

暖炉のそばにいたデイトン・テンビーが立ち上がり、ストライドに笑顔でいった。「お送りします」

牧師がストライドを玄関へ案内していった。デイトンは臆病で柔弱な男で、ストーナー家の金持ちならではの豪華な部屋や調度に畏縮しているようだ。古くなった茶色のウィングチップの靴が汚い足跡をつけるのではないかと恐れているかのように、用心深く歩いていく。小柄で、身長は百七十センチくらい、顎が細く、小さい茶色の目が中心に寄った、薄い鼻の男だ。エミリーの過去の生活から付き合いのつづいている人物だとストライドは思った。BG——ビフォーグレイム、つまりストーナーと結婚する前からの知り合いだ。

デイトンは顎を撫でながら、外の照明と野次馬をもの珍しそうにちらりと見た。

「まるでハゲタカのようだ」牧師は感想を述べるようにいった。

「ときにはね。でも役立つこともありますよ」

「ええ、そうでしょうね。来てくださって、ありがとう、警部補さん。レイチェルは扱いにくい娘ですが、ひどい目にあってもらいたくない」

「いつごろから知ってるんです？」ストライドは訊いた。

「子供のころから」

ストライドはうなずいた。やはりBGだ。「面倒を起こしはじめたのはいつごろからでしたか？」

デイトンはため息をついた。「エミリーがいったように、彼女の父親が亡くなったあとです。レイチェルはトミーが大好きだった。父親を失ったことに耐えられなくて、怒りと悲しみのすべてを母親にぶつけたのだろうと思いますよ」

「それはどのくらい前のことですか？」

デイトンは口をすぼめ、丸天井を見上げて、思い返した。「父親が亡くなったとき、レイチェルは八歳だったと思うから、およそ九年前かな」

「話してください、牧師さん、ここで何が起きたと思いますか？　レイチェルがひとりで家を出た可能性はありますか？　家出は？」

デイトンは神を後ろ盾にでもしたように自信たっぷりにいった。「おそらく希望的観測でしょうが、わたしはそう信じている。すべてを調べ、手をつくしたころに、彼女がどこかに姿を現わし、わたしたちを嘲笑っているのを知る、わたしは本気でそう思ってるのですよ」

4

エミリーはブランディの最後の一口を飲み干し、リクライニングチェアから身体を起こした。部屋にもどってきたデイトンに、彼女は空っぽのグラスを差し出した。「もう一杯ちょうだい」

デイトンはグラスを受け取り、酒を注ぎ足すために居間へもどっていった。エミリーは彼が出ていくのを見て、それから夫に目を向けずに話しかけた。「電話をかけなくてごめんなさい」

「いいんだよ。ジェイニーはどうだった？」

「元気よ。電話をするつもりだったのよ」エミリーはいった。

「かまわないって、いっただろう」

エミリーは胸の中にむなしさが広がるのを感じながらうなずいた。「あなたが怒るだろうと思ったの」

「そんなことない」

「わたしがいなくて寂しかった？」

ストーナーは手をひらひらさせ、その質問を退けた。「ばかなことを。わたしが困るのはわかってるだろう。昨日は、ハイキングに行きたかったんだが、テニスシューズさえ見つけることができなかったんだから」

「テニスシューズね」エミリーはつぶやき、首を振った。

デイトンがもどってきた。彼が注いできたグラスのブランディの分量は、前よりも少ないように見えた。エミリーはグラスを受け取ると、喉が焼けるのもかまわず、一口で飲み干した。グラスをデイトンに渡し、急いで顔をそむけて目を拭いたが、遅すぎた。彼に涙を見られてしまった。

「あの子はわたしを罰するためだけにやってるのよ。ゲームでもしてるつもりなんだわ」

エミリーはいった。

「あなたよりもむしろトミーのせいかもしれないよ。これだけ年数がすぎたにしても」

「トミーね」彼女は苦々しくいった。

「エミリー、彼はレイチェルの父親なんだ」ディトンはたしなめた。「彼女は八歳だったんだよ。その年ごろの娘にとっては、父親は完璧な存在なんだ」

「ええ、誰もがトミーを大好きだったわ」エミリーはいった。「そしてわたしはいつも悪者だった。彼がわたしたちにどんな仕打ちをしたか、誰もわかってなかったわ」

「わたしはわかっていたよ」ディトンがいった。

エミリーは彼の手を取った。「ええ、知ってるわ。ありがとう。それに、今夜、来てくれて、ありがとう。あなたがいなかったら、とてもこうしてはいられなかったわ」

ストーナーが立ち上がった。「そこまで送るよ、ディトン」彼はうわべは丁寧に聞こえる声でいった。「途中でマスコミ連中につかまらないようにしてあげよう」

ストーナーとならんで部屋を出て行くディトンは、自分より背の高い男と並んでいるせいで、ひどく小さく見えた。エミリーはふたりの後ろ姿を目で追い、足音を聞いていた。玄関のドアが開くと、外にいる人々の騒がしい声が聞こえ、ドアが閉まると、家の中は墓場のように静かになった。

彼女は孤独だった。

近ごろは、夫といっしょにいるときでさえ、孤独だと感じた。

夫のいうことはすべてまともで、彼女を申し分なく扱い、好きなようにすごす自由をあたえてくれる。しかし彼は、ふたりのあいだに少しでも情熱が残っているふりはしなかった。彼はわたしに少しでも愛情があるのだろうか、とエミリーは思った。セントルイスから電話をかけなかったのは、彼を怒らせたかったから、彼のほうから電話をかけたくなるほど恋しく思ってほしかったからだ。もし彼が電話をかけてくれれば、もし怒鳴りつけてわめき散らしてくれれば、少なくとも彼の気持ちが多少は見えるだろうに。

でも彼はわたしを必要としなかった。靴を見つけられなかったとき以外は。

そして家に帰ってくると、レイチェルがいなくなっていた。もう何年も、エミリーはこの日が来るのを覚悟し、いつ娘が書き置きを残して家を出るか、と思っていたのだ。ときには、それを願うことすらあった。敵意に終止符を打ち、生活に安らぎをとりもどすために。それが現実となり、こんなに空っぽな気持ちになるとは思いもしなかった。母娘の絆を取り戻せたかもしれない機会ばかりが思い出された。これほど長いこと敵意を向けられても、どんなに深く愛しているか、レイチェルには決してわかってもらえない、エミリーはとうの昔にそれを受け入れていた。娘を愛するのをやめようとさえしたが、やめられなかった。

行ってしまった。

でも、もし家出でなかったら？　もうひとりの少女のような目にあったとしたら？　通りでさらわれたのだったら？

「どこにいるの、ベイビー？」彼女はつぶやいた。

玄関のドアがふたたび開いて、ストーナーがもどってくる音が聞こえた。エミリーは夫と顔を合わせたくなかった。彼とのへだたり、レイチェルへの悲しい思い、そうした気持ちのバランスをとれなかった。急いで立ち上がり、キッチンを抜けて裏階段へ逃げた。ストーナーがファミリー・ルームへもどっていく音に、彼女は耳を澄ませた。彼が空っぽの部屋を見て、妻がいないことに気づくようすを想像した。でも追ってくるとは思えなかった。そして、やはり彼は追ってこなかった。数秒後に、彼がコンピュータのキーを叩く音がした。彼女は急いで階段を二階へ行った。

今夜は夫婦の寝室で眠りたくない。夫もそれを寂しいとは思わないだろう。エミリーはレイチェルの部屋へ行った。そこは馴染みのないにおいがした。先ほどレイチェルの机やドレッサーを掻きまわした警官たちの汗くさいにおいだ。じつのところ、娘の部屋は彼女には未知の領域も同然だった。レイチェルが家にいるときは、中に入ったことがほとんどなかったからだ。そこは娘の砦で、ほかの人はともかく、エミリーが入るのは許されなかった。

部屋は、ほとんど飾りがなく、殺風景だった。壁には薄黄色の塗料が塗られているだけで、ポスター一枚貼られていない。汚れた衣類は部屋の隅にある白い籠の中に山になり、その外にも落ちている。机に積み重なり散らばっている教科書は、閉じたものもあれば、開いたままのものもある。途中まで走り書きしたくしゃくしゃのルーズリーフの紙が、教科書のあいだからはみ出している。ベッドはきちんと整えられていた——そこだけは、メイドが触れるのをレイチェルが許していたのだ。

エミリーは娘のベッドに横たわり、両膝を引き上げ、腕で抱えた。ナイトテーブルには、父親の両腕に抱かれたレイチェルの写真が大切に飾られている。エミリーは片手を伸ばし、その写真の額を裏返した。それで写真を見ないですむ。

そうしても、彼女は過去から容易に逃れられなかった。ナイトテーブルの上にあるタイマーつきラジオには、黒いプラスチックのサングラスをかけた縫いぐるみのピンクの豚が後ろ足で立ち、前足をかけている。ミネソタ・ステート・フェア（夏の終わりにセントポールで行なわれる州のお祭り）の思い出の品だ。

九年も経ったのに、レイチェルはいまだにそれをベッドのそばに飾っていた。

「トミー」エミリーはため息をついた。

トミーはレイチェルをひょいと肩にのせた。まわりの誰よりも背が高くなったレイチェルは、通りを幅いっぱいに埋めつくす大勢の人たちを見て、驚き、ただぽかんと口を開けていた。無数の人たちがひしめき合い、汗だくになり、身をくねらせて進み、八月の夜更けの熱と湿気でほてっている。

「すごいわ、パパ！」レイチェルが叫んだ。

「そういっただろ？」トミーがいった。「すばらしいだろ？」彼はレイチェルを空中に高く上げ、ぐるぐるまわしてから、さっと地面におろした。

「こんどは遊園地に行くの？」レイチェルが大声で訊いた。

エミリーは笑わずにいられなかった。おそらくそこはトミーが一番行きたくない場所だろう。一日中、トミーとレイチェルは祭りに夢中になっていた。トミーは何から何まで食べた。新鮮なチーズに衣をつけて揚げたものをポップコーンでも食べるようにほおばっては、特大のプラスチックカップに入った氷のように冷たいビールを何杯も飲んで、流し込んだ。コーンドッグ、ポークチョップ、タマネギのフリッター、バターにどっぷり浸けた焼きトウモロコシ、ラヴィオリのフライ、何袋ものミニドーナッツ。これで乗り物に乗れば、胃の中がミキサーでかきまわされたようになるに違いない。しかしトミーはレイチェルには「駄目だ」といったことがない。

彼らが乗り物のある場所に着くころには、そこは光の洪水になっていた。暗闇がカーニヴァル会場をお伽の国に変え、大勢の人たちが歓声をあげ、頭上の乗り物から漏れる光が人々の顔を虹色に照らしていた。レイチェルはすべてに乗りたがった。どんなに速く、どんなに高く動いても、何回さかさまに回転して髪がくしゃくしゃに垂れ下がってもかまわなかった。レイチェルは父親といっしょに『火の輪』に乗って、垂直に立てられた輪をまわり、『巨大ブランコ』に乗り、『オクトパス』に、『なだれ』に、『竜巻』に乗った。トミーの顔色が悪くなるのを見て、エミリーはひそかにいい気味だと思った。

一列めの乗り物すべてに乗るのに二時間近くかかり、それから次の列へ行った。野球ゲームの小屋をとおりかかると、悪魔の扮装をして、赤いスーツに「地獄へようこそ」と書いたバッジをつけた怪しげな客引きが声をかけた。悪魔の恰好の男は茶色の前歯をむきだしにして笑い、トミーを腕試しに誘った。

「皿を三枚割れば、特賞だよ」悪魔がいった。

「特賞ってなんなの？」レイチェルが訊いた。

悪魔は巨大な熊の縫いぐるみを指さした。太って柔らかそうで、レイチェルとほぼ同じぐらいの背丈がある。レイチェルは目を大きく見開き、父親の腕にぶらさがり、欲しくてたまらないような顔で彼を見た。「あれ、ほしい。とってくれる、パパ？」

「いいとも」

悪魔は野球ボールを三つ、トミーに渡した。そのふたつを、トミーは右手でお手玉すると、肩ならしするように左腕をぐるぐるまわした。

「あなた、酔っ払ってるわよ、トミー」エミリーは彼に忠告した。「それに具合が悪そうだわ」

トミーは一球めを陶磁器の皿のど真ん中に投げつけた。皿は粉々に砕けて小屋のゴミだらけの地面に散乱し、ボールはガーンと大きな音をたててアルミニウムの壁にぶつかった。

「すごい、パパ！　やったあ！」

トミーはにやりと笑った。第二球を投げると、ガシャン、ガーン、と音を立て、皿がもう一枚、砕けた。

「あと一球よ、パパ、それで勝ちよ！」レイチェルは叫んだ。

「あの熊の居場所をベッドに作ってやれよ、レイチェル」トミーは娘にいった。

彼は次の投球にそなえて、がっしりした腕を大きく後ろに引いた。ふたりの背後に集まった大勢の人たちが緊張し、またガーンという音が鳴るのを期待して、皿が粉々になるのを待っていた。

ところが、ボールはトミーの手からぽろりと落ち、カウンターで跳ねて、コトンと地面に落ちた。悪魔は笑った。小屋のまわりにいた人たちはがっかりして大きなため息を漏らした。トミーはがくりと膝を折り、腕をつかんで、悲鳴をあげた。顔がゆがみ、赤くなっている。

エミリーはまず頭に浮かんだことを口にしてしまい、すぐにそれを悔やんだ。「ばかね、トミー、野球のボールなんか何年も投げてないのに、いったい何を証明するつもりだったの?」

レイチェルは怒りをこめた目で母親をにらみつけた。トミーは唇をとても強く噛んだので、血がにじんで、それが顎に流れた。レイチェルは手でそれを拭き取った。

「ごめんよ、レイチェル」トミーは彼女にいった。

カウンターの老人はまだくすくす笑いながら、トミーに手を振った。「ほら賞品だよ」そして黒いサングラスをかけた小さなピンクの豚の縫いぐるみをかかげ、トミーに放り投げた。

トミーはすまなそうにそれをレイチェルに手渡し、レイチェルはその豚を特賞よりすばらしいものであるかのように抱きかかえた。「これ、大好きよ、パパ」彼女はいい、父親が身をかがめると、その唇に軽くキスした。

エミリーは心臓を刺されたような気がした。彼女は嫉妬し、そんな自分がいやだった。

「さてと、そろそろ帰りましょうか」彼女はいった。

しかしレイチェルはそう考えていなかった。三人で小屋から離れていくと、『飛び出し椅子』と呼ばれる乗り物が急に目の前に現われた。円形のスチール椅子が、ふたりの客を乗せて、発射台からロケットのように飛び出し、椅子に埋め込まれたマイクが、彼らのヒステリックな叫び声をお祭りの会場に響かせた。

「すごい」レイチェルは声をひそめていった。「あたしにも乗れるかな？」

エミリーが口をはさんだ。「やめたほうがいいわ、レイチェル。パパは気分が良くないし、ああいう乗り物には、あなたはまだ小さすぎるわよ」

「おまえはそんなに小さくないよな。それに、パパの気分は最高だよ」トミーはいった。

「やめてよ、トミー、ばかなことをいわないで」エミリーはいった。

トミーは娘にウィンクした。「何ていうんだっけ、こんなとき、レイチェル？」

レイチェルは母親を見て、とてもかわいい声で歌うようにいった。「やな女、やな女、ああ、やな女」

エミリーは愕然とした。トミーの腕をぐいと引っ張り、彼の耳に小声でいった。「わたしにそういうように教えたの？　いったいどういうつもり？」

「うるさいな、エミリー、ほんの冗談だよ」

「勝手にすれば、あのくそいまいましいものに乗ればいいじゃない」エミリーはトミーの思うつぼにはまって怒る自分に腹が立ち、押し殺した声でいった。

彼はショックを受けたふりをした。「ママが汚い言葉を使ったぞ」

レイチェルは得意気にトミーの手をとった。ふたりはいっしょに乗り物のほうへ向かっていき、それからレイチェルが振り向いた。そしてすばらしい冗談であるかのように叫んだ。「ママのバーカ」

エミリーは二歩近づき、腕を振りあげ、娘を叩こうとした。娘の顔を引っぱたきたくてたまらなかった。けれどどうにか思いとどまり、その場に立ち尽くして泣きはじめた。彼女は泣きながら、ふたりが自分には目もくれずに離れていくのを見ていた。とおりすぎる人々がじろじろ見ていく。彼女は頬を拭き、それから『飛び出し椅子』がよく見える場所へと、人混みを押し分けて行った。いままでずっとしてきたことをするつもりで。ふたりを声援するのだ。自分を虫けらのような思いにさせる夫と、自分を憎むように父親から教えられた娘を。

トミーとレイチェルが『飛び出し椅子』にベルトで固定されると、スポットライトに照らされたふたりの顔がはっきりと見えた。

レイチェルはいつものように怖いもの知らずで、満面の笑みを浮かべている。

しかしトミーは顔色が悪かった。磨いた骨のように真っ白で血の気がなく、額を汗が流れている。

エミリーはおそろしいことに気づいた。トミーの状態がよくないのは、お祭りではしゃいだためでも、投球で筋肉を痛めたためでもない。それは、彼の父親、彼の祖父と大いに関係あることなのだ。父親は三十七歳で急死し、祖父にいたっては三十歳で墓場に行くことになったのだ。

いっしょに年をとってくれなんて、おれに期待するなよ、エミリー。トミーはかつてまじめにそういったことがある。

「待って！」エミリーは叫んだが、彼女の言葉は誰にも聞こえなかった。

にぎやかな夜がかすんできた。音楽と人の声の喧騒が頭の中で、ガンガン響いた。照明が点滅し、ぐるぐるまわった。焼けたオイルのにおいに息が詰まりそうだった。

「彼は心臓発作を起こしてるのよ！」彼女は必死に叫んだ。

まわりの人たちが笑う。冗談だよ、おかしいよ。

ヒュン。ケーブルがはずされた。『飛び出し椅子』は矢のように上に向かって飛び出した。発射塔はガタガタ音をたてて揺れた。椅子につけたマイクが、レイチェルの歓声を伝える。空中で無重力で浮いている彼女の興奮は、性的なものに近かった。彼女の笑い声が群集の頭上に押し寄せた。

トミーはまったく声を発しなかった。

その椅子は、上がったり下がったり、びっくりハウスのように跳ねたり、ぐらぐら揺れたりしていた。たった三十秒間なのに、いつまでもつづくように思えた。そのとき、エミリーに自分のまわりの人たちのつぶやきが聞こえた。彼女は人々が指を差しはじめたのに気づいた。レイチェルの金切り声が静まった。

「パパ？」

エミリーにも、いま、はっきりと夫の顔が見えた。頭が力なく片側に傾き、ゆで卵をふたつ並べたように白目をむき出して、舌をだらりと口から垂らしている。レイチェルもそれを見て、悲鳴を上げた。

「パパ！　起きてよ、パパ！」

エミリーは見物人が入るのを防ぐフェンスをよじのぼった。乗り物の係員たちはどうにか椅子をつかみ、地面に引きもどした。エミリーは彼らのほうへ駆けていった。彼らがレイチェルのベルトをはずす。レイチェルは父親にしがみつき、ヒステリックに泣き叫んだ。ベルトをはずされたトミーの身体は椅子から滑り落ち、地面に崩れた。レイチェルはまだ父親にしがみつき、名前を呼んでいた。

エミリーにはわかっていた。あのとき、人生の岐路をとおりすぎたのだ。心のどこかでは、これがもっと良いものへ通じる道になるはずだ、とひそかに思っていた。多くの面で、死んだトミーと暮らすほうが、生きているトミーと暮らすよりも楽だった。それまでも、定職に就き、生活費をまかなっていたのは、彼女だった。トミーの死後、数年たつと、彼女は徐々に借金生活から抜け出しはじめた。

しかし最も重要なのは、娘の心の中では、トミーは決して死んでいなかったことだ。彼はレイチェルの記憶の中で凍結していた。

それはステート・フェアの翌日、悲しみにくれ、ダルースへもどる車の中ではじまった。レイチェルの涙はすでに乾き、驚くほどすばやく敵意に変わっていた。ハイウェイを走っているとき、この幼い娘は冷たい目でエミリーをにらみつけ、恐るべき激しさでいった。

「ママのせいよ」

エミリーは説明しようとした。トミーは心臓が弱かったことをレイチェルに話そうとしたが、レイチェルは聞こうとしなかった。

「パパはいつもいってたわ、おれが死んだら、殺したのはママだよ、って」彼女はいった。

そうして戦いがはじまった。

エミリーは、レイチェルのベッドに横たわり、ばかげた豚の縫いぐるみを手にとった。

「ああ、レイチェル。そんなに恨まれるなんて、いったいわたしが何をしたというの？どうすれば償えるの？」

5

ストライドはパーク・ポイントと呼ばれる地域に住んでいた。湖の南端と、ダルースとウィスコンシン州スペリオルの奥まった穏やかな港のあいだに突き出ている曲げた指のような形の土地だ。この半島は、道路の両側に家が一列に建ち並ぶ幅しかない。パーク・ポイントへの道はたった一つ、運河にかかる昇開橋をとおる道だけだ。そのため、そこの住民は、毎日の生活を鉱石船の出入りにあわせなければならない。

ストライドは、どうにか目を開け、パーク・ポイントへ向かっていた。橋のことはまったく忘れていた。耳障りな警告のベルが聞こえたとき、初めは頭が疲れたために幻聴を起こしているのだと思った。カーステレオから響くサラ・エヴァンズの歌の音量を低くして、ベルに耳を澄ませた。橋が上がるのだと気づいて、加速したが、もう間に合わないのはわかっていた。うんざりして、どれくらい待つことになるのかと思いながら、ガードレールの前で車を駐め、エンジンを切った。

車からおりて、ドアにもたれ、冷たい風に吹かれた。車の中のカップホルダーに手を伸ばし、タバコの新しい箱を見つけて、火をつけた。おれの自制心なんてこの程度のものさ。彼は気にしなかった。タバコを吸い、疲れ果てて、橋が上がっていくときのスチールのきしむ音に耳を澄ませる――これが彼の人生だ。癌がシンディの命を奪ってからのこの一年、ずっとそうだった。ふるさとであり、決して離れることはないと思っていたこの町が、変わりはじめ、暗いおそろしい場所になってきた。不恰好な昇開橋や湖のにおい、そういう見慣れ、嗅ぎ慣れていたものすべてにシンディとの思い出が重なり、以前とは同じに思えなくなってきた。

彼が子供のころには、ダルースは単一の産業で成り立つ市で、アイアン・レンジとして知られる州北部の中心地だった。巨大な船が小粒の鉄鉱石をいっぱいに積み、喫水線を沈めて、スペリオル湖の深い水をかき分けて北東へ進んでいく、ここはそういう町だった。懸命に働いてやっと暮らしが立つ貧しい町で、住民のほとんどはたくましい鉱夫と彼の父のような船乗りだった。

ストライドには当時の生活が特によかったという記憶はないが、ここには小さい町ならではの雰囲気があり、人々は鉱石産業の浮き沈みとともに、豊かなときもあれば、貧しいときもあり、働いたり、ストライキをしたりして、切り抜けてきた。毎年、湖が凍るまでの九ヵ月間は、鉱石産業のリズムが町を支配していた。列車が出入りし、船舶が出入りした。橋が上がり、橋が下りた。世界中の高層ビル、車、銃をつくる鉄鋼の原料が、ミネソタ北部の粘土質土壌の下から掘り出されて船で運ばれ、最後は巨大な船に積まれるのだった。

しかし鉱石産業が海外の競争相手につぶされて衰退し、ダルースの街の運も下り坂になった。鉱石ではもう財政をまかなえなくなった。そこで町を取り仕切る賢い連中が湖のほとりに位置しているというロケーションに注目して、こう提案した。〝観光客を呼び寄せよう〟。鉱石産業自体が一種の観光の目玉になり、船が運河をとおるたびに、観光客の目は橋に吸い寄せられた。

しかしこの時間は違う。真夜中には誰もいない。ストライドはひとりでたたずみ、タバコをゆっくりと吸って、赤く錆びた船体が橋の下を這うように進んでいくのを見つめていた。その船の甲板に男がひとり立っていて、同じようにタバコを吸っているのが見えた。その男はシルエットしか見えなかったが、片手を上げて、ストライドに軽く挨拶したので、彼もそれに応えて手を振った。彼の人生が、子供のころ思っていたとおりになっていたら、その男が彼だった可能性もあるのだ。

橋が元の位置にもどったので、彼はまたブロンコに乗り込んだ。パーク・ポイントへ向けて橋の上を運転し、タイヤの下でブリッジデッキが切なくきしむ音を聞きながら、船をちらりと見ると、それは赤々と光を灯し、湖へ向かっていった。彼の心の一部はその船についていった。船が出ていくときはいつもそうなのだ。それは彼がここに住んでいる理由のひとつでもある。

パーク・ポイントの住民は、地上で一番美しいこの場所で、のどかな田舎の夏の日々を、短いながらも楽しめる特権のため、観光客にも、強風にも、嵐や吹雪や氷にも耐える。裏庭からマドラスグラスと老木しかへだてるもののない、年ごとに二、三センチずつ侵食されていく浜を共有している。ストライドは七月の日曜日には、よくマドラスグラスの向こうの砂地までラウンジチェアを引きずっていき、何時間もそこにすわって、行き交うヨットや貨物船を眺める。

パーク・ポイントにある家は、都会から移ってきた裕福な人たちが取り壊して建て直した家々をのぞくと、大半は古くなり、絶えず自然の猛威に叩かれ痛めつけられて、かなりガタがきている。春が来るたびに、ストライドは、セールに出ている安いペンキで塗りたくっていたが、それが春が終わるまでもつことは決してなかった。

ストライドの家は、橋から四百メートルのところにあり、一辺が十メートル足らずの四角い建物で、その真ん中に、二段の階段と玄関があった。玄関の右側が居間で、表に面した窓がついている。車が一台しか入らないガレージは家の左手、私道代わりの短い砂の小道の突き当たりにあった。

ストライドは鍵穴に鍵を差しこんでまわし、ドアを肩で押して内側に開けた。家に入ってドアを閉め、ぐったりと寄りかかって、目を閉じた。古くなった木材のカビ臭さと、二晩前に蒸したズワイガニのにおいが、彼の鼻をついた。だが、においはそれだけではない。シンディが亡くなってから一年がすぎたのに、いまだに家の中に彼女の匂いがする。たぶん、十五年間も同じ香水と花の香りの石鹼の匂いを嗅いできたので、現実に残っていると錯覚しているだけなのかもしれない。亡くなった当初は、その匂いがつらくて、窓を開け放ち、湖上から吹きこむ風で消そうとした。やがてその芳香が薄れはじめると、彼はうろたえ、それがすっかりなくなってしまうことを恐れて、何日も窓を閉め切った。

彼は廊下をよろよろと眠そうに歩いて寝室へ行き、ポケットの中のもの全部をナイトテーブルにぶちまけた。それからジャケットを乱暴に脱ぎ、それが床に落ちてもひろおうともせず、乱れたままのベッドに転がりこんだ。足がうずいたが、靴を脱いだかどうかも思い出せなかった。そんなことはどうでもよかった。

目を閉じると、予期していたように、夢に彼女が現われた。ここ数週間、この夢は薄れてきていたが、今夜は苦しむことになりそうだ。

彼は荒野のどこかにあるハイウェイに立っていた。車一台とおらない道を縁取るカバノキの並木が両方向に果てしなく延びている。黄色い線で二分された狭い道の向かい側にケリー・マグラスが立っていた。彼女はうれしそうな屈託のない笑みを浮かべて彼を見た。その顔には汗が光っている。走ってきたらしく、胸を波立たせ、深く息を吸いこんだ。

彼女は彼に手を振り、道路を横切ってくるようにと招いた。

「シンディ」彼は叫んだ。

ケリーの顔の笑みが消えた。彼女は背を向けて、木々のあいだへ走っていき、消えてしまった。彼はついていこうとして、路肩の向こうの斜面を駆け下り、森へ入っていった。足が重く感じられた。左手も重くなった。目を下に向けると、なぜか銃を持っているのに気づいた。

どこかで、悲鳴が聞こえた。

彼は小道をよろよろと進みながら、目のまわりの汗を拭いた。あるいは汗ではなく雨か？ 重なる木の葉の隙間から水が落ちてくるとみえて、小道がぬかるみになり、髪がべっとりとはりついた。前方で、影が小道を横切るのが見えた。何か大きくておそろしげなものだ。

彼はもう一度、ケリーの名前を呼んだ。

「シンディ」

木々のあいだの迷路をとおっていくと、誰かが立ち止まって、彼を待っているのがわかった。

それはケリーではなかった。

レイチェルが裸でそこに立っていた。彼女は両手を空中高く伸ばし、むぞうさに脚を広げて、二本のカバノキに両手をあてて寄りかかり、彼を迎えた。雨が彼女の身体にあたってしぶきになり、乳房からしたたり、その銀色の細い流れが腹に伝わり、さらに股の割れ目に入っていく。

「あなたには決してあたしは見つからないわ」彼に向かって叫んだ。

レイチェルはくるりと背を向けて、走り出し、森に入っていった。彼女は滑るように去っていった。彼女の身体は美しくて、それが小さく遠くなっていくのを、彼は見つめていた。そのとき、先ほどと同じように、おそろしげな影が小道を横切り、消えていった。

彼は銃をかまえた。そしてレイチェルを追いかけて呼んだ。

「シンディ」

木を切り倒した狭い空き地に入った。足元の地面が苔むし、濡れている。小川が湖のほうへ音をたてて流れていくが、岩を越え転がり落ちていく水は鮮やかな赤色をしている。森の木々や木の葉がこすれる音が大きくなり、耳の中で鳴り響く。先も見えないほど激しく降りしきる雨で彼はびしょ濡れになった。

空き地の向こう側に、レイチェルが見えた。「あなたには決してあたしは見つからないわ」彼女はまたも叫んだ。

小川の遠い向こう側のぼんやりした人影を凝視していると、そこに立っているのは、もはやレイチェルではなかった。

それはシンディだった。彼女は両手を彼のほうに伸ばした。

ふたたび彼女の背後で動く影が見えた。怪物だ。

「あなたには決して、見つからない」シンディがいった。

ストライドは頭を枕に埋めて大の字になって寝ていたが、目が覚めかけていて、だんだんとまわりのようすがわかってきた。どこかすぐそばで紙のざわつく音が聞こえ、かなり前にいれたようなコーヒーの匂いがした。

彼は片目を開けた。一メートルほど離れたところで、彼の革張りのリクライニングチェアにマギー・ベイがすわり、短い脚をオットマンに乗せていた。ねじったドーナッツ《クルーラー》を片手に、ストライドの縁の欠けたマグカップのひとつをもう片方の手に持っている。カーテンを途中まで開けた窓から、湖の早朝の景色が見える。

「ボスのコーヒーポット、いやなにおいがするわ。何年前から使ってるの、十年ぐらい?」

「十五年だ」ストライドはいった。そして数回瞬きをしただけで、動かずにいた。「いま何時だ?」

「朝の六時」

「まだ月曜日か？」ストライドは訊いた。

「そうみたい」

ストライドはうなった。九十分ほど眠っていたことになる。マギーは、昨夜着ていたのと同じジーンズと赤ワイン色の革のジャケットをまだ着ているから、まったく眠っていなかったのは明らかだ。

「おれは裸か？」彼は訊いた。

マギーはにやりと笑った。「ええ。すてきなお尻」

ストライドは枕から頭を上げて、自分の身体をちらりと見た。彼もまた昨夜と同じ服を着ていた。「おれの分のコーヒーも入ってるといいんだが」

マギーが彼のナイトテーブルを指さした。そこにはナプキンに載せたチョコレートつきの昔ながらのドーナッツと湯気の出ているコーヒーのマグカップが置いてあった。ストライドはドーナッツを一口かじり、コーヒーをちょっと飲んだ。それからくしゃくしゃになった髪を手で撫でつけた。残りのドーナッツを二口で食べ終えると、シャツのボタンをはずしだした。ジーンズからベルトをぐいと引き抜いた。

「おい、眺めのいいものじゃないぞ」彼はいった。

「わかってるわ」マギーは答えた。そして静かに朝食を食べつづけた。

「見たようなことを、いいやがって」

ストライドは冗談をいったが、自分が微妙な立場にいるのはわかっていた。彼とマギーはチームを組んで七年間、働いてきた。彼女は中国から来た学生だったが、ミネソタ大学の学生時代に、政治集会で声高に批判したため、もどる祖国を失ったのだった。ストライドは彼女を卒業後すぐに採用して、呑み込みの早い女なのがわかった。一年足らずで、彼女は彼よりも法律をよく知るようになり、犯罪現場では――それに容疑者を見て――大半の警官が見逃す詳細なことに気づき、直感の確かさをはっきりと示した。それ以来ずっと、ストライドは彼女をそばに置いていた。

ともに働く年月が長くなればなるほどマギーの能力はますます開花した。彼女はさらに面白く、大胆になり、平気で自分を笑えるようになった。生真面目な顔は表情豊かになった。中国訛りのまったくない英語を、皮肉や毒舌もほどよく交えて、話せるようになった。

やがて彼女はストライドに恋をした。

それを彼に伝えたのはシンディだった。シンディはすぐにマギーの感情に気づき、注意しないと、マギーの心を、青磁の器をこなごなに砕くように、ひどく傷つけることになる、と彼に忠告した。

シンディが亡くなったあと、マギーは一世一代の覚悟で、彼の愛情を求めてきた。六カ月前、ストライドが最も孤独だったときのことだ。寒い春の朝、マギーは彼の家に入り込み、ベッドの彼のわきにするりと忍びこんだ。彼は目を覚ますと、いままで見たことがないほど愛に満ちた目を見た。それには気持ちが動いた。彼は誰かを欲しくてたまらなかったし、彼女は温かくて、その気でいたのだから。

しかし彼はシンディの忠告を思い出し、青磁の器が破片になることを考えて、マギーを拒んだ。先月、彼女は彼に感謝した。彼は正しかった、と彼女はいった。それはふたりの友情を壊し、ロマンスとして実ることは決してなかったはずだと。本気でそう思っているのか、と彼は思った。

「ストーナー夫妻はどうだった？」マギーは訊いた。

ストライドはバスルームのドアを開け、服を脱ぎつづけてシャワーに入り、冷水がだんだん温かくなるまで震えながら、マギーに叫び返した。

「母親は自殺の可能性はないといっている。きみはどう思う？」

「母親というものは、娘が自殺するとは絶対に思わないものよ」マギーはいった。「でももしこの娘がピストル自殺をしたかったら、両親の目の前でやって、すてきな絨毯が間違いなく血だらけになるようにしたと思うわ」

ストライドは微笑んだ。マギーがすでにレイチェルの性格を見抜いていたからだ。こっそりと去って死ぬような娘ではないのを。

「ママと義理のパパは？」マギーが叫んだ。「それが鉄則でしょ。まずは家族を疑え」

「嘘発見器のテストを受けると自分たちからいったよ」ストライドは答えた。「でも質問はアーチー・ゲール聖下に提出しなければならない」

マギーが不快を表わす音をたてたのが聞こえた。「畜生、だから金持ちの親は大嫌い。

まず弁護士に電話して、そのつぎに警察なんだから」

ストライドはタオルをつかみ、濡れた髪を乾かしてから、身体をさっと拭いた。そのタオルを腰にゆるくまきつけると、寝室へもどった。

「おれたちは用心しないといけない」彼はいった。「このふたりを徹底的に調べてくれ、でも慎重にな。ストーナーはＫ２と知り合いであることをはっきり示した」

「ええ、彼はあたしにもそういったわ。毎週、ハンドボールをするとか。ハンドボールをするＫ２なんて想像できないわ。少なくとも、規定サイズのコートでは」

ストライドは笑った。Ｋ２つまり警察長カイル・キニックはマギーと同じぐらいの身長しかない。市長さえも彼をレプリカン（アイルランドの小妖精）と呼ぶことがある。

「ＡＴＭのひとつが当たりだったわ」マギーがつけ加えた。「十時少し過ぎに、彼女の車がとおりすぎるのが一瞬だけど写ってたわ」

「ケヴィンが一点稼いだな。ひとりだったか？」

「車内にはほかに誰も見えませんでした」

ストライドは黄褐色のチノパンをはき、白いワイシャツのボタンを首までとめて、紺色のスポーツジャケットを着た。

「さてさて、もっとコーヒーを飲もうじゃないか」彼はいった。

マギーは彼のあとについてキッチンに入った。ストライドは窓を開けた。朝の空気は霜の匂いがして、湿った首に冷たい針が何本も刺さるように感じた。

「外が凍るように寒いのに、窓を開ける必要があるの？」マギーは震えながら文句をいった。

ストライドはコーヒーを注ぎ、厚板のキッチンテーブルに向かってすわった。マギーが汚れた食器で半分ふさがった流しに目を走らせた。彼女は新聞の山と三日分のDMを押しのけて、どうにか自分のマグカップを置けるだけの場所を確保した。

「こんな暮らしをしてるんだ？」彼女は訊いた。

ストライドは肩をすくめた。「こんなって、どんな？」

「いえ、べつに」マギーはいった。

「つづけよう」ストライドはいった。「おれたちは、彼女が家にもどったと思っている、家のほうへ向かう彼女を監視カメラがとらえてるし、しかも車はいつものあるべき場所に駐まっているからだ」

「車内には変なものは何もない。指紋を調べてるけど、あまり期待はできないわ」

「次の疑問は、彼女は家の中に入ったか？　彼女の寝室はどうだった？」

マギーは首を振った。「あの晩に彼女が何を着ていたかはわかってるけど、それに該当する服は彼女の部屋では見つからなかった。何か紛失しているものがあるかどうかについて、エミリーに訊いたけど。彼女はあまり役に立たなかったわ。引き出しには衣類が満杯になっていて、机の中にはこまごましたものが入ってた。自分で家を出たとしても、たいしたものは持ってかなかったみたい。それに、ジョギングの恰好もしてなかった——ケ

てるのは」

「日記はどうだ？」ストライドは訊いた。「わかってるよ、おれが夢みたいなことをいっ

リーと違って」

「夢みたいな話よ」マギーはいった。「彼女のパソコンを調べたところ、個人ファイルはごくわずかしかなかった。ウェブ・ブラウザーを見て、インターネットでどこかの変質者と話していたかどうか調べたの。でも、彼女のeメールには学校関係のものが少しあるだけで、変なサイトは、ひとつも〈お気に入り〉に入ってなかった。一応、科学捜査班で調べてもらうわ、あたしたちが再生できるものがあるかも知れないから」

「近所の人たちの話は？」ストライドが訊いた。

「一握りの人たちが、あの夜、通りで人を見たのをおぼえているけど、暗かったので、顔をあまりおぼえてなくて。ふたりほどが、外を歩いている十代の少女を見てるの、でもどれもレイチェルとは似ていない。同じ夜、四ブロックほど先に、見慣れない車が駐まっていたという報告をうけました。その目撃者は詳細を思い出せなくて――黒っぽい車、たぶん紺か黒、四ドアのセダン、州外のナンバープレートだったかも、というぐらい。車が駐まっていた近辺に聞き込みをしたところ、自分の車だという人はひとりもいなかったし、州外から客が来た人もいなかったわ」

「それは興味深い」ストライドはいった。「ただし町には観光客が何千人もいるからな」

「そのとおり」

「町を出るほかの方法については？　何か見つかったか？」

マギーは首を振った。「いいえ、何も。金曜の夜十時すぎから土曜の早朝まで、ダルース発の便はなし。念のため、けさ、空港で職員に面接するつもりよ。ここと
ウィスコンシンのグレイハウンド・バスの停留所でも同じく」

「ハイウェイまで歩いていってヒッチハイクをした可能性もある」ストライドは推測をいった。

「それも考えたわ。この州全域、それに隣接する州の警察とハイウェイパトロールに、彼女の写真と情報をファックスで送ってあるわ。ガッポが警察のウェブサイトに情報を載せたし、国道沿いにあるファーストフードの食堂やガソリンスタンドを調べるように州警察にも頼んだわ。マスコミは、ありがたいことに、バード・フィンチのおかげもあって、群がるように情報収集をしてるから、少なくともこの地域全体で彼女の写真を出してくれるわ」

ストライドはホットラインの電話が鳴りっぱなしになるのを想像できた。ケリー・マグラスを捜していたときは、二千件近い情報が寄せられ、ニューオーリンズからフレズノにいたる各地で、その少女を見たという連絡が入った。国中からの助けを借りて、それらの情報を、優先順位をつけて整然と選り分け、それぞれを追跡調査した。結局、どの情報も行き着く先は同じ――どこにもたどりつけなかった。

「変態のほうは？」

マギーはため息をついた。「市には三級の性犯罪者が五名。一級と二級は何十人もいるわ。それぞれをこれから訪ねる予定」

「オーケー」ストライドは頭痛がして、こめかみをもんだ。寝不足のせいだけでなく、まったく同じ苦々しい思いからだ。失踪。捜索。手がかり。それをまたすっかりくり返したり、あるいはまたも失敗の可能性に直面するだけの強さが自分にあるかどうか、わからなかった。今回も、彼はひとりでトラウマを経験しなくてはならない。シンディの支えなしで。

「ボス？」彼が気をとられていると、マギーがいった。

ストライドは弱々しく微笑んだ。「聞いてるよ。もしこの少女が自分の意志で家出をしたのなら、助っ人がいたはずだ。きっと、誰かに話してる。きょうの捜査はきみが指揮してくれ。経過はそのつど携帯で知らせてくれればいい。おれは学校へ行って、教師と友達を調べてくる。何がこの娘の行動のきっかけになったのかを見つけられるかどうか、みてみよう」

6

学校に来てから二時間がすぎ、ストライドはタバコを吸いたくなった。

彼の吸い方は金がかかる。一箱買い、一、二本を吸うと、自分に腹を立てて、残りを捨ててしまう。それなのに、翌日になるとまた吸いたくてたまらなくなり、また一箱買ってしまうのだ。

この高校が、特に禁煙に厳しいのは周知のことだった。エントランススペースの、何列も並んだ消防車のように真っ赤なロッカーの奥に、学校の裏側に出る出入口があった。ストライドはその両開きの扉をとおりぬけて、道路の向こう側の誰もいないサッカー競技場のほうへ歩いていった。教師用駐車場をとおりすぎ、技術センターと書かれた建物に沿って曲がっていく。

その建物の角まで来ると、誰もいない競技場を見下ろした。そこには場違いなカモメが何十羽も群がっていた。タバコの箱とライターを取り出し、一本出てくるまで、箱を軽くトントンと叩く。その一本を手でかこい、風の吹く中で火をつけようとした。何回やってもなかなかつかない。やっとタバコの先端がくすぶってくると、彼はゆっくりと吸い込んだ。煙は肺を満たし、旧友のように彼をなごませた。彼はゆったりとして、緊張がいくらかほぐれていくのを感じた。それから長く激しい咳をした。

「そんなものを吸ってると死んでしまうわよ」彼の背後で声がした。

ストライドは罪の意識を感じた——校舎の陰でタバコを吸っているのを見つかった高校生にもどった気分だ。振り向くと、魅力的なブロンドの女が、技術センターの裏口に通じる灰色のスチールの短い階段にいるのが見えた。彼女もタバコを手にしている。ストライドは彼女に共犯者意識を抱き、微笑んだ。

「少なくとも、おれたちは幸せに死ねる」彼はいった。そして数歩近づき、階段の手すりにもたれた。

「いつも思ってるんだけど、タバコを吸うのとアル中になるのと、どっちがましかしら」その女が彼にいった。

「両方ともオーケーじゃないか？」ストライドはいった。

「そうも考えたけど。でもわたしはまだどっちがましか、模索中」

彼女は三十代半ばで、赤いフリースのジャケットのジッパーを首元まで上げて、折り目のついた新しい黒のスラックスをはいている。贅肉のない運動選手のような身体つきとレイヤーにした金髪のせいで、元チアリーダーのように見えた。目は薄いブルーだ。快活な顔で、鼻はちょっと上向き、頰は冷たい空気に触れて赤みをおびている。

会ったことがある気がする、ストライドは彼女にそういった。

「昨年、会ったわ」彼女はいった。「アンドレアよ。アンドレア・ジャンツィック。この学校の教師よ。ケリー・マグラスはわたしの生徒のひとりだったから、彼女の失踪を捜査しているときに、あなたに質問されたわ」

「レイチェルもあなたの生徒だった？」

アンドレアは首を振った。「彼女は生物をとってたんじゃないかしら、化学ではなくて。生物の教師のペギーが、今朝、彼女の失踪について話していたわ。わたしはレイチェルがどの子かも知らないけれど」

ストライドはポケットに手を突っ込み、学籍係がくれたしわくちゃの紙を取り出した。レイチェルの受けている授業と成績の一覧表だ。「昨年、英語の授業で、彼女を受け持ちませんでしたか？」

「それはロビン・ジャンツィック。彼はここで英語を教えてる、いいえ、教えてたわ。もし、彼と話をしたかったら、新しい奥さんといっしょにサンフランシスコにいる彼を探さないとね」

「ご主人ですか？」ストライドが訊いた。

「昔々のね」

「失礼」ストライドはいった。「男なんてろくでなしだ、といったら気が楽になるかな？」

アンドレアは笑った。「先刻承知のことだわ」

彼女は皮肉な笑みを浮かべたが、それを見て、ストライドは自分を見ているような気がした。自分も同じことをしていたから、彼女が自分のまわりに壁をめぐらしているのがわかった。しげしげと見ると、顔にも同じものが見て取れた。眉間のしわ、生気のない目、肌を若く見せようと厚く塗った化粧。すべて喪失のなせる業だ、彼と同じように。

「そのときに、またタバコを吸いだしたとか？」彼は推測して訊いた。

彼女は驚いたように見えた。「そんなにはっきりわかる？」

「自分も似たような経験をしたからね。一年前に。そのときに、タバコをまた吸いだしたんだ」

「一年前にやめたつもりだったけど、そううまくはいかなくて」アンドレアはいった。

「ご主人はレイチェルについて話したことがあるかな?」

アンドレアは首を振った。「いいえ。英語のクラスは生徒が大勢いるから」

「ほかの先生や生徒は? 誰か彼女と親しかったらしい人を知ってますか?」

「ナンシー・カーヴァーと話すといいかも。うちのパートタイムのカウンセラーよ。今朝カフェテリアで、レイチェルについていろいろいっていたわ」

「どんなことを?」

「捜索は時間の無駄だと思ってるらしいわ」

「理由はいってた?」ストライドは訊いた。

アンドレアは首を振った。

「そうか、とにかく、その女性はレイチェルのカウンセリングをしたことがあるのかな?」ストライドはつづけて訊いた。

「わからないわ。ナンシーはこの学校の常勤カウンセラーではないのよ。ミネソタ大学の分校で教えていて、ここではボランティアとして悩みのある生徒たちの相談にのってるの。ほとんどが、女子生徒よ」

「学校内に、彼女の相談室があるのかな?」

「ええ、といってもクロゼットくらいの大きさだけど。二階よ。前もって忠告しておくわね。あなたはナンシーがまったく受け入れられないものを身につけてるわよ」

ストライドは首をひねった。「銃かな？」

「ペニスよ」

ストライドは声をあげて笑い、アンドレアはくすくす笑い、じきにふたりとも笑いすぎるほど大声で笑っていた。ふたりは見つめあい、この冗談を楽しみ、それにともなって微妙に惹かれあうのを感じていた。笑うという行為は、奇妙な感じだった。何かにユーモアを見出す心の余裕があったのは、どのぐらい前だったか、思い出せない。あるいはユーモアを女性とともに楽しんだのがどのくらい前のことだったか。

「少なくとも、これで心構えができたでしょう」アンドレアはいった。

「ありがとう、とても助かったよ、ミズ・ジャンツィック」

「アンドレアと呼んでほしいわ。それとも、そういう呼び方をするのは許されないのかしら？」

「そんなことはないさ。おれはジョナサン」

「ジョンのほうが似合うと思うけど」

「それでもかまわないよ」

ストライドはなぜかその場を去りかねた。それから自分が何かほかのことをいいたくてたまらないのだとわかった。夕食に誘うとか、何色が好きか訊くとか、顔にかかっているブロンドの房をそっともとにもどしてやりたいとか。その感情の力に、彼は急に圧倒された。たぶん、ほぼ一年も、少しでもこんな気持ちになることがなかったからだ。彼は長いこと、心の中で死んでいたので、心が生き返るのがどんな感じなのか、よくわからなかった。

「大丈夫?」アンドレアが訊いた。心配そうな顔をしている。とてもきれいな顔だ、と思った。

「大丈夫、ありがとう」

彼は階段にいる彼女と別れた。気持ちを示すべき瞬間は過ぎてしまった。しかしそれは決してほんとうに過ぎたのではなかった。

ストライドはナンシー・カーヴァーの部屋が廊下からはほとんど見えないところに、ひっそりと隠れるようにあるのを見つけた。角を曲がって見回すと、幅の狭いドアがあり、そこにナンシー・カーヴァーの名前を彫った厚板が釘でぶらさがっているのが見えた。ドア一面に貼られた写真やパンフレットを見たら、教育委員会の委員たちがヒステリーを起こすに違いない。

同性愛嫌悪の危険に関する雑誌の記事があった。きちんと切り抜かれた鮮明な挿絵をそえ、ポルノの蔓延を激しく非難する記事もある。アメリカの大学レズビアン女性協会の昨年の年次総会のパンフレットもあり、その会の演説者である彼女の名前に蛍光マーカーでしるしがつけられていた。キャンプ用の恰好をした女性たちの野外の写真も何十枚もある。ストライドはその場所がブラックヒルズや、カナダにあるらしい荒地の滝のあたりなのがわかった。写っているのは、大半が十代の少女と女子大生。ただひとりだけ例外で、小柄でがっしりした体格の四十歳前後の女性がほとんどの写真で真ん中に写っていた。彼女は赤毛を刈り込み、大きな太い黒縁のめがねをかけ、ほとんどの写真で、彼女は同じ身なりで、グリーンのフリースセーターにストーンウォッシュのジーンズをはいている。

ストライドは少女たちの写真をつぶさに見た。そのどれにもレイチェル――あるいはケリー――が写っていないことがわかると、なんとなくがっかりした。

拳でドアを叩こうとしたとき、中からかすかな音が聞こえた。気が変わり、ドアに鍵がかかっているのだろうかと思い、ドアノブをまわして、押してみた。ドアは内側に開き、斜めについた壁にゴツンとあたると、開口部はたったの九十センチ、室内にどうにか入れる幅だった。

ストライドは、室内のふたりが反応できないうちに、その場面を目に焼きつけた。ブロンドの細い髪がふっくらした童顔に無造作にかかったティーンエイジャーが、かろうじて室内におさまったみすぼらしいブルーのリクライニングチェアに、目を閉じて、寄りかかっていた。ナンシー・カーヴァーがその背もたれの後ろに立っていた。そして広げた指先で少女の頬と額をマッサージしていた。カーヴァーの目も、めがねの奥で閉じていた。ドアがバタンと壁にぶつかる音で、ふたりの目がぱっと開いた。カーヴァーは手を、まるで火にでもさわったかのように、少女の肌からぱっと離した。

椅子にいた少女はストライドのほうは見ずに、首を伸ばして、後ろのカーヴァーを不安そうに見た。カーヴァーは激怒を抑えきれない目でストライドをにらんだ。

「いったいどういうつもりなの、ノックもしないなんて失礼な」彼女は答えを求めた。

ストライドはせいいっぱい愛想よく謝罪する態度をとった。「申し訳ありません。先生とお話しする必要があったもので、それに誰かといっしょにいるとはわからなかったものですから」

少女はどうにか椅子の背を立てて、それから立ち上がった。彼女はストライドと目を合わせなかった。「授業に出なくちゃ。ありがとう、ナンシー」

カーヴァーは声を穏やかにして答えた。「ええ、サラ。また木曜日にね」

サラはナンシー・カーヴァーの机に重ねてあった数冊の教科書をあわてて取った。それらを胸に抱え込み、気まずそうにストライドのわきの隙間をとおった。そしてそそくさと廊下を逃げていった。

ストライドは部屋に入り、ドアを閉めた。カーヴァーは古いリクライニングチェアの後ろで硬直したまま、虫けらでも見るように彼をじろじろと観察している。めがねのせいで彼女の猛々しい茶色の目は、実物より大きく見えた。写真で見るよりも小柄だが、筋骨たくましい体格だ。

「何を聞きたいの？」彼女は訊いた。

「ジョナサン・ストライドというものです」彼はいいはじめたが、彼女は苛立って手を振り、言葉をさえぎった。

「ええ、ええ、あなたが誰だかは知ってるわ。警察の人で、レイチェルの失踪を捜査していて、わたしの時間を使っている」彼女は机にもどり、木製のシェーカーチェアにすわった。「わたしがまだ知らないことを話して」

ストライドは狭い室内を見まわした。カーヴァーのデスクは学校からの標準的な支給品で、アルミニウムの脚に白い合板が載っている。そこに山積みになっているハードカバーの本の大半は、なにやら曖昧な心理学の題名がついていた。はみ出すほど書類がはさまれたマニラ紙の書類ばさみの山もあった。電話器には小さいメモがべたべた貼ってある。室内にある家具は、机と椅子、それにリクライニングチェア。壁にはコルクの掲示板があるだけで、それには、この部屋のドアに貼られたのと同じぐらいびっしりと、記事や写真が貼ってあった。

ストライドはリクライニングチェアにすわり、ゆったりとくつろいだ。ジャケットの内ポケットから手帳を抜き取り、ほかのいくつかのポケットを探ってペンを取り出してから、柔らかい背もたれによりかかり、ため息をついた。彼は手帳をぱらぱらとめくり、前のほうの数ページの走り書きをちらりと見て、不快を催すような舌を鳴らす音をたてた。そうしてから、ナンシー・カーヴァーを見上げた。彼女はいまにも爆発しそうなようすで、じっと我慢してすわっていた。

「相棒から、心理療法を試すべきだといわれましてね」ストライドは愛想よくいった。「患者はみんな、軽く顔のマッサージをしてもらえるんですか?」

カーヴァーの顔はまったく無表情だ。「サラは患者ではないわ」

「そうですか? それは残念だ。あなたは医師だと聞いてましたが、たぶんわたしの勘違いですね。マッサージ療法士ですか?」

「わたしは心理学の修士号と博士号の両方を持ってるのよ、刑事さん。そしてミネソタ大学で終身在職権をもつ教授です。でも、ここでは、ここの少女たちには、ただのナンシーにすぎないわ」

「なるほど。それでサラとは何をしていたんですす——お昼寝仲間ですか?」

「いいえ」彼女はいった。「あなたには何の関係もないことだけど、サラは眠れなくて困っているの。わたしはリラックスする方法を示していたのよ。それだけのこと」

ストライドはうなずいた。「リラックスするのはいいことです。相棒は、それもやってみるべきだ、といっていました」

「あなたの相棒は、もっとさっさと要点を話せ、と忠告すべきみたいね、刑事さん。あなたのケチなもくろみは簡単に見透かせるから、長々とやられると退屈だわ。さっさと質問して、わたしを仕事にもどしてくれない?」ここで初めて、ナンシー・カーヴァーは微笑したが、それには温かみのかけらもなかった。

ストライドは微笑み返した。「もくろみ?」

「ええ、もくろみ。どっちが相手を出し抜いて心理を読み取れるかを、見ようとしている。忘れないでね、わたしはそれで暮らしを立ててるのよ。さあ、率直にいきましょう、刑事さん？　あなたが早合点した調査結果に加えて、あなたはすでにわたしをセックスの対象としていかほどのものだろうと値踏みした。大した魅力はない、異性愛社会にとって大きな損失にはならないと結論を出した。それでも、わたしの体格がスポーツ選手向きで、わたしの態度の威勢のよさから、もしもベッドに引き入れることができたら、なかなかいい相手になるだろうなと、心に留めたわね。そういった考えから、わたしがほかの女性と寝ている幻想を抱いた——そしてここにいるティーンエイジャーの誰とでもセックスをしているのだろうかと思った。それで、かさにかかった態度で、わたしの不安をつつけば、深く暗い秘密を吐き出させられるのではないかと期待している」

「これは、すごい」ストライドはいった。「こんどは、ワールドシリーズで誰が勝つか教えてもらいたいな」

カーヴァーはこんどもこわばった笑みを見せた。「わたしがいったとおり、そうじゃない？」

「あなたが話題に出したからうかがいますが、ここでティーンエイジャーの誰かとセックスをしてるんですか？」

「わたしは未成年者とはセックスをしないわ、刑事さん」カーヴァーは一語ずつはっきりとゆっくり話した。

「それはご立派な答えだ。わたしが訊いたこととは違うが、立派な答えです。ドアにある写真が気に入りましたよ。あなたは生徒たちをよく課外研修に連れていくようですが」

「フェミニズム研修旅行と呼んでいます」

「未成年者もこうした研修に参加するのですか？」

「もちろん。親の許可を得て」

「レイチェルはそうした研修にあなたと同行したことがあるのでしょうかね」

「いいえ、ないわ」カーヴァーはいった。

「ケリー・マグラスはどうです？」

「いいえ、ケリーには一度も会ったことがないわ。わたしがふたりの失踪になんらかの形で関わっていると考えているの？」

ストライドは首を振った。「とんでもない。関連性を探しているだけです」

「それで、レズビアン活動家に早速聞き込みなの？」

「さすが、みごとにわたしの心理を読んでおいでだ。このふたりの少女のいずれかにカウンセリングをしたことはありますか？」

「ここではカウンセリングなどしないのよ、刑事さん」

「そうか、あなたはマッサージ療法士ではないとはっきりいわれたし、カウンセラーでもないのなら、正確にいって、ここで何をしているのです？」

「わたしはアドバイザーよ。あるいはただの友達。正式な職業的関係はふくまれてないの」

「それは奇妙だ、そうじゃありませんか?」ストライドは訊いた。「つまりあなたは心理学の修士号と博士号の両方を持ち、しかもミネソタ大学で終身在職権のある教授で、机の上には何とか『学』という題名の本がたくさん置いてあるのに」

「少しも奇妙ではないわ、刑事さん。それどころか、わたしがここにいることについては、あなたにこそ責任があるといえるわね」

「わたしに? どういうことです?」

カーヴァーは机に前かがみになり、両手をしっかり組み合わせて、大きな茶色の目で彼を穴のあくほどじっと見た。「あなたがケリー・マグラスを見つけられなかったから、この学校の女子生徒たちの心に傷を残したの」

ストライドはたじろいだ。「どういう意味だかわかりませんが」

「そう、それならはっきり説明するわ。昨年の八月にあの少女が行方不明になってから、女子生徒たちにいろいろ問題が出てきたの。授業を欠席したり、急に泣き出したり、自滅的行動をとったり。そこでわたしはボランティアのカウンセラーとして奉仕すると申し出たのよ――カウンセラーといっても、職業的意味ではなく、生徒たちと心を通わせ、生徒たちが感じている恐怖について話せる人間として。わたしの政治的かつ性的傾向について運営陣があれこれ文句をつけずに、心からわたしを歓迎したことからも、彼らが事態をひじょうに憂慮していることがわかるわ。わたしもここの少女たちのための仕事を楽しんでいるの。それで週に二日、午後にはいつもここに来るし、少人数のグループをいくつかの研修にも連れていったわ。でも、彼女たちの療法士ではないの。ただしわたしの職業上の経験が役に立っているのは確かね。わたしは、ここの女生徒たちの話し相手よ」

「レイチェルと友達になるチャンスはありましたか？」

ストライドは相手の顔を見つめ、反応を期待した。ところが何もなく、たじろぎもしなければ、何かを隠そうともせず、相変わらず落ち着き払って見返してくるだけだ。

「彼女のことは知ってるわ」カーヴァーはいったが、顔にはまだ何の表情も出ていない。

「どの程度に？」

「ときどき会う程度。定期的に訪ねてきたわけではなく。先ほどもいったように、研修には一度も参加しなかったわ」

「なぜ、彼女は会いにきたのですか？」

カーヴァーは間をおいた。ストライドを静かに凝視している。「それは話せないわ」やっと、そういった。

「なぜだめなんですか？」ストライドは苛立って訊いた。「あなたは断固として職業的関係を否定したのですから、特権は適用されない、違いますか？」

「それは、レイチェルがこの関係をどうとらえたか、彼女がわたしを療法士とみなしたか否かによるわ。それはとにかく、彼女は完全にふたりのあいだだけの秘密にしておくという条件で、話してくれたの。誰にもいわないで、と頼まれたのよ。わたしが秘密を漏らすという評判が立ったら、刑事さん、この分野で何をやってもうまくいかなくなるわ」

「しかし、この場合は特殊な情況ですよ。彼女は行方不明になった。それが彼女を見つける助けになれば、あなたが話すことはレイチェルのためになるんです」

カーヴァー先生は首を振った。「そうは思えないわね」

「カーヴァー先生、この少女は深刻な危険にさらされている可能性があるのです」ストライドは執拗にいった。

「刑事さん、わたしは、彼女を見つけるのに役立つようなことは、何も知らないわ。信じてちょうだい」

「あなたは、われわれがレイチェルを見つけることは決してないと思う、と学校の人たちに話していた。なぜですか？　何が理由でそう思うのです？」

「ケリーが見つからなかったでしょう」カーヴァーは答えた。

「ふたつの事件に関連性があると考える理由があるのですか？」

「いいえ、そんなことをほのめかすつもりはなかったわ。そう考える理由はまったくないもの」

「それでも、あなたは、われわれがレイチェルを見つけることはないと確信しているようですが」ストライドはくり返した。

「彼女は見つけてもらいたいと思ってるのかしら」カーヴァーはいった。

ストライドの目が細くなった。彼はリクライニングチェアから立ち上がり、両手で机の縁をつかみ、カーヴァーにのしかかるように身を乗り出した。彼の存在をはっきりと相手に感じさせたかったのだ。「情報を持ってるなら、カーヴァー先生、それが何であるかを知りたいのです。あなたの逮捕令状をとるようなことはしたくない」

カーヴァーは震えもしなかった。彼と目を合わせ、にらみつけた。「そうなさいよ、刑事さん。推測だけでは、逮捕などできないし、わたしの知らないことを話させることもできないわ。さっきもいったけど、もう一度、いうわね。レイチェルがどこにいるかは、知りません。彼女に何が起きたかも知らない。あなたが彼女を見つけるのに役立つ情報は何も持ってないわ」

「しかしあなたは、彼女が生きていると思っている」ストライドはいった。「彼女が自分の意志で出ていったと、あなたは思っている」

「わたしが思っているのはね、刑事さん。あと六カ月で、レイチェル・ディーズは十八歳になるってこと。その時点で、たとえあなたが彼女を見つけても、彼女を連れ戻すことはできなくなるわ」

ストライドは首を振った。「沈黙を守るのは、彼女のためにならない。彼女が家出をしたのなら——彼女に家出をする理由があるのなら——わたしはそれを知る必要がある。いいですか、わたしは彼女の母親に会いました。母子のあいだでいつも激烈な戦いがあったのは知っています。しかしもし彼女が自身だけが頼りで、ひとりでいるなら、彼女は重大な困難にまきこまれ得る。家出したティーンエイジャーの大半にとって、それがどんなものであるか、あなたに話す必要はないでしょう？　どれほど多くの子がホームレスになるかを？　どれほど多くの子が売春することになるかを？」

一瞬、彼は勝つかもしれないと思った。カーヴァーの目に、一瞬だけ、弱さが見えたのだ。彼のいうとおりだと、彼女はわかっているからだ。しかしすぐに、仮面をかぶったように、彼女の目に厳しさがもどってきた。

「悪いけど、刑事さん。あなたの役に立つことは何も知らないわ。わたしが人に何をいったにしても、それはわたしの個人的意見よ」

「その意見とは？」ストライドは訊いた。

カーヴァーは肩をすくめた。「さっきもいったでしょう、彼女は決して見つからない、と」

7

ヘザー・ハブルはダルースの西十五キロほどのところで、ハイウェイ五三号線から左に曲がり、名もない泥道に入った。轍のついたでこぼこの路面で、車は激しく揺れて、跳ね上がった。彼女の隣の座席では、六歳になる娘のリサが車とともに揺れていた。

木曜日の午後も遅い時刻だった。ヘザーは南に数キロの場所にある荒れ果てた納屋の写真を撮るのに、薄れていく光と長くなる影をうまく生かしたかった。周囲の秋の色が盛りを過ぎるまで待っていたのだ。鮮やかに赤かった葉が錆色に変わり、黄色は色褪せ、緑がかっている。木の葉の多くはすでに落ちて、納屋のまわりの地面に散り積もっているはずだ。申し分ない。納屋もひどく荒れ果てている。彼女の写真ではそれぞれのイメージが相乗効果をもたらす。

「この道、大好き、ママ」リサは座席で飛び跳ねながらいった。「よくはずむし、きれい」

リサは窓に鼻を押しつけて、木々をじっと見ていた。絶え間なく落ちる枯れ葉が空中に舞っている。

「あとどのくらい？」リサは待ちきれなくて訊いた。

「もうすぐよ」ヘザーがいった。

やがて車が曲がると、左側の草地に納屋がぼんやりと見えた。それはヘザーの目には美しくロマンチックに見えたものの、実際には、長いこと放置された廃屋でしかない。おそらく来年の春にはなくなっているだろう。とはいえ、もう何年間もそう思ってきたのだが。すでに数カ所が崩れて、ギザギザの穴があいている屋根の残りの部分も、今年こそ雪の重みで、崩れてしまうに違いない。納屋の赤い塗料は色褪せて、亀裂が入り、剝がれてしまった。窓はティーンエイジャーたちの投げた石で割れていた。建物の骨組みが内側に傾き、壁面は弓のように曲がって不安定だ。二月までにはこの納屋はたぶん、梁が折れ、すっかり雪に埋もれているはずだ。

彼女は草ぼうぼうの小道に車を乗り入れた。これはほんものの道ではなく、長年にわたり納屋にやってきた人たちの車に踏み固められたにすぎない。彼女が車を駐めて、外に出ると、リサも大急ぎで外に出た。

「あたし、ここに来たの、はじめて、そうでしょ、ママ?」リサが訊いた。

「ええ、そうね。ママがここに来たときは、いつもリサは学校にいたから」

「ここはあんまりきちんとしてないのね?」

ヘザーは笑った。「ええ、そうよ」

「まわりを見てきてもいい?」

「いいわよ。でも納屋の中に入っちゃだめよ。安全じゃないから」

「お化けの出そうなところね。ママはどう思う?」リサはいった。

「そうかもね」ヘザーは彼女にいった。

「ここをどうやって知ったの?」リサが訊いた。

ヘザーは微笑んだ。「ティーンエイジャーだったころ、よく来てたのよ。若い子が大勢、来てたわ」

「ここで何をしたの?」リサが訊いた。

「あちこち探検したのよ。あなたみたいにね」

ほんとうの理由をいう必要はない。あのころ、彼女や何十人ものダルースのティーンエイジャーがここに来たのはセックスをするためだったことは。セックスをするには、この郡では最高の場所だった。だんだん収拾がつかなくなったので、納屋の裏に一度に駐める車の数が多すぎることにならないように、順番を書いた紙が生徒たちのあいだに秘かにまわされた。ヘザーの初体験は、納屋の外、ピックアップ・トラックの荷台で、星空のもとだった。

彼女は、近ごろの生徒もまだこの納屋を使うのだろうかと思った。いまでも重なり合うタイヤのあとがたくさん裏手に向かっている。草地にビールの空き瓶が散らばっているのも見えた。もっとよく見れば、たぶん使用済みのコンドームも落ちているだろう。

ヘザーはリサをまた見ていった。「何もひろっちゃだめよ」

リサはいやな顔をした。「へえ、それじゃ、つまんない」

ヘザーは優しくいった。「石ころや棒切れならひろってもいいけど、人が使うものはだめよ、いいわね？　何だかわからないものだったら、触っちゃいけないのよ」

リサは肩をすくめた。「わかった」

母と娘は別れた。ヘザーは茂みにぶらぶらと入っていくリサにしばらく注意していたが、娘が大丈夫だと確信すると、撮影場所を調べはじめ、満足できる角度を見つけるために草むらに踏み込んでいった。良い場所に落ち着き、用意をはじめたとき、リサが納屋の裏へ走っていくのが見えた。

「裏のほうは気をつけるのよ」ヘザーは叫んだ。リサは何か叫び返したが、ヘザーには聞き取れなかった。

彼女はひざまずき、カメラのファインダーをのぞき、構図を見た。背後では、太陽が一番高い木々のあたりまで沈みかけている。彼女は胃の中がびくびく引きつり、指が震えるのを感じた。望みどおりのものが撮れそうだとわかると、いつもこうなるのだ。数秒かけて、もう一度明るさをはかり、露出を調整した。それからついに用意ができ、立て続けに何度もシャッターを押すと、そのたびにフィルムがまわる音が響いた。

「ママ！」リサが納屋の裏から叫んだ。「見に来て！」

「ちょっと待って、いい子だから」ヘザーは叫び返した。

「見て、見て、見て」リサは叫んだ。そして納屋の裏から走ってきた。

「リサ、ママはいま忙しいのよ。何なの？」

「見て、これを見つけたの。きれいじゃない？」

ヘザーはカメラから目を離し、リサが金色のブレスレットを持っているのに気づいた。

「どこで見つけたの、リサ？」

「納屋の裏で」

ヘザーは眉をひそめた。「ひろっちゃいけないって、いわなかった？　人が使うものを？」

「いったけど、これは違うわ」リサは口答えした。

「どう違うの？」

「これは危険でもなんでもないし、ただのブレスレットよ」

「ええ、そして誰かのブレスレットだわ。その人はたぶんそれを探しにもどってくるわよ」ヘザーはいった。「さあ、それを見つけた場所にもどしてらっしゃい」

「持ってちゃいけない？」

ヘザーはため息をついた。リサはアクセサリーのことになると、いつもこうだ。「ええ、だめよ。それは誰かのものなの。すぐにもどしてきなさい」

「もういらないんじゃないかしら。すっかり汚れてるもん」リサはいった。

「それなら、あなたはなぜ欲しいの？」

リサはすぐには答えられなかった。答えを考えた。「あたしならきれいにできるわ」彼女はいった。

「それを持ってた人もきれいにできるはずよ。さあ、もう口答えはやめなさい。もどしてくるのよ」

リサは争うのを諦めて、つまらなそうに納屋の裏へもどっていった。ほっとして、ヘザーはカメラに注意をもどした。ふたたびファインダーをのぞいた。

完璧だわ。

納屋の裏で、リサはブレスレットを見つけた場所に置いた。草地の縁の水のたまったぬかるみに。でも、もどすのが正しいとは思えなかった。誰かがそれを探しにもどってくるとは思えない。

「でもママにいわれたから」リサは独り言をつぶやいた。

それをもどしてから、リサは探検をつづけた。すでにかなり集めていた。その中にはいくつかの面白い石や、数本の可愛い青い花などもある。彼女はそれをみんなコートのポケットに押し込んでいた。時間がまだ少ししか経っていないような気がしたが、空を見上げると、太陽はすでに木々の下まで沈んでいた。

ちょうどそのとき、母親の呼ぶ声が聞こえた。「リサ！　いらっしゃい、もう帰る時間よ！」

このときだけは、リサは二度いわれる必要はなかった。リサは草地から出て、ふたたび、納屋のほうへ駆け出した。しかし走りながら、あのぬかるみ、ブレスレットがある場所のすぐそばをとおらなければならなかった。

「リサ！」母親がまた叫んだ。

リサは考えた。そのブレスレットがほんとうに欲しかったたし、そこに忘れていった持ち主は、かなり不注意だ。しかも、自分ならそれをとっておき、きれいにできる。もしも持ち主がまた欲しいというならば、それまで大事にしまっておいてあげられる。それに、持ち主はそれを捨てた、としか思えなかった。

ママはわからないんだ。ママはアクセサリーが好きじゃないから。

リサはすばやくしゃがみこんで、ブレスレットをつかみ、ポケットの奥に押し込んだ。

「いま行くわ」彼女は叫び、納屋の前のほうへ走っていった。

第二部

8

バード・フィンチは床に這っているケーブルを支柱のように長い脚でまたぎながら、ゆっくりとスタジオの暗がりを歩いていった。誰も彼に話しかけない。生放送開始の直前の数分間には、バードが一言もしゃべらないのは、とっくに承知しているからだ。彼はとてつもなく気分が昂っていた。気持ちが沸きかえっていた。自分に気合を入れているのだ。今晩もまた、高視聴率になるはずだ。

レイチェルの失踪から三週間口説きつづけ、ついにグレイムとエミリーのストーナー夫妻に自分の番組への生出演を承諾させたのだ。この夫婦は娘の失踪についてはじめて話す気になってくれた。しかもこのふたりだけではない。もう一組の深く悲しんでいる夫婦、マイクとバーバラのマグラス夫妻も加わる。彼らは一年以上も娘ケリーを捜しているのだが、いまだによい結果を得ていない。この二家族が同席して、感情を吐露し、警察にメッセージを伝えるのだ。

スペリオル湖の北岸、ノース・ショアには、ティーンエイジャーを誘拐する人殺しがいて、いまも誰かに忍び寄っているのです。その男を見つけてください。

バードは立ち止まり、腕を組んだ。明るく照らされたセットでは、グレイムとエミリー・ストーナーがすわり心地のよい椅子に腰掛け、そのまわりをメーキャップ係ふたりが忙しなく動きまわって、彼らのメークの仕上げをしている。マグラス夫妻がストーナー夫妻のほうへ歩いていき、二組の夫婦がぎこちなく挨拶をかわすのをバードは見守った。

「二分前です」頭上のスピーカーから響く声が告げた。

バードはスタジオの暗がりから出てきて、大きな猫のような優雅な足どりでセットを横切っていった。彼が黒い塔のように前にそびえ立つと、四人のゲストは椅子にすわったまま彼を見上げた。彼は黒い肌と対照的な真っ白な歯を見せて、彼らに微笑みかけた。そして順々にそれぞれの手を、ものすごく力をこめて握った。

「今夜はご出演、ありがとうございます」彼はまじめな、低く響く声でいった。悲劇の被害者のためのとっておきの声だ。「みなさんがどんなにおつらいか、察するにあまりあります。しかしこの州に住むほかの人々に、みなさんのお話を聞かせるのはとても重要なことなのです。それに、神の思し召しがあれば、みなさんの声はお嬢さんに届くかもしれませんし、それが誰にせよ、お嬢さんを連れ去った犯人に届くかもしれません」

「ありがとう、フィンチさん」バーバラ・マグラスがいった。

「ストーナーさんご夫妻、お気を楽にしていただくために、わたしは何でもするつもりです」彼はいった。「カメラのことは考えないでください。わたしに話してくだされば、それでいいのです。あなたがたのお話をわたしに聞かせてください」

バードは自分のいつもの椅子に、背の高い身体を押し込むようにしてすわった。そして剃った頭を後ろに撫で、自分のスーツにチラリと目を走らせて、ポケット、ハンカチ、カフスがきちんとしているかどうかを確認した。それから咳払いをして、椅子の左肘に腕をのせ、指先をたらした。

彼は最後にもう一度、ゲストに同情をこめた微笑みを見せた。赤いランプがついた。

「こんばんは」バードはいった。「ジェイ・フィンチです。今夜は、ミネソタ州ダルースの二組のご夫婦への特別インタビューをお届けします。二組のご夫婦は、顔を合わせるのは今夜が初めてですが、彼らのあいだには日一日と深まる絆が存在するのです」

カメラが後ろに引き、スタジオのセットでバードの向かい側にすわるストーナー夫妻とマグラス夫妻を写し出した。

「十五カ月前、マイクとバーバラのマグラスご夫妻の娘さん、ケリー・マグラスがダルースの通りから姿を消しました。三週間前の夜、それと同じおそろしい運命が、エミリー・ストーナーさんの娘さんであり、彼女の夫、グレイム・ストーナーさんの義理の娘さんである、レイチェル・ディーズの身に振りかかったのです。同じ学校に通い、互いの家が数キロしか離れていない十代の少女がふたり行方不明になっています。わたしたち全員がこの少女たちの安全を祈り、ふたりの生命の安全を気遣っています」

バードの声が厳しくなった。「警察はこのふたつの事件に関連性があるとはいわないでしょう。警察は、この二件の捜査は継続しているというだけで、このおそろしいミステリーの解決に少しでも近づいていることを示すような証拠は、何も公表していません。そのあいだずっと、ダルースの人々は、来る日も来る日も、よく眠れない夜を過ごしているのです。どの家庭でも、毎朝、娘が登校するたびに、無事に帰宅するだろうかと案じ、娘が友人の家へ行くたびに、そこへ電話をして娘が時間どおりに着いたかどうかを確かめる。恐怖がつのるとそうなるのです。情報が不足しているときには、そうなるのです。ダルースの誰もが同じ質問をささやいているからです。何が起きたのか？　と」

バードはカメラをまっすぐに見た。視聴者ひとりひとりの居間に立っているかのように。

「何が起きたのでしょう？　ダルースの若い女性に忍び寄る連続殺人犯がいるのでしょうか？　誰かほかにも危険にさらされている女性がいるのでしょうか？　今回も次の犯罪が起きるまでに一年が過ぎるのでしょうか、それとも殺人犯の忍耐は消耗してしまったのか？　殺人犯は、今夜、外に出て、ひとりで車を走らせ、人のわきをとおるたびに速度を落としているのでしょうか？」

そうした言葉は酸っぱいキャンディのように舌をひりひりさせた。彼は恐怖を実体のあるもののように感じることができたし、自分がそれを州全域に広げていることも理解していた。バードは罪の意識をおぼえなかった。視聴者たちは恐れる必要があるのだ。

「わたしたちは、そうした質問にたいする答えを知りません」バードは静かにいった。「一年以上の間隔をおいたこの二晩に、ほんとうは何が起きたのかを、知らないのです。ケリーとレイチェルがふたりともどこかで無事に生きていて、間もなく両親のもとにもどってくるように、みんなが願っているのを神はご存じです。しかしいまは、この州の市民は警察に答えを期待しています――長いこと待たされてきた答えを」

バードはバーバラ・マグラスのほうに向いた。「さて、こうした犯罪の、当人以外の被害者、つまり、苦しみ、心配しているご家族のお話をうかがうことにしましょう。ミセス・マグラス、あなたは、心の中では、ケリーがまだ生きていると信じていますか？」

エミリーは、今夜はじめて会ったその女性が答えるのを聞いていた。みんなの期待どおりのことをいっている。ええ、ケリーは生きています。心の中で強烈にそう感じるのです。娘がどこかにいるのはわかっています。ケリーが行方不明でいるかぎり、決して希望は捨てません。それから、エミリーの隣にいるこの女性バーバラ・マグラスはカメラに顔を向けて、じっと見て、カメラに向かって懇願した。

「ケリー、もしそこにいるなら」バーバラはいった。「もしこれが聞こえるなら、わたしたちがあなたを愛しているのを、わかってね。わたしたちは毎日、毎日、あなたのことを考えてるわ。どうか、わたしたちのところへ帰ってきてちょうだい」

ため息をつき、自分の感情に圧倒されて、バーバラは両手に顔を埋めた。夫が彼女に寄り添うと、バーバラは夫の肩に頭をもたれさせた。夫はその黒い髪に手を置き、優しく撫でた。

エミリーは奇異なものを見る傍観者のように、この二人を見ていた。そして自分が遠く遊離しているように感じた。夫を見ると、彼もふたりをじっくりと見ている。まったく感情のない不可解な表情を顔に浮かべて。彼もわたしと同じ気持ちなのかしら？　このふたりを羨んでいるの？　彼女は、このふたりの純粋で単純な悲しみと、互いに相手に安らぎと強さを見つけられる能力が羨ましかった。彼女にはそれができない。それだから長いこと、インタビューを拒否してきた。あまりに多くのことについて嘘をつくことになるのがわかっていたからだ。期待されたとおりのことを、たとえ自分がそう感じていなくても、いわなければばならない。レイチェルがいなくて寂しくてたまらない、とほんとにそうだろうかと思いながらも、いうことになる。そして力のこもっていないその手からなんの慰めも見いだせないのに、夫の手にすがらねばならない。

彼女を理解し、助けてくれる唯一の人間は、ここにいなかった。

彼女は、自分が幽霊のように、セットの上のほうを浮遊している感じがした。バード・フィンチが自分に話しかけているのが聞こえ、彼の声が長いトンネルの端からこだましてきた。

「ミセス・ストーナー、何かレイチェルに話したいことがありますか？」バードが訊いた。

エミリーはカメラとその上のほうで光っている赤いランプを見つめ、身体をこわばらせた。暗いレンズの像の中のどこかにレイチェルがいるような、レイチェルも彼女を見ているような気がする。エミリーは、いま自分が何を感じているのか、わからなかった。あまりに長いこと、娘の敵意に苦しんできたせいで、その敵意がなくなると、どうやって生きていけばよいのか、わからないのだ。レイチェルが消えて、憎悪に満ちた戦いも消えた。それがもどるのを自分がほんとうに望めるとは想像できなかった。

それを望んでいるのだろうか？　それともこのままのほうがほんとうにいいのか？　レイチェルが消えればいいのに、と願ったことは何度もあった。重圧がなくなれば、やっと自分の人生がましなものになる、と夢想した。もう一度結婚生活を送れるかもしれない。たぶん、娘が消えてしまえば、娘をもっと愛せるかもしれない。

何が起きたのだろうか？

「ミセス・ストーナー？」バードが訊いた。

きっと何もかも包み隠さずに話すべきなのだ。その秘密を話せば、彼女の邪魔をしないはずだ。その真実とはレイチェルが邪悪な娘であるということだ。

トミーが亡くなってから何年間も、エミリーは二カ所で働きながら、借金を少しずつ返済し、トミーが自分たちを陥れた借金地獄から、徐々に這い上がった。八時から五時までは、レンジ銀行のダウンタウン支店で金銭出納係として働き、終わるとすぐに車でミラー・ヒルへ急ぎ、そのショッピングセンターが閉まる九時まで、そこの本屋でロマンス小説や雑誌《プレイボーイ》を売った。いつも頭がもやもやしていて、ストレスと不眠症で疲れ果てていた。

三週間前に、彼女の生活に唯一の明るいものがやってきた。動物収容所からウェストハイランドテリアをもらってきたのだ。静まりかえった場所へ、あるいはレイチェルの静かな敵意が待つ場所へ帰る生活が何年もつづいたあとで、この犬が吠えてじゃれる賑やかさが家に満ちるのは新鮮で快かった。もともとは、レイチェルの相手によいと思って買ったのだが、レイチェルが犬を無視したので、エミリーが犬の世話をするはめになり、夜には裏庭で、青いゴムボールを何度もくり返し投げては追いかけさせてやった。

やがて、エミリーは驚くべきことに気づいた。足が短く、みすぼらしい毛の小さなこの白い犬が、彼女が閉じこもっていた殻を壊したのだ。家に帰るのが楽しみになった。犬は彼女を熱狂的に歓迎した。彼女がこの世で最高の、もっとも重要な人であるかのように。そして膝の上にのったり、ベッドでいっしょに眠った。週末にはいっしょに散歩をしたが、犬のほうが先になり、紐をぐいぐい引いて、通りで彼女を引っ張って行ったり来たりした。レイチェルはこの犬に名前をつけもしなかった。そこでエミリーがスノーボールと名づけた。小さくて、白くて、足が速く、朝、その冷たい鼻が彼女の顔に触れると、冬の感じがしたからだ。

家に向かって車を運転していくと、眠くて朦朧としていても、顔がほころびはじめた。スノーボールのことを考えると、笑みが浮かぶのだ。レイチェルのことを考えるときだけ、顔に心配のしわがもどり、笑みが薄れて、不快なしかめっつらになった。トミーの死後、まだ日の浅いころ、彼女は娘を心理学者のところへ連れていったが、レイチェルは数回かよったあとは、行くのを拒んだ。エミリーは教師たちと話したし、教会でもデイトンと話した。するとみんなが同情してくれたが、誰もこの娘の心をつかめなかった。レイチェルに関するかぎり、トミーの死があたえた傷は決して消えることはなかった。そして唯一の慰めは、自分の母親を何度もくり返し罰することにあるようだった。

エミリーは自分たちの小さい家の狭い私道に車を乗り入れた。二階建ての家で、二階に寝室が二室あり、庭がついているが、何年も手入れをしていない。私道には大きなひびが入り、その隙間から雑草がかたまって生えている。

家に入れば、スノーボールが彼女を歓迎して飛んでくる大きな足音が聞こえるはずだ。「スノーボール」エミリーは大声で呼んだ。レイチェルが犬を裏庭に追い払ったのだろうと思い、遠くで吠える声がしないかと耳を澄ませた。

彼女は廊下をそのまま進み、キッチンへ行った。お腹が鳴った。冷蔵庫から、小さく切ったブロッコリーの入っているプラスチック容器を取り出し、その中のいくつかをむしゃむしゃと食べた。階段を下りてくる足音が聞こえ、レイチェルがキッチンに入って来たが、母親に挨拶もしない。そしてスウェットシャツの裾をぐいと引っ張り、椅子にどさりとすわって、山積みの郵便物からヴィクトリアズ・シークレットのランジェリーのカタログを抜き取った。そしてブロッコリーの容器に手を入れ、ひとつ取った。

「ワンダーブラを探してるの？」エミリーが笑顔で訊いた。レイチェルは目を上げて、母親を不快な目つきでじろりと見た。エミリーは、返事がなくても気にならないほど疲れていた。

エミリーは裏窓に鼻を押しつけた。「寒くなってきたわ。スノーボールを外に出すべきじゃなかったんじゃない？」

レイチェルはカタログのページをめくった。「あいつは外にいないわ。とっくに玄関から逃げたのよ」

「逃げた？　どういうこと？」

「あたしが家に帰ってきたとき、足のあいだを走り抜けていったわ」

エミリーは半狂乱になった。「それで、あの子を探したの？　いなくなったの？　あの子を探しに行かないと！」

レイチェルはカタログから目を上げて、エミリーをちらりと見た。「通りへ走っていって、車に轢かれてしまったわ。かわいそうにね」

エミリーは裏口のドアにぐったりと寄りかかった。両手で開いた口を押さえた。

「運転してた人は、とても気の毒がってたわよ」レイチェルはさらりといった。「その人に死骸を持ってってもらったわ」

エミリーの胃にぽっかりと大きな穴があき、胸が膨れ上がる気がした。それから刺すような痛みを目に感じて、抑えようもなくすすり泣きだし、涙があふれ、頬をつたい、指のあいだからこぼれ落ちた。彼女は舌を嚙み、キッチンから駆け出した。肺に息を吸い込もうとしたが、呼吸ができなかった。よろめく足で玄関へ行き、荒々しくドアを開け、ポーチの手すりに倒れこんだ。冷たい風もほとんど感じない。ドアを開けたまま、私道へなんとか出ていくと、膝が崩れた。冷たい路面にへなへなとしゃがみこみ、車にもたれると、それはまだ温かかった。彼女は目を閉じた。

どのくらいのあいだそうやって私道にすわりこんでいたか、エミリーははっきりとわからなかった。動こうと考えたときには、車は冷えてしまっていたし、彼女も冷えていた。指がこわばり、涙は氷の筋になって顔に貼りついていた。たかが犬じゃないの、彼女はそう自分にいい聞かせたが、無駄だった。このとき彼女は、帰宅したら娘が通りで死んでいたと知るよりも、つらく悲しかった。

彼女はあてどもなく私道をうろうろしていた。通りには事故の形跡は残っていない。彼女は膝をついてすわりこみ、ぼんやりと前のほうを見た。あまりに取り乱していて、しかも街灯は薄暗いので、通りの反対側の縁石にある小さいものがほとんど見えなかった。ほとんど目にとまらない。ゴミバケツからこぼれて、そのままになっている屑のように。彼女は危うくそれを見落とすところだった。しかしそれの何かが彼女の目をとらえ、そらさなかった。涙に目が濡れながらも、彼女の顔に戸惑いの表情が浮かんできた。それから戸惑いが恐怖に変わった。

それが何だかわかったのだ。でもそんなはずがない。

急に力がわいて、エミリーは頑張って立ち上がった。溝をのぞきたくなくて、おずおずと通りを渡った。それでも彼女は目をそらせられなかった。ついにそれを見下ろしても、まだ信じられなくて、首を振った。身をかがめて、その汚れたものを通りからひろい上げ、両手でそっと包みこんだときでさえ、彼女は間違いであってほしいと思った。

それから片手をぎゅっと握りしめた。

悲しみが鎮まり、激怒になった。これほど荒々しい怒りが満ちるのを感じたことはなかった。スノーボールのことだけではない。長年にわたる娘への怒りが一気に押し寄せたのだ。エミリーは心の中の怒りの激流に押し流されそうになり、震えながら歯を食いしばった。唇をぎゅっと一文字に結んだ。

彼女は娘の名前を大声で引き延ばすように怒鳴った。「レイチェル！」

エミリーは跳ぶようにして通りを横切り、私道を駆け抜け、家に入ると、家の骨組み全体が揺れそうなほどすごい勢いでドアをバタンと閉めた。近所の人たちに聞こえてもかまわない。大声で、娘の名前を呼びつづけた。「レイチェル！」

断固たる決意で、キッチンに入っていくと、そこではレイチェルがまだ静かにヴィクトリアズ・シークレットのカタログのページをめくっていた。娘はエミリーの絶叫にまったくひるまずに、目を上げた。何もいわない。ただ待っていた。

「あんたがやったのね！」エミリーは苦悶の声で叫んだ。「あんたがやったのね！」

エミリーが片手を突き出し、指を広げると、そこには汚れた青いゴムボール、命令されるとスノーボールがよろこんで取ってきたボールがあった。「あの子は逃げたんじゃなかった」エミリーは押し殺した声でいった。「あんたがあの子を玄関から出ていかせたのよ。そして車が走ってきたときにこれを放り投げたのね。あんたがあの子を殺したのよ！」

「ばかばかしい」レイチェルがいった。

「そんなふうにしらばっくれるんじゃない」エミリーは爆発した。「あんたがあの子を殺した！　この冷酷なあばずれ娘、あんたがわたしの犬を殺したんだ！」

長年にわたる抑制が崩れた。エミリーはかがんで、レイチェルの身体をぐいと引っ張って椅子から立たせた。そして腕を後ろに振って勢いをつけ、娘の顔を激しく引っぱたいた。「あんたが殺した！」彼女はまた叫び、もう一度、さらに激しく娘を叩いた。「なんだってそんなことしたのよ」

そしてもう一度、叩いた。

さらにもう一度。またもう一度。

レイチェルの頰は真っ赤になり、エミリーの指の跡が筋になった。唇からは血がしたたり落ちている。彼女は殴り返してこなかった。ただそこに立ち、冷たい目で平静に見つめ、顔を叩かれても、ひるみもしなかった。そうして罰を受け入れていたので、ついにエミリーの激怒も下火になった。エミリーはよろよろと後ずさりをして、娘を見つめ、それから背を向けると、両手に顔を埋めた。室内に急に静けさがもどった。

エミリーは痛む片手をもう一方の手で包んだ。自分の背中をレイチェルが穴のあくほど鋭く見ているのを感じた。それから、娘は一言もいわずに、キッチンからそっと出ていった。レイチェルが階段を上がっていく音が聞こえ、やがて、彼女がバスルームで水を流し、水道管がガタガタ鳴るのが聞こえた。

これはエミリーが決してするまいと、どんなに母娘の仲がひどくなっても決してするまいと誓っていたことだった。

それなのに、やってしまったのだ。

「ミセス・ストーナー?」バード・フィンチがくり返した。「いま、すぐに、レイチェルにいいたいことはありますか?」

エミリーはうつろにカメラを見た。涙が目にあふれ、頰に流れた。テレビを見ている誰にとっても、究極の苦悩に——子供を失うという——直面した母の悲嘆だった。彼らが真実を知る必要はない。

「ごめんなさい、というだろうと思います」エミリーはいった。

9

金曜日の夜、ストライドは市庁舎の地下にある、間仕切りで仕切られた自分のブースにひとりですわっていた。クローム製のスタンドが、読もうとしているファイルの上に、小さな光の円を投げかけている。彼は事務処理の遅れをとりもどし、レイチェル失踪以降の数週間に起きた他の犯罪の報告を検討するために、自分のデスクにもどってきていたのだった。犯罪の大半は単純な家庭内の喧嘩、自動車窃盗、小売店への夜盗——彼の配下の七人の刑事に委任できるたぐいの捜査だ。ただし、こなしきれないほど大量にある。傷だらけの机の表面が見えないほどファイルと書類が山積みになっていた。

地下にある刑事局本部は静かだった。彼のチームはみな家に帰ってしまった。ストライドは夜にここで仕事をするのが好きだった。夜になれば完璧な静寂が訪れ、電話も鳴らない。あとは、この市で犯罪が起きていることを知らせるポケベルのうるさい蚊のような振動を気にかけていればいい。日中はデスクにいることは、あまりなかった。刑事局は少人数だ。担当でなくても大きな事件には、加わらなければならない。それはかまわなかった。現場に出て、実際の捜査の仕事をするのが好きなのだ。事務処理のような仕事は、邪魔の入らないこういう時間に、するようにしている。

この市には、快適で豪華な事務室を作る金がない。天井のパネルには水漏れのしみがついている。パイプから何度も水漏れがしたためで、その水滴は彼の机の上にも落ちてきた。実用一点張りの分厚いグレーのカーペットは、かすかにカビのにおいがする。彼のブースには、かろうじて来客用の椅子一脚を押し込むだけのスペースがあり、その椅子の分だけが警部補のブースと部下たちのブースの違いを示している。ストライドは、彼のチームの部下のほとんどがしているように、ポスターや家族の写真を飾って、心地よくする手間をかけていなかった。コルクの掲示板にシンディの古い写真を鋲でとめてあるだけで、その写真さえも、国土安全保障省からのテロ対策最新情況報告で、半分は隠れていた。むさくるしくて殺風景なその仕切りから、彼はできるときはいつでも、よろこんで逃げ出した。

一メートル先で、エレベーターのガタンと止まる音がした。夜には滅多にないことだ。上のほうの階の市役所から、誰かが下りてきたのだとわかる。扉が開くのを待っていると、こびとを思わせるK2の影が見えた。

「こんばんは、ジョン」カイル・キニック警察長が甲高い声でいった。

K2は外股で歩いて、ストライドのブースの開口部から入ってきた。そして空いた椅子に積まれた書類を見て、眉をひそめた。ストライドは弁解しながら、書類の束を床におろし、上司が腰かけられるようにした。

「それで、きみは彼女が死んでいると思うのか？」キニックは単刀直入に訊いた。

「そのように見えます」ストライドはいった。ふたりともが知っていることを婉曲にいいつくろっても意味がない。「現状から考えて、生きてもどることは十中八九ありませんよ」

キニックはネクタイの結び目をぐいと引っ張った。彼は小柄な身体にだぶだぶのチャコールグレーのスーツを着ていて、市議会の会合からもどってきたばかりのように見える。

「まったくなあ、市長はこれには不満だよ。全国のマスコミから問い合わせがきている。

テレビの報道番組《デイトライン》からも。連中は、これが連続殺人かどうかを、知りたがっている、何かニュース種になるものかどうかを」

「その証拠は何もありません」

「いったいいつから、彼らにとって証拠が意味を持つようになったのかね？」キニックは甲高い声でいった。彼は片方の耳に指を突っ込んだ。彼の耳は小さい頭からキャベツの葉のように両脇に突き出している。

ストライドの口元がゆるんだ。この前、聖パトリック祭日の刑事局のパーティで、マギーが小妖精レプリカンの姿でK2の物まねをしたのを思い出したのだ。

「きみには、おかしいのか？」キニックが訊いた。

「いや、違います。すみません。マスコミのことなら、おっしゃるまでもなく、十分承知してます。バードにしつこく食い下がられてますから」

キニックは鼻を鳴らした。彼は部下の刑事たちにはぶっきらぼうで、冗談の種にされやすいが、ストライドはK2が好きだった。彼には優れた管理能力がある。現場の刑事ではないが、市の役人たちにたいして自分の部署を猛然と守り、警察への理解を得るために、この市の幼稚園からロータリークラブにいたるまで、あらゆる関係団体と、努めて会うようにしてきた。彼は自分のチームに忠実であり、それはストライドにもありがたいことだった。

「時間がないのはわかってるな？」キニックは訊いた。彼はストライドの書類に埋もれた机を、黒いウィングチップの靴で蹴るように示した。「きみはこの事件に時間を割きすぎているようだな」

あなたがこの事件の捜査の指揮をとるようにじきじきに頼んできたんですよと、いい返しても仕方ないのを、ストライドはわかっていた。これはすべてK2の政治的、官僚的計算なのだ。市当局はこの事件を終わりにしたいのだ――速やかに。「犯罪者連中は協力的です」ストライドはいった。「わたしを必要とする大きな事件は、別にありません」

「しかも、われわれはふたりとも、この事件についてはすでに手がかりや情報がないのを知っている。解決の見込みはない。きみとマギーをこの事件からはずすつもりだよ。ガッポに指揮をとらせ、これから先は彼に進めてもらうことにしよう。もし何か見かったときに、きみにもどってもらう」

「それではバードにもっと攻撃材料をあたえることになる」ストライドは抗議した。「まだ早すぎます。あと二、三週間ください。捜査から逃げているように見られたくない」

「わたしが好きでこんなことをいってると思うのか?」キニックは訊きながら、額を掻き、頭のてっぺんの大きな耳からもう片方の耳にかけて渡してある白髪を軽く叩いて押しつけた。「ストーナーはわたしの友人だ。しかし、きみの捜査は一向に前進していない」

「あと三週間は必要です。市長はこの事件の解決にとても熱心だと、いま、おっしゃったばかりじゃないですか。それまでに何もつかめなければ、この事件には手がかりなしです、それに同意します。ガッポが指揮をとってかまいません。彼はすでにケリーの件を受け持ってますからね」

キニックは首を振り、眉をひそめた。そして、桁外れの譲歩をしているかのように、ため息をついた。「二週間だ。ただし、もしほかに大きな事件が起きたら、きみをそれよりも早くはずす。わかったな？」

ストライドはうなずいた。「助かります。ありがとうございます」

上司は椅子から立ち上がり、それ以上は何もいわずに、エレベーターのほうへもどっていった。扉がすぐに開き、彼をのみこんだ。エレベーターはブーンと音をたてて、ふたたび四階へ上がっていった。

ストライドは深く息を吸った。上司の狙いはわかっている。Ｋ２は彼を事件からはずすために来たのではない。それにはまだ早すぎる。しかし時間切れが近いことをストライドにわからせたかったのだ。

「どうしたら、いいかしら？」マギーが訊いた。彼女は三枚のカードを見つめていた。そのカードの合計は十二になる。ディーラーの見せ札は六だ。

ストライドが灰皿に置いたタバコから煙が渦を巻いて立ちのぼり、ブラックジャックのテーブルの上方に漂う灰色の煙のもやに溶け込んだ。そのもやは低い天井によどんで動かない。彼が空気を吸い込むと、すえたようないやな味がした。目がヒリヒリしたが、それは換気されていない空気のせいでもあるが、いまは真夜中すぎで、彼の一日がはじまってから十八時間以上もすぎているせいでもある。彼は、マギーが、力ずくで引っ張り出すと脅迫じみた電話をかけてくるまで、市庁舎に残って仕事をしていたのだ。

「勝負だな」ストライドはいった。

「でもまだたったの十二よ。もう一枚カードを引くべきだと思うわ」

ストライドは首を振った。「ディーラーの伏せ札は十だろう。十六なら、もう一枚引かざるをえない、そして二十一を超える。ここで勝負しろよ」

「もう一枚もらうわ」マギーはいった。ディーラーはテーブルの上にハートのキングをぱしりと置いた。「やられた」

ストライドは自分のカードの上でもういらないというように手を振った。彼のカードは十四だった。ディーラーは伏せ札を裏返したが、それはジャックだったので、もう一枚引いた。十だった。

「むかつくわ」マギーはいった。

ディーラーがさらに二枚のチップをストライドのきちんと積んだチップの上に加え、ストライドは笑った。

閉所恐怖症を起こしそうなほど狭いカジノは、詰め込まれた大勢の人間の汗のにおいがした。ほとんどの人が、冬の夜むきのフランネルのシャツを着ており、たくさんの肉体とゲーム機が発する熱で、汗だくになっている。蒸し暑くて、騒がしい。スロットマシーンがビーンという電子音とトレーに落ちるコインのカタカタいう音を響かせていた。場内は話し声であふれ、時おり、大当たりが出ると、叫び声が上がった。

ふたりがゲームをはじめてからほぼ一時間がすぎ、彼は四十ドル儲けた。マギーは二十ドルすった。彼はチップを二枚とり、それを賭ける場所に置いた。

「勝ってるんだから」マギーはいった。「もっと置けばいいのに。もっと賭ければ、もっと儲かるはずだわ。賭けるたびに、いつも二ドルしか置かないのね、勝ってるときでも」

マギーは顔をしかめて、舌打ちをして雛鳥の鳴き声のような音を出した。それからチップを十枚とって、目の前のテーブルの上に置いた。「度胸がないのね、ボスは」

「大損してる娘っ子が偉そうにいうじゃないか。その分だと、シャツまで脱ぐことになるぞ」

「そそのかさないで」彼女はウィンクをしていった。

一日中、ふたりはレイチェルを知っている人々に、ふたたび聞き込みをしていたのだ。深夜にカジノへ来たのは、この三週間ずっと、ふたりを悩ませてきた事件を忘れるためだったが、結局ここでも逃れられなかった。カウンターの上のほうにかけられたテレビにバード・フィンチのインタビューが映っていたのだ。その声が聞こえなくても、バード・フィンチの怒った表情、仕草を目にするだけですっかり不快な気分になった。

「バードのいうとおりかも」マギーはしぶしぶと認めた。「連続殺人かもね」

ストライドは目の片隅で、マギーをちらりと見た。それから確信なさそうに、首を振った。「ふたつの事件は、どうしても同じ感じがしないんだ」

「そうかしら？　同じであってほしくないって、思ってるだけじゃない？　三キロ足らずしか離れていないところに住んでいた十代の少女ふたりが、どちらも足跡をまったく残さずに消えてしまったのよ」

「手口が一致しない気がする」ストライドはいった。「ケリーは面識のない変質者にさらわれたか、轢き逃げされたのだろうとわれわれは考えている」

マギーはうなずいた。「ただし、轢き逃げ説は信憑性が薄い。轢いちゃった死体はそのままに置いていくのがふつうだから。誰かが彼女を無理に捕まえたんじゃないかしら」

「そのとおりだ。おれもそう思う。しかし、同じ男がダルースで、閑静な通りをこそこそとつけまわしていたなんて、想像できるか？　たくさんの家から見られる恐れがあるのに？　どうも腑に落ちない。異常者は、人けのない場所をひとりで歩いている若い女を狙うものだ。住宅街を車で行ったり来たりはしない。危険が大きすぎるからな」

長くて黒い髪に貧弱な口髭のブラックジャックのディーラーは、こいつらは何者だ、というように怪訝そうな目でふたりを見ていたが、ストライドと目が合うと、仮面のようにまじめな表情を貼りつけて、ふたたびカードを配りつづけた。

「それなら、ただの偶然ってこと？」マギーが訊いた。

ストライドは肩をすくめた。「ここはもう小さな町ではない。こういう忌まわしいことが起きうる。思うに、ケリーに忍び寄ったやつは、それが誰にせよ、この州にはもういないな。レイチェルのほうは――この事件を調べれば調べるほど、その答えは家庭にあるような気がしてくる」

「エミリーとストーナーは、ふたりとも嘘発見器では問題がなかったのよ」マギーは彼に思い出させた。「それに経歴の調査で前科もなかったし」

「そんなことは、何の証明にもならない」ストライドはいった。「あの三人の関係は、どうもおかしい。エミリーとレイチェルの仲が険悪で、そのど真ん中にストーナーが入ってきた。おれはその理由を知りたい——それに何があったのかを」

「うるさいことをいわれることにもなりますよ」マギーはいった。「証拠もなしに、あのふたりにまとわりついたら、K2は何ていうかしら?」

「K2は答えを欲しがっている。もう一度、牧師と話してみよう。デイトンだ。あの家の中で何が起きていたかを、誰かが知っているはずだ」

「オーケー。それはいいかも」マギーはブラックジャックを出した。最初の二枚でちょうど二十一で勝ち、手を胸の前で激しく振った。そしてパイナップルの薄切りが口に入らないように気をつけて、いくらよけても顔に当たる傘の飾りに顔をしかめながら、カクテルを飲んだ。

「こんばんは、刑事さん」

ストライドはその声がどこから来たのかわからなかった。かすかな音楽のメロディーに似て、カジノの騒音のどこかで響いているようでありながら、しかもすぐそばのようにも聞こえる。彼はぐるりと身体をまわして、後ろを見た。

女が微笑んでいた。ウエストにベルトの付いた、腿までの丈の黒革のコートを着ている。ブロンドの髪が乱れ、頬は紅潮していた。

「アンドレアよ。おぼえているかしら？　学校で会った？」

「もちろん」彼は茫然と見とれるのをやめて、ぎこちなくいった。「おぼえてるよ」

マギーは椅子にすわったまま身体の向きを変え、ふたりを見比べて、ストライドの目をとらえると、わざとらしく咳払いをした。ストライドは彼女を紹介していなかったのに気づき、さらに、マギーと彼が同伴だったことにアンドレアがこのとき初めて気づいたのもわかった。彼女は邪魔をしたくなくて、思わず一歩後ろにさがった。

「失礼した」ストライドはいった。「アンドレア、相棒のマギー・ベイだよ。一日中、歩きまわったので、気晴らしに二、三回ブラックジャックをやっていたところなんだ。マギー、こちらはアンドレア・ジャンツィック。あの高校で教えている」

「あら、すてき」マギーは茶目っぽくいった。「いっしょにいかが？　三番めの席にどうぞ。ストライドが、ブラックジャックについて知っていることのすべてを教えてくれますよ。どうすれば勝てるかで、楽しみ方じゃないけれど」

アンドレアは微笑して、首を振った。「まあ、いいえ、お邪魔したくないわ」

「少しも邪魔じゃないわ」マギーはためらったが、婉曲にいってもうまくいかないと結論を出した。「あたしは彼の仕事上の相棒にすぎないから」

「まあ」アンドレアはいった。そしてもう一度。「まあ」

「じつは」マギーはいった。「そろそろスロットマシーンでもしようかなって思ってたところなの。『ビッグ・ピッグ』という名前のやつ。大当たりすると、ブーブー鳴くんですって。聞いてみたいものだわ。ですから、あたしの場所にすわって？」

「ほんとに？」アンドレアが訊いた。

マギーはすでに椅子から立ち、そこにアンドレアを強引にすわらせた。そして二口でカクテルを飲み干すと、飾りの傘を取って、ポケットに入れた。そしてふたりに手を振った。

「楽しんでね、おふたりさん。明日、電話するわ、ボス」

ストライドは彼女にうなずき、皮肉めかして微笑した。「ありがとう、マグズ」

アンドレアが彼のとなりの椅子に落ち着こうとしていると、マギーは彼に大げさなウィンクをした。それから去っていく前に、彼のほうに身をかがめて、耳元でささやいた。

「彼女はあなたが欲しいのよ、ボス。ふいにしちゃだめよ」

10

アンドレアは革のコートを肩からするりとはずして脱ぎ、そばのスツールにかけた。ほれぼれとするような姿だ。黒いスカートが腿をぴっちりとおおい、黒いストッキングに包まれた脚はすっきりと引き締まり、なめらかな曲線を描いている。ピンクのサテンのブラウスがカジノの照明にきらきらと光っている。ボタンふたつをはずした襟元からあらわになった肌が、息遣いにあわせてわずかに盛り上がる。唇の淡い光沢から、品よくマスカラをのせて長くなった睫毛、繊細なアイラインにいたるまで、化粧は非の打ちどころがなく、かなり時間をかけて仕上げたようだ。首には細い金のネックチェーンを飾り、耳につけた輝くサファイアのイヤリングが彼女の目を引き立たせている。

妖婦のような外見で、セクシーな魅力にあふれていた。しかしアンドレア自身がこの身なりにどうにも馴染めないでいるのを、ストライドは見てとった。そわそわと落ち着かず、スカートをぐいと引っ張り、脚を隠そうとしている。彼女の微笑はうわの空で、ぎこちなく、まったく自信がなさそうだ。ネックレスをもてあそび、指でねじったり、彼をまっすぐ見なくてすむように、できるかぎりのことをしている。

彼女は不安になっていて、何をいうべきかわからずにいるのだ、とストライドは察した。彼もいうべき言葉が見つからなかった。彼にしても、異性を相手に微妙な駆け引きをしたのはずいぶん昔のことだ。それがどんなものだったか、思い出そうとしたが、あまりにも長いことシンディと暮らしていたので、気のきいた言葉など一つも出てこなかった。彼が最後にデートをしたのは、高校生のときだ。そのときに自分がいった言葉など、いま思えばとても気がきいているとはいえないだろう。

とうとう、ディーラーが咳払いをして、カードのほうを指し示した。

「やるかい?」ストライドが訊いた。

アンドレアは首を振った。「やめておこうかしら」

「スロットマシーンのほうがいいかな？」

「じつのところ、ギャンブルって一度もしたことがないの」アンドレアは白状した。「そして彼のほうに向いて、ほんの一瞬だけ、彼と目を合わせた。「ときどき、ここや、もう一軒のカジノのブラック・ベアに、ロビンと来たけれど、わたしはいつも彼がするのを見ていただけ。自分では一度もしたことがないの。自分でギャンブルをしに来たのはこれが初めて」

ストライドはディーラーのため息に気づいた。

「なぜ来たんだい？」ストライドは訊いた。

アンドレアは一番近くにあるスロットマシーンの列のほうに頭を向けてうなずいた。ストライドもそっちを見ると、女性ふたりがちらちらこちらを見ている。ゲームをするふりをしているが、ブラックジャックテーブルにいる彼らを観察するほうに関心があるのは明らかだ。彼女たちはひそひそ話しながら、微笑んでいる。そのひとりには彼も見覚えがあった。アンドレアと同じ高校の教師だ。

「わたしの応援団」アンドレアが説明した。「金曜日の夜だから、離婚して結婚資格のある女は、外に出て闊歩する必要がある、といわれたの。それで、三十をすぎた女には、ここがダルースでは一番の、金曜日のお楽しみスポットだろうってことになって」

「そうか、彼女たちがすすめてくれてよかった」ストライドはいった。

「ええ、わたしもそんな感じ」アンドレアはいった。

「やってみる?」ストライドは訊いた。「きみが損するのを、よろこんで手伝ってあげるけど」

アンドレアは首を振った。「この騒音で、頭が痛くて」

「どこかほかの場所へ行きたい?」ストライドは訊いた。「この町で最高のマルガリータを出してくれる水辺の店を知っているけれど」

「あなたの相棒は?」

ストライドは微笑んだ。「マグズはタクシーで帰れる」

ストライドは腕時計をちらっと見た。もうじき午前一時半だ。カナル公園まで車を走らせたが、バーとレストランの駐車場はまだ車でいっぱいだった。彼はハンドルを切り、運河の橋を渡る通りへ出た。

「パーク・ポイントにいいバーがあったかしら」彼女はいった。

ストライドはどぎまぎして、彼女をちらりと見た。「じつは、最高のマルガリータを作るのはおれなんだ。そしておれの家は水辺にある」

「まあ」アンドレアはいった。彼女が急にためらうのを、彼は感じとった。

「ごめん、説明しておくべきだったね。いっておくけど、別に変な意図はないんだ。騒音が嫌いだといってたろう? うちのポーチは静かだ、波の音以外はね。でもどこかほかの場所へ行ってもいい」

アンドレアは窓の外をちらりと見た。「いいえ、かまわないわ。わたしは警察官といっしょにいるんですものね？　もしも変なことをされたら、いつでも呼べるわ――あなたを」彼女は笑い、身体の力を抜いた。

「ほんとに？」

「もちろん。そのマルガリータがおいしくなかったら、承知しないわよ」

橋を渡ってから数ブロックで彼の家に着くと、私道《ドライヴウェイ》と呼んでいる細い砂の道に車を乗り入れた。車から出ると、通りは静かで暗かった。アンドレアはストライドの小さい家と痩せた低木のからみあう茂みをじっと見て、当惑した笑みを浮かべた。

「パーク・ポイントに住んでるなんて、信じられないわ」彼女はいった。

「おれにはほかのどこかに住むなんて、想像できないけどな。なぜだい？」

「ここは自然が厳しいでしょう。嵐のときはさぞすごいだろうし」

「そのとおりさ」彼は認めた。

「冬は雪に埋もれてしまう」

「ときには吹き溜まりが、屋根まで届くな」

「それで怖くないの？　わたしなら、湖にのみ込まれてしまうんじゃないかって思ってしまうわ」

彼は車の屋根にもたれ、彼女をじっと見た。「どうかしていると思うかも知れないけど、嵐こそが、好きなところなんだ。ここに住んでるのは、そのためさ」

「わたしには理解できないわ」アンドレアは、当惑して、そういった。突風が吹きつけると、彼女は震えた。

「中に入ろう」

ストライドは彼女に片腕をまわして暖かくかこい、玄関のほうへ歩いていった。彼女は、流れに任せるまま寄りかかってきた。これは何ともいえずいい感じだった。革のコートにおおわれた彼女の肩を感じ、顔をかすめる彼女の髪を感じた。彼は鍵を探し、ドアを開けるあいだだけ、彼女を放した。アンドレアは両腕で自分の身体を抱えるようにしていた。

彼は彼女を促して家の中に入った。玄関は暗くて暖かい。床置きの振り子時計がチクタクと時を刻む音がする。ストライドがドアを閉めたあと、ふたりは黙ってそこにたたずんでいた。彼はアンドレアが、ばら香水のように柔らかい匂いの香水をつけていることに、初めて気づいた。自分の家の中で、別の女性の芳香を感じるのは不思議だった。

「嵐のことだけど、どういう意味でいったの、ジョン？」

ストライドは彼女のコートを受け取り、クロゼットの中にかけた。薄着のせいか、彼女はまだいかにも寒そうだ。彼は自分のコートもかけ、クロゼットの扉を閉めて、その扉にもたれた。暗い玄関ホールではふたりともただの人影にしか見えなかったが、アンドレアは彼を見つめていた。

「時間がとまっているような感じがする」やっと、ストライドがいった。「自分が嵐の内側に吸い込まれて、誰のことも、何もかも、見えるような。父の声が聞こえたこともあった、本当だよ。親父がいると思ったことも、一度はあった」

「お父さん？」

「親父は鉱石船で働いてたんだ。おれが十四歳のときに、十二月の嵐で、甲板から洗い流された」

アンドレアは首を振った。「ほんとにお気の毒に」

ストライドは静かにうなずいた。「まだ寒そうに見える」

「こんな恰好して、ばかよね？」

「きれいだよ」ストライドはいった。彼女を抱き締め、キスしたくてたまらなくなったが、それを抑えた。

「優しいのね。でも、ええ、寒いわ」

「スウェットシャツとジーンズに着替えたい？　あいにく、この家にはそれ以上にファッションの水準が高いものはないけど」

「あら、大丈夫よ。家の中は暖かいから」

ストライドは微笑んだ。「ポーチですわろうと思ってたんだけど」

「ポーチで？」

「囲いがしてあるし、室内暖房器のいいやつが、ふたつあるから」

「お尻が凍ってしまいそうだわ、ジョン」アンドレアはいった。

「それは気の毒だ、とてもかわいいお尻だから」

暗がりの中でも、彼女が赤らむのを感じた。

ふたりはキッチンに入っていった。ストライドが明かりをつけると、ふたりとも瞬きをした。情けないことに、この三週間の捜査のため、家の中はひどく散らかっていた。特に流しはひどくて、皿が積んである。少なくともこの二日間は洗いものをしていない。汚れた皿とグラスにくわえて、テーブルにはスパゲッティの残りがこびりつき、捜査のメモが散らばっている。

「すてきね」アンドレアは微笑んだ。

「ああ、汚くてすまない。来客のために快適にすることに慣れてないんだ。マギーは別さ。彼女は気にしないから。何かというと、偉そうにする。きみをここに誘う前に、この汚れのこと考えればよかった」

「気にしないで」

「でも、ポーチは片付いてる、ほんとだよ。毛布をとってくるからね。爪先を暖房器で暖めて、毛布にくるまっていればいい。きみが飲んだこともないほど強いマルガリータをたっぷり作ってきてあげるから」

「わかったわ」アンドレアはいった。

マルガリータを入れたピッチャーが半分ほど空になるころには、ふたりはもう寒さを感じなくなっていた。

アンドレアは籐製の寝椅子に身体を起こしてすわり、色鮮やかなスペイン製毛布からストッキングをはいた足を突き出していた。暖房器は寝椅子の前で熱して輝き、彼女の爪先を暖めている。毛布はウエストのあたりに寄っていた。毛布から出ている上半身はシルクのブラウスを着ているだけで、彼女はむき出しで鳥肌のたつ前腕をこすっていた。初めの一時間は、毛布を顎の下まで引き上げていたが、結局、いまでは毛布がずり落ちたままにしている。

彼女は円いグラスを手にしていた。一分か二分ごとに、舌を突き出して、グラスの縁につけた塩の残りをなめては、緑色のマルガリータを一口、飲む。薄明かりの中でも、ストライドにはその仕草が見え、グラスに触れる舌を見るだけで、ひどく刺激をうけていた。彼は少し離れた自分の寝椅子から、彼女を見つめていた。

ポーチは暗闇に近かった。ふたりの背後の室内の電灯のかすかな光が影を投げている。ポーチの前面にある高い窓のガラスの霜がついていない部分から、真っ黒な湖面が一握りの星と半月の放つ淡い光に照らされているのが見えた。長いこと、ふたりは隣りあわせですわっていた。もう遅い時刻だったが、完全に目が冴え、まわりの音を敏感にとらえていた。波の砕ける音、暖房器の音、お互いの息遣い。ふたりはしばらく黙っていては、ときどき思い出したように言葉をかわした。

「離婚なんてなんでもないってようすだけど」ストライドはいった。「それはふりだけ

?」

彼女は彼をじっと見た。「そうよ」

窓に雨の筋が何本かついた。みぞれと雪が混じっている。板葺きの屋根にあたるパラパラという音と家に吹きつける風の鞭を打つような音の強さが増し、家の骨組みがガタガタと音をたてた。彼はマルガリータのピッチャーに手を伸ばし、それぞれのグラスに注ぎ足した。

アンドレアはグラスを揺すって酒の中の氷をまわした。悲しげな笑みが唇にふと浮かんだ。

「マイアミにいる妹を訪ねなくてはならなかったの。デニスに赤ちゃんが生まれたばかりだったから。そして家にもどってきたら、メモが置いてあった。ひとりになる必要がある、と書いてあった。執筆するために。もう一度、『創造力を高める』ために。彼はわたしにも触れるように。それから、彼はイエローストーンに移り、シアトルに移った。いいも電話をかける勇気もなかった。一度もね。絵葉書だけ。いまいましい絵葉書だけ、誰の目にも触れるように。それから、彼はイエローストーンに移り、シアトルに移った。いいものを書いている。でも旅をしているあいだに、わたしがそばにいては、どうしても自分自身になれないことに気づいた。わたしが彼の才能を抑えつけていることに。だから、たぶん終わりにしたほうがいい、そう書いてきた」

「なんてこった」ストライドはつぶやいた。

「ロビンは五週間かけて、絵葉書を十枚書いてからやっと、わたしたちの結婚が終わったことを正式に宣言し、サンフランシスコで誰かほかの人に出会ったといってきたわ。ろくでもないゴールデンゲート・ブリッジの絵葉書で」

「気の毒に」ストライドはいった。

「いいのよ。彼が恋しいというより、ひとりでいるのがイヤなんだから」

「おれが物足りなく思うのは、ちょっとしたことなんだ」ストライドはつぶやいた。「朝、寒いんだ。ときどき、目が覚めると、シンディのほうに寝返りを打つ、いつもしていたようにね。いつも彼女は、おれの手が冷たいと文句をいってたけど、彼女はおれを暖めるヒーターみたいだった。でも、近寄っても、彼女はもういない。だからおれはそのまま凍りつきそうに寒いまま横たわっている」

彼は自分の声が弱まっていくのがわかった。沈黙が訪れる。アンドレアが頼まなくても、彼にもっと話してほしいと思っているのはわかった。話のはずみで、彼はすでにシンディの死について話していた。詳しく話したわけではない。ふたりの夜にシンディの影を投げかけたくなかったから。アンドレアはショックを受け、悲しみを見せたが、ほかのみんなと同じように、何をいうべきか、どうやって彼を慰めるべきか、わからなかった。

ベッドで妻が横にいて温かかった、そんな他愛のない思い出が引き金になり、彼はすべて話したくなった。しかし頑なに黙っていた。

外ではもう、雪が激しく降っていた。氷の筋が窓ガラスをゆっくりと滑りおちていき、視界をぼやけさせた。ストライドは寝椅子のわきのパーソンズテーブルをちらりと見て、マルガリータのピッチャーがほとんど空っぽなのに気づいた。腕時計を見たが、影になって時刻が読めない。

「あなたは成功したわ」やっと、アンドレアはいいはなった。

「何に?」

「わたしはもう酔っ払ったわ。ありがとう」

ストライドはうなずいた。「どういたしまして」

アンドレアは彼のほうを見た。あるいは見たと、彼が思っただけかもしれない。彼女の姿はほとんど見えていなかった。

「ちょっと聞きたいんだけど」彼女はいった。「わたしとしたい?」

それは即答を求めるたぐいの質問だった。ただしストライドがその質問に直面したのは、シンディが亡くなってから初めてだった。自分が飲んだピッチャー半分の量のマルガリータと硬くなった股間が、何をすべきか告げている。しかしそれでも彼は不誠実だと感じた。

「ああ、したい」

「でも?」それを彼の声音に感じて、彼女はいった。

「でも、おれは酔っているし、それにちゃんとできるかどうかわからない」

「嘘つきだわ」

「うん」

「彼女が亡くなってからセックスをしてないのね」

「可哀想に」

「そうだ」

アンドレアは寝椅子からするりと出た。そしてよろよろと立ち上がった。

彼女はいった。

ストライドは動かなかった。彼女がスカートをぐいと引き上げ、黒いストッキングとその下の花柄のパンティを下ろすのを、じっと見ていた。彼女はそれらを剝ぎ取り、脇に放り投げた。彼女は本物のブロンドで、ほっそりした腿の間に霞のような恥毛がもやもやと潜んでいる。指をぎこちなく動かして、ブラウスのボタンをはずし、ブラのスナップをはずした。そして胸をはだけると、ピンクの乳首が堅く突き出た小さな乳房をあらわにした。アンドレアは身を屈めて、彼のジーンズのジッパーをぐいと引き下ろした。彼女の指は彼のパンツの中にくねくねと入っていき、勃起したペニスを見つけた。

「ちゃんと勃っているようね」

「そうらしい」

彼女は少し手間どってペニスを引き出した。ぱっとすばやく、片脚を寝椅子の反対側にかけて、彼にまたがり、片手で自分の陰唇を広げ、もう一方の手でペニスをつかみ、彼の上に腰を下げた。ストライドはペニスが彼女の湿った襞に沈むのを感じて、うめき声を上げた。

「気に入った？」

「気に入ったよ」

「よかったわ」

彼は乳房に手を伸ばし、指先で乳首を撫でた。

「もっと強く」

彼はそれをつまみ、それから乳房全体を大きな手でぎゅっと握った。アンドレアは快感の大きな叫び声をあげ、前に沈んで、彼にキスをし、舌を中に押し込んだ。彼にまたがったまま上下に動くにつれ尻が上がっては下がった。ストライドは恥丘に手を置いてクリトリスを見つけ、それを円くこすりだした。

ポーチがきしみ、甲高い音をたてた。寝椅子もきしみ、合わさったふたりの身体の重みをかけられて、文句を言うように音をたてた。

ストライドは自分のものがふくらむのを感じた。彼女はすばやく彼をすばらしい陶酔のオルガズムに引き込もうとしている。そして自分も達しているようだった。彼女の頭は反り返り、顔には絶頂の笑みがうかんだ。ストライドは前に屈み、乳首をくわえた。彼女は彼の頭を自分の乳房に押しつけた。乳首をなめて強く引くと、堅くなった乳首のまわりが舌に触れる感触で、彼はオルガズムに達した。彼は痙攣しながら腰を持ち上げ彼女とぴったり合った。彼は乳房にぴったり口をつけたままで果てた。奇妙にも、アンドレアは声をあげて笑い出した。

「ああ」彼女はなかば自分に向けてつぶやいた。「あのろくでなしは、わたしはベッドでは冷めた女だといったのよ」

11

「それで?」マギーは訊いた。

彼女はストライドのブロンコの床マットの上でブーツを蹴って雪を落とし、それから腕組みをして、期待をこめて彼をじっと見た。

「何が?」彼は訊いた。隠そうとしても笑みがこぼれる。

マギーはワーッと大声をあげ、ストライドの腕を殴った。「その笑いが何だかわかるわ」彼女はにっこり笑った。「昨夜、幸運をつかんだ男の笑顔ね。いったでしょ? あたしのいったとおりだったでしょう?」

「マグズ、からかうのはやめてくれ」

「ちょっと、ボス、詳しく、詳しく」マギーはしつこく食い下がった。

「わかった、わかったよ。おれたちは遅くまで起きていて、酔っ払って、結局、ベッドをともにした。すばらしかった。これで満足か?」

「いいえ、でもボスが満足なのは丸見えだわ」

ストライドは苛立った目で彼女をにらみ、それからハンドルを切ってマギーの建物の駐車場から車を出した。積もったばかりの雪でタイヤが滑った。夜のうちに、重くて湿った雪がほんの五センチほど降っただけで、道路を危険にするには十分だったが、ガレージから除雪機を取り出すほどではない。ストライドは瞬きをした。彼の目は赤かった。

「それでご気分は？」マギーが訊いた。

ストライドはハンドルを握る手に少し力をこめ、ブレーキを軽く何度も踏みながら停止信号にじわじわと近づいた。「ものすごく罪悪感がある、きみがほんとに知りたいならいうが」

「シンディを裏切ったことにはならないわ」マギーはいった。「こんなに長いこと待ってたことに、シンディも頭にきてたんじゃないかしら」

「わかってる」ストライドは認めた。「それを自分にも、いい聞かせてたんだ。でもおれの心がそれをほんとうに信じてはいない」

それどころか、彼はシンディの夢を見た。そして、目が覚めたとき、彼女の死後一年ぶりに、自分の横に温かいものがあると感じたとき、そこにシンディがいるのかと思って、つかの間の幸せを感じたのだった。目が覚めきらないうちは、ここ一年間の悲しみのほうが夢で、これまでどおりの幸せな人生がもどってきたと思った。しかし、そこでアンドレアを目にして、彼は疼くような悲しみを感じた。これでは、アンドレアに失礼だ。彼女はきれいで、いい人なのに。毛布から半分はみでた彼女の裸体には、そそるものがあった。

しかし彼は瞬きをして涙を抑えなければならなかった。

「第一歩だったんだもの」マギーはいった。「恋の駆け引きの世界に、駒をもどしたのよ。

何度も会ううちに、気が楽になると思う」

「たぶんね。アンドレアと明日の夜も会うつもりなんだ」

マギーは茶目っけたっぷりに微笑んだ。「あら、そうなんだ？　わかったわ。いったんホルスターから抜いたら、とまらなくなったのね？」

ストライドは横目で彼女をじろりと見た。「露骨だな、マグズ。誰からそんな露骨ないいかたを教わったんだ？」

「ボスからよ」

「そうかい、そうかい」ストライドはいって、くすくす笑った。

「夢中になりすぎないように、気をつけて」マギーはいった。「ボスはシンディの死を乗り越えようとしているところで、彼女は離婚傷を乗り越えようとしている。そんなときの恋は反動みたいなものだから」

「いつから男女関係の専門家になったんだ？」ストライドは苦々しく訊き、そのとたんに自分の声に棘があったのを悔やんだ。

「つらい思いをするのがどういうことかを知っている、とでもいっておこうかしら？」

ストライドは何もいわなかった。ふたりとも黙って車に乗っていた。

目的地は市の南端にある。左側の港の近くをとおりすぎ、ドックを出入りする網の目のような線路を横切った。このあたりはほとんど観光開発の手は伸びていなくて、窓のない酒場、持ち帰り用の酒類販売店、ガソリンスタンドが数軒あるだけだ。さらに二キロほど進むと、町はずれの国道近くの土地に、古びた住宅がかたまっていた。家々の大半は一九四〇年代以前に建てられたもので、当時は簡素だが快適な一戸建てで、船舶関係の仕事をする人たちが使っていた。いまはそれらの家のほとんどにがたがきて、ダルースを我が家と呼ぶ一握りの麻薬売人たちを引き寄せている。

「ストーナーとの結婚で、エミリーの生活のレベルは上がったわ」マギーはいった。「彼をつかまえたのは、かなりのお手柄だってことは認めないと。彼女はどうやって、ものにしたのかしら」

「そうか、善良な牧師は、彼女はほんの数年前はすてきな女だった、といっていた」

「牧師がそういったんですか？」

「いや、おれが要約した。しかしエミリーがいまだにデイトンと親しいのは明らかだ。しかも彼は、彼女とレイチェルについて、誰よりもよく知ってるようだ」

「でも話してくれるかしら？」マギーが訊いた。

「おれたちに会うのは同意したよ。それが手はじめだ」

ストライドは、静かなこの地域の雪におおわれた通りを、巧みに運転していった。狭い道路に駐めてある車は雪におおわれて小さな白い丘のようになっている。それをうまくよけながら進んでいった。

デイトンが牧師を務める教会は、地域の人たちが犯罪や破壊行為を食い止めるための拠点になっていた。教会の庭は隅々まで几帳面に掃除がゆきとどき、きちんと刈り込まれ、広い芝生の向こうにきれいに並んだ低木は雪でおおわれ、白い帽子をかぶったように見える。子供のためにヒマラヤスギで作られた大きなブランコと運動場もあった。教会そのものはペンキが新しく塗られ、高くて幅の狭い窓に鮮やかな赤い縁がついて誇らしげだ。

ストライドは車を駐車場に乗り入れ、新雪の上に最初のタイヤの踏み跡をつけた。車から出ると、空気は身が引き締まるように寒かった。ふたりは雪を蹴散らしながら教会の正面入口のドアへ歩いていった。広いロビーは、暖められた空気が高い天井に消えて冷えびえとしている。ふたりは寒さに身体を抱え込み、あたりを見まわした。彼は麻薬更生、虐待防止、離婚相談などの通知が一面に貼ってある掲示板に気づいた。その真ん中に、「尋ね人」の掲示があり、レイチェルの写真が目立つように貼ってあった。

「おはようございます」ストライドは叫んだ。

教会のどこかで動く音がして、それからくぐもった声が聞こえた。数秒後に、長い廊下の影からデイトン・テンビーが現われて、ロビーにいる彼らのところへ来た。

デイトンは黒っぽいかっちりしたズボンに、革の肘当てがついたグレーのウールのセーターを着ている。彼は不安げな笑みを浮かべて挨拶し、握手をした。ストライドが初めて会ったときと同じように、その手は汗で湿っていた。額もじっとりと汗が浮かんでいた。彼は繊細な文字をびっしり書き込んだ黄色のノートを小脇に抱え、ペンを片方の耳にはさんでいた。

「迎えに出られなくて申し訳ない」デイトンはいった。「明日の説教の原稿を書いている最中で、気がまわらなくて。もっと暖かい奥の部屋にどうぞ」

彼はふたりを案内して廊下を進んでいった。ディトンの部屋は四角で、狭く、床も壁も暗い色の木が使ってある。質素な暖炉の炉棚の上のほうの壁には、大きなキリストの油絵が掛けられていた。暖炉の火が室内を心地よい暖かさにしていた。ディトンは暖炉のそばにあるグリーンの布張りの椅子に腰をおろし、すぐ横の凝った飾りのあるサイドテーブルに黄色のノートを置いた。それからアンティークのすわりにくそうなソファを示した。ストライドとマギーはそこに腰をおろした。マギーはその椅子にぴったりおさまったが、ストライドは背の高い体軀に合う姿勢を見つけるのに、もぞもぞと身体を動かした。

「最初にお会いしたとき、あなたは、レイチェルは家出をしたと思う、といわれましたが」ストライドはいった。「いまでもそう感じますか？」

ディトンは口をすぼめた。「冗談にしては、たとえレイチェルでも、日数が経ち過ぎた。ストーナー夫妻には決していうつもりはないが、これは子供の仕組んだ冗談よりも、深刻なのかもしれないと恐れはじめているところですよ」

「でも、ほかにどんな可能性があるか、まったく見当がつかないのですね？」マギーが訊いた。

「ええ、まったく。彼女が誘拐されたと思っているのですか？」

「われわれは、まだどの可能性も除外していません」ストライドはいった。「いまのところ、レイチェルの交友関係と彼女の過去について、もっとよく知ろうとしています。あなたは彼女と彼女の家族をずっと前からご存じですから、力を貸してもらえると思ったのです」

デイトンはうなずいた。「なるほど」

「気がすすまないようですね」マギーがいった。

デイトンは膝で両手を組んだ。「いや、刑事さん。何を話せて、何を話せないかを、決めようとしているのですよ。牧師として知ったことは、当然、秘密にしておかねばならないのでね。それはおわかりいただけると思うが」

「レイチェルのカウンセリングをした、ということですか？」ストライドが訊いた。

「少しだけ。ずっと前のことだ。エミリーのほうはたびたび話を聞いてきた。彼女とわたしは、何年間も、レイチェルの問題を解決しようとしてきたのだよ。あまり成果は得られなかったがね」

「あなたが話してくださることは、何でも役に立つはずです」マギーは彼に請けあった。

「じつは、あなたがたがみえることを、エミリーに話した」デイトンはいった。「こういう話題になると思ったのでね。エミリーは協力的で、わたしと彼女がかわした会話について、自由に話してよいと許してくれた。当然ながら、レイチェルの許可は得てないが、たぶん、この情況では、わたしが隠しておくのは、かえって害になるでしょう。もちろん、レイチェルは心の内に何があるかを、ほとんど話してくれなかったけどね」

「最初から話してください」ストライドがすすめた。

「そうだね。エミリーとレイチェルのあいだにある問題の多くは、彼女の最初の結婚、つまりトミー・ディーズとの結婚にさかのぼるんですよ。彼がレイチェルとエミリーのあいだに溝を作り、彼の死後にそれが深くなった。もちろん、わたしがこれについて知ったのは、あとになってからだった。ふたりとも教会に来ていたが、どちらもわたしには何も打ち明けてくれなかったので」

「彼らはこの近くに住んでいたのですか？」マギーは訊いた。

「ええ。実際、この少し先にね」

「レイチェルには友達が大勢いましたか？」ストライドが訊いた。

デイトンはテーブルの縁を指で軽く叩いた。「彼女は誰ともほんとに親しくはならなかった。ただし、たぶん、ケヴィンは別だ。彼はずっと彼女にのぼせ上がっていたからね、片想いだったが」

「それはあの最後の夜に、カナル公園で彼女といっしょにいたのと、同じケヴィンですか？」マギーが訊いた。

「そうですよ。ケヴィンと彼の家族は、いまでもこの近所に住んでいる。彼はいずれ弁護士か、どこかの会社で出世するだろうと、期待しているんですよ、ほんとうの成功物語になる。ただしレイチェルには弱かった。彼はいつも彼女を救いたいと思っていたようだ。しかしレイチェルは救われることにあまり関心がなかった。まあ、それはかまわないんだ、彼には、いま付き合っているサリーのほうが似合いだからね。いや、そんなことをいうと冷淡に聞こえるかもしれないね。レイチェルに悪い感情を持っているのではなく、彼女がケヴィンにふさわしい相手には決してならなかったと思うからですよ」

マギーはうなずいた。「あなたは、ケヴィンがレイチェルの失踪に関わりを持ってるとは思っていないんですね」

デイトンの顔はほんとうのショックを表わしていた。「ケヴィンが？　ええ、違う、違いますよ。あり得ないことだ」

「エミリーとストーナー氏について話してください」ストライドはいった。「レイチェルはストーナー氏を恨んでいましたか？　母親が自分たちの生活に新しい男を連れ込んだのを恨んでましたか？」

「普通はそう思うでしょう？」デイトンはいった。「しかしそうではなかったようだ。レイチェルとグレイムはうまくいっているようだった、少なくともしばらくは。レイチェルはエミリーを傷つける道具としてグレイムを使えると考えたのだろうな。トミーが彼女にしたように、グレイムとエミリーを互いに敵対させようとした。そしてたぶん、それはうまくいった。エミリーはずっとあまり幸せではないから」

「どんなふうに？　喧嘩とか？　浮気とか？」マギーは訊いた。

デイトンは片手を上げた。「喉が渇いたな。水を一杯、飲まないと。説教の前に喉を痛めるわけにいかないからね！　おふたりにも何か持ってきましょうか？」

ストライドとマギーは、ふたりとも首を振った。デイトンは微笑み、詫びをいって、別室に消えた。堅い床を歩いていく足音が聞こえ、次いで彼が水を出してパイプがガタガタ鳴る音が響いてきた。数秒後にもどってきた彼は、赤いプラスチックカップからゆっくりと飲んだ。

「失礼」彼はふたたび腰を下ろした。先ほどより、気が楽になったように見える。「どこまで話したかな？」

「エミリーとご主人のこと」マギーがいった。

「ああ、そうだった。まあ、暴力の問題はないようです。それとは逆の問題なのです。情熱がない。ふたりのあいだにはあまり愛情がないようだ」

「それなら、そもそも、なぜ結婚したのですか？」ストライドが訊いた。

デイトンは眉をひそめた。「グレイムはとても成功している。彼が受け取る給与の額の多さに、エミリーは少し目がくらんだのかもしれない。長いこと生活の収支をあわせるためにあくせくしている人間は、はるかに安逸を得られる世界を想像することもありえます。彼女は自分の夢が現実になるのを許したのかもしれない」

「そしてストーナー氏は？」マギーは訊いた。「悪く思わないでください、でもエミリーは敏腕な銀行マンにとっては、それほど望ましい結婚相手とは思えないのですが」

デイトンは、その質問がひじょうに愉快であるかのように、奇妙な笑みを見せた。「まあ、蓼食う虫も好きずきといいますからね？　エミリーはすてきな女性です。エミリーがなんといおうと、レイチェルはあの美貌をトミーひとりからもらったのではありませんよ、エミリーがどういうか知りませんが。それに、なんとかしてあげたい、放っておけないといった女性に魅力を感じる男性は大勢いる。グレイムの場合、それにあてはまるのかもしれない」

とんでもない、とストライドは思った。「どういうふうにして、ふたりは出会ったのですか？」彼は訊いた。

「ああ、なかなかすてきなロマンスだったようだよ、エミリーの話では」デイトンはいった。彼の声は急にやかましいほど大きくなった。無理しているように聞こえた。「グレイムがあの銀行に来てから一年ぐらい経っていた。女性銀行員のほとんどが彼をひじょうに望ましい独身男性だと見なしていたらしい。ハンサムで、自信満々で、高い給料をもらう地位にいる。嫌う理由があるかな？　でも彼は誰にも関心がないように見えた。エミリーも彼のことを何度かわたしに話したが、彼が自分のほうに振り向くとは夢にも思っていなかった。わざわざ近づこうともしなかったようだ。彼女は近づこうとしない少数のひとりだった。たぶん、それが彼女に有利に働いたのだろうね。グレイムは彼女のことを、自分の魅力に反応しない唯一の女として見たとか。とにかく、ある日、グレイムは、勤務のあと、駐車場にいる彼女に近づいてきて、飲みにいかないかと訊いた。しばらく前から彼女に惹かれていたのに、誘う勇気がなかったらしい。おかしな話じゃないか？　でもわからないものだよね」

「まあね」ストライドはいった。そしてマギーを見ると、彼女は眉をひそめた。

だったよ」

「それから間もなく、ふたりは結婚した」ディトンはつづけた。「あわただしいロマンス

マギーは首を振った。「そして二、三年後には情熱が残っていないとは？」

「よくあることだよ」ディトンはいった。「そういうことはしょっちゅう目にする」

ストライドはうなずいた。「失礼ですが、牧師さん、わたしにはまだわからないことがあるのです。たとえストーナー氏が彼女を誘ったとしても、急いで結婚に突進するほど、ふたりのあいだに共通点を見いだしたと信じるのはむずかしい。薄情に聞こえるかもしれませんが、エミリーは彼を罠にかけたのですか？」

ディトンは唇を嚙み、落ち着かなく見えた。「どういう意味かわからないな」

マギーが微笑した。「罠ですよ。女は、男を操って、自分の望むことをさせるのが、とても上手なのです。ほら、このストライドだって、あたしがいえば、何でもしますよ。女にはそういうことができるんです」

ディトンは不安そうに微笑んだ。「いや、エミリーは作戦など立てなかったと思うな。彼女はすっかり舞い上がってたからね。さっきもいったように、お金のせいで、ほんとうはあまり情熱を感じていないという事実を見過ごしたのかもしれない。しかし彼女が意図的に彼をだましたとは思えないね」

「牧師さん、われわれはどうしても真実を知る必要があるのです」ストライドは彼にいった。「それにはもっと何かあったに違いない」

デイトンはうなずいた。「ええ、わかってますよ。ただし、それはレイチェルとは何の関係もない。なぜ内輪の不快なことを持ち出す必要があるのかわかりませんね」

「すべてのピースをそろえないと、パズルを解けないからです」マギーはいった。「申し上げるまでもないと思いますが、とても単純なことです」

「そうでしょうね」デイトンは汗ばんだ顔を拭いた。「じつは、その、ふたりが数週間ほどデートしたあとで、エミリーは妊娠しているのに気づいたのです。実際は、それがもとで、結婚するようになったのですよ」

「きっとストーナー氏はよろこんだだろうな」ストライドはつぶやいた。

「とんでもない」デイトンはいった。「彼は堕ろしてほしかったのです。しかし、彼女は断った。彼はすべてをなかったことにしたかったのだと思うけれども、ダルースのような町にいて、彼のような地位にあれば、スキャンダルがあからさまになるわけにはいかない。それで彼女と結婚したのです」

「赤ちゃんは？」マギーが訊いた。

「六カ月で流産しました。エミリーは危うく死ぬところでした」

「グレイムは友好的な離婚に持ち込もうとしなかったのですか？」ストライドは訊いた。

「ええ、しなかった」デイトンはいった。「あきらめて結婚をつづけることにしたようだよ。おそらく、離婚はひじょうに金がかかると考えたのでしょう。それで頑張りとおすことにした。でも間違えないでください、彼は結婚に関心があるふりはしなかった。結婚は便宜上の問題にすぎなかったから。しばらくは、エミリーにとっても、それでよかったのです。何年間も経済的に苦しい生活を送ったあとでは、愛情はそれほど重要に思えないものですよ」

「しばらく？」マギーが訊いた。

「そう、お金では孤独を癒せないからね」デイトンはいった。

「それでいま、ふたりはそれにどう対処しているのです？」ストライドは訊いた。

「その件については、夫妻のそれぞれに、直接お訊きになったほうがいいですよ、刑事さん」

「レイチェルはこの一見、幸せそうな家庭にいたわけですね？」マギーは訊いた。

デイトンはため息をついた。「三人そろってあの家にいながら、実情は、誰もあまり幸せではなかった。ひどい話だ。だから、わたしは、レイチェルが家出をした、と確信していたのだよ。彼女には逃げ出したいものがたくさんあったから」

「彼女はあなたに、家出について話したことはありますか？」ストライドは訊いた。

「いや、わたしには一度も何も打ち明けなかった。わたしをエミリーの味方とみなしていた。つまり、敵だと思っていた」

「彼女の失踪について解明できるようなことは、ほかにありませんか？　あなたが目にしたこととか、ふと耳にしたこととか？」

「なさそうだよ。あればいいのに」デイトンはいった。

三人とも、立ち上がった。たがいにぎこちなく握手した。ストライドは牧師がふたりに早く出ていってもらいたがっているのを感じた。彼は教会の寒いロビーまでふたりを送ってきた。外に出てドアを閉めると、ストライドとマギーはポーチで立ち止まり、コートのボタンをとめて、スカーフを顔にまきつけた。風は彼らがつけた足跡をすでに吹き飛ばしていた。

「どう思います？」マギーが訊いた。

ストライドは冷たく輝く太陽に目を細めた。「ちょっと休憩でもするか」

12

ヘザーは縁の欠けた磁器のカップからお茶を一口飲み、サイドテーブルにお茶がこぼれても写真が濡れない場所を選んでカップを置いた。それから数時間前に寒い地下室で引き伸ばした写真を、用心深く手に取った。

初雪はいつも美しい絵になる。ヘザーは納屋の裏の二本の木のあいだに広がった大きく完璧なクモの巣を見つけたのだった。一本一本のクモの糸を雪の結晶がおおっている。ちょうどレースのパッチワークに見える。彼女はそれをすばやくとらえたが、シャッターを押している最中に、一吹きの風で結晶がこなごなになり、クモの巣はひらひらと飛んでいってしまった。ちょうどクモの巣が静かに雪に破られて、ばらばらになる瞬間を撮った写真もある。

ヘザーは半眼鏡をはずして、わきに置いた。ステレオから響くブラームスの協奏曲が最終楽章になった。彼女は目を閉じて、ピアノの軽快な調子を楽しんだ。音が弱まり消えていくと、どっと疲れを感じた。その日は、ほとんどずっと、寒い雪の戸外をカメラを持って歩きまわり、ついに足が濡れて指がかじかんでしまった。娘のリサはその間ずっと彼女といっしょにいたが、あの子は寒さをものともしなかった。ヘザーは顔をスカーフでおおうようにといいつづけていたが、リサはヘザーが見ていないと、すぐにそれを引っぱってとってしまった。家にもどって、ふたりでいっしょに熱い風呂に入ったが、それでもヘザーは、いまだにその日の寒さが身体の中に残っているのを感じた。それで、長いフランネルのガウンにくるまって、何枚も重ねた毛布にもぐりこむことにした。

ヘザーはスタンドを消し、寝椅子から身体を起こした。天井の照明を消すと、家は暗くなったが、戸外の雪の真っ白なベッドを照らす月の光の反射で、居間はまだ明るかった。

ヘザーはリサの目を覚ましたくなくて、忍び足で廊下を歩いていった。いつもどおりに、娘の部屋のドアを少しだけそっと押して、室内をのぞいた。リサはいつも常夜灯をつけて眠る。室内は影に満ちていた。娘はうつ伏せになり、枕に顔を埋めて熟睡していた。寝相が悪くて毛布をはがしてしまい、半身がむき出しになっている。

ヘザーは毛布を全身にかけ直そうと、娘に近づいた。夜はさらに寒くなる。彼女はリサのベッドのわきにたたずみ、娘の穏やかな寝顔をしげしげと見て、ときどきつぶやく寝言に微笑みながら、身をかがめて、娘の額に唇をかすめた。

彼女は毛布を引き上げ、肩までかぶせてやった。

すると、何かがベッドからすべり出て、絨毯に静かに落ちた。ヘザーが下に目を向けると、影の中に何か光るものがあった。何だろうと思いながら、身をかがめて、それをひろい上げた。金のブレスレットだった。

それは、ヘザーがリサに買ってやったものではなく、いままで見たこともなかった。いつこれを手に入れたのだろうと眉をひそめて考え、娘がそれについて何もいわなかったことに驚いた。リサのことだから、親にいえないようなところから手に入れたのだろう。

彼女はそのブレスレットを持って、娘の部屋を出た。

ヘザーはそのまま自分の寝室へ行った。そして引き出しが五つあるぐらぐらするタンスの上にブレスレットを置き、しばらくそれをつぶさに見た。それから肩をすくめ、それに背を向けた。赤いチェックのブラウスのボタンをはずし、それを洗濯物籠に放り込んだ。

彼女はブラをつけていない。それからジーンズをぐいと引っ張って脱ぎ、パンティとソックスをはいたまま、すばやくガウンを頭からかぶった。

彼女は六枚重ねた毛布をめくり、その中にもぐりこんだ。そしてラジオをつけ、音楽を流している局を探したが、毎時のニュースの最初のほうが終わるところだった。彼女はニュースにはほとんど注意を払わなかった。あまりに気が滅入る話ばかりだからだ。町の南にある農家が焼けて、老女が死亡。ダルースの少女、レイチェルはいまだに行方不明。ダルースのセントラル高校のフットボールチーム、ザ・トロージャンズが大きな試合で負けた。

ヘザーはベッドわきの壁にずらりとかけた写真額をつくづくと眺めた。納屋で写した写真のプリントをそれに加えたばかりだ。彼女の背後の梢あたりで光の弱まっていく太陽が、納屋のたわむ割れ目に影を投げかけている。枯葉が絨毯のように地面に散り積もっている。地平線の上の空は鋼のような銀灰色だ。衰退に満ちた画像を狙った彼女の意図が見事に表われていた。

写真を見つめているうちに、ふっと思い出した。

納屋の角をまわってこちらに向かって走りながら、何かを見つけたと叫んでいるリサの姿が、心の目に浮かんだ。ヘザーはカメラに集中していて、うわの空で聞いていた。しかしリサが金のブレスレットを見せたことを思い出し、それを見つけたところにもどすようにと娘に命じたのも思い出した。そして、数週間もすぎたいま、リサはベッドに秘密の金のブレスレットを隠していた。

「あのこそ泥娘」ヘザーは腹を立てて、つぶやいた。

ため息をついてベッドから出ると、棚からブレスレットを取ってきた。

それは特にずっしりしたものでも、高価なものでもなかった。納屋の裏で逢引きの最中に女子高生が落としたものだろう。

ヘザーはブレスレットを見て、内側の文字に気づいた。

T♡R

TはRを愛してる、ね。ええ。たぶんRはかわいい高校二年生、Tはフットボール選手で、その娘のジーンズを脱がせるには、アクセサリーを贈るのがいちばんだ、と考えたのではないか。ヘザーは笑った。彼女はブレスレットをナイトテーブルの上に置き、スタンドを消した。

暗闇の中で、彼女は眠ろうとしながら、寝返りを打った。数分前までは、目を開けていられないほど眠かったのに。いまは目がさえてしまった。いろいろな思いが何となく頭の中を去来した。高校のこと。納屋の陰でセックスをしているかわいい女子高生たち。焼け死んでいく老女。フットボールの試合。金のブレスレットのプレゼント。若者の恋。若者の性欲。

二つの頭文字。

あの頭文字が彼女の頭にふたたび浮かんだ。

するとヘザーの目がぱっと開き、彼女は何も見えない真っ暗な部屋をじっと見つめた。毛布にくるまれているのに、身体にぞくぞくっと寒気が走った。彼女は手探りで明かりをつけ、部屋に光があふれると瞬きをした。

彼女はブレスレットを見たものの、それを手に取る気にはなれなかった。
TはRを愛している、と彼女はふたたび考えた。
Rの文字。

13

ストライドは納屋付近の捜索区域の外側の泥道に立っていた。一日中そこを警察の車が往来していたため、雪が灰色に汚れ、轍の跡がつき、それが凍って、いまは滑りやすくなっている。彼はブーツをはいた足を食い込ませるように雪の路面に押しつけ、渦巻く風に身をこわばらせていた。ウールのスカーフでおおった顔面からわずかにのぞく皮膚に、寒さがナイフのように鋭く感じられた。赤い帽子を額が隠れるほど目深にかぶり、さらにアノラックのフードをすっぽりかぶって首元で締めていた。両手は革手袋に包まれている。風が強く、体感温度は零下二十度だ。

自然は協力的ではなかった。ストライドの運もまたしかり。

彼らは昼からずっと捜索をつづけ、五時間後のいまは、夜になろうとしていた。いままで厳しい寒さの中で苦労してせっせと働いてきて見つけたものは、無数の重なるタイヤの踏み跡、割れたガラス、使用済みの注射針、ありとあらゆる種類のゴミだった。そのすべてがビニールのゴミ袋に入れられ、その袋には、升目に仕切られた捜査区域のどの部分で見つかったかを示すラベルが貼られている。

もしヘザー・ハブルからの情報が二日早く届いていたら、納屋をとりまく野原の捜索はもっと容易だっただろう。ところがもう、たとえ証拠があったとしても、八センチの積もった雪の下に隠れている。彼の部下たちは、升目のそれぞれの四角の中を探すのに、すでに捜索済みの部分に、注意深く粉雪を払い落とさなければならなかった。突風が吹くたびに、雪が吹きもどされる。時間のかかる、寒い作業だった。しかし少しずつ進んでいく以外に選べる方法はない。白い雪の毛布の下、泥道や藪の中にはさまれた髪の毛一本のように小さいものを探さなければならないのだ。

ただし、ストライドがほんとうに頭を痛めていたのは、それではなかった。もっとひどいことが待ち構えている。明日の朝には、もっと雪が降ると予報されていて、さらに二十五センチの積雪が北の木立をすっぽりおおうらしい。そうなれば、ふたたび地面が見えるのは四月まで待たなければならず、そのころには、見つけられる証拠はほとんど残っていないだろう。迅速に作業をしなくてはならない。頭上から照らす照明器具を運びこませ、それを組み立てさせたから、捜索区域を夜通し厳密に調べられるはずだが、それでも、徹底的な作業をするには時間が足りなかった。

それに加えて、場所もあろうに、犯罪現場が納屋ときている。

このあたりは、ほかのどんな場所であれ、カバノキの樹皮と枯葉以外には何もないだろう。ところが納屋の周辺は、高校の裏の駐車場にいるようなものだった。細かく分析され、調査され、分類されたあげくに除外されるはめになるような関連性のない証拠を、いったい何組の十代のカップルが、どれほど残していったのかを思うと、ストライドはうんざりした。何か変わった品物が見つかるたびに、ガッポが無線機で報告してくる。警官たちは、少女リサがブレスレットを見つけた場所の近くを出発点に、そこから外へ向けて調べはじめた。その途中で、彼らはすでに、パンティ一枚（サイズが、レイチェルのよりも四つも上で、大きすぎる）、歯列矯正の固定装置、チェリー風味のキャンディ、トランプのカード（スペードのキングで王冠をかぶったヌードのブロンドの女の写真がついたもの）、コンドーム九個を見つけていた。

ストライドは、レイチェルに直接結びつく見込みのあるものは、ほとんどないのがわかっていたが、それでも、胸は高鳴っていた。ストーナー夫妻は、ここで見つかったブレスレットがレイチェルのものであることを、はっきりと認めた。それに刻まれた頭文字は〝トミーはレイチェルを愛している〟を確かに表わしていた。そのブレスレットはレイチェルの実父が何年も前にプレゼントしたものだった。

ケヴィンはすでに最初の聞き取りの際、レイチェルと最後にカナル公園で会ったときに、彼女がそのブレスレットをしていたと供述していた。いまそれがここで、納屋の近くで発見され、レイチェルが失踪後にいた場所を示す最初の有力な証拠になった。しかしストライドは、この発見が意味する冷酷な現実を思うと、職業的満足に水をさされた。

ブレスレットを見たとき、エミリー・ストーナーの顔から血の気が引いた。それまでずっと、娘は自分で出て行ったのだと、家出をしたのだと、冷酷な冗談を実行したのだという希望を、エミリーは抱いていたに違いない。そのブレスレットを手にしたとき、エミリーの希望は消えてしまったのだ。

「あの子がこれを置いてくなんてこと、絶対ありません」エミリーは即座にいった。「絶対にありません。これはトミーがプレゼントしたものです。あの子は、どこにいても、これをつけていました。シャワーを浴びるときでさえ、つけていたのです。決してはずしませんでした」

それから夫の目の前で、彼女は泣き崩れた。「ああ、どうしよう、あの子は死んでしまったんだわ」エミリーはつぶやいた。「ほんとうに死んでしまった」

ストライドは気休めの希望を持たせる言葉で、その場をとりつくろう気はなかった。ブレスレットを見つけたこと自体は何の意味もない、とエミリーに告げるのは容易だ。しかし真実は全員に明らかだった。ここ何週間、生きている娘を捜し出すため彼女の不可解な部分を解明しようとつとめ、謎の答えを探してきた。

これで、これまでとは違う捜索をはじめることになる。レイチェルの遺体の捜索を。

ヴァンのドアがバタンを閉まる音と雪を蹴って進んでくる足音が背後から聞こえた。彼は後ろを振り向いた。マギーは黒い防寒帽子をかぶり、毛皮の耳おおいをつけていた。赤いウールのコートは丈が長く、くるぶしまで届いている。高さ五センチのスクエアヒールの革のブーツで、苦労しながら歩いてくる。スカーフでおおわれていない黄金色の顔は、厳しい冬の猛襲に影響されていないようだ。

マギーはストライドのわきに立ち、箒と無線機と証拠入れ袋を持って背をまるめている警察官十二名の仕事ぶりを見た。

「大切なものまで凍っちゃいそうに寒いじゃない」マギーはいった。「ヴァンにもどってきたら？」

「ガッポがヴァンの中にいる、そうだろ？　ここに出ているほうが安全だ」

マギーは鼻にしわをよせた。「彼が生野菜を持ってこないようにちゃんと確認したし、必要なときに新鮮な空気を吸えるように、窓を少し開けてきたわ」

「いや、いい。どうせ、間もなくマスコミの相手をしなくてはならない。もうじき夕方のニュースの時間だからな」

ストライドは泥道の先のほうをちらりと見た。警察車数台が五十メートル先で、通行を阻止し、この区域への立ち入りを禁止している。道路封鎖の向こうに、マスコミの照明が光っているのが見えた。そこでは三十人近いレポーターたちが震えながら文句をいい、自分たちのほうに注意を向けてもらおうと叫んでいる。風の音に邪魔されて、その叫び声はほとんど聞き取れなかった。

彼は腕時計をちらりと見た。五時十分前だ。ニュースの皮切りに、生放送のインタビューに応じると約束しておいたのだ。

「若いころ、ここに来たことある？」マギーが訊いた。

「なんだって？」

マギーはにやりと笑った。「ブレスレットを見つけた女の人がいってたわ、ここはずっと前からセックスをするのに人気の場所だったって」

ストライドは肩をすくめた。「おれは女の子たちを湖のそばのすてきで安全な小道へ連れていったよ、おあいにくさま」

「それならどんな子たちがここに来たんです？」マギーが訊いた。

「ふしだらな娘たちだ」

「それって性差別的コメントかしら、そうしたら、あたし、セクハラとして報告しなくちゃならないかしら？」彼女はからかった。

「女の子に湖沿いの道のロマンチックなドライヴを承知させることができれば、まあね、たぶん二塁に進む見込みがある」

「二塁ってどういう意味でしたっけ、もう一度教えてもらわなくちゃ」マギーはいった。

彼女はふざけて舌で歯をなぞった。「中国では野球をしなかったから。それは乳房のこと、乳首、それとも何かしら？」

ストライドは彼女を無視した。「納屋へ行かないかと誘って、女の子が承知したら、何ができるか、はっきりしてる。だいたい、相手の女の子がどんなタイプかわからないうちは、納屋へは誘えない。さもないと、顔を引っぱたかれるからな」

「ちなみに、ロリー・ピーターソンに納屋に行かないかってほのめかしたのをおぼえてるよ」ストライドはいった。「彼女はコーラの瓶をおれの顔に投げつけた」

「みごとだわ。そうすると、レイチェルはルーズな娘ってこと？」

ストライドは下唇を嚙んだ。「みんながそういってるね」

「ただし、彼女と寝たと白状した男の子がまだ一人も見つかっていない」マギーはいった。

「そうだ、それは興味深いじゃないか？　まあ、彼女が消えたいま、わざわざ名乗り出て、自分が容疑者だと宣言するやつはいないだろうが？」

「すると、ボスはデートだったと思うのね？」マギーは訊いた。

「たぶん」ストライドはいった。「彼女は十時ちょっと前にケヴィンと別れたときに疲れたからだといったが、レイチェルが金曜日の夜もまだ早い時間に疲れるような娘とは、とても思えない」

「だから、たぶん彼女は誰かほかの男と会おうとしていた。彼女を家に迎えにきた男と？」

ストライドはうなずいた。「ふたりは納屋へちょっとセックスをしに行く。しかし何かが狂ってしまう。何かが手に負えなくなる。そして急にボーイフレンドは相手が死んでいるのに気づく」

「彼女が死んでると決め込んでるのね？」マギーがいった。

「それであなたは？」

ストライドはいった。「そうじゃないのか？」

「それで、彼女が会ったであろう謎の人物というのは？　学校の別の男の子とか？」

「そこから調べることになるな、マグズ。少しでもボーイフレンドのような感じがするやつに片っ端から話を聞くんだ」

マギーはうめいた。「ホルモン過剰で、女なら誰でも自分とやりたがると思い上がってる高校の男子生徒たちと、一日中お話しするのね。最高にすてきなお役目ね、ボス」

「ちゃんと役目に適した恰好して行けよ、マグズ。そのほうが相手からもっと聞きだせる」

「おやまあ」マギーはつぶやいた。「あたしには見せびらかすほどの胸の谷間もないみたいない い方」

「知恵を絞れよ」

マギーは彼の腕を殴り、背を向けて、ヴァンのほうへ大股で歩いてもどっていった。ストライドは微笑した。彼は手袋をはめた手で無線機を耳のそばまで上げて、フードの内側に押し込み、道路の前方にいる報道陣のほうへ歩いていった。

「何か見つかったのか、ガッポ？」ストライドは訊いた。

ガッポの声が無線機を通じて大きく響いてきた。「ここはいったいなんてひどい場所なんだろう、警部補？」彼は叫んだ。「くそ、どの升目も、ニューヨークのクラック密売所で見つかるよりたくさんガラクタが落ちてる。こんな所を犯罪現場として選ばなくちゃならなかったなんて」

何やら音がして、マギーが背後で文句をいうのが聞こえた。「いやなやつ、ガッポ、あたしがヴァンにもどってたったの五秒なのに、おならをするなんて」

ストライドはクスクス笑った。「彼女に泣き言はやめろといっておけ、ガッポ。明日、仕事に何を着てくるつもりか訊いてみろよ」

ガッポの背後から、がなりたてる声が聞こえた。「くそったれ、ストライド」

ストライドはまた訊いた。「おい、ガッポ、何かレイチェルに結びつきそうなものはあるか？」

「全部がそうだともいえるし、何もないともいえる。このガラクタを検査するまでは、わからない。ここには、セックス、麻薬、そのほか何でもかんでもあるけれど、指紋と血痕が見つかるまでは、すべて当て推量でしかない」

「犯人の告白を書いた紙に重石が載せてあるとかは？」

「いまのところはまだ。まだ調べてるところだ」ガッポはゲップといっしょにそういった。

「わかった」ストライドはいった。彼は無線機をまたコートのポケットに押し込んだ。それから、警察車に近づき、マスコミ連中と野次馬を近寄らせないという報われない仕事を任されている警官ふたりに手短に話した。黄色の立ち入り禁止テープの向こう側は、レイチェルが消えた晩と同じぐらい、群集でごったがえしている。ストライドは並んだ投光照明に照らされて、目を細めた。ざわざわとした話し声が高まってきて怒号になった。

ストライドは顔見知りのテレビレポーターのひとりに指を突きつけた。「おたくのチームに照明を任せていいかな?」そのレポーターがうなずくと、ストライドは言葉をつづけた。「よし、それではわたしに照明をあてるのは、この一チームだけで、残りのみなさんはフラッシュはたかないように。わかりましたか? 誰かが怒鳴り声をあげた時点で、会見は中止です。質問をしたければ、手をあげる。指名されたら、質問をひとつだけ」

「いつ大統領に選ばれたんです、ストライド?」群集の前列からバード・フィンチがいい返した。

ストライドはにやりと笑った。「みなさん、聞きましたね。これでバードは質問の権利を使ってしまったので、列の最後に行ってもらいましょう」

レポーターたちは嘲るように笑い声をあげた。そのうちの数人はバードの前に割り込み、テープの際に陣取ろうとした。しかし筋骨たくましい元バスケットボール選手は一歩も退かず、ストライドに冷たい微笑を投げかけた。

ストライドはテレビカメラ用の照明の熱で顔が燃えるように感じた。冷たさをありがたく感じたのは、きょうはこれが初めてだ。足だけが、湿って、影に入っているので、いまだに冷たく感じられる。「みなさん、用意はいいですか?」彼は訊いた。「まず簡単に情況を説明し、それから質問を受けます」

彼は一ダースもの手持ちテレビカメラに、録画中を示す赤いランプがついたのを見た。禁止したのに、フラッシュがいくつか炸裂し、彼の目がくらんだ。

「いま現在、わかっていることを伝えます」彼はいった。「きょう、未明、女性からホットラインに、レイチェル・ディーズの失踪と関係があるかと思われるブレスレットを所持している、との連絡が入りました。われわれはそのブレスレットを回収し、レイチェルの母親はそれが娘のものであるのを、はっきりと確認しました。レイチェルは失踪した夜にそのブレスレットをつけていたと考えられます。ブレスレット発見者によれば、それはここにある納屋の裏にあったそうです。われわれは目下、ブレスレットが発見された場所の周囲およそ百メートル四方を細分化し、それぞれの区域を綿密に捜索しているところです。以上が、現在わかっているすべてです」

三人が同時に質問をあびせると、ストライドは彼らをにらみつけて、身動きもせず、返答もせずにいた。バード・フィンチは芝居がかって手をあげた。ただでさえほかの誰よりも頭ひとつ分ほど背が高いので、腕を突き上げると、黒い「自由の女神像」のように見えた。

これを片付けてしまったほうがよさそうだ、とストライドは思った。

「バード？」彼はいった。

「このことから、レイチェルは死亡したと考えますか？」バードは訊いた。彼は〝このことから〟という言葉に棘をふくめ、ほかの誰もがとっくに知っていたことを、ストライドが怠慢にも、理解していなかったようにほのめかした。

「推測は述べたくありません」ストライドはいった。

ほかの誰も手をあげないうちに、バードはそのつづきの質問をはさんで、まわりを黙らせた。「しかし警察はこれから遺体の捜索をすることになるのではありませんか?」

「目下、綿密な作業で証拠を探している最中です。これは神経をはりつめ、極度に精神を集中して行なう作業で、まだより多くの時間を要します。われわれの次の段階は、ここで見つけたものにより決定されます、何かが見つかればの話ですが。しかし徹底した分析には数週間かかります」

別の手があがった。バードが道筋をつけ、ほかの連中はそれをたどった。「この捜索を終えたとき、周囲の地域の捜索も行なうことになる、そうですね? 遺体が見つかると期待してますか?」

「見つかるのは遺体ではないように願っています」ストライドはぴしゃりといった。「しかしほかにも証拠を見つけるかもしれないので、この地域の周囲の森の捜索をはじめる計画を立てています」

「天気予報ではさらに雪が降るようですがそうすると捜索の進展は遅くなるでしょうか?」

「もちろんです」ストライドはいった。「ここはミネソタです。ですから、一年のこの時期は、どんな捜索も困難を増します」

「捜索を手伝うボランティアを求めていますか?」ひとりのレポーターが訊いた。

「手を貸してもらえるなら、ありがたくお願いしようと思っています。ボランティアがどのようにして警察の助けになることができるか、どこに来ていただくべきかについての詳細を、警察のウェブサイトに載せるつもりです。勝手に森を探しまわることはしないでくださ い。そういう行為は、捜査の妨害になるだけです。手を貸したいと思ってくださるなら、われわれの捜査手順に従っていただく必要があります」

何本かの手があがった。「レイチェルがここにいたと示すものが、ほかにも何か見つかりましたか?」

「まだです」ストライドはいった。

別の手があがった。「何人か容疑者はいるのですか?」

「いいえ」ストライドはいった。

バード・フィンチはまたも指名を待たずにいった。「この事件に取りかかって三週間以上になるのに、容疑者がひとりも見つかっていないのですか?」

「これまでの証拠は、関係ある人物をまったく示していません」

「性犯罪者はどうです?」ミネアポリスから来たレポーターが訊いた。

「周辺地域にいる性犯罪の前歴のある人物すべてに尋問しました。しかしここでもう一度、はっきりさせておきたいと思います。レイチェルの失踪に特に関係ある人物につながる証拠はまったく見つかっていません」

またもバードがいった。「いまはケリー・マグラスの失踪との関係を調べる気持ちが強くなりましたか? やはり容疑者をまったくつかんでいないように思える犯罪ですが?」

「われわれはふたつの事件の関連性を確立していません。関連性を除外してはいませんが、現在のところ、このふたつの失踪を関連づける証拠はまったくないのです」

「今回の発見は、レイチェルに何が起きたかを見つけ出す手がかりになりますか？」ストライドにこの質問をした女性は背が低く、その上に伸びた腕だけしか、ストライドには見えなかった。彼は、言葉を頭の中で並べなおすのに、ちょっと間を取った。「そうですね。手がかりになりますね。これで、われわれはついに何らかの答えをもたらすかもしれない繋がり、場所を押さえたのですから。それから、テレビを見ているみなさんにお願いします。レイチェルが失踪した夜に、この近辺にいて、何かを見たり聞いたりした人は、警察に連絡してください。レイチェルがここにいたことはわかりました。われわれは、彼女がどうやってここに来たのか、何が起きたのかを知りたいのです」

彼は別にあがった手を指さした。

「ここでいつまで捜索をするつもりですか？」セント・ポールから来た新聞記者の女性が訊いた。

「一晩中かかるでしょう」ストライドはいった。

そのとおりだった。

警官たちが細分化した区域捜査を終えるごとに、証拠品袋がヴァンに届くと、ストライドとマギーはそれぞれを調べてから、別々の箱に振り分けた。レイチェルに少しでも関係ありそうなものは、何も見つからなかったが、目にしながら、そうとはわからずにいたものもあったかもしれない。結局、研究所がもっと調べてくれるだろう。

ストライドは腕時計を確かめた。もうじき午前四時だ。ヴァンの床にはピッツァの箱があり、四角い二切れが残っているだけで、あとは空っぽだ。いったいどうしてガッポがそれを見落としたのか、ストライドは不思議に思った。マギーはストライドの向かい側にすわり、瞬きをして目を閉じては頭をがくんと垂れている。それから、膝に肘を立てて、両手で顔をおおった。

ストライドは寒くて、疲れ切った頭で、アンドレアのことを思った。今夜のデートを中止する電話をかけたとき、彼女は理解してくれた。その声に失望の響きが感じられたのが、うれしかった。彼も失望していたからだ。それがセックスなのか、女性の肉体のそばにふたたびいられる機会なのか、わからなかったが、彼女に会いたくてたまらなかった。アンドレアはとても魅力的だ。もちろん、シンディといっしょにいるのとは違う。しかし、それと同じものなんて決してどこにもない。アンドレアはまた別の人間で、亡きシンディの代わりになってくれと願うことなどできない。

ヴァンのスピーカーから雑音が聞こえ、彼ははっとした。何秒かのあいだ、眠っていたのだろうか？「雪が降りだしました」外にいる警官のひとりが報告した。

「そうか、そいつは結構なこった」ストライドはいった。

彼は狭苦しいヴァンの中で立ち上がった。筋肉が疼き、背中に急激な痛みが走った。ふつうなら、背中をしなやかにするために、毎晩、一連のストレッチ運動をするのだが、ここ数晩は、それを省いていた。いま、彼はその代償を払っている。数年前に弾があたって傷ついた腕も痛んだ。その傷は寒くなるとなおさら痛むのだ。

彼はヴァンの霜がついた後ろの窓から外をのぞいた。捜索のために立てた照明の光で、大きな雪片が穏やかに漂っているのが見えた。それぞれの雪片は小さくて無害に見える。しかし、それが集まって、じきに犯罪現場を埋もれさせてしまう。

「どのくらい降りそう？」マギーが静かに訊いた。

「すっぽりおおわれちまうな」ストライドはいった。

彼は影になった森をじっと見た。そしてあの夜の現場をふたたび想像しようとした。レイチェルは助手席にいる。誰かが車を納屋の裏につける。まったくの偶然で、その夜はそこにほかに誰もいない。どうやってブレスレットが車の外に落ちることになったのか？セックスを外でしたはずはない。寒すぎる。たぶん、彼らはただ車の外に出て森を眺めた、いま彼がしているように。それから男が彼女を車に連れもどそうとして揉みあって、ブレスレットがはずれて落ち、そしてそれから――何が？

あるいは、車の中で何かひどいことになり、彼女が逃げようとした。男が彼女を追いかけた。揉みあううちにブレスレットがはずれた。男が彼女を殴った。首を絞めた。それから彼は死体をどうしただろうか？森の奥へ運んでいったのか？車に乗せて、彼女を隠すためにどこか別の場所へ行ったのか？

スピーカーから声が聞こえた。

「あの晩、レイチェルが何を着ていたか、誰かおぼえてますか?」警官のひとりが外から無線で訊いている。

ストライドとマギーは顔を見合わせた。マギーは思い出して列挙した。「黒いジーンズ、白いタートルネックのシャツ」

スピーカーは黙った。

それから数秒後。「白いタートルネックのシャツといいましたね?」

ストライドは大声でいった。「そういったぞ」

また間があいた。こんどのほうが長い。「わかりました。何か見つけたかもしれません」

生地の三角片は小さくて、ギザギザで、長さがほぼ十五センチ、縁がほつれている。泥がこびりついているが、その切れ端が本来は白いのは明らかだ。その一辺に、衣服の残り部分から引き裂かれた縁の繊維に赤茶色の汚れが浸み込んでいた。

14

わたしは正気を失いかけているに違いない、とエミリーは思った。レイチェルに暴力をふるったあの最悪の夜以来、こんなにいてもたってもいられない気持ちになったことはない。ひとりぼっちで、救われる望みもなく、海を漂っているようだ。

同じ場所を、狂ったように行ったり来たりしていたので、絨毯に跡がついてきた。彼女は額に指を広げた手を当て、万力のように締めつけた。汚れた髪が顔に垂れた。目を大きく開き、息が荒い。過呼吸を起こしていた。頭はずきんずきんと痛み、内部で腫瘍がふくれあがっていくような感じがする。

「ブレスレットを見ていただきたい」刑事がいった。彼女は一目見ると、悲鳴をあげた。

エミリーは、この日が来ると本気で思ったことは、一度もなかった。テレビに出たとき、そこにいたもうひとりの母親、バーバラ・マグラスはこういっていた――ドアを開けると、神妙な面持ちの警官が立っている日が来てしまうのが何より怖いです。しかし、エミリーはそうは思っていなかった。レイチェルが生きていると信じていたのだ。ある日、電話が鳴り、聞き覚えのある、嘲るような笑い声が聞こえてくると。

彼女はブレスレットを見る瞬間まで、それを信じていた。いま、彼女はわかった。レイチェルは死んだと。誰かに殺されたのだと。

警察からの知らせに、自分の存在が世界から断ち切られたように感じた。数時間すぎても、いまだに絶望から立ち直れなかった。

ポーチの静かな物音さえも、頭に轟くように聞こえた。通気孔から暖かい空気を室内に送り込むブーンという音。外に植えられたコデマリの低木の枝が窓をこする耳障りな音。

屋内の木材が見えない幽霊の重みでゆがみ、きしむ音。

そして何よりもいやな音は、ほんの一メートルも離れていないところで、夫が彼女の苦悩にはちっとも気づかずに仕事をしているラップトップ式のパソコンを叩く音だ。

カチ、カチ、カチ。

彼女は、ふたりの心がこれほど離れることになるとは思ってもいなかった。さらに悪いことに、彼女はこれがすべて自分のせいだとわかっていた。


「妊娠したの」エミリーはいった。

そして緊張して、彼の反応を待った。彼女はぎこちなく両手を膝で組み合わせ、自分の小さい居間のソファにすわっていた。ストーナーはその向かい側の布張りの椅子にすわり、片手に酒のグラスを持っている。夕食のあと、二杯目の酒で、彼女はその前にすでに、自分がオーヴンでローストしたプライムリブとともにシャンパンを勧めて飲ませていた。

そうして、ふたりでくつろいでいるときに、彼女はだしぬけにそういったのだ。

「用心しているといったじゃないか」ストーナーはいった。

エミリーはひるんだ。それは聞きたいと思っていた言葉ではなかった。愛はなく、わくわくしたようすもない。ただ、なんとなく非難めいている。

「ピルは飲んでるわ」エミリーは彼にいった。「でも、絶対確実なものなんてないのよ。たまたまだったのよ。神様の思し召しだわ」

「わたしたちにその覚悟ができているだろうか」彼はいった。

「覚悟のできてる人なんているかしら」エミリーは答えた。

「いや、そうでなく、このままにするべきかどうか」

エミリーは涙がこみ上げてくるのを感じ、重く息をついて、震える声でいった。

「わたしの赤ちゃんを殺すつもりはないわ」エミリーはいった。

ストーナーは何もいわない。

「そんなことしないわよ、グレイム」エミリーはくり返した。「よくもそんなことがいえるわね？　これはあなたの赤ちゃんでもあるのよ」

エミリーはソファから立ち上がった。コーヒーテーブルをまわっていき、彼の前にひざまずき、彼の手を包みこんだ。

「わたしたちの赤ちゃんに家族を作ってあげたくないの？」彼女は彼に訊いた。

彼は数秒、恐怖に襲われたようすで、彼女の背後を見つめた。しかしそれからかすかにうなずいた。エミリーは安堵とよろこびの笑みが顔いっぱいに広がるのを感じた。腕をストーナーの首に巻きつけ、彼を抱きしめた。

そして彼の顔一面にキスをした。「結婚しましょう。いますぐに。この週末に」

ストーナーは微笑した。「いいよ。今週末に湖岸をドライヴして、小さい町の教会を見つけよう。レイチェルもいっしょに連れていけばいい」

暗い影が一瞬彼女の心をかすめた。その瞬間の興奮で、娘のことを忘れていた。しかしそれもすぐに過ぎた。彼女は自分が強いと感じ、確信を持った。これが正しいことだ。彼女にとって。レイチェルにとってさえも。これでもう一度、家族になれるかもしれない。お金のことを心配しないですむ家族に。

「ええ、そうしましょう」エミリーは彼にいった。

エミリーは身体を後ろにそらせて、ブラウスのボタンをはずしながら、その指の動きを追う彼の目を見つめていた。胸がはだけると、彼はブラウスの内側に手を伸ばして、乳房をつかんだ。

ストーナーのポケベルが鳴り、甲高い金属的な音が部屋に響いた。ふたりともハッとした。エミリーは尻餅をつき、乳房がブラウスからはみ出た。彼は急いで椅子から立ち、ポケベルに手を伸ばして、ベルトからぐいとはずし、その表示を見た。

「行かなくてはならない」

エミリーは身体を起こし、髪を撫でつけ、すばやくブラウスのボタンを留めた。そして肩をすくめて微笑んだ。「仕方がないわね」

それから彼を玄関まで見送りにいき、そこにそのままいると、夜風が吹き込んできた。彼は車をバックさせて私道から出ていった。彼女は車がすっかり見えなくなるまで見つめていた。そのあとも、外に残り、顔にあたる微風を楽しんでいた。

エミリーは玄関のドアを静かに閉めた。それから鼻歌を歌いながらキッチンへ向かった。

「おっぱい出してたの、かなり滑稽だったわ」声が聞こえた。

レイチェルが、二階へ通じる短い階段の一番上にすわっていた。その長い素脚を階段にぶらぶらさせている。とても短いショートパンツをはき、豊かな乳房をぴったり包む黒いホルターネックのシャツを着ている。黒い髪は濡れていて、シャワーから出てきたばかりのように見えた。肌は輝いていた。

「わたしたちのようすを探っていたの？」

レイチェルは肩をすくめた。「グレイムがあたしを見たけどね。あんたのここ一番というところを邪魔したくなかったから」

エミリーは、今夜はレイチェルのゲームに引き込まれたくなかった。それで娘を見ないようにしてキッチンへ向かった。

レイチェルはその背中に叫んだ。「昔の手を使ったのね？」

エミリーは立ち止まった。「何がいいたいの？」

レイチェルは母の表情を真似て、母の声色を使っていった。「ピルは飲んでるわ。たまたまだったのよ。神様の思し召しだわ」

「それで？」エミリーはいい返した。

「じゃあ、これは何よ？」レイチェルはいった。彼女が小型バッグをかかげ、それをパッと開いて、小さい緑色のピルを入れた未開封のダイヤルのような輪型の容器を見せた。

「これ、避妊ピルみたいだけど。どうしちゃったのかしら、お母さま？　飲むのを忘れたの？」

エミリーは両手で口を押さえた。顔が蒼白になった。それから覚悟をかためると、頭が猛然と働きだした。「おまえにはわからないわ」

レイチェルは指を一本、母のほうに突き出した。「あたしにわからない？　あたしがいつも思っていたように、あんたはごまかしのうまいあばずれだわ。パパがいったとおりにね」

エミリーは無言だった。レイチェルのいうとおりだ――彼女はストーナーをだましたのだ。しかしそれはいまよりよくなるために、母娘ふたりのためにしたことだ。ささやかな安寧を得るために。働かなくてすむために。彼を罠にかけるつもりはなくて、ただ彼が彼女を愛しているのを彼にわからせようとしたのだ。

「あんたにお礼をいうべきなんだろうと思うわ」レイチェルはいった。「パパのこともペテンにかけたんじゃないの？　それだからあたしが生まれてきたんじゃない？　あんたは自分ひとりじゃ、決してパパを繋ぎ止めておけないのを知ってたのよ」

エミリーは唇を噛んだ。違う、と叫びたかった。しかし長く黙っているだけで、レイチェルに真実だと確信させるに十分だった。

「同じ手を二度も使うなんて」レイチェルはいった。

「グレイムにいうつもり？」エミリーは訊いた。彼女は答えを知っていた。レイチェルが母親の心臓にナイフを突き刺すチャンスを逃すはずがない。慎重に立てた計画のすべてがだめになってしまう。

しかしレイチェルは彼女を驚かせた。

「なんでそんなことをあたしがすんのよ?」レイチェルはいった。「あたしたちに共通点があると思ったのはこれが初めてだわ」

それから彼女は背を向けて自分の部屋に消えた。

エミリーは、警察がブレスレットを渡してくれればいいのに、と思った。ポリ袋に入っているのを、トミーが彫らせた文字だとわかる程度に、ちょっと見ることができただけだ。それから刑事はさっさとしまいこんだ。証拠ですから、と彼はいった。

裁判のあとで返してくれるのだろう。裁判があればだが。もしほんとうにレイチェルの身に起きたことを警察が見つけ出せばだが。

エミリーは落ち着かずに行ったり来たりしつづけた。両手で額を押さえつけて頭痛を追い払おうとしたが、なおさらひどくなった。現実は耐えられないほどひどかった。彼女には支えてくれて大丈夫だといってくれるか、腕の中でいつまでも泣かせてくれる人が必要だった。彼女は立ち止まり、夫をじっと見て、無言のまま激しい怒りで首を振った。まるで彼女が部屋にいないかのように、パソコンで仕事をしている。彼女のうめき声、彼女の嘆き、絨毯の上をすり足で行きつもどりつする音を、彼は無視していた。

カチ、カチ、カチ。キーボードを叩く指。彼女の娘が死んだというのに、彼は表計算をしている。

どうしてわたしは気づかなかったのだろう？　どうやって夫を愛しているとか、いつかわたしを愛してくれる日がくるなどと自分を欺けたのだろう？

彼女は夫の背中を穴のあくほど見つめた。どうして彼と自分がこんなにも離れてしまったのだろうと、もう一度自分に問いかけた。レイチェルがいなくなり、この結婚をふくめて、自分の人生には何もないことがわかった。何もかもなくなってしまった。

彼女がいつまでも黙っていると、彼がようやく注意を向けた。彼女のほうに振り向いて、目を合わせた。エミリーは彼をにらみつけた。猛々しい目で。このすさまじい感情に、どう対処すべきかわからなかった。ボトルのコルク栓が弾けとんだのだ。彼女は立ったまま、震えていた。

「エミリー、すわれよ。肩の力を抜くんだ」ストーナーがいった。

なんと滑稽なんだろう、彼はいつも場違いなことばかりいう。彼の声の響きが、いまの彼女には憎くて仕方なかった。静かな話し方、わざとらしい抑揚のない一語一語。彼女はそれにもう耐えられなかった。

「肩の力を抜けですって？」彼女は押し殺した声でいった。「最低。わたしに気を楽にしろっていうの？」

ふたりは互いにじっと見た。感情のこもらぬ彼の目は、まるで彼女など存在しないかのように見ている。彼は忍耐強く、快活な口調でいった。まるで見知らぬ人間みたいに。

「きみの気持ちはわかっているよ」まるでヒステリーを起こした子供を相手にしているよ

うにいった。

エミリーは両手を額に当てた。目を閉じて、顔をしかめた。涙が頰に流れた。

「わたしの気持ちなんて、あなたにはわかるはずない。最低よ、あなたには感情がないんだから！　ただそこで椅子にすわって、わたしに笑ってみせて、愛し合っている夫婦のふりをしている。しかもその間もずっと、わたしにたいして何も感じていないのはわかってるわ」

「きみは理性をなくしているだけだよ」

「理性をなくしている？」彼女は拳を握ったり、開いたりした。「まあ、どうしてそんなことがあるの？　なんでわたしが理性をなくすのよ？」

彼は答えなかった。

彼女は信じられないというように、首を振った。「あの子は死んでしまったのよ。それがわかってるの？　あの子はほんとに死んでしまったのよ」

「警察はブレスレットを見つけた。それが必ずしも何かを意味するわけではないよ」

「あらゆることを意味してるわ」エミリーはいった。「レイチェルはわたしのものでない。しかもあなたもわたしのものではないのよね？　一度もそうではなかった」

「エミリー、お願いだ」

「お願いって、何よ、グレイム？　お願いだから出ていってくれってこと？　わたしのケチな問題であなたの邪魔をしないでくれってこと？」

彼は答えなかった。

「なぜ、わたしと結婚したの？」エミリーはささやくような声でいった。「わたしにお金をくれてもよかったのよ。赤ちゃんがあなたの子供だなんて誰にもいわないわ。あなたが望むなら、わたしは町を出てもよかったのよ。わたしに何も感じてないなら、なぜ結婚したの？」

ストーナーは肩をすくめた。「きみは、わたしに選択の自由をくれたかい？」

エミリーに彼の言葉がかろうじて聞こえた。彼のいうとおりだ。彼女のせいだ。彼女の罪なのだ。

「堕ろせばよかったんだわ」彼女はいった。お腹の中に宿った命を吸い取ってしまったほうが、ずっと容易で、簡単にことが運んだはずだ。数カ月あとになって、血の海の中で赤ん坊を失うよりは。

「そのほうがよかったのよね、グレイム？　それなら、わたしと結婚する必要もなかった。誰かと結婚する必要もない。あなたは幸せに、表計算をして、テレホンセックスのガールフレンドたちに電話をかけていられたのに」

ストーナーは鋭い目で見上げた。こんどは痛いところをつかれた。彼は彼女をじっと見ていた。少し恐れているようにさえ見える。これでいい。

「わたしが知らないと思ってたの？　あなたのあとから階下へおりていったことがあるのよ。あなたがここで、膝をついて、ペニスをさすりながら、電話に向かって喘いでいるのを見たわ。電話の相手に向かって、どんなに彼女とセックスをしたいかいってるのも聞こえたわ。そのほうがいいのよね？　わたしとのセックスを楽しんでいるふりをするよりは」エミリーは天井を見つめた。「あなたたちみんなが、もっとましになれたのに。あなたも、トミーも、レイチェルも。わたしは、ただみんなの人生をだいなしにしただけなのね、違う？　わたしが堕ろしてさえいれば。最初のときもそうしていれば」

彼女はがっくり膝をつき、それから豪華な白い絨毯の上に四つん這いになった。そして拳で絨毯を何度も叩き、転がって仰向けになり、膝を胸まで引き上げて抱え込んだ。「神様はすべてご存じだったわけよね？　神様はわたしに赤ちゃんをもうひとり産ませたくなかったんだわ。見てよ、最初の子供でどんなひどいことになったか」

ストーナーが膝をついて、彼女のほうに身をかがめた。心配そうな表情を仮面のように貼りつけている。それは偽りの顔だ、彼らの生活のほかのあらゆることのように。

「わたしに触らないで。わたしに触らないで！　優しい振りをしないで、いいわね？　そんな振りをしないでよ！」

「エミリー、二階へ行ったらどうだい？　薬を飲むといい。眠れるように。とてもつらい一日だったから、きみの頭もどうかしてしまったんだ」

エミリーは絨毯に横たわっていた。気力も怒りも出つくした。出つくしてしまった。彼らは三人とも勝ったのだ。トミー、レイチェル、そしてこんどはグレイム。彼女は彼らとあまりに長いこと闘ってきたが、結局、苦しみとみじめさを味わっただけだった。

彼女に、彼らが自分にのしかかるように立っているのが見えそうな気がした。

トミーが、グレイムの隣にいる。

レイチェルは子供にもどって、戸口に立っている。

グレイムはまだ彼女のそばで膝をついている。「薬を飲むといい」彼はくり返した。それは夢ではなかった。彼がほんとうにそういっているのだ。

エミリーは微笑んだ。もちろん、彼のいうとおりだ、彼はいつも正しくて、いつも安定している。もう二階へ行く時間だった。彼がついてこないのはわかっていた。もう眠る時間だ。眠れば、すべてを忘れられる。彼らのすべてを。彼女は立ち上がり、夫をかすめた。想像の中ではトミーとレイチェルはまだそこに残っていた。彼らの笑い声が反響するのが聞き取れた。

「わかった」彼女はいった。「あなたの勝ちだわ」

薬を飲もう、と彼女は思った。そうしよう。

15

「お客さん、それじゃ寒いでしょう」バーテンダーが、カウンターごしにマギーの剝きだしの脚をさっと見て、いった。

マギーの黒革のスカートは丈が腿の半ばまでしかない。彼女は両脚をぴったりつけて、鮮やかなピンクのパンティが見えないようにして、腰かけた。赤いウールのコートは隣のスツールに無造作に置いた。彼女は赤ワイン色のシルクのノースリーブのブラウス姿だった。

そう、彼女はとても寒かった。

「何にしますか？　熱いお茶でも？」バーテンダーは、にこやかな顔で訊いた。

マギーは微笑み返し、生ビールを大ジョッキで頼んだ。

バーテンダーはもどってくると、彼女の前にビールを置いた。冷えたジョッキの側面がくもっている。「お仕事は何ですか、モデルか何か？」彼は訊いた。

マギーは笑った。「いいことをいってくれるわね。気に入ったわ。じつは、警察官なのよ」

「お客さん、またそんなことといって」バーテンダーはいった。

マギーは手を伸ばして、スツールにかけた赤いコートの襟の裏をパッと見せた。裏側に留めたバッジが光るのがバーテンダーにも見えた。彼は両手をあげて降参した。「オーケー、お客さんの勝ちだ。勤務中の警察官は飲んではいけないとかってことはないのかね？」

「勤務中だなんて誰がいったの？」マギーは訊いた。

実際には勤務中だったが、一杯飲まずにいられなかったのだ。

マギーはゆっくりとビールを飲んだ。月曜日の夜で、客の入りは半分ぐらいだ。彼女は、一日中、十代の男の子たちに物欲しげな目で見られ、その結果として得られたものは何もなかった。皆無。ゼロ。自分が、あるいは誰かほかの少年が、悪名高い納屋の裏で、レイチェルとセックスをしたと告白した男子生徒はひとりもいなかった。マギーが脚を組んだりほどいたりすると、どの少年も熱心にしゃべってくれたが、レイチェルの名前にはまったく口を閉ざしていた。誰も警察に目をつけられて質問攻めにされたくないのだ。

彼女は、ティーンエイジャーがひとり、すぐそばに来て、不安そうに立っているのに気づいた。

「ミズ・ベイですか?」ケヴィン・ローリーが訊いた。

マギーはすばやく彼を値踏みした。太って強そうな、がっしりした体軀の少年で、ブロンドの髪はとても短くて、剃っているのに近かった。このレストランの基本的な制服姿で、黒いジーンズをはき、赤いTシャツを着ているが、それはがっしりした胸にはきつすぎるようだ。ほかの少年たちと同じように、ケヴィンも、マギーの身体の上から下までさっと視線を走らせ、その脚に目をとめた。

ふたりはタバコの煙と騒音から離れて、バーの隅の小さいテーブル席へ移動した。マギーは自分のビールを運んだ。そしてケヴィンにソフトドリンクを飲みたいかと訊いたが、彼は首を振った。マギーはゆったりとして、テーブルに肘をつき、ケヴィンのほうに身を乗り出した。ケヴィンは向かい側で不安そうにすわっていた。

「嚙みつきゃしないわよ」マギーは温かい笑みを浮かべていった。

ケヴィンも笑みを返したが、それはすぐに消えた。「ミセス・ストーナーの具合はどうですか？」彼は静かに訊いた。

「危ないところだったわ。でも、病院からの最新の知らせでは、回復するそうよ」

「お気の毒です。つらい思いをしてきたのだから」

「レイチェルのせいで？」マギーは訊いた。

ケヴィンは肩をすくめた。「ときにはそういうことも。親子のあいだにはいつも何らかの問題がありますから」

「あの母娘は、ふつうよりそれが多かったようだわ」マギーはいった。

かすかな笑い。「たぶん」

「なぜ彼女が薬を飲んだと思う？」

「もうこれ以上は受け入れられなかったんだろうと思います」ケヴィンはいった。

「何を」マギーが訊いた。

「何もかも」

マギーはケヴィンが目を上げるまで待っていた。「きみはレイチェルと親しかった、とみんながいってたわ。レイチェルはきみといっしょになるほうが幸せだったはずなのに、彼女はきみの真価を認めなかった、ともいってたわ。きっと苛立たしかったでしょうね」

ケヴィンはため息をついた。「レイチェルはぼくにとって、いつも夢のように思うだけの存在でした。それが現実になると期待したことなんて、一度もありません」

「すると、あの最後の夜のことはどうなの？」マギーが鋭く訊いた。「レイチェルが言い寄ってきたといったわね」

「あれはなんでもなかったんです。彼女はあんなふうに残酷になれるんです」

「あの夜、彼女がほかの誰かに会っていた可能性は？　別の男に？」

「たぶん。レイチェルはたくさんデートをしてましたから。ぼくとはしなかったけど」

マギーはうなずいた。「でもね、おかしなことがあるのよ。あたしはきょう、高校で大勢の男子生徒と話したの。誰もレイチェルと出かけたことを口にしなかったわ」

「ちっとも意外じゃないですよ。誰もが脅えてるんです。警察が納屋で何を見つけたか、知ってますから」ケヴィンはいった

「それなら、みんな嘘をついているのね」

「もちろん。きっと彼女はその全員とデートしてますよ」ケヴィンはいった。

その口調には苦々しさが聞き取れた。

「きみはどうなの？」マギーは訊いた。

「ぼくはもう『してない』といいました」

「あの夜をのぞいてね」マギーはいった。「なんだか気味が悪い、そう思わない？　彼女が言い寄ってきて、そしてその夜に彼女が消えてしまうなんて」

彼の目に即座に不安が浮かんだ。

「どういう意味です？」

「レイチェルはきみと土曜日の夜のデートの約束をした。でもきみが彼女の家に行ったら、彼女はいなくなっていた」

ケヴィンはうなずいた。

「それは金曜日の夜の約束じゃなかったの？　きみはあとで彼女の家に行くつもりじゃなかったの？」

「違う！」ケヴィンは声を張り上げていった。

「きみは行かなかったのね？」

「ええ、行きませんでした。ぼくは家に帰ったんです。警察とうちの両親が話をしました。そのとおりだったのは、あなたも知ってるはずです」

マギーは微笑んだ。「両親にわからないように家から忍び出るのがうまい子たちを大勢知ってるわ。ほら、もしレイチェルが失踪したいと思ってたのならば、きみは彼女を助けたんじゃない？　彼女に頼まれればなんでもしたでしょ」

ケヴィンは下唇を嚙み、何もいわなかった。まるで逃げ道を探しているかのように、あたりを見まわした。

「それで手伝ったの？　きみは彼女の家出を手伝ったの？」マギーはいった。

「いいえ」ケヴィンは強くいった。

「とにかく、きみはあとで彼女のところへ行ったんじゃない？　そして、彼女には別のデートの約束があった。そうだったら、頭にきたわねえ、そうでしょ？　わかるわ、ケヴィン。きみはいままでずっと彼女を愛してきた。彼女のことを夢のように思っていた。ところが、彼女はきみをゲーム感覚で、もてあそんだ。さぞ頭にきたことでしょうねえ」

ケヴィンは激しく首を振った。

「違うの？　きみは彼女の家へ行って、彼女を待ってはいなかったの？　ほかの男たちと付き合うのは時間の無駄だ、と彼女を納得させようとしなかったの？　彼らは、きみにはふさわしくないと。きみにはぼくがふさわしいと。でも彼女はきみを拒否した」

ケヴィンはいまでは怒っていた。「ぼくは彼女に会っていない。彼女の家には行っていない」

「きみには大きな動機がある。それを認めないと」

「もうやめてくれ」ケヴィンはいった。

「たぶん、きみたちふたりはドライヴに出かけた。ただ話すために。そして結局はふたりで納屋へ行った。たぶん、話し合いはうまくいかなかった」

ケヴィンは拳を握りしめた。「それは嘘だ」

「警察は犯罪現場で血痕とコンドームを見つけたわ、ケヴィン。DNA分析をしたら、何が見つかるかしら？」

彼は立ち上がった。激しい怒りで震えている。「それがぼくのじゃないことがわかる！　ぼくはそこへ行かなかったからだ！」

マギーも立ち上がった。そして彼の腕にそっと触れたが、払いのけられた。彼女はなんとか彼をなだめて、彼女のほうに目を向けさせた。「すわってよ、ケヴィン。きみがあそこにいなかったのは、わかったわ。でも、たいていの場合、なかなかわからないのよ——ぐんぐん押してみないとね。罪のある人は押し返してこない。お願い。すわってちょうだい」

「ぼくは絶対にレイチェルを傷つけたりしません」ケヴィンはいった。

「わかってるわ。でも、誰かが彼女を傷つけたみたい。きみがレイチェルの家に行かなかったのなら、誰が行ったのかしら？」

ケヴィンは首を振った。「ぼくが知ってたら、もうあなたに話してます」

「レイチェルがいったことを、何かおぼえていない？　学校で噂を、何も聞いてない？　あたしのわかった範囲では、あの納屋は人気のある場所だった。噂が広まっていないとは信じがたいわ」

「ああ、もちろん、あの納屋のことは誰でも知ってます。大勢のやつらがそれについて話してます。でも何がほんとで、何が更衣室での冗談だかなんて、わかるはずがない。そうじゃないですか？」

「でも、きみは、彼女があそこへ行った、と思っている」マギーはいった。

「行ったのが事実かどうかは知りません。でも行かなかったとも思えないんです」

「なぜなの？」

ケヴィンは苛立って両手を広げた。「彼女はセックスした話を、いつもしてましたから」

「それは話だけだったの？」マギーは訊いた。「あるいは彼女はほんとうにやってたの？」

「わかりません。彼女は名前をあげませんでした」

マギーは目の隅で、ぽっちゃりした栗色の髪の十代の少女がバーの戸口に立っているのを見た。その少女は両手をしっかりと腰に当て、ジュラシックパークの恐竜ヴェロキラプトルのように首をきょろきょろさせて、テーブルをひとつずつ見ている。そして隅にいるケヴィンを見つけると、その顔にぱっと笑みが広がった。それからマギーを見て、一目で彼女の身なりを値踏みし、眉をひそめた。彼女はふたりのほうに勢いよく進んできた。

「こんばんは、ケヴィン」その少女は大声でいった。

ケヴィンはちらりと見て、驚いた。「サリー！」

彼はパッと立ち上がり、サリーの唇にキスした。

「両親と夕食に来たの」サリーはいった。「あなたがここにいるって、ポーラがいったわ。彼女は怒ってたみたいよ」それからぶっきらぼうに訊いた。「誰なの？」

「ミズ・ベイだ。警察の人だよ」ケヴィンはいった。

「警察？」サリーは眉をあげた。

マギーが立ち上がって、片手を差し出すと、サリーはその手を握ったが、いかにも気のない握り方だった。

「あたしたち、ふたりとも、警察にはもう話したわ」サリーはいった。

「知ってるわ。ケヴィンはレイチェルのボーイフレンドたちについてほんとに何も知らないと話してくれてただけよ」マギーはいった。「レイチェルがあなたたちふたりと別れてから、誰かが彼女のところへ行ったに違いないと、警察は考えているの。誰だか心当たりはない？」

「レイチェルに特別な人がいたとは思えないわ。彼女は人を利用しては、捨ててたもの」サリーはいった。

「人に恨みを買うようなことをしてきたようね」マギーはいった。「レイチェルに執着していた人はいない？ 誰かにつきまとわれてると彼女が愚痴をこぼしたことがない？」

「愚痴？ 愚痴をこぼすタイプじゃないわ」サリーはいった。

「いいわ、レイチェルのことはしばらく置いておくとして。学校のほかの女子生徒たちはどうなの？ 女の子にいやな思いをさせる男子生徒のことを話すことはあるかしら？」

ケヴィンは顎をかいた。そしてサリーを見た。「トム・ニッケルはどうだい？ あいつがいつも気味の悪い手紙を送ってくるって、カリンがいってたのをおぼえてるだろ？ すごくいやなやつだって」

サリーは肩をすくめた。「そうね、でもあれは二年前のことよ。彼は去年、卒業したわ」

「でも彼はミネソタ大学ダルース校に行ってる。まだこの辺に住んでるよ」ケヴィンはいった
「そうかも」

マギーは手帳にその名前を書いた。「ほかに誰か？」

「学校の男子生徒はほとんど屑ばかり。だからあたしはとても運がいいの」サリーはそういって、ケヴィンの腰に腕をまわし、彼は彼女の髪にキスした。

「納屋でひどい目にあった女生徒たちの話は？」マギーが訊いた。

やっぱりあるのね。

ほんの一瞬のサリーの目の動きに、マギーは気づいた。サリーの態度が変わり、冷淡な傲慢さが恐怖に変わった。それから、同じぐらいすぐに、その瞬間がすぎた。彼女はマギーの顔を見ようとせず、背を向けて、ケヴィンにまたキスをした。向き直ったときには、顔に仮面を貼りつけていた。

「納屋へ行く子たちとは付き合ってないわ」彼女はいった。

マギーはうなずいた。「わかるわ」

「ケヴィン」誰かが戸口からバーのほうに叫んだ。苛立たしげに顔をしかめた五十がらみの女が、メニューの束を振って見せた。「めちゃくちゃ忙しいのよ。すぐに来て、聞いてるの？　いますぐよ！」

ケヴィンはマギーのほうに向いた。「ほかに何かありますか？　もう行かないと」

マギーは首を振った。ケヴィンはサリーにもう一度キスして、急いでもどっていった。サリーは彼のあとについて行きかけたが、マギーがそっと彼女の腕を引っ張った。

「もう少し付き合ってもらえないかしら？」マギーは訊いた。

眉を寄せて、サリーはケヴィンがすわっていた椅子に腰を下ろした。マギーはサリーを見ながらゆっくりとビールを飲んだ。少女は不安そうにマギーを見ている。マギーはジョッキを下に置くと、卓上のサリーの手に、自分の手を重ねた。サリーは当惑し、脅えたように、彼女を見た。虚勢をはる嫉妬深い少女は消えていた。

「話してくれる、サリー？」マギーは静かに訊いた。

サリーは驚いたふりをしようとした。「わからないわ、話すって何を？」

「まあ、いいじゃない」マギーはいった。「ケヴィンも、もうここにいなくなったし。あなたのご両親もここにはいない。ここにいるのは、あたしたち、女だけよ。あたしには話して大丈夫」

「何をいってるんだか、さっぱりわからないわ」

マギーはこんどは相手の手をしっかりとつかんだ。「何かあったんでしょう。あたしが納屋のことを話したら、いまにも気を失いそうになったじゃないの。あそこへ行ったことがあるのね？　ねえ、良い悪いを決めつけたりしないわ。でももし、あなたがあそこへ行って、誰かに好きなようにされたのなら、知らなくてはならないことなの」

サリーは首を振った。「そういうことじゃなかったわ」

「あたしに弁解する必要はないわ。仲間だもの、いいわね？　あたしは男がどんなものか知ってるわ」

「誰にも迷惑をかけたくないの」サリーはいった。「あれが重要なことだなんて思いもしなかったの。ほとんど忘れてたくらい。それにレイチェルのブレスレットが納屋で見つかったといわれたときだって、何か関係があるとは思わなかったわ」

「何があったのか話してちょうだい」マギーは彼女を促した。

サリーはため息をついた。「ケヴィンにも話してないの。誰にも話してないのよ」

「それはかまわないわ。あたしには話して大丈夫。あたしはあなたを助けられる、そうでしょ？」

彼女はこの少女の複雑な感情が顔に表われるのを見つめていた。「重要なことかもしれないって、ほんとに思う？」サリーが訊いた。「まったくばかみたいなことなのに」

マギーは少女の喉を引き裂いて言葉をもぎとりたかったが、辛抱強くサリーの手を撫でて待っていた。

サリーの下唇が震えた。「六カ月ぐらい前の話よ、町の北のほうの郊外で自転車に乗っていたの。ときどきそこまで車で行って、駐めておくのよ、そうすれば裏道を自転車で走れるから。日曜日の朝は、いつもまったく誰もいないから、大丈夫だと思ったの」

マギーは身を乗りだした。おやまあ、ボーイフレンドではなかったのね。変質者か。まったく。彼女はケリー・マグラスのことを考え、目で考えを伝えようとした。それは愚かだったわね、お嬢ちゃん。

「そして？」マギーはいった。

「自転車のチェーンが壊れちゃったの。そしたら、ある人があたしを車に乗せてくれたの」

「ある人って？」

サリーはうなずいた。「つまり、知ってる人だったの、だから脅えなかったの」

「あなたは自分の意志で彼の車に乗ったのね？」マギーは訊いた。

「ええ、自分の車までは何キロもあったから」

「彼はあなたに何かしようとしたの？」

サリーはためらった。「まあそんなような。あのう、でも違うわ、ほんとは違うのよ。

でも、彼は納屋で車を停めたわ」

マギーの頭の中で、ベルが鳴りだした。ぞくっと、鳥肌が立った。事件の手がかりをつ

かむ前は、いつもこうなるのだ。やっと、ついに、警察は答えを得ることになる。

「何があったの、サリー？」

サリーはごくりと唾をのんだ。そして膝で組んだ両手をじっと見下ろした。急に、彼女

はとても幼く見えた。変だわ、マギーは思った。近ごろのティーンエイジャーは、すごく

成熟したおとなのふりができるのに、一皮むけば、また子供にもどってしまう。

「話をしただけ。彼はあたしがとってもすてきに見えるっていったわ。あたしが着てる服

がとてもセクシーで、きれいな身体をしているといったわ。彼はあまりにも——おかしなほど真面目にいうから。初めは何でもなかったけど、しばらくすると気味悪くなってきたの」

マギーはうなずいた。「なるほど。それで次に何が起きたの？」

「あのう、車が納屋に通じる道路に近づいていたわ。彼は納屋へ行ったことがあるかって、あたしに訊いたの。あたしは、ないといったわ、行ったことがないって。彼は、あたしをからかって、誰かが納屋でセックスをしているかどうか調べにいこうっていったの。そしてそれから、ほんとにそっちへ向きを変えたの。納屋へ向かいはじめた。あたしはほんとに怖くなって」

「あなたは何かいったの？」

サリーは首を振った。「あんまり怖くて」

「それで彼はあなたを車で納屋へ連れていった」マギーはいった。

「ええ。納屋の裏に車を停めたわ。あたしは逃げ出すつもりでいた。でも彼は何もしようとしなかったの。ただ話しつづけているだけで、なんてことない話をね。あたしに手を出そうか、どうしようか、決めようとしているみたいに」

「彼にレイプされるのではないかと恐れていたのね？」マギーは訊いた。

「自分でも何を考えたか、おぼえてないわ。つまりね、ほんとに気味悪かったのよ」

「でも実際には、何も起こらなかった」

サリーはうなずいた。「車が一台、あたしたちの後ろに停まったの。それですぐに彼は発車したわ。顔を見られたくないみたいだった、わかるわよね？　そのあとは、ほとんど一言もしゃべらずに、あたしの車まで連れていってくれて、おろしてくれたの。それだけのことよ」

「実際には、ふたりのあいだに何も起こらなかったのね？」

サリーはうなずいた。「ええ。さっきもいったように、そのときは彼が何かしようとしているんだと思ったわ。でもあとになってみると、ばかげた思い違いにすぎなかったような気がしてきたの」

マギーはサリーの片手をとった。「それが誰なのか、話してもらう必要があるのよ」

「わかってるわ」サリーはいった。「話そうと思ったこともあったわ、でも——それが重要だと思えなかったの。自分がどうかしてたんだと思い込もうとしつづけてきたのね、きっと。彼は別に何をするつもりもなかったって」

「でも、いまはそうは思っていない」

「わからないわ。ほんとにわからない」

「いいわ」マギーがいった。「あなたたちのことを、誰かが見た？　うしろに来た車が誰のだかわかった？」

サリーは首を振った。「大急ぎで車を出したから」

「話してちょうだい、サリー。彼にあなたを傷つけさせたりしないわ。それは誰なの？」

サリーはさらに身を乗りだし、マギーの耳元に名前をささやいた。
マギーはすぐにコートから携帯を取り出し、ストライドの番号を押した。

16

月曜日の夜、ストライドは市庁舎を出てから、病院に寄ったが、エミリー・ストーナーは一時間前にデイトン・テンビーに付き添われてすでに退院していた。彼女の自殺未遂を聞いたとき、ストライドは驚かなかった。親や配偶者が、数週間あるいは数カ月間、奇跡を願ってきたのに虚しい結果となって、真相を知ったときが、もっとも危険な時期であることを知っていたからだ。現実は、建物解体用鉄球で殴られるように、ときには耐えられない打撃になる。

その夜はストーナー家を訪ねないことにした。いまはこれ以上話すことはないし、医者が帰宅後はすぐに休むようにいっただろうと推測したからだ。納屋で発見された重要なもの、つまりレイチェルと関連があるかもしれない血痕のある生地の切れ端については、すでにストーナーに電話で伝えてある。

ストライドは家に向かった。

道路に厚く積もった雪が少し解けていた。一日中降っていた雪が道路にも、市街地に隣接する木立にも積もっていた。納屋の捜索はつづいていたが、その進行速度は苦痛なほどのろかった。彼の部下たちは、髭を凍らせ、ブーツの革に浸み込む寒さに耐えながら働いている。雪を掘り、引っ掻き、罵った。彼らはさらに別のいやな捜索もはじめていた。周辺地域のボランティアとともに、納屋の周囲の森に散開し、レイチェルの遺体を捜しはじめたのだ。スキーのストックを突き刺し、何か異物に気づくたびに掘り返した。そして無線機を使って、自分たちの進行情況を、警察のヴァンにいるガッポに伝えていた。彼はラップトップに新たな捜索用の升目を精密に作図した。

ストライドは何かが見つかるという希望はほとんど抱いていなかった。北方の森は殺人者に有利だ。遺体を捨てることのできる森が何万エーカーも広がっている。ほとんどの場合、被害者が行方不明になれば、それでおしまいだった。ケリー・マグラスの場合のように。どこか最寄りの道路からでもかなり離れた場所に、埋めるか、ただ捨てるかしておけば、その遺体は容易に、そこへやってきて冒瀆する動物たちの餌食になる。レイチェルがそれと同じ運命をたどっていると考えるだけで、彼は震えた。しかし捜索すべき土地は広大で、しかも雪に埋まっているため、レイチェルが死んでいることを証明するものは、一片の白い生地以外に見つからない可能性もあった。

携帯電話を取り出すと、充電が残り少なくなっていた。予備電池を机に忘れてきていたが、どうせもうすぐ家に着く。ストライドは留守番電話を聞く番号を押して、伝言を聞いた。

最初の伝言はマギーからで、午後二時ごろ入れたものだ。短くて簡潔だ。「最低だわ、ボス」

彼は、高校で彼女が聞き込みをしているようすを想像して、笑った。

二番めの伝言は、研究所からで、一時間ほど前のものだ。生地の血痕が人間の血であり、AB型で、レイチェルの血液型と一致することを確認していた。DNA検査はこれから行なわれるとのことだった。

留守電の最後の伝言は、午後八時、ほんの五分前に入ったものだ。これもマギーからで、きょうの仕事を終えるという報告に違いないと思った。ところが、そうではなかった。

「もしもし、ジョン」静かで不安げな声だ。「アンドレアよ。あなたが出るなんて本気で思ったわけではないけど、なんだかあなたの声を聞きたくなったの。どうかしてるわね。それに、あなたに会えなくて寂しいなんていうのも、ちょっとばかげて聞こえるかもね。でも、ほんとにそうなのよ。あなたのことが頭から離れないの。とにかく、じつをいうと、まだ学校で仕事をしているのよ。採点するテストが山積みになってるから、実験室で仕事をしているんだけど、わたしたちのことを考えてばかりいるの。金曜日の夜のことを。あなたの時間が思うようにならないのは知ってるけど、近いうちに、また、会えることを期待してるわ。ほんとに会いたいの。ああ、ばかなことをいってしまった、いつものことよ。とにかく、そのうち電話をください。バイバイ、ジョン」

次の交差点で、ストライドはブロンコの向きを変え、高校のほうへ丘をのぼっていった。

左手にダルースの全景が広がる高校の構内に車を入れ、校舎のそばの駐車場に駐めた。除雪機がとおったあとに雪がさらに七、八センチ積もったコンクリートの舗道を、急いで突っ切っていきながら、彼はコートのポケットに手を突っ込み、瞼にかかる雪を瞬きして払った。

校舎のドアには鍵がかかっていた。ストライドは窓を拳でたたいたが、近くではその音を聞いた人はいないようだ。彼は罵った。冷たいガラスに顔を押しつけて、内側をのぞいた。何も見えない。

ストライドは携帯を取り出したが、充電が完全に切れている。また悪態をつき、校舎のまわりの雪をかぶった草むらを掻き分けて歩いていった。裏口のドアに近づいたとき、廊下の端にある教室のドアからアンドレアが現われるのが見えた。彼女は長い脚を際立たせるグレーのスウェットパンツに、運動靴をはき、ゆったりしたブルーのVネックセーターを着ている。ストライドに気づかずに、廊下にある飲み物自動販売機にまっすぐに向かってきた。そして紙幣を入れて、ダイエットコークの缶を取り出し、ポンと開けて、ごくごくと飲んだ。

ストライドは強くドアを叩いた。

彼女は立ち止まり、振り向いて、彼を見た途端、ぱっと顔を輝かせた。そして廊下を小走りで近づいてきた。コークがこぼれて、間欠泉のように茶色の液体が噴出して床にこぼれても笑っていた。彼女は缶を床に置き、両手をスウェットで拭き、急いでドアまで来た。

そしてドアを開け、ストライドの手をつかみ、中に引っ張りこんだ。ドアが音をたてて閉まり、風を遮断すると、べたべたの指を彼の首にまわし、彼を引き寄せて濃厚なキスをした。彼は驚きすぎて、初めは反応できなかったが、やがて両腕でしっかりと彼女を抱き締め、ふたりの舌が互いにさぐりあった。

「来てくれてうれしいわ。仕事はもうあまり残っていないの。部屋に入って、話をして、それから遅い夕食をとれるわね」

「それは完璧だ」ストライドはいった。

彼女は腕を彼の腰にまわして、ふたりで化学の実験室へもどっていった。

「三十分もすれば終わるわ。選択問題ばかりのテストなの。マルかバツをつけて、採点するだけよ」

「生徒の成績はどうだい？」ストライドは訊いた。

「ああ、前のほうがましだったわ」アンドレアはいった。「年毎に、生徒の集中力が劣ってきているの。授業を面白いと思わせるのはむずかしいわ」

「まあ、おれも科学は決して得意ではなかったからな」

「ほんとに？　刑事は法医学だの、細かいのが好きなんだと思ったわ、科学的謎を解明したりなんかして」アンドレアは話しながら答案用紙に目をとおし、赤ペンでチェックしていく。

「科学的分析は鑑識の連中に任せている」ストライドはいった。「可能性を探るのがおれの仕事さ」

「どういうこと？」アンドレアが訊いた。

「ほとんどの人間の行動は、なんらかの痕跡を残すものだ。人間はあれこれ動かなくてはならない。食べて、ガソリンを買って、トイレに行って、眠らなければならない。そしてそのあとに、皮膚の一部、毛髪、指紋、分泌物を残していく。それらすべては追跡可能であり、いろいろなことを選別して、無関係な人物を排除して、目当ての人物を見つけることができる」

アンドレアは微笑んだ。「あなたが好むと好まざるとに関わらず、ジョン、それは科学的過程とひじょうに似ているようね。あなたが授業中にずっと居眠りしていたはずはないわ」

「きみの授業なら眠らなかっただろうな」彼はいった。

彼女は顔を赤らめ、ふたたび答案用紙に目を伏せた。ふたりは黙った。聞こえるのは、アンドレアがテスト用紙に赤ペンで書きこむ音と、紙をめくる音だけだ。ストライドは教室の中を見まわしているうちに、いつのまにか、アンドレアを見つめていた。彼女のうつむいた頭、耳の後ろにブロンドの髪をかき上げるほっそりした指、彼女の口元にできる三日月のような笑いじわ、たくしあげられたセーターの袖から剝き出しになっているほっそりしているのに強靭そうな先細の前腕。

彼の視線を感じて、彼女は目を上げた。ふたりの目は互いに相手をとらえたが、ふたりとも何もいわなかった。

彼女の目に、おれはどう映っているのだろうか？　ストライドはふとそう思った。が、それはわかる。シンディがいつも、あなたは女性にとって魅力的よ、といっていたからだ。もっとも、どこが魅力的なのか、自分ではまったくわからなかった。彼の顔は、完璧に整ったなめらかなものではなく、多くの嵐を切り抜けてきた船乗りを思わせる。父親と同じように。床屋が髪を切るたびに、床に落ちる毛に白いものが増えている。動けば身体が痛み、弾の傷の痛みを、八年前に撃たれたときよりも鋭く感じた。老いてきている、それは確かだ。しかしアンドレアに真摯に見つめられると、彼の心から、老いてきた年月が剝ぎ取られた。

彼女は椅子の背にもたれ、両手で口を押さえ、まだ彼を見つめていた。

「ちょっと恥ずかしいわ」彼女は静かにいった。

ストライドは戸惑った。「どうして？」

アンドレアは声をあげて笑い、それから笑みを浮かべたまま彼を見た。「カジノをうろついて男を漁っては、寝るような女だと思われてなければいいんだけど」

「ああ」ストライドはいった。「悪かった。あんなふうにすべきではなかったよ。きみは酔っていた。あれはフェアではなかった」

「わたしたち、ふたりとも酔っていたわ」アンドレアはいった。「それにふたりとも望んでしたことよ。あなたが罪の意識を持つことは何もないわ。でも、わたしはあの翌日、脅えてしまったの。おそろしい間違いをしたと思って」

「そんなことはない」ストライドはいった。

「いやなことを聞きたい？」彼女はいった。「あなたが奥さんを亡くしたと話してくれたとき、少しいやな気持ちがしたのよ」

ストライドは彼女を不思議そうに見た。「どういうことかな？」

「シンディは亡くなった。それを避けるのに、あなたにできることは何もなかった。あなたのせいではなかったの。少なくともその点で、あなたは自分を責めずにいられるわ。でもね、わたしは夫のことを思うと、自分を責めずにいられないのよ」

ストライドは首を振った。「きみのせいではない。彼のせいだ。彼はわがままでいやなやつのようだ」

「わかってるわ。でもそれでも彼が恋しいの。あなたはきっと、わたしを馬鹿だと思うでしょうけど」

「おたがいさまだよ」ストライドはいった。「ところで、いますぐ夕食に行くっていうのはどうだい？　おれはすごく腹がへってるし、ブライア・パッチに行けば、厚さが三センチあって口の中でとろけるステーキを焼いてくれる。それにビールは氷のように冷えている」

アンドレアはうなずいた。「気に入ったわ。きょうはもう十分に働いたもの。職員室にテストをしまったら、出かけましょう」

ふたりは誰もいない校舎の廊下に出た。遠くで、バスケットボールをするような音が聞こえたが、まわりには何も、誰も、見えなかった。照明はかすかで、影が多く、夜の屋外が巨大な黒い生物のように窓の向こうに見えた。

彼らは階段をのぼって校舎の二階へ行った。ここもまた暗くて、がらんとした廊下だった。アンドレアは階段の向かい側のドアの鍵を開けて、室内の照明のスイッチを入れた。部屋には金属の机、ファイルキャビネット、科学の教科書がずらりと並ぶ本棚が詰まっていた。彼女は窓に一番近い机へ行き、一番下の引き出しを開けて、テストの束を入れた。机のわきの壁に男の写真があるのを見て、ストライドはそれが前の夫だろうと思った。

「これでよし」彼女はいった。

ふたりは照明を消して部屋を出て、アンドレアはドアに鍵をかけた。階段へ向かっていくと、廊下の突き当たりにある事務室のひとつから、わずかに光の漏れているのが見えた。

アンドレアは彼がためらうのを見た。「どうしたの？」

「たぶん何でもない」しかし彼は急に胸がざわつくのを感じた。警官になって数年後から、何か変なことがあるときに、そんなふうに第六感が働くようになっていた。

「あの光はナンシー・カーヴァーの部屋から漏れているのかな？」彼は訊いた。

アンドレアはそのとき初めて廊下のその光に気づいた。「そうみたいだけど」

ストライドは目を細くした。「変に聞こえるかもしれないが、アンドレア、ここでちょっと待っててくれ、いいね？　少し確かめたいことがあるんだ」

「いいわよ」

アンドレアは壁にもたれて、待っていた。ストライドは廊下をそっと歩いて、光が廊下に漏れているところへ近寄っていった。近くなるにつれ、彼がおかしいと思ったとおりだとわかった。ナンシー・カーヴァーの部屋のドアが、少し開いているのだ。彼はそこで立ち止まって、耳を澄ませたが、内側からは何も聞こえてこない。

ストライドはわざとらしく咳払いをした。

部屋の中にいる誰かがそれを聞いて、反応するだろうと思ったからだ。しかし相変わらず静寂が廊下に広がったままだ。

室内をのぞけるところまで少しずつ近づくと、相談室として使われているクロゼットのような部屋の一部が見えた。彼が見ることのできたのは、机の一隅だけで、そこに女性の肩と腕が見えた。椅子にすわっているらしいが、身動きもしない。

「こんばんは？」彼は大声でいった。

少し待ったが、その女性は動かない。彼は部屋のドアをちょっと押し、さらに強く押してドアを開けた。ドアは大きなきしむ音をたてて勢いよく開き、壁にガタンとぶつかった。

彼は一歩前に出て、入口に立った。

そこにはナンシー・カーヴァーが、微動だにせずに机に向かってすわっていた。彼が入っていくと、彼女は、縁が赤くなった虚ろな目を見上げた。以前にその茶色の目に表われた怒りを含んだ激情は消えていた。頬はやつれ、赤毛はもつれてかたまっている。彼のほうに目を向けているものの、彼の存在に気づいていないかのようだ。

ストライドは彼女のあまりの変わりように驚いて、ややあってから、机の上に、その指から数センチ離れたところに銃が置いてあることに気づいた。

「いったいそれは何だ？」彼はいって、その銃をぱっとつかんだ。彼の手が届く前に、彼女がそれに手を伸ばし、自分自身か彼に狙いをつけるかと思ったが、ナンシー・カーヴァーは動かなかった。彼が片手で銃をすくい上げ、弾を床にこぼし、それが音をたててあちこちに転がるのを、ぼんやり見ているだけだった。

ストライドは壁にもたれて、片手に銃をさげて、荒い息をついた。

「いったいどうしたのか話してくれますか？」彼は訊いた。

レイチェルに関わる女性ふたりが自殺をしようとした理由を話してくれますか？　と付け加えたいところだ。自殺こそナンシー・カーヴァーがしようとしていたことなのを、彼は疑わなかった。

カーヴァーはぼんやりと首を振った。「彼を止められたのに」彼女は小声でいった。

ストライドは机に身を乗りだした。「誰を？」

彼女は見上げて、彼と目を合わせた。「彼女は家出をしたんだと思ってたわ」彼女はいった。

ストライドは何もいわずにいた。

涙が彼女の頬を流れだした。「でもそうではなくて、彼女は死んでいた。わたしは彼を止められたのに。すべてを知っていたのに」

「もう行かないと」ストライドはアンドレアにいった。

ふたりは校舎の裏で、彼女の車のそばに駐めた彼のブロンコにすわっていた。音量を下げたラジオからカントリー歌手パティー・ラヴレスの歌が流れている。

「明日は会えるかしら？」

「約束はできないんだ」

「明日の夜、わたしの家に泊まればいいじゃないの？　何時に来てもかまわないわ。金曜日の夜にあなたのわきで寝たのは、とてもいい感じだった。あなたがそばにいるだけで、気分がよくなったのよ」

「遅くなりかねない。何時にもどれるかわからないし、たぶん疲れ果てている」

彼女は微笑んだ。「明かりをつけたままにしておくわ」

アンドレアはブロンコのドアを開けた。車から出るときに、屋根から振り落とされた雪がブロンドの髪に降りかかった。彼女は彼にキスを投げて、ドアをバタンと閉めると、自分の車のほうへ走っていった。彼女が車に乗り込み、マッチが燃えるのが見えた。タバコに火をつけるのも。彼女の車は一度でエンジンがかかった。彼女は走り去りながら、手を振った。

ストライドは家に向けて車を走らせた。他には一台の車も走っていない、滑りやすい道を、たいして注意も払わずに、巧みに運転していった。信号で二度、止まり、信号が青に変わるまで動かずにいるあいだ、雪の筋がついた窓からぼんやりと外を見ていた。フロントガラスのワイパーが一定のリズムできしむ音をたてる。彼は催眠術をかけられたようにそれを見た。

わたしはすべてを知っていたのに。

彼はナンシー・カーヴァーについてもう一度考え、怒りを抑えようとした。彼女は何週間も前に警察の疑念を確実にすることができたのに。それがわかっていたら、もっとできたことがあったはずだ。もっと事件の解明に近づけたはずだ。

まったく、エミリー・ストーナーは何も知らずに死んでいたかも知れないんだぞ。いや、案外、エミリーは最初から疑っていたのかも知れない。

ときには事件がゲームのような、解かなければならないパズルのようだと感じるときもある。また、あまりにも人間の心の暗い面を見せつけられ、うんざりすることもある。

ストライドはパーク・ポイントに通じる橋を渡った。二ブロックを走り、家に着くと、私道に乗り入れた。マギーの車が道路に駐まっていた。家の中に明かりがついているところを見ると、待っているのだろう。これで電話をかけずにすむ。今夜は彼女が必要で、ふたりはこれから市庁舎で長い夜を過ごすことになるのだ。

彼は家の中に入った。

マギーはキッチンにいて、足を椅子の上に乗せていた。そしてグリルドチーズサンドイッチを食べながら、新聞を読んでいた。

「携帯に出なかったのね」彼女は機嫌良くいった。

「充電が切れていた。悪かったね」

「ここで一時間以上も待ってたのよ」

「おれがひとりで帰ってきて、きみには幸運だったよ」彼はいった。彼の家を別宅として使うには、もうすこし慎重になる必要があると、マギーにどうやって伝えたものだろう。ふたりの関係をアンドレアが理解してくれるとは思えない。

彼は彼女のスカートを見た。それはほとんど腰のあたりまでめくれ上がっている。「熱い視線を浴びる恰好だな」

「でも、あたしは凍えてるわ。ボスのせいで」彼女はいった。

「そうか、坊やたちから何かを聞き出せたんなら、その甲斐もあっただろう」

マギーは微笑した。「坊やたちからは何もなし。でも結局、われわれはずっと正しい方向に進んでいたことが判明したわ。まず家族を疑え」

ストライドはマギーの向かい側にすわった。「ストーナーか？」

彼女はうなずいた。「サリーが彼の名前をあげたわ。ストーナーが、昨年の夏、彼女を納屋まで連れていったそうよ」

「彼女はレイプされたのか？」

「いいえ、邪魔が入ったので。でも彼女はそうされるんじゃないかと思ったって」

「まだ、ほかにもあるんだ」ストライドは彼女にいった。「これはどうだ？　レイチェルはナンシー・カーヴァーに、自分はストーナーと寝ていると話したんだ。数回そんなことがあったあとで、彼女がそれを打ち切りにすると、ストーナーはもっと寝たがったそうだ」

マギーの眉がぐんと上がった。「うわ、最悪。エミリーは疑ってたと思う？」

「きっとそうだと思うが、自分でも認めないだろうな」「ストーナーは難物ね」マギーはいった。

「そうだな。彼に関することは何もかも潔白、嘘発見器にいたるまで。彼を逮捕するのはむずかしそう」

「そうだな。彼がエミリーといっしょになったことはどう思う？　やっぱり、おかしいと思ったんだ。初めからレイチェルを狙ってたんだな。レイチェルもたぶん、ストーナーと寝るのが母親への完璧な罰になると思ったんだろう。ストーナーもレイチェルも、ある意味似たもの同士だな」

「ただしどうやってそれを証明するか？」マギーはいった。

「カーヴァーの話を聞いた。それが出発点だ」

「それは伝聞だから、証拠にはならないわ」マギーはいった。

ストライドはうなずいた。「わかってる。でも逮捕状はとれるよ」

17

ストライドは、捜査の準備中に彼のチームに秘密厳守を誓わせたが、役に立たなかった。警察車の一隊がストーナー家の外に着くころ、バード・フィンチが放送電波で、グレイム・ストーナーは十代の継娘を誘惑して殺害したジキルとハイドばりの二重人格者だとレポートしたのだ。ストライドはそれをラジオで聞き、うんざりしてスイッチを切った。

彼の隣にすわっていたマギーは首を振った。「いったいどうやってこんな放送ができたのかしら？　誰も知らないはずなのに」

ストライドは肩をすくめた。「行くぞ」彼は彼女にいった。

ふたりは何名かの制服警官とともに、ストーナー家の玄関に向けて、長い小道を進んでいった。ストライドは制服警官のひとりに合図して、そばに引き寄せた。

「情報が漏れた。マスコミ連中が大挙してここに押し寄せてくると覚悟しておいてくれ。やつらにここに入られたくない、わかったな？　立ち入り禁止テープを張って、やつらを遠ざけるんだ。近所の野次馬連中も入らせるな」

その警官はうなずいて、パトロールカーにもどり、ほかの警官三名にも加わるように合図した。

ストライドはマギーに小声でいった。「捜索はとくに注意深くやる、いいな、マグズ？すべてを厳密に規則どおりに行ない、必ず証人を立ち会わせる。へまをするなよ。ストーナーを告発することになった場合、やつはすでにアーチー・ゲールを味方につけているから、われわれのすることはことごとく批判されるはずだ」

「了解、完璧にぬかりなくやるわ」マギーはいった。「まかせて、ボス」

玄関のベルは押す必要がなかった。踏み段を上がっていくと、グレイム・ストーナーがパッとドアを開けた。ストライドはこの男の冷たい目に、激しい怒りを読み取った。

「いらっしゃい、警部補。お仲間をだいぶ連れてきたようだな」ストーナーはいった。

「ストーナーさん、令状はこれです。レイチェル・ディーズの失踪と殺害の件で家宅捜索をはじめます」

「そうらしいな。何の証拠もつかまないうちに人身攻撃をするのは、警察の通常のやりかたかね？　数分前のバード・フィンチのちょっとしたレポートのせいで、うちの電話はすでに鳴りはじめた。カイルにじきじきに電話をして、文句をいっておいたがね」

ストライドは肩をすくめた。ストーナーが市庁舎に持っているコネも、こうなっては役に立たない。

「部下が捜索を行なうあいだ、わたしはあなたのそばにいます」

ストーナーはくるりと向きを変えると、振り向きもせずに、居間をとおって奥のポーチにもどっていった。ストライドは彼のあとについていき、マギーは制服警官を玄関ホールに集め、指示を出した。ガッポは地下室でチームを指揮する。彼女は二階の部屋を担当する。一階と屋外と車の捜索は最後に行なう。

「規則どおりに」彼女はストライドの警告を反復して、彼らに告げた。「つねにふたり一組で行動すること。何かを見つけたら、それを写真に撮り、袋に入れ、ラベルを貼る。わかったわね？」

がっしりした警官たちは、全員がこの小柄な刑事よりも五十センチは背が高いが、従順にうなずき、捜索を開始した。彼らがそれぞれ別の階段を昇り降りする足音が雷鳴のように響いた。

ポーチで、ストライドは、そこにいるふたりが発する冷気を感じた。エミリー・ストーナーは彼が初めて訪ねたときにいた場所に、つまり暖炉のそばのリクライニングチェアに、すわっていた。彼女はかよわく見え、肌には血の色がなかった。身体は縮んでしまい、皮膚が骨格に垂れ下がっているように見えた。髪の毛はぐんにゃりと顔にかかっている。ほんの数週間前よりも何歳も老けていた。

エミリーは身動きをせず、無言だったが、その目は、向かい側のリクライニングチェアにすわったストーナーの動きを追っていた。ストライドは前回もふたりのあいだに張り詰めた何かを感じていたが、これはそれとは違っていた。エミリーもほかのみんなと同じくすでにニュースを聞いたのだ。ストライドは彼女が何を考えているのかわかった——すぐそばにすわっている男、五年間もベッドを共にしてきた男は、怪物かもしれないのだ。

だが、ストーナーの態度はストライドを驚かせた。

これまでに何度も、真実が明るみに出た直後の犯罪者を扱ってきた。そのほとんどが、無実だと怒って抗議し、事実を否定した。かと思えば、泣き崩れて白状し、魂にのしかかっていた罪の重荷を解き放つ者もいた。しかしグレイム・ストーナーのように冷静で確信ありげに見える犯罪者は、いままで見たことがなかった。この男は激しく怒っていたが、完全に自制心を働かせていた。それどころか、この全過程が余興にすぎないと思っているかのように、超然と楽しむような表情をしている。

ストライドには、彼の心がまったく読めなかった。いままで、真実は目と顔に記されていて、それを見つめることで、相手に罪があるかないかを見分けられると思っていた。しかしストーナーの顔は仮面も同然だった。

「警察が、この町でのわたしの評判を台無しにしたのは、わかってるね」ストーナーは厳しい目で彼をにらみつけた。「わたしが警察を訴えたら、この市に損害賠償金を払うだけの余裕があるといいが」

ストライドは彼を無視した。そしてエミリーのほうに向いた。「たいへん申し訳なく思っています、奥さん。もっと穏便な方法があれば、そうしていたのですが。奥さんがどんな思いをされているか、わかっていますから」

エミリーはうなずいたが、何もいわなかった。ただ夫を見つめつづけ、ストライドがしようとしているのと同じことをしていた——つまり真実を見ようとしていた。しかしストーナーの顔には何も表われていなかった。

「ストーナーさん、あなたの権利を読み上げねばなりません」ストライドはいった。

ストーナーは片方の眉を上げた。「わたしを逮捕するのかね？」

「いいえ。しかしあなたは容疑者です。この先に進む前に、自分の権利を確かに理解してもらいたいのです」ストライドは、不快に眉をひそめるストーナーを横目に、ミランダ・カード（逮捕した犯人に対して黙秘権・弁護士の立会い要求権を読み上げるために携行する、憲法上の権利を印刷したもの）をさっと出した。

「あなたには黙秘権がありますが、アーチー・ゲール氏が立ち会っていなくても、いくつかの質問に答える気はありますか？」

また肩をすくめた。「わたしには隠す必要のあることなど何もないよ」ストーナーはいった。

ストライドは驚いた。裕福な容疑者は決して自分から話そうとはしないものなのだ。しかしストライドはこの幸運に飛びついた。

「今回の情報が漏れたのは遺憾に思います、ストーナーさん。それについてはお詫びします。どのようにして漏れたのかは、わかりませんが」

いきなり厳しい質問に入って、黙秘しているほうがましだと、相手に思わせるのは避けたかった。彼はじりじりと忌むべき詳細に向けて進んでいきたかった。しかしこの男の目にある何かが、彼の作戦を完璧に見抜いている、と告げていた。

「どのようにして漏れたのかを調べることをすすめるよ、警部補」

ストライドはうなずいた。「しかしあなたもおわかりのように、われわれが見つけた詳細のいくつかは、多くの疑問を引き起こしました。それに関して、あなたのお話を聞きたいのです。わたしが来たのはそのためです」

「ああ、そうだろうな」

「あなたはレイチェルと肉体関係にありましたか？」ストライドは訊いた。

室内に重い沈黙が流れた。エミリーは息をとめて、ストーナーの答えを待っているようだ。ストライドは、この男の顎がこわばり、その顔に怒りが忍び込むのを見た。彼の表情には罪の意識をほのめかすものは何もなく、軽蔑があるだけだった。彼の確信ある態度を見て、ストライドは、不意に不安にかられた。おれたちは間違っているのか。それとも、この男は驚くほど見事な役者なのか？

「まったく不愉快な質問だ。答えはノー。一度もない。決して継娘とそんな関係を持つわけがない、警部補。一度もないよ」

「レイチェルはあったといいました」ストライドはいった。

「それは信じられない」ストーナーはいい返した。「あの娘はわたしたちのどちらとも最善の関係にはなかったかもしれんが、そのような途方もない嘘をでっちあげるとは信じられない」

「彼女は学校のカウンセラー、ナンシー・カーヴァーに、あなたが結婚直後からセックスをしはじめたと話したのです」

ストライドはエミリーがひるみ、息を吸うのが聞こえた。ストーナーは妻をちらりと見て、それからストライドに視線をもどした。

「カーヴァーに？　そういうことか。あのおせっかいな性悪女。彼女が実際にわたしに電話をよこして、質問したのを知ってるかね？　でも彼女はそれを表沙汰にしたり、疑惑を追及することはなかった。彼女こそ、警察が調査すべき人物だと思うよ、ストライド。明らかにあの女はレズビアンだからね。わたしは学校に電話をかけて、文句をいったこともあるくらいだ」

ストライドは、ほんとうにナンシー・カーヴァーにたいする苦情の申し立てがあったかどうか、あとで調べるよう手帳にメモした。

「なぜレイチェルは、そんな作り話をしたのでしょうかね？」

「あの子がしたとは思えん。たぶんカーヴァーが全部をでっちあげたんだ」

「レイチェルはほかの人にも話してますよ」ストライドは嘘をついた。

今度はストーナーの目にかすかなためらいがよぎったのを彼はとらえた。しかし、その瞬間はすぐに消えた。「それは信じがたい。しかしもしレイチェルがそういったのなら、わたしに考えられるのは、彼女は問題を抱えていたということだ。もしかするとあの子は、わたしを密かに好きだったのかもしれない。あるいはわたしとエミリーを仲違いさせようとしていたかもしれない。誰にわかるかね？」

「しかしあなたは一度も彼女と肉体関係を持たなかった？」

「いったじゃないか、ノーだと」

「彼女に触れたり、彼女といかなる性的な接触も持たなかったんですか？」

「もちろん、一切ない」ストーナーはぴしゃりといった。

「そして彼女があなたに触れたことも、一度もなかった」

「わたしは、ビル・クリントンとは違うよ、警部補。セックスをしていないといったらセックスをしていないんだ」

ストライドはうなずいた。ストーナーが断固として否定していることは、起訴できた場合にこちらに有利になる。ただし、もしもレイチェルとストーナーのあいだに肉体関係があったことを裏付ける証拠が見つかればの話だ。その〝もしも〟が現実になる可能性が薄いのをストライドは知っていた。この家の中に、このふたりのあいだに肉体関係があったことを証明する何かがあれば、ストーナーはこんなにきっぱりと否定できないだろうから。

あるいは、彼は真実を述べているのか。

「サリー・リンドナーというレイチェルの友人を知っていますか？」ストライドは訊いた。

ストーナーは額にしわをよせた。「知っていると思う。あのケヴィンという少年とよく出かけているように、記憶してるが。なぜだね？」

「あなたのヴァンに彼女を乗せたことがありますか？」

「よくおぼえてないが」ストーナーはいった。「たぶん」

「たぶん？」

ストーナーは顎をかいた。「いつだか、彼女の車まで乗せたことがあったかもしれん。彼女の自転車が壊れたので。もう数ヵ月も前のことで、正直なところ、それが彼女だったかどうかもはっきり思い出せないが」

「どこで彼女をひろいましたか？」

「ああ、町の北のどこかだったように思うが。当行の支店の一つへよく行ってたから」

「そして彼女をどこへ連れて行きましたか？」ストライドは訊いた。

「さっきいったように、彼女の車まで」

「どこかに寄りましたか？」

「寄ったおぼえはない」ストーナーはいった。

「彼女は、あなたが彼女を納屋へ連れていったといっています」

「納屋へ？　とんでもない。彼女をひろって、車のところでおろした。それだけだよ、警部補」

「納屋へは行かなかったんですね？」ストライドは訊いた。「あなたは一度も彼女と納屋へ行きませんでしたね？」

「行かなかった」ストーナーはきっぱりといった。

「それならなぜ、サリーは行ったというのですかね？」

ストーナーはため息をついた。「そんなばかげたこと、わたしにわかるはずがないじゃないか、警部補？　もしかすると、レイチェルがそそのかしていわせたのかもしれない」

「レイチェルが？　なぜレイチェルがそんなことをするんです？」ストライドはいった。

「あの子は複雑な娘だから」ストーナーはいった。

マギーは引き出しが三つついたオーク材のファイルキャビネットを指さした。「それからはじめて。わたしは机を調べるから」

いまだニキビの消えない二十五歳のひょろ長い警官はうなずき、音をたててガムを嚙んだ。彼の名前はピート、何年か民間の警備会社で働いてから、数カ月前に警察に入った新米だ。マギーは彼の生意気な自信が気に入っていたが、彼が学ぶべきことはまだたくさんあった。ピートは風船ガムをふくらませ、手袋をはめた手でそれを破るという間違いをした。マギーは現場を汚すような暴挙を叱り、危うく手をあげるところだった。しかも、その音は彼女を苛々させた。

ピートは風船ガムをふくらませるのはやめたが、彼女を不快にするためだけに、ガムを嚙みつづけた。マギーが彼の立場でも、きっとそうしたに違いない。彼女はこの態度が気に入った。

ふたりはグレイム・ストーナーの二階の書斎にいた。彼はその部屋を非の打ちどころなく整頓していた。大きなオーダーメードのオーク材の机の上に、パソコンのモニターとキーボードがあり、題名で分類して整然と並べた本の列、二セットのＣＤの山がある。ひとつのセットはストーナーの音楽の好みを反映し、大音響の演奏をするマーラーの交響曲までふくまれている。もうひとつのセットには、機密のラベルを貼り、ストーナーの銀行のスタンプを押したCDが含まれていた。

「ガッポにこのCD全部とハードディスクを見てもらわないと。間違いのないように、その全部にラベルを貼って、いっしょに持ってってね」彼女はいった。

ピートはこの細かい指示に不満そうな声でうなった。そして手袋をはめた手をファイルキャビネットの一番めの引き出しに突っ込んだ。

マギーは書斎をさっと見まわし、ストーナーの好みを理解した。濃紺の地の壁紙には、ゴールドの斑点が入り、絨毯の豪華なゴールドの色と調和している。壁には数点のオリジナルの水彩画がかかり、ほとんどが風景画で、マギーの素人目には、プロの画家が描いた高価な絵に見えた。机とそれにあわせた凝った革張りの椅子が主要な家具で、それを補うのが、ファイルキャビネット、単行本がずらりと並ぶ作りつけの本棚、厚い詰め物をした椅子とそれにあわせたオットマンだ。球状の電球がついた細身の真鍮のスタンドが机の隅に載せてある。

それは高級で、生活感がなく、金をかけてあるけれど、個性に欠ける部屋だった。同じことは主寝室にもいえた。実際に人が暮らしているとは信じがたいほど優雅な空間だ。マギーとピートは寝室とバスルームでほぼ二時間を費やして、引き出しの中を選別し、秘密を探した。ほとんど何も見つからなかった。それらの部屋は、何を見つけたかというよりも、何も見つからなかったという点で興味深かった。避妊用品なし。セックス玩具なし。アダルトビデオなし。ストーナーとエミリーが最後にセックスをしたのはいつだろうかとマギーは思った。

それはどうでもいいことだ。問題はストーナーとレイチェルがセックスをしたかどうかだ。しかし、ナンシー・カーヴァーの主張を裏付けるものは、どちらの部屋でも、ひとつも見つからなかったし、レイチェルの部屋を失踪後に最初に調べたときに、近親相姦をした物的証拠が何も残っていなかったのは知っていた。

マギーはぞっとした。この家にレイチェルとストーナーがいっしょにいるのを想像しようとした。寝室で及んだのか？ 彼女の部屋でか？ バスルームの床でか？ 彼が彼女の上にのしかかったのか、それとも彼女をまたがらせたのか？ それとも後ろからやったのか？ 彼女をひざまずかせて、フェラチオをさせたのか？

証拠。それが厄介な部分だ。レイチェルが現われないかぎり、ストーナーはふたりがセックスしたことを否定しても安全だった。それを証明するものは残っていないからだ。あるのは、レイチェルが人々に話したことだけ――それは法廷では価値がない。

「ファイルキャビネットには何が入ってた、ピート？」マギーは訊いた。

その警官は肩をすくめた。「納税の記録。保証書。この男は何でもとっておくらしい」

「ファイルをすべて調べて、帳簿を箱に詰めて。コピーすることになるから」

マギーは机に専念した。机から本を一冊ずつ取り、それをめくっては、もどしていった。

引き出しをひとつずつ開けて、隅々まで調べ、それからひざまずいて、引き出しの底の裏側を見て、そこに何かが貼りつけられていないかどうか確かめた。

彼女はパソコンを立ち上げた。ハードディスクを事細かに調べる時間はなかった——それはガッポの仕事だ——が、少なくともeメールを検索し、ストーナーがインターネットで訪れたサイトを細かく調べたかった。うっかり履歴を上書きしてしまうことがないように、まずレーザープリンターでディレクトリすべてをプリントアウトして、ハードディスク中のファイルの詳細を頭に入れた。それからパソコンのUSBポートにUSBメモリを接続し、ストーナーのハードディスクをコピーした。それをすませると、自分が持ってきたラップトップにUSBメモリを繋ぎ、ストーナーのパソコンの内容をコピーした。

インターネット・エクスプローラを立ち上げてみると、驚いたことにサイトの履歴がすべて削除されていた。訪問したサイトの記録がまったくなく、〝お気に入り〟にも何も入っていない。

「へえ面白い。ストーナーは後始末をきれいにしているみたい」マギーは声に出していった。

「はあ？」ピートがいった。

「彼が訪ねたサイトの履歴は何も残ってないわ。銀行での電子取引のボスだというのに。それは変じゃない？　彼はどこにアクセスをしているかを誰にも見られたくないのよ」

マギーはアウトルックを立ち上げた。このメールソフトも同じように空っぽで、受信ボックスにも送信ボックスにも、何も残っていない。この男はパソコンでeメールを一度も送ったことがないかのように見えるが、それが不合理なのは、マギーにもわかる。

何かが変だ。彼女は、ストーナーがヤフーメールやホットメールのようなウェブメールを使っているのだろうかと思った。それを使えば、自分のパソコンに履歴を残さずに個人的なメールの送受信を行なえる。しかしそれだと見つけるのはずっとむずかしくなる。

彼女の無線機が音をたてた。「はい？」

ガッポからだ。「地下室はすっかり調べ終わったよ」

「何かあった？」

「まったく何もない。園芸用具までも新品みたいにピカピカだ。どうやら、ここにはあまり足を運ばないようだ」

「ちぇっ」マギーはいった。レイチェルとストーナーに肉体関係があった証拠はないにしても、地下室では殺人そのものの証拠が見つかるかもしれないと期待していたのだ。しかし納屋で見つかった証拠に基づけば、彼が自分の家の中で彼女を殺したということはありそうもない。ふたりが納屋へ行き、そこでふたりのあいだで何かが起きたと考えるほうが論理的だ――何かレイチェルが死ぬはめになるようなことが起きたと。

「わかったわ、ガッポ、あんたとテリーは外のミニヴァンを徹底的に調べて。細かく調べて、カーペットもはがして、紫外線を使って血痕の有無を調べて。毛髪。繊維。精液。指紋。何でも。レイチェルがそのヴァンにいたかどうかを知りたいのよ」

「了解」

次に響いてきたのはテリーの声だった。「ちくしょう、マギー、おれをガッポといっしょにヴァンに閉じ込めておきたいのか？　地下室にあいつといっしょにいるだけでもたまらなかったのに」

マギーは笑った。「ちょっと、あたしは納屋でそれに耐えたのよ、テリー、あたしに同情してもらおうとしてもダメよ。以上、終わり」

彼女はまた無線機をベルトにかけた。

「あたしは本棚にとりかかるわ」彼女はいって、ずらりと並んだ単行本をいやそうに見た。

「コンピュータには何も残ってないんですね？」ピートが訊いた。

「少なくとも基本的なものはね、ないわ。ストーナーはきちんと整理してるみたい。ガッポにもっと徹底的に調べてもらう必要があるけど」

「画像は？」ピートがいった。「ほらGIFとかJPEGとか、そういうやつ。ひょっとすると猥褻な写真とか成人向きのものなんかを保存してるかもしれない」

マギーはうなずいた。彼女はUSBメモリのファイル検索をした。初めに、〝レイチェル〟を打ち込み、その少女の名前があるかもしれないファイルを探してみた。それでは簡単すぎるだろうと思ったが、やはりそうだった。検索の結果はゼロだった。こんどは〝R〟で始まるファイルを試したが、量が多くて辟易した。それから〝セックス〟、次に〝ファック〟、さらに〝ポルノ〟で検索したが、何も見つからなかった。

それから別の方法を思いついた。検索リストの範囲をせばめ、レイチェル失踪の前二週間と直後に作られたか編集されたファイルに絞った。

検索の結果、現われたのはほんの一握りのファイルだった。ゆっくりとスクロールしていき、システムファイルを除外しながら、文書か表計算のファイルのように見えるものは何でも調べていった。どれも仕事関係のようで、オンラインの投資信託取引や支店の損益計算などばかりだった。彼女はファイルをひとつずつ調べながら、頭の中で、自分のリストからそれらを除外していき、これも徒労に終わりそうだと思いはじめた。ストーナーは頭がまわりすぎる。

するとそのとき、それが目に留まった。

Fargo4qtr.gif。レイチェル失踪の二日前に作られた画像ファイルだ。

その名前は仕事のファイルのように思えたが、変なディレクトリに入っていた。しかもストーナーの仕事関係ではほかにGIFファイルはひとつもなかった。マウスを動かしてそのファイルを選択したが、クリックするのがためらわれた。彼女は息をとめた。指先で軽くクリックし、見つめているとウィンドウが立ち上がった。ラップトップのハードディスクが音をたてている。ほんの数秒にすぎないとわかっていても、画像をロードするのに長い時間がかかるように感じる。と、画像が再生されて、写真が画面に飛び込んできた。豊かな色彩が画面いっぱいに広がった。

マギーは息をのんだ。「何てこと」

そのとき彼女の背後で、ピートが好奇心にかられて向きなおる音が聞こえた。それから、彼女の肩越しに画面を見て、彼も言葉を吐き出した。「すげえ」

こんな驚くべき写真をいままで見たことがない。自分は間違いなく異性愛者だとマギーは思っていたが、その彼女さえ、無意識に舌で唇を湿らせていた。知らぬ間に、彼女の目はレイチェルの目に磁石のように引き寄せられていた。

その写真のレイチェルは裸だった。どこかの荒野にいて、背後の木々はソフトフォーカスにしてある。雨が降っていて、彼女のあらわな肌を包み、銀色の細い流れになって彼女の身体を流れていく。その写真は、乳房についた水滴と、彼女の湿った股に走り地面に落ちていく細い水の流れを捉えていた。レイチェルは両膝を立てている。片手を両脚のあいだにはさみ、指二本が割れ目に入って見えなくなっている。もう片方の手で右の乳房を包み、乳首に軽く触れている。口は快感で半開きになっているが、輝くエメラルドグリーンの目は大きく開いて、カメラをしっかりと見ている。

マギーは、ピーターがそばで実際に喘いでいるのに気づいた。「ああ、この娘が死んでなきゃいいのに」彼はいった。「この娘とやるためなら何でもくれてやる」

「お黙り」マギーは苦々しくいった。彼女はこの写真のデータをプリンターに送った。森の中でオナニーにふけるティーンエイジャーの姿がのろのろと、少しずつプリントアウトされてきた。

「あの野郎」彼女はつぶやいた。

ポーチは静かだった。エミリーとストーナーは揃いのリクライニングチェアにすわっていた。エミリーは膝で手を組み、身動きせずに、ぼんやりと宙を見ている。ストーナーは半めがねをかけてファイルを調べ、わざとストライドを無視していた。刑事が質問をしつくすと、ストーナーはすんなりと仕事にもどり、心配することはまったくないような態度をとった。

ストライドは、ストーナーの冷静な態度の一部は演技であるのはわかっていた。近親相姦をほのめかされただけで、彼の評判を台無しにするには十分だったからだ。事実上、ダルースにおけるグレイム・ストーナーの社会的生命は終わった。そしてこの男はそれを知っている。残る問題は、彼がどこかほかの土地へ自由に行けるか、それとも警察が彼を長いこと刑務所に入れておくのに必要なものを見つけるか、ということだ。

時間がだらだら過ぎるにつれ、ストライドは待つことにうんざりしてきた。ガッポとテリーが地下室から上がってきて、玄関から出ていく音が聞こえた。彼らのやりとりは聞こえなかったが、マギーがヴァンを調べるように命じたのだろう。ストーナーに彼らの話を聞かせるよりはましだと思い、無線機は切ってある。

彼はストーナーのようすを見守り、その顔をしげしげと眺めた。この銀行マンはページをめくりながらも彼の視線を感じているには違いないが、平然としていた。この男を刑務所に入れるために法廷で闘うダン・エリクソンを観察するのは、面白いはずだ。この事件が法廷で争われるとしてのことだが。

さらに時間が過ぎた。

マギーの足音が聞こえた。彼女は片手で白い紙をひらひらさせて、勢いよく部屋に入ってきた。こんどは、ストーナーは好奇心をむき出しにし、かすかに苛立って、目を上げた。マギーはストーナーの耳に小声でいった。「これを見て」

ストライドはその写真を見て、裸の娘の画像に瞬きをした。これは行方不明になっていて、死んだと見なされているティーンエイジャーだと自分をいましめなくてはならなかった。

彼が紙から目を上げると、ストーナーが彼をじっと見返しているのに気づいた。ストライドはふいに自分が、この尊大な男の優位に立つものを手にしていることに気づいた。

「ストーナーさん、あなたはデジカメを持っていますか？」ストライドは訊いた。

ストーナーはうなずいた。「もちろん」

「それをお預かりする必要があります」ストライドはいった。「この写真が誰だかわかりますか？」

彼はその紙をストーナーに渡した。彼の冷静な態度が崩れ、紙をしっかり持とうとする手が震えるのを、ストライドは見た。エミリーはその紙に写っているものを見ると、悲鳴を抑えようと、片手で口をおおった。

「どこでこれを見つけたんだ？」ストーナーは平静な声を保とうとしていった。

「あなたの書斎のパソコンで」ストライドが彼にいった。

「どうやってそこにこれが入り込んだのか、さっぱりわからんな。いままで一度も見たことがない」

「ほんとうに？　あなたがこの写真を撮ったのではないんですか？」ストライドは訊いた。

「いいや、もちろん撮ったのはわたしではない。いったじゃないか、どうやってこれがパソコンに入り込んだのか、さっぱりわからないと。きっとレイチェルが入れたんだ。冗談のつもりで」

「冗談？」ストライドは眉をあげて訊いた。「たいした冗談だ。あなたは、どこで、いつ、これが撮られたか、見当もつかないのですね？」

「まったくわからない」

マギーは冷たい目で、その男をじろじろと見た。「このファイルは、レイチェルが失踪する二日前にあなたのコンピュータに入れられたんですよ」

「二日前？」ストーナーが訊いた。

「それはまったく偶然の一致だな」ストライドがいいそえた。

「とにかく、さっきもいったように、きっとレイチェルがパソコンに入れたんだな。たぶん、それが家出の突飛な別れの挨拶だったのかもしれない」

ストライドはこの男に近寄った。「しかし彼女は家出をしたのではなかった、違いますか、ストーナーさん？　あの夜、あなたと彼女は納屋へ行ったのです。あなたは彼女とセックスをするためにあの納屋へ行った、いままで何年間もやってきたように。彼女はこんどはいやだといったのですか？　彼女は逃げようとしたのですか？　奥さんにしゃべると脅したのですか？」

「グレイム」エミリーが弱々しい声で彼に懇願した。「お願いだから、何ひとつほんとうじゃない、といって」

彼はため息をつき、彼女を見た。「もちろん、ほんとうではないとも」

「われわれは、あの夜、レイチェルが納屋にいたのを知っています、ストーナーさん。彼女が家にもどってきたときに、この家にいたのはあなただけだったのも知っています。それから何が起きたのか話してくれませんか？」

ストーナーは首を振った。「彼女が帰ってきたのはまったく聞こえなかった。ゲール弁護士が来るまでは、それしかいえないな」

彼はぼうっとしているようだ。ストライドは、やはり彼も人間的な失敗をしでかすことを知って、気をよくした。間違いをして、手がかりを残し、嘘がばれたときにどう反応すればよいかわからない彼を見ているのは、気分が良かった。

「捜索をつづけてくれ、マグズ」ストライドは彼女にいった。

マギーが二階へもどろうとしたとき、彼女の無線機が甲高い音を出した。部屋のみんなにガッポの声が聞こえた。

「マギー、ストライド、すぐ来てくれ。ヴァンの後部のカーペットの下と道具箱の中に入れたナイフに血痕がついている」

マギーはすぐにスイッチを切ったが、遅すぎた。

エミリーが悲鳴をあげた。

ストライドとマギーは、喉を引き裂かんばかりの悲鳴に、彼女の苦痛を感じた。リクライニングチェアからぱっと起き上がった彼女の顔は真っ青で、向きを変え、脅えてストーナーをじっと見た。彼はカナリヤをのみこんだ猫のように、奇妙な薄笑いを顔に貼りつけて、すわっている。エミリーはがっくり膝をついた。

ストライドはぱっと前に飛び出し、彼女が失神して倒れたら支えようとした。

だが、エミリーはうめいて、四つん這いになり、白い絨毯の上に吐いた。

第三部

18

通称キッチこと、キッチ・ガミ（オジブワインディアンの言葉で、偉大な湖の意）は、ニューイングランドの男性用社交クラブの優雅さの向こうを張ろうとダルースが作ったクラブだ。五階建ての赤レンガの建物は、切妻が幅広く、ポーチは堂々としていて、きちんと手入れされた庭園は暖かい春になると花で彩られる。このクラブが誇る二階の心地よい読書室は、サクラ材のアンティーク家具、優雅なリクライニングチェアが備えられており、ライオンの足を模した脚のついたコーヒーテーブルには、その日のミネアポリスとニューヨークの新聞各紙がきちんと置かれていた。ここは政治家や投資家がブランディを飲みながら、当市の重要なビジネスについて相談する場所なのだ。

キッチのドアマンは、パーという、八十がらみのしなびたノルウェー人で、キッチの現在の会員がこの世に生まれる以前から、このクラブで働いている。背の高いがっしりした男が正面入口の階段に近づいてくると、パーは直立の姿勢をとった。その男は、パーが彼を知っているこの三十年というもの、いつもしてきたように、シナトラの歌を口笛で吹きながらやってきた。年齢は五十代の終わり、背丈に劣らず身幅も広いが、弾むような足どりはエネルギッシュだ。白髪まじりの縮れた髪はきちんと刈り込まれ、生え際はかなり後退している。血色のよい顔は幅広で、剃刀のように鋭い青い目に、フクロウの目のような大きく円いめがねをかけ、白髪まじりのヤギ鬚をはやしている。チャコールグレーのピンストライプの三つ揃いに、白いワイシャツを着て、その袖の端から金のカフスリンクをのぞかせている。襟のスリットには花が差してあり、階段をのぼる彼のあとに、コロンの芳香が漂った。

「こんばんは、ゲール様」パーはさっとドアを開けて、いった。

「パー、きみに会えてうれしいよ、いつものように」アーチボルド・ゲールは大声で答えた。「なんとすばらしい春の日ではないかね？」

「ええ、ほんとうに、ゲール様。また大きな事件を抱えておいでのようですね？」

「そうだよ、パー、そのとおりだ」

「いつも申しておりますように、ゲール様ほどの腕利きの先生はいらっしゃいませんから」

「きみの言葉が陪審の耳に届くといいのだがね、パー」ゲールは答えた。

彼はこの老人の肩を愛情をこめて軽く叩き、クラブの暗い玄関ホールに入った。ずっしりしたオーク材にステンドグラスをはめたドアが、背後で静かに閉まる。腕時計を見ると、四時四十五分で、郡検事ダニエル・エリクソンとの約束の時間の十五分前だった。ゲールは早めに来て、読書室のひとつに落ち着き、シングルモルトのスコッチを飲みながら、自分の餌食となる相手の到着を待つのが好きなのだ。

ゲールはこの州で最も有名な刑事弁護士のひとりだが、彼の裁判での勝利は、キッチの読書室で敵側の法律家と親しく酒を飲みながら、相手の士気を失わせて得る、ともっぱらの評判だった。一見邪気のなさそうなほのめかしと悪意を秘めた暗示が、検察官の気力をそぎ、自分の作戦が間違っているのではないか、法廷で陳述をしながらもへまをしているのではないかと思うように仕向けるのだ。ゲールの心理作戦の評判が知れわたるようになり、裁判開始の前夜にキッチで雑談をしようという彼の誘いを、検察官たちはいまでは断るようになっている。

しかし自信家のエリクソンは彼を拒絶しなかった。そのほうが面白い。ゲールはこれまで長年にわたり、野心満々で政治権力志向の検事たちとわたり合い、彼らの傲慢さをぺしゃんこにつぶすのを楽しんできた。エリクソンは大半の検事より冷酷だ。そもそも、彼の前任の郡検事トリッグ・ステンガードがエリクソンを雇ったとき、ゲールはこの旧友であると同時に好敵手でもある男に、新しい次席者について忠告をした。しかしステンガードはゲールと違い、野心むき出しの相手に弱かった。

「坊やをちょっと丸くしてくれよ、アーチー」ステンガードはいった。「やつの気力を何回かくじいてくれ。それがやつのためになる」

そしてゲールはこの希望どおりにした。彼から見れば、エリクソンが法廷でスムーズに仕事をこなし、ステンガードの死後に郡検事として立派な仕事をしてきたのは意外でもなんでもなかった。しかし、エリクソンが大きな事件で二回負けた相手は、両方ともアーチボルド・ゲールだった。

グレイム・ストーナーの裁判は、エリクソンが雪辱をとげるか、屈辱的敗北になるはずだ。

ゲールはエリクソンが確信を持っていること、そして確信を持つだけの理由があることも十分に承知していた。たとえ遺体がなくても、法医学的証拠だけで、検事よりも傲慢だと見られそうな依頼人に陪審員が不快感を持つには十分だ。しかも、この依頼人が継娘と肉体関係にあったのは事実だと、エリクソンが陪審に信じさせることができれば、ストーナーがこれからの人生を刑務所で過ごさずにすむようにするのは、容易ではない。

しかしゲールは挑むのが好きだ。しかも彼の手元には法廷で敵をあっと驚かす弾がいくつかあった。

ゲールは旧式なエレベーターに飛び乗り、それが自分の体重でガクンと下がるのを感じた。いつもは健康維持のため階段を使うのだが、裁判前の会談に備え、息切れするような危険は冒したくなかった。エレベーターがきしみながらやっと停止すると、廊下に出て進んでいき、この地のインディアンの名前をとった大きなオジブワ読書室に入った。そこには湖を見晴らせる張り出し窓が三つ並んでいた。マーガレットが厨房から現われると、彼は快活に身をかがめて、頬に軽くキスをした。老女はくすくす笑い、顔を赤らめた。

「オーバン（シングルモルト）のグラスをコーヒーテーブルにご用意しておきましたよ、ゲール様」

「おや、マーガレット、ほんとに気がきくね。今度、駆け落ちしないか？」

マーガレットはまたくすくす笑った。「エリクソン様が何をお飲みになるか、ご存じでしょうか？」

「氷をたっぷり入れたボンベイ・ジンを、彼のために忘れずに用意してもらいたい。その勘定はわたしにつけておくれ。それに彼はすぐにお代わりをほしくなるだろうと思う」

マーガレットは、小さな秘密をふたりで共有しているかのように微笑み、厨房へもどっていった。

ゲールはゆったりとくつろいだ。窓の外をじっと見ながら、少しのあいだ考えこみ、すでに読んでしまった《スター・トリビューン》紙の見出しに目を走らせた。そして一九二〇年代もののソファに腰をおろし、オーバンのグラスを取り上げ、手のひらで温めた。彼は平静だった。裁判の前は、いつもそうだ。ほかの法律家たちは落ち着かなくなり、活発に動きまわる。ところが、ゲールは精神を集中する。彼は、鼓動が静まってきて、この先に待ち受けるものの総括的展望を頭がすっかりと描き出すのを、感じることができた。

五分後に、突然、ダン・エリクソンが勢いよく入ってきた。手にしたダブルのジンが入ったずんぐりしたグラスを揺すると、アイスキューブがカタカタと鳴った。それで飛び跳ねたジンの滴がカーペットにこぼれた。

「やあ、どうも、ダニエル。おやおや、ずいぶん不安になっているようだな」ゲールはいった

エリクソンは立ち止まり、微笑んだ。「それどころか、はじまるのが待ち遠しいぐらいですよ。この前は、あなたに負かされたけれどね、アーチー」

「そしてその前も、そうだったように記憶しているが」ゲールは陽気にいって、彼に思い出させた。

「まあね、今度はそうはいきませんよ」

エリクソンは腰を下ろさず、窓と暖炉のあいだを行ったり来たりしていた。紺のスーツに、よく磨いた黒靴。ブロンドの髪には入念にスプレーをかけて落ち着かせている。背丈は低いが、ハンサムで、引き締まった身体つきをしている。彼が日焼けサロンへ通ったのは、陪審員に好感をあたえるためなのだろうか、とゲールは思った。

「ほう、しかしカッセル判事は、ナンシー・カーヴァーに関しては、すでにわたしに味方をしているよ」ゲールはいった。

エリクソンは肩をすくめた。彼は暖炉の炉棚から小さい磁器の人形をとり、左右の手に交互に持ち替えていたが、やがて炉棚にもどした。「カーヴァーの証言は伝聞ですからね。それを法廷で使えないのはわかっている」

「そんなふうにいうがね、これでストーナーとレイチェルが寝ていたと証明するのは、と

てもむずかしくなった。そうだろう？」

「そうかな、証拠は十分にありますよ」エリクソンはいった。「あなたはずいぶんと精神の病んだ依頼人を引き受けたんですね、アーチー。この事件を引き受けたことで、あなたはダルースではかなりののけ者になりそうだ」

ゲールはグラスのスコッチの匂いをかいで、ほんの少しだけ飲んだ。「そうだよ、すでに例のごとく憎悪の手紙や殺すという脅迫状も届いている。皮肉なものだ、そう思わないか、殺人犯といわれる人物を弁護しているから、わたしを殺すというとはね？」

「あなたはこの町で、悪人の弁護ばかりをしているから」エリクソンはいった。彼は、いまは窓のそばにいて、月曜日の夕刻のロンドン・ロードの車の往来を眺めていた。それから部屋の真ん中にもどってきた。

「すわってくれ、歩き回るきみを見ているとめまいがしそうだ」

エリクソンは微笑んだ。そしてポケットを軽く指で叩いた。「まあ、見ていてくださいよ、アーチー。見ていてください」

「ひどく自信があるようだな」ゲールは彼にいった。

「ええ、ストーナーをしとめましたからね。わたしにはわかっている。あなたにもだ」

「おや、わたしがきみの立場なら、こちらについた数人の証人をもう少し注意深く調べるだろうね。また別の話が見つかるかもしれないからね」

かすかな懸念がエリクソンの顔をよぎったが、それはすぐに消えて、にっこりと笑った。

「ふん、あなたは老獪な人だ。わたしと同じぐらいうまく嘘をつく」

ゲールはくすくす笑った。「大変な褒め言葉だ。しかし嘘ではないよ。これを知らせてやったのは同業のよしみだと思いたまえ」

「そうですか、そうですか。いいですか、ジタバタするのはいいけれど、あなたは負けます。あなたの唯一のチャンスは、この事件を別の裁判地に移させることだったが、その点で、あなたは失敗した。ふん、ナンシー・カーヴァーを証言台に立たせて、レイチェルからパパとセックスをしていたと聞いたといわせる必要などないんだ。陪審員全員がすでに知っている。もちろん、ここだけの話だけれど」

「そうだよ」ゲールは認めて、ため息をついた。「裁判地の移管については、あてがはずれた。この事件は移されるべきなのを判事はわかってたのではないかな。だが、自分で受け持ちたかったのだろう。彼女は少しきみに似ているからね」

エリクソンは身をかがめて、クリスタルボウルに手を入れ、一握りのミックスナッツをすくった。それを選り分けて、ブラジルナッツの白い一粒を選び、口にポンと放り込んだ。「それについては、あなたのいうとおりだ」彼はナッツを歯で砕きながら、いった。「それどころか、わたしがキャサリンと寝たことがあるのを、あなたは知っておくべきだ」

驚いたゲールの眉が上がった。彼はコーヒーテーブルに手を伸ばし、自分のオーバンのグラスを取った。「判事と寝たのか？　事件に勝つためとしては、少しやりすぎじゃないか？」

「数年前のことです。当時は、彼女は判事でなく、わたしも郡検事ではなかった」

「しかし彼女はすでに結婚していたと思うが」ゲールはいった。

エリクソンは肩をすくめ、手の中のミックスナッツからカシューナッツをひとつ見つけた。そして返事をせずに、大きな音をたててそれを食べた。

「別の判事を要請することもできるんだ」ゲールはつづけた。

「できますよ、でもあなたはそうしない」エリクソンはいった。

「そんなに確信があるのか？」

エリクソンはうなずいた。「あなたがキャサリンの前で裁判するのは、これが最後ではない。人前で彼女の恥をさらすようなことをするはずがない。それに、彼女に当たったのは運がいいんですよ。ストーナーは彼女の手で公正な扱いを受けることになる。彼の分相応以上にね」

「そしてきみの評判を考えると、ダニエル、きみと彼女の情事は、こちらの有利に働くかもしれん」ゲールは平然といい返した。

「おや、わたしなら、そこまではやらないけど」

「そうか、それなら、なぜその話をしたのかな？」ゲールはひるまずに訊いた。

「あなたは理由を十分に承知してるでしょう、アーチー。あなたは、もう知らなかったとはいえない。わたしは彼女をはずす理由をあなたにあたえたが、あなたはそれを拒否した。ストーナーの有罪判決がおりたあとで、あなたが情事を発見したのであったら、再審の根拠を持つことになる」

「たしかに」ゲールはいった。「ただし、ストーナーは決して有罪にならない」

「やれやれ、アーチー。わたしがあなたの立場にいたら、司法取引をしますよ。われわれは彼のヴァン、彼のナイフ、そして殺人現場にレイチェルの血痕を見つけた——DNAが完全に一致するやつを。この科学的証拠について、あなたはドクター・イーに決して勝てない。誰も勝てない」

ゲールは肩をすくめた。彼はイーとは何度もやりあったことがある。「そうだよ、もし〝不動博士〟つまりドクター・イーが、それはあの娘の血痕だといえば、それはあの娘の血痕なのだ」

「血痕という証拠に近親相姦の証拠をいっしょにする」エリクソンはさらにいった。「それに加えて、ストーナーにはアリバイがなく、しかも彼は金持ちの鼻持ちならない野郎だ。陪審は彼を毛嫌いしますよ」

ゲールは首を振った。彼は酒を飲み干すと、うめきながら椅子から立ち上がった。そしてヤギ鬚をしごいた。「信じてくれたまえ、ダニエル。派手にマスコミに騒がれたい気持ちはわかるが、きみは間違った事件を選んだよ」

「どういう意味です？」

「きみとバード・フィンチとそのほかのマスコミ連中は、わたしの依頼人が有罪だと、すでに宣言した気でいるかもしれないが、そんな意見は意味がない。わたしが陪審団を納得させれば、彼らは一時間もしないうちに彼を無罪にする」

エリクソンは顔を紅潮させた。「偉大なるアーチボルド・ゲールが弁護してるから？」

「立件できていないからだ。遺体さえない。遺体がない場合の殺人事件が有罪になる確率は、きみも知らないわけではあるまい？」ゲールはいった。

「大陪審では問題にならなかった」

ゲールは鼻を鳴らした。「いまは、事件の審理をする小陪審について話しているのだよ」

「運にまかせてやってみますよ」エリクソンはいった。「このあたりは死体を隠す場所がひじょうにたくさんありますからね、陪審はグレイム・ストーナーに寛大になるはずがない。あなたが惑わすことはできる、アーチー。それがあなたの得意分野なのは神様もご存じだ。しかしストーナーがどのような男かを示せば陪審は正しい結論を出すはずです」

ゲールはエリクソンに近づき、彼の上にのしかかるようにして、自分より若い男の肩に肉づきのよい手を置いた。「いいかね、法廷できみを侮辱したくない。ふたりのあいだで、いま、これを解決してもいいじゃないか？　起訴を取り下げるんだ。まだ証拠が十分に揃っていないから、一事不再理の原則があるので、確証が得られるまで待つというんだ。ストーナーは町を出ていく。彼のここでの社会的生命は終わりだ。やがて誰もがこれについて忘れてしまう」

エリクソンは最後のブラジルナッツの一粒を食べて、両手から塩を振り払った。彼は冷ややかな目に怒りをたたえ、ゲールを見上げて、彼の顔に指を突きつけた。「わたしを威嚇できると思わないでください。ストーナーの社会的生命は終わった、それは結構だ。彼はこのあと一生、刑務所ですごすことになる。彼は殺人犯であり、わたしは彼を刑務所に入れる」

「彼が有罪だと、そんなに確信があるのか?」

エリクソンは唸った。「ねえ、アーチー。ここだけの話と腹を割ろうじゃありませんか。あなたが彼を無罪だと思っているなんていわないでくださいよ」

ゲールは肩をすくめ、返事をしなかった。

「さて、ほかには何もいうことはないようだ」エリクソンは彼にいった。「法廷で会いましょう」

「そうだな、確かに」ゲールはいい、くすくす笑った。「しかし、わたしはちゃんと警告したぞ」

19

アーチボルド・ゲールはスペリオル湖沿いの夕方の混雑を避けて、裏通りを南のほうへ歩いていった。恰幅の良い男にしては、その足取りはきびきびして軽やかだ。二ブロック先の右手のところに円柱形のラディソン・ホテルが見えると、彼は通りを曲がり坂をのぼっていき、まわりの人々に用心深く目を配りながら、ホテルに近づいた。ゆったりと構えてロビーへ入り、エレベーターのほうへ向かった。

これがいつも危険な部分だ。ゲールは顔を知られているから、数ブロック先にある《ダルース》の記者がホテルのバーで一杯やりながらうろついているかもしれない。彼はエレベーターで七階まで行き、そこでおりて、階段室に入った。階段を四階まで下りていき、またエレベーターに乗り、こんどは十一階でおりた。廊下を注意深くさっと見まわし、突き当たりまで進んでいき、スイートのひとつのドアを五回ノックした。

のぞき穴を人影がよぎるのが見えた。

グレイム・ストーナーがドアを開けた。

「やあ、よく来てくれた」ストーナーはいった。

ストーナーは、わきにどいてゲールを中に入れ、ドアを閉めて鍵をかけた。

「バード・フィンチは、あなたがまだミネアポリスにいると思い込んでいる」ゲールは彼にいった。

「それはよかった。さもないと、ホテルが包囲されることになる」

ゲールはストーナーの保釈を認めさせたが、彼は家に帰れなかった。逮捕が世間に知られたために、彼は危険な状態にあったからだ。たとえ安全であったとしても、彼はもう自分の家では歓迎されなかった。エミリーはすでに離婚の申し立てをしていた。銀行は彼を解雇した。ただしゲールの助けで、訴訟沙汰にせずに静かに去っていく条件で、銀行から巨額の手切金をせしめることができた。

「ダニー・エリクソンからの吉報は何かな?」ストーナーは訊いた。

ゲールは忍び笑いをした。「彼は相変わらず自信満々だ。あなたを葬りたいのだ、グレイム」

ストーナーは肩をすくめた。「まさにダニー坊やらしいね。彼とはときどきいっしょに出かけたものだ。わたしは彼のことを友人だと思っていた。しかしダニーにとって、友情が重要なのは、それが役に立つあいだだけらしい。酒はどうだね?」

ゲールは首を振った。

「そうか、すまないが、わたしは飲ませてもらうよ」ストーナーはいった。彼はカウンターの下を探して、自分用にブランディをグラスに注ぐと、窓際のすわり心地の良い椅子に腰を下ろした。空はすでに濃紺の薄暮れに変わっていた。ストーナーはあずき色のゴルフシャツに、折り目のついたカーキ色のスラックス姿。ラップトップが、そばの机の上で光っている。ゲールが一度、暇つぶしに何をしているのかと訊いたところ、ストーナーはこの五カ月間に、株式売買で自分の持ち株を二十パーセント増やしたと答えた。彼にとってはそんなことはたやすいことなのだ。

ゲールはまだ立ったまま、自分の依頼人をじっくり観察した。家宅捜索された日に電話をかけてきたときでさえ、この男は感情的にならず、自分の無罪を冷静に断言し、弁護士が同席しない場で警察と話したことをゲールに詫びた。そして、自分が無罪なのはわかっているから、隠すことは何もない、とはっきりいった。

これは本当だろうか？　それはもちろん、弁護をすることに何の違いももたらさない。しかし強い好奇心から、真実を憶測した。若いころから、彼は多数の嘘つきの話を聞いてきているが、たいていは即座に嘘を見抜けた。ストーナーは違った。この男は正直なのか、あるいは嘘をつく名人なのか、そのいずれかだ。あいにく、嘘をつくのがうまければうまいほど、その依頼人は起訴された罪状に関して有罪である可能性が高い。だからといって、ゲールが陪審団に有罪ではないと思わせることができない、というのではない。

しかしどっちだろうか？

たしかにこの事件では、検察側が圧倒的な情況証拠を握っている。それは、認めざるをえない。ヴァンと納屋にあった証拠は、ストーナーをはっきりと指している。ただし彼をいずれの場所にも結びつける確定的なものは、何もない。そして検察側は、ストーナーとレイチェルの性的関係を証明するものは何も持っていないが（彼の知るかぎりでは）、テレホンセックスや性的にだらしない十七歳の娘といった、それを暗示するものをちらつかせるだけで、くそまじめな北欧系ミネソタ州民の陪審の考えを左右するには十分だ。真実は？　彼にはどうにもわからなかった。彼は検察の主張に揺さぶりをかけることもできるし、レイチェルの失踪にかかわりがあると陪審員が信じこんでくれそうな容疑者もつかんでいた。しかし、ゲール自身の頭の中で、ストーナーへの疑いを晴らすものは何もなかった。

彼にはどうしてもわからなかった。そのため、なんとなく不安だった。罪を犯した依頼人を弁護するのはかまわない。無罪の依頼人もよろこんで弁護する。しかし無罪か有罪かわからないまま弁護するのは、新しい経験だ。

ストーナーは彼に微笑んでいた。まるで彼の考えを読めるかのように。「悪魔と駆け引きしている気分なのかな、弁護士さん？」

ゲールはストーナーの向かい側の椅子にすわった。「あの世では、あなたの魂はまったく別の陪審に裁かれることになる、グレイム。いまは明日の法廷での陪審について心配しよう」

「まさにそのとおり」ストーナーはいった。「さて、エリクソンからは、何を聞いたのかな？　あの哀れな坊やをびくつかせたのかい？」

ゲールは肩をすくめた。「彼は遺体がないにしては、準備万端のようだ、しかもダニエルは陪審の受けがよい」

「でも、あなたほどではない」ストーナーはいった。

「ああ」ゲールはあっさり認めた。「そうだ」

「いいかい、わたしが支払っているのは、その確信のためだ。しかし、正直に話してもらいたい、見通しはどうだ？　わたしの気持ちを斟酌しないでいってくれ」

「わかった」ゲールはいった。「物的証拠がこの事件の核心だ。それは強力だ。しかもマスコミが悪意に満ちた報道で騒ぎ立てたから、陪審員の多くは、予備尋問で何をいったにしても、すでに先入観に毒されていそうだ。陪審員の大半は、あなたをろくでもない変質者だと思って法廷に入ってくるだろうな」

「で、どうすればいいんだね？」

「エリクソンは、手持ちの証拠では陪審を崖っぷちまで連れていくことしかできないのを知っているんだ。そして、陪審員にさっさと橋を渡らせて、有罪側へ行かせたいと思っている。わたしは陪審員が崖の下をのぞき込み、橋が堅牢でないと結論づけるようにしたい」

「すばらしいたとえだな」ストーナーはいった。「他にもあるんだろうね」

ゲールはうなずいた。「それに、得体の知れぬ人さらいがいる可能性を推すことも」

「その案は気に入った」

「そのはずだな。犯人はあなたではないのかもしれないという疑いを植えるだけでは十分でない。あなた以外に妥当な選択肢がいくつかあるということを、陪審に気づかせなくてはならない。もし怪しい存在があなただけならば、たとえ証拠が不十分でも、彼らは有罪と確定するよ」

ストーナーはブランディを飲み終えると、ボトルからもう一杯を自分で注いだ。「しかし、あなたは、われわれは確かな選択肢を差し出せると請け合ったね」

ゲールはうなずいた。「そう思う」

じつは、ゲールは、自分が犯人として描くつもりの二人の人物のいずれかが、実際に有罪かもしれない、と思っていた。それでも、ストーナーの冷静な微笑には、何か彼を当惑させるものがあった。彼はこの男が嫌いだった。

「でも、あなたは自分が見つけたものを、わたしに話さないつもりでいる」ストーナーはつづけた。「これはフェアではないと思うが」

「あなたはできるだけ知らず、わたしにも話してくれないほうがいいこともあるのだよ」ゲールはいった。

「そうか、それなら、率直にいってもらおう。わたしは数週間のうちに自由の身になってコロラドへ移れるのか、それともこれからの一生をすごすのに、これより居心地の良くないホテルにチェックインすることになるのかな?」

ゲールは依頼人の顔をじっと見た。「わたしは賭けをするタイプではないよ、グレイム。わたしはあなたが無実かどうかを知らないし、どちらでもかまわない。しかし事実は、遺体がないかぎり、殺人を証明するのはむずかしいということだ。そして事件の情況証拠は十分にあるとは思わない。あなたは自由の身になると思うね」

「たとえ陪審が、わたしのことをろくでもない変質者だと思ってもかな?」ストーナーは微笑みで応じた。

「それは何とかなる」ゲールはいった。

ストーナーは満足して、うなずいた。「それを聞いてうれしいよ。でもひどく失望する人物を少なくともひとりは思いつける」

ゲールは大勢の人を思い浮かべられた。「誰だね?」

「レイチェルだ」

ゲールはストーナーを茫然と見た。「それなら、彼女が生きていると思うのか?」

「それは確かだ」

「すると、ヴァンにあった証拠は? 納屋のは?」

「わざと置かれた」ストーナーはいった。

「あなたをはめるために?」

「まさにそのとおり」

ゲールの目が細くなった。「レイチェルはなぜそんなことをするんだ?」

「複雑な娘だからね」

ゲールは自分がどんなにストーナーの微笑が嫌いかを再確認した。この依頼人は無実だと思おうとするたびに、この薄ら笑いが現われ、不快な輝きがちらつく。「なぜそんなに確信があるんだ? 誰かほかのやつが彼女を殺して、あなたをはめた可能性はないのか?」

「それは妥当な疑念に聞こえる、だから『ある』といっておこう」

「しかしあなたは、そうは思っていない」ゲールはいった。

ストーナーはうなずいた。

「これはすべてレイチェルによる入念な策略なんだね？」ゲールが訊いた。「あなたを刑務所に入れるために、この証拠のすべてがでっちあげられたんだね？」

「わたしはそう思う」ストーナーはいった。

「いいかい、われわれのいい分が認められず、あなたが刑務所に行くことになる場合がひとつある」

「ほう？　それは何だね、弁護士さん？」

「もしエリクソンが、あなたがほんとうにあの娘とセックスをしていた、と陪審に信じさせることができた場合だ」

「一度も起こらなかったことを証明するのはむずかしい」ストーナーはいった。

暗くなりはじめた部屋の中で、ストーナーの顔が陰っていた。ゲールは彼の目だけを見ることができたが、それは瞬きもしていなかった。ストーナーの声は、いつもと同じように、人当たりのよい誠実さを伝えていたし、身振りも完璧だった。嘘をついているのが自然に表われてしまうしるしもなく、これまでの依頼人のように彼が探知して利用するのをおぼえた、いつもの徴候もない。しかし、ゲールは、こんどは自分が一言も信じていないのがわかった。どの言葉も信じていないのが。

彼の依頼人は有罪だ。

安堵に近い気持ちがした。これで彼は依頼人を弁護できる。

「それがほんとうだといいがね」ゲールはいった。「もしあなたが彼女とセックスをしていて、エリクソンがそれを証明できたら、あなたはひじょうに困ったことになる」

ストーナーは微笑した。

20

トゥーハーバーズの港は遠くに霞み、湖岸に長々とつづく林を中断する細長い隙間にしか見えない。林の向こうと頭上の空は青く澄んでいた。しかし、ストライドは、水平線上に固まる黒雲が空で癌のように大きくなってきて、ボートに忍び寄ってくるのに気づいた。風は湖面を叩きつけて白い波を泡立たせ、ボートを風呂に浮かぶ玩具のように左右に傾かせ揺らした。彼がスロットルを前に倒すと、エンジンが波を掻きまわしたが、速度はどうにか少しずつ増すだけだった。港にもどりつくよりずっと前にスコールがやってきそうだ。

こんな情況に追い込まれるとは、愚か者もいいところだ、とストライドは思った。上天気の日曜日に、じっとしているのがもったいなくて、ちょうどガッポが、叔父から相続した美しいボート、七・八メートルのスポーツクルーザーを使ってよいといってくれたので、アンドレアを強引に誘ったのだった。いつもは街で、芝居やコンサートへ行ったり、高校の教師たちと夕食を共にしたりしていた。アンドレアは、自分が離婚したときにとても同情してくれた女性たちに、ストライドを見せびらかすのが好きだった。しかしふたりは、ストライドがもっともしたい、湖で帆走するというような静かなことをしていなかった。彼はそうした楽しみを生活に取りもどしたかった。

しかしその午後は最悪だった。暖かい太陽のもとでも、湖上は凍りそうに寒く、薄手のコートでは風を防げなかった。ストライドは釣り糸を投げたが、突風に釣竿を折られただけだった。船が波にもまれて際限なく上下しつづけるので、アンドレアは気持ちが悪くなり、吐いてしまった。ふたりは下の船室で毛布にくるまり、二時間ほどすごしたが、会話はなく、ときどきストライドが謝ると、アンドレアは弱々しく微笑した。冷蔵庫に入れたワインの栓も抜かず、手間をかけて作られたピクニック弁当にもほとんど手がつけられなかった。

彼は、もう帰ろうといった。彼女の顔が明るく輝いたのは、その日のうち、そのときだけだった。

いま彼は、嵐の中にまっすぐ突っ込むように舵をとろうとしていた。これ以上ひどくなりようのない最悪の状態だ。彼は、アンドレアが下の船室から出てきて、空を横切って迫ってくる醜い黒雲を見ませんようにと思った。

エンジンをなんとか扱って、もっと速度を上げようとしたが、エンジンは湖と闘うのが精一杯。制御しつづけるためには、そのうち速度を落とす必要にせまられるはずだ。船を波と風に向けたが、突風がたえず方向を変える。西に沈んでいく太陽に雲が追いつき、青い湖面が影におおわれはじめ、彼は眉をひそめた。大気はたちまち冷えを増してきたようだ。彼は手袋をはめ、革ジャケットを着て、ミネソタ・ツインズの野球帽を目深にかぶっていた。しかし耳はむき出しで、頬は赤くなり、感覚がなくなった。

腰に手がまわされ、アンドレアが頭を背中にもたれてきた。彼女が彼の脇ににじりよってくると、彼は屈んで彼女にキスをした。彼女は微笑んで見せたが、その肌は青白く、唇は冷たかった。彼女は陸地のほうに目を向け、近づいてくる嵐を目にして、目を大きく開け、彼をちらりと見上げた。彼は何もかも大丈夫なふりをした。

「港にもどりつくまでに、どのくらいかかるの？」

彼は肩をすくめた。「たぶん一時間ぐらい」

アンドレアは用心深い目を嵐に向けた。「それはよくなさそうだわ」彼女はいった。

「心配するなよ、ちょっと濡れるだけだ。下の船室で待っていたらどうだい？」

アンドレアは別に真実を知りたかったのではなく、慰めと安心が欲しかったのだ。シンディなら、彼の目をじっと見て、嘘を見破り、彼が心に抱いていることを白状するまで、彼をつついたはずだ。

実際、彼は不安になっていた。腹の中に、心配がしこりのように固まっていた。嵐のことが心配だった。操縦するのは一年ぶりで、腕が錆びついていたからだ。裁判のことも心配だった。二週間にわたる徹底的な予備尋問のあと、陪審が選ばれて、明日はいよいよ本式に裁判がはじまる。

彼はアンドレアとのことも心配だった。

彼には、自分たちふたりが恋愛に向けて道を探っているのか、それとも互いに傷をなめあっているだけの関係なのか、わからなかった。

ふたりの性生活は冷えてきていた。初めの数週間、ふたりは大胆で、何ヵ月も閉じ込めていた情熱を解き放っていた。アンドレアは、彼がどんなにすばらしくて、思いやりのある恋人で、彼が中に入ってくるとどんなにいい感じかを話した。しかし、いまでは、愛し合うのはまれになった。アンドレアは彼にリードさせ、彼にキスを返し、彼を受け入れ、オルガズムに達することさえあるのに、どうも積極性に欠けて、以前のような奔放さを失った。ストライドは決して口に出さなかったが、ロビンが彼女のことをベッドで冷たいといった理由がわかりはじめた。彼女は自分を解き放つのを恐れているようだ。あるいは、すべてを恐れているのか。

正しく感じているのか、そう感じるべきだと思っているだけか、いったいどちらだ、とたえず自分に問うていた。愚かな質問だ。ほんとうに問題なのは、いまでは心の傷が自分で処理できるものになったことだ。そしていまの彼の生活には、この一年よりずっとすばらしいものがあった。彼はアンドレアの身体が自分の脇にある感触が好きだった。彼女が感じさせてくれるよい気分を楽しんだ。彼女といっしょにいたかった。

ストライドは彼女を見下ろし、彼女の目にある緊張を見つめた。彼に愛情を求めているのだ。彼を見るアンドレアの目にはいつもそれがあった。彼は自分が必要とされているというぬくもりに包まれていたかった。

「裁判のことを考えてるの？」アンドレアが訊いた。

そうではなかったが、そうだというほうが都合がよかった。

「ダンは陪審について何といっているの？」

「おれたちが望める最高の陪審だ、と」ストライドはいった。「ダンは希望を持っている」

「あなたは確信がなさそうだけど」

ストライドは肩をすくめた。「もっとしっかりした証拠を見つけられればよかったのにと思っている。ストーナーは利口なやつだからな」

「わからないわ。あなたは彼女の血痕を、ヴァンの中と殺人現場で見つけた。それで十分じゃないの？」

「相手の弁護士によっては、それで十分かもしれない。でも、おれはアーチー・ゲールと前に激しくやりあったことがある。やつは陪審に、彼女を殺したのはおれだ、と信じさせることもできる男だ」ストライドは笑った。

「彼はO・J・シンプソンを無罪にした手を使うのかしら？　証拠はあなたたちがわざと置いたんだって、いったりして？」

ストライドは首を振った。「いや、そういうことはない。それはここでは通用しない。彼がDNA鑑定に反論するとは、思わない。ドクター・イーはそれには有能すぎる。しかし、遺体が見つかってないし、レイチェルが失踪した夜に、ストーナーと彼女がいっしょにいるのを見た目撃者もいないんだ。それに、ナンシー・カーヴァーの証言は証拠としては拒否されたから、彼らがセックスをしていたと証言する人もいない」

「あなたは彼が有罪だと確信しているの？」アンドレアが訊いた。

「おれも間違ったことがないわけじゃないが、でも今回は、あらゆることがストーナーを指している。それを証明できるかどうかに、確信がないだけだ。だが、あの野郎がおれたちより頭がよくて、おれたちより金持ちだから、まんまと殺人をやりおおせたと考えたくない。ただなんとなくいやな感じがするんだ、おれたちが見落としているパズルの一片があるみたいな。そしておれがそう思ってる以上、ゲールもそう思っているに違いない。そしてひょっとすると、彼がそいつを見つけ出すかもしれない」

「何を見落としているの？」

「わからない」彼はいった。「しっかり固められて起訴にいたったと思っているが、おれたちの知らない部分があるのではないかと考えずにいられないんだ」

彼は空をじっと見た。雲がもうじき彼らのところに届きそうで、青い空は彼らのまわりで暗くなり、夜のように見えてきた。大波が盛り上がっては、船首で砕け、冷たいしぶきを彼らに浴びせた。船は急に傾き、水面から持ち上がり、激しく叩き下ろされた。アンドレアはバランスを失い、ストライドの腕をつかんだ。彼がスロットルをもどすと、船はかろうじて持ちこたえた。

嵐はストライドが予想したよりはるかに狂暴に彼らを襲ってきた。風のせいで横殴りになった土砂降りの雨が彼らに叩きつけ、雨滴は無数の蜂のように激しく皮膚を刺した。ストライドは何も見えなくなった。目を細くして見ようとしたが、そうしても何も見えなかった。水平線が消えてしまった。ふたりの唯一の現実は、ふたりを飲み込む黒い塊と降りしきる篠突く雨だった。

彼は、錨をおろすボタンを押した。転覆だけはどうしても避けたかった。湖は船を放り上げて回転させ、波の上で踊らせた。錨をおろしていても、船は左に大きく傾いて、いまにもひっくり返りそうになる。船外に放り出されないように、ふたりは滑りやすくなった真鍮の手すりを必死でつかんでいた。船は立ち直ったが、狂ったようにぐるぐる回った。彼は船を波に向かうようにしようとしたが、その努力もむなしかった。沈没よりも、水中に投げ出される心配のほうが大きくなった。

もし船が沈むなら、いっそ溺死したほうがましだ。ストライドはそれしか考えられなくなった。さもないと、ガッポに殺される。

しかし船は沈まなかった。

やがて波が小さくなりはじめた。雨がこやみなり、空を垣間見ることができ、いくぶん明るくなってきた。船はまだ深い波の谷間で揺れたが、エンジンがそれに抵抗しはじめて、船を同じ方向に保っていた。数秒後に、雨は完全にやんだ。雲が切れはじめ、ところどころに青い空が見えてきた。嵐が大気のエネルギーを全部吸い取ってしまったかのように、風までが静かになった。

「終わったよ」彼はいった。「ほら、見ろよ」

アンドレアはおずおずとあたりを見まわし、静かな空を見つめ、それから振り返って湖から消えていく嵐を見つめた。彼女は彼のベルトから自分の指をはぎとったが、膝に力が入らず、足が滑った。ストライドは彼女をつかんだ。

「下へ行ったらどうだい？」彼はすすめた。「横になって、休むんだほうがいい。じきに港に着くから」

彼女はかすかな笑みを見せた。「あなたは女の子を楽しませる方法を確かに知っているわ、ジョン」

「こんなことは二度としないよ」彼はいった。

アンドレアは猫のように身体を伸ばして筋肉をほぐした。「全身が痛いわ」彼の顔をじっと見て、手を伸ばして彼の頬を撫でた。「大丈夫なの？」

「うん、大丈夫だ」

「何か悩んでいるように見えるわ」アンドレアはいった。

彼は肩をすくめた。「裁判のことだけだよ。いつもこんなふうになるんだ」

アンドレアは納得しないようだ。「わたしのことじゃないの？」

彼は舵輪から手を離し、彼女の頬を包んだ。「きみは、しばらくぶりにおれの生活に入ってきた最高の贈り物だ」

それは真実だった。

「わたしにはよくわからないの、ジョン。傷ついたふたりが試しても、うまくいくかしら?」

「幸せになれる方法がほかにあるかい?」彼はいった。

アンドレアは彼の手をとり、彼を真剣に見た。「愛してるわ、ジョン」

ストライドは何秒か間をおいたものの こういった。「おれも愛してるよ」

21

やっとダルースにもどると、ストライドはアンドレアの家に泊まった。いままでは、週に数回は、彼女の家に泊まっている。ふたりでパーク・ポイントで夜を過ごすことはなかった。アンドレアの柔らかいマットレスのほうが、彼の十二年前から使っている固くつぶれたマットレスよりも寝心地がよく、彼女のコーヒーメーカーで作るコーヒーのほうが美味しくて飲みやすいのは、彼も認めざるをえなかった。しかし自分の質朴な独居を懐かしく思うときもあった。朝、目覚めて、足で踏む板張りの床の冷たい感触を、豪華な絨毯の感触よりも懐かしく思うときもあった。湖の音を聞き、湖の匂いを嗅ぎたいと思うこともあった。丘の上のアンドレアの窓からは、遠くに大きな水の広がりが見えるだけだった。

その夜は、肩にアンドレアの頭をのせたますぐに眠った。が、真夜中に、いやな夢を見た。船で、アンドレアが彼にしがみついている夢だ。夢の中で、彼は彼女を支えきれず、彼女は水中に滑り落ちた。彼女が湖に飲み込まれる前に彼に向かってあげた悲鳴が耳に突き刺さる。あえぎながら目が覚め、アンドレアがまだ脇に静かに眠っているのを見てほっとしたが、夢が強烈すぎて、すぐにはふたたび寝つけなかった。

目がさえてしまったので、裁判について考えた。

ダン・エリクソンは自信満々で待ちきれんばかりになっている。しかしストライドは、アーチボルド・ゲールが予想外のことを持ち出す場面を、長年にわたり何回も見てきた。しかも、まだ何かが引っかかっている。何かを見過ごしているのではないか。何かの事実を見落としているから、不安が静まらないのではないだろうか。ストーナーを有罪にしたい。もし何かが、この事件を終わらせるような何かがあるのなら、それを見つけたい。

いままでも、多くの事件で、これと同じ気持ちになった。彼はいつももっと証拠が欲しいと思った。しかしマギーに気づかされたように、パズルのピースのほとんどは犯罪が成されたあとに隠蔽されてしまい、非常に少ししか残っていないものだ。警察がするのは、できるかぎり多くのピースを見つけること。それからは検事と陪審がそのかけらを接合してくれるのを待つしかないのだ。

エリクソンは陪審に満足していた。彼は陪審コンサルタントを使い、最終的に、レイチェルとの情事についての仮定を含めて、ストーナーが有罪であると示す筋書を受け入れるのに理想的な構成と考えられる陪審員たちを選んだ。女性八名、男性四名。女性のうち、四名は既婚者で、子供の年齢は四歳から二十歳。二名は離婚した女性で、二名は若くて独身。男性は、ひとりは祖父で男やもめ、ひとりは独身でゲイ、ひとりは既婚者で子供はなし、残るひとりは大学生。

コンサルタントのアドバイスにより、うまく除外したのは、十代の娘がいる中年の既婚男性――いいかえれば、ストーナーと条件が似ている男性だ。

金曜日に、陪審員の選別が終わると、エリクソンはビールで祝杯をあげに、ストライドを連れ出した。そして二時間も、ゲールに勝利することについて得意になってしゃべりつづけた。予備尋問でゲールは驚くほどおとなしかった。この被告側弁護人の唯一の勝利は、判事を説得して、裁判にともなって殺到するはずの報道陣から守るために陪審員たちをホテルに缶詰にする命令を出させたことだった。

ストライドはエリクソンといっしょに飲みながら、心配していた。陪審団の構成が検察側にそれほど有利なら、なぜゲールはそれを許したのか？　ゲールは、金惜しみはしないので有名なのに、今回は陪審コンサルタントを雇いもしなかった。

なぜだ？

エリクソンが彼の心配を切り捨てた。「きみは、やつの心理作戦にやられてるなあ。ゲールだって神様じゃないんだからな、ジョン。間違うこともある。彼は自分が陪審選別を処理できると思っていて、出し抜かれた。それだけのことだ」

しかしストライドはこの説明に納得できなかった。

彼は、アンドレアを起こさないように注意深く身体を動かして、ベッドからそっと抜け出し、裸のまま、窓の前に立った。ダルースの街は無数のきらめく光で明るく、その向こうには湖の暗闇がある。音をたてないように、窓を少しだけ開けた。アンドレアは窓を開けたまま寝るのが嫌いだが、ストライドは真冬でも開けて寝たいほうなので、適応するのに苦労していた。

夜の空気は冷たくて、さわやかだ。

彼はこれまで自分に認めていなかったが、この事件はどうしても自分の手で解決したかった。だからもっと多くの証拠が欲しかった――絶対確実に、ストーナーが罪を逃れられないようにするために。シンディの死を防ぐのに失敗し、ケリーの事件を解決するのに失敗し、レイチェルの事件でも失敗するのは耐えられない。

ストライドはそこに三十分ほど立ったまま、水平線を眺め、穏やかな微風がむき出しの肌をかすめていくままにしていた。やがて、アンドレアが身動きする気配がしたので、窓を閉め、そっともどって毛布の下に忍び込んだ。それから何度も寝返りを打ったあと、ようやく眠りについた。

翌朝は、ダルースではめったにない上天気で、太陽は目がくらむほど輝き、空は薄青く、湖からは穏やかな風が吹いていた。ストライドは、州裁判所に近づくと、サングラスをポケットから出し、群集に紛れ込んで、報道陣に襲われずに建物の中に忍び込めることを願って、それをかけた。

州裁判所はファースト通りから少しはずれたプライリー・ドライヴと呼ばれる袋小路にある。そこは庭園を囲んでロータリーになっており、州裁判所の右手に市庁舎、左手に連邦裁判所の建物がある。アメリカ国旗が巨大な旗竿の上にはためき、噴水とチューリップ花壇のそばのベンチは、いつもは地下の事務所から出てきて昼食をとるにはころあいののどかな場所だった。

しかし、きょうは違う。

群集が丸石を敷いた歩道を埋めつくし、多数のテレビ局の中継車がびっしり駐まった通りにまであふれている。カメラ班はレポーターたちをさまざまな角度から写しながら、褐色砂岩の五階建ての裁判所と、その周りのひしめき合う野次馬、デモ隊員、ほかのレポーターをとらえていた。交通は完全にストップして、数ブロックにわたる渋滞が発生していた。警官数名が裁判所の階段の最上段にいて、群集が建物に入るのを阻止するのに苦労している。レポーターの一群が階段にかたまって立ち、ダン・エリクソンにマイクとカメラを突き出していて、エリクソンは彼らの質問に大声で答えていた。

騒音はすさまじかった。苛立ったドライバーたちが鳴らすクラクション。ラジオとテレビの鳴り響く音。何十人もの女性たちがポルノ反対のプラカードをかかげ、くり返し叫ぶ声。グレイム・ストーナーのいかがわしい成人向き娯楽への好みは、マスコミでは大きなニュースになっていたから、ポルノ反対グループは彼のレイチェルとのセックスとそれにつづく暴力を、シュプレヒコールに使うのは効果的だと見なしたのだった。

まったくすごい騒ぎだ。ストーナー裁判は、ここ何年ものあいだにダルースで起きた最大の裁判で、誰もそれを見逃したくないのだろう。

ストライドはさりげなく群集に紛れ込んだ。きちんと詫びながら、たえず押しのけ、人々を掻き分けて進んでいった。レポーターを見かけると、さっと目をそらして、野次馬のひとりにすぎないふりをした。彼を知っているマスコミも、ビジネススーツ姿の彼を見ることはめったにない。きょうの彼は駐車違反の罰金を払いにきた重役のように見えるはずだ。彼は群集を抜けて、無事に裁判所の階段までたどりついた。そして玄関ホールに入り、大理石の階段を一度に二段ずつのぼっていった。彼のまわりでは、引きも切らずに階段を昇り降りする人たちの流れがある。四階に着くと少し息切れしたが、そのまま法廷へ廊下を歩いていった。つかのま立ち止まり、詰めかけた人々を窓からさっと見下ろした。

アーチボルド・ゲールが到着したところだ。マスコミが彼のほうに突進して群がった。

警官ふたりが法廷のどっしりしたオーク材のドアを守っていた。このふたりはストライドを認め、彼をとおらせた。ほかの人たちは、裁判所の許可証か、誰もが欲しがる籤引きで当たった傍聴券を持っていた。一握りの報道関係者たちが入廷を許されたが、カメラは禁止だ。カッセル判事は、自分の法廷でこれまでにないほどの大騒ぎが起きるのを望まなかった。

法廷そのものは古めかしく堂々とした造りで、傍聴人のための長い座席と複雑な彫刻をほどこした黒っぽい木製の手すりがついていた。傍聴席はほぼ満席だった。エミリー・ストーナーは検事席のすぐ後ろの、最前列にすわっている。彼女は、被告人席には誰もいないのに、ストーナーがすでにそこにいるかのように、その席をじっと見ていた。その目は涙に濡れ、憎悪に満ちていた。

ストライドはその列の彼女のわきにそっと入り込んだ。エミリーは膝に目を伏せて、何もいわなかった。

ダン・エリクソンは彼のすぐ前にいて、検事補のジョディという魅力的なブロンドに小声で話していた。おそらくエリクソンは彼女と寝ているに違いない——彼はそれを表立って認めてはいなかったが。ストライドは身を乗り出して、エリクソンの肩を軽く叩いた。検事は話をやめて、さっと振り返り、ストライドに親指を上げて合図した。ストライドは、エリクソンの指が神経質に震え、テーブルの下で下半身が震えているのに気づいた。気合が入っているのだ。

「ダン、準備オーケーのようだな」ストライドはいった。

エリクソンは笑った。「いつでも丁々発止とやってやる」

彼は前を向き、ジョディとの話にもどった。ストライドは、エリクソンの右手が検事補の肩に軽く触れるのを見た。それからその手は少し下に移り、彼女の腿をぎゅっとつかんだ。やはり、彼女と寝ているのだ。

ストライドの耳にささやく声が聞こえた。「クソ豚！」

マギーがいつの間にか、すぐ後ろの列にすわっていた。マギーは冷たい目でエリクソンの背中を鋭く見ていた。前年にストライドにモーションをかけて振られたあとで、マギーはエリクソンと束の間の情事を持った。エリクソンが同時にほかにもふたりの女と寝ているのがわかり、その情事は不快な終わりを迎えた。マギーの凝視には許しのかけらもなかった。

「でも彼はハンサムだ」ストライドはいった。彼は自分がきわどいジョークをいっているのを承知していたが、そうせずにいられなかった。

マギーは眉をひそめた。「ボスも豚だわ」

「ブー」ストライドはいった。

「高校の先生とはどう？」

「昨日の午後、ふたりで湖に乗り出し、危うく死ぬところだった。それ以外は、いい具合だよ」

「彼女はいやがらずに、ボスといっしょに船に乗ったのね？」マギーは無表情だ。

「おかしいか。ガッポにいうなよ。彼は危うく、ボスと船を大波で失うところだった」

「ボスのことはどうでもいいでしょうけど。そんなことになったら、船の損害賠償を訴えて、ボスの家を奪うわよ」

法廷にざわめきが広がった。ふたりは傍聴人たちが首を伸ばしているのに気づき、振り向くと、アーチボルド・ゲールが映画スターのように颯爽と入ってくるのが見えた。ゲールは例によって完璧な仕立ての紺色の三つ揃いを着て、きちんと三角にたたんだハンカチを胸ポケットからのぞかせている。小さい金縁のめがねが照明にきらりと光った。

ストライドは、ゲールがこれほど大柄で立派な体格の男なのに、足取りが軽いので、いつも驚いた。ゲールは握手をするために立ち止まりながら法廷柵へ向かい、それから被告人席への自在ドアを堂々としたようすでとおり抜けていった。そして赤ワイン色の薄手のブリーフケースを被告弁護人席に置き、それから身をかがめてエリクソンの耳に何かを小声でいった。ストライドはゲールの唇の動きを見つめていて、この弁護士が何をいったのかわかった。

「警告はしたぞ、ダニエル」

ゲールを見ていると、廷吏が横のドアを開けるとストーナーが自分の弁護士と同じく非の打ちどころのない身なりで、看守に付き添われて法廷に入ってきた。ストーナーは、ストライドが最初から彼に見てきたのと変わらない平静な態度を維持していた。冷静で、自信ありげで、目には面白がっているような感じがかすかに表われている。彼は妻を——といっても間もなく元妻になるはずだが——見ても、瞬きもせず、ひるみもしなかった。彼女に微笑を見せ、腰をおろし、アーチボルド・ゲールと声をひそめて話しはじめた。

エミリーは、それとは対照的に、ストーナーから目を離せなかった。彼女は全身全霊をこめて憎む亡霊を見ているかのようだ。

九時に、廷吏が全員に起立を命じた。細身の美しい肢体を黒いガウンでおおった、四十歳のキャサリン・カッセル判事が法廷に入ってきた。彼女を二年前に判事に任命されたときは、雑誌《法律と政治》は、彼女に〝ミネソタで一番セクシーな判事〟と命名したものだ。一筋の乱れもなくセットしたブロンドに、品の良い顎のとがった顔の彼女は、その命名にふさわしかった。それでもほとんどの弁護士と検事が彼女を恐れていた。そのグレーの目は法廷では、すばやく氷のように冷たくなるのだ。

腰をおろすと、判事は鋭い目で傍聴人たちを見た。

「みなさんに申し上げておきますが」彼女はきっぱりと宣言した。「裁判中は、秩序の維持をお願いします。セカンドチャンスは与えられないと思ってください。反した行動を取った人には誰であれ、即刻、退廷を命じ、二度ともどることを許しません。それをはっきりとわかっていただきたいと思います」

法廷は水を打ったように静まりかえった。するとカッセル判事は微笑み、輝いた。「互いに理解できて、うれしく思います」

彼女は廷吏に合図した。

陪審団が導かれて入ってくると、不安そうに席につき、傍聴席を埋め尽くすたくさんの顔を心配そうに見た。カッセル判事は、陪審の気を楽にするために、先ほどよりも親しみやすい声で、彼らを迎える言葉を述べた。彼らはこれから数日間、友人や家族から隔離されて、ホリデイ・インに泊まることになっている。どの顔にも、裁判が早くはじまり、さっさと終わってほしいという気持ちが表われている。

判事は陪審が落ち着くのに一分の猶予をあたえ、いつものように、これからの経過を説明した。

それからダン・エリクソン検事に冒頭陳述をするように促した。

エリクソンはゆっくり時間をかけた。まず陪審員ひとりひとりと視線を合わせた。

彼はレイチェルが年度のはじめに学校で撮った肖像写真を大きく引き伸ばしたものを掲げた。黒い髪は長くて艶があり、顔に謎めいた微笑を浮かべた写真だ。彼はそれを見て、それから両手でそれをそっと持ち、陪審員に見せた。彼は陪審員全員の頭に彼女のイメージを浸透させた。

「これはレイチェル・ディーズです」彼は陪審員に告げた。「彼女は美しい。これからまだまだ生きられる、きれいな十七歳の少女でしたが、不運にして、この写真が撮られた一カ月後に、行方不明になりました。その後の数週間に見つかった証拠から、不幸な結末が引き出されたのです。この美しい少女は殺されました」

エリクソンは自分の足元を見つめ、悲しげに首を振った。

「みなさんの役目を楽にしてあげられたらいいと思います。あの金曜日の夜に、レイチェルと彼女を殺した男以外にあの場所にいた人間がいて、ここで証人台にすわり、どのようにことが起きたのかを話すことができたら、どんなにか良いでしょう。しかし、ご承知のように、ほとんどの殺人は公然とは行なわれません。殺人は不快で、秘かな行為なのです」

彼は向きを変え、グレイム・ストーナーをじっと見て、陪審にも自分の目を追わせた。それから話をつづけた。

「しかし殺人者が秘密を守りつづけている場合、どうやって彼らを有罪にすればよいのでしょうか？　本件の場合もそうですが、われわれは情況証拠と呼ばれるものをしばしば使います。これは、一言でいえば、事実の積み重ねにより、被告がその行動をとり、罪を犯したと結論せざるをえない情況を示すことです。例をあげて説明しましょう。ある男が自宅で刺し殺されたとします。その犯罪を見た人は一人もいません。その男を殺した人物を見た人も一人もいません。直接的な証拠はまったくないのです。それでも、殺人の凶器から誰かの指紋が検出されたとします。そして指紋の人物が被害者に悪意を抱いていたことがわかる。またこの人物が殺人の起きた夜にアリバイのないこともわかる。この人物の靴に被害者と一致する血痕が見つかる。これらはすべて、犯罪について真実を告げてくれる情況証拠なのです」

エリクソンはここで間をおき、陪審員の顔に浮かぶ表情を読み取り、彼らが理解したのを確認した。

「この裁判では、レイチェル・ディーズ殺害についての情況証拠を、みなさんは、これでもかというほどご覧になることになります。みなさんは、被告人席にいる男、グレイム・ストーナーがこの美しい娘を殺し、遺体を捨てたと、間違いなく確信するようになります。

この男は何者か？」エリクソンは骨ばった指をストーナーに突きつけて詰問した。「この裁判において、この男が世間にたいしてかぶってきた仮面を、われわれは剝ぎ取ってみせます。まったく別の人物を、みなさんにお見せします。自分のコンピュータに継娘の裸の写真を保存している人物。十代の少女とのセックスを夢想する人物。レイチェルとの関係に暗い秘密を持つ人物。彼はレイチェルと性的関係を持っていたのです」

彼は間をおき、陪審員にこの結論について考えさせた。陪審にストーナーを見つめさせ、その平然とした表情の下に何があるのだろうかと思わせた。ストーナーが週日に銀行で着ているように、ビジネススーツを着ているのはかまわなかった。エリクソンは陪審が、彼の服装は汚い心を隠すためと見なせばよいと思った。

「そしてレイチェルはどうか？」エリクソンは訊いた。「みなさんに正直に申し上げます。わたしはレイチェルの遺体がどこにあるのか知りません。それを知っている人間は一人だけで、彼は向こうの被告人席にすわっています。遺体を見せられないなら、なぜ殺人が行なわれたとわかるのだろうと思われるかもしれません。遺体がないのだから、レイチェルがまだ生きていると信じるのも可能だと、被告弁護人がいおうとするのを、みなさんは耳にするはずです」

エリクソンは首を振った。

「それは可能でしょうか？　まあ、遺体を見なければ信じないというのであれば、エルヴィス・プレスリーがまだ生きているというのも可能でしょうね。しかし、みなさんがここにいるのは、何が可能かを決めるためではありません。ありがちな疑念を持つのではなく、間違いのない、事実を確かめるためです。心に留めておいてください。われわれが集めた物的証拠をご覧いただければ、レイチェルが殺され、遺体は広大なミネソタ北部の森のどこかに隠されたという、たったひとつ納得いく結論にたどりつくことに、みなさんも気づかれるはずです。悲しいことに、彼女が発見されることはないかもしれません。それはひどく悲劇的な現実です。しかし殺人者が彼女の遺体を捨てた場所がわからないからといって、真実が変わるものではない。レイチェルは亡くなっています。みなさんはそれを確信するでしょう。

みなさんのために、彼女の足跡をもう一度たどっていきます。この少女が金曜日の夜に、家に向けて車を走らせているビデオをお見せします。彼女は無事です。彼女は微笑んでいます。その翌晩に少年とデートをする約束をしたばかりなのです。それでもこの同じ少女は、二度とその姿を見られることはありませんでした。その代わりに、彼女が着ていたシャツの切れ端が——ほんの数日前に買ったばかりのシャツの切れ端が——彼女の血痕が付着した状態で、町の北数キロの森の中から発見されたのです。彼女が大切にしていたブレスレットが地面に落ちているのが見つかったのです。それは、われわれがレイチェルについて知っている最後のものです」

エリクソンはグレイム・ストーナーをじろりとねめつけて、それから急に陪審のほうに向きなおった。「そしてこのふたつの場面を結びつけるものは何か？　生きていてにこやかに車に乗っている娘と、数キロ離れた場所で見つけられた血痕のついた衣服の切れ端を？　さて、その夜、レイチェルは自宅へ向かっていましたが、家にいるのはグレイム・ストーナーだけでした。彼女の母親は町の外に出かけていたのです。そして家の私道にはグレイム・ストーナーのヴァンがあり、それにはしっかり鍵がかかっていました。そのヴァンの中から、ふたつの場面を繋げる証拠が発見されました。まずレイチェルの血です。そのナイフの刃にレイチェルの血まみれの指紋。彼女の着ていたタートルネックのシャツの繊維も。そして同じナイフにグレイム・ストーナーの指紋もありました。

それが、この裁判でみなさんにお見せするつもりのものです。事実。証拠。血痕と繊維は嘘をつきません。わたしの役目は、そうした事実をみなさんの前に並べて、われわれが見つけたものをお見せすることです。

さて、被告人側は、別の目的を持っています」エリクソンは陪審員にいった。「彼らは、みなさんに事実を見過ごしてもらうか、あるいはとてもありそうもない屁理屈を信じさせようとします。そこにいるゲール弁護人はすぐれたショーマンです、ラスヴェガスのマジシャンのようなたぐいの。マジシャンたちは才能があります。彼らは観衆を眩惑し、みなさんの目の前で美しい娘が空中に浮揚しているように見せることができる。実際、腕のいいマジシャンはひじょうに説得力があるので、みなさんはその娘がほんとうに空中に浮揚しているのだと信じたくなるかもしれません。しかし、みなさんも、わたしも、それがペテンにすぎないのは、わかっていますね。錯覚です」

彼は真面目な顔になり、陪審員ひとりひとりにじっと目を向けた。

「かつがれてはいけません。だまされて、常識を捨ててはいけません。ゲール弁護人は、みなさんをだまそうとしますが、わたしはみなさんにこの事件の物的証拠に目を向けていただきたいのです。そうすれば、この証拠が行き着く説明はただひとつだけ――レイチェルが消えたあのおそろしい夜に、グレイム・ストーナーの継娘との異常な関係は、ついに境界線を越えて暴力と殺人にいたったということがみなさんにはおわかりになるでしょう。ふたりのあいだで何が起きたか、それがなぜ起きたかは、正確にはわからないかもしれません。しかし邪悪きわまりない近親相姦関係は、いつでも文字どおり爆発しうるのです。その夜、そこにいて、いかにして暴力がふるわれたかを見た人はいないかもしれません。しかしそれは起きたのです。それは証拠が見せてくれます。それは起きたのです」

アーチボルド・ゲールは立ち上がった。彼はめがねをはずし、それを注意深く被告弁護人席のテーブルに置いた。彼はグレイム・ストーナーを見て、微笑し、それから注意を陪審員に向けると、何か探しているかのようにポケットを軽く叩きながら、陪審に近寄っていった。

「ええと、ポケットからウサギを引っ張り出してみなさんを驚かせたいと思ったのですが、わたしはマジックの種をすべてラスヴェガスのカジノに置いてきてしまったようです」

法廷の傍聴人たちはくすくす笑い、陪審員も数人が笑った。ゲールの目がいたずらっぽく輝いた。

ゲールは灰色のヤギ鬚をしごき、それからゆっくりと法廷内部を見まわした。ゲールははらはらした雰囲気を盛り上げる才能を持っている。事実が何であろうと、問題ではなかった。問題になるのは、陪審員を最も納得させる話を誰がするかということだ。堂々とした大柄な体軀と芝居の才能を持つゲールは、生まれながらに演説の名人だった。

「わたしは過去数十年間に、何度もこの法廷に立っていたことがあります」彼は穏やかにいいはじめた。「ひじょうに報道価値のある裁判がここで行なわれたこともあります。しかしきょうまでに、これほど多くの傍聴人がこれほど熱心につめかけるのを、見たおぼえがありません。どうしてだと思いますか？」

彼は陪審員に一瞬だけ考えさせた。

「なぜなら、ここにあるのはミステリーだからです。誰もが最後の章がどのように終わるかを知りたいのです。ひとりの少女が消えた。彼女の身に何が起きたか？　誰かが彼女に暴力をふるったのか、それとも毎年、無数の不幸なティーンエイジャーがするように、彼女は家出したのか？　何かが彼女の身に確かに起きたとすれば、それは何だったのか？　そしてなぜか？　それは検事がほのめかしたように、ほんとうに継父のせいなのか？　あるいはレイチェルの人生に関わるほかの誰かが彼女に腹を立て、嫉妬する理由のある人物が、感情を爆発させて暴力にいたったのか？　それともこの町でまだ捕まらずにいる残酷な連続殺人犯が、またひとりの犠牲者の命を奪ったのか？」

ゲールは考え深げにうなずいた。

「この裁判が終われば、レイチェルの身に何が起きたかを、みなさんが知ることになりますよ、と約束したいのはやまやまですが。そうはならないのです。なぜなら、われわれは知らないからです。グレイム・ストーナーも知りません。エリクソン検事も知らないのです。結局、最後に残るのは質問と疑惑だけです。それでも、仕方ないのです。みなさんは自分で真実を見つけたいかもしれない、しかし法廷でのみなさんの役割は、ミステリーの終わりを選ぶことではないのです」

彼は頭をそらせた。「ええ、みなさんが何を考えているかはわかりますよ。ほら、あいつはまたやっている。ペテン師だ。検事がみなさんに警戒しろといいましたよね？　わたしが彼のささやかな事実を捻じ曲げて、みなさんにありそうもない飛躍をさせようとしている、と？　いいえ、そんなことはありません。わたしの言葉を信じてくれ、と皆さんに申し上げることはありません。違いはですね、エリクソン検事はみなさんにいくつかの事実を見せるでしょうが、わたしはみなさんに確実にすべての事実を見ていただきたいと思っている点にあります。みなさんにすべてを見ていただければ、グレイム・ストーナーが殺人罪では無実であることがわかり、みなさんは警察に、振り出しにもどって、この見知らぬ不幸な少女に、ほんとうは何が起きたのか見つける必要がある、というメッセージを送ることになるでしょう」

ゲールは身を乗り出し、陪審席の手すりをつかんだ。「エリクソン検事は、みなさんに、証拠に注目するようにいっています。それには同意します。わたしも、みなさんに、証拠を綿密に見ていただきたい。そうすると、みなさんは検察側が触れない話があるのに気づくはずです。

検察側は、レイチェルが消えた夜に、グレイム・ストーナーが彼女といっしょにヴァンにいたかどうかには触れません。なぜなら彼がそこにいたという証拠を、検察側はつかんでいないからです。

レイチェルが消えた夜に、ストーナー氏のヴァンが納屋に行ったかどうかには触れません。なぜならその証拠をつかんでいないからです。

レイチェルが死亡しているのは、わかっているとはいえないのです。なぜならそれは、わかっていないからです。

グレイム・ストーナーが継娘とセックスをしていたことは、証明されているとは、いわないのです。なぜなら証明できないからです。

その代わりに、検察側はみなさんが一足飛びに結論にいたることを望んでいます。検察は細々とした、それぞれが無関係な証拠を示し、みなさんが、それを縫い合わせて、自分たちが立証できないことを信じさせようとしています。そんなものは証拠ではありません。情況証拠にしても、ほかの証拠にしても。それは作り話です。それは当てずっぽうです」

ストライドは身体の中がぐにゃぐにゃになるのを感じた。バシッ、バシッ、バシッ。ゲールはこの事件の弱点にパンチを食らわせている。もちろん、彼のいうとおりだ。彼らはほんとうに、何ひとつ、証明できていないのだ。彼らにできるのは、パズルのかけらを並べて、陪審員がそれをまとめるぐらい頭がよいようにと願うことだけだ。

「そればかりではない」ゲールはつづけた。「検察側はこのミステリーをきちんとまとめたいという熱意のあまり、ほかの可能な解決を無視しています。エリクソン検事は、エンジンを組み立てなおしたあとで、多数の部品が残っているのを見つけても、それらはたいして重要じゃないだろうと結論づけるようなタイプのようですな」

彼は陪審にウィンクをし、それからエリクソンににやりと笑った。

「その余分な部品のいくつかを見てみましょう」ゲールはいった。「ケリー・マグラスというもうひとりの十代の少女のことを。彼女はレイチェルの家から三キロほどのところに住み、彼女と同じ学校へ通っていましたが、レイチェルが消えた前の年に行方不明になりました。彼女もまだまったく見つかっていません。彼女の失踪した情況は、レイチェルの場合と驚くほど似ています。警察は、グレイム・ストーナーがケリー・マグラスの失踪と無関係なのを知っています。それでも警察は、連続殺人犯がこの町の若い娘をつけまわしているというおぞましい可能性を無視しています。

余分な部品。失踪した夜に、レイチェルは奇妙な行動をとっていました。なぜか？　彼女は何かを知っていたのか？　誰かに会っていたのか？　家出を計画していたのか？

余分な部品。レイチェルが消えた夜、ほかに誰が彼女といっしょにいたのか？　彼女が永久に消えてしまえば幸せになる理由が、ほかの誰にあったか？

余分な部品。レイチェルの不幸の本当の源泉は何だったのか？　それは彼女と義父の関係だったのか？　いいえ。それは母親との、悲惨で、苦しい、暴力的な関係だった。この言葉を忘れないでください。暴力的という言葉を」

ストライドがエミリーにさっと目を向けると、彼女の目から涙がこぼれているのが見えた。彼女は膝に目を伏せて、声を出さずに泣いていた。

ゲールはつづけた。「質問と疑惑。みなさんは、裁判の終わりに、これらをたくさん抱くことになるでしょう。しかしみなさんがとるべき正しい行動に関しては、心の中に何の質問も疑惑もないことでしょう。みなさんがとるべき正しい行動は、わたしの依頼人が理不尽にも責められている犯罪について、彼は無罪だと結論することです」

ゲールは数秒ほど、陪審を見つめつづけた。それから被告弁護人席にもどり、腰をおろした。

ストライドは陪審の顔をつぶさに見た。そして一回戦は引き分けだと思った。

打者が立った。

22

ストライドはいつもの証人台の席についた。これまでに何百回もその席についてきたので、その椅子が、自分の身体にぴったり合わせてくぼんだかのように、馴染んだ感じがする。彼は陪審員たちと視線を合わせた。

ダルースの陪審員たちは警察を信じている。それが彼らの目に読み取れた。これは都会の陪審団ではない。都会では、市民は、警察を敵だと感じることもあるのだが。陪審員たちが、ストライドのいかつい顔立ち、黒い髪にまざるいく筋かの白髪、がっしりした体軀をつぶさに見て、彼を信用できると結論を出したのが、彼にはわかった。

エリクソン検事はストライドを陪審にざっくばらんに紹介し、ついで彼に時間をあたえて、警察での経歴、経験年数、犯罪と犯罪現場でのベテランぶりについて話させた。陪審が彼のことをわかってから、エリクソンはレイチェルについて話しはじめた。ストライドはこの娘の失踪を最初に知らされたときの情況を説明し、それからレイチェルの最後の夜を再構築できるよう、順々に陪審にわからせていった。

彼が夜の十時少し過ぎにレイチェルの車が走っているのを示す銀行の監視カメラのビデオテープのことを話し、エリクソンがそのビデオを陪審に見せた。それから運転している少女の顔の不鮮明な引き伸ばし写真を見せた。画像がぼやけていても、それがレイチェルであることは、誰もが見分けられた。彼女は微笑していた。うれしそうに見えた。

それはレイチェル・ディーズを写した最後の画像であることを、エリクソンは重ねて告げ、陪審に念を押した。

「警部補、この写真で、レイチェルは何を着ていますか？」

「白いタートルネックのシャツです」ストライドはいった。

エリクソンは検事席にもどり、証拠をひとつ、取り出した——ポリ袋入りの、きちんと明細のついたレシートだ。「これが何だかわかりますか？」

ストライドはうなずいた。「レイチェルの寝室の床にあるＧａｐの袋に入っていたレシートです。最初の捜索で見つけました」

「それは何のレシートですか？」

「レイチェルが失踪する前の日曜日に販売された衣類のレシートです。Ｇａｐブランドの白いタートルネックのシャツの」

「レイチェルの寝室を捜索して、白いタートルネックのシャツを見つけましたか？」

「いいえ、見つかりませんでした」

エリクソンは考えながらうなずいた。「警部補、警察がレイチェルの捜索をどのように行なったか、説明してください」

「われわれは即座に州全体、地元全体の徹底的捜索を展開しました。ストーナー家から十二ブロックの範囲の住民全員に聞き込みを行ないました。ダルースとスペリオルにある長距離バス停留場、空港、鉄道駅、全タクシー会社を調べました。州全域にわたり、幹線道路沿いのすべてのガソリンスタンドとコンビニを調べ、レイチェルの写真を配り、店員に聞き込みを行ないました。警察のウェブサイトに掲示を出し、全国の警察にファックスで情報を送りました。こうした努力の結果、無数の情報が得られ、それを本署の警官と他州の警官が一つ一つ確認しました。われわれは目撃者に見せるレイチェルのはっきりした写真を持っていました。文字どおり、何千人にも会って話を聞きました。それにもかかわらず、ATMのビデオテープのあと、レイチェルを見たという裏づけのある情報は、ひとつも受けていない。たったのひとつも。まったくないのです」

「このことから、どんな結論を出したのですか？」エリクソンは訊いた。

「われわれはレイチェルが家出をした可能性は少ないと考えはじめました。あの金曜日の夜以降、誰も生きている彼女を見ていないからです。それに、レイチェルが家出をするのに車を置いていくだろうかと、われわれは初めから疑っていました。車を持っているティーンエイジャーが移動の唯一の手段を置いていくのは、きわめて異例なことに思えました。そして先ほども述べたように、公共の交通手段として可能なものをことごとく調べたのに、彼女がそのいずれかを使った証拠は、ひとつもありませんでした」

「見知らぬ人物に誘拐された可能性については考えましたか？」

ストライドはうなずいた。「当市の半径百五十キロ以内にいる性犯罪の前歴を持つ人間には全員に面接しました。金曜日の夜の確固たるアリバイのない者数名については捜査を行ないました。彼らがダルース近辺のどこかにいたという証拠はひとつも見つかりませんでした。レイチェルの家の周辺地域で、彼らの写真を見せても、彼らの車について訊いても、目撃証言は一つも得られませんでした」

「あなたの経験から考えて、見知らぬ人物に誘拐された犯罪と矛盾する要素がほかにもありますか？」エリクソンが訊いた。

「はい。実際には、見知らぬ人物による誘拐事件はすべてが、田舎か孤立した地域で起きています。たとえば、田舎の道でとか。自宅近くの街中の通りで娘が連れ去られるのは、きわめて異例のことです。性犯罪目的の誘拐者の大半は、人通りの多い場所で待ち伏せたり、被害者の悲鳴や抵抗が近隣の人たちの注意を引くような場所で誘拐を試みて、顔を見られるような危険をおかしたくない、と考えるものです。その代わり、彼らは機会を見つけて犯罪を行ないます。寂しい道路。不運な被害者。あの夜、レイチェルが家に到着したのはわかっていますから——彼女の車は家の外に駐まっていました——彼女が交通量の多い地域にいたのは、わかります」

エリクソンは検事席にもどり、ゆっくりと水を飲んだ。彼は陪審を急かせたくなかった。ストライドは複雑なシナリオを述べている。陪審が証拠と結論を繋ぐ鎖をたどっていくことが重要だった。

「そうしてとうとう警察はレイチェルの身に起きたことを示す証拠を見つけたのですか？」彼は訊いた。

「見つけました」

ストライドはヘザー・ハブルからの通報と、彼女の提出したブレスレットがレイチェルのものであることがわかったこと、それが見つかった納屋の周辺を捜索したいきさつを説明した。

「その捜索の結果、レイチェルがその場所にいたことを示すほかの証拠を見つけましたか？」

「はい。黒ずんだしみのついた白い布の切れ端を見つけました。そのしみは、血痕でした」

ふたたび、エリクソンは証拠を取り出し、それを見せた。「なぜこれの発見が重要でしたか？」彼は訊いた。

「レイチェルは失踪した夜に、その前の週末に買った白いタートルネックのシャツを着用していたものと思われます。発見されたその切れ端はタートルネックのシャツの一般的な特徴と一致しました。われわれはそれをミネアポリスの犯罪科学分析局《BCA》にまわして分析してもらいました」

エリクソンはそのタートルネックについて、それ以上は質問をしなかった。ストライドのすぐあとで、ドクター・イー――ミネソタの刑事裁判所では〝不動博士〟として知られる――が証人台に立ち、科学捜査の小片を繋ぎ合わせることになっているからだ。ドクター・イーはその切れ端を同じメーカーの別のタートルネックと比較し、それがレイチェルの着ていたタートルネックのシャツのブランドとスタイルと一致するとの結論を出していた。そして血痕のDNAはレイチェルのものと一致するはずだった。

「その時点で、警部補、警察の捜索の方向性は変わりましたか？」ダンは訊いた。

「はい。われわれはレイチェルは死亡しているとの結論を出し、遺体の捜索をはじめました」

「しかし遺体は見つからなかったのですね」

ストライドはうなずいた。「はい。納屋の周囲の森を何キロにもわたって捜索しました。警察とボランティアが地域を正確に升目に区切り、区域ごとに綿密に捜索しました。あいにく、ここには遺体を隠せる場所があまりにもたくさんあります」

「それでも、あなたは、レイチェルが死亡していると、絶対的に確信しているのですか？」エリクソンは訊いた。

「異議あり」ゲールが叫んだ。「証人はこの娘が死亡しているか、生きているかについて、直接的知識を持っておりません」

エリクソンは首を振った。「わたしは、警部補の殺人捜査における広範囲にわたる経験にもとずく結論を訊いているのです。彼は専門家ですから」

カッセル判事は唇をすぼめた。「認めます。証人は答えなさい」

「はい、わたしはレイチェルが死亡していると思います」ストライドはいった。「それは証拠にたいする唯一の適切な説明です」

「少しもどることにします、警部補。血痕のついた布の切れ端にくわえて、犯罪現場に何かほかの証拠を見つけましたか？」

ゲールはまた立ち上がった。「裁判長、検察側は、犯罪の確固たる証拠もなしに、その場所を犯罪現場として述べています」

カッセル判事はうなずいた。「弁護人のいうとおりです、エリクソン検事」

エリクソンは平静だった。「布の切れ端を見つけた場所の近くでは、何かほかにも見つかりましたか？」

「見つかりました」ストライドはいった。「納屋の裏の泥道に、そこはいつもは車が駐まる場所ですが、多くの足跡が重なってついていました。そこでは何も役に立つものを見つけられませんでした。しかし布の切れ端が見つけられた場所から一メートルも離れていない場所で、三十センチの運動靴の部分的な足跡をいくつか見つけました。それに別の運動靴、二十六センチのものの足跡も見つけました」

エリクソンは足跡の写真を提出し、それにつづいて足跡を復元したものを提出した。

「三十センチの足跡をつけた靴のメーカーは確認できましたか？」

「はい、その型には特徴がありました。踵の真ん中に大きな赤い楕円形がついています。これはアディダスのもので、九五四三〇〇型です。ダルースでは三カ所で売られています」

エリクソンは検事席のテーブルから紙を取り出し、こんどもそれを証拠として提出した。そしてストライドのほうに向いた。「この紙が何であるか、話してくれますか、警部補？」

「これはグレイム・ストーナーによって書かれた小切手の写しで、日付はレイチェル失踪の四カ月前です。八十五ドルの買物の代金としてスポーツ・フィートという店に宛てて振り出されたものです」

「この店は、ダルースでは何カ所にありますか？」

「一カ所です、ミラー・ヒル・ショッピングセンターに」

「この店では、あの足跡に一致するタイプのアディダスの靴を売っていますか？」

「売っています。この小切手が書かれたとき、その店の小売価格は八十五ドルでした」

エリクソンは厳しい顔でうなずいた。「それで、警部補、ストーナー氏の住居を捜索したとき、アディダスの靴がありましたか？」

「いいえ、ありませんでした」

「運動靴は一足もありませんでしたか？」

「最近、購入されたナイキの運動靴を見つけました。それはまだほとんど使われていませんでした」

エリクソンは、グレイム・ストーナーによって書かれたべつの小切手のコピーを取り出した。

「このもう一枚の小切手について話してください」

「この小切手もスポーツ・フィート宛てに振り出されたもので、額面は七十五ドルです。

この小切手の日付は、レイチェル失踪後の週末です。七十五ドルとは、われわれがストーナー氏の寝室で見つけた型のナイキの小売価格です」

「彼は最初の一足を買ってから、たったの四カ月後に、もう一足を買ったのですね？」

「そのとおりです」ストライドはいった。

「そしてあなたが見つけたナイキのサイズはいくつでしたか？」ダンは訊いた。

「三十センチ。納屋の近くの足跡と同じです」

「足について、もうひとつ質問があります、警部補。レイチェルのはいていた靴のサイズを確認しましたか？」

「二十六センチです。それは納屋の近くで見つかったもうひとつの足跡のサイズと一致します」

エリクソンは間をおいて、陪審をじっと見つめ、彼らと目を合わせ、彼らがストライドが説明したあらゆることの重要性を理解しているのを確認した。ストライドは自分の証言があたえた衝撃を彼らの目に読み取った。彼らも、ストライドと同じように、偶然の一致を好まなかった。

「捜査といえば、警部補、あなたはストーナー家の捜索令状を手に入れましたか？」

「入れました」ストライドはいった。

「捜索中に見つけたものについて、話してください」

「最初の重要な証拠は、ストーナー氏の書斎にあるパソコンのハードディスクで見つかりました。それはレイチェルの写真でした」

エリクソンは引き伸ばした写真のプリントアウトを取り出した。彼はそれを証拠として提出し、それから陪審に見せずに、ストライドにその写真を見せた。

「これがその写真ですか？」

ストライドはうなずいた。「そうです」

エリクソンは陪審席に近寄っていった。ゆっくりと、その写真を、陪審員全員が見られるように裏返して見せた。数人は息をのんだ。陪審員のうち男性四人が思わず身を乗り出すのを、ストライドは見ることができた。写真の娘の画像に性的に反応をしないのは、不可能だった。

「捜索中に、その後も、何かセックスの要素を持つ証拠が見つかりましたか？」

「見つかりました。やはり彼の書斎のファイル・キャビネットの裏の引き出しに、ポルノ雑誌数冊を見つけました。《キャンディ・ガールズ》《ジェイル・ベイト》《ロリーポップ・プッシー》といった名前の雑誌が含まれていました」

まだ陪審員の顔をつぶさに見ながら、ストライドには目を向けずに、エリクソンは訊いた。「それらはどういう種類の雑誌ですか？」

「十代の少女に見えるようにごまかしたモデルの露骨な写真を載せています」

エリクソンはレイチェルの写真を持って、検事席にもどってきた。彼とストライドは前もって、彼が証言するあいだずっと、陪審員のために写真を掛け台に置いたままにしておくかどうかについて話し合った。しかしふたりとも、その写真は陪審員の男性にとって、そして女性にとってさえも、気を散らすもとだと結論を出した。

エリクソンはストーナーの家で見つかった雑誌を持ち出し、それを一冊ずつ陪審員に手渡した。彼らはそれをぱらぱらとめくり、不快そうに顔をゆがめた。エリクソンは数分間、このきわめて露骨な写真を見させておいた。が、雑誌の変態的特色がいくらかわかる程度で、感度が麻痺するほど長くではない。彼は雑誌を回収し、それから証拠品の束から別の紙を取り出した。

彼はそれをストライドに手渡した。「これが何だか教えてくれますか？」

「ストーナー家からかけられた電話のリストです」

「それは何を示していますか？」

「テレホンセックス・サービスに定期的にかけているのを示しています。一年以上にわたり、月に平均二、三回はかけています。この電話はすべて十代の性を強調するサービスにかけられています。基本的に、電話をかけた人間に若い娘とセックスをしている幻想を抱かせるようなサービスです」

「ありがとうございます、警部補。ストーナー家の捜索に話をもどすことにします、いいですね？　捜索にはストーナー氏所有のミニヴァンも含まれましたか？」

「はい。ミニヴァンは家屋のわきの別棟のガレージに駐めてありました。そのヴァンは、われわれがストーナー家を訪ねたときは、いつも同じ場所に駐めてありました」

「そのヴァンを捜索したとき、それには鍵がかかっていましたか？」

「はい。ストーナー氏がわれわれに鍵を渡してくれました」

「ヴァンを捜索して、何を見つけましたか？」

「われわれはヴァンの後部のカーペットを注意深く分析しました。血痕のようないくつかの小さなしみを見つけました。レイチェルのタートルネックのシャツの生地と一致する白い繊維も見つけました。この物質はすべてBCAに送られました」

ドクター・イーが、間もなく、事実がどのように結びつくかを陪審員に示すはずだ。レイチェルが失踪した夜に着ていたタートルネックのシャツのメーカーと一致し、納屋で見つかった生地とも一致する繊維。ヴァンの血痕とナイフの血痕は、やはり、レイチェルの血液と一致した。

「グレイム・ストーナーの鍵のかかったヴァンの後部で血痕と繊維の証拠を見つけたのですね？」

「そのとおりです」エリクソンはくり返した。

「ヴァンの中で、ほかに何かを見つけましたか？」ストライドはいった。

ストライドはうなずいた。「道具箱の中に、刃渡り十五センチの狩猟ナイフを見つけました」

エリクソンは検事席にもどり、ストライドのほうを向くと、脅すような態度でナイフを振りまわした。「これはあなたが見つけたナイフですか？」

「はい」

エリクソンはそのナイフを持って陪審席のほうへ近寄り、両手でねじったり回したりして、天井の照明で刃が光るようにした。「そしてナイフそのものから、何か証拠になるものが見つかりましたか？」

「血痕が見つかりました。レイチェルの親指と中指に一致するふたつの指紋も見つけました」

「その指紋はナイフの柄についていましたか？」

「いいえ、刃についていました」

エリクソンは当惑したふりをして振り向いた。「刃に？」

「はい。レイチェルの指紋はナイフの刃に、上向きについていて、防御の姿勢を示していました」

「異議あり」ゲールがぴしゃりといった。

「異議を認めます」カッセル判事はこれを認めた。

「それでは、指紋と血痕がナイフにどのようについたか見せてくれますか、警部補？」エリクソンが訊いた。そして証人台に近寄り、ナイフをストライドに渡した。注意深く、ストライドはナイフをまわし、刃が自分の手のひらにあたるようにした。それから指を曲げてナイフをつかんだ。

「こんなふうに」ストライドはいった。

彼はナイフをエリクソンに返した。

「なるほど。それではあなたをこんなふうに襲ったとします」

即座にエリクソンは証人台にかがみこみ、ストライドの顔にナイフを振りかざした。すぐにストライドは反応し、手でナイフを押さえようとした。手のひらと指は、陪審員に示したのと同じ位置にあった。

ゲールは怒って立ち上がった。「これは練習した技法です、裁判長。レイチェルは地面に落ちたナイフをひろっただけかもしれません。エリクソン検事の小芝居は陪審員を惑わせるものであり、不適切です」

カッセル判事はうなずき、エリクソンを厳しい目で見た。

「異議を認めます。陪審は、検事と証人によるこのショーを無視するように。そして、エリクソン検事、この法廷では、このような馬鹿げたことは二度としないでください、わかりましたね？」

「もちろんです」エリクソンはいった。

しかしエリクソンのメッセージは陪審員に伝わった。

「わかりました、警部補、では、あとひとつだけ。ナイフにほかの指紋を見つけましたか？」

「はい、ナイフの柄に被告のものと一致する指紋を見つけました」

「そしてほかには指紋はなかったのですね？」

「ありませんでした」ストライドはいった。

「ありがとうございます、警部補。以上で終わります」

23

「どうも、警部補」ゲールは開始した。

彼はテーブルにしっかり手をつき、弁護人席の後ろに立った。この弁護士は悲しげな目でストライドを見た。

「奥さんが亡くなられたあと、あなたにお会いするのは初めてだと思います。まことにお気の毒なことでした」

ストライドは何もいわなかった。ゲールは恥知らずな男だ。同情の言葉に隠されているのは、陪審員へのメッセージだ。たぶん警部補の判断は悲しみで曇っている、たぶん警部補は何かを見落とした、と伝えたいのだ。

「この地域で行方不明になった十代の少女は、レイチェルが初めてではありませんね？」

ゲールは訊いた。

「はい」ストライドはいった。

被告弁護人はめがねをはずし、そのフレームを何気なく口にくわえた。そして目を細くしてストライドを見た。

「もうひとりのティーンエイジャー、ケリー・マグラスという少女は、レイチェルより一年と少し前に行方不明になった、そのとおりですね？」

「そのとおりです」ストライドはいった。

「彼女はレイチェルと同じ齢でした」ゲールはいった。

「はい」

「同じ学校へ通っていましたね？」

「はい」

「彼女はレイチェルの家から三キロほどのところに住んでいましたね？」

「はい」

ゲールは首を振った。「それは注目すべきではありませんか、警部補？　それを偶然の一致と呼ぶのですか？」彼はひどく驚いた顔で陪審をちらりと見た。この男を信じられますか？　彼は盲目ですか？　とでもいうかのように。

「この二つの事件に関連性があるという証拠は見つかりませんでした」ストライドはいった。

「あなたは、それでも二つの事件が似ていると思ったからこそ、ストーナー氏がケリーの失踪に関与していることを示すかもしれない証拠を見つけようとした。それは真実ではありませんか？」

ストライドは肩をすくめた。「われわれはケリーとレイチェルのふたりについて見つけたすべての物的証拠を徹底的に調べました。これは標準的な手順です」

「そして、事実は、わたしの依頼人がケリーの失踪に関与していることを示すかもしれない証拠は、まったくひとつも見つからなかったということです」

「そのとおりです」ストライドは認めた。

ゲールはうなずいた。「血痕も？」

「はい」

「繊維も？」

「はい」

「実際、ケリー・マグラスの失踪はいまだに解決されていませんね？」ゲールは訊いた。

「はい」

ゲールは両腕を大きく広げ、めがねを左手の指にはさんでぶらさげていた。「それでいま、ひじょうに似た情況で、十代の少女ふたりが行方不明のままでいる。いかにもありそうなことではないですか、警部補、変質者、正体不明の人物、ミネソタ北部に住む多数の犯罪歴のある性的犯罪者のひとりが、ケリー・マグラスとレイチェル・ディーズのふたりを誘拐したというのは？　このふたりの少女は、連続殺人犯の犠牲者だったということは？　それは同じように説得力のある理論ではありませんか？」

ストライドは首を振った。「いいえ。それは証拠が告げていることではありません」

「ああ、証拠ね」ゲールはいい、陪審に笑みを見せた。「なるほど、それについては、すぐに触れます。しかし、これを別の角度から見ようではありませんか、警部補。あなたはケリー・マグラスが死亡しているのを、確かに知っているわけではありませんね？」

「はい」

「それでも、あなたはレイチェルの死亡を確信している」

ストライドはうなずいた。「この件については、さらなる証拠を見つけました」

「一滴か二滴の血。布の切れ端」

「それはレイチェルの血でした。レイチェルのシャツでした」

ゲールは考え深げに、ヤギ鬚をこすった。「誰かが出血で死亡したと示すほどの多量の血が見つかったのですか？」

「いいえ」

「なんらかの犯罪が起きたのを証明するほど多量の血はなかったのですね？」

ストライドは冷静にゲールを見た。「レイチェルが髭を剃って切ったとは思えませんが」

「しかし、確実に知っているわけではないですよね？　彼女は道具箱に手を入れて、ナイフで怪我をして、カーペットと服に血をつけた可能性もある。それは可能ではありませんか？」

「前後の事情を考慮に入れず、その証拠だけを取り上げれば、そうともいえます。しかし、われわれは納屋でも証拠となる血痕と繊維を見つけたのです」

「それでもまだ、誰かが死亡したという裏付け証拠としては十分ではない、そうではありませんか？」

「とんでもない。それこそこの証拠が正確に示す結論だと思います」

ゲールは太い灰色の眉をあげた。「それはあなたのいい分だ。いいですか、警部補、毎年、何人のティーンエイジャーが家出をするか知っていますか？」

「何千人も」

「何万人もいるんですよ、実際は」ゲールはいった。「レイチェルは家庭で幸せではありませんでしたね？」

「はい」

「実際、レイチェルは、大半の家出人の典型的なタイプにあてはまる、そうではありませんか？」ゲールは訊いた。

「それには〝いいえ〟といわなければなりません。家出人は、われわれが見つけたような証拠を残さないものです。彼女の血痕。あの夜に彼女が着ていたシャツの繊維」

「しかし、もし彼女が自分を捜されたくなかったら、どうです？」ゲールは訊いた。

ストライドは息を止め、一瞬、冷静さを失った。「何ですって？」

「まあ、あなたがいわれたように、もし彼女が自分の車で出ていったら、彼女が家出したことは、みんなに知られたはずだ、そうですね？ あなたがたは国中を捜すはずです。しかし、レイチェルが姿を消したくて、自分が憎む家族やおせっかいな警察に追跡されたくなかったとしたらどうです。彼女が指をちょいとナイフで突いて、暗い結末を迎えた物的証拠を示唆するものを残したという可能性は、ありませんか？」

ストライドは首を振った。「つじつまが合いません。もし彼女が自分は死んだと思わせたかったのなら、もっとはっきりと証拠を残したはずです。それに、実際、われわれは全国的に彼女を捜しました。徹底的な捜索を行なったのです。レイチェルだって、われわれが偶然、ヴァンの中で証拠を見つけるなんて、わからなかったでしょうね——知りうることなんてなかったでしょう。ましてや、納屋の証拠を見つけてもらえるかどうかも」

「話に出たので」ゲールは背筋を伸ばし、ストライドを、ついで陪審をまじまじと見た。「納屋について話そうではありませんか、警部補。そこは、高校生たちが、家でするなんてとんでもないと親が思うことをするために行く場所、そうですね？」

「まあそんなところです」

「一週間に何人のティーンエイジャーがそこへ行くか、見当がつきますか？」ゲールが訊いた。

「いいえ」

「結構。それでは、去年、その納屋の件で、警察が何度呼ばれたか、知っていますか？」

ストライドは首を振った。「知りません」

「三十七回だといったら驚くでしょうか？」

「いいえ、驚きません」

「では、この五年間で、納屋にからむレイプ事件が八件も起訴されたといったら、驚くでしょうか？」ゲールは訊いた。彼の柔らかい声が厳しくなった。彼の目は尖った氷のかけらのように鋭い青い点になった。

「それはありえます」

「ありえるどころではないのです。これは真実ですよ、警部補。そこは危険な場所、そうではありませんか？」

「そうかもしれません」ストライドは認めた。

「ティーンエイジャーがティーンエイジャーをレイプしているのはわかっている、それなのに、警察はそれについて何もしていないようですな」

「その納屋には、定期的に抜き打ち捜査が行なわれています」ストライドはいった。「それでも子供たちはくり返しもどってくるのです」

「そのとおりです、警部補。子供たち。そこは子供たちが悪いことをする場所です。その納屋でレイチェルの証拠が見つかったということは、ほかのティーンエイジャーが関係していたかもしれないのを示唆していませんか？」

「われわれはその可能性を捜査して、それを切り捨てました」ストライドはいった。

「実際、それはあなたが最初に考えついたことではありませんか？　ブレスレットが見つかった直後に、十代の少年たちに聞き込みをするために、部下を高校へ行かせた。そうではありませんか？」

「はい、そうです」ストライドはいった。

ゲールはうなずいた。彼はまためがねのつるを口にくわえて、それから缶入りのコークをゆっくりと飲んだ。ポケットから出したハンカチで唇を軽く押さえ、額を拭いた。

「あなたの靴のサイズはいくつですか、警部補?」ゲールは訊いた。

こいつはなかなかやるな、とストライドは内心で思った。ゲールはどうやって知ったのだろうかと思った。「三十センチです」

「なるほど。そうすると納屋に足跡を残したのは、あなただった可能性もあります、そうですね?」

「異議あり」ダン・エリクソンがぴしゃりといった。

カッセル判事は首を振った。「却下します」

「わたしは納屋で見つかった足跡と一致するタイプの靴を持っていません。ところが、グレイム・ストーナーはレイチェル失踪のたった四カ月前に、そのような靴を買いました。そしてその靴は、いまなくなっています」

「しかし、去年、ミネソタで、三十センチのそのブランドの靴が何足売られたか知っていますか?」

「知りません」ストライドは認めた。

「二百足以上です。その誰かがあの足跡を残した可能性もありますね?」

「はい。しかしその中のひとりも、レイチェルの継父ではありません。しかも、彼らはレイチェルの血痕が見つかったヴァンを持っていません」

「しかし、わたしの依頼人が金曜の夜にあの納屋にいたことを示す証拠は、あなたや、ほかの数百名のうちの一人のものでありうる足跡以外には何もないんですよね？」

「はい」

「それどころか、その足跡がつけられたのが、いつなのかをあなたは知らない、そうですね？」

「はい」

ゲールは間をおき、陪審の気持ちをこの応酬に集中させた。

「ヴァンはどうです、警部補？　あなたは、道具箱に入っていたナイフに、わたしの依頼人の指紋を見つけたと主張している」

「そのとおりです」

ゲールは肩をすくめた。「しかしそれは彼のヴァンで、彼のナイフなのですよ。それに彼の指紋が見つかるというのは、予期できることでしょう？」

「もし誰かほかの人物がナイフを使い、それをきれいに拭いたのであれば、指紋がまったくなくなっていたはずです」ストライドは指摘した。

「それを使った人物が手袋をはめていたとしたらどうですか」ゲールはいった。「そういうこともあるのではないですか？」

「それは可能です」ストライドは認めた。「しかし手袋をはめていれば、ほかの指紋を損ねた恐れは十分にありますが、その事実は発見されませんでした」

「しかし、レイチェルが、ストーナー氏の指紋がナイフについているはずなのを知っていて、わざと自分でナイフに指紋をつけたという可能性もありませんか？」

ストライドは首を振った。「彼女がそのようなことをした証拠はまったくありません」

「しなかったという証拠もない、そうですね？　納屋についてもう少し話をつづけましょう。あの金曜の夜に、グレイム・ストーナーがそのヴァンを運転しているのを見た目撃者はひとりもいない、そうですね？」

「はい」

「それなら、あの夜に、そのヴァンがどこかへ行ったかどうかは、わからない、そうですね？」ゲールが訊いた。

「それには同意できません。ヴァンで見つかった繊維は納屋のそばで見つかった繊維と一致します。レイチェルのブレスレットも納屋で見つかりました。レイチェルは金曜の夜に、そのブレスレットをつけ、その白いタートルネックを着ていたのです。点を繋いでくださ い、ゲールさん」

ゲールは微笑した。ストライドはこの弁護士の目が一瞬キラリと輝くのを見た。よろしい、きみに一点あたえるとしよう、というように。

しかしゲールはまだ終えていなかった。

「もし誰かがレイチェルを納屋へ連れ込んだとしたらですね、警部補、それがグレイム・ストーナーだと、どうやってわかるのですか？」

「それは彼のヴァンでした。それは鍵がかかっていました」

「ああ、鍵がかかっていた。なるほど。ほかの誰もそれを使えなかった」

ストライドはうなずいた。「鍵がなければ、バッテリーとモーターを直接繋げないかぎりは使えません。しかも、ほかの誰かがヴァンを使ったというなら、その人物はレイチェルの家へ行くのに別の車を使わなければならなかったはずです。殺人犯が自分の車を通りに駐めて、娘を誘拐し、別の車を盗んで、納屋まで運転していき、それからまた自分の車を取りにもどると考えるのは、馬鹿げています」

「殺人者は歩いてきたのかも」ゲールはいった。

「ならば、彼は飛んできたのかも」ストライドはいい返した。陪審は笑った。カッセル判事は眉をひそめ、ストライドを鋭い目で見た。

ゲールは笑い声が静まるまで待った。「レイチェルが行方不明になったとき、あなたはストーナー家で写真を撮った、そのとおりですね？」彼は静かに訊いた。

「それは標準的な手順です」ストライドはいった。彼はゲールがどの方向へ進むつもりだろうかと思った。

ゲールは被告弁護人席にもどり、自分の持ってきた写真を取り出した。それをストライドのそばの掛け台に置き、陪審が十分に見られるようにした。

「これはそのときの写真の一枚から細部を引き伸ばしたものですか？」

ストライドはその写真をさっと調べた。「はい、そうです」

「この引き伸ばした写真はストーナー家の玄関ホールで、玄関ドアのすぐそばにあるテーブルを写しています、それは正しいですか？」

「正しいです」

ゲールはスーツの上着のポケットに手を入れた。そして金の高そうなペンを抜き取り、写真のテーブルの上にあるものを指した。「これが何だかいってくれますか、警部補？」

ストライドはそれが何だかわかった。「クリスタルの灰皿です」

彼はゲールがどの方向へ進んでいるか、わかった。

「そして、灰皿の中に何がありますか、警部補？」

「一組の鍵束です」

「じつは、それはストーナー氏の車と家の鍵なのです、そのとおりですね？」

「そうだと思います」

「ヴァンの鍵。玄関ドアのすぐわきのテーブルの上の灰皿の中にある」

「はい」ストライドはいった。

「したがって、ドアのところに来た人間は誰でも、簡単に灰皿に手を入れて鍵を取れたはずです。そしてヴァンを走らせることができた。そしてレイチェルを連れていくことができた」

ストライドは首を振った。「いいえ、それは証拠から考えられる妥当な結論ではありません。あなたのシナリオによると、殺人者はレイチェルが家にいるのを知っていて、家に歩いてきた。その人物は前もって手袋をはめており、そこに鍵があるのを知っていて、グレイム・ストーナーとまったく同じサイズとブランドの靴をはいていたことになる。これはあなたの魔術の一部のように聞こえますよ、ゲールさん」

「そういうことをいうのはやめなさい、警部補」カッセル判事はぴしゃりといった。

ストライドはうなずき、謝った。しかし彼はゲールの理論を一時的に狂わせた。これで、弁護士が先ほどから投げかけつづけているばかげた可能性の網で、陪審が混乱しないでくれるといいが。

ゲールはカッセル判事に温かい微笑を見せた。それから、白髪まじりの毛を頭に注意深く軽く押さえつけて、ストライドのほうに向いた。「よろしい、警部補、ストーナー氏が継娘としていた、いわゆる性交渉について、話すことにします。このでたらめな想像を裏付ける物的証拠はひとつもない、そうですね？　どこにも精液はありませんね？　膣の分泌液もないですね？」

「ふたりとも洗濯はしたでしょうから」ストライドはいった。

「目撃者もいない？」

「人前でするようなたぐいのことではありませんから」ストライドはかすかな笑みを漏らしていった。

ゲールは笑みを返さなかった。「あなたの答えを〝ない〟と解釈しますよ、警部補。あなたは、ストーナー氏が抱く性的な幻想に対して、ずいぶん時間を費やされましたね。彼がかなり品のないポルノにふけっているとか」ゲールはため息をついた。「いい換えれば、彼は男だということです。しかしあなたが見つけたものに、違法のものはひとつとしてありませんでした、そうですね？」

「はい」ストライドはいった。

「そうした雑誌は、ダルースの大通りで買える。そうじゃありませんか？」

「そうでしょうね」

ゲールはエリクソンが証拠として紹介した通話記録をつかみ、空中でひらひらさせた。

「そしてこのテレホンセックスについては——わたしに悪気はないんですがね、警部補、もし男がティーンエイジャーとほんとうにセックスをしていたら、電話でその真似をするのに一分につき五ドルを払う必要があるでしょうか？」

「それは彼が未成年者とのセックスを好む傾向を示しています」ストライドはいった。

「ストーナー氏がときどきかけていたこの電話番号、これと同じ番号に、この六カ月間に、ダルースのほかの男性たちから何件かかってきたか知っていますか？」ゲールが訊いた。

「いいえ」

「わたしは知っています。ほぼ二百件です。その中には、警察で働いているとわたしが思う男性もふたりふくまれていましたよ、警部補。その全員を容疑者として調べましたか？」

「いいえ、調べませんでした」

ゲールはうなずいた。「そりゃあ、調べませんよね。なぜなら、この電話は夢想の話であって、かけた人間が実際とっている行動とはまったく関係ないのです。そうですね？」

「それは事情によります。そして人によります」

「そうおっしゃいますが、あなたは電話をした人たちそれぞれの事情をご存じなのですか？」ゲールは訊いた。

「知りません」

「そうですよ、あなたは知らない。それどころか、はっきりいって、レイチェル・ディーズとわたしの依頼人の何らかの性的関係を示す証拠としてあなたが示すのは、彼の自宅のパソコンであなたが見つけた驚くべき写真のみである。そうですね？」

「あの写真が強く暗示しています」ストライドはいった。

「いろいろなものをね」ゲールはいい返した。「しかし、ストーナー氏がこの写真を一度でも見たという証拠はひとつもない、そうですね」

「それは彼のパソコンに入っていました」

「そう、確かに。しかし、レイチェル自身がそのパソコンにアクセスしたのではありませんか？　彼女はいつでもストーナー氏のハードディスクに写真を入れることができたのではありませんか？」

「これについても、彼女がやったと示す証拠はまったくありません」

ゲールは拒否するように大きな手を振った。「しかし、彼女がやらなかったという証拠もまったくない。そうじゃありませんか？　十代の少女がどんな行為に駆り立てられるか誰も知らない、そうでしょう？　彼女は悪い冗談のつもりでそうしたのかもしれない。彼に恥をかかせようとしていた可能性もある。自分の母親と継父を喧嘩させようとしていた可能性もある。あなたはほんとうにはわからない、そうですね？」

「はい」ストライドはいった。

「教えてください、警部補、ストーナー氏のパソコンにあの写真がロードされたのは、いつですか？」

「ファイルの記録は、レイチェルが失踪する前の土曜日にロードされているのを示しています」

「そしてその写真に最後にアクセスされたのは、いつなのです？」ゲールは強くいった。

「同じ日です」

ゲールは信じられないというように反り返った。唖然として、ストライドを見た。もちろん彼はその日付をすでにはっきりと知っていた。裁判前の開示手続きですべての証拠を見ていたのだから。しかし陪審の目には、ゲールがこの衝撃的な情報を初めて知ったように映った。

彼は引き伸ばした写真をふたたび手にし、それをふたたび陪審に見せて、しばらくそのまま見せておき、レイチェルのエロチックな力に見とれさせた。「同じ日に？　あなたはこの男性が自分の継娘のことを想わずにいられなかったといっていますよね、警部補。熱烈な禁断の情事の最中にいたと。そして彼がこの信じがたい写真をパソコンに入れておきながら——そのあとは一度もそれを見ていないと?」彼はあたかも熱気を冷まそうとしているかのように、顔の前で手をひらひらさせた。「やれやれ、警部補、もしこの写真がわたしのパソコンに入っていたら、仕事がまったく手につかなくなると思いますよ」

ダン・エリクソンがパッと立ち上がった。「異議あり」

ゲールは降参したように両手を上げた。「撤回します、撤回です」

それから彼はストライドに意地悪く微笑んだ。

「さて、警部補、現実的になろうではありませんか。この驚くべき写真がストーナー氏のパソコンに入っていたのに、彼はそれを開こうとさえしなかった。それを入れたのは彼かもしれない。そして彼は信じがたいほど意志が強いのかもしれない。しかし、その写真が自分のパソコンに入っているのを彼はまったく知らなかったというのが、もっとも論理的な説明ではありませんか?」

24

裁判二日めに、エリクソンは検察側の最初の証人としてエミリー・ストーナーを召喚した。

彼女の黒い髪は短いボブスタイルにきちんと整えられ、厚化粧をした肌はピンク色で、滑らかに見えた。薄い色合いの口紅を塗り、真珠のネックレスと揃いのイヤリングをつけている。紺色のワンピースは、白で縁取りをした襟がつき、明らかに新品で、彼女の身体にちょうど合っていた。そんな彼女を見て、ストライドは、数年前のエミリーがどんなだったかが、おぼろげながらわかるような気がした。しかし、彼女の目だけは、正直に年齢を表わしていた。それは事件が昨日起きたかのような彼女の極度の疲労と絶望を隠しきれなかった。

エミリーは同列の人たちの前の狭いすきまをなんとかとおって、通路に出た。大理石の床にヒールの音を響かせて証人台へ近寄っていき、宣誓をした。彼女はストーナーに目を向けず、ストーナーも彼女を無視している。ゲールがそれに気づき、自分の依頼人を肘でそっと突いたのを、ストライドは見た。ストーナーは、この間違った裁判で妻を失った悲しみを見せなければならないのだ。

エミリーは椅子にすわった。陪審席にすばやく目を走らせ、それから不安げに顔をそむけた。両手は膝で組み合わせている。彼女は魅力的で、同情すべき人物だが、ストライドの目には落ち着きがなく映った。ここ数ヵ月の出来事が彼女の心のひび割れを深くした。彼女がもう一度自殺を試みなかった唯一の理由は、いまのようにストーナーに不利な証言をして、彼を刑務所に入れる機会を待つためだろうか、とストライドは思った。そしてエミリーがうまくやるようにと願った。

「ミセス・ストーナー、ご心痛お察しします」エリクソンははじめた。

エミリーは深く息を吸って胸をふくらませ、一瞬、目を閉じた。そして背筋を伸ばし、自分の話をする覚悟をかためた。彼女の顔は真剣で、決然としていた。「大丈夫です」彼女はいった。

「グレイム・ストーナー氏とは、どのようにして出会ったのですか？」エリクソンは訊いた。

「わたしはレンジ銀行の金銭出納係でした。彼はニューヨークから上級管理職としてこの銀行にやってきたのです。彼は独身で、魅力的で、裕福で、行内の女性全員が彼に熱を上げました。わたしも含めて」

「彼はあなたに特別の関心を示しましたか？」

「いいえ。初めは示しませんでした。わたしが存在しないみたいに、わたしを見もせずにそばをとおりすぎていました。ほかのすべての女性に対しても同じでした。彼は女性全員を無視したのです」

「そしてそれから？」エリクソンが訊いた。

「あのう、ある日、レイチェルが銀行に来ました。あの子はぴっちりしたホルターシャツにショートパンツという身なりで来たのです。そのことでわたしは娘を叱って、ロビーで口論になりました。グレイムはわたしたちがいっしょにいるのを見ましたが、何もいいませんでした。でもその日、あとになって、彼はわたしをデートに誘いました」

エリクソンはエミリーの話に集中し、声を張り上げた。「ストーナー氏があなたに接近してきた日は、彼が銀行であなたといっしょにいるレイチェルを見た日ですね？」

「はい」

「数カ月もあなたを無視したあとで？」

「はい」

「彼はそれまでに、あなたといっしょにいるレイチェルを見たことがありましたか？」エリクソンは訊いた。

「なかったと思います。レイチェルは、めったに銀行に来ませんでしたから」

「わかりました。それであなたがたはデートをはじめた。レイチェルは母娘ふたりの生活にふたたび男性が入ってきたことに、どのように反応しましたか？」

「あの子はグレイムに友好的でした。茶目っけを出して甘えていました」

「結局、あなたとストーナー氏は結婚した。その後、レイチェルとストーナー氏の関係について、あなたは何に気づきましたか？」

エミリーはふたたび深く息を吸った。「ふたりはいっしょにいろいろしていました、ふたりだけで。森に写真を撮りに行き、何時間も出かけていました。グレイムは彼女にプレゼントをしてくれました――衣服、CD、そういうたぐいのものを」

「それについて、あなたはどう感じましたか？」

「初めは、いいことだと思いました。わたしはふたたび家庭を持てて、幸せでした。でも、グレイムがレイチェルと過ごす時間がどんどん多くなり、わたしと過ごす時間がどんどん少なくなるのが心配になりはじめました。彼はとても気持ちが離れて、とても冷たくなってきたのです。彼が夫婦の関係を絶とうとしているかのようで、わたしには理由がわかりませんでした」

エリクソンは陪審をしばらく見て、それから静かにいった。「ミセス・ストーナー、ご主人があなたの娘さんと性的関係を持っていると思う理由はありましたか？」

エミリーの目が怒りで光った。「兆候はありました。でも、目をつぶっていました。信じたくなかったのです。ですが、思い返せば、わたしの頭に警報を鳴らしていたはずのことを、指摘できます」

「どのような？」

「あのう、あるとき、わたしは買った食料雑貨をヴァンの後部に積んでいました。月曜日のことで、その前日に、グレイムとレイチェルはいっしょにハイキングへ出かけました。わたしはヴァンの中に、レイチェルのパンティを見つけたのです」

「あなたはどうしましたか？」エリクソンは訊いた。

「それについてグレイムに訊きました。彼はレイチェルが小川を渡るときに、滑って倒れたといいました。彼女の服が濡れたのだと」

「あなたはレイチェルにも話しましたか？」

「いいえ、わたしはそれを洗って、しまっておいただけです」

「ほかにどんなことに気づきましたか？」エリクソンは訊いた。

「別のときに、ふたりがキスをしているのを見ました。わたしはもう寝室へ入っていて、グレイムとレイチェルが階段を上がってくる音が聞こえたのです。レイチェルはクスクス笑っていました。廊下の電灯がついていて、レイチェルが『おやすみなさい』というのが聞こえて、それから彼女が彼の首に腕をまわして、彼にキスしているのが見えたのです。唇に。控え目なキスではありませんでした」

「それについてグレイムかレイチェルに話しましたか？」

「いいえ。わたしは眠っているふりをしました。それに対峙できなかったのです」

エリクソンは待って、エミリーの話を浸透させた。「グレイムとレイチェルのこの親密な関係はつづきましたか？」

エミリーは首を振った。「いいえ、何かが変わりました。ふた夏ほど前に、レイチェルとグレイムは仲が悪くなりました。娘はひじょうに冷たく、無関心になりました。わたしは、何が原因で急にそうなったのか、わかりませんでした、口論も、喧嘩もありませんでしたから。でも娘は彼をスイッチのように切ったのです。グレイムは娘を取り戻そうとしました。それについては哀れなほどでした。彼は娘に新しい車を買ってやりましたが、何も変わりませんでした。そのときから、レイチェルはグレイムを、わたしに対するのと同じように扱うようになったのです。敵のように」

「異議あり」ゲールがぴしゃりといった。

「認めます」カッセル判事がいった。

「ミセス・ストーナー、なぜ、レイチェルが失踪した最初のときに、そのことを警察に何もいわなかったのですか？」エリクソンが訊いた。

「グレイムが関わっているはずがない、と自分にいい聞かせようとしたのです。わたしは自分をだましていました、わたしが見たことはなんでもなかったと。目の前でそれほどおそろしいことが起きていたのに、わたしは見ようとしなかったと思い知らされるのが、あまりに屈辱的だったのだと思います」

ゲールはまた異議を唱え、今度も認められた。しかしエリクソンは目的を達した。彼は締めくくる用意ができていた。

「あなたが娘さんとむずかしい時期があったのは承知しています。これほどのことがあったあとで、いまでもあなたは彼女を愛していますか？」

激情がエミリーの顔に現われた。彼女の疲れた目に、いくばくかの生命を見たとストライドが思ったのは、これが初めてだった。「もちろんです！　わたしは娘を心から愛していました。いまでも愛しています。娘がどれほどの苦痛を経験したか、わたしはわかりますし、娘に手をさしのべるためなら、何でもしました。でも、何もできませんでした。胸が裂ける思いです。わたしは娘とのあいだの溝を埋める方法を見つけられなかったことを、一生悔いつづけるでしょう」

エリクソンは微笑した。「ありがとうございました、ミセス・ストーナー」

25

ストライドは、ゲールが被害者の母親を優しく扱うだろうと思っていた。しかしそうではなかった。ゲールの態度には同情のかけらもなかった。

「事実は、ミセス・ストーナー、あなたと娘さんの関係はおそろしいものだったのではありませんか？」ゲールは開始した。

「あまりよくはありませんでした。そういっておきます」

ゲールは鼻を鳴らした。「あまりよくないですと？　レイチェルは、あなたが憎らしい、としょっちゅういっていたのではないですか？」

「あのう――何回か、そういいました」

「彼女はしょっちゅう、あなたを〝あばずれ〟と呼んでいた」ゲールはいった。

「ときどき」

「彼女はあなたの持っているものを、あなた個人のものを、いつも壊していた、それがあなたのものだから、というだけの理由で」

「ときどき」

「彼女はあなたを傷つけるという目的のためだけに、いつも卑しむべきことをしていましたね？」

エミリーはうなずいた。「それはほんとうです」それから彼女は思いがけない怒りの言葉でこの攻撃に仕返しした。「わたしの夫とセックスをするような」

「あるいは家出をして、あなたの人生とあなたの結婚を破滅させるとか？」ゲールは詰問した。

「それはしませんでした」

ゲールは太い腕を振り上げた。「どうしてわかるのです？　彼女はこのすべてを計画的に実施できるほど聡明で、ずるかったのではありませんか？」

「異議あり」エリクソンはいった。

ゲールは肩をすくめた。「質問を撤回します。ミセス・ストーナー、あなたの認めるところによると、あなたはご主人が容疑者だと警察に告げられるまでは、これらのいわゆる疑念を誰にも話さなかった、そのとおりですか？」

「否定していましたから」エミリーはいった。

「否定ですか？　真実は、あなたは彼らが情事をしていたとは、実は思ってはいなかったのではありませんか？」

「そのときは、はい、そうです」

「そして、いまそのようにあなたが思う唯一の理由は、それがエリクソン検事のちょっとしたミステリーの筋書きに合うからということです、そうではありませんか？」

「いいえ、それは真実ではありません」

「違うのですか？」ゲールは不信感があふれる声で訊いた。「あなたが話してくれたことはどれも、あなたとレイチェルについてのことばかりです。ストーナー氏についてではなく。あなたに対してゲームをしているレイチェルについてでした。あなたを苦しめている。あなたを傷つけようとしている」

「むずかしかったのです」エミリーはいった。

「あまりにむずかしくて、一度は、自分の娘を徹底的に殴ったのではありませんか？」

エミリーはすくんだ。彼女は殻に閉じこもり、自分の膝を見つめた。「はい」彼女は小声でいった。

「はっきりいってください！　あなたは腹を立てて、自分の娘をとことんまで殴りましたね？」

「一度だけです」

ゲールは首を振った。「ほう、娘に暴力を振るったのは一度だけだった。ならば、かまわないのですね？」

「いいえ！　悪かったと思ってます！」

「あなたの娘さんは、あなたがとうとうおそろしい暴力を振るうはめになるようなことをしかけてきたわけですね？」

エリクソンは立ち上がった。「弁護人は証人をしつこく苦しめています、裁判長」

判事はうなずいた。「やめなさい、ゲール弁護人」

ゲールは方向を変えた。「彼女がふたたびあなたに一線を越えさせたら、あなたはまた殴るでしょうね?」

「いいえ」

ゲールは声を低くして、悪意をこめた静かな口調でつづけた。「実は、レイチェルを殺したいという動機を持っていたのは、あなたではありませんか?」

エミリーの目がパッと開いた。「違います!」

「違う? 何年間も彼女があなたを侮辱してきたのに?」

「娘を傷つけようとすることなど、決してありません」

「傷つけたと、いま、いったばかりじゃないですか」

「それはずっと前のことです」エミリーは弁解した。「一度は起きましたが、二度とは起きませんでした」

「起きなかった?」ゲールは訊いた。「あの最後の週末に、大喧嘩をしませんでしたか?」

「いいえ――いいえ、もちろん、違います。わたしはそもそも家にいなかったのですから!」

ゲールは忍耐強かった。「どこにいたのですか?」

「セントルイスの妹のところに」

「金曜の夜に？」ゲールは訊いた。「レイチェルが失踪した夜に？」

「はい」

ストライドの頭の中で警報が鳴り出した。

「しかし土曜日は違いますね」ゲールはいった。「土曜日の夜は、あなたはセントルイスにいませんでしたね？」

エミリーはうなずいた。「はい。首都圏のホテルに泊まりました。疲れていたのです。一日中、運転してきましたから」

「どのホテルに泊まりましたか？」ゲールが訊いた。

「おぼえていません。ブルーミントンにあるホテルの並びのどれかひとつに」

「それはエアポート・レーク・ホテルではありませんか？」

「おそらく。ほんとにおぼえていないのです」

ゲールは弁護人席から紙を一枚持ってきた。「じつは、これは、ブルーミントンにあるエアポート・レーク・ホテルの、あの週末のあなたのレシートのコピーではありませんか？」

エミリーは蒼ざめた。「はい」

「さて、それなら」ゲールは眉をひそめていった。「どうも問題があります。そうですね？」

エミリーは黙っていた。

ゲールはその紙をかかげた。「なぜなら、このレシートは、あなたが土曜の夜ではなく、金曜の夜に、チェックインしたのを示しているからです、違いますか」

ストライドはつぶやいた。「ちくしょう」

マギーは寄りかかって、小声でいった。「くそ。妹が彼女をかばったんだわ。彼女は、エミリーが金曜の夜は自分のところにいた、と誓ったんです」

証人台で、エミリーはまだ何もいわずにいた。ゲールはレシートを左手で高くかかげたまま、両腕を広げた。「どうです、ミセス・ストーナー？」

「きっと間違いです」エミリーは消え入るような声でいった。

「間違い？」ゲールはばかにしたようにいった。「ホテルは二晩分の請求をしたのに、あなたは気づかなかったのですね？　あなたのチェックインを受けたフロント係に電話をかけましょうか？」

エミリーはパニックになったように鋭い目で見まわし、逃げ道を求めた。ストライドが見ていると、彼女はくり返し一カ所に、一メートル先の列にすわっている男に視線を向けた。デイトン・テンビー牧師に。

この牧師の目にも狼狽が表われていることに、ストライドは気づいた。

エミリーは崩れた。「わかったわ、ええ、わたしは金曜の夜に、そこにいました。土曜日は、モール・オブ・アメリカで買物をしました。グレイムが知ったら、機嫌を悪くすると思ったので、嘘をつきました。大したことではないように思えたし」

「なんと都合のよい解釈だ」ゲールはいった。「しかし、事実は、あなたは金曜の夜に、容易にダルースまで車を走らせ、自宅にもどれたはずですね？」

「それはしませんでした」エミリーは強くいった。

「チェックインをしてから、北に向かえば、十時直後についたはずだ、そうですね？　ちょうどレイチェルが家にもどってきたときに？」

「いいえ。そんなことはしませんでした」

ゲールは微笑した。「しなかった？　話してください、ミセス・ストーナー、あの夜、レイチェルは何をしたのです？　彼女は何をいったのです？　レイチェルはあなたにいやがらせをしつこくやりすぎたのですか？」

「いいえ、いいえ、違います」

デイトン・テンビーが前に身を乗り出し、怒って小声でエリクソンに何かいっているのをストライドは見た。

「あなたは納屋について知っていた、そうですね？」ゲールは執拗にいった。

エミリーは答えなかった。

「わたしは、〝はい〟か〝いいえ〟を聞く必要があります。あなたは納屋がどういうもので、どこにあるかを知っていましたか？」

「はい」

「あなた自身、そこへ行ったことがありましたね？」

「長いこと行っていません」

「しかし行ったことはありましたね？　それについてすべて知ってましたね？」

「はい」彼女の声は生命のかよわないこだまのようだった。

「あなたには、レイチェルを殺すほんとうの動機と機会がありましたね？　あなたには、彼女に対する暴力の過去があります。彼女はあなたを粗末に扱った」

エミリーは彼をじっと見た。「わたしは娘を殺していません」

「あなたは警察に嘘をついた。あなたはご主人に嘘をついた。あなたは陪審に嘘をついた。あなたがいま嘘をついていないと、どうやってわかるのです？」

涙が幾筋も彼女の顔にこぼれた。「わたしは嘘をついていません」

ゲールは肩をすくめた。

「以上です、ミセス・ストーナー。これで終わります」

エリクソンは再直接尋問をするため立ち上がった。

「ミセス・ストーナー、金曜の夜に何をしていたか、もう一度、話してください、その夜は妹さんの家にいたとあなたは主張しましたが」

「買物をしていました」エミリーは同じことをいった。

エリクソンはしぶっているエミリーの目を見た。彼の声は穏やかになった。「あなたはこれ以上、隠せませんよ。真実を明らかにすべきときです。さあ、お願いです、話してください。金曜の夜に、どこにいましたか？」

ストライドは、エミリーが恐怖に襲われて、デイトンを見つめるのを見た。牧師は穏やかにうなずいた。エミリーは深く息を吸い、陪審員席のほうに向いた。彼女はまた落ち着いたようだ。

「わたしはブルーミントンのホテルにいました、レシートにあるように。ある人といっしょでした。夫や近所の誰にも見つかりたくなかったのです」

エリクソンはうなずいた。「あなたはミネアポリスで誰に会っていたのですか？」

「それは——つまり、わたしが会っていたのは——デイトンです。デイトン・テンビー。彼は長年、わたしの牧師でした」彼女は説明しようとして、言葉が口から走り出てきた。

「はじめはそんなつもりで会ったのではありません。彼は会議でミネアポリスに来ていました。わたしは彼と話したかったのです、それで早くもどってきました。わたしたちはいっしょに夕食をとり、それから、まあいろいろありまして。結局、週末をいっしょにすごしました。それはすばらしかった。でもわたしは罪の意識を感じ、恥じていましたし、デイトンのキャリアを危険にさらしたくありませんでした。わたしのせいにしても、彼に傷がつくのは、わかっていましたから」

「あなたはずっと彼といっしょにいたのですか？」エリクソンが訊いた。

「はい」

「ダルースへこっそり行くチャンスはありましたか？」

エミリーは首を振った。「もちろん、ありませんでした。それは馬鹿げています。あの夜、レイチェルといっしょに家にいた人はたったひとりしかいません。そしてそれはグレイムです」

26

「今夜のニュースを見たわ」アンドレアはいい、シャルドネをグラスからごくりと飲んだ。このワインを、ふたりは冷えたビールのように流し込んでいた。「マスコミのすることはいつも同じ、専門家たちは、誰が勝つか負けるかをいい争って、互いの足を引っ張ってる。でも今回は、誰もわかってないみたいね。バードさえも、どちらが裁判に勝つか予想がつかないようすだったわ」

「バードを黙らせるものがあるとは、うれしいね」ストライドはいった。

「ダンはどう思ってるの？」アンドレアが訊いた。

「おれたちが勝ってると思ってる」

「ゲールはどう思ってるのかしら？」

「自分が勝ってると思ってるだろうな」

「それで、どっちが勝ってるの？」

ストライドは笑った。「おれたちだ、おれの考えではね。とはいっても、楽天家なおれの発言だからな」

アンドレアはすでにかなり酔っていて、首を振った。「楽天家？　あなたが？　そうは思わないけど」

「なおさらいい。それなら、おれたちはほんとうに勝ってるようだ」

「マギーもそう思ってるの？」

「マギー？」ストライドは訊いた。「マギーはダンが大嫌いなんだ。ストーナーが釈放されればダンは大きな失敗をしたことになるから、満足するだろうな。しかし、彼女はこれまでのところ、引き分けだと思っている。たぶんそれが正しいよ」

アンドレアは黙っていた。やがて彼女はいった。「マギーはわたしをあまり好きじゃないみたいね」

ストライドは肩をすくめた。「マギーについては話したじゃないか。彼女はまだおれのことが好きだけど、それを認めようとしない。たぶん、少し妬いてるんだよ。これは彼女の問題であって、きみのではない」

「彼女は、わたしがあなたにふさわしくないと思ってるわ」

「彼女がそういったのか？」

「いいえ」アンドレアはいった。「女というものはね、こういうことが理屈抜きでわかるのよ」

「そうか、でも、おれたちはおれたちのことを気にかければいいし、マギーはマギーのことを気にかければいい。わかったね？」

アンドレアはうなずいた。彼女はグラスのワインを飲み干し、ボトルに残っているワインをふたりのグラスに注ぎわけ、数滴がテーブルにこぼれると、それを指でこすり、その指先をなめた。

ストライドは居間で彼女の横にすわっていた。ソファの向かい側のピクチャーウィンドーからは、眼下に、街並みと湖が黄昏で暗くなっていくのが見えた。彼はすでに半袖のグリーンのポロシャツと古いジーンズに着替えていた。アンドレアは手を伸ばし、彼の上腕の盛り上がった傷痕に触れた。

「この弾の傷のことはまだ話してくれたことがないわね」彼女はいった。

「古い話さ」

「そう、話してよ」アンドレアは彼を促した。

「自殺未遂だ。おれは射撃がおそろしく下手だった」彼はいった。

「ジョーナーサーン」彼女は苛立ち、一音ずつ延ばしていった。「趣味の悪い冗談はやめてよ」

彼は微笑んだ。「わかった。狩猟事故だ」

「おや？」

「そうだ、おれが追っていったら、逆に、そいつがおれを追ってきた」

「あなたって、ほんとむずかしい人ね。もうやめてよ、ほんとに知りたいのよ。お願いだから話して」

ストライドはため息をついた。それは彼の人生で思い出して楽しいような一コマではなかった。忘れるために、シンディとセラピストの助けを借りて、一年もかかったのだ。

「数年前、ある家庭内の争いに巻き込まれた。そのころ、おれたちはイーリーの西にキャビンを持ってたんだが、近くに土地を持っていた夫婦がいて——ええと、要するに、その亭主のほうが急に頭がおかしくなった。彼はおれの仲の良い友人のひとりだった。おれたちはとても親しかった。しかしそいつは精神的に不安定な復員兵で、職を失うと同時に正気も失ってしまった。ある晩、彼の女房から電話があり、彼が銃を振りまわしていて、彼女と子供を殺すと脅しているといってきた。おれは彼のことを知ってるから、彼が本気なのがわかった。でも、応援は呼ばなかった。彼も含めて多数の人間が死ぬはめになると思ったからだ。おれはひとりで彼に話をしに行った」

「何が起きたの？」

「おれが家の中に入ると、彼は銃身十五センチのリボルバーの銃口をおれに向けた。いままで見たこともないほど大きい銃を、顔の真ん前に。彼は話したくなかったようだ。まあ、とにかく、おれは話した。彼に理解させた、少なくとも自分ではそのつもりだった。子供を外へ出させ、数分後には、彼の女房を外に出させた——彼女は行きたがらなかったがね。それで彼とおれだけになった。おれはこれでもう解決すると本気で思った。あとは、彼に自殺をさせないようにすれば、それでいい。しかしおれは彼をみくびってたんだな。彼が自分の頭に銃を突きつけたので、おれは彼に向かって叫んだ。彼をとめよう、銃を下ろさせようと、両手をあげて突進した。ところが、彼は銃をおれの右胸に向けて、引き金を引いた、こんなふうにね。いきなり、なんの予告もなしに。おれはとっさに床に突っ込んだ。弾は肩をかすめ、おれは一回転して、床に倒れた。その隙に、彼は銃を自分の口に突っ込み、大声でとめようとしているおれを無視して頭を撃ち抜いた」

アンドレアは彼の顔を撫でた。「何といえばいいのか、わからないわ」

「おれを酔っ払わせるとどうなるか、わかったね？」ストライドはいった。「きみを悩ませるようなことをいうはめになる」

「わたしのせいよ。わたしが無理強いしたんだもの。でも話してくれてうれしいわ」

「さて、もうこのぐらいでいいだろう？　もう一本、ボトルを開けたいかい？」

アンドレアは首を振った。「明日は学校があるのよ、忘れた？　生徒たちは、二日酔いの教師をありがたがらないわ」

「ところで、どうしておれたちは高校時代にデートをしなかったんだろう？」彼は訊いた。いかにも何杯もワインを飲んだあとにしそうな質問だった。

「わたしが新入生になったときは、あなたはもう卒業してたからだと思うわ」アンドレアはいった。

「ああ、そうか。それはよかった。きみはおれのことなんか振り向きもしなかったはずだ」

アンドレアは首を振った。「何度でも振り向いたはずよ」

「いや、そうは思わない」ストライドはいった。「おれは気性が荒らくて、無愛想で、孤独好きだったからな。きみは、きっと、チアリーダーで、いろんなクラブに入っていて、ボーイフレンドが大勢いたはずだ」

アンドレアはにやりと笑った。「チアリーダー、当たり。科学クラブに入っていたから、当たり。でもボーイフレンドはハズレ」

「まさか」

「ほんとよ！　しょっちゅう、誘われたわ、でもたいてい一回のデートで終わり、それ以上はつづかなかった」彼女は両手で乳房をかこんだ。「これに触らせてもらえないのがわかると、彼らは興味を失ったの」

「そうか、誕生日ケーキの蠟燭を吹いたのに、ケーキが食べられないようなもんだ」ストライドはいった。

「あら、そんなくだらない男のいいわけをいわないでよ。あなたはきっと高校では完璧な紳士だったんでしょうね」

ストライドは笑った。「十六歳の紳士なんていやしないよ」

「とにかく、あなたは高校で運がよかったわ」アンドレアはいった。「心の友を見つけたんですもの。三年生のときに、シンディに出会ったのね？」

「彼女は彼のことを何といったのですか、ケヴィン?」

ケヴィンは不快そうに見えた。「くそいまいましい変質者だ、といいました」

「きみは、そのころのストーナー氏の態度をよく見ていましたか?」エリクソンは訊いた。

「ふたりがいっしょにいるのを見ましたが、ストーナーさんは彼女にとても優しくしていました。いつもと同じように。ただ、よくわかりませんが、優しくしようと努力しすぎているみたいに感じました。新学年がはじまるころ、ストーナーさんはレイチェルに新車を買ってやったりして」

ストライドは眉をひそめた。レイチェルの車のことで、何かが心に引っかかっている。彼は最初からそう感じていたことを思い出した。しかし警察は車を徹底的に調べたが、何も見つからなかった。

「それでレイチェルはよろこびましたか?」

ケヴィンは首を振った。「いいえ、つまり、彼女はその車は確かに気に入ったんです。お母さんのおさがりの古い車を運転するのを、いつもいやがってましたから。でもレイチェルはその新しい車を、なんとなく皮肉な目で見ているみたいでした。ストーナーさんはそれを買わなければならなかったとか、彼にはほかに選択の余地がなかったとか、いってました」

「彼女はそれがどういう意味だかいいましたか?」

「いいえ」

「それは、きみがレイチェルを見た最後の夜に彼女が運転していた車でしたか？」

「はい」

「では、ケヴィン、その夜のことですが、何が起きたのかを話してください」

ケヴィンは、初めにストライドに話したのと同じように、レイチェルとサリーといっしょにカナル公園にいたときのことを話した。

「レイチェルがどんな精神状態にあったかを説明してください。きみには、彼女がどのように見えましたか？」

「ふつうでした。機嫌も良くて。頭にきてなんかもいませんでした」

「ごくふつうの夜にすぎませんでしたか？」

「ええ」

「わかりました、次の日はどうです、ケヴィン？」エリクソンは訊いた。

「ええと、レイチェルに土曜の夜に出かけないかと誘われたので、翌日の夜、彼女の家に行ったのですが、彼女はいなくなってました」

「そのとき被告人と話しましたか？」

「はい。ぼくはレイチェルとデートの約束がある、とストーナーさんにいいました。ストーナーさんは、レイチェルがどこにいるか知らない、といいました。その日は彼女を見なかった、ともいいました」

「そしてレイチェルの車はどこにありましたか？」

「家のすぐ外に駐車してありました。車なしで、レイチェルがどこへ行ったのか、ぼくにはわかりませんでした」

エリクソンはうなずいた。「このことをストーナー氏にいいましたか？」

「ええ。これはとってもおかしい、といいました。まったくレイチェルらしくないと。誰かに電話をかけるべきだろうか、とぼくは訊きました」

「彼は何といいましたか？」

ケヴィンは怒りをこめてストーナーを鋭く見た。「いや、心配する理由はない、といいました。レイチェルはたぶん、ほかの誰に対してもするように、ぼくのことをからかったんだろう、といいました」

「金曜にレイチェルがデートの約束をしたとき、からかわれているような感じがしましたか？」

「いいえ、彼女は本気でした。ぼくたちは出かけることにしたんです」

「あの夜、レイチェルは、きみと別れたとき、何といいましたか？」

「彼女は家に帰るといいました。疲れたからと」

「彼女はどこかほかの場所へ行くとか、誰かほかの人に会うとかいいましたか？」

「いいえ」

「彼女は動揺したり、心配したり、うわの空だったりして見えましたか？」

「いいえ」

「それではもう一度、きみに関するかぎり、それはふつうの夜でしたか?」

ケヴィンはうなずいた。「そのとおりです」

「ありがとう、ケヴィン」

ゲールが立ち上がった。

「ケヴィン、きみはこれをふつうの夜といった。そうだね?」ゲールは、不信感がかすかに感じられる声で訊いた。

「ええ」

「よし。さて、きみは、最初にレイチェルを見たとき、彼女は橋の手すりに立っていたといった」

「はい」

「風が強くて寒かった」

ケヴィンはうなずいた。「ひどい夜でした」

「レイチェルは幅の狭い手すりの上に立っていたが、下には氷のように冷たい川が流れ、風は狂ったように吹いていたのだね? わたしの描写は、正しいかね?」

「そのとおりです」

「彼女は容易に死ぬこともありえた、そうだね?」

「そうだろうと思います」

ゲールの眉があがった。「そうだろう? ケヴィン、きみはひどく驚いたのではなかったのかな? きみは彼女を救いに走っていった」

「はい、そうです」

「彼女はそれまでに、そんなふうに橋にのぼったことはあったのかね、きみが知っているかぎりで?」ゲールは訊いた。

「いいえ」

「なぜ、よりによってあの夜に、彼女は死の危険を冒したのだろう?」

「わかりません」ケヴィンはいった。

ゲールはつづけた。「きみは、あの夜、レイチェルがきみに言い寄ってきたといったね?」

「はい」

「きみのガールフレンドの前で?」

ケヴィンは眉をひそめた。「ええと、サリーは歩道にいました。ぼくたちは高く上がった橋の上にいました」

「でもガールフレンドにはきみが見えた?」

「そうだと思います」

「レイチェルは、それまでに、そのようなことを一度でもしたことがあるかね?」

ケヴィンは首を振った。「いいえ」

「よりによってあの夜に、彼女は昔からの幼なじみに、生まれてからずっと知っていた友達に言い寄った。それも、初めてで、一回かぎり？」

「はい」ケヴィンの声はほとんど聞こえないくらいだった。

「なるほど。さてデートのことだが。レイチェルがきみに出かけようと誘ったのは、これが初めてだったのかね？」

ケヴィンはうなずいた。「はい」

「まったく初めて？」

「はい」

「それではもう一度、よりによってあの夜に、レイチェルは初めて、一回だけ、きみをデートに誘おうと決めたのだね？」

「そのとおりです」

ゲールは微笑んだ。「それなのに、その夜は、ふつうの夜だったというのだね？」

ケヴィンはためらった。「そうじゃなかったのかもしれません」

「いったいレイチェルは、どうしてそのように奇妙な行動をとったのだろう？」

「わかりません」

「よろしい、ケヴィン。ほかの話をしよう。きみはケリー・マグラスを知っているね？二年前に行方不明になった少女だが？」

「異議あり！」エリクソンは悲鳴に近い声をあげた。「弁護人の質問は無関係で直接尋問の範囲を超えています」

カッセル判事は小槌を振り下ろした。ストライドは彼女がそれをする機会を楽しんでいると思った。彼女は苛立ってエリクソンを見た。「落ち着きなさい、エリクソン検事」

それから判事はゲールをじっと見下ろした。彼女の魅力的な顎は引き締まっているが、その目は好奇心に満ちていた。「さて、ゲール弁護人、この質問をする理由を話してください。なぜなら、検事の興奮はともかくとして、わたしは彼の異議を正当と認めたい気がするからです」

ゲールは自分が判事の関心を刺激したのがわかった。そして陪審の関心も。

「法廷がわたしにしばらくこの線をたどらせてくださるように望みます、裁判長。わたしの弁護で、きわめて重大な役割を果たす、いくつかの事実を探りたいのです。検察側の証人たちは、ケリーとレイチェルの失踪には関連性がない、と証言しました。わたしはその結論に疑問を投げかけられればいいと思いますし、それは確かに関連性があるのです。さらに、エリクソン検事は、この証人とレイチェルとの個人的関係を探ることにより、ドアを開いてくれました。わたしは、似たような情況で失踪したもうひとりの少女との、証人の個人的関係を探る資格があると思います」

カッセル判事の唇はゆがみ、ほとんどわからないくらいの笑みになった。彼女がドラマを楽しんでいるのか、ゲールがエリクソンに恥をかかせる取っておきの決め手になるものを持っているかもしれない可能性を楽しんでいるのか、ストライドにはわからなかった。

「あなたが手短に訊くのを許します、ゲール弁護人。ごく手短に」

「ありがとうございます、裁判長」ゲールはいった。それから、それにつづく沈黙の中で、証人台でもじもじしているケヴィンに、法廷全体が冷たい視線を注いだ。ゲールは質問をくり返した。

「ええ、彼女を知ってます。同じクラスでしたから」

「きみたちふたりは、デートしたことがあるのかね?」

「いいえ」ケヴィンはいった。

「きみがケリーをデートに誘って、彼女が断ったのかな?」

「いいえ」ささやくような小声だ。

「裁判長」エリクソンは訴えた。

「ゲール弁護人?」カッセル判事は強くいった。「許せるのが限界にきていますよ」

ゲールは急いで次の質問をした。「ケリーに誘われたことはあるかね?」

エリクソンは異議を唱えるために立ち上がったが、彼が口を開く前に、ケヴィンが大きなため息を吐き出して、答えた。「はい」

エリクソンはのろのろと椅子にすわった。陪審と法廷にいるほかの人たちは、唖然とした。カッセル判事は小槌をおろすと、椅子にゆったりともたれた。

「ケリーがきみを誘ったのは、いつのことだね?」ゲールは訊いた。

「彼女が失踪する一週間前でした」

法廷全体でざわめいた。

ストライドはマギーをちらりと見た。彼女は当惑して彼を見返した。彼らはいっしょにマグラス事件を十分に調べたが、ケヴィンの名前は一度も浮上してこなかったのだ。ケリーとケヴィンがいっしょにいた証拠はひとつもなかった。それから、一瞬後に、その理由がわかった。

「きみは承知したのかね？」ゲールが訊いた。

ケヴィンは首を振った。「いいえ。ぼくはすでにサリーと付き合っていると彼女にいいました」

「それでは、きみたちはデートをしたことはないのだね？」

「はい」

「ケリーは、拒絶をどのように受け取ったのかね？」ゲールは訊いた。

「彼女はそれならいいわといいました。もしかしたらそのうち、といいました」

ゲールはうなずいた。「サリーのほうは？　別の女の子がきみを誘ったことを、彼女はどう思ったのかな？ちょうどあの夜にレイチェルがしたように」

「怒ったみたいでした。ぼくはサリーに、たいしたことじゃないから、といいました。ぼくたちは二度とその話はしませんでした」

「そして一週間後に、ケリーは行方不明になった、ちょうどレイチェルと同じように」

ケヴィンは唾を飲んだ。「はい」

「女の子に誘われても、ろくなことがないねえ、ケヴィン?」

エリクソンがふたたび異議を唱えると、今度はカッセル判事もゲールに怒って、異議を認め、陪審にその質問を無視するように命じた。ゲールは両手をあげて降参した。

「以上で質問は終わりだよ、ケヴィン」彼は静かにいった。

ケヴィンが立ち上がらないうちに、エリクソンがすばやく立ち上がった。「直接尋問をもう一度させてください、裁判長」

カッセル判事はうなずいた。「許可します」

「ケヴィン、ケリー・マグラスが失踪した夜に、きみがどこにいたかを、法廷のみなさんに話してください」

「ぼくはフロリダにいました。両親といっしょにディズニー・ワールドにいたのです」

「そしてレイチェルが失踪した夜に、カナル公園で彼女と別れてから、きみは何をしましたか?」

「家に帰りました」

「家で、ご両親に会いましたか?」

ケヴィンはうなずいた。「居間でいっしょに、真夜中までテレビ映画を見ました」

「ありがとう、ケヴィン」

「まったくばかばかしい」ポートベロマッシュルーム・サンドイッチを一口食べると、エリクソンは強い口調でいった。「あれがやつの弁護の頼みの綱なのか?」

ストライドはペーパークリップを引っ張って伸ばしたり元にもどしたりして、もてあそんでいた。「見え見えだったな。やつはサリーを、嫉妬深い連続殺人犯に仕立てようとしているわけか。彼女のボーイフレンドにちょっかいを出す女は、行方不明になる、と」

「サリーは最初から容疑者からはずれている、といったよな」エリクソンはいった。「彼女にはアリバイがあるって」

ストライドはうなずいた。「そうだ。ゲールがこれからどう持っていこうとしているのか、わからない。しかし彼が陪審にたいして点を稼げると思っているのは明らかだ」

「われわれの証人リストからサリーをはずすとすれば、ストーナーと納屋の結びつきも消える。だがゲール自ら彼女を証言台に呼び出すだろうから、するとわれわれが何かを隠そうとしているように見えてしまう。つまり、あと三十分もしたら、彼女は証言台に立つわけだ。だから、いってくれ、この娘がやった可能性はないのか? わたしは心配しなくていいのか?」

マギーは首を振った。「もちろんよ。サリーとは何度も話をしたわ。あの娘は、ケヴィンのこととなると、嫉妬深い意地悪女になるかもしれないけど、彼女が通りで娘たちをさらって、殺すとは思えない。それに彼女がしたストーナーと納屋の話だけど、あれは嘘じゃないわ。あたしが彼女から直接話を聞いたのよ。あの娘は真実を話してたわ」

「それならなぜ、ゲールが、これはストーナーを無罪放免にする切り札、と考えているように見えるんだ?」エリクソンは訊いた。「ケリーが行方不明になったとき、サリーがどこにいたか、つかんでいるのか?」

「いや。彼女の名前は一度も浮上してこなかった」ストライドはいった。

「彼女がケヴィンといっしょでなかったことはわかってるけどね」マギーは茶目っぽく指摘した。「あなたが再直接尋問のとき自分でそれを確認したでしょ。彼はフロリダにいたと」

エリクソンが爆発する前に、ストライドが仲裁に入った。「彼女はやっていないよ、ダン。でも、サリーにはあの夜のアリバイがないか、あるいはどこにいたかおぼえてないってことを、きっとゲールはすでに調べてるはずだ。くそ、ほぼ二年前のことだよ。それなのにまだはっきりしない。偶然の一致。あの娘にチャンスをあたえるんだ。彼女はマギーを納得させた。陪審も納得させるよ」

エリクソンはブリーフケースをばたんと閉じて、敵意をむきだしにしてマギーをにらんだ。「わかった。われわれは作戦を変えない。ケリー・マグラスの問題は無視する。わたしの評価では、いまはわれわれがリードしている。もしいまここで決めろと陪審にいったなら、短時間の検討ののち、有罪を決定するのは確実だ。しかしゲールがまた別の囮容疑者を持ちだして、陪審の頭を混乱させれば、彼は陪審を説得して妥当な疑念を持たせるかもしれない。ひとつだけ、はっきりさせておく。もしもわたしがこの裁判で負けたら、きみたちふたりは、これから十年間、市立公園の銅像についた鳥の糞をこすり落とすことになるぞ。だからきみたちは、この変質者を刑務所に入れるだけの証拠を、わたしに提供していることを祈るんだな」

ストライドとマギーは互いに目配せをした。ふたりとも同じことを考えていた。

ゲールは何を企んでいるのか？

さもなければ、こちらのほうがもっと悪いが、自分たちは何を見落としたのか？

27

ジェリー・ガルは、これ以上は我慢できなかった。小便をしたくてたまらない。猛烈に。しかし、いま走っている場所からダルースまでは、車の往来のない道路がまだ延々とつづく。

彼はヒビングで行なわれた四時間のセミナーのあいだずっとコーヒーを飲みつづけ、それからトイレに寄らずに、ホテルを飛び出した。公衆トイレには病的な恐怖心を抱いているので、自宅か事務所以外のトイレは使わないのだ。ふつうなら、ヒビングから家にもどりついてトイレに行っても十分に間に合うのだが、ブランズウィックをひろわなくてはならなかったため、もどるのに一時間余分にかかってしまったのだ。

ブランズウィックというのは、ガールフレンド、アーリーンの犬で、ジェリーよりも体重があるニューファンドランド犬だ。手足を伸ばせば、背丈もジェリーよりあるはずだ。

アーリーンは短い結婚生活のあと、離婚し、犬の親権はヒビングの郊外に小さな趣味の農牧場を持つ元夫に与えられた。ジェリーはブランズウィックを見たことがなかったが、セミナーのことをアーリーンに話すというとんでもない間違いをしでかし、それを聞いた彼女は、彼をいいくるめて、元夫の農園に寄り、町の南にある妹の家で長い週末をすごす彼女のもとに、ブランズウィックを連れてくると約束させたのだ。

そういうわけで、彼のトヨタカローラの後部座席に、黒いヘラジカのようなめっぽう大きな犬が押し込められている。

ほとんどすぐに、コーヒーがその魔力を発揮した。ジェリーはそれについて考えないようにし、代わりにただ運転速度を上げた。途中でファーストフードのレストランに寄るのはむずかしくないが、公衆トイレ恐怖症と闘う覚悟ができていなかったし、しかもブランズウィックに逃げられずに自分だけ車から出る自信がなかった。

座席で腰を浮かせ、両足を押しつけて身悶えしはじめたころには、どの町からも遠く離れた森の中を走っていた。この犬にも、さらに尿意を助長するものがあった。犬のにおいが鼻をつき、彼の首に熱くてくさい息をハッハと吐き出すのだ。そして少なくとも一ガロンの涎を垂らし、そのほとんどがジェリーの青いスーツの肩に流れてきた。犬は涎でぐしょぐしょの顔をジェリーの頬に優しくこすりつけ、彼を放っておいてくれなかった。はち切れそうな膀胱とブランズウィックの涎をどうにかしなくてはならない。

国道の路肩を見ると、奇跡のように、五百メートルほど先に、まさに彼の望んでいたものが見つかった。どこだかわからない森の中にくねくねと入っていく田舎の泥道だ。車がまったくとおらない道で、たまに農夫や猟師が、平行している国道へ行く近道として使うぐらいだ。

泥道に曲がると、カローラは飛び跳ねて揺れた。そのたびに、ジェリーの顔のすぐ横にあるブランズウィックの垂れ下がった頬が揺れて、車の中に涎が撒き散らされた。ジェリーのめがねに撥ねてくる涎もあり、彼はそれを手で拭きとり、うんざりしてうめいた。泥道を一、二キロ進んでいくと、森が密集するカバノキで深くなった場所に出た。そこには人間のいる気配がまったくなかった。

彼の身体は、小川というか、せせらぎというか、流れ落ちる滝というか、あらゆる種類のほとばしる水分で、破裂しそうになっていた。彼は小便をできる場所まで我慢できる自信がなかった。

運転席のドアをパッと開けて、文字どおり車から飛び出すと、道の右側の路肩に急いでまわって、木々のあいだに駆け込み、ジッパーをおろした。不器用な指がペニスを探ったが、つかみそこない、それをブリーフから出そうと焦り狂った。やっと、ありがたいことにそれを出し、たちまち湿った地面の上に放出しはじめた。ペニスを押さえたり、向きを変えたりする必要はなかった。それは消火ホースのように勝手に藪に小便をかけていた。

ほっとするあまり、彼の目に涙があふれた。

あと少しで終わりというときに、何か大きな重いものが背後からぶつかってきて、彼はうつ伏せに倒れた。彼は身をよじって、濡れた地面の上で仰向けになった——自分が濡らした地面だ。そのあいだも彼のペニスは壊れた散水器のように、ズボン、ワイシャツ、ネクタイ、顔に小便を撒き散らした。ジェリーは悲鳴をあげた。この瞬間の恐怖にとらわれ、自分を襲った犯人がブランズウィックだとはすぐに気づかなかったのだ。犬は大砲のように森の奥深く走っていった。

「ブランズウィック！」ジェリーは怒鳴り、怒りをいくらか発散させた。

彼は立ち上がり、自分の濡れた衣服を見た。まったく信じられない。まさに悪夢だ。おまけに犬がいなくなってしまった。アーリーンには決して許してもらえないだろう。彼は家には帰らず、車に乗って、このままどこかへ消えてしまおうかと、本気で考えた。

ワン！

どこか離れたところから低い吠え声が聞こえた。ブランズウィックはいなくなってしまったのではなかったが、すぐそばにいるわけでもなかった。その吠え声からすると、少なくとも百メートルは森の奥に入っている。ジェリーはもう一度、犬を呼び、それから待って、犬がもどってくるすさまじい足音（その足はむしろ蹄のようだ）が聞こえることを願った。

ワン！

そのような幸運には恵まれなかった。

ジェリーはため息をつき、歩き出した。ブランズウィックの名前を呼びつづけていくと、犬は一定の間隔をおいてそれに答え、犬を目指して進んでいるジェリーを助けた。ジェリーは濡れて、汚れて、臭かった。地面はぐしゃぐしゃで、木の枝が彼の皮膚と服をこすった。靴は泥まみれだ。その上、雨が降りだした。まったく踏んだり蹴ったりだ。

「ブランズウィック！」ジェリーは叫んだ。彼の忍耐も限界にきていた。

ワン！

ジェリーは最後の吠え声のほうに曲がり、カバノキの木々のあいだを目を細くして見た。こんどは、黒い獣がちらりと見えた。鼻を地面に押しつけ、狂ったように足で地面を掘っている。

「やれやれ」彼はつぶやいた。

彼は犬が脅えて、またも逃げてしまうことのないように、静かに近寄っていった。しかしブランズウィックは掘るのに夢中で、ジェリーにはまったく気づいていないようだ。この犬は何かとても興味深いものを見つけて、その狭い空き地で楽しげに土を掻きだしている。ときどき、自分が掘った穴に大きな頭をすっかり押し込む。

ジェリーはそっとしゃがみ、犬の首輪をつかんだ。

「おまえは悪い犬だぞ」彼はいい、かたまった黒い毛皮を撫でた。

ブランズウィックはジェリーがそばにいるのをやっと感じて、うれしそうに見上げ、顎から涎を垂らした。このニューファンドランド犬は大きな口に何か長くて白いものをくわえていた。

「こんなに手間をかけやがって、いったい何を見つけたんだ、ブランズウィック？」ジェリーは訊いた。

彼が犬のくわえているものを取ろうと手を伸ばすと、ブランズウィックは少し抵抗してから、それを放した。

ジェリーが手にしたものを見て、それが何だかわかるのに一分ほどかかった。

それから恐怖をつのらせながらも、穴の中をのぞくと、犬が見つけたものの残りが見えた。

「なんてこった」彼はいった。

28

証人台のサリーは幼く見えた。丸襟のついた白い木綿のセーターにブルーのスカートという地味な身なりだ。セーターは胸に注意をひかない程度にゆったりしている。たっぷりある髪は後ろに引っつめて、きちんと束ねてある。顔はピンク色に染まっているが、化粧はしていない。アクセサリーをひとつもつけず、シンプルな金の腕時計をつけているだけだ。

ストライドは彼女を見た。おれは間違っていたのか？　彼は影のような疑念を打ち消さず、自分たち全員がこの事件の判断を誤ったという途方もない可能性について考えた。サリーは嫉妬深くて独占欲が強い。彼女が一線を越えて殺人に走った可能性はあるだろうか？

二度も？

彼にはとても信じられなかった。

「サリー、昨年の夏、あなたの身に起きた出来事について、陪審に話してもらいたいのです。説明してもらえますか？」

サリーはうなずいた。彼女の表情は真剣で落ち着いている。「七月のある日曜日の朝でした。あたしは車を運転して町の北のほうへ行き、田舎の国道のひとつに曲がりました。そこに駐車して、サイクリングをはじめました」

「どのくらい自転車に乗っていましたか？」エリクソンが訊いた。

「たぶん、三十分ぐらいだと思います。iＰｏdを聞いていて、時間はあまり気にしてませんでした。でもそのうち自転車のチェーンが切れてしまって。自分の車から、十五キロか二十キロくらい離れた場所に来てました。それであたしは向きを変えて、自転車を押してもどりはじめました」

「あなたの車までずっと押して行ったのですか？」

サリーは首を振った。「いいえ、途中の道で、ミニヴァンがそばをとおりました。運転していた人が車を停めて、あたしにクラクションを鳴らしました。レイチェルのお父さんでした。グレイム・ストーナーです」

「あなたはストーナー氏をどの程度、知っていましたか？」

サリーは肩をすくめた。「あの、お互いに口をきくぐらいに知ってました。ボーイフレンドのケヴィンといっしょに、レイチェルの家に何度か行ったことがありましたから」

「つづけてください、サリー」

「ストーナーさんは、あたしと自転車を、あたしの車のあるところまで乗せてってくれるといいました」

「あなたはそれを承知したのですか？」

「はい。疲れてましたから。車まで乗せてってもらえれば、助かると思いました。それでヴァンに乗りましたけど、それから数分間は、じっとしたままでした。ストーナーさんはヴァンを発車させようとしなかったんです。ちょっといやな感じでした。あれこれあたしに訊いてきたんです。個人的なことを」

「何を訊かれたか、話してください」

サリーはためらった。「ストーナーさんは、あたしがケヴィンといっしょにいるのを何度も見たっていいました。そして、彼があたしのボーイフレンドかと訊いたのです」

「あなたは何といいましたか？」

「ええ、そうです、といいました。するとストーナーさんはニヤニヤ笑って、ケヴィンとあたしが注意深くしているかどうかを訊きました」

「あなたはそれをどういう意味に受け取りましたか？」

ゲールが立ち上がった。「異議あり、裁判長。この会話が行なわれたと仮定しても、この証人は読心術師として行動する立場にはおりません」

「異議を認めます、しかし、次回は余計なことはいわないように、ゲール弁護人」カッセル判事は彼に指図した。

ゲールは、薄笑いを浮かべて、腰をおろした。

「あなたは不安でしたか？」

「あのう、初めは不安じゃありませんでした。でも、だらだらと話が長引いて、きっと五分ぐらいはすわったままで、あたしにこうした質問をしつづけました。あたしはほのめかしはじめたんです、ほら、もう行ったほうがいいのではないか、と。もう町にもどらなくてはならないといいました。ストーナーさんはやっと、エンジンをかけて、発車しました。でも、とてものろのろと走ってました。メーターを見ると、たったの時速六十キロでした。ああいう道路では、ほとんどの人がふつうは百か百十キロで走ってるのに」

「ストーナー氏は、運転しながらも、ずっとあなたに話しつづけていましたか？」

「はい。あたしのことをとてもきれいだといいました。あたしの髪が好きだと。肌がとてもきれいだと。そのあいだずっと、あたしを見てました。でも顔をまっすぐ見てたのではないんです、わかりますよね？」

「彼が何を見ていたか話してください、サリー」

彼女は不安そうに陪審をちらりと見た。「あたしの胸を見てました。ちらちらと見てばかりいたんです。あたしは腕を組もうかと思いましたが、それでは不自然なので、身体をよじって、ストーナーさんにあまり見えないようにしました」

「どんなふうに感じましたか？」

「なんだか不安になりました」

「あなたは何かいいましたか？」

サリーは首を振った。「いいえ、あたしは自分の車のところに早くもどりたい、ストーナーさんの車から早く降りたいとばかり思ってました」

「次に何が起きましたか？」エリクソンが訊いた。

「ストーナーさんが、納屋へ行ったことがあるか、と訊きました」

ささやきが法廷に広がり、カッセル判事は小槌を叩いて、静寂を取りもどした。ストライドは陪審員たちの顔を見て、サリーの言葉を熱心に聞いているのがわかった。

「つづけて、サリー」エリクソンはいった。

「ストーナーさんは、近くにセックスをするのに最高の場所があると聞いたことがあるが、あたしがケヴィンといっしょにそこへ行ったことがあるだろうか、といいました」

「あなたは何といいましたか？」

「あたしは、『ない』といいました。ストーナーさんはすごく驚きました。あたしが冗談をいってると思ったようです。でも、あたしは本当に一度も行ったことがありませんでした」

「それをいわれたとき、あなたたちはどこにいましたか？」

「あたしたちは十字路にいました。あたしは、納屋が近くにあるのは知ってました。みんな、納屋がどこにあるかは知ってます。ストーナーさんは交差点で車を停めました」

エリクソンは身を乗り出した。「明確にするために訊きますが、サリー、これはレイチェルに関する証拠が——彼女のブレスレット、彼女の血痕が——発見されたのと同じ納屋ですか？」

「はい。同じ場所です」

「それで、それから何が起きましたか？」

「ストーナーさんは、納屋はこの道路の先にあるのか、と訊きました。あたしは、そうだと思う、といいました。あたしをもてあそぼうとしているような、いやらしい目つきになって、いま誰かがあそこでセックスをしてると思うかと訊きました」

「あなたは何といいましたか？」

「あたしは、わからない、といいました。もうほんとに帰らなくては、といいました」

「彼はあなたの頼みどおりにしましたか？」

「いいえ」サリーは顔をしかめた。「ストーナーさんは確かめるべきだといいました。しつこくいったんです。そして十字路で曲がって、納屋のほうに向かいました。あたしはほんとに怖くなりました」

「あなたは、次にどうなると思いましたか？」

「異議あり」ゲールがぴしゃりといった。「推測を求めています」

「わたしは証人に、その情況を彼女自身がどう感じたかを訊いているのです、裁判長。被告人がそのとき何を考えていたのかを訊いているわけではありません」エリクソンは反論した。

カッセル判事は間をおいた。「その質問を許可します。証人は答えるように」

「自分がどう思ったか、よくわからないんです。ひどいショックを受けてたので。ストーナーさんの話し方で、性的関心を持たれていると、感じたんだと思います。ストーナーさんに何かをされるのではないか、みたいな」

「彼はあなたを納屋へ連れていきましたか？」

サリーはうなずいた。「はい。納屋の裏に車を乗り入れて、停めました。あたしは逃げ出すつもりでいました。怖かったんです。まわりには誰もいなくて、ストーナーさんはあたしをずっと見つめてるし。そして、あたしのことを、ほんとにきれいだ、といってばかりいたから」

「彼はあなたに触りましたか？」

「いいえ。あの、そうするチャンスはありませんでした。そこに着いて一、二分で、別の車があたしたちの後ろに来たからです。これほどうれしいことはありませんでした」

「ストーナー氏はどうしましたか?」

「おもらしをした子供のように、あわてて逃げ出したというか」サリーはためらった。「すみません、そんないいかたをして。でもほんとにそんな感じだったんです。別の車が来るとすぐに、アクセルを踏んで、車を急発進させたんです」

「そのあと彼はあなたに何かいいましたか?」

彼女は首を振った。「いいえ、ほとんど何もいわないまま、黙って幹線道路に向かって、こんどは時速百キロで走っていました。ほんの数分であたしの車のところまで来ると、あたしを降ろして、それでおしまいでした。あたしは車から出られて、うれしかったんです」

「この出来事について、あなたは誰かに話しましたか?」エリクソンは訊いた。

「いいえ。そのときは、とにかく恥ずかしかったし、なんだか馬鹿みたいな気がしました。あたしは、起きたことを間違って解釈したのだと自分にいい聞かせようとしました。でも、いま話したとおりのことが起きたのです」

「それで十分です、サリー。ありがとう」エリクソンはゲールのほうに向いた。「あなたの番です」

ストライドは、ほら、花火があがるぞ、と思った。

そして、小声でそういおうと、マギーのほうに身体を傾け、彼女がいないことに気づいた。

29

ゲールは老眼鏡をはずし、それをスーツの上着の胸ポケットに押し込むと、伯父のように優しい笑みをサリーに見せた。

「長くはかからないからね、サリー。二、三、質問があるだけだよ」彼はサリーにいった。

嘘つけ、ストライドは思った。

「あなたは町から数キロ離れた田舎道で自転車に乗っていた、そのとおりかな？」ゲールは訊いた。「怖くなかったのかね？」

「はい。少なくとも月に一度はそこへ出かけますから」サリーはいった。

ゲールは眉をひそめた。「そうはいっても、数カ月前に、同じ学校の女子生徒が、裏道でジョギングをしているときに、誘拐されている。それは心配ではなかったのかね？」

「異議あり」エリクソンがぴしゃりといった。「証人が何を考えていたか、あるいは考えていなかったかは、無関係です」

「裁判長、この出来事が本当に起きたか否かを、陪審が決めることになれば、陪審は前後の事情をすっかり聞くのは当然です」ゲールはいった。

カッセル判事はうなずいた。「異議を却下します。証人は質問に答えなさい」

せんでした」

サリーは肩をすくめた。「心配すべきだったと思います。でも、ほんとうに何も考えませんでした」

「それでは、ケリーを誘拐したのが誰にしても、その人物があなたのことも誘拐するかもしれないとは、まったく心配しなかったのだね？」

「異議あり、すでに質問され答えています」エリクソンが口をはさんだ。

「異議を認めます」

「よろしい、サリー、あなたは、自転車を押していたときに、ストーナー氏があなたをひろってくれたと主張している、そうだね？」ゲールは訊いた。

「はい」

「そして、その出来事にとてもおそろしい思いをした？」

「はい」

ゲールは間をおいた。「でも、そのことを誰にもいわなかった？」

「はい、いいませんでした。そのときは」

「誰にもいわなかったのだね？」ゲールは訊いた。「両親にも？　ケヴィンにも？　先生にも？」

「はい。怖かったんです。それに、自分が過剰に反応したのかもしれないと思って」

「あなたは過剰に反応した。いい換えれば、あなたは間違った結論に飛躍したとわかりはじめた、そうだね？」

サリーはためらった。「どう考えればいいのか、わかりませんでした。つまり、それが過ぎてよかったと思っただけです。彼を厄介なことに巻き込みたくはありませんでした」

「最初にあなたが、この出来事と称することについて誰かに話したのは、警察に質問されたときだった。そうだね?」

「そうです」

「でも、それはあなたが初めて警察に質問されたときではないね?」ゲールは訊いた。

「はい」

「実際は、警察とは何度か会って質問されていたが、あなたは出し抜けに、この話を口走った? それは間違いないかね?」

「いったでしょう、怖かったって」サリーはいった。

『はい』か『いいえ』で、答えて、サリー」

「はい」彼女は、ゲールに止められないうちに、急いでつけ加えた。「警察が納屋で証拠を見つけたことを聞くまでは、それが重要かどうか、わからなかったんです」

「それまでその話をしようとは、一度も思いつかなかったのだね?」

「はい、ほんとに一度も」

ゲールは方向を変えた。「あなたは、この前の証人、ケヴィンと恋愛関係にある。そうだね?」

エリクソンが立ち上がった。「これは無関係であり、直接尋問の範囲外です、裁判長」

カッセル判事は唇をすぼめた。「いいえ、質問を許可します」

サリーはよろこんで答えた。「はい、あたしたちはとても親しいです」彼女はきっぱりといった。

「彼はハンサムだ。きっとほかの女の子たちに、追いかけられることがあるのではないかな」ゲールはいった。

「ケヴィンはあたしを愛してます」

「彼は決してほかの少女に目を向けないのだね？」

「はい」

「そうかな？　でもほかの女の子たちは彼と付き合いたいと思っている、そうだね？　ケリー・マグラスもそうではなかったのかね？」

エリクソンはすぐにまた立ち上がった。「同じ異議です、裁判長」

「ゲール弁護人？」カッセル判事はたずねた。

「裁判長、この質問の目的は、この証人の信用性に通じるものです」

「よろしい、異議を却下します。しかしその関連性はきわめて速やかにわかるのでしょうね、ゲール弁護人」カッセル判事は被告弁護人に苛立って眉をひそめて見せた。

「ケリーはケヴィンをデートに誘わなかったのかね？」ゲールはくり返した。

「彼女に一度誘われた、とケヴィンはいいました、はい」

「あなたはそれを聞いて憤慨したのでは？」

「ケヴィンは断りましたから。彼が承知したのなら、憤慨したかもしれないけど」サリーはいった。

「あなたのものを取ろうとしたケリーに、あなたは腹を立てなかった？」ゲールは微笑して訊いた。

「はい」

「そうかな？　彼女にそれについて話したのでは？」

サリーはためらった。「いいえ、話しませんでした」

「あまり確信がなさそうだね、サリー」

「あのう、ケヴィンにかまわないで、と彼女にいったかもしれません。どうってこともなかったけど」

「それをいったのですね？　それは気だてのよい娘のいいかたでしたか、それとも『あたしの男に手を出さないでよ、さもないとあんたの毛をむしり取ってやる』というようないいかたでしたか？」

サリーの目が大きく開いた。彼女はいまわかりはじめた。そのメッセージが彼女の頭に浸透していくのが、ストライドにも読み取れるほどだった。この弁護士はあたしを犯人にしようとしてるんだわ。

「異議あり」エリクソンが大声でいった。「裁判長、わたしは当惑しています。誰がここで裁かれているのですか、どの犯罪が問題になっているのですか？」

カッセル判事はため息をついた。「ゲール弁護人、わたしも当惑しています。関連性を説明してもらえますか？　わたしの忍耐も限界にきています」

エリクソンは検事席の前にまわり、ゲールが口を開かないうちに、話しだした。「裁判長、この問題を判事室で話してもよいでしょうか？　被告弁護人には失礼ながら、正当には訊くのを許されない質問を、抜け道を見つけて訊かれては、望ましくありませんから」

「裁判長、今の発言は無礼です」ゲールはいい返した。

判事はふたりをしばらく見ていた。それからうなずいた。「十分間、休廷します。ふたりとも、わたしの部屋へ」

きちんと整頓されたクルミ材の机の向こうにすわり、カッセル判事は机に肘をついて身を乗り出した。ゲールは彼女の前に、ゆったりとすわった。エリクソンは落ち着かずに行ったり来たりしていた。

「さて、アーチー？」判事は愉快そうに訊いた。「関連性について話しましょう」

ゲールは説明するまでもないというように、両腕を広げた。「裁判長、わたしはレイチェルの失踪には、別の妥当な理論が存在するのを示そうとしています。この一連の質問はその理論に信憑性をつけ加えるものです。それに加えて、証人がストーナー氏に納屋へ連れていかれたという話をすべて捏造したと信じるのに妥当な理由を、陪審にあたえることになります。彼女以外にはその話を裏付けできる人はひとりもいませんから、陪審全員が彼女の言葉を信用するしかない。わたしにはそれに挑む権利があります」

エリクソンは怒って反論した。「裁判長、この証人がケリー・マグラスに何をいったとか、いわなかったとかは、彼女の信用性には何の関係もありません。ゲール弁護人がしようとしているのは、証人を中傷し、彼女が前回の少女の失踪に関わっているという途方もない考えをほのめかすための、あてこすりです。彼はそれを裏付ける証拠を何ひとつ持っていません、なぜならそれはひとつも存在しませんから。弁護人は陪審を混乱させたいだけです。それはとんでもないことです」

ゲールは首を振った。「わたしはすでに二件の失踪の情況的なつながりを示しました――ふたりとも、失踪の直前に、同一の少年をデートに誘っています。しかもその真ん中に嫉妬深いガールフレンドがいる。わたしにはこの関係を探る権利があります、なぜなら、わたしの依頼人が二番めの失踪に関わっている可能性に合理的な疑いをあたえ、証人の信用性に疑いを投げかけるのに寄与するからです」

「何の疑いも投げかけませんよ」エリクソンはいいはった。「サリーが納屋での出来事について嘘をつく理由があったことを示すには、彼女が少女ふたりを殺したと仮定しなければならない。ばかげています。いわゆる情況的関係は偶然の一致にすぎません。ふたりの少女が失踪する直前に、このふたりと関わりを持った同じ学校の生徒と教師が、いったい何人いたでしょうか？ゲール弁護人はその全員に尋問するのですか？事実は、この証人をケリーやレイチェルの失踪に繋げるものは何もないということです。何もない。これは煙幕です」

「ゲール弁護人？」カッセル判事は冷ややかに訊いた。「あなたには偶然の一致と希望的考えのほかに、何か証拠があるのですか？」

ゲールはうなずいた。「はい、裁判長、レイチェルの失踪に関しては、あると思います」

判事は眉をひそめ、手の中でペンをよじった。「それは結構ですね、この裁判はレイチェルの失踪についてのものですから。しかしケリー・マグラスについてはどうです？」

ゲールはためらった。「直接的なものは何もありません、裁判長」

カッセル判事は彼をにらみつけた。「それでは、これに関する質問の路線はこれで終わりです。この裁判のほんとうの問題に移りなさい、ゲール弁護人。わたしは陪審に、きょうの証人ふたりへのあなたの質問で、ケリー・マグラスに言及したことは、すべて無視するように命じますし、彼女の名前をふたたび聞きたくありません。はっきりとわかりましたか？　わたしの法廷で余計な手柄を立てようとしないでください」

「そんなつもりはありませんよ、裁判長」

「わたしの考えはいいました、ゲール弁護人。さあ、裁判をつづけます」

法廷で待たされたのは、サリーにとって良いことではなかった。決然とした平静さは失われ、いまの彼女は次に何を訊かれるのかわからなくて当惑し、不安に脅えたティーンエイジャーになっていた。ゲールが、ケリー・マグラスを持ち出したのは、次にくり出す質問に対してサリーを弱気にさせるための作戦だったのではないか、とストライドは思った。ゲールは人当たりのよい態度をやめた。彼の声は剃刀のように鋭くなった。彼はサリーに照準を合わせていたが、質問を再開する前に、わざと数秒ほど待って、相手を苦しめた。

ストライドはこのメロドラマが展開されるのを見ていたが、マギーが彼の隣にそっともどってきたのに気づき、それに気を取られた。彼女はふたりの脚が触れるほどぴったりと横についた。ストライドは身をかがめ、彼女の耳を片手でかこった。

「何かあったのか？」彼は小声で訊いた。

マギーはうなずいた。そして後ろをちらりと見て、マスコミの連中が近くにいないのを確かめた。「ガッポに呼び出されたの。彼は町の北で何かを追ってるわ。重要な可能性がある、といってるわ」

被告弁護人の席から、ゲールがふたたびはじめたが、その声は氷のように冷たい。

「サリー、あなたはどこに住んでいるのかね？」

サリーは驚き、彼に住所を告げた。

「それはレイチェルの家からはどのくらい離れているのだね？」ゲールは訊いた。

「一キロ半ぐらいです」

「歩いていける距離だね？」

「ええ」

「家からレイチェルの家まで歩いていったことはあるのかな？」

サリーはうなずいた。「はい、二度ぐらい」

「そして彼女の家の中に入ったことは？」

「はい、二度ぐらい。ケヴィンといっしょに」

「あなたの両親はどんな車に乗っているのかね？」彼は訊いた。

エリクソンは立ち上がった。「異議あり、関係のないことです」

カッセル判事はため息をついた。「却下します。しかし時間が足りなくなっています、ゲール弁護人」

「答えて」ゲールはサリーにいった。

「シェビーのミニヴァンです」

「ストーナー夫妻が所有している車と似ているね？」ゲールが訊いた。

「そうだと思いますけど」

「あなたは両親のミニヴァンを運転したことがありますか？」

サリーはうなずいた。「はい」

「それなら車の扱いには慣れているね？」

「異議あり」エリクソンはいった。「すでに質問され答えています」

「認めます。次に進みなさい、ゲール弁護人」

「わかりました。サリー、あなたとケヴィンがレイチェルを見た最後の夜について話そう。

あなたたち三人は、カナル公園でいっしょにいたんだね？」

「そうです」

「あの夜、何を着ていたか話してくれますか？」ゲールが訊いた。

サリーはためらった。彼女が不安そうにエリクソンを見ると、エリクソンは後ろにもたれて、ストライドを当惑した目で見た。「あたしが何を着ていたか、ですか？　おぼえてません」

ゲールはうなずいた。「たぶん、わたしが思い出させてあげられるよ」彼はポケットから老眼鏡を出し、それを鼻の頭にかけた。そして手帳を数ページめくった。「赤いチェックのシャツにジーンズ、そして赤いパーカーではないかな？　そのとおりかね？」

「たぶん」サリーはいった。「ほんとに、よくおぼえてません」

「でも、あなたはそのような服を持ってるね？」

サリーはうなずいた。「はい」

ゲールは腕を組み、少女をまじまじと見た。「さて、あなたはケヴィンとレイチェルが公園にいるあいだずっと、そこにいたのではない、そうだね？」

「はい、あたしは九時半ぐらいに公園を出ました」

「そのあと何をしたのだね？」ゲールが訊いた。

「車で家に帰りました」

「どこかに寄ったかね？」

サリーは首を振った。「いいえ、まっすぐ家に帰りました」

ゲールはまたノートをめくった。「そのあとまた出かけたかね？」

「いいえ、出かけませんでした」

ゲールは冷たい笑みを浮かべた。「それは絶対に確かかな？」

「はい」サリーはいった。

「それならよろしい。話してくれないか、サリー、なぜ、早く家に帰ったのかを？　なぜケヴィンといっしょにいなかったのだね？　彼はあなたのボーイフレンドだよね？」

「はい、そうです」

「でも、あなたはレイチェルのもとに彼を残して、家に帰った？」ゲールが訊いた。サリーは弱々しく微笑んだ。「疲れてたので」

「待ちなさい、サリー、あなたはケヴィンが何を宣誓したか、知っているね？　レイチェルに橋の上で、性的誘惑をされた、と証言したよ」

サリーは無言だった。下唇を嚙み、ゲールの目を避けた。

「あなたはふたりがいっしょにいるのを見てたんだね？　ふたりがしていることを見ていたのだ」

「いいえ、見てません」

ゲールは眉を上げた。「見ていなかった？　自分のボーイフレンドがきれいな女の子といっしょに橋にいるのに、注意を払わなかった？　ただそこから去っていったというのかね？」

「いったじゃないですか、疲れてたって」彼女はくり返した。

「実際は、激怒してたのでは？　ボーイフレンドが、あなたの目の前で、あなたを裏切っていた。この薄情な意地悪娘は、あなたに見えるように、目の前で、彼にキスをし、彼を愛撫した」ゲールは間をおいた。「あなたは怒って立ち去ったのだね、サリー？　侮辱され、腹を立てた。違うかね？」

サリーは瞬きした。涙が一筋、頬に流れ、彼女はそれを拭きとった。「あたしは傷つきました」彼女は静かにいった。

「それなら、あなたはふたりをよく見ていたのだ」

サリーはうなずいた。

「あなたはふたりに腹を立てた」ゲールはいった。

「いいえ、ケヴィンには違います」サリーはうっかり口走った。

「あなたはレイチェルに激怒していた」ゲールはいった。

サリーは眉をひそめた。「彼女は彼に魔法をかけることができたみたいだった。彼女は全部の男の子にそれをしたんです。でも、誰のことも愛してなかった。彼らを食い物にしただけです」

「そして、あなたはそれにも腹が立った？」ゲールが訊いた。

「彼女は残酷でした」サリーはいった。「ケヴィンをもてあそんでいるだけなのを、あたしは知ってた。彼に本当に関心があるわけじゃないのを知ってたんです」

「でも、ケヴィンはレイチェルをどのように感じてたのだろう？　彼女にぐらっときたのではないかね？」

サリーは顔を紅潮させた。「何でもなかったんです。ただぐらっとしただけ。彼はあたしを愛しています」

「それでも、サリー、彼はレイチェルといっしょにいるチャンスのためなら、たちまちあなたを捨てるのではないのかね？」

「違います！」サリーは叫んだ。

「でも、彼があの夜、そうしたのでは？」

「そんなことはなかったわ！」

「では、どんなことがあったのだね？」ゲールが訊いた。「あの夜、レイチェルは何をしたのかね？」

サリーは目を伏せた。「彼にキスをしました」

「ほかに何か？」

「知りません」

「知らない？　あなたは、ふたりを見ていたといった。レイチェルはあなたの目の前で、あなたのボーイフレンドに何をしたのだね？」

サリーはためらった。「彼のパンツの中に手を入れました」

「彼女は橋の上で、あなたのボーイフレンドを愛撫し、あなたはひとりだけ歩道に残されていた?」

「はい」

「そしてあなたは、彼女が彼をもてあそんでいるだけだと思ったのだね? 彼女が本気ではなかったと?」ゲールは訊いた。

「そうです! それが彼女のやり方なんです! 彼のことをちっとも好きじゃないのに」

「でもケヴィンは好きだった。彼はいつも密かに彼女を愛していたのでは? そしてあなたはそれを知っていた。そしていま彼が夢のように想っている女性が彼に性的関心を示している。あなたは彼に捨てられるのではないかと恐れた?」

「ケヴィンがそんなことをするはずないわ」

「われわれは、ケヴィンがレイチェルとあの翌日のデートの約束をしたのを知っている。彼はあなたとのデートの約束を破った。そうではないかね?」

サリーは下唇を噛んだ。逃げ出したいかのように見えた。「彼は電話をよこして、あたしたちのデートを中止しました」

「そしてそれはすべてレイチェルのせいだね?」

「そうよ!」

「それで、ふたりが橋の上にいるのを見たあとで、あなたは家に帰ったのだね?」

「そのとおりです」

「それだけかな、家に帰っただけ？」

「はい、そうです。あたしは頭にきてました」

「ふたりと対決したいと思わなかったのかね？」

「そのときは、そうは思いませんでした。できませんでした。あたしはふたりを見ることができなかった」

「そして、このときは何時だった？」

「九時半ごろ」

ゲールは眼鏡をはずした。彼は手帳のページをぱらぱらとめくり、閉じた。サリーの目は彼の動きを追った。ゲールが質問を終えたかのように思ったサリーは立ち上がりかけた。しかし彼女が立ち上がると、ゲールは振り向いた。サリーは唾をのみ、また腰をおろした。ゲールはヤギ鬚をぐいと引っ張り、少女の顔を考え深そうに、しげしげと見た。

「家に帰ってから、何をしたのかね？」

「両親とちょっとだけ話して、それから寝ました」

ゲールはうなずいた。「ケヴィンには電話をかけたのかね？」

「いいえ」

「レイチェルに電話をかけたのかね？」

「いいえ」

「とても怒っていたのだから、きっとなかなか眠れなかったはずだ」

「おぼえてません」サリーはいった。下唇を突き出し、喧嘩腰になってきていた。

「あなたの寝室は一階にありますか?」ゲールが訊いた。

「はい」

「その気になれば、両親に知られずにこっそり家から出ていけたね?」

「そんなことはしませんでした」サリーはいった。

「あなたは、レイチェルと対決しようと、彼女の家へ歩いて行ったのではないのかな? はっきり話をつけるために?」

「異議あり、すでに質問され、証人はすでに答えました」エリクソンはぴしゃりといった。

「認めます」

ゲールは別の角度に切り替えた。「よろしい、これをはっきりさせよう、サリー。あの夜、あなたは家に帰ったあとで、レイチェルに会ったかね?」

エリクソンが異議を唱える間もなく、サリーの目がぱっと大きく開いた。「いいえ!」

陪審の何人かは、すわったまま前に少し動いた。エリクソンはサリーを疑わしげな目で見つめ、それからストライドのほうに、問いかけるようなとげとげしい視線を向けた。

ストライドは身をかがめて、マギーにささやいた。「これはいったいどういうことだ? 彼はどこへ進むつもりなんだ?」

マギーの蜂蜜色の肌はいくらか蒼ざめて見えた。「あなたはあたしを殺すと思うわ、ボス」

「話してくれ」ストライドはいった。

マギーはささやいた。「彼女の服よ」

ゲールは法廷が静まるまで待った。それから、静かな声でつづけた。「サリー、これを説明しなさい。もしもあなたがレイチェルと対決しに行かなかったのなら、もしもあの夜、部屋から出て行かなかったのなら、なぜ、あの夜、十時数分過ぎに、レイチェルの家から数ブロックの通りで、あなたを見た人がいるのだろう?」

法廷にまたざわめきが広がったので、カッセル判事は小槌で叩いた。

サリーは彼らの目の前で、しおれた花のようにうなだれた。「それはありえません。あたしはそこにいませんでしたから」

ゲールはため息をついた。彼は手帳にはさんであった白い紙を抜き取り、証人台に近づいた。「これは警察の報告書だよ、サリー、レイチェルが失踪した夜についての。ストーナー家から四ブロックのところに住んでいるミセス・カーラ・デュークから聴取した内容の記録だ。マーカーの部分を読んでくれないか、サリー?」

サリーはその紙が燃えているかのように、指先で紙の隅をつまんだ。彼女の声はほとんど聞こえないほど小さかった。

「わたしは十時少し過ぎに、女の子がとおるのを確かに見ました。街灯でその子が見えたのだけど、あなたがたが捜している女の子とはまったく似てませんでしたよ。その子はふさふさした茶色の髪をしていて、ジーンズに赤いパーカーを着ていました」

ゲールはその紙を彼女の手から取りもどした。「確かにあなたのようだ、サリー」

「違うわ」彼女はつぶやいた。「あたしじゃない」

ストライドもつぶやいた。「ちくしょう、どうして見落としたんだろう?」

「あたしたちはレイチェルを見た人たちを探してたのよ。ほかの女の子ではなくて」マギーはいった。

ゲールは信じられないというように首を振った。「あなたと同じ服を着て、あなたと同じ髪をした誰かが、レイチェルが失踪した夜に、公園であなたがレイチェルに侮辱されたすぐあとに、レイチェルの家の近くにいた。でもそれはあなたではなかった」

サリーは砕けかけていた。「はい」

「そしてあなたは嘘をついている、サリー」ゲールはぴしゃりといった。

「異議あり」エリクソンはいった。

カッセル判事はうなずいた。「認めます」

ゲールは気にしなかった。「ミセス・デュークを証人として連れてくれれば、それがあなただったと彼女にわかるだろうか?」

「異議あり、推測を求めています」

「認めます」

しかしゲールのいいたいことは、陪審員にも伝わりはじめていた。

「あなたはレイチェルに何といったのだね?」ゲールは訊いた。「ケヴィンに近寄るなと彼女に警告したのかね？」

「あたしは彼女に会いませんでした」

「彼女は玄関に出てきたのかね？　ヴァンの鍵は、玄関ドアの内側のすぐそばにあったかね？　あなたたちふたりは車で出かけたのかね？」

「いいえ！」

「あなたの姿は見られているのだよ、サリー。ケヴィンも、それがあなただったことを知るようになる。彼とわたしたち全員に、真実を話すときが来た。さて、最後にもう一度、訊くよ。あの夜、あなたはレイチェルの家へ行ったのかね？」

「異議あり」エリクソンはくり返した。「彼は証人をしつこく苦しめています、裁判長」

しかしカッセル判事は、ほかのみんなと同じように、サリーをじっと見ていた。そしてゆっくりと首を振った。「却下します。証人は質問に答えるように」

サリーは判事を、それからゲールを、それから陪審をじっと見た。そしてごくりと唾をのみこみ、不安そうに髪を手で後ろに撫でつけた。髪の一房を指でよじった。涙が頬を伝いはじめた。

それから、ため息をついて、彼女はいった。

「はい、行きました」

法廷は騒然となり、判事は群集を静めようとしたが無駄だった。サリーの次の言葉はざわめきに消されそうになり、彼女は金切り声をあげた。「でも、彼女を殺したのはあたしじゃないわ！　あたしじゃない！　あたしじゃない！」

ゲールは混沌が静まるまで待った。「あなたは一日中、嘘をついてきた、サリー。いまさらどうすればその言葉を信じられるだろう？」

「再直接尋問をお願いします、裁判長」

エリクソンには選択の余地がなかった。レイチェルとサリーが会ったあと、どんなことがあったのだろうかと陪審に思わせたままにしておくわけにはいかない。彼女から真実を引き出さなければならない。

「あの夜、あなたがしたことを話してください、サリー」彼は冷静にいった。

サリーは一転して、積極的に話しだした。「あたしは自分の寝室からこっそり出ていきました。レイチェルにものすごく腹を立ててたんです。彼女は、ケヴィンを好きでもないのに、残酷にも彼をもてあそんでた。だから、あたしは彼女の家へ歩いていった。彼女を責めて、彼女が彼にしているのは意地の悪いことだといいたかったの」

「それで？」エリクソンは訊いた。

「あたしが家に近づいたとき、彼女の車はもうもどってきてた。だから彼女は家にいると思ったのです」

「あなたは何をしましたか？」

「あたしは玄関まで行きました。彼女と話したかったのです」

「そして話しましたか?」

サリーは首を振った。「いいえ」

「どうしてです? 彼女はすでに失踪してたのですか?」

「いいえ、そういうことじゃないの。あたしは玄関のベルを押そうとしましたが、押しませんでした」

「なぜです?」

サリーは勝ち誇ったような目で、アーチー・ゲールを見た。「玄関の中から声が聞こえたんです。怒鳴り合ってる声が。レイチェルの悲鳴が聞こえました。彼女はすごく頭にきてるようでした。そして聞き取れたんです――ストーナーさんの声も。彼の声だとわかりました。彼はレイチェルに叫んでいました。ふたりは大喧嘩をしてたんです。それで、あたしはそのまま帰りました」

グレイム・ストーナーはゲールのほうに身体を寄せ、激しく怒ったようすで何ごとかささやいていた。

エリクソンさえも驚いたようだ。彼はサリーをじっと見て、それからあっさりといった。

「それですべてです、もう質問はありません」

ストライドは首を振った。なんてめちゃくちゃなことだ。

ゲールはふたたび立ち上がった。サリーの突然の暴露に当惑し、陪審員が彼女を信じた場合には、グレイム・ストーナーの棺に釘を打つほどの効果があるにしても、ゲールはそれを表わさなかった。

「サリー、サリー、サリー」彼は穏やかにつぶやいた。「これだけたくさん嘘をついてきたんだから、もうひとつぐらいなんてことないということなのかな?」

「異議あり」

「認めます」

ゲールは肩をすくめた。「あなたはいま、この事件の中枢となる情報を自分が持っているのを信じてくれと頼んでいますが、それをずうっと明らかにせずにいましたね? どうしていまになって?」

「怖かったんです」サリーはいい返した。

「何が、サリー?」ゲールは当惑した顔で訊いた。

「彼が。ストーナーさんが」

「彼が逮捕されたあとでも?」

サリーはどもった。「あの、ええ」

「それでも納屋に関するつまらない話を隠しておくほどには怖がっていなかった。その話を警察にしたのなら、残りの話もすればよかったのではないかね、サリー?」

「信じてもらえるかどうか自信がありませんでした」

「それであなたは嘘をついた。うまい作戦だ」

「また出かけたのを、両親に知られたくなかったんです」サリーはいった。「ケヴィンにも。みんながどう思うか、おそれてました」

「レイチェルを殺したのはあなただと思ったでしょうね」

「いいえ！」サリーは叫んだ。「そんなことじゃなくて」

「事実は、レイチェルとストーナー氏の架空の言い争いを、あなたが誰にもいわなかったのは、そういう事実はなかったからだ、そうですね？　あなたはいま、ここで、とっさにでっちあげた」

「いいえ、それは違います！」

「いいえ？　よしてくれ、サリー。あなたはレイチェルの家へ行ったことを、たったいま認めた、これについて何カ月も嘘をついたあとで。本当はあそこで何が起きたんだね？」

「異議あり、すでに質問され、答えています」エリクソンは介入した。

「却下します」カッセル判事はきっぱりといった。

悲惨だった。判事さえも彼女を信じていなかった。「あたしがいったとおりのことが起こったんです」サリーは執拗にいった。「ふたりの声が聞こえました」

ゲールはため息をついた。「ほんとに？　ふたりは何をいっていましたか？」

「言葉は聞き取れませんでした」サリーはいった。

「なるほど。声が聞こえただけだ」

「はい」

「侮辱され、激怒して、彼女と対決するために一キロ半を歩いてきたあとで、あなたは彼女に会わずに立ち去った。なぜなら声が聞こえたから」

サリーはうなずいた。「はい、そうです」

「ところがいままでに、このことを誰かにいおうとは一度も思わなかったのだね？　殺人事件捜査の重大な証拠になるものを持ってたかもしれないのに、こっそり出かけたのがばれたら両親に外出禁止をくらうと思ったから、何もいわなかったのだね？」

「いいえ、そうではなくて――つまり、あれは、そうではなくて」

ゲールは容赦なかった。「サリー、なぜわれわれがこの話を信じるべきなのか、たったひとつでも理由をいえるのかね？」

サリーは口を開け、それを閉じた。彼女は舌で唇を濡らし、一言もいわなかった。

「終わります、裁判長」ゲールはいった。

30

ストライドは法廷の外へ出たくなかった。マギーも同じ思いだったが、カッセル判事がその日の閉廷を告げたあと、騒然とした法廷でうろうろしていると、ガッポにポケベルで呼び出され、人混みを掻き分けて、戸口へ向かった。ストライドとエリクソンはあとに残った。ストライドは、レポーターたちが自分たちふたりに質問を浴びせようと、待ちかまえているのを知っていた。ゲールはすでに外に出て、サリーの証言について自分の片寄った意見を伝え、無罪放免のドアを開いたと声高に語っている。しかしレポーターたちはエリクソンとストライドからも説明を聞きたいはずだ。

「あなたがたは負けたのですか?」バードはそう訊くだろう。

ふたりともわかっていた。そうだ、彼らは負けたのだ。終わったも同然だ。

エミリー・ストーナーは法廷でふたりの背後にまだ残っていた。当惑し、動転しているように見えた。彼女はひとりだった。一日中彼女のそばにいたデイトン・テンビーは、裁判所の裏口に車をまわすために、出て行った。警備員たちが、マスコミの群れを避けて、彼女をこっそり裏口に連れていくだろう。

彼女はまだ一言も発せず、エリクソンも彼女に挨拶をしていなかった。しかし彼女がいるからこそ、エリクソンが怒りを爆発させなかったことは、ストライドにはわかっていた。

「彼女にはアリバイがある、といったじゃないか」エリクソンはいった。唇は引きつり、薄い冷たい線を引いたようになっている。

「あるよ」

「それでも、きみの部下が聞き込みをした目撃者が、アリバイをぶちこわしにした。しかも誰もそれをつかんでいなかった」

ストライドは重いため息をついた。「おい、ダン、おれが弁解したところで何になるんだ？　おれたちはしくじった。まったくしくじった。おれたちはそれをつかむべきだったのに、つかんでいなかった」

「もっとましなことをいえよ」エリクソンは押し殺した声でいった。「いったいどういうことだったんだ」

「おれたちは最初の二日間で、数百人に話を聞いた。レイチェルを見た人物を探してたんだ。数ブロック先で十代の少女を見た人間がいても、その少女がレイチェルの外見に似ていなかったら、その目撃証言は重要に思えなかった」

「なんだってそんなばかげたことを？」

ストライドは首を振った。「サリーは一度も容疑者として浮上していなかった。くそ、いまでも彼女は容疑者じゃない。彼女がレイチェルの殺害に関係したとは、おれはいままも少しも思ってない。彼女を結びつける物的証拠はひとつもないんだ」

「たぶん、彼女のほうがきみよりずっとうわてなんだ」エリクソンはいった。

「とんでもない。もしこれが本当に激情にかられた犯罪ならば、現場全体に証拠が残っていたはずだ。明日、おれをもう一度、証人台に立たせてくれ。不明な指紋、毛髪、繊維など、サリーをヴァンあるいは納屋に結びつけるものは何ひとつないことを指摘できる。彼女はやってない」

「新しい証拠はひとつもないんだし、すでに陪審員の前で話したことをくり返させるために、きみを証人台に立たせることはできない」

エミリーが咳払いをした。男ふたりは立ち止まり、初めて気づいたかのように彼女を見た。彼女の顔は蒼白だった。

「わからないわ」エミリーはいった。「あなたがたは、これが事件にとって悪いことだといっているみたいだけど。これはよいことのはずでしょう？　つまり、彼女は、あなたがたに必要な繋がりを提出したんですもの。グレイムとレイチェルがいい争っているのを、彼女は聞いたのよ。話が繋がります」

エリクソンはうなずいた。怒りが消えていき、彼の目は穏やかになった。「残念ながら、情況はもっと複雑なんですよ」

「でもなぜ？」エミリーは訊いた。「これであの男の有罪判決は保証されたはずよ」

エリクソンは彼女の片手をとり、その目をじっと見た。「問題はですね、陪審がサリーの言葉を信じるかどうかなのです。ゲール氏の尋問で、彼女の信用性には大きな疑問が生じた。彼女がすでに嘘をついていたことがわかりました、あの夜、レイチェルに会いに行かなかった、とね。陪審は、彼女が何かを隠すために、また嘘をついていると思いがちです」

「あなたもそう思うんですか？」

エリクソンはため息をついた。「わかりません、エミリー。わたしは彼女を信じたい。ほかのすべての証拠を考えあわせれば、筋がとおります。もしサリーがこのことを最初にいっていたら、いまごろは間違いなく有罪判決を得ていたはずです。しかし、この情況では、事態を悪化させるだけで、よいほうには進めないでしょうね」

「でもなぜ？」彼女の声は悲しそうだ。

「それは陪審の心に、合理的な疑いの種をまくかもしれないからです。陪審員はサリーの証言に疑いを抱き、ストーナーが確実に有罪だとはいえない、と感じる恐れがあります」

「彼は有罪よ。彼がやったの。わたしにはわかります」エミリーは激しくいった。

「陪審員の多くもそう思うかもしれません。問題は、彼らがストーナーを有罪にするだけの確信を持てるかどうかです」

彼女にも現実がわかりはじめたようだ。「あの人間のくずが無罪放免になる可能性がある、というの？　彼が自由になって、ここから出ていく可能性があると？」

「それはあり得ますね」エリクソンはいった。まるで彼自身もはじめてそれに気づいたように、彼の声は荒々しくなり、怒りに震えた。

法廷のドアがバタンと開く音が聞こえて、ストライドは目を上げた。マギーがまた中に入ってきて、彼に手招きをしながら、通路を進んでくる。彼女の表情で、緊急事態だとわかった。彼は無言でエリクソンとエミリーから離れて、法廷柵を押してその外に出ると、通路の途中でマギーと会った。

「遺体が見つかったわ」マギーは息を切らせていった。「ガッポは市の北にある現場よ」

「レイチェルの？」

「判別はつかないって。骨だけが残ってたの。あの野郎は彼女を燃やそうとしたのよ。レイチェルかもしれない。ケリーかもしれない。別の誰かかもしれない」

ストライドは目を閉じた。一カ月前なら、これはものすごいニュースになったはずだ。三カ月前なら、なおよかった。ゲールのもっともらしい弁論のひとつ、つまりレイチェルは実際にはまだ生きているという理論は、取り除かれたかもしれない。

「どこで見つかったんだ？」ストライドは訊いた。

「北で。納屋からほんの数キロのところ。われわれの捜索半径があと一キロ延びていたら、彼女を見つけていたかもしれないわ」

「ガッポは現場を立ち入り禁止にしたか？」

「ええ。検視官も現場に来ているわ」

「彼は何といってるんだ？」ストライドは訊いた。

「いまのところ、まだあまり。彼がいっているのは、骨格は十代の少女のものと一致するということだけ。他の点は、DNA鑑定や、歯科医の記録を待つか、その周囲の捜索で何かが現われるのを期待するしかないわ」

「マスコミにはまだ一言もいうなよ」ストライドはいった。「騒ぎ立てるな。まずエリクソンに話す。それからきみといっしょに現場へ行く」

ストライドはエリクソンとエミリーのほうに振り向き、娘の母親の前で、どうやってこの知らせを伝えようかと思った。

彼は深く息を吸い、マギーに待っているようにいった。法廷柵の前にもどると、エリクソンとエミリーが彼を見つめていた。婉曲に伝える術はない。

「市の北にある森で遺体を発見しました」彼はふたりにいった。

エミリーの目が大きく開き、片手がさっとあがって口をふさいだ。「ああ、まさか！」

エリクソンはいった。「くそ」彼はそれを数回くり返した。

エミリーは座席に崩れこんだ。そこで壊れた卵の殻のように、黙ってすわっていて、それからやっと血走った目でストライドを見た。「それは——それはあの子なの？　レイチェルなの？」

「まだわかりません」ストライドはいった。「まことにお気の毒です。遺骨しかないので、身元を確認するのに時間がかかります」

「どのくらい？」エリクソンが訊いた。

「おそらくDNA鑑定を待たねばならない、歯科医の記録で何かがわかれば別だが。いずれにしても、数週間はかかる」

ダンは首を振った。「数週間も余裕はない。数日の余裕さえないんだ」

ストライドはうなずいた。「わかっている」

「どういうこと？」エミリーは訊いた。

「裁判はほとんど終わりかけてるのですよ」エリクソンは彼女にいった。「決定的な身元確認がないかぎり、これを陪審には提起できない。われわれの疑念だけでは証拠になりません」

「でも、あの子の遺体が見つかったのよ」エミリーは訴えた。「あの男が、陪審の前で、レイチェルが生きているかもしれないふりをしつづけるなんて、許せないわ」

「残念ながら、娘さんの遺体かどうかは、まだわからないのです」ストライドは穏やかに彼女に気づかせた。

「こんなことは間違ってるわ」エミリーは首を振った。「こんなこと、信じられない。どうしても彼をいま自由の身にするわけにはいかないわ。裁判の残りを延期してもらわなくては。それがレイチェルであると証明する時間をくれるべきです」

「判事の判断次第ですね」エリクソンはいった。

しかしストライドは彼が何を考えているのか、わかっていた。もう時間切れなのだ。

31

「休廷？」カッセル判事の眉がピクッと動き、声が一オクターブ高くなった。「エリクソン検事、何かの冗談のつもり？」

エリクソンは悲しそうに両手を広げた。「これが異例なのはわかっています、裁判長」

「異例だと？」ゲールは鼻を鳴らした。「常軌を逸したというべきだな」

検事と弁護士は、判事席に身を乗りだした。背後の傍聴席はこの日も満席で、抑えた話し声が広がっている。カッセル判事は小槌を叩いたが、ちっとも静かにならなかった。グレイム・ストーナーは冷静な顔で、ひとりで被告人席にすわっている。きょうのエミリーは、自分の存在をストーナーに感じてもらいたいかのように、彼のすぐ後ろにすわり、夫のうなじを見つめていた。ストーナーは、初めにすわったときに彼女に気づいたあと、一度も振り向かなかった。しかし彼が、そこに彼女がいるのを、彼女の匂いが漂ってくるほど近くにいるのを、感じているのは明らかだ。

陪審員は退廷していた。エリクソンが審理の延長を訴えるあいだ、陪審室に隔離されているのだ。今朝の朝刊に大きく載った『レイチェルの遺体？』という見出しを見なかったのは、ミネソタ州ではこの陪審員たちだけだった。

「誰も予測できなかったことです」エリクソンはいった。「しかし正義を行なうためには、遺体を分析する時間を取る必要があります」

「検事はいままで遺体には関心がありませんでした、裁判長」ゲールはいった。

カッセル判事は高い席からエリクソンを見下ろした。「確かにそうね」

「彼は少女が死亡しているという証拠がまったくなくても、この事件で勝つと確信していました」ゲールはつづけた。「チャンスは十分与えられていましたよ」

「わたしはまだ弁論を終えていません」エリクソンは指摘した。

「それはそうだが、検察側にはこれ以上、付け加えるものは何もありません、裁判長。新たな証拠はないし、新たな証人もいません」

エリクソンは首を振った。「ゲール氏の弁護のほとんどが、レイチェルはまだ生きているかもしれないという印象を陪審員にあたえることに、基づいていました。彼は狙いどおりに合理的な疑いを抱かせるよう示唆してきたのです。ゲール氏のほのめかしは偽りであったと、われわれが証明できるならば、陪審員はそれを知る必要があります」

判事は腕を組み、後ろにもたれた。「ゲール弁護人？」

「すべてが、こちらに不利になります」ゲールは主張した。「陪審員はすべての証拠を聞きました。陪審員の頭の中では、いまはどれも鮮明です。陪審員の記憶が薄れる時間を検察側にあたえるのは、公平でも合理的でもありません。遺体はこの事件と無関係だったという結果になる可能性もあるのですから。そうなったあとではロスを取りもどすには遅すぎる。しかも決定的な身元確認ができるという前提に立つにせよ、そのためにどれだけ時間がかかるかは、誰にもわかりません」

「アーチー、あなたも延期を望むべきだ」エリクソンはいった。「裁判長、たとえ隔離されていても、陪審が遺体について知りうる可能性は十分あります。ニュースは簡単に漏れ伝わるものです。彼らはそれがレイチェルだと結論を出すでしょう。それは彼らの決定に影響するでしょう。補足的な話ではなく、事実に基づいて決定させるべきです」

カッセル判事はかすかな笑みを見せた。「ずいぶん思いやりがあるのね、エリクソン検事。しかし実際は、延期がなければ、陪審は遺体について何も聞くことはないわ。昨夜、あなたから電話があった直後、わたしは、陪審が電話をかけるのも、受けるのも、いっさい禁止しました。ありがたいことに、フィンチ氏のくだらない放送の前でしたからね。彼らの部屋にはテレビもラジオもない。今朝の彼らの移動はしっかりと監視されていました。彼らはまだ知りませんし、われわれが適切な用心をすれば、きょうとあしたの審議の前に知ることはありません。必要とあれば、法廷から傍聴人を退出させます」

「審理無効にするという手もありますよ」エリクソンはいった。「もう一度最初からやるべきです」

ゲールは口を開いたが、カッセルは手を振って彼を黙らせた。「あなたのいいたいことはわかっています、ゲール弁護人。審理を無効にすることはあり得ません、エリクソン検事。審理過程に誤りはまったく認められませんからね」

「裁判長、われわれがいままでその遺体を見つけられなかったほど巧みに、被告人が自分の犯罪を隠してきたために、検察側が不利益をこうむるべきではありません」

ゲールは訂正した。「見つかったのは、ひとつの遺体であり、その遺体とはかぎらない。そしてたとえそれがレイチェルであっても、ストーナー氏をその遺体か犯罪現場に結びつける新たな証拠は、ひとつもない。意味のある証拠が新たに加わることもない」

「それはまだわからない」エリクソンは激しくいい返した。「われわれはまだ犯罪現場を十分に分析していない」

「はい、調子に乗らないように、ゲール弁護人」カッセル判事はいった。「エリクソン検事のいうとおりですよ。弁護側は、検察側が遺体を示せなかったために、大いに利点を得た。彼らがようやく遺体を見つけたとすれば、弁護側はそれを無意味だとは主張できません」

「彼らは遺体がないまま進めることを選んだ」ゲールはくり返した。「もしこの発見がいまから一週間後だったら、ストーナー氏はすでに無罪放免になっていたはずです」

「こうなっては、それはありません、裁判長」エリクソンはいった。

「たぶんね。でも、検察側はストーナー氏を陪審の前に出すのに、かなり熱心なように見えました。いまは陪審に彼の運命を決めさせるのに、あまり熱心ではないようね」カッセル判事は唇をすぼめ、検事と弁護士が互いの主張をつづけるまえに、ふたたび片手をあげた。「わたしはこの発見と、いくつかの答えが出るのにどのくらいかかるかを、知りたいと思います」

法廷の三列めにいるジョナサン・ストライドに目をとめると、判事は指を曲げて判事席に来るように合図した。

ストライドは立ち上がり、法廷中の目が自分に注がれるのを感じた。彼は心構えができていなかった。眠っていなかったし、衣服には泥のしみがついていた。昨日の夕方から、急いで市にもどってきた二時間前まで、サーチライトに照らされて、ぬかるみを歩きまわり、警官二十人とともに、新たな手がかりを探しまわっていたのだ。これから何日も泥を選り分けることになるが、その努力が不毛に終わるのはわかっていた。雨、氷、雪の六カ月のあとで、グレイム・ストーナーを犯罪現場に結びつけるものは、足跡も、繊維も、血痕も何もなく、あるのは骨の寄せ集めにすぎない遺体だけだった。

しかし、遺体はある。問題は、それが誰のものなのか？

ストライドは法廷柵を押してとおり、カッセル判事の前で、エリクソンとゲールに加わった。彼女は、彼の服と目の下のたるみを見た。

「長い夜だったようですね、警部補」

「ひじょうに長い夜でした、裁判長」ストライドはいった。

「二、三の質問に答えるあいだくらいは、目を開けていられるかしら？」

ストライドは微笑した。「最善をつくします」

「ありがとう。さて、まず最初に、誰がフィンチ氏とそのマスコミ仲間に、この遺体について話したのですか？」カッセル判事は厳しく訊いた。「裁判の最中にこのようなことが起きるだけでも十分に悪いことなのに、州中を騒がせるのはさらに悪いことです。陪審員がこれについて何も聞かなかったのは幸運でした」

「それについては、ひじょうに遺憾に思っています、裁判長」ストライドはいった。「バードがどうやって情報を得たのか、話せればいいのですが。まったく見当もつきません」

「よろしい、まあ、それが彼の仕事でしょうから。さて、あなたが見つけたものを正確に話してください。それは間違いなく人間の遺体なのね？」カッセル判事は訊いた。

「はい、それは検視官に確認しました」

「性別は?」

「検視官は女性だといっています」ストライドはいった。

判事はうなずいた。「そしていますか？　それはレイチェルかも、ケリーかも、誰か別の娘かもしれないのですね？」

「身元を示すものはひとつもありませんでした。衣類も、所持品もなくて。遺体は一部が燃やされています。残っている骨でDNA鑑定をすることになります」

「そのすべてを行なうのに、どのくらいの期間がかかるのかしら？」

ストライドは首を振った。「明確に答えられればよいのですが、裁判長、二日ぐらいかもしれませんし、数週間かもしれません」

「そして遺体のそばには、ほかに注目すべき証拠は見つからなかったのですね？」

「はい、これからも捜索をつづけますが、すでに経過した日数を考えると、楽観的にはなれません」

エリクソンが口をはさんだ。「しかしほんとうに重要なのは遺体の身元です、裁判長。もしもこれがレイチェルだとわかれば、裁判にひじょうに大きな意味を持ちます」

「もしも、もしも、もしも」ゲールはいった。「もしもこうならば、ああかもしれない。証拠はないけれど、捜索はつづける。たぶん数日、たぶん数週間、決してわからないかもしれない。警察と検察が、いまはないけれど、そのうち出てくるという曖昧な証拠で、われわれを引き止めておくあいだ、ストーナー氏はここにすわっているべきではありません。

陪審員もそうです。じつは何もないんですよ、裁判長、ただの煙幕です」

カッセル判事はため息をついた。「同意したくなってきました」

エリクソンは判事席を両手でつかんだ。「裁判長、ほんの二、三日です。身元を確認するため、今週末まで猶予をください。それまでに何もつかめなければ、裁判に決着をつけます」

「そしてそのあいだに、証人の発言が忘れられてしまう」ゲールは痛烈にいった。「いまか、二度としないか、どちらかだ」

「どの証言でも、希望すれば読み返してもらえる」エリクソンはいった。

「ああ、よしてくれ」ゲールはいった。

カッセルはふたりをさえぎった。「もう十分よ、ふたりとも。エリクソン検事、検察側の情況に同情はします。決定的な証拠がいまにも見つかるかもしれないと気にしながら裁判を進めるのはわたしも気が進みません。ですが、いまのところ、希望と理論のほかには何もないのですからね。検察側は遺体なしでも有罪を勝ち取れると確信して、この裁判に踏み切りました。そう決めたからには、それを順守しなくてはね」

判事は手を伸ばして、マイクのスイッチを入れ、ふたたび小槌を叩いて法廷を静かにさせた。そして法廷に宣言した。

「休廷の申請は拒否されました。裁判をつづけます」

「裁判長、供述者を証人として使わない条件のもとに、被告人とレイチェル・ディーズに性的関係があったことをナンシー・カーヴァー博士が宣誓証言した供述書を、伝聞証拠として採用してくださるよう、再度申請します」

「却下します。まだ何かありますか、エリクソン検事?」

エリクソンは苛立って拳を握りしめた。「いいえ、裁判長」

「よろしい。廷吏、陪審団を入れてください」

ストライドは判事席から振り向いた。エリクソンの目にある怒りを、自分に向けられたいままで一度も感じたことのないほどの冷ややかさを見た。あたかも、彼が死体を掘りあげてきた浅い穴にエリクソンの将来が埋められ、その責任がストライドひとりにあるとエリクソンが思っているかのようだった。

エリクソンは小声でいった。「きみはしょっぱなからこの事件をめちゃくちゃにしてくれた」

ストライドは答えなかった。彼には時間がなかった。

何かが変だった。

人々のざわめきが変化した。判事の決定につづいた騒音と囁き声が何かほかのものに変わった。人々は混乱し、指を差し、立ち上がっていた。誰かが叫んでいた。三列めにいたマギーがストライドの名を大声で呼び、大急ぎで人々を掻き分けて通路に出てきた。すぐそばで、ほかの人たちが悲鳴をあげはじめた。

電流が身体を突き抜けたかのように、グレイム・ストーナーが被告人席で急にぐいと立ち上がり、テーブルに両手を突っ張って、身体を支えた。彼の目はけげんそうに大きく開き、いまにも笑い出すかのように、口がぽっかり開いた。それから胸が大きく波打って、笑いの代わりに唇から血が細く滴った。ストーナーは瞬きをして、口から垂れて白いワイシャツにはねた雪の中のサクランボのような血の滴を見下ろした。

彼は微笑んだ。

それからまた胸が大きく波打って、彼の口から血が川のようにほとばしった。

鮮やかな赤い血がストーナーの口から流れ、ついで鼻から流れた。血の流れはシャツに注ぎ、肩と胸を濡らして、テーブルにこぼれ、そこに散らばった多量の書類を浸した。それは深紅の噴水のように流れ落ちて床で血だまりになった。

ストーナーの目はどんよりとなり、白眼をむいた。さらに数秒、彼は直立の姿勢のままだった。それから身体がしぼんだように見えた。肩が内側に丸まり、彼はテーブルに崩れ、顔が縁の向こうに垂れさがり、それでもまだ間欠泉のように噴き出す血が法廷の床に流れ、湖のようになった。出血を止める方法はなく、ダン・エリクソンとアーチボルド・ゲールさえも悲鳴を上げ、靴のまわりにたまってくる血を避けようと、後ずさりした。

そのあいだずっと、ストーナーはうつ伏せで倒れたまま、心臓から最後のわずかな鼓動を響かせていた。

ストライドは走ろうとしたが、血だまりで滑った。バランスをとり直し、前方へ突進した。マギーが先に着いた。目の前のおそろしい光景に立ち尽くして、行く手をふさいでいる数人を押しのけ、悲鳴をあげて逃げようとして床に倒れた人たちを跳び越えていった。

エミリー・ストーナーは最前列に立ち、まわりの人たちと同じように硬直して、すぐ目の前で血に浸った夫の身体を茫然と見ていた。右腕を前に伸ばしている。マギーの小さい手が、エミリーの伸びた腕をぎゅっとつかみ、それを高くかかげたが、エミリーはそれに気づかないようだった。彼女は身動きをしなかった。凶器を放しもしなかった。

そこへストライドが来て、グレイム・ストーナーの死体越しに身を乗り出し、エミリーの手から血まみれの肉切り包丁をもぎ取った。

法廷は大混乱に陥った。

32

キッチの上階にある読書室の閉ざされた大きな窓の外では、朝の雷雨が猛威をふるっていた。ゲールは窓枠にもたれ、磁器のカップでコーヒーをゆっくりと飲んでいた。ダン・エリクソンのほうをちらりと見ると、彼はソファにすわり、卵とソーセージの皿と、オレンジジュースを前に置いたところだった。

「わかっていると思うが、彼は無罪放免になるはずだった」ゲールはエリクソンにいった。

彼は唇をめくり、目を輝かせて微笑んだ。

エリクソンが卵を切ると、ナイフとフォークが皿に当たる音がして、黄身が滲み出た。

「よくそんな確信を持てますね。バードの陪審団へのインタビューを聞いたでしょう。彼らはサリーが関わったとは信じなかった。ストーナーがやったと思っていた」

「彼らは『たぶん』といったのだぞ。法廷では、これは妥当な疑念だ。しかも、彼らはみんな、きみが先週やった記者会見を見る機会があった。無実の少女に対する事実無根の陳述を糾弾する怒れる検事が、ストーナー氏を示すもの以外に証拠は皆無、と大見得を切るのを」ゲールの顔は稲妻の閃光で輝いた。「それをきみが法廷で証明できなかった事実はころりと忘れて」

「なんとでもどうぞ」エリクソンは愉快そうに答えた。

ゲールは首を振った。「エミリーが法廷にナイフを持ち込めたなんて、信じられん」

「金属探知機はあるが、彼女は、マスコミに追いまわされているので、裏口から入らせてくれと頼んだ。彼女が狂ってしまうとは、誰にもわからなかった」

「それがまったく意外なことだったとでも？　やめてくれ。きみは何かこんなことが起きるのを願っていたような気がするよ、ダニエル」ゲールはもう一口、コーヒーを飲んだ。

「彼女の処置は決めたのか？」

「第二級故殺。刑期三年。軽犯罪者用刑務所」

「あれだけの罪を犯したにしては軽い刑だ」ゲールはいった。

「よしてください。あの男は彼女の娘を殺したんだ。アーチー、ここはもう法廷じゃないんですよ。あなただって、ストーナーが無実だと本気で信じていたわけではなかったでしょう?」

「彼が無実かどうか、わからない。彼が有罪かどうかも、わからない。きみもわかっていないはずだ」

エリクソンはナプキンで唇を軽く押さえ、立ち上がって、スーツのしわを伸ばした。そしてコーヒーポットをとり、自分のカップに注いだ。「まあ、サリーがレイチェルの家に行ったかもしれないと考えたのは見事でしたよ。なぜそう考えたんです?」

「きみはティーンエイジャーを育てたことがないんだな」ゲールはいって、笑った。「彼女は別の少女が自分のボーイフレンドを誘惑するのを見たんだぞ、それでおとなしく家に帰って寝ると思うか? そんなのは無理だよ。女同士の闘いが起こるのは目に見えていたよ」

「ケリー・マグラスのことは?」

「あの夜にサリーがレイチェルに会いにいったのを知ってから、繋がりを探したのだよ。ケヴィンがケリーに誘われたと認めたときは、本当とは思えないほど都合がよかったよ」

エリクソンは肩をすくめた。「サリーの父親に確認したら、さかのぼってカレンダーを調べ、その週末は家族全員で州都に出て芝居を見ていたことがわかった。《レ・ミゼラブル》だ。チケットが購入されたのは確認済みだ」

「それは、娘が窮状に陥ったときに、父親が作りだす類の証拠だな」ゲールがいった。

「彼女はやってないよ、アーチー」

「好きなように考えればいい。でもこの話には、法廷に出なかったことがたくさんある」

雷鳴がクラブを揺すり、部屋がガタガタ鳴った。ゲールは暗い空をじっと見て考えていた。

「ストーナーが死亡したとなっては、もう決してわからないかもしれないな」エリクソンはいった。

ゲールはヤギ鬚を撫でた。「いや、それはどうかな。レイチェルがもどってきて、その秘密を自分で話すかもしれない。幽霊のように」


ストライドは窓に激しく叩きつける豪雨の音を聞いていた。稲妻が光るたびに明るい光が瞼に透けた。ポーチのオークの板が突風で唸り、空気は森の湿ったカビのようなにおいがまじった甘くて新鮮な匂いがした。

午前四時に雷で目が覚めたとき、彼は毛布を抱えてポーチに出てきて、暖房器のスイッチを入れ、西から波に乗ってやってくる嵐を頭上に、まどろんでいた。寝室では、二時間前に目覚まし時計が鳴った。だが、かまうものか。外の空は暗すぎて、まだ夜のようだ。

捜査と裁判のことが、まだ頭から離れない。終わったという感じがしなかった。ストライドはストーナーが無実だとはとても信じられなかった。それは変わっていない。しかしもしかすると、彼は自分に嘘をつき、自分は初めから間違っていなかった、と自分の脳に信じさせようとしていたのかもしれない。彼は自分のそんな疑念を、蚊を叩くようにパシッと叩き落としたが、疑念は数分後にはまたもどってきて、耳元でざわつく。そして聞こえるたびに、前よりも大きくなっていく。

彼は絵葉書のことを考えた。昨夜、帰宅したとき、ポストに入っていたものだ。彼はそれを何度もくり返し眺めた。そのたびに蚊の音が聞こえた。

歩く足の重みで、床がきしんだ。ストライドはパッと目を開けた。首を伸ばすと、ポーチの戸口にマギーが立っていた。黒い髪はびしょ濡れだ。顔と袖から水が滴り落ちている。彼女は小さく無防備に見えた。

「見たわ、この家を売りに出してるのね」彼女はいった。

『売り家』の看板を数日前に出していた。彼はまた目を閉じて、自分に腹を立てて、首を振った。「きみに話そうと思ってたんだ。ほんとうだよ、マギー」

「結婚するのね？　あの先生と？」

ストライドはうなずいた。

一週間前に、夕食をとりながら、その話が出た。思い返してみると、どちらがプロポーズしたのか、まったく思い出せなかった。夕食をはじめたときは、どちらもしらふで、気持ちが沈んでいたが、数時間後には、酔っ払って、婚約した。アンドレアは彼にからみつき、離れたがらなかった。それはいい感じだった。

「すまない、マグズ」彼はいった。

マギーはポケットから片手を出して、銃のように、人差し指を彼に突きつけた。「気が狂ったの、ボス？　おそろしい間違いをしてるわ」

「きみが逆上しているのはわかる」彼はいった。

「まさにそのとおり、逆上してるわよ！　友達が自分の人生を台無しにしようとするのを見てるんだから。本気になりすぎちゃだめっていったでしょ？　ふたりとも、つらい時期からの回復期にあるんだって。ボスは感情の動きが世界一鈍い人だって、シンディがいってたけど、そのとおりみたいね」

「シンディを持ち出すのはよせ」ストライドはぴしゃりといった。

「何ですって？　シンディがこれにまったく関係ないとでも？　もう一度、いうわよ、ボス。あなたは間違ってる。結婚しちゃだめよ」

ストライドは首を振った。「きみとは、そんなふうになれなかったよ。決してうまくいかなかった。きみ自身もそういったじゃないか」

「あたしがとめてるのは、自分のためだと思ってるの？」マギーは訊いた。そして神の導きを乞うかのように、天井を見上げた。「信じられないわ」

ふたりのあいだに気まずい沈黙が流れた。聞こえるのは、外の嵐の怒号と、マギーのコートからポーチの床に落ちる水滴の音だけだ。

「互いに相手を必要としているふたりがいっしょになるのは、そんなに間違ってるのか

?」ストライドは訊いた。

「ええ」マギーはいった。「間違ってるわよ。結婚するのは、互いに愛し合うふたりであるべきだわ」

「おい、よしてくれ、言葉尻をとらえて揚げ足取りか」

「いいえ、違うわ。愛してるか、そうでないか。いつまでもいっしょにいるか、さもなければ結婚するべきじゃないわ」

「きみは祝福してくれると思ってたよ」ストライドはいった。

「笑顔で、あなたの背中を軽く叩いて、まあなんてすてきなの、なんていってほしいわけ?」マギーの声は怒りで鋭くなった。「ばっかじゃないの。そんなことしないわよ。そんなこと求めてるなんて、信じられない」

ストライドは何もいわなかった。ただ彼女の荒い息遣いを聞いていた。

マギーは首を振り、ため息をつき、床にこぼれたビー玉をひろい集めるように、どうにか自分の気持ちをまとめた。「もういいわ、そうしなくちゃならないっていうなら、勝手にどうぞ、そうすれば。でもいまいいたいことをいわなかったら、あとでずうっと悔やむことになると思って、それはいやだから」

彼はうなずいた。「そうか、マグズ。もういいたいことはいっただろう」

ふたりは、しばらく、見つめあっていた。それは無言の別れの挨拶のようだった。永久の別れではなく、いままでのような関係への別れだ。

「伝えにきたの、遺体はレイチェルのではなかったわ」マギーは警官の声にもどり、ふたたび仕事の姿勢になった。「DNA鑑定の結果がもどってきたのよ。ケリーのだったわ」

ストライドは小声で罵った。彼は優しそうな無垢な少女のことを考えた——彼女を失ったこと、シンディを失ったこと。彼はふたたびひどく腹が立った。殺人犯がまんまと殺しをやりおおせたことに腹が立った。

それから考えた。遺体はレイチェルではなかった。耳元でまた蚊の音が聞こえた。羽音が響く。

「昨夜、郵便が届いた」ストライドは静かにいった。

彼はコーヒーテーブルの上の絵葉書のほうに首を傾けた。マギーは葉書の写真をちらりと見た。それには砂漠にいる異様なプロポーションの、耳の長い灰色の動物が写っている。

「やだ、何なのこれ？」

「ジャッカロープだ」ストライドはいった。「ジャックウサギの一部とアンテロープの一部をあわせたものだよ」

マギーは顔をゆがめた。「はあ？」

「冗談の一種さ」ストライドはいった。「合成写真だよ。実際に存在しないジャッカロープの絵葉書を送って、受取人がだまされ、驚くと、からかうんだ」

マギーは葉書を手に取ろうと、身をかがめた。

「縁を持ってくれよ」ストライドは彼女にいった。

マギーは動きをやめ、手を止めて、何かおそろしいことを感じとったかのように、ストライドを奇異な目で見た。それから注意深く葉書の縁を持って取り上げ、裏返した。彼女は文面を読んだ。それは赤インクで走り書きしてあり、雨で濡れた文字が筋になって流れている。「彼は死に値した」

「ちくしょう」マギーは口走った。そしてストライドをじっと見て、激しく首を振った。

「彼女からのはずがないわ。レイチェルからのはずがない。あの娘は死んでるんだから」

「わからないよ、マグズ。おれたちは、だまされたのか？」

マギーは消印を見た。「ラスヴェガスだわ」

ストライドはうなずいた。「魂を売った人々の町だな」彼はいった。

第四部　三年後

33

ジャーキー・ボブはラスヴェガスの何キロか南にあるわき道に固定されたトレーラーに住んでいた。ラスヴェガス郊外にいる多くの放浪者と同じように、彼もどこからともなくやってきた。一年ほど前、このトレーラーをどうにか牽引してきたトラックは、トレーラーをはずすとすぐに街にもどっていった。トレーラーが埃のたつこの道のわきに置かれた翌日、棒杭につけた手書きの看板が、カリフォルニア・ハイウェイの近くに立てられた。
それにはこう書いてあった。

〈ジャーキー・ボブ〉
ニューエイジ雑貨
霊魂の詩
ビーフ・ジャーキー

ボブはトレーラーの内部をカーテンで仕切り、後部の出入り口のあるほうに、ぐらぐらするテーブルと銭箱を置いて、商売をはじめた。数十個のステンドグラスのウィンドチャイム（ガラス片・金属片などを紐でつるし風で軽い音色を出すようにした仕掛け）をつるし、壁に釘付けにした金属板にピラミッド型マグネットをつけて、棚には香炉と白檀の香りの蠟燭、それに手書きの叙事詩を古い機械でコピーした紙を巻いて紫色のリボンを結んだものを隙間なく載せてある。

しかし常連客の目当ては、ウィンドチャイムや詩を書いた巻物ではない。干し肉を買いに来るのだ。靴箱に入れて古い冷蔵庫にしまってある照り焼き風味とかケイジャン風味やらのビーフ・ジャーキー、チキン・ジャーキー、ターキー・ジャーキーが目当てだ。立ち寄る客の大半はトラック運転手だ。好奇心から覗きに来た数人の運転手から噂が広がり、それが南西部の運転手仲間に伝わっていった。噂はどんどん広まった。ヴェガスへ行くのか？　それなら〈ジャーキー・ボブ〉に寄りなよ。客は、いつでも現われた。週七日、二十四時間営業なのだ。彼らはボブが眠っているときに来れば、ボブを起こして、ジャーキーを買っていく。彼はこんなふうに政府のレーダーにひっかからないようにこっそりと裏道商売をせずとも、街中にもどって、ちゃんとした店を構え、衛生基準に従い、税金も払えるだけの利益をあげていた。しかし金はボブからすぐに消えていく。稼いだ金の半分はスロットマシーンに消えていく。あとの半分はジンのボトルに費やされた。その空瓶はトレーラーの後部から砂漠に放り投げられた。そこは割れたガラスがキラキラ輝き、ダイヤモンドの畑のように見える。

一年前に、彼は自殺を図ったが、死にきれなかった。これはトラック運転手たちの噂の種になった。一年前のボブは砂漠に流れついた男にしては、まともに見えたが、自殺を図ったときから、月ごとに老いてきた。決して髭をそらず、長くて白いものが混じる髭のもつれを切り取るだけだ。髪は房のようになり肩の下まで垂れている。皮膚はしわが寄り、土色で、目は深くくぼんでいる。おまけにジャーキー以外にほとんど何も食べないから、どんどん痩せて、体重は五十五キロになってしまった。いつもジーンズに、ラスヴェガスのロゴ入りTシャツを着ていて、それが痩せこけた身体に垂れ下がっているように見える。しかも着ているものを決して洗わないため、ひどいにおいになり、トレーラーハウスの中に入るのを拒否する常連のトラック運転手もいた。ジャーキーまで臭くなりはじめている、と彼らがいっても、ボブは窓を開けて、乾いた埃っぽい風をとおすだけだ。

彼はもうカジノに入れなくなった。戸口で追い払われてしまうのだ。その代わり、トレーラーからハイウェイを五百メートルほど行ったところにあるバーで、二、三日おきに時間をつぶすようになった。その店で、彼の悪臭にバーテンダーが耐えきれなくなるまで、ビデオポーカーにふける。それからジンのボトルをもう一本買い、トレーラーに帰ると、それを飲んで酔いつぶれる。朝になって、あるいは何時であれ、トラック運転手がドンドン叩く音で目が覚めると、彼はそのボトルをトレーラーの後ろに放り投げる。

昨夜は、ボトル二本を飲んだ。あるいは、ひょっとすると、一昨夜か、あるいはさらにその前の夜からだったかもしれない。彼にはわからなかった。

あまり思い出せなかった。きょうは水曜日だとテレビではいっていたが、いつ痛飲をはじめたか思い出せなかった。最後の客が来たのは午後で——その夜、何曜日の夜だかはともかく——グラスに次々とジンを注ぎはじめた。そしていまは水曜日だ。

彼はため息をついた。小便をしなくてはならない。

彼は立ち上がり、壁にもたれて倒れないようにした。数秒間、頭の中でトレーラーがぐるぐるまわり、それが静止した。彼はマットレスから床におりて、自分の身体から虫が二、三匹すばやく離れるのを見ていた。一メートル離れたところに、空っぽのジンのボトル二本がころがっている。彼はしゃがんで、それをひろい、その内側をしげしげと見た。それぞれのボトルの底にジンが少したまっていたので、逆さにして口に当て、舌を湿らせた。彼の肉体は十分に毒されているので、ジンの味で吐きそうになり、吐くのを避けるために、唾をごくりと飲み込まねばならなかった。

ボブは二本のボトルの首を持った。サンダルはどこかと見まわし、椅子の下にあるのを見つけ、それを足に引っかけた。サンダルでペタペタと歩き、トレーラーの真ん中のドアまで行った。掛け金はずっと前から壊れたままだ。膝でドアを押し開けると、日光が一気に射しこんできた。まだ裸のまま、ボブは錆びついたステップをそろそろと下り、トレーラーの裏の砂地に立った。

太陽の輝きは強烈で、丘の上のほうで黄色の火がめらめらと燃えているように見えた。無理に息を吸うたびに、彼の目は開いていられず細くなり、皮膚は突っ張り、じりじりと焼けはじめた。無理に息を吸うたびに、猛烈に熱い空気が肺を焦がした。

彼のペニスは、すぐにも放尿しようと、ピクピク動いた。彼は透明な小川のような小便を地面にかけはじめた。小便が当たる勢いで土埃が舞い上がり、地面のくぼみに小便のプールができた。その真ん中に放尿をつづけると、しぶきが爪先にかかった。彼は小便の流れを、自分の身体から生命の血が漏れていくかのように、真剣に見つめていた。尿は泡立ち、ジンのにおいがした。数秒もすれば、小便のプールは太陽の熱でからからに乾いて消える。

流れのように出ていた小便の勢いが弱まり、滴るだけになった。

彼はジンのボトルの一本を下手投げで空中に放り上げ、それが太陽に照らされてキラキラ光りながら浅い弧を描いて地面に落ちて砕けるのを見ていた。ガラスの砕ける音がして、破片が四方に飛び散った。注意深く、二本めのボトルでも同じ儀式をくり返し、それが空中をヒューンと飛び、地面で砕ける音を楽しんだ。

そこには、何ダースものボトルの破片があった。それは彼の秘密の地雷原なのだ。ほとんどの破片は埃をかぶっているが、最近のものは、レーザー光線のような太陽光を反射して、光っている。

彼は目を細くして、砂地を見ていた。外に出てきてまだほんの数分だが、もう中に入るべきときだ。中でも暑さに変わりはないが、少なくとも直射日光で皮膚が萎びることはない。彼のしわくちゃの皮膚は日に焼けすぎたため、小さいできものがいくつもできて、それがいつもじゅくじゅくしていて決して治らない。それが太陽に焦がされて、ひりつきはじめた。

それでも、ボブはたたずんでいた。

何だかわからないが、何かが彼の目を捕らえたのだ。風にさらされた丈夫なクレオソートブッシュ、背の低いヤシの木のように見えるユッカ。それらはいつもの場所にある。遠くの丘にも変わりはない。砕けたボトルはいつものように光っている。ダイヤモンドのように。

ひょっとして――いや、まさか、そんなはずはない。

何か場違いのものがある。彼は太陽の輝きに反射して光るものを見たが、それは彼がいつもボトルを放り投げる地雷原ではないところにあった。彼の目を捕らえている反射光はずっと遠くの、わきのほうで、ここから見える破片のどれかの近くではない。それは熱い太陽に照らされて、チラチラと光り、クレオソートブッシュの下から、無数の小粒ダイヤモンドが彼にウィンクしているように見えた。

あれは何だろう?

ボブは眉をひそめた。彼は、どういうわけか、光って見えたものが何だか知りたくなって、いつの間にか砂地を足をひきずって歩いていた。近づくにつれ、歩き方も速くなり、ついにはほとんど走っていた。体力が衰えているせいで、息切れがしたが、裸で最後の二十メートルを走っていき、ついにダイヤモンドが隠されている場所まで来た。そこで立ち止まり、足元をじっと見た。

キラキラ光るダイヤモンドは、実際は、皮膚についていたラメで、土の上に横たわる女の身体の表面で光っていた。

それは仰向けに横たわり、覆いかぶさる低木で一部が隠されている。身体は彼と同じく裸だが、まったく生命力がなく、年齢は不詳、縮んだ遺骸は、焼けた皮膚がすでに崩れていた。目は大きく開いているが、目玉は小さいビー玉ほどに縮み、ブロンドの髪は埃で灰色になり、大きく開いた口は、声にならない悲鳴をあげているように見える。そこに砂漠に住む甲虫が、体の内側から肉を食べようと、ぞろぞろと連なって入っていく。それがかつては人間で、美しかったとは、認めがたいほどだ。

ボブはへなへなと膝をついた。

彼女は彼を見つめていた。唇には、まったく色がないが、ゆがんだ微笑が浮かんでいる。急に目覚めて彼をつかむのをおそれるかのように、彼はおずおずと手を伸ばして彼女の皮膚に触れた。しかし彼女は動かなかった。その皮膚は紙やすりのような手触りだった。

そのとき彼女の顔が引きつるのが見えた。まるで悪夢だ。こんな姿で生きているはずがない！

彼は恐れて凝視し、口を開けて、心の底から湧き出る無言の悲鳴をあげた。太ったゴキブリが遺骸の鼻から無理やり出てきて、その触角を彼に向けて振り動かした。彼はよろよろと後ずさりし、それから走りだした。トレーラーのほうにもどらず、ただ向きを変えて、あたふたと道路のほうへ駆けていった。サンダルが脱げた。荒地のごつごつした路面で足がこすれ、切れて、ついには一歩進むごとに血の跡を残していった。しかし彼はとにかく走り、速度を落とさず、後ろを振り向きもしなかった。あたかも若い女の幽霊がすぐ後ろに迫っているかのように。

34

ラスヴェガス・メトロポリタン警察のセリーナ・ダイアルはサングラスを鼻の先までおろして、遺体をじっと見た。

「いい感じ」

彼女は誰にともなくいった。実際は、この現場は「いい感じ」とは程遠い。彼女は遺棄された死体が大嫌いだった。それはすべて百歳にもなっているように見えて、鳥や獣にやられたあとの現場へ着くと、遺体は食い荒らされ、眼球はなくなり、肉は食いとられ、悪夢に出てきそうな代物になっている。彼女が見る遺体の大半は、背中をナイフで刺されたり、銃で撃たれたりしたもので、血を見るのに耐えられれば、胃がひどくむかつくほどのものではない。少なくとも、そういう遺体はまだ人間の身体に見えるのだ。これとは違って。

絶対に女性だ。そう判断するのはきわめて容易だった。運悪く砂漠で死んだ人間に、太陽はひどい仕打ちをするものだが、ペニスを消してしまうとは聞いたことがない。ところが、乳房はまったく平らにつぶれてしまう。ただし、この遺体には乳房がかなりよい状態で残っていた。それは興味深い。しかもこの遺体は日光を浴びて光っていて、キラキラと輝いて見える。それもまた、興味深い。

セリーナは四つん這いで、遺体に近寄り、わずか四、五センチのところから、手を触れずにじっと見た。まず足先から脛へ目を移していき、股間には不本意ながら時間をかけ、それから腹部、乳房、そして最後に顔と唇へと移っていくと、その唇はいまにも気味の悪いキスをしそうに見えた。

セリーナは立ち上がり、デジタル・テープレコーダーをポケットから取り出し、口述メモを入れはじめた。

風で乱れたセリーナの黒い髪は豊かで、長さは肩まである。ショーガールのように均整のとれた身体つきのため、ラスヴェガスに来たよそ者の大半は、彼女に会うと、ショーガールだと勘違いする。彼女は警官のバッジを外側につけるようにした。そうすれば会議のあとに酔っ払った男たちに口説かれて不快な思いをする回数が減るからだ。背丈は百八十センチ近くあり、しなやかで、じつにスタイルがいい。白い袖なしのタンクトップの裾を、ぴっちりした色褪せジーンズに押し込んでいた。筋肉質で力が強いのは、毎日ハードなフィットネスのメニューをこなしているからだ。日中のほとんどを太陽をあびて働いているため、肌は金茶色に日焼けしている。

セリーナの年齢は三十代半ば。ふつうはサングラスの杏色のレンズに隠されているが目の色はエメラルドグリーンだ。口は小さくて、唇の色は薄く、顎のラインは柔らかい。娘らしい若々しさはないが、もっと若かったころも、そう見えたことはなかった。ティーンエイジャーのころから、いまのように、成熟した美しさをそなえていた。これまでずっと見せてきた大人のイメージに、彼女の年齢が追いついてきたのは、ごく最近のことだ。暇なときなど、年齢が進んでいくと、いまの容貌からどんなふうに変わるのだろうか、と思うことがあった。

たぶん、足元の娘も同じことを考えたことがあったはずだ。しかしこの娘がそれを知ることはもうない。この娘がいまの自分を見ないですむのはよいことだった。

「年齢」セリーナはテープレコーダーに向かっていった。「それについては検視官を待たねばならないけど、せいぜい二十代初め。死亡原因は鈍器による頭部の外傷らしい。後頭部の髪が血で固まっていて、遺体を動かさなくても、後頭部の頭骨がへこんでいるように見える。地毛は黒で、ブロンドに染めている」

セリーナは遺体が横たわる砂地をつぶさに見た。

「殺害現場はここではないわね。地面にはそれほどの血がついてないから。殺したのが誰にしても、犯人は遺体を運んできて、ここに捨てた。遺体は裸。しかし性的暴行の直接的痕跡はなく、下腹部の打撲傷もなく、爪も割れていない。引っ掻き傷やそのほかの傷もなし。レイプが行なわれたかは後ほど検査する。死亡時刻？　判断のしようがない。検視官さえも判断できるかどうか疑問。少なくとも二日はすぎている模様。死後硬直はとっくになくなっている。コンドルに食べつくされていないのが、せめてもの幸運」

ふと思いついて、死亡した娘のしわがよった乳房を指一本で慎重につついた。「やっぱりね」彼女は独り言をいって、また立ち上がった。

セリーナは口述をつづけた。「耳にはピアス用の穴があいているが、イヤリングはつけていない。腕時計なし。指輪なし。手足の爪は赤く塗ってある。顔に厚化粧の形跡あり。皮膚の大半にラメが塗ってある」

足音が近づいてくるのが聞こえ、それから彼女を呼ぶ声がした。「おっす」

「足元に気をつけなさいよ、コーディ」セリーナは振り向かずにいった。しかしまあ、彼が不注意だとしても、特に問題ではない。彼女は前にも砂漠を捜索したことがあるが、手がかりをつかめることは滅多になかった。昔のヴェガスのギャングたちが、モハーヴェ砂漠に暗殺した死体を放置して腐らせるのを好んだのは、それなりの理由があるのだ。

コーディは気を悪くしたふりをした。「おれを何だと思ってる？　新米とでも？」

コルデロ・エライアス・エンジェルは、この六カ月間、彼女の相棒をつとめてきた。セリーナは、いっしょに仕事をするのがむずかしい、という評判をとっており、相棒がしょっちゅう変わっていた。しかし、コーディには相棒としてとどまる能力があるようだ。彼は確信をもって対等かつ冷静に対応し、命令されたことを行ない、一度も彼女にモーションをかけなかった。コーディの好みは、小柄でブロンドの若い女だが、セリーナはその条件をひとつも満たしていない。彼は彼女よりも背が十五センチ低く、年齢は六歳も若い。ふたりのあいだには、ロマンチックなことは何もなかった。

セリーナのような容貌だと、誘われることはひじょうに多い。しかし彼女が警戒をゆるめて、デートに応じても、それはたいていすぐに終わった。彼女のぶっきらぼうな態度に、相手が恐れをなして退散するからだ。彼女は何年間もセックスをしていなかった。したいわけではないと、自分にいい聞かせていた。

それと対照的に、コーディは活発に交際していた。いっしょに仕事をするようになってからの短期間に、セリーナは彼が付き合った女を六人も見ている。年齢の幅はいつも二十歳から二十三歳だった。ただしベッドインして最初の「柔軟体操」をしたあとは誰ともつづかなかった。六人のうち少なくともふたりは、コーディがそういっているだけかもしれないが、彼が初めての相手だった。セリーナは汚らわしいと思い、彼にそういった。コーディはニヤニヤ笑っただけで、彼女は昔の亡霊を突いて出すよりは、それについて触れないことにした。

彼は小柄であるにしても、魅力的だ。いつも非の打ちどころのない身なりをしている。きょうは、トミー・バハマの花柄のシャツに黒いシルクのパンツをはいていた。整髪油をつけて漆黒の髪を後ろにぴったりと撫でつけている。肌は浅黒くて、ヴァージン・オリーヴオイルのような色だ。ヒスパニック系の肌のおかげで歯の白さが際立ち、茶色の目には獲物を狙うような鋭さがあった。

セリーナはトレーラーのほうに親指を突き出した。「それで、彼はどういう男なの？」

「ああ、哀れなじいさんだ。まだそんなに齢ってわけじゃないのに、急速に下降線をたどってるタイプ。毎晩、ジンのボトルをあけて飲んだくれている。ほら、ガラスの破片がたくさんあるのが見えるかな？ボトルが空くと、外に放り投げて、そのまんま」

セリーナはトレーラーの裏の、幅広く帯状に広がるガラスの破片に注目した。「科学捜査班にガラスの破片を注意深く調べさせて。もし遺体を捨てた人物がガラスで怪我をしたら、たぶん、血痕がついているはずだから」

「はいはい」コーディはいった。

「数カ月もすれば、トレーラーの中で腐敗したジャーキー・ボブを見つけることになるかもね」セリーナはいった。「彼が通報してきたの？」

コーディは首を振った。「彼は遺体を見つけて、パニックになり、裸で道路を駆け出した。ハイウェイでドライバーが彼に気づいて、通報した。警官チームがつくと、ジャーキー・ボブは遺体が生きているだのと口走っていた」

「この娘は、彼の知り合い？」

コーディは首を振った。「いや、いままで一度も見たことがないって。小便をしようと外に出たら、たまげたことに死体が見えたんだそうだ」

「時間的なことは？　いつの何時ごろにここに運ばれたか、思い当たることはないのかしら？　彼は何かを聞いたり、見たりしてるの？」

「やれやれ、なんにも聞いてない、皆無。やつは少なくともこの二日間、いや三日間は、酔いつぶれて意識がなかった。だから、いつ捨てられたとしてもおかしくない」

セリーナはため息をついた。「すばらしいこと」

「だからここで調べつづけてもあまり収穫はないと思うよ」

「トレーラーに血痕があるかどうか、ちゃんと調べたでしょうね」彼女はいった。

「はいはい。彼は走ったために足から血を流していたけど、誰かの頭を強打して出るほどの量の血はなかった。それに、いわせてもらうけど、トレーラーの中は長いあいだ掃除した形跡もなし。もしも殺された娘が中に入ってたとしたら、死因は悪臭による窒息死だね。でも、ジャーキーは試す価値がある。一切れもらったよ。ケイジャン風味のターキージャーキーとかなんとか。おいしかった、あの悪臭を我慢できれば」

「街へもどる途中で道路のわきに車を停めて、砂漠で下痢便をしなければならなくなったら、ジャーキーを食べなければよかったのにと思うでしょうよ」

「おれはメキシコ系だぜ。鋼のような胃袋。チリで鍛えてるよ、お姉さん」コーディは胸をゴツンと叩いた。

セリーナは首を振った。「サルモネラ菌はね、ぼくちゃん、脆弱なアメリカ人だけを襲うわけじゃないのよ」

「まあ、さておき。彼が冷蔵庫に何か隠しているかどうか見たかったけれど、令状を持ってなかったから、ジャーキーを一切れ食べることにより、あの靴箱の中には干し肉のほかには何も入ってないのがわかった」

「あら、それはお利口さんだったわねえ、ぼくちゃん」

セリーナはもう一度遺体を見て、それを早く何かでおおって、この娘のささやかな尊厳を保ってやればいいのにと思った。ラスヴェガスでは奇怪な犯罪が多発するので、かなり前から、彼女はこの街でどんなことを目にしても、驚かなくなっていた。ある女性容疑者を裸にして調べるはめになり、その見事な乳房をむき出しにしてみたら、じつはその女は巨大なペニスをもった『おかま』だとわかったということもあった。スリルを求めるティーンエイジャーふたりに、障害者が手製の拷問用ラックに乗せられ、身体を引っ張られて殺されるという殺人事件の捜査をしたこともある。山羊二匹を綱で引いて裸でダウンタウンを歩いていた罪で、男を逮捕したこともある。奇天烈だったり、病的だったり、ばかばかしい犯罪にも対処してきた。これまでの長いあいだには、奥が深く、注意を呼び起こす、歪んだ犯罪に出くわしたと本能で感じた事件もいくつかあった。いままさに彼女の第六感がそう告げていた。

しかしそれ以上のものもあった。若い女性の殺人に関わる事件の捜査をするときに、彼女は特別の苦痛を感じた。フェニックスですごした自分の十代の日々が思い出され、何かがひとつ間違っていたら、自分も砂漠に裸で横たわる死体になっていたかもしれないことを、思い知らされるからだ。

「お嬢さん、お名前は?」セリーナは遺体を見つめながら、小声でつぶやいた。

「騎兵隊のおでましだ」コーディが道路を指差した。警察車と科学捜査班の車が列を成して走ってくる。「彼らが砂漠の岩のあいだを突っつきまわるあいだ、おれたちは五時間も野外でじりじり焼かれていなくちゃならないなんて、いわないでくれよ」

セリーナは首を横に振った。「現場を立ち入り禁止にして、ノイスに指揮をまかせるわ。午後の日光浴は、彼にもいい薬よ。さあ、検視官と話して、何かわたしが見落としたことを彼が気づいたか、見てみましょう。それから、この娘の身元が確認できるかどうかやってみなくてはね」

「誰にも見分けられそうにない遺体の身元確認を、どんなふうにするつもりなのか、教えてもらえるよね?」

「ええと、まずは、うちの部に連絡して、この二週間に地元で行方不明になった白人の女性、年齢は十三歳から三十歳、についての記録をファックスで送らせて」

「ふむふむ。分厚い書類の束と、CD‐ROMの、どちらがお好みで?」

「この二週間といったでしょ、コーディ、二年間ではなくて。もっとも彼女がそのリストに載っていたとしたら、驚きなんだけど」

「どうして?」

「人が行方不明になっても大したことではないような環境にいたのではないかと思うからよ」セリーナはいった。

「ふむふむ、それから何を？」

「ストリップ・クラブをいくつか訪ねるわ」

コーディはよろこんでわめいた。「きょうはついてるな。この娘はストリッパーだったと思うわけか。いまよりもっとましな姿で踊ってたならいいけど。脱いだらこれを見せられたんじゃあ、うちに帰って女房と末永く仲良く暮らすことにしますって」

「黙りなさい、コーディ」

「オーケー、それで、おれは何を見落としたんだろう？　ストリッパー組合会員証でも見つけたとか？　彼女がラップダンスをしていたと、どうしてそんなに確信できるわけ？」

セリーナは肩をすくめた。「豊胸手術をしているわ。だから乳房がえぐれなかったのよ。陰毛も、縦一筋を残してきれいに剃ってある。乳房と腿にラメをつけていたのが見受けられる。左乳房に小さいハートのタトゥーがある。そのすべてを考えあわせると、この娘は真鍮のポールに絡んで踊っていたといえるわね」

「なるほど。おかげさまで、捜査対象はその手の酒場四百軒に絞られたってわけか。それと、コールガールサービスの数だけ」

「いったでしょ、ストリッパーだって、売春婦じゃなくて。売春婦はラメをつけたりしないのよ、ぼくちゃん。あるいは豊胸もね。舞台映えするためよ。有名な店からはじめるわ。

この娘がそういうとこで雇ってもらえるぐらい上手に腰を振ってたことを祈りましょ」

コーディは微笑した。「ボスがおっしゃるままに。クラブで、裸になるのが好きな女たちと話すはめになったとしても、仕事ですからね」

35

セリーナの目はクラブ内部の薄暗さにだんだんと慣れてきた。空気にはタバコの煙がこもり、かすかに香水の匂いがする。隠されたスピーカーからロックミュージックが鳴り響き、そのズンズンというビートで床下が振動するのが感じられた。狭苦しいロビーの壁は、黒っぽい羽目板でおおわれている。クラブの内部につうじる赤い布張りのドアのわきには台があり、背後の壁にはエロチックな中国の絵画がかかっている。ロビーに入ってすぐに、グレーのビジネススーツを着た図体の大きな男が、赤いドアからするりと出てきて、挑戦的な笑顔で出迎えた。この男は髪が縮れたブロンドで、ふさふさした口髭を生やしている。

彼はコーディを興味なさそうにちらりと見て、それからセリーナに目を移し、頭から爪先までをなめるようにゆっくりと見た。

「こちらのお姉さんは、お金は要りませんよ。そちらのダドリー・ムーアのような小柄な男性は、入場料として二十四ドル九十五セントを払っていただきます」

このゴリラのような男がコーディにニヤリと笑うと、セリーナは怒りに燃えた相棒の耳から実際に煙が出てくるのが見えたように思った。

「わたしたちは客じゃないの」セリーナは警察のバッジを見せた。「メトロ警察の者よ。これは殺人事件の捜査」

男の微笑が消えて、冷たい無関心がとってかわった。

「誰の？」男は訊いて、幅広い肩をすくめた。

「それを見つけようとしているところ。砂漠で発見された身元不明の女性で、後頭部を強打されていたわ。彼女はこういうクラブのどれかで働いていたかもしれないと思って」

コーディはジャケットの内ポケットからポラロイド写真をさっと出し、このスーパーマンのような体格の男に見せた。「この女に見覚えは？」

男の反応に注意していたセリーナは、彼がかすかに蒼ざめ、思わず眉を寄せたことに気づいた。

「この女はいつごろこの稼業をやってたんだい？　一九四〇年代？」

「砂漠に二、三日横たわる場合は、必ず日焼け止めクリームを使うようにね」セリーナはいった。「彼女が誰だかわかる？」

「いや」

「この二、三日のあいだに、おたくの店で行方不明になった女の子はいない？」

男は笑った。大声で爆笑した。「冗談はよしてくれ。女たちは、毎週、毎日、来ては辞めてくよ。これは一生つづけるような仕事じゃないからな？」

「訊いてるのは、この二、三日のことよ」セリーナはいった。彼女はこういう男が大嫌いだ。使い捨てをする男。若くてピチピチした女をひっつかまえてきて、女の値打ちがなくなると、通りに放り捨てる男。

「答えは『いない』だな」

「タトゥーはどう？　左乳房にハートのタトゥーのある娘はいた？」

「タトゥー？　ドラゴン、子猫、ボーイフレンド、有刺鉄線、ヒマワリ、ドワイト・ヨーカムまで、タトゥーなら何でもありさ。でもハートのタトゥーの子はいなかったね」

「ほんとに？」セリーナは訊いた。

男はニヤリと笑った。「おれは全部を見たよ」

「直接女の子たちと話しても、かまわないかな」コーディがいった。

「令状はあるのか？」

「話すだけなら令状は不要よ」セリーナはいった。「ただし、どうしても令状を持ってこいというなら、この辺で偶然に麻薬を見つけて、その結果、店は大損をすることになるかもね？」

「さっさとやってくれ」男は答えて、顔をしかめた。「それから、何人かは若く見えるかもしれないが、みんな十八歳以上だ、わかったか？　身分証明書はちゃんとチェックしてるからな」

「あら、そう」セリーナは十六歳のときに、偽の身分証明書を見せて、難なくクラブに出入りできた。あのつらい時期に。

彼らは赤いドアを押して、クラブの中に入った。きょう、すでに訪ねたほかの七つのクラブと同じような造りで、同じような音が響いている。音楽はロビーでも大きく聞こえたが、中に入ると耳を聾するほどの大音響だ。クラブの中央に、花道が突き出ていて、その高くなったステージは広く、天井までの真鍮のポールがところどころにあった。そのステージを簡便なテーブルが取り囲み、テーブルにそって低いスツールがびっしりと並んでいる。演技のほとんどはこのステージの上で行なわれるが、フロアには、ほかにも低めのサテライトステージが三つ、離れて設けられ、そのまわりに円形のベンチがついていた。壁際にはビロードを張ったブースが並んでいる。そのほかのスペースには、ディナーテーブルとカクテルテーブルがぎゅう詰めだ。

クラブにはビールとフェロモンのにおいがしみつき、タバコの煙が集まる天井近くは空気がもやもやとよどんでいる。

セリーナが客の数をかぞえると、三十人ほどいて、興奮したTシャツ姿の大学生からスーツを着た老人にいたるまで、風変わりな男や酔っ払いがまざっている。なかには興奮して囃したて、叫んで、女たちの身体をまさぐりたくて、場外に追い出されない程度にステージに近づいていく男もいた。口をポカンと開け、惚けたようにニタニタ笑っている男もいる。おとなしくすわって酒をちびちび飲み、目を細めてじっと見ている男もいる。そういうまったく感情を表わさない男たちが怖いのだ。

セリーナは、ほかのすべてのクラブで感じたのと同じ閉所恐怖症的感覚をおぼえた。自分も裸にされたような気がして、思わず身体を見下ろし、ステージにいる女たちと入れ替わったら、どんな感じがするだろうかと思った。クラブの客席にいる女は彼女ひとり、あとはカクテルウェイトレスふたりがいるだけで、彼女たちはパンティのほかに何か少し身につけている。驚くにあたらないが、セリーナはあまり注目されず、裸でない女がいることに驚いた男たちが何人か目を向けただけだ。彼女を見た男たちは、ステージの女たちに向けるのと同じ値踏みをする目をしていた。セリーナは吐き気がした。

セリーナは、作り笑いを浮かべてステージをパレードしていく女たちの顔をつぶさに見た。その顔には年齢が表われていた。化粧が濃いほど、女は年齢を隠そうとしているのだ。煙がこもる暗いクラブのなかでは、それがたいていうまくいく。男の大半がわざわざ顔を見ようとはしないからだ。しかしセリーナは見抜いた。女たちの目をのぞき、そこにある秘密を読み取れた。ここは比較的高給を払うクラブで、女たちは比較的若くて、まだアルコールや麻薬の濫用の弊害も出ていない。ここの女たちは、いずれは自分ものし上がり、ジェナ・ジェームソン（アメリカの現役ポルノ女優）のように金持ちになるんだと自分をごまかすことができた。しかし、セリーナは長年にわたり、引き締まった身体の上についた、やつれた顔を、あまりにも多く見てきた。いずれは、その身体もたるんできて、下落の一途をたどりはじめるのだ。

セリーナは、女友達とふたりで、この町に移ってきた十六歳のころのことを思い出した。ふたりとも、フェニックスの暮らしから逃れてきたのだ。セリーナはカジノのひとつで職を得た。女友達の行き着いた先は、こういったクラブのひとつで、そこでラップダンスをすることになった。彼女はセリーナもラップダンスをするように説得しようとした。そのほうが給料は高い。お金は魅力的だった。しかしセリーナはすでに男にはうんざりしていた。男たちの前で自分をさらしものにするなど思いもよらない。それが幸いした。女友達はもっと高級なマンションへ移り、安直なポルノ映画二本に出て、結局、エイズにかかった。そして二十二歳で、おぞましい死に方をした。セリーナは自分だけが生き残ったことに罪の意識をおぼえることもあった。

サテライトステージのひとつから歓声があがった。セリーナとコーディはじりじりと近寄っていき、その小さなステージの真ん中に現われた穴をじっと見ていた。二本の黒い腕が、音楽にあわせて官能的にくねくねと動きながら、ゆっくりと上がってきた。床の下から、せりが上がってくると、女が少しずつ現われてきた。その長い腕はさらに上に伸びていき、それから黒い髪と彫りの深い黒檀のように黒い顔が見えてきた。この女は十八歳になるかどうかの年齢だろうに、完璧で、目を見張るものがあった。新米だ——セリーナは彼女の目を見て、それがわかった。この女は自分が男たちを酔わせる魔力と男たちがうるだみ声で、まだ張り切っている。彼女は楽しんでいて、男たちにはそれがわかるのだ。いやいや演じているのではなく、性的に刺激しようと本気になっている女ほど興奮させるものはない。男たちはその違いを知っていて、この娘にはそれがあった。

誰かが叫んだ。「ラヴェンダー！」

女は自分の名前を呼んだ男のほうに振り向き、分厚い唇でにっこりと笑って、ウィンクをした。そのあいだもずっと踊りつづけている。せりが上がるにつれて、全身が現われてきた。極細のストラップがついたテディは、ルビーのような深紅で、真っ黒な肌によく映えている。乳房はいまにもレースからはじけて出そうだ。ピラピラする飾りの下に引き締まった腹部がむき出しになり、その下のほうにはTバックをつけているだけだ。すらりとして滑らかな長い脚には、七センチのヒールの血のように真っ赤なパンプスをはいている。

「舌を口の中に引っ込めなさい」セリーナはコーディにいった。

「熱くなっちゃって、無理」彼は小声でいった。

「舌が。それとも下が？」セリーナはそう訊くと、ニヤッとして見せた。

コーディは返事をしなかった。彼は直立不動で、ラヴェンダーがブラの合わせ目を少しずつはずして、胸の谷間をあらわにしていくのに目を奪われていた。

「どうしちゃったの、コーディ？　あんたは小柄なブロンドの女が好きだと思ったけど」

「うまいサルサには、たくさんのチリペッパーがいる」コーディはいった。

「何それ、メキシコの諺？」

「いや、おれの新しい人生哲学」

セリーナは、ラヴェンダーがついに大きな乳首をあらわにするのを見つめていた。弾丸のように硬い乳首だ。観衆が甲高い叫び声をあげると、女は豊満な乳房を両手ですくった。

「さあさあ、女たらしの坊や、楽屋へ行くわよ」

セリーナが、ラヴェンダーから目を離すまいと首をのけぞらせているコーディを引っ張って、クラブの奥へ行くと、そこにも布張りのドアがあり、『関係者以外立ち入り禁止』の貼り紙がしてあった。そこでは、なめたら承知しないぞといわんばかりの凄まじいしかめつらのでっぷり太った黒人の男が見張っていた。セリーナが女たちに話す必要があると説明すると、その男はふたりのバッジを入念に眺めてから、しぶしぶと脇にどいた。

コーディはこの警備員の前をとおりながら、愛想よい笑顔でいった。「男が楽屋に入ったら、女たちは恥ずかしそうにするかな？」

セリーナは声をあげて笑った。警備員は笑わなかった。

ふたりは階段を下りて地下へ行き、楽屋に入った。そこはごったがえし、さまざまな露出度の女たちが少なくとも十人ほどひしめいていた。何人かはステージに行くばかりになって、ぴっちりした衣装に乳房を無理に押し込んでいる。電球で照らされた鏡の前に根気よくじっとすわり、メーキャップをしている女もいる。出番を終えた二、三人は私服に着替えている最中だ。女たちはセリーナとコーディに目もくれなかったが、そのうちのふたりがコーディに誘うような笑みを見せた。彼は微笑み返した。

セリーナは帰り支度をしている女三人に、まず訊くことにした。すでに服を着終えている女、黒いブラにジーンズだけの女、生まれつきの赤毛で、全裸の女の三人だ。

「あなたがたに、ちょっと訊きたいことがあるの」セリーナはいった。

三人はそれまで大声でしゃべり、笑っていたが、急に黙り込んだ。ひとりは肩をすくめて知らんぷりをした。赤毛の女は、コーディを見て、全裸の身体をくねらせ、股間のきちんと刈り込まれた赤褐色の恥毛まで見えるようにした。さらに彼の目をまっすぐ見て、ニヤッと笑い、あえて自分の下半身に彼の目を向けさせようとした。コーディは抵抗していたが、セリーナはそれが彼を悩殺しているのがわかった。

セリーナは、自分たちがここに来た理由を説明し、死亡した娘の外見を大まかに述べ、乳房にあるハートのタトゥーについても話した。「殺人」と聞くと、女たちは態度を変えた。彼女たちの仕事は、かなりの数の病的変質者を引きつける。同業のひとりが殺されたと聞いて、三人とも即座に誰が殺したのか、自分が殺人者の殺しのリストに載っている次の標的になるのだろうか、と思ったに違いない。

「どうかしら？　彼女を知ってる？」セリーナは訊いた。

女たちは互いにちらりと見あった。

「みんな、来ては辞めていくわ」赤毛がなんとなく乳房を撫でながらいった。「つまりね、いま聞いたような外見は、いろんなクラブで働く大勢の女の子たちにあてはまるってこと」

「タトゥーはどうかな？」コーディが訊いた。

三人とも首を振った。

どこへ行っても同じだった。女たちは、来ては辞めていく。ここに来た翌日にはいなくなっても、誰も気づきもしない。しかもその多くが若くて、ブロンドに染めている。

楽屋にいるほかの女たちに急いで聞き取りをしたが、誰からも同じ答えが返ってきた。ふたりがここを出て、リストにある次のクラブに向かおうとしたとき、コーディが回転しながらゆっくりと下りてくる〝せり〟を指さした。それにはラヴェンダーが乗っていて、転げ落ちないように慎重にバランスをとっている。この黒人ストリッパーが床におりると、〝せり〟はふたたび円形ステージのほうへ上がっていった。

ドル札がいくつもはさまれた小さいTバック以外には、何も身につけていない。乳房をぷるんぷるんと揺らし、ハイヒールをカツカツと鳴らして、タイルの床を歩いてくる。彼女はコークの自動販売機の前で立ち止まり、腰に手をやり一ドル札を抜き取った。ダイエットソーダを買い、蓋を開けて、ごくごくと飲んだ。それからセリーナとコーディに目を向けた。

「あんたたち、何の用？」ラヴェンダーがきつい口調で訊いた。

「警察の人たちよ」親切にも赤毛が大声でいってくれた。彼女はもう、ぴっちりしたホールターに革パンツをはいている。「行方不明の女を捜してるんだって」

「あたしたちはみんな行方不明の女さ」ラヴェンダーはいった。

コーディはこの女の身体から目をそらせておくふりはしなかった。女と視線をあわせ、それからゆっくりと視線を下げていき、興味あるところでいちいち目を止めながら、裸の肌をなめるように足先までたどっていった。ラヴェンダーは愉快そうな笑みを浮かべた。

「男たちは見るために、たんまり金を払うのよ。何で、デカはただで見ていいと思うのさ？」彼女はいった。

「夕食に付き合ってくれたら、ただってことにはならないよ」コーディはいった。「それでどうだい？」

セリーナは目をぐるりとまわした。

ラヴェンダーは笑った。「あんたのサオはタマよりは長い？」

「それを見つけるには方法はひとつしかない」コーディはいった。

ラヴェンダーはセリーナをちらりと見た。「あんたと彼はカップルじゃないわよね？三角関係になるのはごめんだからね」

「いまんとこ、どうにか相棒だけど」セリーナはコーディの脇腹を肘でぐいと突いていった。「きょうのあとは、たぶん相棒でもなくなるわ」

「あんたの名前は？」ラヴェンダーはコーディのほうに向きなおって訊いた。セリーナはこの女が彼に関心があるのがわかった。コーディの女を惹きつける磁力が働くのを見ると、不思議な気がした。セリーナ自身はまったくその磁力を感じないが、大勢の女が感じるのだ。

「コーディと呼んでくれよ」

「あたしよりずっと背が低いじゃないの、コーディ。あんたをうっかり傷つけちゃうのは、ごめんよ」彼女は唇をゆがめてニヤリと笑った。

「でもきみを縛っちゃえば、ぼくを傷つけられないよ」コーディは彼女をからかった。

「オーケー、それでもう十分よ、ふたりとも」セリーナはいった。「もうだめよ、コーディ、わかったわね?」

「金曜の夜は?」コーディはラヴェンダーに笑顔を向けたまま訊いた。

ラヴェンダーは肩をすくめたが、それは承知したしるしだ。「オーケー、女たらし。わかったわ。八時にここに迎えに来てよ。次の出番までに六時間あるから」

セリーナはため息をついた。「結構なこと。ほんとにロマンチック。それはともかく、女の死体が見つかって、わたしたちは、それが誰だかを見つけようとしてるのよ」

「女の子たちは、ここに来ては、辞めてくから」ラヴェンダーはいった。

「わかってるわ。この女も、やって来て、いなくなった。背丈は百六十六センチ、ブロンドに染めた黒い髪、十七歳から二十五歳のあいだぐらい、まあ、そのくらいの年齢だろうと思っているけど。彼女が消えてから、少なくとも二、三日になるはずよ」

「誰でもあてはまるね」ラヴェンダーはいった。

コーディは手を伸ばして、人差し指でラヴェンダーの左乳首の下にさっと触れた。「このあたりにハートのタトゥーがある」

まったく、この男はさり気なくやってくれるじゃないの。セリーナはこの街にあふれるセックスのすべてを見て、そのどれにも何の感情もわかないので、自分がロボットのようだと感じることがあった。

彼女は警官仲間が自分を何と呼んでいるか知っていた。バーブ。バーバラの略ではなくて、バーブド・ワイヤつまり有刺鉄線の略だ。自分のまわりに高い塀をめぐらして、立ち入り禁止の札をかけている女。それは彼女自身のせいだった。男を気に入ったときでさえ、たいてい塀の内側に入れずに、男を血だらけにして塀の反対側に置き去りにする方法を見つけてしまうのだ。コーディが楽々と異性と渡り合えるのを羨ましく思うこともあった。

「ハートの?」ラヴェンダーはゆっくりといった。

セリーナはラヴェンダーの目つきが変わるのを見た。その日はじめて、彼女は鼓動が速くなるのを感じた。

「彼女を知ってるの?」セリーナは訊いた。

ラヴェンダーは下唇を嚙んだ。「もしかすると。あたしがここの前に働いていたクラブに、そんなタトゥーをしてて、いま聞いた話に合う女の子がいたっけ」

「彼女の名前は?」

「クリスティ。クリスティ・カット。でもね、それは偽名だと思う、わかるわね?あたしがほんとはラヴェンダーじゃないのと同じでさ。あたしだって、よく知ってる人にしか本名をいわないよ」

「クラブの名前は?」コーディが訊いた。

「ザ・スリル・パレス。ボールダー通りの」

セリーナはそのクラブを知っていた。「その子がどこに住んでたか知ってるの？」

「空港近くのおんぼろアパートに部屋を借りてたよ。ああ、くそ、またその名前を忘れた。〝放浪者《ヴァガボンド》〟、だと思うけど。そうだ、ヴァガボンド・アパートメント。いかしたネーミングよね。そこの賃貸はほとんどがきっと週単位のはずよ。もしかしたら、一日単位かも」

「彼女についていろいろおぼえてるのね？」

「たくさんじゃないけど。おしゃべりな子じゃなかったから。やって来て、自分の仕事をするだけ。たいていの女の子たちは、友だち付き合いをするけど、彼女はしなかった」

「最後に彼女を見たのはいつなの？」セリーナが訊いた。

「あたしがあのクラブを辞めたときだから」ラヴェンダーはいった。「一カ月前ぐらい」

コーディはコートのポケットから写真をしぶしぶと出した。「彼女だろうか？」

ラヴェンダーは写真をちらりと見て、すぐに目を閉じて、顔をそむけた。ふたたび目を開けると、もう一度、すばやく見た。「くそ。ひどい。誰もこんな姿になっちゃいけないよ、誰ひとり」

「彼女だろうか？」

ラヴェンダーは目を細くした。「そうかもしれない。わからないけど。その写真でわかるはずがないじゃん？　クリスティはほんとにきれいだった、そんなのと違って。まったく、あたしと同じぐらいセクシーだったわ。それが彼女なら――ああ、くそ」彼女は首を振り、写真を裏返しにして返した。

「ありがとう、ラヴェンダー。すごく助かったわ」セリーナは彼女にいった。コーディはウィンクした。「ありがとう。金曜日に会おう」

「ちょっと、あんたはあたしの裸をもう見たのよ、ずるいやつ。金曜日には、あたしがあんたのを見る番よ」ラヴェンダーはいった。

36

彼らはトロピカーナ・アヴェニューでI‐十五号線をおりて、ラスヴェガス・ブルヴァードの信号が変わるのを苛々して待っていた。右側にはアーサー王の城を真似たエクスカリバー・ホテル、左側にはマンハッタン高層ビル群を真似たニューヨーク・ニューヨークホテルがある。偽の自由の女神を囲むミニチュア消防艇のホースから噴水がしぶきをあげていた。

通りにまで飛んでくるしぶきに、セリーナは頬が濡れるのを感じた。冷水が気持ち良い。屋内での散財から一息いれようと、夕方のむっとする空気の中で、戸外をうろつく観光客の群れを、彼女はちらりと見た。彼らは額の汗を拭き、シャツの襟を引っ張って、暑そうに見える。太陽は山陰に隠れたのに、いまだに気温は三十二度もあるのだ。

信号が変わった。彼らはMGMグランドホテルをとおりすぎ、コヴァル・レーンで左折した。こんどは右折して、ほどなくラスヴェガス・ブルヴァードのけばけばしい世界から抜け出ると、窓に鉄格子のはまった二寝室の小さい家が立ち並ぶ、みすぼらしい地域に入っていた。ラスヴェガスでも多種多様な人種の住む地域で、ここに住む黒人、メキシコ人、インド人、ほかの多くの国からの移民は、カジノの雑役部門で低賃金の仕事をしている。このあたりは、この町の殺人事件の大半が起きるストラトスフィアホテル周辺のネイクド・シティにくらべると、重大な犯罪の起きる地域ではない。いまだに老女たちがひとりで、食料雑貨を積んだカートを押して、家まで通りを歩いていけるのだ。子供たちは家の回りで、棒でサソリをつついて遊んでいられる。

一キロほど進むと、ヴァガボンド・アパートメントを見つけた。白いスタッコ塗りの壁にひびが入った二階建ての建物で、モーテルのような造りだ。一階の部屋は、戸口が駐車場に面していて、二階の部屋は錆びた手すりのついた狭い廊下に面していた。どの部屋の窓にも厚いカーテンがひかれ、ペンキの剝げた紺色のドアにはデッドボルトがつけてある。

この建物を見た瞬間、セリーナはティーンエイジャーのころに、フェニックスのアパートで過ごした日々にもどった。むっとする暑い空気を掻き分けて冷気が迫ってくるのを感じた。フラッシュがたかれたかのように、昔の風景がパッと現われた。彼女を見つめる母の死んだような目。男の胸にあったトカゲのタトゥー。トカゲは彼女に向けてピンクの舌を突き出していた。そして背後で、シャワーヘッドから茶色い水が滴りおちている。

セリーナは苦しい息をして、過去を押しのけた。

「腑に落ちないわね。比較的高級なマンション住まいだと思っていたのに。ザ・スリル・パレスで働いていたら、これよりましな部屋を借りられるはずよ」彼女がアルコール中毒でないかぎり、とセリーナは思った。あるいは麻薬中毒でないかぎり。

「身を隠していたのかもしれないね」コーディがいった。

セリーナは肩をすくめた。「管理人はどこかしら」

駐車場に最も近い棟の一階のドアが開いている入り口のなかに、狭い事務所があり、郵便受けがずらりと並んでいるのが見えた。ふたりのすぐ横を、背の低い五十がらみの禿頭の男がとおり過ぎた。ショートパンツ姿でシャツは着ていない。男は郵便物をめくりながら事務所から出てきて、目を上げなかった。事務所に入っていくと、中は狭くて片側の壁には郵便受け、反対側の壁には炭酸飲料やスナックの自動販売機が並んでいた。事務所の奥に呼び出しブザーを置いたカウンターがあり、そのカウンターの奥のドアは閉まっていて、ヌードのカレンダーがかかっている。カウンターの上には朝刊がばらばらに置いてあった。ひとつは求人広告のページ、別のは漫画のページが開いてある。新聞の上の紙皿のドーナッツの食べかすにハエがたかっている。コーディが呼び出しブザーを押すと、壁の向こうで、ブザーの音がくぐもって響くのが聞こえた。誰も呼び出しに応じない。コーディがもう一度ブザーを押し、こんどは強く押したままにしていると、壁の向こうから足音が聞こえた。

ドアがパッと開いた。両耳にイヤリングをつけた、もみあげのある薄茶色の髪を伸ばした二十歳ぐらいの男が、ふたりをにらみつけた。背が高く、痩せていて、ニキビだらけの細面で、顎がとがっている。先ほどすれ違ったアパートの居住者と同じように、シャツなしのショートパンツ姿だ。

「何か？」

この若者は邪魔されて機嫌が悪そうな口調でいった。奥の部屋から物音が聞こえてくるところを見ると、ひとりではないらしい。

「部屋を借りたいんだがね、坊や？」コーディはいった。「浴槽《ホットタブ》とテニスコートを見せてもらえないかな？」

「いったい何だよ？」若者はいった。

セリーナは微笑した。「あなたが管理人なの？」

「ああ、それで何の用？」

「警察よ。クリスティ・カットという女性がここに住んでいるかしら？」

「ああ、それで何の用なんだよ？」また同じ返事だ。

「態度を改めて、彼女の部屋の鍵を渡しなさい。わかった？」

コーディはニヤリと笑った。「プールはあとで見せてもらうよ」

若者は首を振った。「とんでもないデカだな、あんたら、むかつくよ。ああ、わかったよ、二〇四号室だ。ここに来て一年ぐらいかな。めっちゃセクシーな若い女だよ、わかるかい？ここらの屑みたいなやつらとは比べものになんない、いかす女だよ」

彼は不安そうに後ろを振り返った。奥にいる誰かに、いまの言葉を聞かれただろうかと心配しているらしい。

「最後に彼女を見たのはいつ？」セリーナが訊いた。

「さあね」若者はいった。「二、三日前ぐらいかな」

「でもこの二日間は見なかった？」

「ああ、しばらく前だ、もういいだろ？」

コーディは郵便受けの並ぶ壁のほうへ行き、二〇四と記された郵便受けを見つけた。

「郵便物がたくさんたまっているぞ」

「だから、いっただろう？　もしかしたら、どっかほかの場所にしけこんでるかもしれない」

「彼女が誰かといっしょにいるのを、近ごろ見た？　ボーイフレンドか女友達か、誰かそんな感じの人と？」セリーナは彼の目を凝視して、嘘の影がちらつくかどうかを見ようとした。

「人付き合いがなかった」若者はいった。

「彼女のことをたずねてきた人はいなかった？」セリーナが訊いた。

「あんたたちだけだ」

「彼女はどんな車を運転しているの？」

「古いポンコツだ。赤いシェヴィ・キャヴァリエ」

セリーナがコーディをちらりと見た。彼はその視線を受けて事務所から出ていき、すぐにもどってきて、うなずいた。「駐車場にある」

「最近その車が出入りしたかどうか、気がついたかしら？」セリーナは訊いた。

「わかるはずないだろ。見張っちゃいないし」

「オーケー、鍵をもらおうじゃないの」

若者はためらった。「令状かなんか、そんなものは必要じゃないわけ？　あんたたちをあっさり入らせたら、クリスティに嚙みつかれる」

クリスティはもう誰にも怒れないわ、セリーナは思った。そして若い管理人に笑顔でいった。「いいから、鍵をよこしなさい」

彼は肩をすくめ、奥の部屋へもどっていった。不満そうな女の声と、それにつづいて若者が押し殺した声で「黙れ！」というのが、セリーナに聞こえた。数秒後に、彼はペンキを搔きまわす棒に輪ゴムでとめた鍵をもって現われた。

「必ず返してくれよ、いいね？」若者はふたりに顔をしかめて見せ、奥の部屋にもどっていき、バタンとドアを閉めた。

「まずは車をちょっと見てみましょう」セリーナがいった。

ふたりは外に出て、一階の部屋の前をゆっくりと歩いて駐車場の端まで行った。赤いキャヴァリエは駐車場の道路側に駐まっていた。近づいていって、車内をのぞく。車には鍵がかかっていて、中は空っぽだ。セリーナは紙切れやゴミがないかと前部と後部の座席を探したが、クリスティ・カットがこの車の持ち主であるなら、彼女は車をきれいに使っていた。

セリーナは、八歳ぐらいのインド系の女の子が、両手を背中で組み合わせて、事務所のほうへ歩いていくのに気がついた。襟にブルーの房飾りのついた白無地のワンピースを着ている。丈がふくらはぎまである服だ。その子のはいているサンダルが舗道にカタカタと音をたてていた。まっすぐな黒い髪が肩の下まで垂れている。

セリーナはその子に手招きをした。

「ねえ、ちょっと。この車が誰のだか、知ってる?」セリーナはいった。

その子の頭がぴょこんと下がった。「うん、知ってる。とてもきれいなお姉さんのよ。二階に住んでるわ」

コーディはその子に微笑んだ。「近ごろ、このあたりで、そのきれいなお姉さんを見たかい?」

「日曜日に見たわ。仕事に出かけたの。そのあとは見てない」

いまは水曜日の夕方だ。

「きみが見たとき、お姉さんは誰かといっしょだったかな?」

その子はちょっと考えて、それから首を振った。

「お姉さんが帰ってくるのは見なかったの?」

「うん」少女はうなずいた。「でも、夜中に、星を見に外に出たら、車はそこに駐まってたわ」

「それは何時ごろだった？」

少女は肩をすくめた。「遅かった」

「この車は、そのあとずっとここにあるのかしら？」セリーナが訊いた。

少女はうなずいた。「うん、そこに駐まったまま」

「ありがとう、いい子ね」

セリーナとコーディは、地面に散らばっているくしゃくしゃにまるめたファーストフードの紙袋やキャンディの包み紙をうまくよけながら、階段へ向かい、小走りに二階へとあがった。コーディが二〇四号室のドアを拳でコツコツと叩いた。応答があるとは予期していなかったが、やはり誰も返事をしない。誰かに気づかれなかったかと廊下の左右を見たが、そこにはまったく誰もいなかった。

「手袋」セリーナがいった。

コーディはうなずいた。そしてスーツのポケットから薄い箱を取り出し、ふたりとも新品の白いラテックスの手袋をはめた。それはもう一枚の皮膚のように手にはりついた。

「これで死ぬ人もいるんだってさ」コーディはいった。

「手袋で？」

「ラテックスのアレルギー。ピーナッツのアレルギーみたいに。命に関わる発作を起こすんだ」

「たぶんそれは塩のせいよ」セリーナはいった。

「手袋の?」

「いいえ、ピーナッツの。さっさとドアを開けてよ、コーディ」

コーディは下のほうの鍵穴にマスターキーを差し込んだ。二本の指先を使い、慎重にドアのハンドルをまわす。掛け金がカチリと音をたて、彼はドアを押し開けた。わずかな光が射しこんだが、部屋のほかの部分は真っ暗だ。コーディは二歩だけ中に入り、電灯のスイッチを見つけて、鍵の先端で慎重にスイッチを入れた。

明かりがつくと、彼はすばやく室内を見まわした。「大当たり」

セリーナは彼のあとから部屋に入った。その目はすぐに絨毯の真ん中にある直径二フィートほどの乾いた赤茶色のしみに向いた。室内の空気はムッとしていて、血の鉄分やらのにおいがした。

「科学捜査班に来てもらおう」コーディはポケットから携帯電話を取り出した。

セリーナはうなずいた。「それと、制服警官を呼んで、聞き込みをはじめさせて。最後に彼女を見たのはいつか、誰かが彼女といっしょにいるのを見かけなかったか、付き合いがあった人はいるか、そういったことを知る必要があるわ。ここを終えたら、わたしたちはザ・スリル・パレスに行きましょう。ああ、それと、誰かにコンピュータの記録に、クリスティ・カットの名前がないか調べさせてね。何か出てくるか見てみましょう」

「はいはい」コーディはいった。

コーディが本署に連絡をしているあいだに、セリーナは狭い室内を動きまわった。殺人現場と思われる居間、小さいキッチン、それに奥の壁にある戸口から寝室が見える。わずかにある家具は安物で、ガレージセールで買ったようなソファとラヴシート、小型テレビと大型ステレオラジオを載せた棚もディスカウントストアで売られているような安物、それにテーブルと、ちぐはぐな椅子ぐらいのものだ。灰色の絨毯は擦り切れていた。

セリーナは自分のレコーダーのスイッチを入れた。「室内は無味乾燥というか、居住者の個性を表わしているものは何もなし。写真なし。壁にポスターも貼っていない。この娘がどんな人間で、何を考えていたかを教えてくれるような、こまごまとした思い出の品とかコレクションは何もない。経歴を示すものは何もない」

セリーナはキッチンに入り、ひじょうに慎重に調べはじめた。

「冷蔵庫にはマグネットがひとつもついていない。実質的には、冷蔵庫の中には食べ物はなく、食品棚にシリアルの箱が数個、スパゲティ、スープ缶詰があるだけ。ジュリア・チャイルドのように料理番組を持つことは決してなさそうね。管理人の話では、ここに来てほぼ一年になるとのことだけど、引っ越してきたばかりのように見える」

セリーナは流し台をちらりと見て、その脇に重いガラスの花瓶が洗って横に倒して置かれているのを見つけた。居間にもどり、血痕のある場所からあまり離れていない壁に突き出た棚を見ていく。

「何か見つかった？」コーディが訊いた。

「たぶんね。流し台に花瓶があったわ。きっとそれが凶器だと思う。ここを見てよ、棚の上を。積もった埃が、輪の跡のところだけ、薄くなっている。この輪は大きさも形も花瓶の底と一致するわ。クリスティと殺人者はここに立っていた、いい？　彼女が背中を見せると、殺人者は花瓶を引っつかみ、ガツン、殴られて頭蓋骨が割れる」

「ふむふむ」コーディはいった。「無理に押し入ったり、格闘した痕跡はない。おれの推測では、ひとつ、彼女と殺人者は顔見知り。ふたつ、殺人者は計画的ではなく激情にかられて発作的に凶行におよんだ。怒り。嫉妬。おれなら、この娘にたいする嫉妬を除外しないな」

「で、そう考える根拠は？」

彼は指一本を鼻の脇に当てた。「そんなにおいがするからさ」

セリーナは笑った。「結構ね。じゃあ、鼻を利かせながら、寝室に行って。この娘が何か手がかりを残したかどうか調べるのよ」

寝室は縦横三・六メートルの真四角な部屋で、右側の壁にクロゼットとバスルームがついている。フルサイズのベッド、ナイトテーブル、それに小さいドレッサーがあった。ほかの部屋と同じように壁には何も飾っていない。

「ベッドに毛布がないわ」セリーナがいった。

「たぶん暑かったんだ」

「あるいは、殺人者が遺体を運ぶのに使ったかもしれないわ」

セリーナがバスルームに入っていくと、そこには便器と、洗面台、ピンクのビニールカーテンのついたシャワーがあった。洗面台とシャワーに血痕があるかと調べたが、目に見えるものはなかった。科学捜査班がルミノール反応検査をして血液の跡があるかみてくれる。薬棚に、洗面・化粧用品はわずかしか入っていない。驚いたことに、避妊具はひとつも見つからなかった。クリスティの男たちはコンドームを持参してきたのか、彼女の性生活もセリーナのと同じようなものだったのか。

セリーナが寝室にもどると、そこではコーディがクリスティのナイトテーブルの一番上の引き出しの中を調べていた。

「何かあった？」

コーディは首を振った。「あまりない。ほかの二軒のストリップ・クラブのマッチ。彼女が前に働いていたクラブのものかもしれないから、それを調べられる。ほかには、手紙も、葉書も、ラブレターも、請求書も、領収書も、クレジットカードの明細書も、何もない。この娘はまったく孤独を好むセニョリータだ」

「わたしのドレッサーの引き出しなんて、めちゃめちゃよ」セリーナはいった。「十年分のいろいろがたまってる。それを調べれば、わたしの伝記を書けるはずだわ」

「クリスティ・カットはそうじゃない。あるいは本名は違うかもしれないにしても」

「さて、調べをつづけて。ちなみに、ここにコンドームはあるかしら？」

「なぜ？　切らしかけてでも？」

セリーナはため息をついた。「気分でも悪いの、コーディ？　蒼ざめているじゃないの。ラテックスのアレルギーかもね。さあ、発作を起こす前にいって」

「コンドームはゼロ」コーディはいい、クスクス笑った。

セリーナはクロゼットを調べたが、長くかからなかった。床にハイヒールが数足、ハンガーにブラウス、スカート、ワンピースが数着、ワイヤーラックにTシャツとジーンズをたたんで重ねた小さい山がふたつ。ジーンズのポケットを調べると、わずかな小銭とチューインガム数枚が入っていた。

彼女は首を振りながらクロゼットから出た。「この娘はかなり謎めいてるわね。財布や鍵はどう？　そのたぐいのものを何か見つけた？」

「なし」コーディはいった。

「興味深いわ。どこにあるのかしら？」

「たぶん殺人者が持ち去った」

セリーナは思案した。「たぶんそうかも。クリスティがこの部屋にいて、鍵と財布はポケットに入っていたとする。殺人者が戸口に来る。何らかの理由で、彼女は彼を中に入れる。彼女が彼を知っているか、あるいは脅えていなかったか。大きな間違いね。ふたりは話して、たぶん口論をして、彼女が背を向けて、それで彼女は死ぬ。殺人者は細心の注意をはらうタイプで、花瓶を洗い、指紋を拭き取る――わたしたちがものすごいツキに恵まれれば別だけど――そしてベッドの毛布で遺体を包む。それなら血が外に流れて痕跡を残すことがない。彼は暗くなって外に人がいなくなるまで待ってから、遺体を車に運び、車を走らせ、砂漠に遺体を投げ捨てる」

「ふうん」コーディはいった。「ただし遺体は裸だ。その男が財布と鍵を奪うのは想像できる。でも、なぜ素肌をさらした姿で置き去りにしたんだ？ 案外、地面に寝転がって、いっしょにタンゴでも踊ったのかも。こいつは病的な男の可能性があるな」

「そういう男はたくさんいるわ」セリーナはいった。「セックスが行なわれたかどうかは科学捜査班が教えてくれるでしょう。でもまあ、遺体を全裸にするのは、セックスがらみに思えるわね。彼女がボーイフレンドといて、すでに裸になっていたのでないかぎり」

「でもコンドームはない？」

「そうよ。いまのところ、この娘の生活の痕跡をわたしたちにはゼロに等しいほどつかめていないけど、それでも彼女を殺すほど憎んだ人物がいた。結構ね。ザ・スリル・パレスで彼女と仲のよかった子がいればいいんだけど。あるいはほかのクラブにでも」

「それに賭けないほうがいいね」コーディはいった。

「賭けてやしないわよ。ちょっとドレッサーをよく調べて、何も見落としていないかどうか確かめなさい。わたしは、デカ足の警官たちが来る前に、居間をもう一度、よく調べるわ」

彼女はコーディを寝室に残し、もう一度、こんどはゆっくりと、室内を歩き、あらゆる表面に目を向け、床と壁をつぶさに見た。キッチンでは、流し台の下のゴミ箱を調べ、コーヒーの出し殻、オレンジの果皮、期間の過ぎたテレビガイドを見つけた。

居間にもどると、大型ラジカセのそばに積み重ねたCDを調べ、一枚ずつ注意深く開けたが、中には何も見つからなかった。クリスティがジャズを好きなのは少し興味深いと思った。セリーナもラスヴェガスに来て最初の数年、ティーンエイジャーとしてつらかった時期に、ジャズに溺れていて、その後、成長してから、好みがカントリーミュージックに変わった。ジャズは苦労から逃れるためで、カントリーは生活を味わうためだ。

コーディが長く大きくヒューッと口笛を吹くのが、聞こえた。

「何なの？」彼女は大声で訊いた。

コーディは返事をしない。

知りたくなって、セリーナは寝室にもどった。するとコーディが床であぐらをかいていた。クイーンサイズのマットレスの半分がベッドから押しのけられている。コーディのわきに、新聞の薄い束があった。コーディはページを開いて、身じろぎもせずに、それを読んでいる。

「彼女が密かに隠していたもの？」セリーナが訊いた。

コーディはうなずいた。

「捜査班が来ないうちに、触っちゃだめじゃないの」セリーナは彼にいった。それから彼女は自分自身の好奇心に負けた。「何が書いてあるの？」

コーディは新聞を置いた。「ところで、あの遺体が、いつごろから砂漠にあったと思う

?」

セリーナは肩をすくめた。「二、三日前からじゃない？　なぜ？」

「だとすると、ちょっと厄介なことになるかも」

37

木曜日の朝六時、アンドレアが出勤の準備のためにベッドをそっと抜け出した。ストライドはベッドで動かずに目を開けて、寝室の暗がりの中で彼女が白いネグリジェを頭から脱ぎ、パンティを下ろすのを、見ていた。この三年間で、彼女の裸体はややたるんで、肉づきがよくなったが、いまでも魅力的だ。

「やあ」彼は静かにいった。

アンドレアは彼を見なかった。「おはよ」

「きみの名前は何だったかな？」

彼女は首を振った。「おかしくもないわ、ジョン」

「わかってる。ごめんよ」昨夜は一時過ぎまで、彼とマギーはギャングがらみのアジアの麻薬一味の容疑者に尋問をしていたのだ。この数カ月、帰宅の遅い夜がつづいている。

「ときどきは電話ぐらいしてくれてもいいんじゃないかしら」アンドレアはいった。「三晩つづいて午前様、次にあなたに会えるのはいつなのかさっぱりわからない。あなたはわたしのそばにいてくれないのね。決して」

「この事件は――」

「言い訳なんか聞きたくないわ。この事件がなくても、別の事件が出てくるんだから」

ストライドはうなずくだけで、答えなかった。彼女のいうとおりだ。しかも事態は悪化している。彼は、確かに、部下に委任すべき捜査の分まで自分で引き受けていた。K2さえもそれに気づき、家に帰るのを避ける口実を探しているのかと、遠慮なく訊いてきたくらいだ。彼は違うといったが、胸の奥では、確信がなかった。

「デニスはどうだった?」彼は訊いた。「あれ以来、きみに会ってなかったような気がするけど」

「気がするだけじゃなく、そのとおりなのよ。それに、何も訊こうとしなかった。本気で気にかけてるの? あなたはもうわたしについて何も知らないわ」アンドレアは腰に両手をあてて、返事を待っていた。彼が何もいわないでいると、背を向けてさっさとバスルームへ入っていき、ピシャリと音をたててドアを閉めた。シャワーの流れる音が、彼に聞こえた。

問題は一年前にはじまった。ふたりは、葛藤が生じることは話さず避けることで、二年ほどは比較的平穏にすごしてきたが、近ごろは、ふたりのあいだの問題がどんどんと明らかになってきた。子供の問題ではじまったのだ。アンドレアはとても子供を欲しがっているのだが、ストライドは欲しくなかった。彼はもう年をとりすぎている。子供が成長して家を出るころには、六十歳をすぎているはずだ。

しかしアンドレアは執拗にいいはり、結婚してから十八ヵ月目に、彼がしぶしぶ承知して、アンドレアはピルを飲むのをやめた。ふたりは一日のうち、時をかまわずセックスをしたので、ついにはその行為に、ロマンチックなものは何もなくなってしまった。それほど努力しても、何も起きなかった。妊娠できないとわかったとき、彼は安堵感が顔に出るのではないかと恐れながら、失望して見えるように努力した。彼は、アンドレアがもし最初の夫とのあいだに赤ん坊ができていたら、夫は決して彼女から離れていかず、彼女の人生はいまでも完璧だったはずだと信じていることを知っていた。しかも彼女は、もう一度失敗したら、ストライドをも失うことになるのではないか、と恐れている。だから、どうしても妊娠しなくてはならないと思いつめていた。

しかしそれができなかった。

彼は、子供などどうでもいい、と何度もくり返し彼女にいったが、彼女は徐々に落ち込み、それ以来、立ち直れずにいた。ふたりは次第に他人になりつつあった。

シャワーが止まる音がした。

ドアが開き、戸口にアンドレアが裸で立ち、彼を見つめていた。裸の肌に水がはじけて粒になり、それが絨毯に滴った。彼女は下唇を噛んでいた。影になっていても、その顔から、いままで泣いていたのだとわかった。ふたりは、しばらく、黙って見つめあっていた。

彼の考えを彼女は読み取り、それに脅えているようだった。

「わたしたち、話す必要があるわ」彼女はいった。

その口調に、彼はそれを聞き取った。それが来るのを、彼はわかっていた。離婚だ。唯一の問題は、ふたりのどちらが先にその言葉を口に出すかだった。

「ごめんなさい」彼女は抑えた声でいった。

「悪いのはおれのほうだよ」

ストライドが両腕を広げると、彼女が寄ってきた。その濡れた身体を彼はしっかり抱き締めた。アンドレアの血走った青い目に心配の色が見えた。彼は両手を彼女の顔に上げて、頬をかこい、それからふたりとも弱々しく微笑み、苦痛を追い払おうとした。彼女の裸の身体が自分の上に重なったのを意識すると、ストライドの身体は自然と反応した。彼女の中に入りたくて、彼は向きを変えたが、彼女は横にまわって仰向けになり、彼の肩を引き寄せた。彼は彼女の動きにしたがって、彼女の上に重なった。両手を彼女の首の後ろにまわし、キスをしようとしたが、彼女は顔をそむけた。しかし両脚を開き、膝を曲げてからませ、彼が入っても動かずにただそうしていた。彼はすぐに果て、満たされぬ気持ちが残った。結局、彼女の上に重なったまま、数分間はじっとしていた。彼女の手に少し力がこもるのを感じ、身体を転がして離れた。彼女は唇でかすめるようなキスをして、すばやくベッドから出たので、彼は触れることもできなかった。

アンドレアがバスルームで身体を洗う音がした。それから急いで服を着る彼女を、じっと見ていた。彼女は一言もいわず、服を着ると、戸口で立ち止まった。まったく無表情な顔で彼を見て、それから背を向けて、彼を残して出ていった。

不安な夢を見ている最中に、電話が鳴り、ストライドはびっくりして目が覚めた。時計に目をとめ、唸りながら受話器を探った。もう九時半で、朝の会議に一時間も遅れている。

「遅刻した」彼は電話にわめいた。「訴えろよ」

ストライドはマギーの痛烈な皮肉が聞こえるのを予期した。ところが、ちょっと間をおいて、低くてからかうような笑い声が聞こえた。初めて聞く声だ。

「ストライド警部補かしら？　いま目が覚めたばかりなのかしら」

彼はベッドに仰向けになり、目を閉じた。「確かに起きてるよ。だが、コーヒーをいれるまでは意識がはっきりしないから、自分がストライドかどうかわからないな。だから、これは間違い電話だったってことにしないか？」

「それは残念。マギーという女性が、あなたとのテレホンセックスはとってもいいって教えてくれたのに」

ストライドは今度は当惑して笑ったが、好奇心もそそられた。「マギーの知ったことじゃないさ。いったい誰だい？」

「セリーナ・ダイアル。ラスベガス・メトロ警察の。残念ながら、古い事件について、あなたが気に入りそうもないお知らせがあるわ、警部補」

ラスヴェガス。ストライドはたちまち目が覚めた。三年すぎていても、すぐにピンときた——メトロ警察が電話をよこした理由がわかったのだ。レイチェルだ。頭の中で彼女の名前が聞こえ、あの驚くべき写真の彼女の身体が見えた。

電話を通じて沈黙が伝わった。やっとストライドがいった。「彼女を拘留してるんだね」

「いいえ。彼女は死体保管所にいるわ」

「レイチェルが死んだ？」彼には理解できなかった。ラスヴェガスから誰かが、レイチェルはまだ生きていると電話をしてくると、とりとめない想像をしてきたのだ。ときには、レイチェル自身から電話がかかってくるかもしれないと思ったりもした。

「死亡したの。殺人よ。砂漠に遺棄されて。あなたには厄介な展開でしょうけど」

ストライドは夢を見ているのだろうかと思った。「いつ？」

「この二、三日前、それ以上はっきりとはわからないわ」セリーナは彼にいった。

彼女は本当に生きていた。いまのいままで。「何が起きたかはわかっているのかい？誰が殺したんだ？」

「まだわかっていないわ」セリーナはいった。「でも、今夜、空港に迎えにきてくれれば、いっしょに調べられると思うけれど」

「こっちに来るのかい？」

「手がかりをたどると、そちらに繋がったのよ、警部補。ダルースに」

38

マギーは人を乗せるとき、自分の体格はSUVを運転するのに向いていないのだと、すすんで告白する。ハンドル越しに確実に前方が見えるようにするため電話帳を尻の下に敷き、足が届くようにアクセルペダルとブレーキペダルには木片が取りつけてある。二年前にエリック・ソレンソンと結婚する前は、小型のジオ・メトロに乗っていた。しかし元オリンピック水泳選手のエリックの身体が、彼女の小さい車にはおさまらなかったので、ふたりはいっしょになるといの一番に、彼が膝を胸で抱えなくても乗れるようなずっと大きな車を買った。

ストライドはマギーが運転する車に乗るのが好きではなかった。そもそも彼女は運転が上手ではなく、彼女の体格でもSUVを運転できるように改良した応急装置は役に立たなかった。しかも彼が同乗すると、腹いせに、ふつうよりも無謀な運転をしているように見える。おかげで彼は思わず自分の足元にはないブレーキを踏み、頻繁に起きる危機一髪の瞬間に、ついあげたくなる怯えた声を意識して抑えなくてはならなかった。

いまは木曜日の夕方。ラスヴェガスからミネアポリス経由でくるセリーナ・ダイアルの乗っている飛行機は、あと三十分で到着するはずだ。湖畔からダルース空港へ向けてミラー・ヒルをのぼっていくにつれ、開いた窓から入る空気が暖かくなってきた。

マギーは首を振った。前方の信号が赤に変わったが、彼女はクラクションを鳴らしながら、速度を落とさずに交差点を走り抜けた。

「レイチェルがずっと生きていたとはね」マギーがいった。「アーチー・ゲールがよろこびそうな話だわ」

ストライドはうんざりしてうなずいた。「娘を殺した罪で男を起訴したのに、その娘が実は死んでいなかったとわかったら、エリクソンはよろこばないだろうな。彼の選挙運動にいい影響を及ぼさない」

「彼にはもう話したの？」マギーが訊いた。

「いや、まだだ。話すのを明日まで延ばしたいとK２に頼んだ。ヴェガスの刑事、セリーナも、おれたちがエミリーに話すまで秘密にすることに同意してくれたよ」

マギーは眉をひそめた。「エミリーが壊れてしまわなければいいけど。自分の娘を殺されたと思って、夫を殺したのに、彼が無実だったとわかったらどうなるかしら」

ストライドは肩をすくめた。「殺人に関しては無実だ、たぶんね。だが、ストーナーはレイチェルと寝ていたと、いまでもおれは思っている」

「残る問題は、彼女の身に結局なにがどう起きたかってことね」

「失踪するには、誰か手伝った人物がいるはずだ」ストライドはいった。「ひとりで街を出られたはずがない。ひとりだったとすれば、彼女の足どりを少しはつかめたはずだ。たぶん、誰かの車でミネアポリスまで連れていってもらったのだろう。そして変装して、そこからバスに乗ったのかも。そしてその友人はダルースへ車でもどり、口外せずにいた」

「納屋で見つけた証拠は？　ブレスレット、血痕、足跡は？」

「わかってる、それが問題なんだ。あの金曜日の夜にレイチェルが納屋にいたのはわかっている」ストライドは下唇をこすりながら、とおり過ぎていくファーストフードのレストランや酒屋を窓から見ていた。「そうだ、これはどうだろう？　あの夜、レイチェルは家にもどってきた。エミリーは遠出をして町にいなかったから、ストーナーはランデブーを求めた。彼とレイチェルはヴァンで納屋まで行き、ヴァンの後部座席に移って、窓を曇らせはじめた」

マギーは眉をひそめた。「なぜ納屋へ行くの？　家には誰もいないんだから、寝室ですればいいんじゃない？」

「わからないが、もしかすると、納屋はふたりには特別の場所だったのかもしれない。もしかすると、ストーナーは自分がどんなつもりなのかを彼女にいわなかったのかもしれない。しかし、何とかして、彼は彼女をそこへ連れ出した。だけど何か不都合があった。たぶん、レイチェルが、こんどはいやだといった。これはストーナーが聞きたくない言葉だ。あるいはふたりはナイフを使ってちょっとしたゲームをしていたが、度を過ぎてしまったのかもしれない。レイチェルは必死でヴァンから逃げ出し、彼が彼女を追いかける。ふたりは揉み合い、彼女はブレスレットを落とし、シャツが破ける。彼は無理に彼女をヴァンに連れもどす」

「それから何が?」マギーが訊いた。「忘れないで、ストーナーは彼女を殺してなかったのよ」

「わかってる。ストーナーは急に正気にもどる。彼はいままでにこれほど我を忘れたことはなかったので、自分の行動が恐ろしくなり、冷水を浴びたように、ぞっとする。あるいはたぶんサリーのときと同じ情況だったのかもしれない。別の車の来る音が聞こえて、彼は急いでそこから逃げる。すべてが単なる間違いだったふりをして、レイチェルを車で家へ連れていき、全部を忘れろと彼女に告げる」

マギーはブレーキをぐいっと踏んだ。目の前に車が割り込んできたからだ。彼女はタイヤをきしらせて左側の車線に移り、割り込んできた車を、窓越しに物凄い目でにらみつけながら、追い越した。

「家に着いたとき、レイチェルはひどく怯えてたでしょうね」マギーは思いめぐらした。

「おれも怖かったよ」ストライドはいった。

「大きな図体をしてるくせに。こういう運転を教えてくれたのは、ボスじゃないの。で、そのあとはどうなったのかしら? レイチェルは怯えた。そしてもうたくさんだと思った」

「そのとおり。彼女は友達に電話をかけて、『ここから連れ出して』という。そして失踪する」

「オーケー」マギーは認めた。「それならなぜ自分の車を使わなかったの？　なぜ衣類を詰めて持っていかなかったの？」

ストライドは唇を噛んで、考えた。「パニックになったんだ、たぶん。見つけられたくなかったんだろう。車は追跡されやすい。少しでも早く出たくて、荷物を詰める時間も惜しかったのかも。もしかすると、ストーナーがまたやるかもと思って、彼といっしょに家の中に入ろうとさえしなかった」

マギーは車の多い一般道から、もっと往来の少ない、空港へ通じるバイパス道路へ曲がった。そしてすぐに時速百二十キロに加速すると、ダッシュボードが振動しはじめた。

「もしそのとおりなら、レイチェルが生きていたのを知ってた人物がいたってことよね。そしてそれが誰にしても、その人物は表面に出てこなかった、無実の男が殺人罪で裁判にかけられても」

ストライドはうなずいた。「もしレイチェルが、迎えに来た男に、納屋で起きたことを説明したら、その男はストーナーが当然の報いを受けていると思ったかもしれない」

「それに、なぜストーナーは、何が起きたかを説明しなかったのかしら？」

「ストーナーが？　真実を話す？」ストライドは笑った。「やめてくれ。もし彼があの娘とセックスをしていたのを認めていたら、彼はこてんぱんにやっつけられたよ。きっとゲールがそれを彼にいったはずだ。誰も彼の話を信じなくなる。そんなことは何も起きなかった、というほうが賢明だよ」

「わかったわ。ボスの理論をもう一歩すすめて。その謎の友人とは誰なの？」

「わからない」ストライドはいった。「レイチェルに友達がいたとは、絶対に思えない。少なくとも、彼女がほんとうに信頼できる友達は」

「ケヴィンをのぞけば」

ストライドはうなずいた。「ああ。ケヴィンをのぞけば。でも彼が黙っていられると思うか？　彼は証人台で嘘をつきとおせるほどの度胸はなさそうだ」

「だったら、サリーは？　彼女が何かを隠してるのはわかってるわ。あの夜、彼女がレイチェルの家に行ったのもわかっている。レイチェルがケヴィンにもう会えないところへ永久に去っていくんなら、サリーにとって、かなりよろこばしいことだと思うけど」

ストライドは頭の中で断片をまとめた。「それは興味深い理論だ」

「彼女と話すべきだと思う？」

「ああ、もちろんだ」ストライドはいった。「レイチェルがもどってきて、ケヴィンを誘惑することはもうない。しかもストーナーはもうこの世にいない。こんどこそ、彼女も真実を話してくれるかも」

マギーは空港へ通じる道路に左折し、ターミナルビルへ向かうカーブした道路を走りつづけた。空港ターミナルは長さがかろうじてフットボール競技場ぐらいの三角形の建物で、急勾配のチョコレート色の屋根がそびえている。マギーはターミナルの端まで行き、そこに駐車して、ダッシュボードの上に警察車であることを示す大きな札を置いた。ふたりが大きな回転ドアをとおり抜けて、建物の一階に入ると、そこにはほとんど誰もいなかった。それからエスカレーターで二階へ上がった。頭上ではカントリーミュージックがスピーカーからのどかに流れている。穏やかな低音の歌声は、ヴィンス・ギルだ。

飛行機が到着するまでは、まだかなり時間があった。ストライドはピンボールマシーンに二十五セント硬貨を入れた。このゲーム機は二段式で、巨大なバストの超ミニスカートをはいた女が銃を正面に向け、「わたしと一発」と金切り声を上げる仕組みだった。彼は高校生のころ、ピンボールがかなり得意だったが、自転車に乗るのとは違って、そのころの勘をすぐには取りもどせなかった。一球めはフリッパーのあいだをとおりすぎて落ち、二球めは上のほうで幾度か跳ねつづけ、数千点を稼いだものの、左側のむずかしい場所へ滑っていった。三球めを打つころに、ようやく昔のリズムを少し取りもどし、両方の手のひらの下の部分でボタンを叩きながら腰をまわしていた。マギーは自動販売機で買ってきたコークを飲みながら、彼がゲームをするのを見ていた。

「ヴェガスから来る警官は、ダルースの誰かがレイチェルを殺したと思ってるの？」

ストライドはゲーム機から目を離さずに肩をすくめた。「そうはいわなかった。手がかりをたどったら、ここに繋がった、といっただけだ」

「セリーナ・ダイアルね。電話ではてきぱきしているような感じだったわ。きっと美人よ」マギーはいった。

「なぜ？」

「ヴェガスの人だもの。ヴェガスの女はみんなすごい美人よ」

「おれは一度も行ったことがない」ストライドはいった。

「もっと外に出ないとだめよ、ボス」

「でもな、おれにとっての休暇とは、森の中にひとりでいることだ、コニー・アイランドで大勢の群集にもまれたりするんじゃなくてね」彼は話に気をとられて、最後の球を打ちそこなうところだったが、最後の瞬間の巧みな手さばきでそれを免れた。

「ひとりで？」マギーが訊いた。

「いわなくても、わかってるくせに」

轟音が鳴り響いて、建物が揺れた。外の滑走路に着陸した飛行機のエンジン音が地を轟かす。ストライドは、ゲート係員がガムを嚙みながらエスカレーターから現われ、一番ゲートへ向かっていくのをちらりと見た。彼がゲーム機から目を離したすきに、銀の球がフリッパーのあいだをとおりすぎて、ゲームは終わった。

彼とマギーはゲートのほうへ向かった。

「どうやって彼女を見つけるの？」マギーが訊いた。

「なんとかなるよ」

セリーナを見つけるのは簡単だった。ほかの乗客全員は典型的なミネソタ州の住民で、地味な服を着て、まわりに溶け込み、注意を引くこともなかった。セリーナ・ダイアルは違っていた。彼女は、ずらりと並ぶバーガーキングのプラスチックカップの中にまじったクリスタルグラスのように派手で、他の乗客の中で目立っていた。長い脚にもう一枚の皮膚のようにはりつく淡いブルーの革パンツをはき、銀鎖のベルトをウェストにしめ、その結んだ先を脚のあいだにぶらさげていた。小さめの白いTシャツの短い裾から平らな腹部が少し見えている。黒革のレインコートは丈が長く、くるぶしまである。艶のある黒い髪は束ねてなくて、魅惑的だ。

「わあ、すごい」マギーはいった。

ストライドは生まれてから一度も、これほど魅力的な女性を見た記憶がなかった。彼はふと、レイチェルが大人になっていたら、ちょうどこんなふうになっていたかもしれないと思った。

セリーナはゲート区域の端で立ち止まり、杏色のサングラスをかけたまま人々をじっと見た。すぐにストライドとマギーを見つけ、かすかな笑みを浮かべて、スムーズな足取りでふたりのほうにやってきた。近くにいる誰もが、彼女の動きを目で追ったが、彼女はそれに気づかないようだ。

「ストライドさん？」彼女は訊いた。ハイヒールをはいている彼女は、ストライドと背丈が同じで、彼と同じ高さの目線で向き合った。

「そのとおり」彼はいつのまにか彼女を見つめていた。女性だと意識した視線で。「こちらはパートナーのマギー・ベイ、電話でおれについて嘘を広めた張本人だ」

「ベイじゃなくて、ソレンソンよ」マギーはいった。「あたしが結婚してるのをすぐ忘れるんだから」彼女は、ストライドとセリーナが見つめあっているのに気づき、得意気に笑みを浮かべた。「どうやら、自分が結婚していることも忘れちゃったみたいね」

ストライドがマギーを怒った目でちらりと見ると、彼女は彼に向けてすばやく舌を突き出した。

「あなたの制服はとてもすてき」マギーはいいそえた。「ヴェガスの婦人警官はみんなそんな恰好をしていいの？」

セリーナはサングラスをはずして、マギーを頭から爪先まで眺めまわした。彼女の唇がゆるみ、いたずらっぽい笑みになった。「大きなオッパイのある大人の婦人警官だけね」

マギーは大声で笑った。そしてストライドのほうに向いた。「彼女が気に入ったわ」

ストライドは自分の興味を隠そうとせずにセリーナの身体をもう一度ちらりと見た。彼女が見返したとき、彼は何か電気のようなものを感じた。「ここはミネソタなんだからね。ここなりの服装の基準がある」彼はいった。

「野暮ったい服装ということ？」

「そのとおり」

「そうかしら、あなたがたはそうは見えないけれど」セリーナはいった。

マギーは微笑んだ。「それをいうのはまだ早いわ」

彼らはゲート区域から出てきた。セリーナが歩いていくと、近くの人たちが彼女の行くほうに頭をまわしつづけた。マギーとストライドは数歩うしろからついていった。マギーは笑いながら彼のほうに身を寄せて、小声でいった。「ふたりきりになりたい？」

「うるさい、黙れ」ストライドはいい返した。

一階の荷物受取場で、彼らはセリーナの革パンツに良く似合った青いサムソナイトのスーツケースを受け取った。ストライドは円形コンベアからスーツケースを持ち上げ、その重さに息をのんだ。

「うわ、遺体もいっしょに運んできたのかい？」

セリーナはニヤリと笑った。「あら、いけなかった？　こちらでは、そうしないの？」

彼らは回転ドアをとおって外に出た。空気はまだ暖かいが、涼しい風が丘から吹きおりてくる。セリーナはまたサングラスをかけて、深く息を吸った。「すごい。新鮮な空気ね。まるで冬みたい」

「まあね、冬にはもう少し涼しくなる」ストライドがいった。

「これより二十度ぐらい涼しくなるわ」マギーはいった。

セリーナはうなずいた。「ええ、インターネットでミネソタのことを調べたけど、アメリカの冷蔵庫みたいなところって印象を持ったわ。でも、いいわ。ヴェガスはいま四十度もあって、とにかく暑いの。オーヴンを熱しておいて、それから顔を中に突っ込んでごらんなさい。それがヴェガスよ」

「わたしはリノで結婚したの」マギーは彼女にいった。

「あら、そうなの？　リノは好きよ。山は大好き。そのうち砂漠から出てみせるっていつも自分にいい聞かせているわ」

「結婚してるの？」マギーが訊いた。

セリーナは首を振った。「いいえ」

彼らはマギーのSUVまで来た。セリーナは後部座席によじのぼり、ストライドと話すために何気なく前の座席にもたれた。彼は首筋に彼女の肘が軽く触れるのと、香水の匂いをかすかに感じた。彼女の息はさわやかだった。彼女のあらゆるものを意識して、彼は落ち着かなかった。

「砂漠で見つけた遺体がレイチェル・ディーズなのは、間違いない？」マギーが彼女に訊いた。

セリーナはうなずいた。「確かよ。おたくのデータベースの指紋と一致したわ。それに加えて、新聞の切り抜きの写真で、証人が身元を確認したの。気の毒だと思っているわ。そちらの立場が悪くなるでしょうから」

「そういうのは慣れてるわ」マギーはいって、くすくす笑った。

「この件について、もう知っている人は、他にいるのかしら？」セリーナが訊いた。

ストライドは首を振った。「まだおれたちと上司だけだ。漏れるのは望ましくないのでね。まず母親にその情報を伝えるべきだと思ったから。みんなに話し出したとたんに新聞やテレビで大騒ぎになるのは目に見えている」

「ええ、ここでは大ニュースになるでしょうね。新聞記事を読んだわ。奇怪な事件。あなたがたの立場にいたら、わたしも彼女が死んだと思ったわ」

「ありがとう」ストライドはいった。

「とにかく、母親に知らせたあとで、事件のファイルを見て、この娘の友人たちや、ほかに誰でも彼女を知っていた人たちの調査を開始すべきではないかしら」

ストライドは座席で身体をよじった。ふたりの顔は十センチも離れていない。「それで、いったいどうして、ヴェガスであった殺人事件の解明のためにダルースまで来たのかな？」

セリーナがサングラスをまたはずすと、ストライドはそのエメラルドグリーンの目をのぞきこんだ。最初に彼女が飛行機をおりて歩いてくるのを見たときは、かなり若いのだろうと思った。しかし近くで見ると、彼女の顔に年齢を読み取れた。彼女の笑い皺は深かった。おそらく三十代半ばだろう。それでもストライドには若すぎるが、彼女の顔にはもっと大人の賢さを示す高い感受性がにじみ出ていた。彼女は、しょっちゅう気楽な笑みを浮かべ、心安い目を彼に向けた。しかしふたりのあいだには距離が、信頼感がまだないせいで薄い膜があるような気がした。ふたりのあいだに性的に惹かれあうものがあるのを彼女も感じ取ったからだろうかと思った。

彼は彼女がまだ質問に答えていないのに気づいた。

「どうしてなの、セリーナ？」マギーはふたりを横目で見て、訊いた。

「ふたりともレンジ銀行を知っているわね」セリーナはいった。

「もちろん」ストライドはいった。「おれもその銀行に口座を持っているし、この市の住民の半分もそうだ。それがどうしたんだい？」

セリーナはさらによりかかってきた。「鑑識班が、レイチェルのアパートでレンジ銀行のATMのレシートの一部を見つけたの。彼女が最近ここにもどってきていたか、あるいはこの町の誰かが彼女を訪ねたことになるわ」

39

金曜日の朝、九時をすぎてすぐに、ストライドはモーテルにセリーナを迎えにいった。部屋をノックすると、ドアを開けた彼女は、シャワーから出て間もないらしく、黒い髪がまだ濡れていて、肌は輝いていた。身なりは地味になっていて、色褪せたブルージーンズに、ちょうど良いサイズの紺色のTシャツ、それにカウボーイブーツをはいている。そして歓迎の笑みをぱっと浮かべた。

「おはよう、ストライド。入って。ほとんど用意はできてるの」彼女はいった。

シャワーの名残りで、その小さい部屋は湿って、よい匂いがした。テレビのわきの鏡は曇っていた。整理ダンスの上にあるスーツケースのふたが開き、その中にたたんだ衣類を入れてあるのが見えた。クイーンサイズのベッドが壁と壁のあいだに、窮屈そうに置いてある。

「こんな部屋しかとれなくて申し訳ない」彼はいった。「夏は混みあうものだから」

セリーナは肩をすくめた。「かまわないわ」

彼女はベッドの縁に腰かけて、小さい銀のイヤリングをつけはじめた。指先が耳たぶを撫でているように見える。ストライドは知らぬ間に、彼女から目を離せなくなっていた。

セリーナは目を上げて、それに気づき、そわそわと目をそらした。

「ここに来る途中で、携帯からレイチェルの母親に電話をかけたよ」彼は間の悪い思いをしながら、いった。「やっと連絡がとれた。まずそこへ寄るが」

「ニュースは伝えた？」

ストライドは首を振った。「いや、話をしたいとだけいった。うすうす勘づいただろう」

セリーナは立ち上がった。ふたりはキスができるほど近くにいる。ストライドはキスをしたくてたまらなかった。

「もう行こうか」彼はいった。

外に出ると、ふたりはストライドのトラックつまりブロンコに乗り込んだ。座席はボロボロ、ダッシュボードの全面にさまざまな捜査に関するメモのポストイットを貼ってある。カップホルダーには昨日のコーヒーをいれたままのマグカップが入っていて、床には《ダルース》紙数枚が散らばっていた。

きまり悪そうな彼の顔を見て、セリーナは微笑んだ。「心配しないで。生活感のあるトラックは好きよ。コーヒーはどのくらい古いの?」

「古いよ」

「近くにスターバックスがあるでしょう?」

「いや、ダルースにはまだない。せいぜいあるのはマクドナルド。ドライヴスルーに寄ってく?」

「もちろん」

ふたりは湯気の立つコーヒーを二杯買い、ストライドは古いコーヒーを捨てた。彼はハッシュポテトも注文し、運転しながらそれを食べた。セリーナはトラックの窓の外に腕を垂らし、微風がブラシをかけたばかりの髪を乱した。彼女はコーヒーをゆっくりと飲んだ。ストライドは何度も彼女を盗み見た。一、二度は彼女と目が合った。ふたりは口数が少なくなっていた。

霧のかたまりが、いくつか路上に漂っていた。その霧をとおり抜けていくたびに、彼はヘッドライトをつけたり消したりした。町を見下ろす丘の上に来ると、セリーナが身を乗り出して、霞をとおして見える湖らしいものに目を凝らした。

「とってもすてき」彼女はつぶやいた。「長いこと砂漠に住んでいると、水や木のことを忘れてしまうものなの」

「おれは一度も砂漠へ行ったことがない」ストライドはいった。

「一度もないの？　行くべきだわ。それなりに美しいところだから」

「きみはもともとラスヴェガスの出身かい？」ストライドは訊いた。

「いいえ、フェニックスよ」彼は、彼女の緑色の目がよそよそしくなるのに気づき、彼女が触れられたくないことに立ち入ってしまったのだろうと思った。「十六歳のときに、女友達とヴェガスに移ったの」彼女はつけ加えた。

「そんなに若いときに」ストライドは、彼女は何から逃げてきたのだろうか、と思った。セリーナは説明しなかった。

ストライドはカーブする道路をくだっていってフリーウェイに入り、南へ向かった。それがエミリーとデイトン・テンビーの住む地域へ行くのに一番速いコースだ。彼らは、エミリーがまだ服役中に結婚し、彼女は六ヵ月前に仮釈放された。

「凍りそうに寒いわ」セリーナは腕をこすりながらいった。

「トランクにセーターがあるけど。着るかい？」

セリーナはうなずいた。そして鼻にしわをよせた。「タバコのにおいがするわ。あなたはタバコを吸うの？」

「以前はね」ストライドは認めた。「一年前に、やっとやめたけど、においがまだ残っている」

「禁煙するのはつらかった？」

ストライドはうなずいた。「でも昨年、警官仲間の一人が癌で死んでね。彼はおれより十歳ほど年上なだけだった。それで怖くなったんだ」

「やめてよかったわ」セリーナはいった。

デイトンとエミリーの家はすぐに見つかった。三年以上前の雪の日に、ストライドとマギーが訪ねた教会から、ほんの二ブロック離れた場所にあった。彼は通りに車を駐め、トランクから赤茶色のセーターを取り出した。ふたりで歩いていきながら、セリーナは身をくねらせてそのセーターを着て、袖をたくし上げ、前腕をむき出しにした。

「あなたは命の恩人だわ」彼女は彼の腕をぎゅっと握った。

ベルを押すと、エミリーがすぐに出迎えた。刑務所暮らしで老けただろうと予想していたが、裁判中の暗い日々よりもむしろ、若く見えた。小ざっぱりと化粧して、赤く滑らかに口紅をつけている。かつては泣き腫らして生気がなかった青い目は輝きをとりもどし、黒い髪は可愛いボブスタイルにカットしてある。茶色のスラックスに、ゆったりした白い木綿のブラウスを着ていた。

「いらっしゃい、刑事さん。お久しぶり」彼女はいった。

「ええ、ほんとに。お元気そうですね、ミセス・テンビー」

「エミリーと呼んでね」彼女は快活にいった。

「もちろん。こちらはセリーナ・ダイアル。ネヴァダ州ラスヴェガスの警察から来ました」

エミリーの眉が上がった。「ラスヴェガス？」

セリーナはうなずいた。エミリーの唇が心配そうにすぼまった。彼女はドアをさらに大きく開けて、ふたりを中に招き入れた。

「デイトンは居間にいるわ。昨夜のうちに連絡できなくて、ごめんなさいね。留守電であなたからのメッセージを聞いたのだけど、帰宅したのがとても遅かったの。ミネアポリスまでの飛行機が二時間も遅れたうえに、そこから運転してきたものだから」

「休暇でお出かけでしたか？」セリーナは訊いた。

「ええ、それとデイトンの仕事もかねて。サン・アントニオのリヴァーウォークのそばで、全国教会会議があったの。それに数日をくわえて、一週間の休暇にしたのよ」

彼女は、ふたりを居間に案内した。デイトン・テンビーはソファにすわっていたが、すぐに立ち上がり、ふたりに手を差し出した。デイトンの髪は、いまではもうすっかり白くなって、しかもほとんど禿げた頭の側面をわずかに縁取っているだけだ。数キロは太ったようで、そのために、ストライドがはじめて会ったときのやつれたようすはなくなっていた。グレーのズボンに、糊のきいた白いワイシャツ、それに黒いアクリルのベストを着ている。

エミリーとデイトンはソファに並んですわり、手を握り合った。ストライドとセリーナは向かい側のソファにすわった。ストライドは、この結婚が幸せなものであることを見てとった。十歳以上の年の差があっても、ふたりは幸せに見える。

「わかっていただきたいの、刑事さん、わたしはいまでも自分のしたことを後悔してません」エミリーはいった。「刑に服して、社会に対する罪を償うのは当然だけど、もしまた同じ情況になったら、同じことをするつもりよ」

ストライドはためらった。「わかります」

デイトンはふたりを見た。「あなたがたが来られたのは、社交的な訪問だとは思っていません。何か知らせに見えたに違いない」

「ええ、そのとおりです」ストライドはいった。「じつは大変なことが判明したんです」

「あの子が見つかったのね」エミリーはいった。

「ええ。ですが、あなたが予測していたような情況で、見つかったんではないんです。今週はじめに、ラスヴェガスのすぐ外の砂漠で、若い娘の遺体が見つかりました。それがレイチェルではないかと思われます」彼は間をおいて、話をつづけた。「ただし、死後まだ日が浅いのです。ほんの二、三日。レイチェルはこの三年間、実際に生きていたようです」

「生きて？」エミリーは小声でいい、目を大きく見開いた。「いままでずっと？」

彼は、エミリーがデイトンの手をぎゅっと握りしめるのを見た。彼女は目を閉じて、頭を彼の肩にゆっくりとあずけた。

「どのようにして亡くなったのです？」デイトンが訊いた。

「お気の毒ですが」セリーナはふたりに穏やかにいった。「殺されたのです」

デイトンは首を振った。「まさか、そんな」

エミリーはまっすぐ背筋を伸ばし、目をこすった。コーヒーテーブルの上の箱からティッシュを取り、それで鼻をかんだ。そして瞬きをして、気を取りなおそうとした。「グレイムはわたしの娘を殺さなかった、ということ?」

「そのとおりです」ストライドはいった。

「まあ、どうしよう」彼女はデイトンのほうに向いた。「わたしは彼を殺したのに。彼は殺してなかったなんて! あの子が生きてたなんて!」

「彼はレイチェルを殺さなかったとしても、だからといって彼に罪がなかったということにはならないよ」デイトンは彼女にいった。

「わかってる、わかってるわ。でもあの子はどこにいたにしても、きっと笑ってたんだわ。わたしを罠にかけて、彼を殺させたのよ!」

「何が起きたかわかったのですか?」デイトンはセリーナに訊いた。「誰に殺されたのですか?」

「まだ捜査中です」セリーナはいった。「おつらいのは承知していますが、どうしてもおたずねしなくてはなりません。娘さんがまだ生きているかもしれないと思う理由がありましたか? 娘さんがあなたがたに連絡しようとしたことはありましたか?」

デイトンとエミリーはストライドを見た。

「あなたが見せてくださった絵葉書だけです」デイトンはいった。

ストライドはセリーナに、裁判のあと間もなく受け取った、ラスヴェガスの消印のある絵葉書について説明した。

「それの追跡調査をしたの？」セリーナが訊いた。

「できるかぎりのことはした。絵葉書には指紋がまったくなく、切手にはDNAがなかった。ヴェガスの警察に話して、おれの代わりに捜してもらえないかと頼んだが、生きているかどうかもわからず、ラスヴェガスにいるかどうかもわからない十八歳の家出娘を捜すのに人材を投入することに、あまり熱心ではなかったんだ」

「わたしがその立場にいたとしても、違う対応をしたかどうか自信がないわ」

セリーナの言葉にストライドはうなずいた。

「わたしは調べに行ったのですよ、ミズ・ダイアル」デイトンがはっきりといった。

ストライドとセリーナはふたりとも驚いて彼を見た。デイトンは間をおき、目顔でエミリーに許可を求めた。彼女はうなずいて見せた。

「その絵葉書は——その、まさにレイチェルがするゲームのたぐいに思えたのです。わたしたちを嘲るための。それでわたしは、彼女が生きていると確信しました。エミリーは刑務所にいましたし、手がかりが古くなってしまっては良くないと思いました。それで彼女を捜しに行ったのです」

「ラスヴェガスへ？」ストライドが訊いた。

「はい、一週間ほど。むこうの警察の助けをあてにできないとあなたにいわれたとき、自分で調べることにしたのです。エミリーのために。彼女が真実を知るのは当然のことで

「どんなふうになさったのですか——調査のことですけど？」セリーナは訊いた。

「まあ、〝ハーディ兄弟〟みたいなアマチュア探偵のまねごとですが」デイトンはいった。「レイチェルの写真を持っていきました。すべてのカジノへ行き、警備員の詰め所で写真を見せてまわりました。誰かが彼女を見かけてないかと思いましてね。テレビ番組のとおりなら、彼らは人々を注意深く観察しています。彼女がラスヴェガスにいるなら、カジノで働いているはずだと思ったのです。それでザ・ストリップを端から端まで調べてまわり、それからダウンタウンへ行き、それから中心部から離れた地域へも行きました」

「そして彼女を見つけましたか？」ストライドは訊いた。

デイトンは悲しそうに首を振った。「まったく痕跡なしでした。彼女を見た人間は一人もいませんでした。一週間後には、わたしは、すべてが間違いで、あの絵葉書はレイチェルからのものではなかったのだと思いはじめました」

「それ以後、ヴェガスへふたたび行きましたか？」セリーナが訊いた。

「いいえ、行っていません」

「そのとき以来、レイチェルが生きているかもしれないと思う理由が、ほかにもありましたか？」ストライドはふたりの目をしっかりと見ながら訊いた。「何かほかの奇妙な連絡は？　電話は？」

「まったく何もなかったわ」と、エミリーはいった。「率直にいって、わたしは、デイトンとはちがって、そうは思わなかったの。あの子が生きていると思ったことは、一度もなかったわ」

「ほう？　なぜですか？」セリーナは訊いた。

エミリーは唇をゆがめ、痛々しく微笑んだ。「わたしが刑務所にいたからよ。もしあの子が生きていたら、必ずわたしを面食らわせるために現われるに違いないと思ったの」

ストライドはうなずいた。「お邪魔しました」彼はいった。彼が立ち上がると、セリーナもそれに従った。

「レイチェルの遺体をこちらに送ってもらう手配は、どのようにすれば？」デイトンが訊いた。

「決まり次第、向こうから連絡を入れさせます」セリーナがいった。「できるかぎり早く、送れるようにします。ただし、おわかりのように、犯罪捜査ですので。でも、よろしければ、一言、忠告しておきます。遺体がもどされたとき、ご覧になりたくないかもしれません。彼女は砂漠で見つかりましたし、あの、砂漠は人間の遺体にはあまり親切ではありませんからね」

エミリーはごくりと唾をのんだ。「わかったわ」

彼らは握手をかわし、デイトンが玄関までふたりを送ってきた。セリーナは牧師にちょっと微笑んだ。

「もう一度、お悔やみ申し上げます。せめてこのことがわかる前の休暇を楽しまれたのならいいのですが」

デイトンはためらった。「ああ。はい、楽しみましたよ。ありがとう」

「サン・アントニオのリヴァーウォークは、わたしも大好きです」セリーナはつづけた。

「どのホテルにお泊まりでしたか？」

「会議はハイアットでありました」

「ひょっとして町から出るチャンスはありましたか？」

「いいえ。訪ねたのは、アラモ砦とか、そんなたぐいのところです」

「もちろんそうでしょうね」セリーナはいった。

ふたりが出ていこうと背を向けたとき、デイトンは彼女の肩に軽く触れた。「少しお訊きしてもいいですか？」

セリーナはうなずいた。

「レイチェルが何をしていたか、ご存じだろうかと思って。どこで働いているのか、いつも考えていたのです、もしわたしがもう少し一生懸命に捜していたら……」

「彼女はストリップ・クラブで働いていました」セリーナはずばりといった。

デイトンは舌で唇を濡らした。「ああ、そうか。そこは捜しませんでした」

「デイトンの言葉を信じるかい？」町へもどる途中で、ストライドは訊いた。窓から外を見ると、空の南西の隅に濃い灰色の雲のかたまりが見えた。夏の嵐が近づいてきている。

「もし嘘をついているなら、彼は嘘が上手ね」セリーナはいった。「わたしは、十代の少女がからんだ男性を、どうしても斜めから見てるから」

「牧師さんがやけにご立派だから、嘘をついているとでも？」ストライドは訊いた。

「ほかにもいろいろあったのよ、ジョニー」

前と同じように、彼女は説明しなかった。ストライドは彼女の秘密は何だろうかと考えずにいられなかった。彼をジョニーと呼んだことも頭の中でぐるぐるまわっていた。それは考えもなしに、いともさりげなく彼女の口から流れた。自分がしたことに、彼女は気づいているのだろうか、と彼は思った。そのいい方は、ふたりの関係をぐっと近づけた気がした。

彼は、アンドレアに名前を呼ばれても、同じような感情を呼び起こされたことがなかった。だが、いまのと同じような、しっくりと心にくる感じが、シンディとは初めからあったのを思い出した。それはおそろしくて、ありがたくない考えだ。彼は、セリーナが到着してから、アンドレアについて考えるのを避けていたのに気づいた。あまりに唐突に、セリーナに強く引きつけられて、そのほかの感情は押しのけられてしまったように思えた。彼は浮気するタイプではない。しかし、いまはまさに、それを望んでいた。それもとても強く。

「ほんとうにリヴァーウォークへ行ったことがあるのかい?」彼は訊いた。

「一度もないわ」セリーナは茶目な笑みを浮かべていった。

ストライドは笑った。「きみはすばらしいな」

彼は、その声に二重の意味を含めたのを彼女に感じてもらいたかった。そして確信はないが、彼女が実際に顔を赤らめたような気がした。

「マギーに調べさせるよ」彼はつづけた。「この教会会議なるものをよく調べて、ふたりがほんとうにそこにいたかを確かめる」

「たとえふたりがチェックインしていても、一日でラスヴェガスへ往復できたはずよ。チェックインしておいて、出かける。誰にもわからないわ」

「航空会社も調べる。それにクレジットカードの記録も」

答え終えないうちに、ストライドの携帯が鳴った。彼は携帯をポケットから取り出し、それを耳に押しつけた。

「話がある」男の声がいった。ダン・エリクソンだと、すぐわかった。

「こっちもあるよ。おれのメッセージを聞いたんだな?」ストライドはいった。

「間違いなく聞かせてもらった。確かな話なのか?」

「ああ、確かだ」

「くそ」エリクソンは押し殺した声でいった。沈黙が流れ、ストライドはエリクソンの脳が計算をする音が聞こえるような気がした。「信じられない。電話で話せることじゃない」

「事務所に寄ろうか？」

「よしてくれ。きみには、事務所に近づいてもらいたくない。一時間後に、高校の駐車場で会おう」

「身元確認の合言葉も必要か？」ストライドが訊いた。

「ちっとも面白くないね。まったく、全然。いいから、来いよ」

ストライドは電話をカチリと切った。

セリーナが眉を上げた。

「ダン・エリクソンは、レイチェル殺害容疑でグレイム・ストーナーを起訴した検事だ」ストライドはいった。「彼はこのニュースをあまりよろこんでいない」

「どうしてこそこそする必要があるの？」

「ダンは郡検事だが、州検事総長選挙に民主党の後押しで出馬しようとしているんだ。娘殺しの容疑者を起訴したが、その娘が実は生きていたとなれば、かなりの痛手になる」

セリーナは眉をひそめた。「気をつけるのよ、ジョニー。その手の策士は、非難を自分からそらすために、あなたをクビにすることもあるわ」

「ああ、エリクソンはそういうやつだ」彼女の唇がふたたびジョニーと呼んだのを意識しながら、ストライドはいった。

「かまわないの？」

彼は雨の滴が落ちはじめたフロントガラスの向こうをじっと見つめた。「おかしな話だが。どうでもいい気がする」

ストライドが、セリーナを本署で降ろし、高校の駐車場に通じる丘陵斜面の道路に着くころには、フロントガラスのワイパーは、滝のような雨を押しのけるのに、きしむ音をたてて猛烈な勢いで左右に動いていた。ストライドはハンドルの上に身を乗り出し、ヘッドライトでわずかに見える路面をとらえようと目を細めた。夏空のどこかで、太陽は高くのぼっているのに、夜も同然の暗闇で、頭上では黒雲が帯状に広がっている。

ストライドは駐車場の奥のほうに、一台だけぽつんと離れて駐車しているダン・エリクソンのレクサスに気づいた。そこまで車を進め、ハンドルを切って、横につけた。レクサスは紺色で、窓にはスモークガラスがついている。エリクソンはヘッドライトをつけっぱなしで、エンジンをかけたままでいた。

雨がストライドのブロンコに叩きつけた。ドアを押し開けると、雨粒が吹きつけ、皮膚に勢いよく当たった。彼はバタンとドアを閉め、レクサスの助手席のドアをぐいと引いたが、ロックされていた。すでにずぶ濡れになっていたストライドは、窓ガラスを叩いた。カチリと低い音が聞こえた。彼が急いで車に入ると、雨水もいっしょに吹き込んだ。

「ごきげんよう、ダン」ストライドはつぶやくようにいって、袖を振って雨滴を撥ね落とした。

「このシートは革張りだぞ」エリクソンは顔をしかめた。

車の内部は、いかにもエリクソンの妻好みの感じがした。つまり金をかけた感じがするのだ。ストライドは、レクサスも、ほかのあらゆるものも、エリクソンのではなく、ローレンのものであるのを知っているが、エリクソンは虚飾を着こなしていた。左手にはルビーのついた太い結婚指輪をはめ、手首には金のロレックスの腕時計をつけている。紺色のスーツは注文仕立てらしく、身体の線にフィットしていて、不自然なしわが寄らない。

ラジオから地元の公共放送局の番組が流れていた。エリクソンは手を伸ばし、スイッチを切った。ふたりがしばらく黙ってすわっているあいだ、雨が屋根に叩きつけていた。

「まだ報道されてはいない。このまま伏せておこう」エリクソンはいった。

ストライドは首を振った。「不可能だ。わかってるだろうが、大ニュースになる。隠しておけるのは、せいぜいあと二、三日だ。それさえ、楽観的期待だよ。ひとたび漏れれば、広がるのは早い」

「誰がこのことを知ってる？」

「ヴェガスの警官たち、ダルースの警察関係者数名。それにエミリーと彼女の夫、デイトン・テンビー」

「彼らに知らせる前に、わたしにいうべきだったな」

「よせよ、ダン、彼女はあの娘の母親だよ」ストライドは文句をいった。

エリクソンはため息をついた。「どういうことなのか、正確に話してくれ」

ストライドは、ラスヴェガスの砂漠でレイチェルの遺体が発見された話と、その殺人事件にダルースが関係ある可能性を説明した。

「しかし、ヴェガスで何があったのかは、まだわかっていない」ストライドはつづけた。「最初に彼女が失踪したときの真相も、わかっていない。ストーナーが彼女を殺していなかったのは明らかだが」

「手がかりはあるのか?」

「いまのところは、まだ。最初の捜査の記録を見なおして、あのときに関わった人物の追跡調査をはじめるところだ」

エリクソンは眉をひそめた。「話す相手が多くなるほど、情報が広まる可能性も増すじゃないか」

「わかっている。しかし大昔の話を掘り返しているわけじゃない。新たな殺人事件の捜査だ。誰かがレイチェルを殺してからまだ一週間足らずで、誰がやったのかを、おれは知りたい。記者会見を開いていない唯一の理由は、関わった人物とおれが話すときに、相手の驚きかたを見たいからなんだ」

「いいじゃないか」エリクソンはいった。「実に結構なことだよ。共和党員たちはこのニュースを大歓迎するだろうな」

「大丈夫だよ、ダン。あんたの話術で、乗り切れるさ」

エリクソンはストライドを鋭く見た。「わたしを馬鹿にしているのか？　おい、ストライド、もともとの捜査失敗の責任は、きみたち刑事局にはっきりと取らせるからな」

セリーナがいったとおりの展開だ。

ストライドはうなずいた。「おれたちはいくつか間違いをした、それは確かだ。しかし遺体がないのに裁判に持ち込むという決断は、あんたがしたんだ、ダン」

「ストーナーが犯人だときみがいったのをおぼえているぞ。彼がやったと」

「おれはそう思っていた。おれたちみんながそう思っていた。しかし証拠は弱かった。そのことは最初からいったはずだ」

エリクソンは首を振った。「いいか、公に責任のなすり合いをする気はない。責任はすべてきみたちに取ってもらいたい。わかったな？　自ら表に立って、警察がドジを踏んだという声明を出してもらう。わたしは誠意を尽くしたが、その基盤の警察の情報が間違っていた。きみたちはすでに、殺人者をひとり逃がしていた——ケリー・マグラスを殺したやつを。そしてレイチェル失踪事件を解決しようと焦った結果、安直な容疑者に飛びついた」

エリクソンの言い分には、真実の要素もあった。ストライドが当時、レイチェルの遺体を見つけて、彼女を殺害した犯人に裁きを受けさせたいと強迫観念に近い願いを持っていたことは否定できない。ストーナーが有罪だと確信するあまり、客観性を犠牲にしたかもしれない。

しかし、遺体がなくて、勝ち目が少ないのに、殺人の裁判に持ち込むほうを選んだのは、エリクソンで、それは彼が個人的に決めたことだ。

「おれの分の責任はちゃんと取る。だが、すべてがおれの責任というわけじゃない」ストライドはいった。

「いや、きみの責任だ」

「解雇通告みたいだな」ストライドはいった。

エリクソンは肩をすくめた。「勝手に受け取れ。しかし、責任逃れをしようとするな。そんなことしたら、それなりの結果を覚悟してもらうぞ。K2がそうするしかないようにする」

「そうか、よく考えてみるとしよう。おれの役に立つ忠告がまだあるかい?」

エリクソンは無言だった。

ストライドはドアを勢いよく押し開けて、身をかがめて車から出た。しばらくドアを開けっぱなしにして、雨を吹き込ませ、助手席がびしょ濡れになり、エリクソンの上等なシーツに雨水が撥ねかかるままにしてやった。それからようやく力まかせにドアを閉め、土砂降りの中で、エリクソンが走り去るのを待った。

41

セリーナは市庁舎の地下にある会議室にひとりですわり、かすんできた目で、山積みの黄ばんだ書類を調べつづけていた。捜査記録を一ページずつ読み進むにつれ、レイチェルが失踪した情況がわかってきた。レイチェルが実際に生きて現実に存在していたのだということも、だんだんわかってきた。そう思うようになるのは、いつものことだ。しかし今回は、まるで鏡をのぞき込んでいるような思いがした。自分と同じ漆黒の髪とエメラルドグリーンの目。レイチェルと彼女はうりふたつだった。

そのせいで、セリーナは自分の母親のことを考えた。彼女が子供だったころ、母親はいつも彼女のことを、わたしの小さい邪悪な双子、といっていた。母と娘はそれほど似ていたからだ。

しかし邪悪なのは母親だった。数グラムの白い粉のために、自分を悪魔に売り渡したのだから。さらに幼い娘をも。

彼女にはレイチェルが持っていた攻撃的な敵意が理解できた。それほど読まなくても、グレイム・ストーナーがどんな種類の男で、ふたりがどんな駆け引きをしていたかわかった。それが自分の身に起こった可能性もあったのだ。彼女も同じく、復讐への欲望を息苦しいほど感じたことがあった。唯一の違いは、彼女が逃げ出したことだ。でも、それとこれのあいだには紙一重の差しかないこともわかっていた。

セリーナは、孤独を感じ、心が乱れて、腕時計を見た。昔を思い出したためだ。思い出すと、酒が飲みたくなる。これは危険な兆候だ。六時を過ぎていた。マギーはふたりの夕食を買うため、三十分ほど前に雨の中に出かけていった。ストライドは外で仕事をしていて、どこにいるのかわからない。彼は、午後早くに電話をよこし、町の反対側で発生した銀行強盗の現場にいて、FBIのために駆けまわっている、と知らせてきた。

彼女は彼にもどってきて欲しくもあり、離れていて欲しくもあった。

それでも、廊下から足音が聞こえると、心臓がドキドキした。冷静で無関心に見えるように、特別の努力をした。本当はそうではなかったが。

しかし、それはストライドではなかった。濡れたレインコートを着たマギーが、会議室に颯爽と入ってきた。片手にピザの箱をのせ、もう片方の手に二リットル入りのダイエットコークを持っている。小柄な中国系警官は、彼女にニッコリ笑った。

「特別配達。ソーセージのピザよ、西のほうではベジタブルピザを食べるとか何とか変なことをいったら承知しないわよ」

セリーナが笑って、箱を開けると、モッツアレラチーズと香辛料のきいたポークソーセージのいい匂いが部屋に漂った。マギーはカップ二個にコークを満たすと、一切れをつかんで、腰をおろし、椅子にもたれた。椅子の前脚を床から離して、椅子の背を壁で支えた。足は床に届かず、ぶらぶらしている。

「事件は解決した？」彼女は訊いた。

「わたしもストーナーがやったと、いまだに思ったりして」セリーナは微笑んでいった。

「ほんと、そのほうがずっと簡単なのに。ストライドから何か連絡は？　ガッポが電話をよこして、ボスはこっちに向かっているといったわ」

「いいえ、ジョニーからは何も」セリーナはピザ一切れを取ったが、それを口にせずに下に置いた。

マギーはゆっくりとコークを飲み、それからセリーナを見つめ、心配そうに目を細くした。

「大丈夫？」

「ええ、どうして？」

マギーは瞼を引っ張った。「どんよりした目。涙。何があったの？」

「ああ、そのことね」セリーナはいった。そして首を振った。「何でもないわ。昔のいやなことを思い出したから。この事件には、何か昔を思い出させるものがあって」

「誰にでもあることよ」

「あなたのように冷徹な人でも？」セリーナがからかうように訊いた。

「あたしは例外。あたしは岩みたいな女だから」マギーはいった。「さあさあ、ピザを食べてみて、美味しいから」

セリーナはふたたび一切れを取り、おずおずとちょっと食べた。すると空腹なのがわかり、もっと大きな口を開けて食べはじめ、最初の一切れを食べ終えると、もう一枚に手を伸ばした。それをコークで飲み下し、長く大きなゲップを出して、くすくす笑い出して止まらなくなった。

「やるじゃない」マギーは真剣そうな顔でいった。「もう一度聞かせてと、お願いしてもいいかしら」

セリーナはまた笑い出し、コークが鼻から噴き出すのではないかと思った。マギーもこらえきれなくなり、ふたりとも五分間ほど大笑いして、ついに息切れがした。セリーナは暑くなり、汗ばんだ。額を拭き、ナプキンで鼻をかんだ。

「あなたは面白すぎるわ」彼女はマギーにいった。

「サンキュー」マギーはエルヴィス・プレスリーの声を精一杯に真似ていった。「サンキューベリーマッチ」

「まあ、どうしよう、また笑わせないで」セリーナは顔から髪を押しのけた。目を閉じて、マギーのように、椅子を壁にもたれさせた。

「教えてほしいことがあるの」マギーがいった。

セリーナは、いまはもうゆったりした気持ちになり、いつもの警戒心も薄れていた。

「いいわよ」

「空港で、あなたとストライドは、のぼせて湯気出してたみたいだけど、あれ本物？」

セリーナは椅子をばたんともどして、目を開けた。マギーは黄金色の顔いっぱいに笑みを浮かべている。「どういうこと？」

「いやね、うぶなふりをしてもだめよ。彼があなたを欲しがっているのは、もうわかってるくせに。隠そうとしたってストライドは顔に出ちゃうから。そしてあたしの目には、あなたも彼が欲しいように映ってるけど」

「マギー、彼は結婚しているじゃないの。それに、わたしたち、会ったばかりよ」

マギーはまたピザを一切れ取った。「結婚と呼びたければ呼んでもいいけど、とっくに終わってるわ。ふたりの離婚は目前に迫っている。ようやくね。それに知り合ってからの時間なんて、こだわっちゃだめよ。だいたい、適切な期間なんてあるわけ？　一週間？　一カ月？　あたしはストライドに恋をするのに一日もかからなかったわ」

「あなたが？」

マギーはうなずいた。「そうよ。何年間も恋焦がれていたわ」

「何があったの？」

「何もなかったのよ。彼には、そのころは、ほんとに愛する奥さんがいたから。奥さんが亡くなったとき、あたしは思い切って挑戦してみたの。でも、あたしたちは友達でいる運命にあったのよ、恋人ではなくて。運よく、あたしは、結局、エリックに出会ったわ。彼は、あたしの辛辣な憎まれ口の奥にある、本当のあたしをわかってくれる人よ。ストライドも、少しばかりは嫉妬したようで、あら、いいおまけがついてきたって思ったわ」

セリーナは彼女にちょっと微笑んで見せた。「認めるわ、彼にとても惹かれてるの」

「それなら、思い切って踏み出してみたら」

「ええ、そうだけど。それほど簡単ではないわ。わたしが地元で、有刺鉄線《バーブド・ワイヤ》と呼ばれるのも無理がないのよ。わたしには秘密があるの。大きい醜悪な秘密が」

「彼が怯えて逃げることはないわよ」マギーはいった。

「まあ、見ててよ、そのうちわかるわよ」

「彼と寝たい？」

「もちろんだわ、でも寝ないつもりよ」

「ヴェガスの人はみんな、すごいセックスライフを送ってるんだと思ってたわ」マギーはいった。

「すごいセックスライフを送ったことはあるけれど、いつもはひとりよ」

マギーはまた笑った、長く、心から。「ちょっと、あなたがよければなんでもいいけど。これだけはいえる。ほんとにこの人、っていうのは、ひとりだけ。代わりはいないの」

セリーナは顔をくしゃくしゃにした。彼女は確信がなかった。「彼に会ったばかりだから」彼女はくり返した。

「好きなだけ悩みなさい」マギーはいい、ため息をついた。「でも頭にくるわね、あたしは何年間も彼の関心を向けさせようとしたのに、あなたは飛行機から降りてきただけでよかったんだから。オッパイだって、それほど大きくないのに」

「悪かったわね、すごいオッパイじゃなくって」セリーナは答えた。

ストライドは、市庁舎にもどってきたとき、会議室に漂う雰囲気をどう解釈すればよいか、わからなかったが、午後のあいだに、マギーとセリーナが友達になったのは明らかだった。彼は濡れたレインコートを椅子の背にだらりとかけ、疲れたうめき声をあげながら、椅子に腰をおろし、傷だらけのテーブルの上に足をのせた。

「FBIとは」彼は大声でいった。「馬鹿な脳みその集まり《Full of Bullshit Ideas》の略だな」

「FBIのご立派な方々の輝かしい光を浴びられただけでもありがたかったじゃない」マギーは彼にいった。

ストライドはうなずいた。「きみのその言葉はうれしいね。こんどはきみがFBIの連中のお守りをできるとK2にいっておいたよ」

「おおいに感謝だわ」マギーはいった。

「ダン・エリクソンとはどうだったの?」セリーナが訊いた。

ストライドはまたうんざりした声で、エリクソンの脅しについて話した。

「いったでしょ、彼は最低だって」マギーはいった。

「まあそのとおりだな」ストライドは認めた。そしてセリーナに説明した。「数年前に、ダンとマギーはちょっと付き合ったことがあってね。ひどい結果に終わった。彼女がダンの家を全焼させて」

「またそんな大袈裟ないい方をして」マギーはいった。「偶然、タバコの火がバーバリーのコートを焦がしただけよ」

「そうだよ、でもきみはタバコを吸わないじゃないか」ストライドが念を押すようにいった。

セリーナはくすくす笑った。「あなたたち、最高」

「おれのいないあいだに、何か見つかったかい？」ストライドは訊いた。

「われわれは、大きな真実を発見しましたが、それは別の件についてでした」マギーはいい、セリーナにウィンクした。ストライドは、セリーナがマギーをすごい目でにらみ、顔が真っ赤になり、机の上のマニラ紙の書類ばさみをひっつかみ、読みはじめたのに、気づいた。その書類ばさみが逆さまになっているのにも気づいた。

「何の件だ？」ストライドは訊いた。

「実際は、心の問題よ。ジョナサン・ストライドへそ曲がり事件」

ストライドは微笑んだ。「事件解決の手数料はいかほどで？」

「高すぎて、ボスには払えないわ」

「結構なことで。それで、おれがFBIのためにカフェラテの手配をさせられていたあいだに、実際の警察の仕事も少しはしたのか？」

落ち着きを取り戻したセリーナは書類ばさみを置いた。「答えを出してくれるようなものは何も見つからなかったわ。でも、少なくとも、事件がどんなものだったかは、わかったわ」

「よし、当時のレイチェル失踪事件にもどってみよう」ストライドはいった。「当時の真相が解明されれば、彼女がいま殺された理由もわかるとおれは踏んでいる」

「でも、三年前あたしたちはすっかり間違っていたわ」マギーはいった。

「そうよ、でも当時はわかっていなかったけれど、いまはわかっていることもあるわ」セリーナが指摘した。

「どんなことだ?」ストライドが訊いた。

「レイチェルが実は生きていたこと」

ストライドはうなずいた。彼は立ち上がり、生ぬるいコーヒーをカップに注いだ。エアコンが大きな音をたてて、彼の頭上に冷たい風を吹きつけた。「それはそうだ。わかった、ほかには何がある?」

「あの夜、レイチェルが納屋にいたのはわかってるわ」マギーがいった。

「そうかしら?」セリーナが訊いた。「欺くために証拠がわざと置かれた可能性は?」

「何ですって、謎の見知らぬ人物が点眼器を持ってきて、彼女の血液を垂らしておいたと思うの?」マギーは首を振った。「レイチェルはあそこにいたのよ——そしてストーナーのヴァンの後部座席にも。彼女のシャツの繊維が一致するわ」

「レイチェルだけではなかった」ストライドが彼女に思い出させた。「納屋にはストーナーの足跡もあった——それを忘れてはいけない。覚えてるだろう、彼が買っておきながら提出できなかった靴のことを? おれにいわせれば、それはふたりがあそこにいたことを示している。ふたりのあいだに何があったにしても、レイチェルを脅えさせ、逃げ出させるのに十分だった」

「ストーナーは彼女を殺さなかった」セリーナはいった。

ストライドは、新たに浮かんだ、あの夜に納屋でレイチェルとストーナーのあいだに何が起きたかの憶測と、レイチェルが逃亡の手助けを友達に依頼したかもしれないという筋書を、セリーナにつづいて説明した。

セリーナは天井を見つめ、うなずきながら考えていた。彼女は目にかかる髪を払いのけた。「それもあり得るわね。でもそれでは、三年後に彼女を殺すためにダルースから来た人物の明確な動機が見えてこないわ」

「エリクソンがやったんじゃないの」マギーが皮肉っぽくいった。

「もしレイチェルが逃亡したのなら、誰が手を貸したのかしら?」セリーナが訊いた。

「デイトンは?　わたしはまだ、彼が行方不明のレイチェルを捜してザ・ストリップを歩きまわったというのを疑っているの」

ストライドは首を振った。「デイトンとエミリーは、あの金曜日の夜、ミネアポリスで情事にふけっていた」

「レイチェルが母親に電話をしたのでなければね」セリーナがいった。

「エミリーは、レイチェルが電話をかけた可能性が最も低い人物だと思う」ストライドはいった。

マギーは唇をすぼめた。「結局、すべてサリーにもどってくるわ。レイチェルが町を出た夜に、サリーが彼女に会っていたのはわかっている。彼女はそのことで初めから嘘をついていた。それにこれだけ年月が過ぎたあとで、もしレイチェルがもどってきてケヴィンに声をかけることになったら、彼女はよろこばなかったでしょうね」

ストライドは携帯を取り出した。「サリーとケヴィンは大学のそばのアパートで同棲している。さっき、彼らに電話してみたが、応答がなかった」

彼はまた番号を押した。五回鳴って、彼が切ろうとしたとき、女の声が答えるのが聞こえた。

「もしもし？　サリーかい？」ストライドは眉をひそめて聞いていた。「彼女がどこにいるのか、知ってますか？　わたしは友人で、至急、彼女に連絡をする必要があるのです」

彼は返事を聞いてから、簡単に挨拶をして、電話を切った。

「ケヴィンとサリーは、今夜遅くにもどってくるらしい。いま出たのは、彼らの猫の世話をしている隣人だ。この二週間、ふたりは車で国内横断旅行にいっているそうだ。グランドキャニオンまで」

「これは、これは」マギーはいった。

「I‐四十号線を使えば」セリーナがいいそえた。「ヴェガスまでは四時間よ」

42

コーディは、ベラッジオホテルのロビーで、大きな天井を飾る柔らかな色調のガラスの花畑の下を、ラヴェンダーとともに歩いていきながら、まわりからの羨望の視線を楽しんでいた。おしゃれにきめたカップルは、魅力的で、ホテルの高級な雰囲気にぴったり似合っていた。コーディは黒いシルクの襟なしシャツに金のチェーンをかけ、パリッとした黄褐色の麻のスーツ、靴は光を反射するほど磨かれて、つややかな髪からは芳香がほのかに漂っている。ラヴェンダーが着ている身体にぴったり吸いついた赤いボディスーツは、わざと数カ所を楕円形にカットしてあるため、黒檀のような肌がかなり露出され、熱い視線を送ってくる男たちに、ブラもパンティもつけていないことをこれ見よがしに告げている。裸で歩いても、これほど注目を浴びることはできなかったはずだ。

ふたりがベラッジオホテルの豪華な和食レストランに入っていくと、十数人の東洋系ビジネスマンの目がラヴェンダーに釘づけになるのを、コーディはタバコの煙のカーテンの向こうに見た。彼女は腰をおろしながら彼らに色目をつかい、自信ありげに視線を返した。

「どんな気分？」コーディが訊いた。

この質問の意味を説明する必要はなかった。ラヴェンダーは理解した。注目。視線。

「最高よ」ラヴェンダーはいった。彼女は茶目っ気のある笑みを浮かべた。吐息混じりで話す口調には、彼女の貧しい生まれ育ちがかすかに聞き取れた。「あたしはクイーンなのよ、ベイビー。あたしは支配者になったの」

彼女は分厚い唇を舌でなめた。コーディはテーブルの下で、靴を脱いだ彼女の足が自分の足首を撫でるのを感じた。きちんとしたタキシードを着ているが、無表情でしなびた顔の日本人のボーイがやってくると、ラヴェンダーは、"Ika" "Maguro" "Uni" など、コーディには見当もつかないものを注文しはじめた。

「何が出てくるんだい?」ボーイが去っていくと、彼は訊いた。

「マグロ、ブリ、イカ、ウニ。そんな類のものね」

「ウニ? 吐き気がしてきた」

「おいしいわよ」ラヴェンダーはいった。

コーディは、ほかのテーブルの東洋系のビジネスマンたちを、親指でぐいと示した。「気を悪くしないでもらいたいんだが、ラヴ、なぜあそこで働いてるんだい? つまり、あの手の男たちのひとりと、島でのんびり暮らすこともできるのに?」

「あたしの仕事に何か文句があんの? もしそうなら、いまいってよ、いいわね? あたしの時間を無駄にしないで」

「違う、そういうわけじゃない」コーディはあわてて否定した。

ラヴェンダーは彼に指一本を突きつけた。「恥ずかしいのは、毎晩、客席で涎をたらしている男たちのほうよ。あたしは観客を支配している。あいつらに崇拝されてる。悪いことはちっともしてないわ。どうしてあんな仕事をしてるかって? 単純よ。お金のため」

「ごめん」コーディはいった。

「謝ることないわよ。誰でも訊くんだから。でもそんなことは忘れんのね、さもないとこのあと、さっさと終わることになるわよ」

　ボーイが黒い漆塗りのトレーを持ってきた。それには金粉を散らした海苔巻きと、握った酢飯に小さな魚の切り身がのったものが、空手選手のように黒帯を巻いて、きれいに並んでいる。コーディは寿司が気に入った、特にラヴェンダーが箸をうまく使って、食べさせてくれたのがよかった。彼女は、食べっぷりがよく、海苔巻きをほおばって、彼にニヤリと笑って見せ、どんどん食べた。彼はいっしょに食事をしているだけでこれほど性的刺激を受けたのは初めてだった。

　食べ終わると、ラヴェンダーは日本酒を注文した。コーディはその酒が熱くて、しかものどごしが滑らかなのに杯に半分飲んだだけで酔いがまわることに、驚いた。ふたりで小さなお銚子を二本あけてから、コーディは勘定を頼み、支払うときにふところに痛みを感じた。

　レストランを出たあと、コーディは彼女と手をつないで歩いていることがうれしかった。カジノをぶらぶらしながら、彼女の腰が彼の脇に触れるのを感じた。彼女の指が彼の手のひらをこすると、そんなわずかな触れ合いだけでたまらなく興奮した。ほかの客たちの視線は相変わらずふたりを追っていた。

「それで、どういうわけで、あの魅力的な相棒とデートしないの？」ラヴェンダーは訊いた。

「誰のこと、セリーナかい？　彼女は友人で、それだけの関係だ。おれのタイプじゃないよ」

ラヴェンダーは彼の脇腹をつついた。「よくいうわ。彼女はあんたより二、三歳は年上かもしんないけど、すんごい美人じゃない。彼女の気を引こうとしたことは一度もないわけ？」

コーディは肩をすくめた。「第一日めにルールを説明してきたよ。色恋はなしってね。それに彼女の評判は、行き渡っていたからね。彼女をデートに誘っても、容赦なく断られるそうだ。彼女は自分のまわりに有刺鉄線をはりめぐらしている」

「なんで？」ラヴェンダーが訊いた。

コーディは首を振った。「まだ話してくれていない」彼は片手を彼女の背中に滑りこませ、下げていき、尻のカーブで止めた。ドレスの楕円形のカットのひとつに手を入れて肌をこすった。「それで、ちょっとする？」

「ギャンブルのこと、それともセックス？」

「同じものだろ？　どっちにしろ、おれの負けだ」

ラヴェンダーは首をのけぞらせて、笑った。「あんたが好きよ、ベイビー、気に入ったわ」

「おれもきみが好きだよ。いいかい、財布に五百ドル札が一枚あるんだ。おれがそれをすってしまうか、二倍にするまで、ゲームをやらせてくれ、それからいっしょにきみのところへ行こう」

ラヴェンダーは彼の顎をぐいと引きよせ、官能的な唇を彼の口に重ね、舌を中に押し込んだ。「早くしてね」

コーディは高額の金を賭けるスロットマシーンのある場所へ彼女を案内した。サムズ・タウンでは、たいていテーブルで五ドルのブラックジャックをするのだが、今夜はテーブルについて長々とゲームをする気にならなかった。しかも、今夜はそれではケチ臭い賭けのような感じがした。今夜はツキがある。ラヴェンダーに幸運のお守りになってもらいたかった。彼はトリプル・プレイ・ビデオ・ポーカーを選んだ。一枚が五ドルで、複数を同時に賭けられるから、ハンドルを一回引く賭け金は最大七十五ドルだ。勝っても負けても、勝負がつくのが早いから、それからふたりで今夜のほんとうのお楽しみをはじめられる。

それからの十分間で、彼は三百ドルを儲けて、それから数回つづけて負けた。それから三手かけるうちストレートが二回出て、またたっぷり儲けた。ただし元手を二倍にまでは増やせなかった。彼は自分がいつものように熱狂的になるのを感じたが、ゲームに没頭しすぎないですんだのは、股間に忍びよってくるラヴェンダーの指で刺激されていたからだ。スロットマシーンがたてる音を聞き、勃起に痛みをおぼえながら、彼は興奮していた。

コーディはラヴェンダーが訊いたときに、その言葉をほとんど聞いていなかった。「それで、あんたとあの魅力的なパートナーはクリスティに何が起きたかを見つけたの？」

「ちくしょう！」彼はエースを二枚持っていたが、三枚めを引けなかった。「何だって

?」

「クリスティよ。殺された娘。誰が殺したかわかったの？」

ゲームをつづけるコーディの目の前を七十五ドルが行ったり来たりした。「何だ？　ああ、まだだよ。セリーナはいまミネソタに行っている」

「ミネソタに？」

コーディはうなずいた。「うん、クリスティと称する娘は、ミネソタの北のほうにある町から来てたんだ。故郷から誰かが彼女を訪ねてきたらしい」

コーディはまたも七十五ドルを賭けて、かたずをのんだ。幸先よく、スペードがいっぺんに四枚出たのを見て、拳で叩いた。「おいおい、もう一枚スペードが出ますように」

ラヴェンダーは画面を見ていなかった。彼女は指一本を彼の股間に滑り込ませ、そのふくらみを撫でた。「これはあたしのせいなの、それともゲームのせい？」

しかしコーディは答えなかった。彼は慎重に四枚のカードを押さえ、それからもう一枚引くボタンを押すと、かたずをのんだ。「くそ！」

ラヴェンダーはため息をつき、手を離すと、マニキュアをした爪をじっと見た。「なぜあたしがギャンブルをしないかわかったわ」

「はあ？」コーディが面倒くさそうにいった。

「何でもないわ。クリスティを殺したのが、よそから来たやつだってのは、驚きね。てっきり、あの気味の悪いボーイフレンドがやったんだと思ったけど」

「やった!」コーディはマシーンがキング三枚を出したので甲高い声をあげた。「たのむ、フォーカード、フォーカードをくれ」

彼はボタンの上で指をひらひらさせて、それから黙って祈るようにしてボタンを押した。残っているカードが飛び出してきた。3、エース、7、9、クイーン、キング。

「やった!」手持ちのキング三枚に四枚めが加わるのを見て、コーディは叫んだ。「やった!」そしてラヴェンダーをひっつかみ、両腕で彼女をしっかりと抱え、彼女の唇に長々とキスをした。彼女はそれに熱意をこめて応じた。彼は腕をほどき、振り返って、元金を二倍にしたのを見た。五百ドル以上だ!

コーディは換金することにして、五ドル硬貨がトレーに落ちるカチャカチャという音を楽しんだ。プラスチックのバケツ二個に硬貨をいっぱいに入れて、それを積み重ねて、最寄りの両替ブースへ向かった。片腕にバケツを抱え、もう片腕にはラヴェンダーが絡みついている。彼は世界を征服したかのように、カジノの中を肩で風を切って歩いていった。ブースで、彼は係員にバケツを渡し、係員が硬貨を計数機に入れるのをじっと見て、数字が千ドル以上を示すと唇をなめた。

そのときになって初めて、頭のどこかに残っていたラヴェンダーの言葉が聞こえた。コーディは自分の血が氷のように冷たくなるのを感じて、ラヴェンダーのほうにぱっと振り向いた。彼の顔は緊張し、セックスと金を求める気持ちは失せていた。

「ボーイフレンドだって?」

43

ストライドとセリーナは彼の明かりを消したブロンコにすわっていた。ブロンコはケヴィンとサリーの住む大学アパートの建物の向かい側の、壊れた街灯の下に駐めてある。彼は窓を開けて、夜の涼しい風を入れた。雨はもう小降りになっている。ふたりがここでアパートを見張りはじめてから、一時間がすぎていた。話をするのは朝になってからでもかまわないのだが、ケヴィンとサリーが反応の仕方を練習する前に、不意打ちを食らわせたかったのだ。

こうして待っているのは、家に帰らない口実にもなった。自宅は、ストライドにとって最もいたくない場所になっていた。それは忌むべき真実だ。彼はセリーナに激しく心惹かれていて、彼女といっしょにいたかった。アンドレアとではなく。自分の妻とではなく。横にすわっている彼女はシルエットのように見えたが、じっと見られているのを感じているのは、彼もわかっていた。彼の気持ちがあふれているのを。気持ちを無言で叫んでいるのを。

「フェニックスの話をしてくれないか。きみの過去について」彼はいった。

セリーナは首を振った。「そのことは話さないことにしてるの」

「わかってる。でもおれには話してくれないか」

「どうしてわたしの過去が気になるの？」セリーナが訊いた。「あなたはわたしを知らないのに」

「それだからだ。きみのことを知りたいからだよ」

セリーナは黙っていた。彼女の息遣いが聞こえた。速くて、苛立っている。

「あなたがほんとうにしたいのは何なの、ジョニー？　わたしと寝ること？」彼女は訊いた。

ストライドは何というべきか、わからなかった。「どう答えればいいだろう？」やっと彼はいった。「もし『違う』といえば、おれが嘘をついているのを、きみはわかる。もし『そうだ』といえば、浮気したがっている軽薄な警官のひとりになってしまう」

「そういう警官はたくさんいるわ」

「それはわかっている。とにかく、自分がどこにいるべきかは承知しているよ。自分の家だ。きみといっしょにここにいるのではなくね。これはおれではない、おれという男ではない。でもとにかく、おれはここにいる」

「あなたの話も聞きたいわ」セリーナは暗がりの中で、彼のほうに向いていった。「マギーは、あなたたちの結婚は終わってる、といってたわ。三年前に終わっていると。本当なの？」

彼はそうでないふりをするのにうんざりしていた。「本当だ」

「わたしに嘘をつかないで、ジョニー」セリーナはなおもいった。「いいこと、わたしは短いロマンスの相手をするタイプじゃないわ。あなたは知らないだろうけど、わたしがこんなふうに男の人と、特に出会ったばかりの人と話すのはとても珍しいのよ」

「わかってるつもりだよ。それに、おれは嘘をついていない」

「なぜだか話して。なぜ終わったのかを」

彼は何とか適切な言葉を見つけようと、あがいた。「おれたちはふたりとも過去の亡霊を抱えていた。彼女の最初の夫は逃げた。おれはそのせいでできた空洞を埋められなかった」

「そしてあなたはどうなの？　あなたの亡霊の名前は？」

ストライドは微笑した。「シンディだ」

「彼女があなたに胸の張り裂ける思いをさせたの？」

年月が過ぎ、シンディをなくした痛みは彼の心の中で、かつてのような鋭さを失い、鈍いものになっていた。彼はセリーナに、シンディを失ったことについて話した。その悲しい出来事が、まるで誰かほかの人に起きたことのように、どこか遠くで起こった悲劇のように。セリーナは黙って聞いていて、それから手を伸ばして、彼と指を組み合わせた。

少しのあいだ沈黙がつづき、このトラックは現実を離れた世界、独自の小さな世界になっていた。

「ほんとにわたしの話を聞きたい？」セリーナが訊いた。

「本当だよ」

彼は彼女が恐怖や不信と苦闘しているのを読み取れた。

「わたしが十五歳で、フェニックスにいたとき、母が麻薬をやるようになったの」彼女は静かに話しはじめた。「母は麻薬中毒になったわ。うちのお金をたちまち使いつくして、家を手放したの。父はわたしたちを置いて出ていった。わたしを置きざりにして」

セリーナの声は平板で、まったく彼女らしくない。言葉から感情をすっかり抜き取ったかのようだ。ふたりの関係に重要な変化が訪れ、いままで彼女ひとりのものだった世界に彼を受け入れてくれたのを、彼は感じた。

「わたしと母は麻薬の売人のところに同居をはじめたの。わたしは母の支払い計画の一部だったといえるんじゃないかしら。その男はわたしに、やりたい放題をしたのよ。母はいつも麻薬ですっかり恍惚となって、見ていたわ」

ストライドは感情がかき立てられるのを感じた。彼女のために腹が立った。守ってやりたかった。

「そしてわたしは妊娠した」セリーナはつづけた。「ひとりで診療所へ行って、堕胎したわ。それから二度と家に帰らなかった。家に帰れば、自分がふたりを殺すのはわかっていたから。本気だったわ、どうやってふたりを殺そうか、かなり考えた。でも、ふたりにされた仕打ちのために、自分の人生を諦める気にはなれなかった。それで女友達といっしょにヴェガス行きのバスに乗ったのよ。十六歳の娘がふたりだけで、ザ・ストリップに着いた。わたしはカジノでいやな仕事についたわ。そして夜学に通って、警官になったの」

「そういう経歴の娘のほとんどが若くして死ぬことになる」

「わかってるわ。レイチェルのようにね」

「きみは奇跡だな」彼は彼女にいった。

セリーナは首を振った。「わたしは天使ではないわ。意地悪女にもなれるのよ。たいていの男が、わたしのことを意地悪女だというはずよ。人生の大半を男を寄せつけないで過ごしてきたから」

「なぜおれを追い払わないんだ？　それとも追い払おうとしているのかい？」彼は訊いた。

「もちろんそうよ、ジョニー。あなたのために」

彼は何もいわなかった。一番近くの部屋に明かりがついたので、かすかな光がふたりの顔を照らした。彼は自分の目が彼女の桜色の唇に引き寄せられているのに気づいた。彼女は彼の欲望を意識して、唇をかすかに開けた。ためらい、自信なさそうに、彼女は彼のほうに傾き、その長い髪が前に垂れた。

明かりが、ついたときと同じように、急に消えた。ふたりは相手が見えぬままキスをした。やがてセリーナが身体を離し、それから一時間は、ふたりとも黙っていた。どちらも話す必要を感じなかった

真夜中ごろ、苺色のマリブ（シボレー車のセダン）がやってきた。

ふたりはケヴィンとサリーがバックパックを肩にかけて、アパートの階段を疲れた足どりで音をたてのぼっていくのを見ていた。彼らがアパートの中に入ると、ストライドがセリーナの肩に触れ、ふたりで通りを渡り、追って行った。

ストライドが三階の部屋のドアをノックすると、ケヴィンがすぐにドアを開けた。目が充血している。彼はストライドをうさん臭そうにじろじろ見て、それから誰だか思い出した。そしてケヴィンはたちまち彼がここに来た理由を理解した。

「レイチェルのことですか？」彼は訊いた。

ストライドはうなずいた。「こんなふうに驚かせてすまないね、ケヴィン。そうなんだ、レイチェルのことだ。彼女の遺体が見つかったんだ」

ケヴィンはドアから後ずさりした。その目が涙でうるみだした。彼はウェーヴのあるブロンドに、日焼けした肌のハンサムな青年に成長していた。

ストライドはセリーナと部屋に入り、彼女を紹介したが、彼女がラスヴェガスから来たことはいわないでおいた。彼は、ガレージセールで買ったような家具が置かれた部屋に目を走らせ、何かが欠けているのに、すぐに気づいた。

彼らのバックパックがないのだ。

「サリーはどこだい？」彼は訊いた。

ケヴィンはぽかんとして顔を上げた。「はあ？　ああ、洗濯をしています」

「洗濯ですって！」セリーナはいった。彼女は背を向けて部屋から駆け出し、戸口に立ち尽くすケヴィンをそこに残したまま、ストライドもすぐあとにつづいた。階段を見つけて、一度に二段ずつ駆け下りて、地下室につくと、そこは暗い廊下で、機械の動く音が聞こえた。ストライドは立ち止まり、耳を澄ませた。洗濯機のガタンガタンという耳慣れた音が廊下に響いている。

ふたりは洗濯室に飛び込んだ。

サリーがみすぼらしいソファの端にあぐらをかいてすわっていた。《ピープル》誌を読んでいる。ドアが勢いよく開き、壁にバタンとぶつかると、彼女の目が驚きと恐怖で大きく開いた。

ストライドは床にある二個の空っぽのバックパックと、どんな証拠をも洗い流している二台の洗濯機を見た。彼は低い声で悪態をつき、洗濯機二台のスイッチを切った。

「いったい何？」サリーが震える声で詰問した。

ストライドはゆっくりとサリーを見た。彼女は体重が減り、そのためにすっきりして見えた。ピンクのタンクトップに白いショートパンツをはいている。左足にサンダルがぶらさがっている。もう片方のサンダルは、ソファの前の黄ばんだリノリュームの床に落ちていた。

「おれをおぼえているかい？」ストライドが訊いた。

サリーは彼の顔をまじまじと見て、目を細くした。それから少し緊張を緩めた。「ええ、おぼえてます。それでも、いったいどうしたのか、知りたいわ」

「夜中に長いドライブから帰ってきて、洗濯をする人なんているかしら?」セリーナは訊いた。

「あたしはするわ」サリーはいった。「部屋に臭い洗濯物を置きたくないもの、よけいなお世話だわ。それで、何の用です?」

「レイチェルが死んだ」ストライドは彼女に素っ気なくいった。

彼は自分が見たかったものを見た。サリーの顔をよぎる当惑の表情だ。これこそレイチェルが失踪したときにおのずと現われるべき表情だった。サリーはレイチェルが死んだと聞いて驚いた。それはつまり、レイチェルが失踪したとき、サリーは彼女がまだ生きているのを知っていたことになる。

しかしそれはサリーが彼女を殺さなかったことも意味する。

サリーがこの言葉の示す現実を理解しはじめると、観察に値する新たな表情が見られた。この娘の唇に、隠そうとしても隠し切れない笑みが浮かび、その顔に大きな安堵感と満足感が現われたのだ。「彼女はどこで見つかったんですか?」

「ラスヴェガスで」ストライドはいった。「こちらはヴェガスのメトロ警察のセリーナ・ダイアルだ。レイチェルは、先週末、そこで殺された」

「殺された?」

「そのとおりよ」セリーナはいった。「グランドキャニオンはどうだった?」

サリーは情況を悟って、ゆっくりとうなずいた。「ああ、わかった。あたしたちがヴェガスへ行ったと思ってるのね。あたしたちが彼女に会ったと思ってるんだわ」

「会ったのか？」ストライドが訊いた。

「あたしがケヴィンをレイチェルのそばに行かせるとでも？」サリーはぴしゃりといった。そしてセリーナを頭から爪先まで見た。「それにあたしは、あの町で行なわれているギャンブルや、その他諸々を認めてないから。行きやしませんでした」

「嘘じゃありません」男の声が告げた。戸口にケヴィンがいた。彼は部屋の外で聞いていたのだ。

「偶然の一致にしては、かなりのものだな、ケヴィン」ストライドは彼にいった。「彼女が殺されたとき、きみとサリーはラスヴェガスから数時間のところにいた」

「あたしたち、行ってないわ」サリーはくり返した。

ケヴィンはうなずいた。「そのとおりです」

ストライドとセリーナはすばやく目配せをして、ふたりとも同じ結論に達した。このふたりは真実を話しているという結論だ。

「それでもまだ、きみたちの衣類と車を調べる必要がある」ストライドはいった。「きみたちには悪いが」

「埃と虫しか見つからないわ」サリーはいった。

「おれは、きみたちふたりは真実を話している、と見なすつもりだ」ストライドはいった。「しかし、われわれは、レイチェルが殺害された件と彼女の最初の失踪に関連があるかどうかを見つけようとしているんだ。つまり、あのとき、実際には何が起きたのかを知るのが、ますます重要になってきた」

サリーの表情がくもり、顔をそむけた。

ケヴィンがここにいるかぎり、彼女から何も聞き出せない、ストライドにはそれがわかった。「ケヴィン、サリーと話したいから、ちょっとだけ席をはずしてくれないか？」

サリーの目が大きく開いた。自分だけ残されたくないのだ。しかしケヴィンの心は、ふたたびレイチェルの魔力にかかり、遠く離れていた。彼はサリーに振り向きもせずに、ロボットのように、命令されるまま部屋から出ていった。

セリーナがドアを閉め、ストライドは空っぽの乾燥機にもたれて、ソファにいるサリーを見下ろした。サリーはふたりをにらみつけ、挑戦的に腕を組んだ。

「彼女は死んだよ、サリー。もう彼女の秘密を守る必要はないんだ」ストライドはいった。

サリーはソファでまたあぐらをかき、目を閉じた。

「いまはおれたちだけだ。判事はいない、陪審もいない。ケヴィンもいないよ」

「何の話だか、わからないわ」

「わかっているはずだ。きみは法廷で嘘をついた。あの夜、きみはレイチェルとストーナーが喧嘩をしている声など聞かなかった。あれはでっちあげだ。だが、もうそれは問題ではないよ、サリー。誰もきみを偽証罪で逮捕することはない。きみは少しも危険な状態にはいない。しかし、おれたちは、どうしても真実を知る必要がある」

「レイチェルが死亡して、わたしたちはその理由を知りたいのよ」セリーナはいった。

サリーは肩をすくめた。「あのときだって、彼女は死んでると思ってたんでしょう。それなら変わらないでしょ?」

「あの夜、きみが彼女の家に行ったのは知っている。通りで目撃されたからね」

「それが何?」サリーは訊いた。「あたしは歩いていった、彼女に会わなかった、歩いて家に帰ってきた。それで終わり」

「もしそれが事実なら、なぜレイチェルがストーナーと喧嘩をしていたなんて嘘をついたんだ?」

サリーはためらった。「パニックになったから。あの弁護士は、あたしが関わったように見せようとしたわ、むちゃくちゃな話よ。それにあたしはストーナーさんが有罪だと、ほんとに思ったわ。いい、あのふたりはいつも喧嘩してたんだもの、それほど大きな嘘じゃないわ」

「問題はね、あなたがまた嘘をついていることなのよ、サリー」セリーナがいった。「女を相手にはったりをいっても駄目よ」

ストライドはソファのそばに膝をついた。サリーと目線が同じ高さになり、十センチ離れているだけだ。「きみはレイチェルが生きているのを知っていた」

「ばかげてるわ」サリーはいった。しかし彼女の声は震えた。

「あなたは彼女が逃げるのに手を貸した」セリーナはいった。

「貸したりしてない」

「それなら、あの夜、何が起きたかを話しなさい、サリー」ストライドは手を伸ばし、彼女の肩に優しく置いた。「いいかい、おれはレイチェルがどんな娘だったかを知っている。彼女がどんなふうに人々を操れたかを知っている」

サリーは彼をじっと見返した。「いいえ、あなたにはわからない」彼女は小声でいった。

コートに入れた手を、サリーはぎゅっと握りしめていた。肘を脇腹に押しつけたまま、舗道を踏みつけるように歩を進めたので、縮れた髪が跳ねていた。橋の上のレイチェルとケヴィンのことを、何度もくり返して考えてしまい、それ以外のことは頭に浮かばなかった。

ケヴィンにキスしているレイチェル。

ケヴィンの股間に滑り込むレイチェルの手。

そして最悪だったのは、サリーが下にいて凝視しているのを確かめるため、レイチェルの頭が動いて、してやったりというような笑みを浮かべたことだ。彼を盗むだけでは十分でなかった。レイチェルはサリーを侮辱する必要もあった。

彼女は闘えなかった、レイチェルとでは無理だ。レイチェルがケヴィンにちっとも関心を持たなかったことだけが、サリーにとって、唯一の救いだった。レイチェルは彼を玩具にしていた。彼をからかっていた。彼に期待を持たせたりした。でも、それだけだった。

今夜までは。

自分の寝室で、サリーの怒りは煮えくり返った。頭から忌まわしいイメージを追い払えなかった。心の一部では、ふたりに「くそくらえ」といってやり、娼婦みたいな自堕落な女の腕に抱かれて、鼻の下を伸ばしたケヴィンに、レイチェルとでは幸せになんかなれないことを思い知らせてやりたかった。それがお望みなら、けっこうよ、彼女に人生を破滅されればいい。人に支配される人生がどんなものか思い知ればいいわ。

しかしそれはできなかった。ケヴィンに非はない。彼は無力で、レイチェルという蜘蛛の巣に捕らえられた一匹のハエと同じだ。

彼女は一世一代の覚悟でレイチェルと対決することにした。

それで、一階の自室の窓からこっそりと外に出て、全身をバネのように張りつめて、通りを急いで歩いていった。とおり過ぎる道のようすにも、せわしなく吐く息が寒さで白くなっているのにも、ほとんど気づかなかった。頭の中で、これからいうつもりのことをくり返した。これからぶとうとしている大演説を、完璧になるまで何度もくり返して、小声でつぶやき、練習し、練習した。しかしいつの間にかレイチェルの家の前に来ていたことに気づくと、慎重に練習した言葉のすべてが頭から消えてしまった。舌が腫れあがって動かない感じで、心は震えてきた。それまでの意気込みはどこへやら、すっかり怖じ気づいていた。

レイチェルは家にいた。サリーは、レイチェルがまだケヴィンといっしょにいて、たぶん帰りを待つことになると思っていた。そのほうが容易なはずだった。レイチェルが車からおりかけて、誰かと顔を合わせるとは予期していないときに、彼女をつかまえるつもりだった。しかしレイチェルの車は私道にあった。玄関まで歩いていき、ベルを押さなくてはならない。彼女は橋の上のふたりの姿を思い出し、勇気を振り絞ろうとした。レイチェルとケヴィン。キス。誘惑、あの女が浮かべたいやな笑み。

最低な女。

ベルを押せば、レイチェルが出てくる。そうしたら、いままで心に抱えていた鬱積した怒りのすべてをぶつけてやる。レイチェルに向かって叫ぶ。彼女を引っぱたく。今度ばかりは女の子の反撃を見せてやる。

しかしサリーは麻痺してしまった。頭は、前進しろと命じるが、足は通りに根を生やしたように動かない。どんなに怒っていても、どんなにケヴィンが大切でも、レイチェルと対決できるかどうかわからなかった。

レイチェルの家の中で、階下の明かりが消えた。家が暗くなった。

これでおしまいだ、サリーは思った。レイチェルは寝てしまう。来るのが遅すぎた。

そのとき、家の中から、デッドボルトをまわすような、カチリという音が聞こえた。誰かが玄関のドアを開けようとしているのだ。サリーの勇気は消えて失せ、彼女は舗道からさっと逃げて高い生垣の列の中に隠れた。それでも街灯の薄明かりで玄関を見ることができた。

影の中に、レイチェルがいた。先ほどと同じ身なりで、家からこっそりと出ようとしている。レイチェルは動かず、一分くらいかけて通りを注意深く見ながら、ポーチの暗闇に潜んでいた。それから私道を急いで歩いてきた。片手に大きなポリ袋をつかんでいる。

サリーは、レイチェルが自分のほうに向かってくるのがわかった。このままではレイチェルに見つかってしまう。サリーは生垣に縮こまり、レイチェルがとおりすぎてくれればいいと思ったが、これが唯一のチャンスなのをわかっていた。いましかない、あとは決してない。

「話があるの」サリーはごくりと唾をのみ、舗道のレイチェルの目の前に出た。

忌々しく思った。まるで脅えた子供の声みたいだ。

レイチェルは彼女見て、ぴたりと立ち止まった。ショックが浮かび、それはすぐに冷たい憎悪と軽蔑に変わった。

「ああ、くそ」レイチェルは押し殺した声でいった。「いったいここで何してんのよ？」

サリーは咳払いをした。「ケヴィンのことで話したいの」彼女は弱々しくいった。

レイチェルは通りの左右をちらりと見た。ふたりだけで、ほかには誰もいない。彼女はサリーに、鼻が触れ合うほど顔を近づけた。「あんた、自分がいま何に鼻を突っ込んだか、全然わかってないでしょう」レイチェルはいった。「あんたのせいで、何もかもめちゃくちゃだわ」

サリーは当惑した。こんなレイチェルを一度も見たことがなかった。「何なの？　どういうことなの？」

レイチェルはサリーの手首をつかみ、サリーが痛みに顔をしかめるまでねじった。「いい、あんたには関係のないことよ。わかったわね？　あんたは今夜、決してあたしを見なかった」

「どういうことよ」サリーはいった。「痛いから、手を離して」

何ひとつ、サリーの計画したとおりにならなかった。レイチェルが何の話をしているのだか、さっぱりわからなかったが、サリーは相手の目つきに脅えた。

「いいから、黙って聞きなさい、さもないと、もっと痛い目にあわせるわよ」レイチェルはいった。「あんたは馬鹿かもしれないけどね、サリー、このふたつのことがわかるぐらいの頭はあると思うわ。ひとつ、あたしはケヴィンにまったく興味がない。彼はあんたにくれてやる。ケヴィンには気の毒だけど。そして、ふたつ、あたしがその気になれば、いつでも彼をあんたから奪い取れる、そのことは、あんたも十分に承知している」

「そんなことないわ」サリーはいった。

レイチェルは笑った。「彼はあたしのためなら何でもするわよ。なにしろ、橋の上で、あたしの手の中に出しちゃったあとだもの、サリー。あんた、あのショーを楽しんだ？　あんたのボーイフレンドをあたしがいかせるのを見てたわよね、気に入った？」

「やめて」サリーは懇願するようにいった。「もういわないで」

「ご理解いただけたようで、何よりだわ。じゃあ、話をはっきりさせるわよ。あんたは家に帰る、そして、いまのこのちょっとしたおしゃべりをすっかり忘れる。何もなかった。

あんたはあたしを見なかった。なぜって、あたしがあんたに約束させるからよ、サリー。もしもこのことを誰かに話したりしたら、あたしは必ずもどってきて、ケヴィンが二度とあんたに振り向かないようにしてやる。明日、あんたが彼と結婚したとしても、あたしにはどうってことない、翌日には、彼と寝てやる、ほんとだからね。そうしたら彼はもう一生、あんたといっしょになりゃしないわ」

サリーは無言だった。どうすればいいのかわからなかった。

レイチェルはにじり寄ってきて、サリーの髪を撫でた。サリーは離れようとしたが、レイチェルは彼女をつかんだ。「あたしのいったことがわかったわね、サリー？」

「なんのことか、ちっともわからないわ」

「じゃあ、あたしの言葉を信じるだけでいいわ。信じるわね？　あたしがあっという間に、あんたから彼を奪えるってこと、わかってるわね」

サリーはうなずいた。

「よかった」レイチェルはいった。そしてニヤリと笑った。もう片方の手の指一本で、サリーの頰をなぞった。それから顔を近づけ、甘い息をさせてサリーの唇にそっとキスをした。キスの感触が残り、サリーは気分が悪くなった。

「忘れるんじゃないわよ」レイチェルはいった。「黙ってんのよ」

ストライドは、恐怖をつのらせながら、サリーの話を聞いていた。そしてゆっくりと首を振った。

「何が起きたかをきみが話してくれていれば、みんなが救われたのに、そのことを、わかっているのか？」彼は訊いた。

サリーは肩をすくめた。まったく反省の色はない。「ストライドさんはレイチェルのことをわかってないのよ。彼女は本気だった。もしあたしが彼女を見たなんていったら、彼女はあたしからケヴィンを奪うのを、人生の使命にしたはずだわ。彼女が何をできるか、あたしはよくわかってたもの。当時、それを知っていたのは、あたしだけだったみたいだけど」

「きみはグレイム・ストーナーが刑務所に行くことになるのを、よろこんで見ていたんだね？　彼が無実だと知りながら？」

サリーの目は怒りでパッと光った。「無実ですって？　とんでもない。彼がわたしを車で連れ去った話は本当よ。あのとき、もし車がきてビビらなければ、あたしをレイプしていたわ。被害者はあたしだけじゃないと思うわ。彼がレイチェルとやってたのは、刑事さんも知ってるでしょう」

「でもなぜ証人台で嘘をついたんだ？」ストライドは訊いた。

「急いで考えなくちゃならなかったから」サリーはいった。「レイチェルがどこにいたとしても、メッセージは伝わると思ったんです。あたしは自分の約束を守っている。あなたも、約束を守りなさいよってね」

セリーナはサリーの断固とした目をじっと見た。「もしレイチェルがもどってきたら、あなたはうれしく思わなかったでしょうね」

サリーは瞬きをしなかった。「ええ、そんなことになったら、うれしいどころじゃないわ。彼女は死んだことになっていた。死んだままでいてほしいと思ってた。でもあたしたちがヴェガスへ行ったのは、あたしが彼女の死を確実なものにしに行くためだったと、考えてるのなら、それは間違ってるわ。レイチェルは約束を守ってたもの。彼女はまったくもどってこなかった」

「一度も連絡がなかったの？」

「一度も。捜す場所を間違ってるんじゃないかしら。ヴェガスにもどって、彼女が誰の人生を台無しにしていたかを調べたほうがいいと思うけど。性悪な女は決して変わらないから、相変わらず、人を傷つけていたに違いないわ」

「彼女が持っていたビニール袋に何が入っていたか、知っているのか？」ストライドは訊いた。

サリーは首を振った。「見えなかったわ」

「そしてほかには何も持ってなかった？」

「何も。服を着ているだけで。あの夜、カナル公園で着ていたのと同じ服を」

「白いタートルネックのシャツ？」ストライドは訊いた。

「ええ」

「どこか破けてなかったかい?」

「別に気がつかなかったけど」サリーはいった。

「ブレスレットはどうだ?」ストライドは訊いた。「まだつけてたかい?」

サリーは目を閉じて、思い出した。「そう思う。ええ、確かにつけてたわ。ブレスレットが手首にぶらさがっていたのを、いまでも目に浮かべられる」

ストライドはうなずいて、頭の中でその可能性について考えていた。「彼女はどうやって町から出るつもりか話したか? 彼女は誰かに会おうとしていた?」

サリーは首を振った。「知りません。ほんとに知らないの。家出するなんてことは、何もいわなかったから」

でも彼女は町を出ようとしていたはずだ、ストライドは思った。ほかに何か彼女の計画を変えることが起きたのか——何か納屋で? あの夜、彼女は確かに納屋にいたのだから。ブレスレットがそれを示している。サリーが、家の外で彼女を見て、なぜか、あの夜遅くに、彼女は納屋に行き、グレイム・ストーナーを示す証拠を残した。そして彼女はいなくなってしまった。

「きみもきっとあとになって、いろいろ考えたはずだ。どんなことを考えた?」ストライドはいった。

「ほかのみんなと同じように、不思議に思ってたわ。たぶん、ヒッチハイクでもして、運転していた男に沈黙を守らせるために色気を使ったか、学校の男子生徒のひとりをだましてミネアポリスかセント・ポールまで車で送らせたか、そのどっちかなんだろうと思ったわ」

「でも、きみは彼女に手を貸さなかったんだな？ それ以上は何も知らないんだな？」

「ええ、知らないわ。ねえ、もうケヴィンのところにもどってもいいでしょう」

ストライドはうなずいた。「いいよ、サリー」

サリーはソファから飛び出すように立ち上がり、彼の脇すれすれをとおって出て行き、ストライドとセリーナだけが洗濯室に残った。

「どう思う、ジョニー？」セリーナが訊いた。

ストライドは洗濯機をじっと見て、濡れている汚れた洗濯物を大きな袋に詰めるために、真夜中にベッドから出てくるのを、ガッポがどれほどよろこぶだろうかと思った。

「レイチェルはもう死んでいるのに、おれたちはまだゲームに付き合わされている気がするよ」

44

「ねえ、つまんないわ、ベイビー」ラヴェンダーは不機嫌そうにいった。「一晩中、話すことになるなんて、思ってなかったわ。すてきなディナーのあとは、お楽しみがたくさん待ってると思ってたのに、わかってる?」

コーディは彼女の顔を両手でかこみ、キスした。片手を下に滑らせて、楕円形のカットの内側に親指をするりと入れて、右乳房をやさしく撫でた。「おれも、そのつもりだったよ。でも知る必要があるんだ、いいね?」

彼女は彼の手に自分のを重ねて、乳房にぎゅっと押しつけた。「ほら、何が待ってたのか、思い出してよ」彼女はいった。

コーディはうめいた。「あと少しだけ質問させてくれよ」

ラヴェンダーはため息をついて、手を放した。

ふたりはベラッジオホテルの駐車場で、コーディの車の中ですわっていた。この黒いPTクルーザーを、彼は二年前にサムズ・タウンのスロットマシーンで勝ち取った――これまでで最高の大当たりだ。彼はこの車を赤ん坊のように大切に扱い、駐車するときはいつも、ぶつけられてへこんだりする恐れのない端のほうにしていた。革張りの内装はサルサと葉巻の匂いがする。このふたつは、セックスとギャンブルに次ぐ、彼の最大の弱点だ。

彼はぴったりした生地に包まれたラヴェンダーの胸につい目がいってしまって、どうも気が散りがちだったが、気持ちを集中させようと努力した。

「そのボーイフレンドについて、もう一度話してくれよ」

「そいつを見たのは、たったの一度きりなんだってば、コーディ。もう三回もおんなじことをいったわよ」ラヴェンダーはいった。

「そして話すたびに、いろいろ思い出してくるだろ。そういうもんなんだよ」

ラヴェンダーは目をぐるりとまわした。「すごく暑い夜だったわ、今夜みたいに。あたしたちはクラブにいたの。クリスティとあたしはそこで踊ってたわ、出番がおんなじでね。彼女は見事だった、わかる？　あたしと違って、彼女はこの仕事が嫌いだったけど、でも、ほんとにすてきだった。とにかく、その夜、一年ぐらい前だけど、彼女が出番を終えたあとで、その男が楽屋に来て、しばらくぐずぐずしてたの。名前とかなんかいわなかったけど。でもクリスティが彼のことを、古いボーイフレンドっていったのをおぼえてる。笑えたわ」

「どうして？」

ラヴェンダーはくすくす笑った。「だって、昔のって意味なんだろうけど、すごく齢とっていたから。ほら、ほんとに、古いボーイフレンドよ。わかる？」

「いくつぐらいだった？」コーディが訊いた。

「わかんない。四十歳か。五十歳か。わかるでしょう、若くないのよ」

「見かけはどんなふうだった？」

「おぼえてないわ。ふつうよ」

「髪の色は黒かったか、金髪だったか？」

「ええと、黒とか濃い茶色だったと思う。白髪まじりだったかも。わかんないわ」

「背の高さは？」

「高いほうかな」ラヴェンダーはいった。

これだけではなんの助けにもならない。「その前に彼に会ったことはあるのかい？　それまでにクリスティが、彼について一度でも話したことは？」

ラヴェンダーは首を振った。「ぜーんぜん」

「そのあとはどうだい？　そのあときみが彼に会ったことは？」

「ぜーんぜん」彼女はまたいった。

コーディは質問の方向を変えた。「きみはさっき、〝気味の悪い〟といったけど、彼のどこが気味悪かったんだい？」

ラヴェンダーは眉をひそめた。「そいつはあまり口をきかなかった。クリスティは彼を無視するみたいにしてて、そいつはそれが気に入んなかったのよ。とってもふたりきりになりたかったみたいだけど、彼女がそうしたくないのは見え見えだった。喧嘩している最中みたいに見えたの、わかる？　それに目つきが何だか変で。すごく真剣で。いかにも──気味の悪い感じ。ボーイフレンドじゃなきゃ、ストーカーだと思ったと思う。そういうのがたくさん来るからね。それにしても、そいつはクリスティにのぼせあがってたわ」

「どうしてわかる？」

「だって、楽屋にいたのよ、わかる？　女の子の半分は裸だったのよ。しかも美人揃い。あたしも裸で、目の前にいたのよ。でも、そいつはまるで反応しなかったわ。あたしたちを見もしなかった。クリスティのほかには、誰にも目をくれなかった」

コーディは裸になったラヴェンダーに注目しない男を想像しようとしたが、まったくできなかった。

「ふたりが何を話したかおぼえているかい？」

「いいえ。そいつはひとりだけ離れてすわっていて、ときどき彼女に小声で何かいってたけど、彼女はほとんど、あたしたちダンサーとばかり話していて、彼とは話さなかった。彼をちょっとじらしてたんだと思う。無視して、彼を怒らせて出て行かせようとしてたのよ、きっと」

「クリスティにはほかに、クラブまで彼女に会いにくるボーイフレンドはいたのかい？」

「ひとりもいなかった。そのとき一回だけ。そうでなかったら、おぼえちゃいなかったわ。クリスティは一匹狼というか、ほんとに冷たい女よ」

「どういうふうに？」

「そうね、さっきもいったけど、あの夜、彼女はそいつとは話さなかったけど、あたしたちとは話した。それって珍しいことだったのよ。彼女はほかのダンサーたちとあまり話をしなかったから。彼女は楽屋に来て、出番になるとダンスをして、さっさと帰ってたわけ、わかる？　彼女のことを高慢ちきだと思う子もいたし、恥じてるからだって思う子もいたわ」

「きみはどう思った？」コーディが訊いた。

「彼女は、恥じてなんていなかったわよ。彼女ほど見事なら、そんなはずないもん。彼女にしてみれば、あたしたちはみんな、人間じゃないってことだったんじゃないかしら。まったく存在しないとおんなじ。頭くるんだ、彼女にあたしのアイデアについて話したんだけど、まだ話し終えないうちに、目の前でドアをバタンと閉めたわ」

「どんなアイデアだったんだ？」

ラヴェンダーは彼をつついた。「ウェブサイトよ。オンラインのセックス・ショー。クリスティなら完璧だったはずで、のってくれれば、たくさん稼げたはずなのに。でも彼女は、インターネットで自分の姿を見られるなんてとんでもないっていったわ。それって、おかしいじゃない、男たちに毎晩、じかに見られてるんだから。でもそれはかまわないんだってさ」

「彼女は理由をいったかい？」

「いいえ、興味がないだけだって。それで終わりよ」

「なるほど。なあ、ラヴ、おれはこのボーイフレンドを見つけなくちゃならない。このクリスティという女、彼女は謎だ、わかるね？　彼女の部屋には身元のわかるものは何もない。きみの説明を聞いてもわかるように、どんな生活をしていたのかが見えてこない。このボーイフレンドは、おれたちがつかんだ唯一の手がかりだ」

ラヴェンダーは肩をすくめた。「思い出せることは何もかも話したわ、ベイビー。どうすればあんたが彼を探しだせるのか見当もつかないけど。そうね、あそこにいたほかの女たちの話を聞くことはできるわ。そのうちの何人かは、まだ町に残ってるだろうし、彼女たちが何かおぼえているかもよ」

コーディはうなずいたものの、たぶん無駄だろうとわかっていた。「オーケー、彼女たちの名前を書いてくれるかい」

「それにもしかするとクラブにいたほかの人たちも、彼を見たかもしれない。用心棒、バーテンダー、ウェイトレス。あたしがあのクラブをやめたのは、そんなに前じゃないし、あたしがやめた後にも、彼がまた来たかもしれないわよ」

「そうだな、そこからはじめよう。明日、そっちへ行ってみるよ」

「ごめんね、ベイビー」ラヴェンダーはいった。「がっかりしたみたいね」

「大きな手がかりをつかめそうだと思ったけど、行き止まりにぶち当たりそうだ」

彼女は得意気に微笑した。「その埋め合わせをする方法を知ってるわ」

彼女は舌を突き出して、彼のジッパーに手をのばした。そしてやすやすと下ろした。

「一口食べてあげようか、ベイビー？」

コーディはすぐに固くなった。「ああ、うん」

彼女の指は巧みに中に入っていった。

「食後のデザート」彼女はささやいた。

　ラヴェンダーは上半身を前に沈め、彼女の髪が彼の膝で揺れた。コーディは目を閉じて、彼女の口の快いぬくもりが彼のものを包みこむのを待っていた。それは決して来なかった。

ラヴェンダーがはっとして起き上がったので、コーディはとても失望して、目を開けた。

「どうしたんだよ?」彼は文句をいった。

彼女は目を輝かせて、彼をじっと見た。「もしかしたら、彼の写真を持ってるかもしれない」

「誰の?」

「あの気味の悪い男の。あのボーイフレンドの」

コーディは勃起していたものが萎えるのを感じたが、気持ちは興奮していた。「写真を? ほんとかい?」

「あの夜、あたしのポラロイドでふざけた写真を撮ってたのよ、しかめっつらをしたり、あたしたちのオッパイやお尻を写したりして。クリスティがどうしても自分の写真を撮らせなかったから、おぼえてるの。背中を向けてばかりいて。でも何枚か写した写真のバックに、あの気味の悪い男が写ってる可能性はあるわ」

「その写真をまだ持ってるのかい?」コーディは訊いた。

「持ってると思うわ。あたしのマンションの引き出しの一つに、それを全部、放り込んであるの」

コーディが挿してあったキーをまわすと、クルーザーのエンジンがかかった。彼はハンドルをしっかり握った。「きみのマンションはどこだ?」彼は訊いた。

ラヴェンダーが場所をいうと、彼女が説明し終わらないうちに、コーディは駐車場の外に通じる傾斜へ向けて車を急発進させた。タイヤがきしみ、車の後部が左右に揺れた。

「スピードを出しすぎないでね」ラヴェンダーはいって、ニヤリと笑った。

「べつにいいじゃないか？」

ラヴェンダーが笑って、彼の股間を指さすと、コーディのペニスがまだパンツから垂れていた。「スピード違反で別の警官に車を停めさせられたら、それをどう説明するつもり？」

45

ストライドはまだ家に帰りたくなかった。

セリーナのいるモーテルにもどる交差点に来ると、彼はその方向へは行かずに、湖へ通じる道に曲がった。久しく走っていなくても、ずっと前から記憶に深く浸み込んでいる道だ。どこへ行くつもりかを、自分に問いかけはしなかった。それでもわかっていた。彼の心がそこへ彼を引き寄せたからだ。

「湖畔に行こう」彼はセリーナにいった。

「いいわよ」

彼はカナル公園をとおり、パーク・ポイントへ向かう橋を渡った。今夜は、橋の通行を遅らせる船はいなかった。橋の金属の床板がタイヤに踏まれて音をたて、数秒後には、彼はほかのどこよりもくつろげるとかつて感じた場所にもどっていた。夜目にも、街灯の輝きで、年月の経過を見ることができた。木々が成長し、あるいは切り倒されていた。新しく建てられた家もあれば、取り壊された家もある。彼はここに来なくなっていたが、彼がいなくてもここで人は生活をつづけていた。

彼は自分の昔の家の前をとおりすぎるときに、速度を落とした。バックミラーをちらりと見て、後続の車がないのがわかると、通りで車を停めて、窓を開けた。

「あれがおれたちの家だった」彼は彼女にいった。「おれとシンディの」

「ああいう感じの家は大好きよ」セリーナはいった。

その家はすてきに見えた。新しい持ち主は、この季節は黄色いペンキを塗ったので、かなり明るくなり、芝生を彩る花壇を見ると、園芸が得意なのは明らかだ。芝生と低木の茂みはきちんと刈り込まれている。私道はいまは舗装されていた。子供たちのためにブランコが置いてあった。

すべての明かりが消えていた。この一家は外出しているか、眠っているか、あるいは、彼とシンディがよくしていたように、ベッドに横たわり、波の音を聞いているのだろう。

ストライドは暗くて人けのないパーク・ポイントをずっと走っていった。突端の公園まで運転していき、そこでトラックから降りた。セリーナも降りた。ふたりは手をつないで、木々のあいだを縫う砂の小道を歩いて湖まで行った。木立のあいだを抜け出ると、そこには満天の星空が開けていて、前方には黒々とした湖水が現われ、波音をたてていた。背後では柔らかい風が木々をざわめかせている。波が次々と押し寄せてザーッと音をたてて岸辺にたどりつく。帯のように細長くのびる浜は、見えるかぎりが暗くて、寂しい。

彼はセリーナがうれしそうに微笑むのを見た。彼女は彼の手をぐいとつかみ、水際のほうへ彼を引っ張っていった。湿った砂の縁まで行くと、打ち寄せる波がふたりの足元近くまで迫ってきた。ふたりは濡れないために、数秒ごとに、跳んで後ろにさがらなければならなかった。

セリーナはぐるりと一回転して、まわりの眺めを目に収めた。そして町のほうに延びていく細々とした家並みを指さした。

「ここに住んでたのね？　なぜ引っ越したの？」彼女は訊いた。

「アンドレアがここを好きでなかったから」彼は説明した。「それに、ここには思い出が多すぎたし」

「いまでも、ここにいると胸が痛む？」

彼は首を振った。「もう痛まない」

セリーナは水際から離れて、平らな砂地の広がりを探した。「しばらくいっしょにすわってよ、ジョニー」

彼は身をかがめて、手で砂をすくった。「嵐のせいで、砂がまだ湿ってるよ」

「かまわないわ」

彼は彼女の目にそれを見た。彼女はおれを信じている。信用している。もう引き返すことができないし、それに、どんなことがあってもやめたくないことだけはわかっていた。

セリーナは足を蹴って、靴を脱いだ。両腕を空に伸ばすと、ジーンズのボタンをはずし、それをすらりとした長い脚にそっておろして、脱いだ。両腕を空に伸ばすと、腹部がむき出しになり、その下の白いビキニ型パンティがあらわになった。借りて着ていたストライドの分厚いセーターと、その下の紺色のTシャツを、両手を使ってはぎとった。彼女の乳房はブラの詰め物で押さえられていた。彼女は砂に膝をつき、彼に片手を差し出した。

「凍ってしまうよ」彼はいった。

「わたしを暖めて」

ストライドは靴を脱いだ。シャツは着たままだが、パンツを脱いで、脇に放り投げた。彼女の横にすわると、ふたりの脚が触れ、足元の砂が少しも冷たく感じられなかった。彼女の両腕が彼に巻きつき、両手が彼のシャツの下に入りこんで、彼の背中をつかみ、彼の皮膚にくいこんだ。ふたりはむさぼるようにキスをした。ふたりの身体は沈んでいき、ついには砂に横たわった。

彼はセリーナの首にキスして、ブラジャーのストラップを肩からはずし、乳房が彼の手にこぼれるまでおろした。乳首を口でおおい、吸った。彼女の喉がよろこびで静かに鳴った。もう片方の乳房もむきだしにして、それにキスした。彼女の指は彼のトランクスの割れ目を見つけ、その中にするりと入り、勃起したものを爪で撫でた。彼女がトランクスの割れ目を開くと、ペニスがするりと出て、彼は冷たい空気を感じた。

「はやく」彼女がささやいた。

ストライドはパンティに手を伸ばし、両脇に親指をかけた。セリーナが身体を起こすと、彼はパンティを引き下ろして、放り投げた。彼女の手が彼をつかみ、自分のほうに引き寄せた。彼は乳房をなめたが、彼女はキスをしたくて、両手のひらで彼の顔をはさんで持ち上げた。彼は彼女の唇にキスした。彼女の頰に。彼女の目に。

セリーナの脚が開いて、彼に巻きついた。彼はペニスが彼女の恥丘をかすめ、低く沈んでいくのを感じた。

「おれたちは……」彼はつぶやいた。危険だ。避妊具をつけていない。

「いいえ、大丈夫」彼女は彼にいったが、その声に悲しみがあり、彼はこの瞬間を駄目にしたのだろうかと思った。

しかしもう次の瞬間には、ペニスは彼女の内側に道を見つけ、彼女は濡れて待っていた。ストライドはよろこびであえいだ。彼女も同じで、脚をしっかりと彼にからめ、指を彼の首に軽やかに走らせた。彼は彼女の内部をとても深く突きさしはじめ、ふたりはひとりの人間のようにぴったり合わさった。星がふたりを見つめていた。波音が彼の耳に響いた。

セリーナは目を大きく開き、彼に自分が愛されるのを見ていた。彼はそのように見られて、自分がこれほどむき出しになり、一体化したのは初めてだと感じた。彼女は目を開けたままにしていたが、ついに首をのけぞらし、微笑と叫び声を同時に口から漏らし、彼の腕の中で全身を震わせた。そして彼も目を閉じると、果てた。

セリーナはもうTシャツを着ていたが、下半身は裸で、ふたりで浜に横たわったまま、ストライドは彼女の脚から恥丘を優しく撫でていた。砂が彼女の肌に縞目をつけていた。

彼女は、仰向けで起こした上半身を両肘で支えて、空を見ていた。

「気がとがめる?」彼女は訊いた。

「とがめるべきだけど、そうじゃないんだ」

「そう、よかった」

「訊いてもいいかな?」ストライドはいった。

彼は彼女の唇がきつく閉じるのを見ていた。彼女は何を質問されたのか、わかっていた。

「堕胎よ。おろすのが遅すぎたの。うまくいかなかった。わたしは子供を産めないの」

「それが苦になるのかい?」彼は訊き、アンドレアのことを考えた。

「年齢や時期で考え方も変わるわ。あの年齢で、わたしがしたような経験をすると、子供を欲しがる人の気持ちがわからなかったわ。それから二十代のある時期には、自分が哀れになって、さんざん泣いて、酒びたりになったの。飲みすぎて、あやうく警察をクビになるところだったわ。似たもの母娘よ、おぼえているわね? 中毒になりやすい性格。でも、わたしはよい精神科医を見つけて、完治するまで彼女がわたしを助けてくれたの。いまでもときどきあるわ。でもわたしは子供を産めないことで何かをなくしたかのようには、人生をすごしてこなかったわ」

「おれも同じだ」彼はいった。

「いってほしいの」セリーナはいった。「変に聞こえるのはわかっているけど。わたし、よかった？」

「何が？」

「セックスが。わたし、よかった？　過去には、こんなではなかったし、それがわたしのせいなのはわかっていたの。すべて、わたしの問題のせいで。うまくいかなかったのよ」

「おれに答えさせる必要はないだろ？」ストライドは訊いた。

彼女は微笑み、自嘲したが、ほっとしたようだ。「ええ、なさそうね」

彼は腿の上のほうを撫でていたが、もっと直接的になり、彼女の股間に手を滑り込ませた。指を入れられて彼女の腰が上がった。「もう一度、いかせて」彼女は彼にいった。

しかし彼がはじめようとしたときに、セリーナの脱ぎ捨てたジーンズで、くぐもった電子音のメロディが鳴り出した。彼女はうなり、ふたりとも笑った。ストライドは彼女のジーンズの尻ポケットに入った携帯を見つけ、それを彼女に渡した。

「こちらセリーナ」それからちょっと間をおいて、「コーディ、タイミングの悪い人ね」

相手が早口でしゃべりまくっているのが、彼にも聞こえた。

「もっとゆっくり話してよ、コーディ」セリーナがいった。「いったい何をいってるの？」

彼は相手の言葉を聞き取れなかったが、じっと聴いているセリーナの目が興味津々に輝くのを見た。

「確かに彼なの？」セリーナは電話に向かっていった。「もし間違っていたら、間抜けなことになるわよ」

相手の声が高くなるのが聞こえた。コーディには確信があった。

「まったく驚きだわ」セリーナはいった。「わかった、誰かにそこを見張らせて、でも彼を逮捕してはだめよ。彼が何をするか見張っていて。わたしは、明日、飛んで帰るから」

ストライドは、肺から空気がすべて抜けてしまったような、胸が締めつけられる痛みを感じた。

「よくやったわ、コーディ」セリーナはいった。「ラヴェンダーといっしょに、盛大にお祝いするんでしょ、わかってるわよ」

セリーナは携帯を閉じた。

「わたしたちは、いままで間違った場所を探していたのかもしれないわ」彼女はいった。

「どういうこと？」

「結局、クリスティには——レイチェルには——ボーイフレンドがいたのよ。コーディは、彼女が働いていたクラブで撮った写真を見つけたわ。その男が後ろに写っていたの。コーディはそれが誰だかわかったわ」

「どうやって？」

「わたしたちはその男を知っているの」セリーナは説明した。「ただし、いまはむしろハワード・ヒューズみたいに見えるけれど。砂漠に住んでいる飲んだくれの年寄りで、クリスティの遺体が見つかった場所に、トレーラーを持っている男よ。これで捜査の方向が変わってきたわ」

「その男が彼女を殺して、自分の住んでいる場所に遺体を投げ捨てておいたのか?」ストライドは訊いた。

「その男はまったくの正気ではなくなるのよ、少なくとも酒を飲んでいるときはね。もし彼がクリスティと付き合っていて、彼女に捨てられたら、気が狂ってしまった可能性はあるわ」

「この男は彼女のアパートへ行き、自分とよりをもどす気にさせようとする」ストライドは推測した。「彼女に出て行けといわれて、花瓶で頭を殴る。遺体を自分の住居に運んできて、それを投げ捨てて、酒びたりになる」

「あり得ることね」セリーナはいった。

ストライドは首を振った。「でも、それなら、ATMのレシートはどうなる? ダルースとの繋がりは?」

「たぶん、わたしが間違ってたのよ」セリーナは断片を繋ぎあわせようとした。「たぶん、ダルースは注意をほかへそらすためのものだわ」

「いいや、間違いじゃないさ」ストライドは強くいった。「ほかにも何かがある」

セリーナは身をかがめ、冷えた唇でキスした。「わたしといっしょに来て」

「何だって？」

「あなたは最初に関わってたわ、ジョニー。終わるときに、そこにいる資格がある。たとえこの男が彼女を殺してなかったとわかったとしても、彼はきっと何かを知ってるはずだわ。いっしょに彼に会いに行きましょう」

ストライドは砂地から立ち上がり、脱ぎっぱなしになっていた服を集めだした。「わかった。でも、まず、しなくてはいけないことがある」

彼女はわかった。「奥さんに話すこと？」

彼はうなずいた。

「わたし、責任を感じるわ」セリーナはいった。

「きみではない。おれだよ」

彼はいままでと違い、離婚という考えに脅えなかった。アンドレアはすでにその門戸を開いていた。あとは、その戸をくぐるだけだ。

「明日、答えを見つけることになるかも」セリーナはいった。

ストライドはそれほど確信があるわけではなかった。彼はラスヴェガスに謎があるのはわかっていた。しかしそこで真実を見つけるとは、一瞬も思わなかった。真実はやはり、ここダルースにあるはずだ。彼がもどってくるのを、見つけられるのをここで待っている。

46

結婚してから三年間、ストライドとアンドレアは、土曜日の朝をふたりで過ごすことにしていた。ふたりとも、それは忠実に守ってきた。年に二週間ほど、アンドレアがマイミにいる妹デニスを訪ねるときは別として。捜査のさなかでも、ストライドは土曜日の朝を空けておくようにしていた。たいていは車でいっしょにカナル公園へ行き、湖を眺めながら朝食をとり、持ってきた新聞を読みながら、コーヒーを飲む。あるいは高校の運動場のトラックを数周ジョギングしてから、そのご褒美にスカンディナヴィアン・ベーカリーの菓子パンを食べるのだった。そうしたときに、ほかのどんなときよりも、ふたりが夫婦だと、彼は感じた。

しかし、いまの彼は、土曜日の朝なのに、ミネアポリスを経由してラスヴェガスへ飛ぶための荷作りをしている。それは警報を鳴らしているようなものだ。アンドレアはそれを察知した。彼女は腕組みをして寝室の隅に立ち、苦々しく顔をこわばらせていた。彼のヴェガス行きを聞いたとたんに見せた怒りはすでにほとんど消えて、苦々しさと痛みに変わっていた。彼女はストライドの言い訳を聞きたくなかったし、彼も言い訳できなかった。

「こんなこと、しないでよ」彼女はつぶやいたが、それはいまが初めてではない。「わたしから逃げないで、ジョン」

ストライドはダッフルバッグの端のポケットにソックス数足を押し込んだ。「行かなくてはならないんだ」

「よしてよ」彼女はぴしゃりといった。「これはもう、あなたの事件じゃないわ。どうして放っておけないの?」

彼はどう答えればよいかわからなかった。彼はレイチェルにたいして真実を明らかにする義務があると感じていた。レイチェルの幻影は何年間もつきまとってきたし、その謎を解明して、決着をつけたかった。しかしストライドは口にしにくい別の動機があることを、自分でも否定できなかった。彼はセリーナとの関係がどうなるかを知る必要もあった。いまの結婚は終わっていたからだ。

アンドレアは彼の心を読み取ったようだ。「あなたはわたしから去っていこうとしてる。わたしは前にもこういう経験したことがあるから、どういう感じかわかるのよ」

彼は荷物を詰める手を止めた。「わかった。たぶんそうだよ」

「それがあなたのやり方なの?」アンドレアは詰問した。「逃げてくのが? 何カ月も、わたしたちは他人のようだったわ。何日も、あなたはほとんど家に帰ってこなかったし、電話もくれなかった。昨夜はいったいどこにいたの?」

「それを訊くなよ」彼はいった。

「いいじゃないの? あなたとマギーのことを、わたしが知らないと思ってるの?」

「おれとマギーのあいだには何もない。それは前にもいったじゃないか。おれはこんなことを話したいんじゃない」

「話し合えば、解決できるはずよ」アンドレアはなおもいった。「まったくもう、あなたができるのは、わたしを締め出すことだけなんだから。あなたに行かないでといっているのよ。あなたにここにいてもらう必要があるの」

頭の中で、彼は数年前にマギーが警告した言葉を聞いていた。「わかってる。でもきみはおれを愛していない。一度も愛していなかった」

「それは嘘よ！」

「そんなふりをするなよ。おれはふりをするのはもうやめた」彼はいった。

アンドレアは挑戦的になった。「ここにいて解決してくれと頼んでるのよ」

彼には暗黙のメッセージが聞こえた。あなたはわたしの夫なのよ。わたしのためにこれをしてよ。そして彼は彼女を幸せにしたかった。しかし何年間も努力し、失敗してきたのだ。

「すまない。だが、これは、おれがしなければならないことなんだ」

アンドレアは息をのみ、片手を口に当てた。「あなた、離婚したいの？」

彼は目を閉じた。「きみもそうじゃないのか？」

「いいえ！」彼女は強くいった。「いいえ、離婚はしたくない。そんなこと決してしたいはずがないわ！」

「でもきみは幸せじゃない」ストライドはいった。「おれは幸せじゃない。そうなると、答えはひとつだけだ」

「あなたがここにいて、わたしといっしょに考えてくれれば、なんとかなるわ。でもあなたが話すのは、去っていくことばかり」

彼は彼女の手を取り、首を振った。「もうどうにもならないよ、アンドレア。新しい生活をはじめたほうが、ふたりともよくなる。きみもそう感じてると思うよ」

アンドレアは怒りのあまり、くるりとまわって彼から離れた。ブロンドの髪が顔にかかった。両手で頭をつかみ、目をぎらぎらさせている。ドレッサーから香水瓶を引っつかみ、壁に投げつけた。瓶が粉々に砕けて、濃厚な甘い香りが部屋に満ちた。アンドレアは瓶のガラスが床に散るのを見つめていた。まるでどこかほかの場所にいるように。心が別の世界に移ったように。

ストライドは彼女の肩に腕をまわした。彼女は肩をゆすって、払いのけた。

「いいから行きなさいよ」彼女はいった。

「すまない」

彼女の目は怒りに満ちていた。「いいえ、すまないなんて思ってもいないくせに。あなたはもう、何が自分に重要かを決めてしまっている。それがそんなに重要なら、とっとと出て行きなさいよ。欲しいものが手に入るといいわね。それを見つけたとき、なぜそんなに欲しかったのか、自分に訊けばいいわ」

47

ストライドは森のすぐ横をとおる国道にいた。いつもの追いかける夢で、彼は見つけることのできない娘を追いかけていた。しかしこんどは、小道で彼女を追いかけていき、彼を誘惑する彼女の声が聞こえたあとで、確かに彼女を見つけた。森の中の空き地の真ん中で、深紅の血だまりの中で死んでいるレイチェルを見つけた。彼女を取り囲み、遺体を見下ろしているのは、シンディ、アンドレア、そしてセリーナだ。三人の手が赤く染まっている。

「誰がやったんだ?」彼は叫んだ。

女たちがひとりずつ、順番に、指一本を上げて、彼を指さした。

彼はびくっとして目が覚めた。

隣にはセリーナがいて、航空会社の雑誌を読んでいた。彼女は彼を見た。「悪い夢?」

「まあね。どうしてわかる?」

「レイチェルの名を呼んでいたわ」

ストライドは笑った。「ほんとに呼んだのかい?」両手で顔から頭までこすり、目覚めたときのぼんやりした感じを取り除こうとした。

「いいえ、からかっただけよ。どこか、いたくないところにいるように見えただけ」

彼は彼女にもたれて、キスした。「おれはまさにいたいところにいるよ」

ストライドは飛行機が下降していくのを感じた。窓の外を見ようと首を伸ばしたが、その席からでは町を眺められなかった。どこか近くに巨大な光源があるのを示す明るい輝きが見えるだけだ。着陸すると、暗闇で、誘導路の誘導灯のほかはほとんど何も見えなかった。しかし飛行機がターミナルのほうへ曲がると、こちらに向いてかすかに光るブーメランのような角度のついた金色の塔がちらりと見えた。

「あれはマンダレイ・ベイ・ホテルよ」セリーナがいった。「すごいでしょ？」

飛行機から降りて、ゲートの中に入っていくと、ストライドは、そこかしこで輝く色彩とネオンの洪水に圧倒されて、立ち止まった。静かなダルースの空港に降り立って、このヴェガスの派手なターミナルのようすと比べているセリーナのことを考えて、思わず微笑んだ。まったく別世界だ。

手荷物受取所で、彼は男がひとり群集から離れて近づいてくるのに気づいた。セリーナはその男と軽い抱擁をかわした。

「ジョナサン・ストライド、こちらはコーディ・エンジェル、わたしの相棒よ」

ストライドは彼と握手した。「すばらしい突破口になったよ、遺体とボーイフレンドの繋がりを見つけてくれて」

「おれは腕利き刑事ですからね」コーディは、ウィンクした。

「幸運なやつ、といったほうがいいわね」セリーナがいった。

コーディはセリーナのほうに向いた。「トレーラーの男を見張らせてるよ。やつはきょうの午後、早くに出かけて、酒屋まで運転していき、そこでジンをたんまり買い込んだ。それからもどってきて、そのあとは動いてない」

セリーナは顔をしかめた。「まったく。それなら明日は、泥酔して、わけがわからなくなってるわ。少しは正気が残っていてもらいたいわね」

「彼に正気はあまりないと思うけど」

「まあね、でも警察署にいけば酔いも冷めるものよ」セリーナはいった。「令状はどうなってるの？　出してもらえた？」

コーディはうなずいた。「トレーラーの中に入って、徹底的に調べられる。でも、おれはあそこにいったことがあるからいうけど、あのひどいトレーラーの中を調べるのは、おれ向きの仕事じゃない」

ストライドが口をはさんだ。「その男とレイチェル、いや、クリスティというべきかな、ふたりの関係について、何かもっとわかったかい？」

コーディは滑らかな黒い髪を撫でた。「何も。彼の『店』と称するものは無許可営業でね。ラヴェンダーは彼に一度会っただけで、クリスティが彼について話したことはまったくなし。彼はいわゆるヴェガスに漂流してきた連中のひとりで、そういう連中は、どこから来て、どこへ行くのかわからない」

「でも、もともとは、クリスティのような娘をものにできる境遇にいたはずだわ」セリーナはいった。「明日の朝一番に、チームといっしょにそこへ行くわ。わたしの家で、わたしたちをおろしてもらえる？」

コーディはいった。「おおせのとおりに」

ストライドはわざとコーディと目を合わさなかった。おそらくコーディはそのことから、ストライドがセリーナとのことを認めたと思っただろう。

「いままでヴェガスに来たことは？」コーディが訊いた。

ストライドは首を振った。「初めてだ」

「ヴェガス童貞か」コーディはいい、くすくす笑った。

ストライドはコーディのPTクルーザーの後部座席にすわり、ラスヴェガス・ブルヴァードの両側に立ち並ぶ巨大カジノの眺めに魅了されて、窓の外を見つめていた。コーディはザ・ストリップをとおるのを渋ったが、セリーナがストライドに街を見せたいといい張った。彼らは土曜日の夜の交通渋滞にまきこまれ、トロピカーナ・アヴェニューとフラミンゴ・ロードのあいだを這うようにのろのろと進んでいった。左側にあるホテルがモンテカルロだと、セリーナが指し示した。右側はアラジン。前方にあるのがベラッジオ、それからパリス、それからバリーズ。それぞれの建物の大きさと敷地の広さに、彼は圧倒された。

彼にはこの暑さが信じられなかった。空港から一歩でた途端、熱気が火事の炎のように彼の顔を襲い、肺から酸素を吸い取った。夜だというのに、気温はまだ三十二度くらいある。息を吸うたびに、口の中で、砂漠の砂の味がした。ありがたいことに、コーディはエアコンを最強にしてくれたので、車の中は寒いくらいに冷えている。

「世界でもっともすばらしい都会」コーディは誇らしげにいった。「ほかのどこかに住みたい人間がいるはずがない。ここは最高だ」

「ここに人が住んでいるのかい?」ストライドは半ば本気で訊いた。

「また、そんなことといって、ジョニー」セリーナがつぶやいた。彼女は助手席から振り向いて、彼にウィンクした。

「何がこの街に活気をあたえているかわかる?」目の前に割り込んできたリムジンにクラクションを鳴らしながら、コーディは訊いた。

「ああ、まったく、オッパイの話はしないでよ」セリーナはいった。

それが聞こえなかったかのように、コーディは説明した。「ラスヴェガスはオッパイだらけなんだ」

ストライドは笑った。「何だって?」

「オッパイ! ほんとなんだ。この街では、地球上のほかのどこよりも、たくさんのオッパイが見える、オーケー? それがラスヴェガスを特別な場所にしている。それがラスヴェガスに個性をあたえている。ギャンブルでもなく、酒でもなく、何十万もあるホテルの部屋でもない。通りを歩けばゼリーのようにプルプル震えるオッパイが目に飛び込んでくる。あらゆる形のオッパイ。あらゆる大きさのオッパイ。着ている服からあふれている。

木綿、ライクラ、ナイロン、ビキニ、タンキニ、ホルター、何でもかまやしない。ぴっちりしてるか、透けて見えるか、肌をたくさん露出してるか、あるいは乳首が見えるか、そういうものを着てさえいれば。女たちはオッパイを見せびらかすためにここに来て、その辺を歩いてる男はみんな、興奮しすぎてむらむらして、物をまともに見られなくなる」

「コーディはさしずめ、乳首社会学者ってところね」セリーナがそっ気なく説明した。

「おれは間違ってる？　間違ってるなら、いってくれよ」

セリーナに答える暇を与える前に、二十代の女三人が、ふたりはブロンドでひとりはブルネットだが、目の前を、交通渋滞の中を走り抜けた。ブルネットがコーディの車の一番近くをとおると、ストライドの目は思わずその胸に惹きつけられた。彼女はローカットのTシャツを着ていて、そこから乳房があふれている。コーディは彼女にクラクションを鳴らし、親指を立てて見せた。女は彼に舌を突き出し、挑発的にしきりに動かした。

セリーナはため息をついた。「間違ってるとはいわなかったわ」

「よしよし、そうだよね。この街でこんなに大勢のストリッパーが大学に行く学費を稼げる唯一の理由は、男たちみんなが、女たちを見つめて興奮しすぎて、隠れているものを見るためにはいくらでも払うからなんだ」

セリーナは首を振るだけだった。

フラミンゴ・ロードをとおり過ぎるころには、渋滞は少し緩和してきた。セリーナは、フラミンゴの角にあるシーザーズ・パレスから北端のスターダストまでつづく次なる巨大なりゾートホテルとカジノの群れを手で示した。ミラージュをとおり過ぎるとき、このホテルの通り側にある〝火山〟が観光客の群れの前で噴火しはじめ、水、蒸気、火の柱が空中高く噴き上げた。ストライドはラスヴェガスのように生命が脈打つ都会を、いままでに一度も見たことがなかった。カジノを出入りする人の流れや、忙しそうに通りを行きかう人たちを見ていると、わくわくと興奮してきた。コーディのいうとおりだ。そこらじゅうに、むきだしになって小刻みに揺れる乳房があり、それに加えて、セックス、タバコ、金のにおいがした。

それでも、さらに北へ進んで行くと、ザ・ストリップのけばけばしいオーラが急速に薄れていくのに、ストライドは気づいた。大金を張るギャンブラーたちの求めに応じる高価なカジノの代わりに、ポルノショップ、マッサージパーラー、五セント・ビデオ・ポーカーの看板のある酒場、ネオンサインが壊れて点灯しなくなったモーテルがある。歩道の観光客の数はまばらになった。彼らの大半はこの地域に足を踏み入れない賢さを持っている。どの曲がり角にも娼婦が立っていて、口紅をけばけばしく塗り、髪をブロンドに染めた彼女たちが、彼らに笑いかけている。戸口で眠っているホームレスもいる。

「ここらにはもう火山はない」彼はつぶやいた。

セリーナはうなずいた。「ここは〈裸の街《ネイキッド・シティ》〉と呼ばれてるの。これはオッパイの冗談とはちがうのよ。ストラトスフィア・ホテルの立派な塔はあるけれども、そのまわりには、この街のどこよりも大量の麻薬が売買され、殺人が多発するのよ」

さらに一・五キロほど進むと、ザ・ストリップから出てチャールストンに入り、カジノと〈裸の街〉をあとにして、西のほうへ向かった。ここまで来ると、どこにもあるダウンタウンをとりまく郊外の町と同じように、ショッピングセンター、安売り店、チェーン店のレストランが並んでいる。それから十分もしないうちに、セリーナの住居があるタウンハウスの分譲地についた。入口に門のあるこの分譲地には、鮮やかな赤い屋根に真っ白なスタッコ壁の二階建ての建物が立ち並んでいる。セリーナが守衛に手を振ると、彼は電子装置の門扉を開けて、コーディの車を進入させた。コーディは、この分譲地内の道をよく知っているらしく、迷路のように交差する道路や私道を巧みに運転していき、一番奥にある棟に車をつけた。

「楽しき我が家に到着」コーディは大声でいった。

ストライドとセリーナはトランクから荷物を取り出した。舗道が熱気を放射している。山から吹いてくる強い乾いた風は何の安らぎももたらさない。ストライドは額を拭きたくてたまらなくなったが、この不毛の地では汗も出ないほど乾燥しているのがわかった。

「明日の朝、九時にここに迎えに来てね」セリーナはコーディにいった。「捜査チームには現場で十時に会うといっておいて」

コーディはストライドにウィンクした。「ほんとにこんなところに泊まるのでかまわない？　よかったら、おれがよく行くクラブにいっしょにどう？」

「お休み、コーディ」セリーナがいった。

「それにしても、ひどいよ、お姉さん、よくもこんな退屈なタウンハウスに彼を泊めておけるなあ。彼にとっては、この街で初めての夜なんだ。男なんだから、少しは楽しんだってかまわないじゃないか」
「ちゃんと楽しんでくれるわよ」セリーナはいった。

48

朝日がセリーナの寝室の縦割りのブラインドをとおして射しこんできた。ストライドはかなり前に目覚めて、セリーナの寝顔を見つめていた。

彼女はうつ伏せに寝て、解き放たれた髪が顔にかかっていた。両腕を枕の下に押し込み、マットレスに押しつけられた右の乳房のふくらみが見えている。背中のなだらかな曲線は背骨の底部でくぼみ、尻にかけて盛り上がっている。片脚をシーツの下に入れ、もう片方の脚を上に出していた。

セリーナがぐるりと仰向けになったので、むき出しになった両方の乳房と柔らかい茶色の乳首がストライドの目を楽しませた。彼女の目はゆっくりと瞬きをして、それから薄く開いたが、うれしそうでなく、日光を受け入れる気になれないようだ。彼女は長い髪を顔から払いのけた。「何時？」彼女は眠そうに訊いた。

「遅いよ。もうじき八時十五分だ」

セリーナはうめいた。「やれやれ。コーディがもうすぐ来るわ」

彼は乳房に手をのばしたが、セリーナがその手をすばやく叩いた。「だめよ、警部補。シャワーを浴びるのに五分しかないの」

「五分でできる」彼はいった。

「黙って」彼女がベッドから這い出ると、彼の目はバスルームに入っていく彼女を追った。セリーナが大声でいった。「コーヒーをいれて、いいわね？」

「いいよ」

裸のまま、彼は階下へおりていった。そして、戸棚の中を探して、挽いたコーヒーの詰まった広口密閉式《メーソン》ジャーを見つけた。少し難しかったが、スカンジナビアコーヒー（デンマークの地酒アクアビット、ホイップクリーム等の入ったコーヒー）・メーカーの使い方がわかると、コーヒーが沸くようにセットして、それから二階へもどっていった。セリーナはベッドにもどり、濡れた髪をタオルでこすっていた。そのむき出しの肌に水滴が光っている。

「あなたが何を考えているかわかってるわ。それを考えるのをやめなさい」彼女はさりげなくいった。

「おれが何を考えているのか、どうやってわかるのさ？」

彼女の目が下に向いたので、彼は下を見た。「おや」

「そう、〝おや〟よ。さあ、シャワーを浴びてきて。冷水のほうがおすすめよ」

彼がシャワーから出てくると、コーヒーの芳しい匂いがした。セリーナの姿は見えなかったが、数秒後に、彼女はふたり分の湯気の出るコーヒーのカップをソーサーに載せて、寝室にもどってきた。まだ服を着ている途中で、ビキニパンティに白いVネックのTシャツを着ている。

「急いだほうがいいわ、ジョニー。コーディはいつも時間に正確だから」

「それならおれたちが何かをするつもりなら、大急ぎでしたほうがいい」

「あなたがするのは、服を着ること」セリーナはいった。それからまた目を彼の下腹部に向け、首を傾けた。「ほんとに五分でできる？」

ザ・ストリップをあとにし、コーディのクルーザーはI－十五号線を荒野に向けて南下していた。後部座席にすわっているストライドの心は期待にあふれた。このまま進んでいった先のどこか砂漠の道路の縁に、失踪後のレイチェルを知っていた男がいるのだ。彼女が死んだと思われたあとに彼女を見た男。自分が四年間も抱いてきた疑問に答えられるかもしれない男。

これから会おうとしている男は、それればかりでなく、若い女の頭を強打して、その遺体を砂漠に投げ捨てたかもしれないのだ。セリーナは、自分の車のグローブボックスの鍵をあけて、自分のピストル、口径九ミリのシグ・ザウエルを取り出し、ゆったりとした腰までの丈の紺色のジャケットの下につけた肩掛けホルスターに、しっかりと差し込んでいた。

ストライド自身もラガーの銃を、同じように、チャコールグレーのスポーツコートの下につけたホルスターに入れてある。

コーディは幹線道路から側道に曲がり、未舗装の道を埃をたてて走っていった。彼が五百メートルほど先を指さしたので、ストライドが見ると、北側の少しはずれたところに、今にも壊れそうなトレーラーがあった。「この道の先に彼がいる」

「ここで彼女が見つかったんだね？」ストライドが訊いた。

「そうよ」セリーナがいった。

コーディはトレーラーの真ん前に車を停め、エンジンをかけたままにした。セリーナがコーディのほうに向いて、いった。「数分間、彼といっしょにいさせて、いいわね？」

ストライドとセリーナはふたりとも車から出た。ストライドはまわりをよく見た。トレーラーは灰色で、周囲の広大な砂漠から吹きつけられた埃と砂が全体にこびりついている。歩道はなく、ドアを出入りする客たちが踏み固めたためにできた小道があるだけだ。風で高くなったり低くなったりする奇妙な不協和音に、彼は耳をそばだてた。薄気味悪いメロディで、リズムがなく、大勢の子供たちが玩具の鐘で遊んでいるような、チリンチリンという音がする。

「あれはいったい何だ？」彼は訊いた。

「ウィンドチャイムよ。たくさんあるの」セリーナがいった。

セリーナが先になって、ふたりでトレーラーの階段を上がっていくと、身体の重みで階段がたわんだ。網戸の手前で、彼女は立ち止まり、トレーラーのアルミの外壁をバンバンと叩いた。返事はなかった。聞こえるのはウインドチャイムだけだ。

ドアには、『年中無休』とペンキで書かれていた。セリーナは振り向いてストライドをちらりと見て、肩をすくめ、注意深くドアを引き開けた。彼女が中に踏み込むと、ストライドがすぐあとにつづいた。トレーラーの中の騒音は耳を聾するほどだ。ふたりの前にある窓が開いていて、行き交う風のために、数十個のステンドグラスのウィンドチャイムがくるくる回り、互いにぶつかりあい、激しい多彩なダンスをしていた。ふたりとも耳を手でおおった。セリーナは二歩すすんで、窓をバタンと閉めた。風がやみ、チャイムはだんだんに動かなくなり、騒音は、あいまいなBGMのように、静かにチリンチリンという音になった。

そのとき声が聞こえた。

「どうやら、わかったようだな」

ふたりともくるりとまわった。ボブが二メートルほど離れたカードテーブルにすわっていて、その後ろの傾いたカーテンが店と居住部分を仕切っていた。彼の脇のテーブルの上に銭箱が蓋を開けたまま置かれている。ボブのTシャツは痩せこけた身体に垂れ下がり、ショートパンツはサイズが少し大きすぎる。そしてぼろぼろのスニーカーをはいていた。

凶暴な目は、凄みがあり、小さくて、まるでブラックホールがふたつ並んでいるようだ。彼はふたりを順番に、まずセリーナを、それからストライドを、じろじろと見た。彼の目はストライドから離れずにいて、不思議な予期しないものをストライドの顔に見たかのように、細くなった。ボブが見つめている時間が長引くにつれ、ストライドはますます、昆虫採集の板に虫ピンで留められた昆虫になったような気になってきた。不気味な感じが深まってきた。相手を見返したとき、頭にぱっとメッセージが浮かんだからだ。おまえを知っている。

しかし彼はその男を見たおぼえがなかった。

「名前は何だ？」ストライドが訊いた。

ボブは肩をすくめた。「看板に書いてある」

「本名を見つけるのは、むずかしくないわ」セリーナはいった。

「そうかい？」ボブが訊いた。「そうか、おれには前科の記録がない、納税書類を提出していない、指紋をとられたこともない。それでどうやっておれが誰か見つけるつもりか、話してみろよ」

「あんたはかなり頭がよさそうだわ」セリーナはボブにいった。「酔っ払いの老いぼれかと思っていたけど」

ボブは顔をしかめ、トレーラーの後部に向けて親指を突き出した。「奥にジンがある。おれが臆病風に吹かれた場合のためにあるのさ」

「なんですって？」セリーナが訊いた。

ボブは長い顎鬚をさすり、もつれを引っ張った。指一本を銃のように頭に突きつけ、引き金を引くまねをした。

「自殺するつもりなの？」セリーナは訊いた。「なぜ？」

ボブはストライドのほうに向き、秘密の冗談をわかちあうかのように、暗い笑みを浮かべた。「あんたは知っている」

「どうしておれが知っているんだ？」

「あんたは男だ。男が何かをするのはなんのためだ？」

「女だ」ストライドはいった。

セリーナはボブのほうに身をかがめた。「クリスティのことをいっているの？」

ボブの怒りが静まり、切なそうな顔になった。セリーナをじっと見て、しゃがれた声でいった。「あんたは彼女にちょっと似ている。彼女もエメラルドグリーンの目をしていた、あんたのように。でも彼女の目は冷たかった。彼女はおれを破滅させた。つまり、これを見てくれ。おれの人生を。でももし彼女を取りもどせても、おれはこの地獄をまたくり返すことになるんだ」

セリーナの目が細くなった。「そんなに彼女を欲しかったの？　彼女はそんなによかったの？」

「よくない。決してよくなかった。彼女は邪悪だった」

「どういうこと？」セリーナが訊いた。「彼女が拒絶したの？」

ボブは激しく笑った。「そんなに単純なことだったならいいのに！　天国の門の鍵を持ってるような感じだったんだ、わかるか？　ところがある日、錠前を取り替えられてしまった。そして振り返ると、何もかも捨て、まわりのみんなを破滅させてしまったことに気づくんだ。幻想のために」

「最後に彼女を見たのはいつ？」セリーナが訊いた。

ボブは苛立って片手を振った。「おれの時間を無駄にしないでくれ。おれに訊きたいんだろ？　はっきり訊けよ」

ストライドは、彼が何を訊けといっているのか、わかった。「あんたがレイチェルを殺したのか？」

「誰かがしなくちゃならなかった」ボブはいった。

「でも、おまえがやったのか？」ストライドはもう一度訊いた。

「おれにそういってもらいたいんじゃないのか？　そのほうがあんたらには楽なんじゃないのか？」

「われわれは、何が起きたかを知りたいだけだ」ストライドはいった。

ボブはテーブルからゴキブリを払いのけた。それはトレーラーの後部にすばやく走っていった。「いいや、そんなことないよ。あんたはもう、知る必要のあることは、すべて知ってるんだから」

「理由がわからない」ストライドはいった。

ボブは笑った。「彼女にとってはゲームだったのさ。彼女は人々を破滅させた。そんなことをしてれば、仕返しに破滅させられることもある」

「この話は、別の場所でつづけるべきだと思うわ」セリーナは言葉を選んで告げて、手錠に手を伸ばした。「わたしたちといっしょに本署に来たらどう？　きれいにしてあげるわ、まともな食事にもありつけるわよ」

ボブの目がぱっと開き、ハゲタカの目のようにキラリと光った。「そう簡単にはいくもんか」彼はふたりに怒鳴った。

ボブはとてもすばやくて、ふたりとも不意をつかれた。左手を銭箱に突っ込み、叫びながら、ぱっと立ち上がると、椅子が後ろにひっくり返り、床に倒れた。ボブは左手を銭箱からさっと上にふりあげた。その腕の動きはじつにすばやかった。腕をトレーラーの屋根をかすめるほどまっすぐ上に向けた。その指に握られているのは、銃身十センチのスミス&ウェッソン・リボルバーだ。

ストライドとセリーナは後ろに飛びのき、その勢いでウィンドチャイムにぶつかった。それはカチャカチャ音をたてて、ふたりのまわりに落ちてきて、床で砕けた。ストライドは身体を右にひねり、床にすばやく伏せた。手のひらが床にこすれて、割れたガラスで手が切れた。彼は出血している手をジャケットの内側にそっと入れて、血まみれの滑りやすい手でルガーを握った。いとも簡単に安全装置をはずすと、片膝をついて起き上がり、ボブの胸に狙いをつけた。

一メートル離れたところで、セリーナも同じことをした。彼女は両膝をつき、オートマチックの銃を両手でしっかり握っていた。

ボブは動かなかった。そして奇怪な勝利の笑みを浮かべて、ふたりを見下ろし、警官ふたりを射るように見つめる目玉が、卓球の球のように左右にすばやく動いた。両手で持ったリボルバーが震えている。

「何を待ってるんだ？」彼は食ってかかった。

「あんたに怪我をさせたくないのよ」セリーナはいった。その声は落ち着いている。「銃をおろしなさい」

「おれはもう、おさらばする。あんたらに助けてもらってな」ボブはいった。

ストライドはリボルバーを握るボブの指に力が入るのを見た。ボブは銃を持つ腕を下げた。

「わたしが撃つ」セリーナが叫んだ。

「やめろ！」ストライドが強くいった。「待て！　待つんだ！」真実を秘めたたったひとつの窓が閉じていくのが見えた。

ボブは撃鉄を起こしていなかった。発射の用意をしていなかった。しかし彼は真っ黒な銃口をストライドの頭にまっすぐに向けていた。ストライドはボブの伸ばした腕の動きをにらみ返し、彼のピストルの銃身をじっと見た。リボルバーの銃口が自分に向いている。イーリーで友達に撃たれた腕の傷がうずいた。記憶にある銃声が聞こえ、肩で肉が裂けるのを感じた。

「ボブ、あんたはおれを撃つ気がない」ストライドはいった。「銃をおろせ。あんたの勝ちだ。彼女を負かせられるよ」

ボブは首を振った。「勝つのはいつも彼女さ」

ストライドはルガーの安全装置をカチリともどした。彼の指がゆるみ、銃は手の中でさかさになった。彼はゆっくりと屈み、ルガーを床に置いた。

「ジョニー、いったい何をしているの？」セリーナが押し殺した声でいった。

「おれは撃つつもりはない」ストライドはボブにいった。

ボブは黙って、ためらっている。

チリンチリン、チリンチリン、ウィンドチャイムが鳴った。

「これをしているのはおれじゃない」ボブはいった。「彼女だ。いつも彼女だった」

ストライドは首を振った。「もう彼女のせいにはできないぞ。彼女は死んでいる。あんたがしているんだ。これがあんたの望みか？」

ボブの手が震えた。長くて悲しげな息を吐き、空気が身体から抜けていくにつれ、筋肉が崩れていくように見えた。銃を持つ腕が垂れ下がり、リボルバーを持つ手の力が抜けた。

ストライドは安堵で全身がゆるむのを感じた。

「さあ、それをテーブルの上に置け。気を楽にして。ゆっくりと。わかったな？」

そのときボブの顔が狼狽と恐怖で歪んだ。脅えた子供のように目が大きく開いた。口がだらりと開き、脅えて一歩後ろにさがった。ストライドの後ろにある何かをじっと見ている。

「ほら、彼女がいる！」ボブが嘆き叫んだ。

「ジョニー、彼は狂ってるわ」セリーナが警告した。

ストライドは彼女のいうとおりなのはわかっていた。ボブは崩壊しかけている。

「ここには誰もいない」ストライドはきっぱりといった。

「きみは死んでるんだ！」ボブが怒鳴った。

彼がリボルバーを一気に振り上げると、その銃身が震えた。彼は喰いしばった歯をむきだしにした。ボブの親指が撃鉄をはじいた。

「やめなさい！」セリーナが叫んだ。

ストライドは緊張し、ボブが発射するのを待ち、胸から空気が抜けていくのを感じるだろうと予期した。

セリーナの弾がボブを仰向けに倒した。ボブの手から、発射しなかった銃がぽろりと落ちた。彼は激しく床に倒れて、目を大きく開けて脅えている。喉を鳴らし、息ができず、唇のあいだから泡と血が飛び散った。全身がねじれ、四肢は痙攣で揺さぶられた。

セリーナは床から立ち上がり、彼に駆け寄った。

ボブには床から頭を上げて、自分の砕けた胸を熟視して微笑むだけの力があった。血が肺を満たしていく。彼は話そうとしたが、言葉にならず音が出るだけで、顎がゆるんだ。黒い瞳孔をめいっぱい開いた。彼の目はふたりのあいだを行きかった。

「コーディ!」トレーラーのドアがぱっと開くと、セリーナが叫んだ。「救急車を呼んで!」

しかしサイレンの音が聞こえる前にボブが死ぬのを、ふたりともわかっていた。

ストライドは目の前で、ボブとともに謎が死んでいくのを見つめていた。

彼はコーディの車の後部座席にすわり、ドアを開けたままにして、足を外に出していた。この数カ月で初めて、彼は無性にタバコが吸いたくなり、火のついたタバコを手にしているかのように、指をこすりあわせた。首に汗が流れ、それが背筋に垂れていくのを感じた。二十メートル離れたところで、内務調査部《IA》の刑事ふたりが、容赦なく照りつける太陽のもとでも涼しそうな顔で、発射についてセリーナに厳しく尋問していた。彼女の美しい顔は冷静だった——感情をまったく排除し、心の中で激しい嵐が巻き起こってなどいないように見える。だが、ストライドはそれではすまないのを知っていた。ダルースで警察官たちが後々どんな反応をするかをさんざん見てきていた。他人に殺された死体を山ほど見てきた強靭なベテランの警察官たちさえも、後々こたえてくるのだ。自分が銃を撃ち、命を奪うのは、自分の手にかかって人が死んでいくのを見るのは、衝撃的なことなのだ。そのため治療を受ける警察官たちがいる。中には、警察をやめる者もいた。

しかも周りの憶測にさらされる。その場に居合わせなかった人たち、そのようなおそろしい瞬間を経験していない人たちが、当事者の判断に疑問をはさむ資格があると感じるようだ。

ストライドにできるのは、じっとして、自分の番がくるのを待ち、それから何があったかを伝えることしかない。見事な射撃。撃たざるをえなかった情況。救急車が到着したときには、すでに手遅れで、遺体の処理をするほかは、何もできなかった。彼は、救急隊員が担架をトレーラーの戸口から巧みに運び出すのを見つめていた。ボブの遺体はシーツにおおわれ、そのシーツの真ん中には血が滲み出て赤い花のように見えた。埃っぽい風が砂地から舞い上がり、遺体をおおうシーツの隅を吹き上げ、降伏の旗のようにはためかせた。

ストライドはボブの生命のかよわない痩せこけた脚と、それがはいたままの古いスニーカーを無意識に見つめていた。その靴の踵がちらりと見えた。まるでピンクの楕円形の血走った目がウィンクしたかのように。

その瞬間、ストライドは世界がゆっくりと停止したように感じた。すべての騒音と動きがオルゴールのように静まっていき、ついには自分の呼吸の激しい音が聞こえ、胸を突き破るほどの激しい鼓動を感じるだけになった。

ストライドは、遺体が担架から急に起き上がるのではないかと思った。ボブが骸骨のような指を自分に突きつけ、彼の最新のトリックに息をのむ観衆を見た奇術師のように、ゲラゲラ笑うのではないかと思った。

しかしこれはトリックではなかった。四年間もはいていたために色が薄くなっていても、靴の底と踵の真ん中の赤い楕円形に間違いはない。ボブはストーナーの靴をはいていた。納屋にストーナーの足跡を残した靴を。レイチェルが失踪したときに紛失した靴を。

ストライドは硬直して立ち尽くし、頭は目の前の現実に必死で追いつこうとしていた。

そして、一瞬後に、彼はわかった。

すべてが陰謀だったのだ。レイチェルはストーナーの靴を盗んだ。それは彼女が家から持ち出したビニール袋に入っていた。そしてあの男、シーツにおおわれている死んだ男がそれをはいていた。彼はあの夜に、ダルースにいたのだ。

ストライドは跳び上がり、乾いた地面を駆けていき、担架を運んでいる救急隊員を驚かせた。彼がシーツをはがすと、ボブの顔が現われ、その死んだ目はまだ開いていた。

「おい、何してる!」隊員が文句をいった。

ストライドはその男に肩をつかまれるのを感じて、身体をねじって振り払った。彼はボブの顔から数センチまで身をかがめた。死と血と排泄物のにおいが彼の鼻孔に忍び込んだ。彼は真実を求めて、ボブの顔を凝視した。おまえを知っている。

ストライドはくるりと振り向き、セリーナを目の隅でとらえた。彼女が彼の考えを読み取り、彼の恐怖を見たのを、彼は感じることができた。しかし、ありがたいことに、彼女は何もいわず、何の反応もしなかった。彼女が目をそらすと、ほかの警官が彼のほうを見た。

彼のすぐ後ろで声がした。

「大丈夫か?」

「コーディ！」ストライドは押し殺した声でいった。彼はこの若い刑事を引っ張っていき、向き合った。「昔の写真があるといったね。彼がこんなふうになる前の。それを持っているか？」

「何だって、この死んだ男の？　もちろん、もちろんだよ。ラヴェンダーがおれにくれたから。それを使って彼を問い詰められると思って」

「見せてくれ」

コーディがゆったりしたズボンのポケットから証拠品を入れたポリ袋を取り出すと、ストライドはそれをひったくった。目を細くして見たが、袋に入っていては、はっきり見えない。ためらわずに、ストライドは袋を破った。

「おい、ばか、何するんだ……」コーディはいいかけたが、ストライドの顔を見て、黙った。

ストライドはその写真が燃えているかのような持ち方をした。

「違う、違う、そんなはずがない」彼はつぶやいた。見たものを信じられなくて、頭が制御できないほどまわりだすのを感じた。砂漠の乾いた土地のひびが大きく割れて、自分を呑み込めばいいと思った。

49

ストライドは発泡スチロールのカップから、もう冷めてしまったコーヒーをゆっくりと飲んだ。彼の苛立ちは増してきていた。

彼は天井から床までの大きな窓から外を眺め、観光客たちが暑さでぐったりとなりながらも、レンタカーの列のあいだを小走りにとおるのを、じっと見ていた。マッカラン空港に着陸しようとする飛行機の轟音が頭上にひびき、壁をガタガタいわせた。彼は夕方の影が刻々と長くなっていくのを見た。

ガラスドアが勢いよく開いた。レンタカーの係員は、広大な駐車場から歩いてきたために、汗だくで、足元をふらつかせて入ってきた。彼女の太い指はプラスチックのクリップボードをつかんでいる。

「あとどのくらいかな?」ストライドは声をかけた。

係員は立ち止まり、腰を両手で支えた。淡いブルーのスウェットパンツとコンサートのロゴ入りの白いTシャツのあいだに、むきだしになった黒檀色の腹がふくらんでいる。

「わたしに千里眼があるように見えますか? さっきもいったように、二時間前にもどってくるはずなんです」

「外にいる係員は、それを押さえておくことになっているのを知ってるのか?」ストライドは訊いた。「車内を見る前に掃除をされたくないんだ」

「黄褐色のキャヴァリエ、テキサスのナンバープレート」彼女はナンバーをそらんじていった。「それがもどってきたら、おたくにまず見せますよ。だからそこで待っていてください」

彼女はカウンターの向こうの奥にある事務室に消えた。

セリーナは近くの金属の椅子にすわり、膝に両肘をついていた。黒い髪が乱れて顔にかかっている。彼女はのろのろと立ち上がり、ストライドの背後に来て、彼の首の凝り固まった筋肉を揉んだ。

彼女は前屈みになり、小声でいった。「ここまでする必要はないのよ」

「あるよ。おれは知る必要がある」

セリーナはため息をついた。「仕方ないわね」

彼女のいうとおりなのは、ストライドもわかっていた。放ったまま立ち去るほうがいいのだ。車が入ってきたとき、何を見つけることになるか、彼はすでにわかっていた。そして真実をつかめば、謎を砂漠に残してボブと共に消滅させればよかったのに、と思うはずなのも。

しかし彼はやめられなかった。あの写真から、ここにたどりついたのだ。残された手がかりをたどって、砂漠から空港のレンタカー事務所にたどりついた。あまりにあっけなく見つかったので、見つけてもらうよう初めから計画されていたのだろうかと、彼は思った。

セリーナは彼のカップを取って、コーヒーを飲むと、顔をしかめた。「ちょっと、これ何？　いいこと教えてあげるわ、ジョニー。スターバックスってお店、知ってる？」

ストライドは思わず微笑んだ。

「そう、それでいいのよ」彼女はいった。

「おい、おれのことを心配しなくていいよ」ストライドは彼女にいった。「おれは大丈夫だ。きみには処理する厄介なことがあるんだから」

「わたしが男を殺したからということ？ わたしが内務調査部《IA》に五百回もそれを再現するのに六時間も使ったからということ？ 一生のうちのたった一日じゃないの」

「ほう」

セリーナは肩をすくめた。「精神科医に話をさせられるでしょうね。昔みたいに。あとになって泣くのよ」彼女は自分の靴に目を向けた。それはまだ埃と血で汚れていた。「真実を知りたい、ジョニー？ それは簡単だったわ。簡単すぎたくらい」

ストライドは何もいう必要がなかった。Ｌサイズの係員が無線機を耳に当てて事務室から出てきた。「ご依頼の車がたったいまもどってきましたよ。係の者がここに運転してきます」

ストライドは緊張で胃がぎゅっと閉じたように感じた。「車がもどってきたときに、決まってやることは？ 車内に掃除機をかけて？ マットを洗って？」

「そのとおり」彼女はいった。

「トランクも？」

彼女は肩をすくめた。「誰かがその中にゲロを吐かないかぎり、掃除はしないわ。でも、ときどきあるのよ、そんなことも」

「そして先週もどってきたあと、貸し出されたのは、今回が初めてなのは確かだね？　そのあいだに誰にも貸さなかったね？」

「誰にも貸しませんでしたよ」

数分後に、係の男がレンタカー事務所のそばにキャヴァリエを駐めた。運転席のドアを開け、エンジンはかけたままだ。ストライドとセリーナは手袋をはめて、外に出た。彼はセリーナの車からハロゲン懐中電灯を持ってきて、キャヴァリエの後部座席を照らした。

それは清潔で、ゴミもなければ、散らばっている紙もなかった。ストライドはひざまずき、両方の座席の下を懐中電灯で注意深く照らして床を調べた。それから半時間ほど、セリーナと彼は後部座席に繊維がついていないかを、綿密に調べたが、何も見つけなかった。

ストライドは身体をまっすぐに起こした。「トランクを調べよう」

「彼女はたぶん毛布でくるまれていたはずよ」セリーナが彼に思い出させた。「ベッドからなくなっていたから」

「毛布は痕跡を残す」ストライドはいった。

長い時間はかからなかった。トランクを開けて、中を照らすと、ほとんどすぐに、カーペットの縁についた十セント硬貨大の茶色っぽいしみが見つかった。ストライドがそのしみを照らしつづけ、セリーナが身をかがめて、もっと近くで見た。

「血痕かもしれない」彼女は静かにいった。それからいいそえた。「ここにそれ以上のものがあるわ」

彼は彼女がポケットに手を入れ、ピンセットを取り出すのを見ていた。彼女はトランクの金属の縁にくいこんでいる何かを抜き取り、ピンセットではさんだまま懐中電灯の光にあてた。ストライドは身をかがめて顔を近づけて見ると、それは根元のほうが漆黒になっているブロンドの毛髪だった。

「何でもないかもしれないけれど」セリーナはいった。「この街では染めている女が多いから」

しかしふたりともそれの意味がわかった。

「もどらなくてはならないな」ストライドはいった。

レンタカーの係員は戸口から、ふたりにクリップボードを振ってみせた。「ちょっと、刑事さんたち、どうなったんです？　そのキャヴァリエを返してもらえるんですか？　それが駄目なら、別の車を見つける必要がありますからね。さもないと、誰かが歩くはめになる。わかりますよね？」

ストライドとセリーナはしばらく真剣な顔で見つめあった。それは彼女の義務だったが、彼女にできる決断はひとつだけなのを、ストライドはわかっていた。押収されれば、科学捜査班が呼び寄せられ、証拠が袋につめられ、彼の人生が音をたてて崩れる。

セリーナは目をそらした。彼女はトランクをバタンと閉めて、係員に手を振った。

「どうぞ、持っていって」彼女はいった。

50

ストライドは、アンドレアが二階にある職員室の墓場のような静けさの中でひっそりとテストの採点をしているのを見つけた。ドアは開いたままだ。彼女はうつむいて、採点に集中していた。階段をのぼってくる彼の足音も聞こえていなかった。

彼はこの高校で初めて彼女に会ったときのことを、考えずにいられなかった。あのときは、ふたりともひどく傷ついていた。生涯をともにすると心に描いていた相手がいなくなって、急にひとりになったからだ。ストライドはアンドレアの傷を癒せると本気で思った。しかしどんなに多くの時間をいっしょに過ごしても、ふたりがいわばはずみで結婚に踏み切ったあとでさえも、彼女の悲痛は少しも薄れていかなかった。結婚したのは間違いだった。しかし彼は、その間違いがこれほど手痛いものになるとは思いもしなかった。

「やあ、アンドレア」彼はいった。

彼女は机の上のテスト用紙から目を上げた。彼女の目に何が浮かんでいるか、確信を持てなかった。たぶん、恐怖、あるいは怒り、あるいは悲しみ。ところがそこにはほとんど何もなかった、この短期間に彼女が見知らぬ人になったかのように。

「お帰りなさい」アンドレアは平静にいった。「こんなに早く会えるとは思っていなかったわ」

彼女はいつもより老けて見えた。化粧をしていないせいかもしれない。彼女は何年も前から持っているグレーのカレッジ・スウェットシャツを着ていた。ブロンドの髪を顔にかからないようにピンで留めて、半月めがねをかけて、それを鼻先までおろしている。

「見つけたの？」アンドレアは訊いた。その声に冷たい棘々しさが出てきた。「行っただけのことはあったの？」

あたかも彼のせいであるかのように、非難が吐き出されるのを、ストライドは感じることができた。

彼は室内へ入っていき、彼女の机の向かいにある木製の椅子にどっかりとすわった。彼は彼女に告げるのがいやだった。

「彼は亡くなったよ、アンドレア」

アンドレアは息を吸い込み、机に手を突っぱって後ろにさがった。彼女がめがねをはずすと、彼はその脅えた目を見ることができた。

彼女は彼がそれをいうのを待っていた。

ストライドはうなずいた。「ロビンだよ」

ストライドは彼女に嘘をついてほしいくらいだった。彼女の元夫、ロビンがレイチェルの愛人だったのにショックを受けたような顔をすればいいのにと。

しかし驚きの表情はなかった。アンドレアは目を閉じた。「馬鹿な男」彼女は小声でいった。「何があったの？」

ストライドは、トレーラーの中で起きたことを手短に説明した。アンドレアは泣き崩れず、一粒の涙が目からこぼれて、それが筋になって顔に流れた。彼は数秒間、黙って悲しむままにさせておいたが、怒りがこみあげてきた。「きみは知っていた」彼はいった。

「ちくしょう、きみは知ってたんじゃないか、それなのに、話してくれなかった。おれが何を見つけるかを知っていて、おれをあそこへ行かせた」

「行かないでといったじゃないの」アンドレアは頬を拭きながら、いい返した。「放っておけなかったのは、あなたじゃないの」

「それがおれの仕事だからだ！」ストライドはいった。彼は立ち上がり、歩きまわってから、職員室のドアをバタンと閉めた。そしてふたたび彼女と向き合った。「いつからだ？いつから知ってたんだ？　あのときから知ってたのか？　おれたちが堂々巡りして駆けまわっていたのに、きみは彼女がロビンといっしょに逃げたのを知っていた」

「いいえ、知らなかったわ！」アンドレアは強くいった。「彼は、レイチェルが失踪する数カ月前に、わたしを置いて出ていった。あなた、わからないの？　あの子がそれを望んだのよ。何の繫がりも残さないために。全部、彼女のしたことよ、全部、彼女の計画だった。彼女は秋にもどってこいと彼にいったのよ」

「それなら、いつ、きみは見つけたんだ？　どうやって？」

アンドレアは机に目を伏せた。「先月、彼が手紙をよこしたの」

「そしてレイチェルについてきみに話したのか？」

「冗談いわないでよ」何かいやなものを嚙んだかのように、彼女の口がゆがんだ。「何もかもレイチェルよ、レイチェル、レイチェル。彼女がどうやって彼を誘惑したか。彼女がどうやって彼を捨てたか。あの哀れな男は彼女にとりつかれていたのよ」

「手紙はどこにある？」

アンドレアはためらった。

「なぜだ？」ストライドは訊いた。「燃やしてしまったわ」

「なぜだ？」ストライドは訊いた。「なぜそんなことをしたんだ？」彼は彼女の机の引き出しを開ければ、それを見つけるのではないかと思った。

「なぜだかわからない、ただ燃やしたのよ。彼を消したかったの。彼がわたしにしたことを忘れたかった」

ストライドは首を振った。「いまきみは嘘をついている。おれに嘘をつくな。ロビンがとりつかれていただと？　やれやれ、きみはどうなんだ？　彼はきみを捨てて十七歳の小娘を選んだ。それでも彼を愛している」

彼女はそれを否定しなかった。挑戦するように顎を突き出すのを、彼は見た。

「説明してくれ、アンドレア」ストライドは執拗にいった。「彼はきみに手紙をよこし、自分の情事を割れたガラスのように、きみにこすりつける。そこできみは何をするか？　きみは彼のところへ駆けつける。きみはこそこそとヴェガスの彼のところへ行って、彼を取りもどそうとする」

彼女の顔に恐怖が浮かんだ。

「わたしはそんなことは――」

「馬鹿にするな」ストライドがさえぎった。「おれが間抜けだと思っているのか？　まずきみはおれに行くなと懇願した。それでおれが行くと、きみの元の亭主がトレーラーで泥酔しているのを見つける。おれが最初に考えるのは、アンドレア、きみだ。おれは空港へ行った。クレジットカード会社に電話をかけた。きみが先週末に、マイアミの妹の家からラスヴェガスへ飛んだのを、おれは知る」

「あなたの思っているようなことではないわ」アンドレアは彼にいった。「わたしは彼にもどってほしくはなかった。でも、わたしは怖かったの。彼の手紙には自殺について書いてあったから。ここにじっとして、手をこまねいてはいられなかった。それだから、わたしは行ったのよ、彼に話すために」

「そんなことはどうでもいい」彼が口をはさんだ。「ここで問題になっているのは、きみとロビンのあいだに何があったかじゃないんだ」

ふたりのあいだに急に訪れた沈黙が、危うさに満ちた。

「おれが知りたいのは、きみとレイチェルのあいだに何があったのかだ」ストライドはいった。

彼は彼女を容疑者のようにじっと見た。彼女の顔の筋肉のすばやい動きひとつも見逃すまいと観察した。そして予想どおりのものを見た。

有罪だ。

「なぜきみが彼女を殺したのかを知りたい」

アンドレアは冷静だった。「弁護士が必要かしら?」

「おれがきみを警察に引き渡すと思っているのか? おれのことを少しもわかっていないね。ラスヴェガスの警察に関するかぎり、ジャーキー・ボブという流れ者がレイチェルを殺したことになった。事件は終了した」

「実際はそうではなかったと、あなたはどうしてわかるの?」

ストライドはうんざりして吐き出した。「頼む、ゲームはやめてくれ、アンドレア。ロビンはレイチェルを殺すくらいなら、自殺したはずだ。おれたちはふたりともそれを知っている。そしてきみは手がかりを広範囲に残してきた。きみが借りた車を突きとめたよ。きみがレイチェルの遺体を砂漠へ運んだトランクには血痕と毛髪が残っていた」

「彼に彼女を見せたかったのよ」彼女は苦々しくいった。「あんなに欲しがっていたから、だから彼女をくれてやったのよ」

「話してくれ、本当のことを」ストライドはいった。

アンドレアはうなずいた。彼女はいらだたしげに乱れた髪を耳の後ろにはさみ、唇を噛んだ。「あんなことをするつもりはなかったわ」

彼女は立ち上がり、机の向こうから出てきた。ストライドのすぐわきで足を止めたが、彼を見なかった。代わりに、壁の写真を見た。彼女とストライドの。彼女とロビンの。いまでもそれを貼ってあるのだ。

タバコのにおいがした。彼女はまたタバコを吸いだしていた。

「その手紙はわたしをほとんど破滅させたわ、ジョン」彼女はいった。「あなたとわたしがうまくいっていないのは、自覚していた。わたしはすでにそれを解決しようとしていた。あるいは解決しないようにしていた。そんなときにロビンから手紙が来て、何がほんとうに起きたのかを知ったの。わたしはどうしても彼に会わなくてはならなかった。わたしがヴェガスへ行ったのは彼女に会うためではなかった、とんでもない。そんなことは夢にも思わなかったわ。わたしは彼に会うために行ったの」

彼女はストライドのほうに振り向いた。「あなたはあそこへ行ってきた。彼がどんなになっていたかを見たわ。わたしは信じられなかった。彼女が彼にしたことを信じられなかった」

「彼が自分でしたんだ」ストライドはいった。

「違うわ、これは彼のせいじゃない。ロビンはいつも弱い人だった。彼のその弱さを、わたしは知っていた。レイチェルもそれを見抜いたのよ。そして彼を利用したんだわ。彼女が彼の詩をどんなふうに読んで、彼を天才だといったかを、彼はわたしにいったわ。レイチェルが、ふたりは結ばれるべきだと、どうやって彼に信じさせたかを。そんなことは嘘にすぎなかったのに、彼はそれを鵜呑みにした。ストーナーが死んでしまうと、彼女はロビンを捨てた。自分の人生から彼を切り捨てたのよ。彼はもう必要でなかったから。彼の心はずたずたに引き裂かれた。彼は酒に溺れはじめ、どんどん堕ちていった。彼には生きる目的が何もなくなったの」

「レイチェルについて話してくれ」彼はなおもいった。

「ええ、いいわ。どうかしているけど、わたしは彼女に会う計画はまったく立ててなかったの。ロビンは彼女がどこで働いているかを話してくれたけれど、わたしにはどうでもよかった。わたしがあそこへ行ったのは彼女のためではなかったから。ロビンとわたしは二時間ほど話したわ、それが話し合いといえるかどうかはともかく。彼はあまりにも遠くなっていた。とうとうわたしはそれ以上見ていられなくなった」

「それで、きみはレイチェルと対決しに行った」

「いいえ、そうじゃないの。わたしは家に帰ろうとして空港へ向かった。でも、レイチェルのことと、彼女がわたしたちにしたことが頭から離れず、そのことばかり考えていた。というより、彼女がわたしにしたことを。会いに行こうと、はっきり意識して決めたわけでもなかった。でも運転して行く途中のどこかで、自分が空港へ向かっていないのに気づいたの。結局、あのクラブに行ってしまった。彼女を見たかっただけ、どんな女なのか見たかっただけ。彼女の目を見たかったの。ステージに出てきたとき、すぐではないけれど、わかったわ。それが彼女だとわかったわ。しかも彼女は何もかもロビンのいったとおりだった。美しくて。氷のように冷たくて。

そのとき、見るだけでは十分でないとわかったの。彼女にわたしの目を見て、自分がしたことを認めさせる必要があると思った。それで駐車場で彼女を待って、彼女のあとをつけたわ。彼女のアパートに着いたとき、とてもできそうもないと思った。一度も会ったことのない相手、自分の人生を破滅させた相手に何をいえばいいの？　でも、あのトレーラーの中で衰弱していくロビンのことを、わたしたちの生活がどんなだったかを考えたら、また全身に怒りがわいてきたの」

「彼女はきみが誰だかわかったのか？」ストライドは訊いた。

「ええ、そうよ。すぐに。そして笑ったわ。わたしがロビンを取りもどしにきたのなら、すぐに連れていけばいいといったのよ。しかも彼女は捜索のすべてを知っていたわ。わたしとあなたのことも。彼女はそれが滑稽だと思った。『あたしはあんたのために夫をつかまえてあげたし、彼のために殺人者をつかまえてあげた』彼女はそういったのよ。わたしたちは彼女に感謝すべきだと」

彼女は崩れはじめた。

「何だかわからない――つまり、何ひとつ、わたしが望んだようになっていなかった。彼女は後悔もしてないし、恥も感じていなかった。あのおそろしい緑色の目で、虫けらでも見るように、わたしをじっと見たわ。玩具にして、それから叩き落とすもののように」

ストライドはアンドレアの両手が震えているのに気づいた。彼は、彼女が正気を失わないようにするには、どの程度まで問い詰めてもいいのか、わからなかった。

「彼女はほかに何をいったんだ？」彼は訊いた。

「彼女は嘘をついたのよ」アンドレアはいい返し、拳を握りしめた。「彼女のしたことは、すべて嘘だった」

「何についての嘘を？」

「あらゆることについてよ！　彼女にはわたしたちの仲を裂く権利はないと、わたしはいってやった。ロビンはわたしを愛していた」彼女の目は細い裂け目のようになり、爬虫類の目のように見えた。「彼女が何といったかわかる？　ロビンはいずれにしろ、わたしから離れていったといったわ。彼はベッドでぜんぜん満足していなかったから、彼を誘惑するなんて、すごく簡単だったと。わたしと寝るのは死体と寝ているみたいだって。わたしの股間には生きているものがないから、わたしは妊娠できないんだって」

「なんて野郎だ」ストライドはつぶやいた。

「そのときに、わたしはわかったの。彼女は嘘をついていないって。それは全部、真実よ。わたしがいままでずっと自分に嘘をついてきたの。ロビンのことでも。自分のことでも。それで、わたしはいままでになかったほど激怒した。彼女はただそこに立って、わたしに向けて得意気な薄ら笑いを浮かべただけだった。わたしの人生が、彼女には冗談であるみたいに。彼女がわたしから奪ったものなど、一つとしてなんの価値もなかったかのように」

「それで、きみは何をした？」ストライドは静かに訊いた。

「本棚に花瓶があったわ。わたしはそれをつかんで、振りまわした。粉々にしたかったの。割れた破片を部屋中にばらまきたかった。でも手を放さなかった。しっかり持ったままでいるうちに、それが何かにぶつかった。目は閉じていたわ。自分が何をしたか、わからなかった。でも何かを殴ったし、そのときドスンという音が、何かが倒れる音がして……」

ストライドは、自分が逮捕した人たちから、慈悲を懇願する被告たちから、これまでに何度もこうした話を聞いたことがあった。そのような話を聞いても、心が揺らぐことはなかったが。しかし今回は違った。

「……彼女が死んでいたの。信じられなかったけれど、彼女は死んでいた。わたしが彼女を殺したのよ」

「レイチェルはずっと前に死んでいた」彼はつぶやいた。アンドレアは彼を見つめ、その目は懇願していた。「あなたがこれに引き戻されるとは、予想しなかったわ、ジョン。それは信じて。レイチェルとの繋がりが見つかるとは思ってもみなかった」

ストライドははっきりとわかっていた。法廷にいけば、アンドレアは有罪になる。しかし、全部の責任がアンドレアにあるわけでないのだ。ロビンだけにある。ストライド自身も、責めの一部を負うべきなのだ。たぶん、それだから彼はアンドレアのことを秘密にしていかなければならないとわかっていたのだ。真実が誰を満足させるというのか？

「それでどうなるの?」アンドレアは訊いた。

そうだ、それでどうなる? 彼は自分に問いかけた。

「おれたちふたりとも、それを抱えて生きてくしかないな」

「そうするのは、あなたにはどんなにむずかしいことか、わかっているわ」彼女は小声でいった。「真実に目をつぶることが」

「ほんとうのところ、少しもむずかしくないんだ。ということは、このままにしておきたいんだろうな」

ストライドはもう出て行きたくて、別れを告げたくて、自分自身の罪を抱えてひとりになりたくて、たまらなかった。しかしアンドレアに何かをいい、彼女が支えになるものをあたえなくてはならない。過去はまったくの嘘ではなかったと思えるように。

「ロビンはきみがレイチェルを殺したのを知っていた」彼は出ていこうと背を向けながら、彼女にいった。「彼は罪をかぶった。おれたちに自分が犯人だと思わせたかったんだ。それはきみのためだったよ、アンドレア。彼はきみのためにそれをしたんだ」

ストライドはどこにもいく場所がないのに気づいた。自分が生まれ育った町にいながら居場所がないのだ。

結局、彼は運河にかかる橋の上にいき、レイチェルがこの町で最後の夜にいた場所に立った。橋からおりると、彼女は家に帰り、ストーナーのヴァンに証拠をわざと置いた。そしてストーナーの靴を盗んだ。裏道で待っているロビンと会い、彼を納屋へ誘い込み、ちょっとしたゲームをやった。

草地まで彼女を追いかけさせ、服を切らせ、皮膚を切らせた。血痕。布地。手がかりを残した。

おれはまんまとふたりの仕掛けた罠にはまったのだ。

ストライドは暗い水面をじっと見ていた。それは今夜、冷たい湖の風に吹かれても、ほとんど波立っていない。彼は両手で手すりをつかみ、レイチェルがその上に乗ってバランスをとっている姿を想像した。もし突風が彼女を冷たい運河に落としていたら、彼の人生はまったく違っていたはずだ。よくなっていたのか、悪くなっていたのか、それはわからないが。

少なくとも、彼はレイチェルの秘密を知った。ひとつをのぞいては。彼はいまだになぜかわからなかった。

なぜレイチェルはこんなゲームをしたのか？　なぜストーナーとレイチェルのあいだに激しい争いがあったのか？　ほかのあらゆることには、パン屑を落としていくように、手がかりを残していったのに、これについてはレイチェルが手がかりを残さなかったので、彼は驚いた。謎めいた絵葉書が彼への彼女からのメッセージでないかぎり。〝彼は死に値した〟。

ストライドは向きをかえて、手すりにもたれ、町とパーク・ポイントのあいだを行き交う車を眺めていた。いまはロビンが欠けていた一片だとわかったので、彼は頭の中で、事件の経過を組み立てなおしてみた。九月のロビンの授業ですわっているレイチェルについて考えた。彼女の陰謀の手はじめだ。

〝あたしはあんたのために夫をつかまえてあげたし、彼のために殺人者をつかまえてあげた〟。

彼は何かに迫っていた。頭の中で湖上の霧のようにもやもやしていたものが、はっきりしてきた。

橋の鋼鉄の路面を踏むタイヤのきしむ音が聞こえた。パーク・ポイントから赤いフォルクスワーゲンがスピードを出して走ってくるのを見て驚いた。黒い髪の娘が運転している。轟音をたてて、とおり過ぎながら、娘は彼にニヤっと笑った。それがレイチェルかもしれないという途方もない考えが、彼の頭に浮かんだ。彼女が死んだのを知っていても、彼女は彼のまわりに出没する方法を見つけられるのだと、彼は考えた。

しかしそれはレイチェルの車ではなかった。それは……

……ブラッド・バグではなかった。

急に霧をとおしてそれが見えた。そしてわかった。レイチェルはいままでずっと彼にメッセージを送っていたのだ。

51

空中に三百三十メートルの高さでそびえるストラトスフィア・タワーの円盤のような形をしたてっぺんでは、気温は下界のザ・ストリップよりも十度近く涼しくて心地よい。ストライドは外の展望回廊に出て、タワーが気流で揺れると足元が面食らうほど振動するのを感じた。彼は高所を特に恐れたことは一度もなかったが、これほどの高さで、むきだしのキャットウォークのような場所にいると、めまいがした。

「タワーにのぼってみるといいよ」コーディが彼に提案したのだ。

セリーナは、夜に眠れないときに、ストラトスフィアに車を飛ばして、眼下の都会を眺めて数時間をすごすことがある、とコーディにいったことがあった。

ストライドがダルースにもどっていた三週間に、ふたりはときどき電話で話したが、セリーナと再会したときに、あの電気が走るような感情の高まりがまだあるだろうかと彼は思っていた。ふたりがともに過ごした数日は、彼女の心からすでに消えてしまったのではないかと心配だった。

ラスヴェガスの全景を眺めながら、彼はこの街を好きになれるだろうかと自分に問いかけた。ここはこれまで知っていたどんなものとも、あまりにも似ていない。自然のままの土地から生き物を連れてきて、ネオンのジャングルに放り込むのは、むずかしい。しかし彼は自分がこれから先もダルースに住みたいのかどうか、わからなかった。もう年金をもらえるほど長く警察で働いたし、これは過去を断ち切るのによいチャンスだった。しかも、先週には、マギーが妊娠して、警官をやめるように夫に説き伏せられた。彼女なしで、これまでと同じ仕事をするのは考えるだけで、虚しく思えた。

彼は縁を歩きながら下を見てもめまいを感じなくなったのに気づいた。そこで展望回廊を右手に時計回りに歩いていくと、この都会の東側半分を見下ろせた。そこにはギラギラ輝くカジノの立ち並ぶ長い通りはなかった。しかし南側にまわっていくうちに、うっとりするほど華麗なザ・ストリップが、曲がったレーザー光線のように砂漠に突き出ているのが見えた。初めは、キラキラ輝く多彩なリボンだけが見えて、細かい部分は目に入らなかった。しかしじっと見ていると、知らぬ間に個々の建物にもっと目を凝らすようになっていた。MGMグランドのエメラルドグリーンの輝き、パリスのエッフェル塔の展望台。こうした眺めに気をとられすぎて、自分がひとりではないことに、しばらく気づかなかった。

セリーナが一メートルほど離れたところに立って、笑みを浮かべて彼を見ていた。彼女は黒いジーンズに白いタートルネック風のシャツを着ていた。彼は、レイチェルが失踪した夜に、これとほとんど同じ身なりをしていたのを思い出さずにいられなかった。黒い髪で均整のとれた身体のセリーナは、レイチェルによく似ていた。運河にかかる橋のてっぺんで、レイチェルはきっとこんなふうに見えたはずだ。ロビン、グレイム、ケヴィン、そしてほかの誰もが、いとも簡単にレイチェルに誘惑されたのがわかると、少し同情する気になった。セリーナは同じ美しさをもち、そのたぐいの力を彼にたいしてもっていた。

男が何かをするのはなんのためだ？　ロビンは訊いた。女だ。優雅に、セリーナがやってきて、ストライドの背中から両手をまわし、冷たい頬を優しく彼の頬に押しつけた。彼の顔はぱっと赤くなり、ほてった。彼は手を上げて、彼女の黒い髪を撫でた。彼女を抱くのは、ふたりが長年そうしてきたかのように、自然に感じられた。手を離したくなくて、しばらくは、決して離れないような気がした。風が強い夜なのに、ふたりは互いにからみあい、いつまでもそこに立っていられた。感情の高まりはまだあって、初めと同じように脈動していた。

「帰ってきてくれたのね」彼女はいったが、その声には驚きがかすかに感じられた。

「帰ってくるっていったじゃないか」

「わかってるわ。でも、この街では、約束が多くを意味するとはかぎらないの」

彼は手を離して、彼女をしげしげと見て、ふたたび彼女の顔になじんできた。「きみはテレビ写りがよかったよ」

セリーナはニヤリと笑った。「まったく女たらしね」

ミネアポリス・テレビ局のふたつの支局がレイチェルの死亡について報道するため、レポーターたちをラスヴェガスへ送り込んだ。彼らはセリーナとコーディにインタビューをして、レイチェルが働いていたストリップクラブを撮りまくり、ロビンのトレーラーが駐まっていた砂漠の空き地から生中継を放映した。壊れたトレーラーはすでに廃車置場に牽引されたあとで、その中にあったガラクタは焼却されていた。

テレビ報道陣は放映に使うジャーキー・ボブの写真を入手していなかった。一枚だけあった写真はストライドの手配で捜査中に紛失したことになった。それでボブについて述べるのはセリーナの役割となり、彼女はそれをうまくやった。彼は流れ者だった。どこから来たのかもわからない男。ヴェガスにはそういう男が大勢いて、その大半は精神を病んでいる。この流れ者はレイチェルに執着して、それがついに暴力になった。レイチェルはたまたま運悪く、彼の標的になった。

それがセリーナの述べた筋書きで、彼女はそれをとおした。

「彼らはきみの路線を取り上げたんだ」ストライドはいった。「『身元不明の男に殺されたレイチェル』。それが新聞の見出しだった」

「気に入ったわ」

「それで、もしそれが本当でなかったら、どうなるか」彼はつぶやいた。

「その話はもうすんでるわ」セリーナはいった。「あなたは彼女を守らなければならなかったのよ」

彼は、飛び下りを防ぐための障壁の上に慎重に手を置いて、下をのぞき、その高さにまたもめまいをおぼえた。セリーナは彼に寄り添い、その背中に手を置いた。

「ほかにどうすればよかったの？」彼女は訊いた。

「わかってる。でも、きみをそのど真ん中に巻き込んで、すまないと思ってるんだ。おれのために、嘘をつかせてしまった」

「あれはわたしが選んだことよ」セリーナはいった。彼がまだいろいろいいそうなのを見て、彼の唇に指を当てた。「もうすっかり終わったことだわ、ジョニー。一件落着」

「すっかり終わってはいない」彼はいった。

彼は息を吸い、残りについてどのように彼女に話そうか、と考えた。彼はもっと早く真実を見つけなかったことで、いまだに自分を責めていた。たとえそれで何の違いも生じなかったはずにしても。その行為はなされたのだ。

セリーナは彼を見つめ、待っていた。

「レイチェルとストーナーのあいだには、まだもっと関係がある。あることが起きたんだ。彼らを凄まじい敵対関係にしたことが」

「ふたりがセックスをしていたことを、わたしたちは知っているわ」セリーナはいった。

「レイチェルはそれをやめたかった。ストーナーはやめたくなかった。わたしには同じ経験があるのよ、ジョニー。彼が彼女をレイプしたら、あるいは、しようとしたら、それだけで、レイチェルのような娘に復讐されるには十分なのよ」

「そうだよ。でもストーナーがまず仕返しをしたんだ」

ストーナーはブランディのグラスを持ち上げて光にかざしながら、自分の震える手を見つめていた。グラスを唇に近づけ、ゆっくりと一口飲み、アルコールが神経を鎮めるように願った。その香りが鼻孔を満たし、ブランディが乾いた喉にひりひりとしみた。グラスを揺すって酒をかきまわしてから、また一口飲んだ。しかし指の震えはどうにも止まらなかった。彼は欲望がわいてくるのを感じた。

エミリーはセント・ポールに教会の合宿に出かけている。レイチェルは自分の部屋で、彼が来るのを待っている。ストーナーはグラスを置くと、そっと階段をのぼり、彼女の寝室のドアのほうへ廊下を進んでいった。きしむ音をたてて彼女に警戒させるのを避けるために、歩幅を考えて、忍び足で近寄っていった。ドアの下の隙間から明かりが漏れていた。彼は、ベッドで枕に頭をのせて天井を見上げているレイチェルを思い描いた。これまでに何度もふたりで寝たときのことを考えながら。

彼は静かにノブをまわして、押した。ドアには鍵がかかっていた。

「レイチェル」彼は呼んだ。彼女に聞こえるぐらいの大きな声で。「どんなにきみが必要かわかってるね」

返事がない。彼女は中にいて、聴いているのに、一言もいわない。

「ふたりはぴったり合うように生まれついているんだよ、レイチェル。きみはそれから逃げられない。わたしたちはふたりでひとつなんだ」

彼女がドアの向こうにいるのはわかっている。いつまでもつづく沈黙が、彼の自制心を乱しはじめた。彼はいつの間にか、拳をにぎったり、開いたりして、鼻で激しく息をしているのに気づいた。

「ドアを開けろ、レイチェル」彼は執拗にいった。声が震えている。「きみを傷つけないと約束する。でもきみと話す必要があるんだ」

彼の約束は嘘で、それをふたりとも知っていた。彼女がドアを開ければ、彼は自分を抑えられなくなる。ストーナーは何としても、彼女に触れ、彼女の中に入りたくてたまらなかった。彼女の裸体のことを考えただけで、欲望で汗をかき、震えるのだ。

「レイチェル！」彼は叫び、その声には怒りがしのびこんできていた。彼は自分を抑えられなくて、拳でドアを激しく叩いた。「きみが必要なんだ！」

ストーナーはまわりが揺れるほど激しく肩をドアにぶつけた。中に入るためなら、ドアを壊してもかまわなかった。しかし堅牢な古い家なので、オーク材のドアはびくともしない。

「入れてくれ！」彼は悲鳴のように叫んだ。

彼は頬をドアに押しつけ、耳を澄ました。レイチェルの声が聞こえたとき、それがあまりに近いので、彼はびっくりした。彼女はドアのすぐ向こう側にいて、厚さ三センチの分厚い板だけで、彼と隔てられている。

「入りたいなら、入れてあげるわよ、グレイム」レイチェルはいった。彼女の声は蜂蜜のようにとろりと甘く、感情や毒気はみじんもない。「あたしをレイプするなら、していいわよ」

「それはしないよ」彼はつぶやいた。

「いいわよ、グレイム。わかったわ。あんたは必要なのね」

「そうだよ。そうだよ、きみがすごく必要だ。前と同じようにしたい」

「だからあたしをあげるといってるじゃないの」

彼はほとんど息ができなかった。彼女とふたたび寝ることを考えただけで、彼は圧倒された。「やらせてくれるんだね？」

「そうよ。でも、そのあと、どうなるかを、いわせてもらうわ」

レイチェルの声音にある何かが、彼の身体を不安でぞっとさせた。

「もし部屋に入ってきて、またあたしに触れたら、あんたに肉切り包丁を突きつけて、あんたのタマを切り取るわよ。わかった？　それからあんたのペニスも切り取るわ。それは約束よ。聞いてるの？　わかったの？　あんたには、いつあたしに切り取られるかと脅えないで眠れる夜はなくなるからね。切り取った小さいものを縫いつけようなんて考えるのはやめなさいよ。いったん切り取ったら、トイレで流してしまうから」

ストーナーは膝をつき、脅えた。吐き気で胃がむかついた。

「あたしのいうことを信じるの、グレイム？」レイチェルは訊いた。「あたしがそうすると信じるの？」

彼は話そうとしたが、喉がつまって言葉が出ない。

「聞こえないわよ、グレイム」

「あ、ああ、信じるよ！」

そして彼は信じた。

「それならいいなさいよ、それでもまだ部屋に入りたいの？」レイチェルは訊いた。

ストーナーは答えずに逃げていった。これほど打ちのめされたことはなかった。彼女は本当の力を持っているのは自分だと、もう一度、証明したのだ。

彼は階下におりて、書斎でふらふらと歩きまわった。困ったことに、彼はまだひどく勃起したままなのだ。ペニスは岩のように固くなり、彼女への欲望が強すぎて、たとえ結果がどうなろうと、二階へもどって、とにかく彼女とセックスしたくてたまらない。しかし彼は、レイチェルが本気だということもわかっていた。彼女は約束したとおりのことを、彼にするだろう。

彼は自分が醜悪な、よく知っているものへ引き寄せられるのを感じた。ブラックホールの無情な引力に捕らえられた星のように。彼は、自分の願いはそれから離れることだと自分にいい聞かせたが、じつは、それは彼が必要とし、望むもので、そのためなら何でもするに違いない。彼は冷静になろうとしたが、指がふたたびぶるぶると震えてきて、汗が腋の下と皮膚の表面にじっとりとした膜のように集まった。心の中で何かが動きだし、ドアが開いて、影のような姿が目覚めるのを感じた。

頼む、やめてくれ、彼は心の中の怪物に懇願した。

しかしそれは聴いていなかった。それは人形をもてあそぶ子供のように、彼の四肢を動かし、何をすべきか命令している。

レイチェル、これはおまえのせいだぞ。

「行け」怪物は怒鳴ったが、その声はまったく怪物らしくなく、自分の声に似ていた。その響きは、とても……背徳的だった。

ストーナーは鍵をつかみ、玄関から出ていった。外の空気はいまにも嵐になりそうな感じだ。八月の夜は、これほど早く暗くなるはずがないが、頭上の空をおおう嵐雲のために、西の空は黒に近い色になっていた。風が吹き乱れて樫の木の枝があおられた。

別棟のガレージまで行きかけて、そのドアの前がふさがれているのに気づいた。レイチェルの車が二台分のシャッターをふさぐように駐められているので、中にある彼のヴァンを出すことができない。ストーナーは罵った。二階の彼女の寝室の窓をちらりと見上げると、彼女が窓際に立ち、冷笑をうかべて見下ろしているのが目に入った。彼女をちらりと見ただけで、彼の鼓動は猛烈に速くなった。しかし彼は顔をひきつらせ、しかめつらをした。彼の目は激怒する黒い点になった。彼は後ろのフェンダーを思い切り蹴って、へこませた。

彼は外に立ったまま、必死に考えていた。雨滴が彼の服にあたり、まだらなしみを残しはじめた。そのとき彼はあることを思いついた。彼は窓際のレイチェルを見上げて、ニヤリと笑って見せた。彼女は彼の考えを読み取り、眉をひそめた。

ストーナーは家の中に猛然ともどっていき、あえぎながら階段を駆け上った。自分の寝室に入り、エミリーのドレッサーの中をくまなく探し、装身具箱と化粧品を床に投げ捨てた。引き出しに詰まったものを掻き分けて奥まで探った。ついに、指が何かに触れてガチャカチャいう音が聞こえた。それを引っ張り出すと、彼の興奮はたかまった。エミリーの予備の鍵束だ。

彼はそれをひっつかみ、外へ飛び出し、ドアをバタンと閉めた。もう一度、レイチェルの窓を見上げたが、彼女の姿はなくなっていた。彼は車の横で鍵束を探った。雨で指が滑りやすくなり、鍵を私道に落としてしまった。彼はかがんで鍵束をひろいあげ、その一本の鍵を車の鍵穴に差し込んだ。それはまわった。車のドアが開いた。

不安になって、ストーナーはあたりを見まわした。彼のほかに誰もいない。

「運転しろ」怪物がうなった。「狩りに行くんだ」

彼はすごく力をこめてハンドルを握ったので、それは手のひらの汗でべとついた。邪魔くさい雨がフロントガラスに撥ねた。ワイパーは霧雨には効果がないようだ。彼は裏道を探した。車の中にいると、彼の要求はさらに切迫してきた。車の中のどこにもレイチェルの匂いがしみついているからだ。まるで隣にすわって、冷たい緑色の目で彼をじらしているかのように。彼女とセックスをした記憶が強烈すぎて、彼女の指が彼の皮膚を滑っていくのを、いまでも感じられた。

「さあ、狩るんだ」

彼は西のほうへ坂をのぼっていき、レークサイドを過ぎて、開発された住宅地をすばやくとおり過ぎた。七、八キロ行くと、車の往来のまったくない道を走っていた。それは国道の両側を縁取るブナの並木のすぐわきにのびている。雨は土砂降りになり、真っ暗になってきたので、彼は速度を落とし、ヘッドライトをとおして見なければならなかった。

彼は右の路肩へ寄っていった。路肩に停めようとしたとき、すぐ前で、路肩をジョギングしている娘がいるのを見つけた。木立の影とは、はっきりと見分けがつく。彼はブレーキを踏み、急ハンドルを切り、彼女の前にまわると、娘の目に恐怖が浮かぶのが見えた。彼女は車を見て、避けるために道路から飛びのいた。

ストーナーは車を寄せて停まり、エンジンをかけたままにした。急いでもどると、娘は立ち上がって、肌についた泥を払いのけていた。暗がりで容姿ははっきりと見えないが、レイチェルと同じ齢ぐらいのようで、長い栗色の髪をポニーテールに結わえている。均整のとれた身体つきで、ぴっちりしたショートパンツにスポーツブラをつけていた。

「悪かったね。大丈夫かい?」ストーナーは訊いた。

娘は数歩進んだが、片方の足首をかばっている。「大丈夫です。たぶん捻挫しただけで」

目が暗がりに慣れ、彼女の姿がもっとはっきり見えた。若くて、とても魅力的だ。痛めていない足で慎重に立っている姿には、ほれぼれするか弱さがある。ポニーテールから乱れた髪が垂れ下がり、衣服は雨に濡れてぴったり貼りついている。

「さあ、家まで車で送ってあげるよ」ストーナーは、彼女が歩くのを助けようと片腕を差し出した。

彼は微笑み、彼女を安心させ、そんな自分を憎んだ。おれではない。怪物がしているのだ。そこには違いがある。

彼女は彼の腕につかまり、まっすぐに立った。彼は彼女の感触を意識した。彼女の身体は汗と雨の芳香で彼を包むほど近くにあった。彼はロックをはずし後ろのドアを開けて、誰もいない道路の左右に目を走らせた。

「足首を上げていられるように、後ろの席にすわったらどうだい？」彼はすすめた。

娘は急いで中に入った。彼も身をかがめて覗き込み、彼女がすわって落ち着くのを見ていた。車内のライトが彼女を照らしていた。しっとり濡れた顔は、長く走ったあとでバラ色に光っている。そして目はキラキラと輝いている。彼女は右脚を座席に伸ばして、左脚を床にだらりと下げた。彼はその筋肉質のふくらはぎと腿を見て、股間でV字形に合わさるライクラに目を向けた。彼女の胸は深い呼吸にあわせて盛り上がっては沈む。彼は乳房のふくらみをじっと見た。彼女は恥ずかしそうに微笑んだ。

「座席をびしょ濡れにしてしまうわ」娘はいった。

「かまわないよ」ストーナーは答えた。そのまま見ている時間が長引くと、彼女の微笑が薄れて不安そうに揺れた。少し疑いはじめた彼女の目がくもった。突然、彼は彼女に見抜かれて、狙いを気づかれたと感じた。

ストーナーはドアを閉めて、運転席に乗り込んだ。後ろを見て、彼女に優しい笑みを見せた。

「ちょっと寄るところがあるから、それから町にもどるよ。いいね？」

「ええ、もちろん」娘は下唇を嚙んだ。彼女の頭に疑問が生じて、初めてかすかに恐怖をおぼえたのを、彼は読み取れた。

彼女の気を楽にしてやれ。

「わたしはグレイムだ。きみの名前は？」

「ケリーです」娘はいい、濡れた髪をしぼった。「ケリー・マグラス」

セリーナは遠い目をして、都会の向こうを見ていた。頭の中でストーナーを見ているのだ。車で裏道をのろのろ走り、虎のように獲物をあさる。罪のない十代の少女に出くわすストーナー、この少女の罪はジョギングをする時間と場所を間違えたことだけなのに。

「確かなの」彼女は訊いた。

ストライドは深く息を吸い、うなずいた。「ストーナーはケリーを殺した。レイチェルは知っていた。それがはじまりだった」

「でも、レイチェルが失踪したあと、あなたのチームはストーナーのヴァンを顕微鏡を使って調べなおしたじゃないの。彼が何も残さなかったなんて、信じにくいわ」

「残したよ」ストライドはいった。「おれたちの捜した場所が間違っていた」

セリーナはわけがわからなくて、眉をぎゅっと寄せた。それから考えをまとめると、うんざりして息を吐き出した。「そいつは、レイチェルの車を使ったのね」

「まさにそのとおり」ストライドはいった。「それこそ、おれたちがいままでずっと見落としてきたことなんだ。ストーナーの裁判で証言を聴いていて、何かおれがまだつかんでいないことがあると考えていたのをおぼえている。それは目の前にあったのに、一度もその繋がりを考えなかった。ケヴィンとエミリーは、ふたりとも、ストーナーがレイチェルに、母親のお下がりの古い車の代わりに、新しい車を買ったことを証言した。おれは一連の事柄とその時期との繋がりに気づくべきだった――赤いフォルクスワーゲン、ケリーの失踪直後に買われた車。そしてレイチェルがそれを何と呼んでいたか？　血まみれ《ブラッド》カブト《・バ》ムシ《グ》、ああ、そうだ、彼女は知っていた。彼女は彼に復讐していたんだ――彼女のやり方で。

「その車の追跡調査をしたの？」セリーナは訊いた。

「やったよ。おれたちはミネアポリスにいる新しい所有者を突き止めた。そしてケリーのものと一致する髪の毛とわずかな血痕を、後部座席に見つけた。ストーナーのと一致する精液も。おれはマグラス夫妻にそれを話した。夫妻はそれを知って喜んだよ、風変わりな方法だが、正義が行われたといって。少なくとも、夫妻はケリーの殺害犯が逃げおおせなかったのを知っている」

「ほかにも被害者がいたのかしら？」セリーナが訊いた。

「どういうものかは、きみも知っているはずだ。こういう男は、一回やるだけではすまないんだ。おれたちは、ストーナーに繋がりうるほかの行方不明者たちを調べている」

セリーナは自分の身体を抱え込み、震えたが、ストライドは彼女の顔を見て、彼女が寒いわけではないのがわかった。彼女は汚れを落とそうとしているかのように、両腕をこすっていた。

「わたしとレイチェルに、違いがあるかどうか、確信がないわ」彼女はいった。「わたしも虐待されたのよ。復讐したかったわ」

「レイチェルはまったく罪がなかったわけではない」ストライドは彼女に気づかせた。「彼女は危険なゲームをしていた」

「彼女をあまり厳しく判断しないで、ジョニー。怪物とふたりきりになってみなければ、自分が何をするかはわからないものよ」彼女はまた震えて、振り向いた。「わたしは過去につきまとわれている気がするの」

「おれは幽霊を信じないよ」ストライドはいった。

それともいるのだろうか？

　案外、ふたりは幽霊にかこまれていて、狭い展望回廊で幽霊たちは押し合い、人を掻き分けて、ふたりのそばをとおり過ぎようとしているのかもしれない。シンディのように、セリーナを好きになってよかったとささやいてくれるよい幽霊たち、彼の人生にもたらした深遠な変化に暗い皮肉な笑みを浮かべているレイチェルのような地獄の辺土《リンボ》にいる幽霊たちがいた。そしてストーナーのような、セリーナに鳥肌をたたせて、怪物と向き合っていた少女のころのように脅えさせる邪悪な幽霊もいるかもしれない。

　ストライドはセリーナの顎を持ち上げて、彼女の深い悲しみを表わす緑色の目をじっと見た。そして手の甲で、彼女の頰の柔らかい肌を撫でた。彼は、彼女のために強くなろうとした。彼女の悪夢を追い払う男に、彼女が並んで歩ける、寄りかかれる、時に応じてどちらにもなれる男に。互いに見つめ合ううちに、彼女の表情は柔らかくなり、恐怖は逃げ去った。その瞬間に、世界を見下ろすこの高い場所に、ふたりだけでいて、自分たち以外のあらゆる幽霊が消えたのだとわかった。

「幽霊はいないよ」彼は、彼女に信じてもらいたくて、もう一度、きっぱりといった。

セリーナの唇が微笑でほころんだ。「頼む権利なんて、わたしにはないけれど、でも、あなたがここにしばらくいてくれたら、すてきだわ」

「おれもそう思っていたところさ」

彼女は彼に寄りかかり、キスして、唇を情熱的に動かした。下界では、都会が光っていた。

「ヴェガスへようこそ、ベイビー」彼女はささやいた。

日本版著者あとがき

サスペンスを愛好する日本の多くの読者のみなさんに、わたしの『インモラル』を楽しんでいただける機会を得て、たいへんありがたく思っている。

『インモラル』は、アメリカ合衆国北部の森の氷のように冷たい静寂から、ラスヴェガスのエロティックな熱気へと背景を移し、セックス、妄執、復讐心によって、物語が展開していく。本書には、サスペンス／スリラーを好む読者の誰しもが求める要素が備わっているとわたしは自負している。つまり、心をぐいとつかむドラマ、魅力的なヒーローと悪役、そして最初から最後まで、ページをめくるのがもどかしいほどの意外な展開だ。

何年か前、ミネソタにあるわたしの自宅から程近い静かな郊外の家の女の子が行方不明になるという事件が発生し、女の子の姿は二度と見られることはなかった。警察と検察は、ついに女の子の家族の友人を殺人犯として起訴したものの、実際に起きたことを証明する遺体が見つからなかったため、有罪判決を勝ち取ることはできなかった。そして、その容疑者は自由の身になり、ミネソタ州を離れた。

わたしはいつもこの事件を、終わりのないミステリ、正義のおよばない犯罪として、見てきた。もし行方不明になった被害者が小さな子供ではなく、性に目覚めた美しいティーンエイジャーだったら、どうだろうか？　その失踪の謎が誰にも想像がつかないほど奥深いものだったら？　そんな思いから生まれた作品が、この『インモラル』だ。

現在、『インモラル』は十七カ国で出版され、世界中のブック・クラブで International Book of the Month と称されている。『インモラル』は、国際ミステリ愛好会クラブのマカヴィティ賞最優秀新人賞を獲得し、アメリカ探偵作家クラブ賞、英国推理作家協会賞、アンソニー賞、バリー賞の最優秀新人賞の最終選考に残った。そうした賞を目指し、夢見て、著作に励んできたものにとって、身に余る光栄だ。

多くの国々のミステリ愛読者から寄せられる反応を、わたしはうれしく思っている。その反応があるのは、誰であれ、どこの国民であれ、あらゆるところにいる人々に共通する感情によって引き出されるエロティックなサスペンスを本書が提供できているからであればよいと願っている。

セクシーなサスペンス／スリラーを好む読者は、この本を読みはじめたら途中で止められなくなると思う。日本の新しい読者のみなさん、『インモラル』を読んでくれて、本当にありがとう。

追伸

この本を読み終えたら、わたしのホームページ www.bfreemanbooks.com. を忘れずに見てほしい。

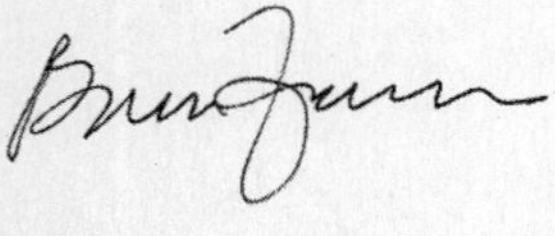

謝辞

大勢のかたがたが、この本を現実のものにしてくれた。ロンドンのアリ・ガンと、カーティス・ブラウンの彼女のすばらしいチーム——キャロル・ジャクソン、ダイアナ・マッケイ、タリー・ガーネット、ステファニー・スウェイツ、そのほかの多くのみなさん、わたしの本と仕事を支えてくれた情熱に感謝する。そしてニューヨークのデボラ・シュナイダーにも同じ感謝を捧げる。みなさんはわたしの人生を変えてくれた。

ヘッドライン・ブック・パブリッシングのマリオン・ドナルドソンとセント・マーティンズ・プレスのジェニファー・ウェイズは、すべての作家が望む最も情熱的で思慮深い編集者だ。

ロンドンで最もすばらしい、知的財産権を専門とする弁護士、ロバート・ボンドは誰もが知っている。ありがとう、ロバート。アリソン、まだ話してなかったかもしれないが、あなたの表計算ソフトウェアのアイデアはすばらしい。

小説家ロン・ハンドバーグと彼の編集者ジャック・カラヴェラは編集の最終決定の段階

で役に立つアドバイスを提供してくれた。

フェイグリ&ベンソン法律事務所の多くのすばらしい友人たち——とくに、作品を読んでわたしを励ましてくれた弁護士さんたちと所員のみんな、ひじょうに感謝している。あなたがたはすばらしいチームだ。ツィン・シティーズ（ミネアポリスとセントポール）のビジネス界での、よき友人たちと読者たち、トニー・カリデオ、ジャイ・ノヴァック、リン・ケイシー、そしてほかの多くのみなさん、みなさんの善意とよいアイデアに感謝する。

わたしの人生のふたりの恩師に特別な感謝の言葉を捧げる。ジョイス・バートキーは、じっとすわって、書きなさいといってくれた。故トム・マクナミーが授けてくれた知恵と助言のおかげで、わたしはいまのわたしがいる方向に人生を変えることができた。

バーブとジェリー、わたしたちがやむを得ず留守にするあいだ、ディズニーの世話をよくしてくれて、ありがとう。ジャニーン、わたしの以前の仕事をすべて読んでくれ、この本の出版を辛抱強く（まあね）待っていてくれて、ありがとう。ジャニス、指導と洞察力に感謝。キースとジュディ、突飛な英語を教えてくれてありがとう。みんなすばらしい友達だ。

ダルースのみなさん、あなたがたの美しい町で凶悪な事件が起きたかのように書いたことを許していただきたい（きっと、ラスヴェガスの人々はそれに慣れているだろうが）。

最後に、そして最も重要なことだが、わたしの成功は、妻、マーシャと、家族のおかげだ。妻は共にすごしてきた二十年以上のあいだ、いつもわたしを信じてくれてきた。そして、両親、兄弟、いとこ、おば、おじはいまでもわたしを元気づけてくれているし、ビー、フランク、ジョー、ニールは天国から微笑みながら見てくれるいる。

この本の登場人物の背後にある話について、もう少し知りたいかたは、わたしのホームページ、www.bfreemanbook.com. をのぞいてほしい。付録をいくつかつけてあります。ホームページを開けたら、気軽にメールで本書の感想を送ってください。すべてのお便りに返事を書くようにベストをつくします。みなさんのお友達に本書についての情報を送るのに、このホームページをお使いください。わたしのメーリング・リストに登録してくだされば、次の作品の発売時期予告、内容紹介をお伝えします。

訳者あとがき

マカヴィティ賞最優秀新人賞受賞作、そしてアメリカ探偵作家クラブ賞最優秀新人賞最終候補作に選ばれたのが本書『インモラル』である。

舞台はミネソタ州ダルース。町じゅうの男性がふりむくほどの美貌をもつ女子高生レイチェルが忽然と姿を消した。かつてケリーという少女が同様に姿を消した事件が起きており、レイチェルもまた犠牲者となったのか、との噂がたつ。

ダルース警察のジョナサン・ストライドが捜査をはじめるが、やがてレイチェルの人間関係を追ううちに、悪夢の真相へと辿りついてゆく。

本書の著者ブライアン・フリーマンは、本書でミステリ作家としてデビューし、錚々たる作家たちからたちまち絶賛された。

「ブライアン・フリーマンとはいったい何者だ？　読者を最後まで一気読みさせる手腕の持ち主だ」（マイクル・コナリー）

「読者はきっとこう思うはずだ。これほど一気に読ませるサスペンスははじめてだ、と」（ジェフリー・ディーヴァー）

「描き出される、哀しみ、苦しみ、そして、痛み。本書はデニス・ルヘインの作品を髣髴させる傑作」（ケン・ブルーウン）

読者からも好評価を得、ストライドを主人公にしたシリーズ第二作 *Stripped* を執筆。ミステリ以外にも数作著作があり、世界四十七カ国十六の言語に訳されているという。

本書の訳出にあたっては、法律用語・コンピュータ用語については、飯泉恵美子氏に丁寧にチェックしていただきました。この場をお借りしてお礼を申し上げます。

最後になりましたが、お世話になった早川書房編集部の吉田智宏氏にお礼申し上げます。

二〇〇七年二月

ジョン・ダニング

ネロ・ウルフ賞受賞

死の蔵書

宮脇孝雄訳

腕利きの古書掘出し屋殺害の真相とは？　読書界の話題を独占した、古書ミステリの傑作

幻の特装本

宮脇孝雄訳

稀覯本を盗んで逃亡中の女を追うクリフの前に過去の連続殺人の影が！　シリーズ第二弾

封印された数字

松浦雅之訳

差出人不明で届いた写真には、封印された戦慄の過去への鍵が……謎に満ちたサスペンス

名もなき墓標

三川基好訳

身元不明の少女の死体が、新聞記者ウォーカーを二十年前の衝撃の事件へ導いていく……

ジンジャー・ノースの影

三川基好訳

三十年前の女性の自殺の真相と、自らの失われた過去を追い、ウェスは競馬場に潜入した

ハヤカワ文庫

ジョージ・P・ペレケーノス

俺たちの日
佐藤耕士訳
親友の二人が組んだ危険な仕事は、やがて二人を敵同士に……心を震わせる男たちの物語

愚か者の誇り
松浦雅之訳
麻薬の売人の金と情婦を奪い逃げた若者二人を待つ運命は？　英国推理作家協会賞候補作

明日への契り
佐藤耕士訳
少年との出会いが、汚職警官に再生を誓わせる……男たちの姿を抒情的に謳い上げた傑作

生への帰還
佐藤耕士訳
息子を強盗に殺され、失意の底に沈んでいた男。が、いま彼は復讐に燃えて立ち上がる。

曇りなき正義
佐藤耕士訳
模範的な警官が豹変し、凶悪犯となった。その真相を探偵デレクと元警官クインが追う。

訳者略歴　日本大学芸術学部卒，英米文学翻訳家　訳書『白雪と赤バラ』マクベイン，『三幕の殺人』クリスティー，『死人は二度と目覚めない』フリーマン，『手紙と秘密』ハート（早川書房刊）他多数

HM=Hayakawa Mystery
SF=Science Fiction
JA=Japanese Author
NV=Novel
NF=Nonfiction
FT=Fantasy

インモラル

〈HM㉞-1〉

二〇〇七年三月十日　印刷
二〇〇七年三月十五日　発行

（定価はカバーに表示してあります）

著者　ブライアン・フリーマン
訳者　長野《ながの》きよみ
発行者　早川浩
発行所　株式会社　早川書房
郵便番号　一〇一‐〇〇四六
東京都千代田区神田多町二ノ二
電話　〇三‐三二五二‐三一一一（大代表）
振替　〇〇一六〇‐三‐四七七九九
http://www.hayakawa-online.co.jp

乱丁・落丁本は小社制作部宛お送り下さい。送料小社負担にてお取りかえいたします。

印刷・中央精版印刷株式会社　製本・株式会社明光社
Printed and bound in Japan
ISBN978-4-15-176851-4 C0197